BASTEI
LÜBBE

Von Patricia Potter ist außerdem bei Bastei Lübbe Taschenbücher lieferbar:

18 292 Besiegt vom Sturm der Leidenschaft
18 628 Im Paradies der Liebe
18 641 Sturmhauch der Leidenschaft
18 660 Ein sinnlicher Schurke

Über die Autorin:

Patricia Potter hat schon zahlreiche Liebesromane geschrieben, die sich in den USA insgesamt über zwei Millionen Mal verkauft haben. 1993 wurde sie von der Romantic Times als »Storyteller of the Year« ausgezeichnet. Vor ihrer Tätigkeit als Schriftstellerin hat die Autorin als Journalistin gearbeitet. Patricia Potter lebt mit zwei Shetlandponys in Memphis, Tennesse.
Mehr Informationen finden Sie im Internet unter:
http://www.patriciapotter.com.

PATRICIA POTTER

Entflammt von süßen Küssen

Ins Deutsche übertragen von
Jutta-Maria Piechulek

Roman

BASTEI LÜBBE

BASTEI LÜBBE TASCHENBUCH
Band 18 673

1. Auflage: März 2004

Vollständige Taschenbuchausgabe

Bastei Lübbe Taschenbücher ist ein Imprint der
Verlagsgruppe Lübbe

Deutsche Erstveröffentlichung
Titel der amerikanischen Originalausgabe: *The Heart Queen*

Dieses Werk wurde vermittelt durch die Literarische Agentur
Thomas Schlück GmbH, 30827 Garbsen,
on behalf of Jane Rotrosen Agency L.L.C.

Titelillustration: Daeni/Agentur Thomas Schlück GmbH
Einbandgestaltung: Nele Schütz Design
Satz: Fanslau Communication/EDV, Düsseldorf
Druck und Verarbeitung: AIT Trondheim, Norwegen
Printed in Norway
ISBN 3-404-18673-7

Sie finden uns im Internet unter
www.luebbe.de

Der Preis dieses Bandes versteht sich einschließlich
der gesetzlichen Mehrwertsteuer.

Zur Erinnerung an Ralph Cramer,
einen wahren Helden, sowohl auf als auch
abseits des Schlachtfelds

Prolog

Schottland, 1738

Neil Forbes hatte nie an gebrochene Herzen geglaubt. Und an die Liebe auch nicht. Leider hatte er sich in beiden Fällen getäuscht. Er erkannte seinen Irrtum, als er vor dem Marquis von Braemoor stand und ihm klar wurde, dass er Ersteres besaß und Letzteres niemals haben konnte. Er war nicht gut genug für Janet Leslie. Und er würde es niemals sein.

Er hatte diesen Raum in der festen Absicht betreten, um sie zu kämpfen – gegen den Marquis, gegen ihren Vater und, wenn nötig, auch gegen einen Drachen. Doch er konnte nicht gegen das ankämpfen, was er war oder nicht war. Er konzentrierte sich ganz auf den Mann, der ihm gegenüberstand …

»Deine Mutter war verrückt«, sagte der Marquis. »Und dieser Makel liegt in deiner Familie. Möchtest du ihn weitergeben? Dass du überhaupt auf die Idee gekommen bist, eine Ehe einzugehen, beweist schon, dass auch du bereits von ihm gezeichnet bist.«

Die Worte brannten in ihm wie Feuer. Neil war vierundzwanzig und hatte noch nie zuvor darüber nachgedacht, welche Konsequenzen die Krankheit seiner Mutter haben könnte. Er war noch ein Kind gewesen, als seine Mutter Cierra gestorben war. Er hatte gewusst, dass er ein Bastard war, gezeugt von einem verheirateten Lord, der nicht Cierras Ehemann war. Der Lord war der Bruder des gegenwärtigen Marquis von Braemoor gewesen und schon lange ohne rechtmäßige Erben verstorben. Im Gegensatz zu seinem Cousin Donald und dessen jüngstem Bruder Rory, war Neil der einzige direkte leibliche Nachkomme in diesem Zweig der Forbes-Familie. Das war auch, wie er wusste, der Grund, warum man ihn hierher gebracht hatte, auch wenn seine uneheliche Geburt ihn zum Außenseiter machte. Doch es wurde gemunkelt, dass Rory von einem anderen Mann gezeugt worden war und dass dem Marquis von seiner Frau, die er hasste, die Hörner aufgesetzt worden waren. Neil wusste, dass seine Präsenz in der Burg Rorys Rolle schwächen sollte wie ein Damoklesschwert über Rorys Kopf.

»Der Wahnsinn war nicht auf deine Mutter beschränkt«, sagte der Marquis. »Ihre Mutter hat genauso Selbstmord begangen wie ein Bruder. Du sagst, dass du das Mädchen liebst. Wenn du sie wirklich liebst, wirst du sie aufgeben. Du kannst niemals heiraten, Neil«, fuhr er fort und fügte dann ernst hinzu: »Ich habe deinem Großvater versprochen, dass ich dafür sorgen werde, dass du das einsiehst.

Neil fröstelte. Ihm war plötzlich sehr kalt trotz der Wärme in der Halle. »Ihr habt nie ...«

»Ich habe mit dir nie darüber gesprochen, weil ich es nicht für nötig gehalten habe. Du hast wenig Interesse am Heiraten gezeigt.«

»Ich glaube Euch nicht«, erwiderte Neil. »Ich ...«

»Deine Mutter und das Blut ihrer Mutter waren verflucht. Das war auch der Grund dafür, dass mein Bruder keine Verantwortung für dich übernehmen wollte. Du solltest dankbar dafür sein, dass ich dich aufgenommen habe, als deine Mutter so ... krank wurde«, sagte der Marquis. »Und dass ich dir den Namen der Forbes gegeben habe.«

Die Worte brannten sich wie von selbst in Neils Seele ein.

Er erinnerte sich daran, wie seine Mutter in einem Turmzimmer gesessen und vor sich hin gesungen hatte und das Kind zu ihren Füßen ignorierte, das dringend Aufmerksamkeit bedurfte. Doch ihre Hülle war leer gewesen.

Er erkannte jetzt, dass er nicht riskieren durfte, dass denen, die ihn liebten, das Gleiche passieren konnte. Was war, wenn auch er zu solch einer Hülle wurde? Und was geschah mit den Kindern, die aus einer Verbindung mit ihm geboren werden würden?

Warum hatte er das nicht bedacht? Weil er noch nie zuvor verliebt gewesen war. Weil er niemals seine Jugend in Frage gestellt hatte, als er in einem verfallenen Schloss weggeschlossen gewesen war, verborgen vor den Augen der anderen. Weil er, als er Teil des Braemoor-Haushalts und Spielgefährte des Thronfolgers geworden war, wusste, dass er edles Blut hatte, sei es auch beschmutzt durch die uneheliche Geburt.

Er hatte nicht erwartet, dass er sich verlieben würde. Nie zuvor hatte er sich etwas so verzweifelt gewünscht. Niemals hatte er das Gefühl gehabt, dass seine Seele ohne eine bestimmte Frau zu existieren aufhören würde.

Und wie durch ein Wunder, fühlte sie das Gleiche. Janet Leslie hatte ihm in der vergangenen Nacht ihr Herz geschenkt.

Janet, die ihn an einen Sonnenuntergang im Sommer erinnerte. Leuchtend vor Schönheit, Frieden und Ruhe. Donald hatte sie einen unscheinbaren Blaustrumpf genannt. Das lag aber daran, dass Donald dralle Mädchen mochte, die nicht genügend Verstand besaßen, um mit ihm zu diskutieren.

Janet ... ja, Janet war schlank und hatte hellbraunes Haar, das schimmerte, wenn die Sonne darauf schien. Ihre Augen waren dunkelblau und schienen ihm unergründlich, und sie hatte Sommersprossen auf der Nase, die er immerzu berühren wollte ... küssen wollte.

Es war alles so schnell gegangen. Neil war wie gelähmt gewesen, als sie zum ersten Mal mit ihrem Vater die Halle betreten hatte. Obwohl sie von der Reise ermüdet war, hatte sie eine Grazie und Würde an den Tag gelegt, die ihn fesselte. Er wusste, dass sie gekommen war, um Donald vorgestellt zu werden, als mögliche Braut für den Braemoor-Erben. Doch Donald, der groß und gut aussehend war, war betrunken gewesen. Ihre Blicke hatten ihn abgewiesen, und sie hatte sich ihm zugewandt ... und da war es geschehen. Glocken hatten zu läuten begonnen, seine Nerven hatten vibriert und all seine Sinne waren alarmiert gewesen. Er hatte gewusst, dass es ihr genauso gegangen war. Ihre Augen hatten sich geweitet und ihre Lippen hatten sich leicht geöffnet und zu einem kleinen Lächeln verzogen.

Er hatte gewusst, dass sie für Donald bestimmt war. Beide Väter wollten es so haben. Doch es spielte keine Rolle. Er wurde von ihr angezogen wie von einem Magneten.

An einem ruhigen Nachmittag hatten sie es geschafft, sich allein zu treffen. Sie hatte sich von einer Jagdgesellschaft entfernt, und er war ihr gefolgt. Sie begegneten sich an einem rauschenden Bach, dessen Wasser in den Strahlen der nachmittäglichen Sonne wie Diamanten schimmerte.

Sie saß noch immer auf ihrem Pferd. Er war mittlerweile abgestiegen und ging nun zu ihr, die Hände ihr entgegengestreckt. Sie glitt in seine Arme und machte keine Anstalten, sich von ihm zu lösen. Seine Arme umfingen sie. Magie. Zauberei, Hexerei. Neil wusste nicht, welches Wort passte, oder vielleicht passten ja alle zusammen. Er wusste nur, dass er sie nie mehr gehen lassen wollte.

Sie trafen sich noch einmal. Und wieder. Sie stiegen nachts heimlich zur Brüstung hinauf oder trafen sich an einem nahe gelegenen See oder erforschten Höhlen, mit denen die moosgrünen Hügel rund um Braemoor übersät waren. Sie küssten sich. Sie konnten nicht aufhören, sich zu berühren. Sie wollten noch so viel mehr tun.

Doch Neil erinnerte sich an seine Mutter, deren Leben durch ein uneheliches Kind ruiniert worden war.

»Wir werden heiraten«, sagte er. »Mein Onkel möchte, dass die Familie eine Verbindung mit den Leslies eingeht. Er wird zustimmen, wenn du Donald nicht willst.« Er versuchte, sich selbst davon zu überzeugen. Schließlich war er trotz allem ein Forbes und trug auch den Namen.

Sie verzog das Gesicht. »Mein Vater hat immer gesagt, dass ich nicht gegen meinen Willen heiraten muss. Er möchte, dass ich glücklich bin, und Donald ... ängstigt mich.« Sie hielt inne, und ihr Blick traf den seinen. »Selbst wenn die Familien nicht zustimmen, werde ich mit dir gehen. Wohin auch immer wir können. Aber«, fügte sie hinzu, »Vater wird zustimmen. Ich weiß, dass er das tun wird.«

Dann hatte er sie geküsst. Der Himmel bebte. Oder war es das Donnergrollen jenseits des Himmelreichs?

Sie hatten sich beide geirrt.

Bis vor einigen Augenblicken hatte Neil nicht gewusst, wie sehr. Bastard. Irrsinn. Makel. Ersteres konnte er überwinden. Letzteres jedoch niemals.

Er hätte es wissen müssen und hätte niemals zulassen dürfen, dass seine Hoffnungen – so stark und unerwartet sie auch waren – der Realität spotteten. Wie oft hatte sein Onkel ihm schon gesagt, wie glücklich er sich schätzen könne, dass man ihn aufgenommen habe und dass er ihm sehr viel Dank schulde. Er war von einem Mitglied des Forbes-Clans an den Waffen trainiert und dann nach Braemoor gebracht worden, wo er sein Training fortgesetzt hatte und zusammen mit seinem Cousin Donald unterrichtet wurde. Im Gegenzug hatte man von ihm erwartet, dass er sich stets um Donald kümmerte.

Und Neil hatte getan, was man ihm sagte. Er hatte versucht, zu verhindern, dass Donald sich allzu grausam verhielt, vor allem gegenüber Donalds Bruder Rory. Doch alle Bemühungen von Neil brachten dem jüngeren Forbes nur noch mehr Kummer ein. Also hatte er sich zurückgezogen, hatte sich zwar geweigert, an den Schikanen teilzuhaben, jedoch nichts unternommen, um ihnen Einhalt zu gebieten.

Er hatte schließlich gelernt, seine Ansichten für sich zu behalten. Er nahm Unterricht zusammen mit Donald und war dankbar dafür. Er brachte sich selbst alles über das Gut bei, weil niemand sonst sich darum zu kümmern schien. Er hatte seine Liebe zu diesen Ländereien entdeckt und las viel über die Möglichkeiten, den Ertrag zu verbessern. Der alte Marquis lachte über seine Bemühungen und nannte sie wichtigtuerisch, ließ Neil jedoch die Bücher führen. Donald war nie gut im Rechnen gewesen, und Neils Arbeit ersparte ihm die Kosten für einen Angestellten.

In der Tat hatte Neil sich so verdient gemacht, dass er geglaubt hatte, der Marquis würde ihm diese Chance nicht missgönnen.

Der Marquis brach das Schweigen. »Und dir ist sicher klar, dass du keinen roten Heller von mir erben wirst, wenn du heiratest und damit riskierst, den Wahnsinn weiterzugeben. Wie willst du dann eine Frau ernähren? Vor allem eine mit solcher Herkunft!»

Da lagen seine Hoffnungen, zerschlagen wie Glassplitter. Er erkannte, dass er hier nie etwas anderes als ein Bediensteter sein würde. Schlimmer aber war für ihn das Bewusstsein, niemals heiraten zu können.

Er hatte gewusst, dass er als Bastard geboren worden war. Donald hatte ihn verdammt noch mal oft genug so genannt. Genauso hatte Donald auch den kleinen Rory genannt. Mit dem Unterschied, dass Rory einen rechtmäßigen Vater hatte, wenn er auch nicht leiblich war. Die Tatsache, dass Rorys Mutter ihren Ehemann betrogen haben könnte, zog nicht die rechtlichen Konsequenzen nach sich wie bei einem Kind, das unehelich empfangen worden war.

Doch Neil war dem Marquis, der ihn aufgenommen hatte, treu ergeben gewesen. Er hatte ihm zu blind vertraut, wie er jetzt wusste.

In den vergangenen Minuten hatte er erfahren, dass er dem

Marquis nicht mehr bedeutete als der unwichtigste Stalljunge. Seinem Onkel hatte das Gespräch Vergnügen bereitet. Neil hatte das gespürt. Und er glaubte auch zu wissen, warum. In seiner Naivität hatte er geglaubt, dass sein Onkel diese Ehe begrüßen würde, da die Mitgift trotzdem Braemoor zufallen würde.

In seiner Naivität hatte er nicht den verletzten Stolz seines Cousins bedacht. Und auch nicht die Demütigung, die der Marquis empfand.

Ein mittelloser Bastard mit Wahnsinn in der Familie hat dort Erfolg gehabt, wo es dem jungen Lord nicht gelungen ist.

Nachdem er das Hohnlächeln auf dem Gesicht des Marquis gesehen hatte, keimte in ihm sofort der Wunsch auf, Braemoor zu verlassen. Doch gleichzeitig wurde ihm klar, dass er alles war, was zwischen dem brutalen Marquis und seinen Pächtern stand und auch zwischen Donald und dessen jüngerem Bruder.

»Du wirst dieses Mädchen nicht wiedersehen«, warnte sein Onkel. »Und jetzt raus hier.«

Neil verließ den Raum. Wie hatte er nur so ein Narr sein können? Er war mit so hochfliegenden Hoffnungen und Erwartungen eingetreten. Und wenn da nicht seine Mutter gewesen wäre, hätte er Janet Leslie gebeten, dennoch seine Frau zu werden. Er war tüchtig in der Landarbeit und auch mit den Tieren. Sie hätten irgendwo anders hingehen können.

Doch hätte er sie wirklich darum bitten dürfen, alles aufzugeben und in einfachen Verhältnissen zu leben?

Und noch wichtiger: Durfte er sie bitten, das Risiko von Irrsinn mit ihm zu teilen?

Er war heute Nachmittag mit ihr an der gleichen Stelle verabredet, an der sie sich vor Tagen getroffen hatten.

Er konnte das nicht tun. Er konnte ihr nicht die Gründe nennen, auf Grund derer er sie nicht heiraten durfte. Selbst ein nachsichtiger Vater würde Wahnsinn nicht gutheißen können. Und er wollte und konnte sie nicht bitten, sich gegen ihren Vater zu stellen. Er erinnerte sich daran, wie sie sein Gesicht berührt hatte, wie sie geschworen hatte, mit ihm fortzugehen, wenn ihr Vater und sein Onkel – oder einer von beiden – die Ehe untersagten.

Er konnte ihr das einfach nicht antun. Er konnte nicht von ihr verlangen, solch eine Entscheidung zu treffen. Er musste ihr sagen, dass er wusste, dass sie keine Mitgift bekommen und dass sein Onkel ihn enterben würde. Er würde sie belügen müssen und ihr sagen, dass das von Bedeutung sei.

Denn sonst, so fürchtete er, würde sie hoffen und warten und versuchen, ihren Vater zu überzeugen. Selbst wenn er ihr von der Geisteskrankheit erzählte, war er sich nicht sicher, ob sie es akzeptieren würde.

Nein. Er musste es ihr ermöglichen, einen anderen Mann zu lieben und zu heiraten. Es würde ihm das Herz brechen, doch vielleicht ihres retten ...

Er hatte nie zuvor edle Gedanken gehabt. Er hatte überlebt, indem er sich dem Willen anderer gebeugt hatte. Doch zum ersten Mal tat er etwas Selbstloses.

Selbst wenn sie ihn dafür hassen würde.

Kapitel 1

Schottland 1747

Niemand sollte für den Tod eines anderen Menschen beten.

Janet wusste, dass sie dafür in die Hölle kommen würde. Sie konnte ihre Sünden nicht einmal mehr beichten, da der Katholizismus verboten worden war. Letztlich hätte das aber auch keine Rolle gespielt. Sie konnte ihre Gedanken nicht einmal in ihrem Herzen bereuen.

Wie hatte sie sich jemals etwas über Alasdair Campbell vormachen können? Wie hatte sie ihn jemals heiraten können?

Doch als sie im Kinderzimmer saß, noch immer mit schmerzendem Körper von den Schlägen, mit denen er sie gerade traktiert hatte, und die Wiege schaukelte, in der ihr kleiner Sohn lag, wusste sie genau, warum.

Im Nebenzimmer schliefen drei kleine Mädchen. Sie hatte sich in sie verliebt, nicht in ihren Vater.

Ja, Alasdair hatte den charmanten und liebenden Vater gespielt, der eine Mutter für seine Kinder brauchte. Das war das einzige Argument gewesen, mit dem er sie gewonnen hatte. Sie hatte nach Kindern gehungert.

Nach Neils Treuebruch hatte sie geglaubt, dass sie nie wieder der Verlockung der Liebe erliegen würde. Und das hatte sie auch nicht getan. Sie hatte sogar gedacht, dass ihr Herz zur Liebe nicht mehr fähig war.

Sie hatte jeden Freier abgewiesen, den ihr Vater vor ihr hatte aufmarschieren lassen. Zwei Jahre vergingen, dann vier und schließlich sechs, seit sie Neils Nachricht erhalten hatte, die besagte, dass er sich gegen eine Ehe mit ihr entschieden habe, dass ihre Mitgift nicht so hoch sei, wie er erwartet hätte. Er hatte nicht einmal die Höflichkeit besessen, ihr das persönlich zu sagen. Stattdessen war er von Braemoor geflohen und hatte nur diese grausame Mitteilung zurückgelassen.

Sie war am Boden zerstört gewesen. Und nicht nur das, sie hatte auch den Glauben an ihre Menschenkenntnis verloren. Und sie hatte nie wieder das zurückbekommen, was sie an jenem Tag verlor.

Sie hatte gewusst, dass sie nie wieder einen Mann lieben würde, lieben könnte. Es war viel zu schmerzlich. Doch sie liebte Kinder. Ihr Herz verlangte nicht mehr nach einem Ehemann, weil sie nicht mehr daran glaubte, dass Männer so lieben konnten, wie sie lieben und geliebt werden wollte. Aber gleichzeitig hatte sie Kinder gewollt. Sie hatte sich danach gesehnt, ein Baby in den Armen zu halten, mitzuerleben, wie ein Mädchen die ersten Schritte machte und ein Junge sein erstes Pony bestieg.

Und als Alasdair Campbell ihr den Hof machte und seine drei kleinen, mutterlosen Töchter mitbrachte, hatte sie sich prompt in sie verliebt, wenn auch nicht in ihn.

Und daher hatte sie zugestimmt, ihn zu heiraten.

Er sah gut aus und war nach außen hin charmant. Seine Töchter waren zu gut erzogen und zu ruhig für Kinder, doch sie hatte erst zwei und zwei zusammengezählt, als es zu spät war. Und selbst dann noch hätte sie es vielleicht riskiert.

Sie war vollkommen entzückt von den kleinen Mädchen. Sie waren still und scheu. Sicher, sie hatten ihre Mutter verloren. Doch sie wollte sie lächeln, lachen und spielen sehen.

Und daher hatte sie ihre Zustimmung gegeben, trotz der Sorge ihres Vaters, weil die Campbells Protestanten waren und treue Anhänger von König Georg, während die Leslies die Jakobiter bevorzugten.

Janet wurde die neue Gräfin von Lochaene, Ehefrau des Grafen von Lochaene. Sie stellte bald fest, dass sie es mit einem Haushalt zu tun hatte, in dem der Hass, der Neid und die Gier herrschten. Ihre Vorgängerin Isabella war bei der Geburt von Annabella gestorben. Oder war es, fragte sich Janet oft, einfach eine Flucht gewesen?

Wenn dem so war, dann war diese Flucht verheerend für ihre Kinder. Sie lebten in ständiger Angst vor ihrem Vater, seiner Mutter, der verwitweten Gräfin, und seinem jüngeren Bruder. Letzterer war besonders unerfreut gewesen über die Geburt ihres Sohnes Colin vor zehn Monaten.

Colin und die kleinen Mädchen waren das einzig Gute an ihrer Ehe. Sie liebte die Töchter des Grafen wie ihre eigenen. Sie hegte sie, erzog sie und beschützte sie – was zu ihren jüngsten Verletzungen geführt hatte.

Annabella, die Fünfjährige, hatte sich nicht schnell genug wegbewegen können, als Alasdair an ihr vorbeigegangen war. Ja, sie war vor Angst wie angewurzelt stehen geblieben. Ihre ältere Schwester war eingeschritten und hatte versucht, sie aus dem Weg zu schieben, was ihr einen Schlag mit der Reitpeitsche eingehandelt hatte.

Sie hatte geschrien, und Janet war dazwischengegangen und hatte sich zwischen Alasdair und die Kinder gestellt. Er war rot vor Wut geworden.

»Ich mache mit meinen Kindern, was ich will.«

»Nein«, sagte sie. Sie hatte schon so oft den Mund gehalten. Sie wusste, dass Widerstand nur seine Wutausbrüche anstachelte. Doch sie wollte lieber selbst das Ziel seiner Wut sein als eines der Kinder, die nicht einmal wussten, was sie falsch gemacht hatten.

»Nein?«, erwiderte er mit freundlicher Stimme. Doch sie wusste, was sich darunter verbarg.

Seine Hand umklammerte ihren Arm schmerzhaft, und er zerrte sie in seine Kammer. Sie teilten sich kein Schlafzimmer, wofür sie Gott dankte. Sie hatte eine angrenzende Kammer, und sie war sich der Frauen mehr als bewusst, die er mit in sein Gemach nahm. Sie war jedes Mal dankbar dafür, weil das hieß, dass er ihre Kammer nicht betreten würde.

Sie hatte eine Kunst daraus gemacht, sich von ihm fern zu halten, und, noch viel wichtiger, die Kinder vor ihm zu verstecken. Doch diesmal waren sie aus der Tür gestürmt, weil sie ganz begierig auf ein versprochenes Picknick warteten. Janet hatte nicht bemerkt, dass Alasdair von der Jagd zurückgekehrt war.

Er warf sie auf das Bett. »Du wirst nie wieder nein zu mir sagen«, sagte er, während er mit der Reitpeitsche knallte, die er noch in der Hand hatte. »Du hast nie gelernt, wo dein Platz ist, jakobitisches Miststück.«

Ihr Blut gefror ihr in den Adern bei diesen Worten. Das vergangene Jahr war in den Highlands grauenvoll gewesen. Nach der Schlacht bei Culloden war jede jakobitische Familie gejagt und schikaniert worden. Ihr Bruder war im Kampf für Prinz Charlie gestorben, und das Land ihres Vaters und seine Besitztümer waren ihm genommen worden, aber erst, nachdem er bei dem Versuch, sie zu schützen, gestorben war.

Sie hatte niemanden mehr gehabt, der sie schützte, niemanden, der sie wirklich liebte. Niemanden als die drei kleinen Mädchen im Alter von fünf, sechs und sieben Jahren.

Und eine Erinnerung. Eine Erinnerung an einen wundervollen von der Sonne geküssten Tag.

Sie hatte sich daran geklammert, als er ihr die Kleider weggerissen hatte und die Reitpeitsche über ihre Schultern gejagt war, dann über ihre Brüste und schließlich über ihren Rücken. Danach hatte er seine eigenen Kleider abgelegt und sich auf sie geworfen, blind für die Schmerzen ihres Körpers. Blind und desinteressiert.

Sie versuchte, an etwas anderes zu denken, als er sie nahm. Sie dachte daran, ihn zu verlassen, doch wohin konnte sie mit vier Kindern von noch nicht einmal acht Jahren gehen? Wie sollte sie für sie sorgen? Sie ernähren? Sie kleiden? Sie konnte allein fortgehen, doch was würde dann aus den Kindern werden? Alasdair würde seinen Sohn nie gehen lassen. Er würde das ganze Land umgraben, bevor er seinen Erben aufgab. Die Mädchen bedeuteten ihm nichts. Sie waren Mädchen und daher wertlos. Doch sein Sohn ... der war etwas, das er nach seinem Bild formen konnte.

Nur über ihre Leiche.

Oder seine.

Und er hatte es gewusst. Seine Augen hatten sich zusammengezogen, nachdem er das Bett verlassen hatte.

»Du hast den Gehorsam gegenüber deinem Lord noch nicht gelernt, meine Liebe. Wie viele Lektionen brauchst du denn noch, du dummes Weibsbild?«

Sie hatte ihn hilflos angestarrt, als an die Tür geklopft wurde. Alasdair öffnete sie für MacKnight, seinen Diener. Der brachte eine Flasche Brandy auf einem Tablett. Seine Augen weiteten sich, während Janet hektisch versuchte, ihren Körper mit den zerrissenen Kleidern zu bedecken.

»Eine kleine Lektion, MacKnight. Eine, die du dir im Gedächtnis behalten solltest, falls du jemals so dumm sein solltest zu heiraten.«

Janet hatte schon zwei Jahre zuvor gelernt, Alasdair nicht die Genugtuung ihrer Tränen zu gönnen. Doch als die Tür sich schloss, sagte sie: »Irgendwann wird Euch jemand töten.«

»Eine Drohung, meine Liebe?«

»Nein, ein Versprechen, wenn Ihr den Kindern wieder wehtut.«

»Ich gehe mit meinen Kindern um, wie ich es will. Du wirst dich nicht mehr einmischen. Ich erwarte dich heute Abend zum Essen. Ich habe ein paar Gäste.«

Er ging, und die Tür schloss sich mit trügerischer Sanftheit hinter ihm.

Janet blieb noch einen Moment liegen, weil ihr missbrauchter Körper schmerzte. Sie weigerte sich zu weinen. Das würde ihm Macht über sie geben. Selbst wenn er nicht da war und es nicht sah. Nach einer Weile stand sie auf, zog sich unter Schmerzen an und ging dann hinaus, um nach den Kindern zu sehen.

Die Mädchen kauerten in der Ecke, und ihr Sohn schrie. Mit einem aufgesetzten Lächeln sagte sie ihnen, dass sie das Picknick erst am nächsten Tag machen würden. Sie tröstete ihren Sohn und hauchte Küsse auf sein Gesicht. Als er sich schließlich beruhigte, legte sie ihn in sein Bett und half den Mädchen dabei, ihre Nachthemden anzuziehen. Sie blieb bei ihnen, erzählte ihnen eine Geschichte und sang ein Schlaflied. Endlich schlossen sie die Augen.

Sie saß neben ihrem Sohn und schaute ihm beim Schlafen zu. Er war noch nicht einmal ein Jahr alt und zuckte schon beim Anblick seines Vaters zusammen. Sie hatte Angst, dass Alasdair eines Tages in Wut geraten und eines der Kinder ernstlich verletzten würde. Das war einmal passiert, als ihm ein Welpe in den Weg geraten war. Sie hatte ihn gesund gepflegt und ein gutes Zuhause für ihn gefunden. Und den Kindern hatte sie kein neues Haustier erlaubt.

Sie schluckte verkrampft … und dachte an Neil Forbes und auch daran, wie anders sie sich einmal ihr Leben vorgestellt hatte. Doch damals war sie neunzehn gewesen und hatte geglaubt, dass die Liebe wirklich existierte. Sie hatte an seine Sanftheit, seine Küsse und seine verlegenen, doch ehrlich wirkenden Worte geglaubt und an die süße Spannung zwischen ihnen. Sie war bereit gewesen, für ihn alles aufzugeben. Die Enttäuschung war bitter gewesen und hatte lange nachgewirkt.

Er hatte damals so wenig. Und er war nicht gewillt gewesen, einen Hausstand zu gründen für die kleine Mitgift, die sie eingebracht hätte. Nun war er einer der reichsten Männer Schottlands. Er hatte nach dem Tod seines Cousins den Titel des Marquis von Braemoor geerbt. Seine Ländereien hatten sich durch die Eheschließung seines Cousins vergrößert.

Er hatte sie überhaupt nicht gebraucht.

Doch er hatte nicht geheiratet, Das wusste sie. Man erzählte sich, dass man versuchte, ihn für die jüngere Schwester ihres Ehemanns zu interessieren. Braemoor aber hatte die Offerte abgeschmettert. Er hoffte offenbar auf eine noch günstigere Eheschließung.

Er konnte jetzt jede Frau Schottlands haben. Er war nicht nur reich, sondern war auch eine stattliche Erscheinung. Sie erinnerte sich an seine Größe, seine schwarzen Haare, die sich um ihre Finger geringelt hatten, und an die dunklen Augen, die immer wachsam waren, bis sein Blick den ihren traf.

Sie schüttelte den Kopf über diese Erinnerungen. Er war nicht das, was sie geglaubt hatte. Er war wahrscheinlich nicht besser als ihr Ehemann. Doch warum spukte er dann durch ihre Träume?

Die Einsamkeit fuhr so scharf durch Neils Körper, wie die Messerklinge durch das Fleisch, das während der Hochzeitsfeiern gereicht wurde.

Er stand in einer Ecke und beobachtete das fröhliche Treiben und einen seiner Pächter, der mit seiner neuen Braut tanzte. Eine Geige spielte eine flotte Weise, und das Bier floss in Strömen.

Er würde bald gehen. Er wusste, dass er nicht gerade belebend auf die Feier wirkte. Er wusste, dass er respektiert wurde, aber nicht unbedingt gemocht. Er war zu lange allein gewesen und über die Jahre zu argwöhnisch geworden, um sich zu entspannen und die Gesellschaft anderer zu genießen.

Dies war eins der Dinge, die er am meisten bedauerte. Erst vor kurzem hatte Neil herausgefunden, wie tief die Freundschaft seines Cousins zu ihm gewesen war, wie loyal dieser sich verhalten hatte. Neil hatte das zu spät erkannt. Er wünschte sich, er hätte jemals hinter die Fassade seines Cousins geschaut, zu dem Mann, der dahinter verborgen war.

Rory, dessen war sich Neil bewusst, hätte sich hier richtig zu Hause gefühlt, wohingegen er sich – nun ja – wie ein Eindringling vorkam.

Er hatte sich sein ganzes Leben lang wie ein Eindringling gefühlt, selbst jetzt noch, als Graf von Braemoor. Das war ein Titel den er immer schon wollte und von dem er sogar gedacht hatte, dass er ihm zustand. Er hatte angenommen, dass ihm das Land und die Leute mehr am Herzen lagen als Rory. In Wahrheit wusste Neil nun, dass er selbst es war, der nicht die geringste Ahnung hatte von Ehre oder Mut oder Engagement.

In den Monaten seit Rorys angeblichem Tod hatte Neil versucht, sein eigenes Leben zu verändern, damit es einen Sinn bekam, doch er wusste nicht, wie man Freunde fand oder eine Freundschaft aufrechterhielt. Er wusste auch nicht, wie er sich bei einem Glas Bier entspannen sollte. Wenn er es versuchte, fühlte er sich unwohl und wusste, dass es allen anderen auch so ging.

Und daher blieb er auf Distanz. Er versuchte, sich den Pächtern gegenüber richtig zu verhalten, und hielt sie auf dem Land, statt sie gewaltsam zu vertreiben, wie es so viele andere Grundbesitzer machten. Die letzten Überreste des Clan-Systems waren im Culloden-Moor zerstört worden. Rodungen waren an der Tagesordnung. Er zahlte hohe Steuern an die Krone, um das Land zu behalten, was wiederum bedeutete, dass er Steuern erheben musste. Wie die anderen hatte auch er einen Teil des Landes in Weideland umgewandelt, doch er versuchte, niemanden zu vertreiben.

Die Pächter wussten das. Dennoch war ihm klar, dass er niemals ihr Freund werden würde.

Er betrachtete die herumwirbelnden Gestalten. Keine Dudelsackmusik. Die war von Cumberland genauso verboten worden wie die Plaids. Stattdessen trugen die Männer jetzt derbe, feste Schuhe und billige Hosen.

Die Musik verklang und die Tänzer drängten sich in kleinen Gruppen zusammen, doch niemand kam in seine Nähe. Er seufzte, zwang sich dann zu einem Lächeln, ging zu dem jungen Hiram Forbes hinüber und übergab ihm eine kleine Börse. »Für dich und deine Braut«, sagte er.

Das Mädchen knickste, und Hiram sah zunächst überrascht aus und dann erfreut. »Danke, Mylord.«

»Ich wünsche euch viele Kinder«, sagte Neil, der die Leere in seiner Seele und in seinem Leben spürte. Er würde niemals Kinder haben und auch keine Frau, die ihn so ansah wie das junge Mädchen ihren frisch gebackenen Ehemann. Dies war zweifelsohne eine Liebesheirat, und er stöhnte innerlich, weil solch ein Blick niemals wieder ihm gelten würde.

Einmal. Er hatte einmal ihm gegolten. Er hatte sich selbst in Augen gesehen, die vor Liebe leuchteten, und er war über sich hinausgewachsen. Niemals wieder hatte er sich so gefühlt.

Er drehte sich um und ging davon, in dem Bewusstsein, dass niemand ihn bitten würde zu bleiben. Er bestieg sein wartendes Pferd, Jack. Zurück zum Herrenhaus?

Das war eine einsame Vorstellung. Seit Rory und seine Frau Bethia fortgegangen waren, schien alles Leben aus dem steinernen Gebäude gewichen zu sein. Aus einem seltenen Impuls heraus lenkte er Jack zu dem See oberhalb des Hügels, an dem er sich vor Jahren mit Janet getroffen hatte. Vor neun Jahren und drei Monaten, genau gesagt. Sie war jetzt mit einem Campbell verheiratet. Sie hatte einen Sohn.

Der Gedanke führte zu einem vertrauten Schmerz in seiner Brust. Er hatte sich mit dem auf dem Laufenden gehalten, was über sie erzählt wurde. Er hatte gehört, dass ihr Bruder bei Culloden gefallen war, wo er für Prinz Charlie gekämpft hatte.

Er wusste auch, dass ihr Vater kurz danach gestorben war und ihr gesamter Grundbesitz beschlagnahmt wurden.

Ebenso wusste er, dass Janets Ehemann der Grundbesitz der Leslies nicht zugesprochen worden war, wahrscheinlich, weil er sich Cumberland bei Culloden nicht angeschlossen hatte. Stattdessen waren die Ländereien wieder an den König zurückgefallen, der damit einen Engländer belohnte, der an seiner Seite gekämpft hatte.

Er erinnerte sich, wie sehr sie ihren Vater geliebt hatte. Obwohl er im Beten nicht geübt war, war er dennoch in die kleine Kapelle neben dem Turmhaus gegangen und hatte für sie und den Mann gebetet, von dem er einst gehofft hatte, dass er sein Schwiegervater werden würde. Er bezweifelte, dass Gott sein Gebet hörte; er hatte keine Erfahrung mit solchen Dingen. Und er hatte seine Zweifel an dem Wert von Gebeten und selbst an der Existenz Gottes. Er hatte zu viele Grausamkeiten gesehen, zu viele Ungerechtigkeiten und zu viele Morde. Wenn Gott das alles erlaubte, wozu war er denn dann überhaupt von Nutzen?«

Dennoch hatte er es um Janets willen versucht. *Wenig genug.*

Es war schon sehr spät am Nachmittag, als er am See ankam. Die Sonne ging unter und warf farbige Streifen über einen zimtfarbenen Himmel. Die letzten Strahlen tauchten den See in ein goldenes Gesprenkel, und die umgebenden Hügel waren übersät mit Heidekraut.

Die stille Heiterkeit der Highlands vertrieb normalerweise den Schmerz in ihm. Heute jedoch verschlimmerte sie den Schmerz und brannte ihn so tief in ihm ein, dass er nur noch aus ihm bestand. Er erdrückte ihn. Er sah Janet Leslie vor sich, ihr braunes Haar, das ein ernstes und doch empfindsames Gesicht umrahmte, und ihre Augen mit den stillen Feuern der Leidenschaft. Er sah ihr scheues Lächeln, dachte an die Süße ihrer Berührung und erinnerte sich daran, wie es sinnlich geworden war und doch nie seine Sanftheit verloren hatte.

Gott im Himmel, wie sehr er sich nach ihr sehnte, nach jemandem, den er berühren konnte, mit dem er sprechen und die schlichte Freude eines Sonnenuntergangs teilen konnte.

»Du und ich, Jack«, sagte er zu dem Pferd. Er hatte das Tier in Erinnerung an Rory so genannt. Der Hengst war genauso doppelzüngig wie sein Cousin – ruhig in dem einen Augenblick und voller Rebellion im nächsten. Wild und voll Verlangen, frei zu sein.

All das, was Neil sein wollte und nicht sein konnte. Er war an die Verantwortung gebunden, an das Praktische.

Rorys Kleidung aus seinen Tagen als Schwarzer Bube lagen noch immer versteckt in einem verlassenen Häuschen. Neil wusste, dass er sie vernichten sollte, doch er hatte es bisher nicht fertig gebracht. Sie bedeutete ihm etwas, war eine Mahnung dafür, dass er niemals wieder einen anderen Menschen so vorschnell beurteilen sollte.

Er sah zu, wie der Sonnenuntergang in die Dämmerung überging. Nebel erhob sich über dem See, der ihn sanft umhüllte.

Er wendete Jack in die Richtung von Braemoor und dachte wieder an Rory. Würde er jemals so mutig sein wie sein Cousin? So verwegen? Und genauso ehrenhaft? Oder war er dazu verurteilt, sich abzuplagen und auf den gleichen Wahnsinn zu warten, der sich seiner Mutter bemächtigt hatte?

Er führte Jack den tückischen Pfad hinunter und stieg dann auf. Er drängte das Tier in einen Trab, dann in einen Galopp und schließlich in einen Renngalopp. Er wollte die Geister der Vergangenheit hinter sich lassen.

Doch er wusste, dass sie immer tief in ihm lauern würden.

Alasdair Campbell, der Graf von Lochaene, starb in den frühen Morgenstunden eines Freitags. Er starb unter qualvollen Schmerzen.

Janet war von einem Diener herbeigeholt worden und eilte an sein Bett. Seine Mutter und einer seiner Brüder waren schon an seiner Seite. »Der Arzt ist gerufen worden«, sagte Alasdairs Mutter, die verwitwete Gräfin.

Der Graf sah nicht mehr gut aus. Sein Gesicht war fahl, sein Haar strähnig und sein Körper vor Qual verkrümmt. Er schrie vor Schmerzen.

»Lieber Gott«, flüsterte Janet. »Was ist geschehen?« Marjorie, die verwitwete Gräfin, sah sie mit misstrauischem Blick an. »Vorhin ging es ihm noch gut.«

Als Herrin von Lochaene hatte Janet häufig kranke und verwundete Mitglieder des Haushalts versorgt. Das Gleiche hatte sie auch schon damals in ihrem Elternhaus gemacht.

Sie war beunruhigt über das Weiße in den Augen ihres Mannes und die offensichtlichen Schmerzen, die er litt. Bei all seinen Fehlern war Alasdair nicht wehleidig. Wenn er sagte, dass er krank sei, dann war er wirklich krank. Sie erinnerte sich an das, was sie vor drei Tagen gedacht hatte. Sie hatte ihm den Tod gewünscht.

Doch als sie sich nun genau damit konfrontiert sah, wusste sie, dass sie das nicht wirklich wollte. Sie wollte nicht verantwortlich für einen weiteren Todesfall sein, selbst nicht für den eines Menschen, den sie verachtete.

Sie hatte jedoch keine Ahnung, was mit ihm los war. Sein Diener sagte, es ginge ihm seit dem letzten Abend schlecht, er hatte derartige Bauchschmerzen gehabt, dass er sich übergeben musste.

Marjorie starrte sie an. »Was hast du ihm angetan?«

Ein Kälteschauer lief Janets Rücken hinab. »Nichts. Ich habe ihn heute nicht zu Gesicht bekommen, und gestern ging es ihm gut.«

»Genau«, sagte die verwitwete Gräfin. »Nigel sagte, dass du gestern in seiner Kammer gewesen bist, als er ein Tablett hinaufbrachte.«

Janet nickte. Ihr Mann hatte getrunken. Er hatte ihre Anwesenheit zusammen mit einer weiteren Flasche Brandy befohlen, nach einem Jagdtag mit seinem Bruder Reginald.

Sie war gezwungen gewesen, stehen zu bleiben, während er den Inhalt der Flasche nach und nach ausgetrunken hatte und ihr all ihre Versäumnisse als Frau des Hauses, Ehefrau und Mutter aufgezählt hatte. Dann hatte er ihr befohlen, sich in sein Bett zu legen, doch Gott sei Dank war er ohnmächtig geworden, ehe er irgendetwas hatte tun können. Sie war fortgegangen und hatte sich in die Sicherheit ihrer Kammer zurückgezogen, nachdem sie noch einmal nach den Kindern gesehen hatte. Colin war wach gewesen und hatte ernst zu ihr aufgeschaut, aus seiner Wiege, die auf ihr Betreiben hin in ihrer Kammer geblieben war. Sie misstraute Molly, der Frau, die ihr Mann angestellt hatte, um sich um die Kinder zu kümmern. Die Frau, dachte Janet, war eher dafür angestellt worden, das Bett ihres Mannes zu wärmen als die Kinder zu versorgen.

Anfangs war sie dankbar dafür gewesen. Es bedeutete weniger Besuche in ihrem Bett. Doch dann hatte sie beobachtet, wie die Frau Annabella geschlagen hatte. Sie hatte versucht, sie zu entlassen, doch Alasdair hatte davon nichts hören wollen.

»Ich werde ein paar Kräuter holen«, sagte Janet.

»Nein«, erwiderte ihr Mann. Er stöhnte und sah dann mit weit geöffneten und schmerzerfüllten Augen zu ihr auf. »Was hast du getan?«, fragte er. »Was hast du mir in den Brandy geschüttet?«

Die Augen aller, die sich in der Kammer befanden, richteten sich auf Janet. Sie spürte, wie ihr das Blut aus dem Gesicht wich.

Sie begann den Kopf abwehrend zu schütteln.

»Bringt sie hinaus«, sagte ihr Mann.

Reginald starrte sie an und machte dann ein paar Schritte auf sie zu. »Du solltest besser gehen«, sagte er.

Janet erkannte sofort, dass sie keine Wahl hatte. »Der Arzt?«, fragte sie und wusste, das der einzige Arzt in Inverness und Stunden entfernt lebte.

»Man hat nach ihm geschickt«, sagte die alte Gräfin, und ihre braunen Augen glitzerten bösartig. Sie hatte Janet noch nie leiden können und hatte für ihre jakobitische Familie nur Geringschätzung übrig gehabt. Janet wusste, dass ihr Mann sie ohne die Mitgift, die ihr Vater zur Verfügung gestellt hatte, nie geheiratet hätte und auch nicht ohne die Hoffnung, dass sie eines Tages den Grundbesitz ihrer Familie erben würde. Die Tatsache, dass dieser vom englischen König beschlagnahmt worden war, war eine bittere Enttäuschung für ihn gewesen.

Nur die Geburt ihres Sohnes hatte ihn davon abgehalten, sich von ihr scheiden zu lassen. Der Wunsch nach einem Sohn war noch dringender gewesen als der Wunsch, sie loszuwerden.

Was für einen bitteren Handel war sie eingegangen.

Sie wusste nicht, wie spät es war, nur dass es kurz vor dem Morgengrauen sein musste. Colin und die Mädchen schliefen und sie wollte sie nicht wecken. Sie zündete eine der Kerzen in der Halle an und trug sie die Treppe zum Balkon des weitläufigen Anwesens der Campbells von Lochaene hinauf. Es war ein kleineres Gut als das Haus ihrer Kindheit und sogar noch kleiner als Braemoor. Das steinerne Gebäude war zur Verteidigung gebaut worden und nicht aus Gründen des Komforts; seine Räume waren klein und kahl und die Stufen der Wendeltreppe steil und uneben. Keine Wandteppiche wärmten die Räume und keine Teppiche den Boden.

Als sie als Braut nach Lochaene kam, hatte sie versucht, ihren Mann dazu zu bringen, einen Teppich für das Kinderzimmer zu kaufen. Die Böden waren so kalt, und der Wind pfiff oft durch die Fenster herein. Dann hatte sie entdeckt, dass er sich weit weniger um das Wohlergehen der Kinder kümmerte als um seine häufigen Fahrten nach Edinburgh und die Pferde, die er kaufte und dann oft ruinierte.

Doch nun wollte und brauchte sie die frische Nachtluft. Sie ließ die Kerze hinter der Tür zurück, damit sie nicht ausging und ging dann hinaus auf den Balkon. Der Himmel sah bedrohlich aus. Große, dichte Wolken zogen über den Himmel und verdeckten die Sterne, obwohl Fackeln in dieser Nacht den Burghof erleuchteten. Sie konnte jenseits von ihnen nichts erkennen, doch sie kannte das Land gut. Es bestand überwiegend aus nacktem Moor und niedrigen Hügeln. Man hatte alle Bauernhöfe geräumt und das Land verwahrlosten Rindern und Schafen überlassen. Es war ein einsamer Ort, dunkel und trübsinnig, anders als die wilde, schöne Landschaft ihrer Heimat.

Die Kälte zwang sie zurück in die fragwürdige Wärme der Burg, und sie ging zu den Schlafgemächern. Colin schlief noch. Als Nächstes sah sie nach den Mädchen.

»Mama«, sagte Grace von ihrem Bett aus und erhob sich in eine sitzende Position. Grace war mit ihren sieben Jahren die älteste der Schwestern, ein ernstes, schlankes vernachlässigtes Kind, das ihre Schwestern und ihren kleinen Bruder wild verteidigen konnte, obwohl sie zu schüchtern war, um für sich selbst zu sprechen.

Sie liebte die Mädchen genauso, als wären sie ihrem eigenen Körper entsprungen. Grace mit ihrer ruhigen Würde, Rachel, die nichts anderes wollte als lieben und geliebt werden, und die kleine Annabella, die immer nur Unfug im Kopf hatte.

Janet ging zu Grace hinüber und stellte die Kerze auf den Tisch. Sie setzte sich vorsichtig hin, um die beiden anderen Mädchen nicht zu wecken, nahm Grace in die Arme und drückte sie fest an sich. Sie spürte, dass das Mädchen sich entspannte und sich an sie kuschelte. Nach ein paar Minuten war Grace wieder eingeschlafen, doch Janet konnte nicht zur Ruhe kommen. Sie wollte unten in Alasdairs Kammer sein. Sie hatte genau verstanden, was er angedeutet hatte, doch sie konnte nicht glauben, dass es ihm ernst gewesen war.

Es war noch immer dunkel, als sie ein Klopfen an der Tür hörte. Sie legte Grace wieder sanft ins Bett zurück und ging zur Tür.

Molly stand davor. Ihr Gesicht war verzerrt und bleich. »Man hat mich geschickt, um es Euch zu sagen. Der Graf ist tot.«

Kapitel 2

Der Beerdigungstag war genauso düster und trostlos wie der Anlass.

Alasdair war seit vier Tagen tot. Janet hatte sich dazu gezwungen, all das zu erledigen, was von einer Ehefrau erwartet wurde. Sie hatte seine Augen geschlossen und Münzen auf die Augenlider gelegt, damit sie geschlossen blieben. Sie hatte den Leichnam gewaschen und gesalbt und in das Totenhemd eingehüllt.

Ein Schreiner hatte den Leichnam gerade gezogen und für den Sarg ausgemessen. Er war am heutigen Tag eingetroffen.

Janet erlebte all das wie in Trance. Immer wieder kam ihr jener Wunsch in den Kopf, der sie vor einigen Tagen erfüllt hatte. Schuldgefühle stritten sich in ihr mit der Erleichterung darüber, dass er gegangen war und die Kinder nun sicher sein würden.

Er sah verändert aus. Richtiggehend friedlich. Er war ein gut aussehender Mann gewesen, als sie ihn geheiratet hatte. Im Laufe der vier Jahre war er dick geworden und sein Gesicht vom ständigen Trinken rot und aufgedunsen. Jetzt sah er wieder so aus wie zu der Zeit, als sie ihn zum ersten Mal gesehen hatte. Sie fragte sich, ob sie etwas mit seinem Abrutschen ins Trinken und seine Tendenz zur Grausamkeit zu tun gehabt hatte, oder ob er das schon immer in sich trug. Mit Sicherheit gab es in seiner Familie wenig Liebe und Mitleid.

Die Beerdigung hatte sich herumgesprochen. Janet war klar, dass viele Menschen daran teilnehmen würden; wenn schon nicht aus Liebe oder Respekt für den Grafen von Lochaene, dann aus Neugierde seiner Witwe gegenüber.

Sie wusste von den Gerüchten. Sie wusste, dass sie von ihrer Schwägerin und der verwitweten Gräfin verbreitet wurden. Mord, wurde geflüstert. Getratscht. Weitergegeben von einer Familie in den Highlands zur nächsten.

Gift wurde erwähnt. Arsen. Koffein. Belladonna. Opium. Doch der Arzt, der nach dem Tod eingetroffen war, konnte die Ursache nicht eindeutig feststellen.

Als der örtliche Sheriff eintraf, wurde über Mord zwar gesprochen, doch nichts konnte bewiesen werden. Ein Hausangestellter hatte gehört, dass sie den Grafen bedroht hatte; der Graf war ein gesunder Mann gewesen, der plötzlich einem unbekannten Leiden erlegen war. Beide Fakten waren verdächtig, doch nichts war schlüssig.

Es wurde vorgeschlagen, Janets Kammer zu durchsuchen, und der Sheriff hatte das auch getan. Sie fanden nichts in ihrer Kammer, doch in dem Gemach ihrer Schwägerin fanden sie Arsen. Sie verwendete es für die Schönheitspflege. Arsen war eine Substanz, die Janet stets verschmäht hatte, und sie war nun erleichtert darüber.

Dennoch bestanden die Gerüchte weiter. Janet wusste, dass viele an ihre Schuld glaubten, weil sie den größten Nutzen vom Tod des Grafen haben würde. Sie fragte sich, ob es nur eine Frage der Zeit sein würde, ehe die Familie ihres Mannes die Behörden davon überzeugt hatte, mehr zu tun, als nur Fragen zu stellen.

Auf Grund der Erbgesetze würde ihr Sohn erben. Alasdair hatte keine Vorkehrungen für ein Testament getroffen, und so fiel ihr die Herrschaft über Lochaene zu. Das war eine Verantwortung, die sie nicht gewollt hatte.

Doch an dem Tag, als Alasdair beerdigt wurde, empfand sie eine Freiheit wie nie zuvor. Schuldgefühle stritten sich in ihr mit der Erleichterung. Sie war frei. Die Mädchen waren in Sicherheit. Ihr Sohn würde in Liebe aufwachsen.

Die Grafen aus der Nachbarschaft waren während der vergangenen zwei Tage eingetroffen – sei es aus Loyalität oder aus Neugierde. Sie hatte nach einem Streit mit Marjorie angeordnet, Essen und Getränke bereitzustellen.

»Du solltest dich beschämt in deiner Kammer verstecken«, hatte Marjorie gesagt.

»Es gibt nichts, dessen ich mich schämen müsste«, hatte Janet entgegnet.

»Mein Sohn hat sich bester Gesundheit erfreut.«

»Dein Sohn hat zu viel gegessen und getrunken.«

»Du warst eine armselige Ehefrau.«

»Ich habe ihm einen Erben geschenkt.«

»Und ihn dann vergiftet?«

Janet zwang sich, in Marjories glitzernde Augen zu blicken. »*Ich* bin jetzt die Gräfin von Lochaene. Ich werde derartige Anschuldigungen nicht mehr dulden.«

»Ich bin noch nicht fertig mit dir«, sagte Marjorie. »Ich habe meinem Sohn gesagt, dass er keine Jakobiterin heiraten soll.«

»Aber er hat es getan, nicht wahr? Dass es keine Erbschaft gegeben hat, ist nicht meine Schuld. Beschwere dich bei seiner Gnaden, dem Herzog von Cumberland.«

»Miststück!«

»Wenn du das noch einmal sagst, werde ich dich zwingen, Lochaene zu verlassen. Und nun werde ich mich den Vorbereitungen widmen.«

Mit hoch erhobenem Kopf marschierte sie zur Küche. Sobald sie aber außer Marjories Sicht war, sackte sie an einer Wand zusammen. Sie mochte Konfrontationen überhaupt nicht. Doch sie hatte in diesem Moment erfahren, dass Marjorie ihre Feindin war, die alles Erdenkliche unternehmen würde, um sie zu zerstören. Das würde sie nicht zulassen. Sie hatte vier Kinder zu beschützen. Das würde sie stark machen.

Sie war schon viel zu lange schwach gewesen.

Jetzt nicht mehr.

Neil nannte sich selbst einen Narren. Er würde Lochaene vor Beginn der Feierlichkeiten wahrscheinlich nicht mal mehr erreichen. Doch er hatte die Gerüchte gehört und hatte nicht anders gekonnt.

Wenn es eine Sache gab, die er sicher wusste, dann, dass das Mädchen, das ihn vor Jahren so zärtlich berührt hatte, eines Mordes nicht fähig sein würde oder könnte.

Er wusste auch, dass sie als Abkömmling einer jakobitischen Familie in diesen Tagen nur wenige Freunde haben würde. Wenn er schon nicht mehr tun konnte, so konnte er ihr zumindest seine Freundschaft schenken. Er erlaubte sich nicht, auch nur daran zu denken, dass er irgendetwas anderes meinen oder in Betracht ziehen könnte. Nichts hatte sich geändert. Er konnte niemals heiraten. Der Makel seines Blutes bestand weiterhin. Doch er wusste, wie es war, allein in einem feindseligen Haus zu leben.

Und Rory hatte ihn einiges über die Ehre gelehrt. Daher war er zu seinem Pächter Jock geritten und hatte ihn gebeten, während seiner Abwesenheit die Leitung von Braemoor zu übernehmen. Jock hatte ihn überrascht angesehen, aber doch zugestimmt.

Dann hatte Neil Jack gesattelt.

Er wusste, dass Janet ihn nicht willkommen heißen würde. Doch die Gerüchte machten ihm Sorgen und sein Instinkt sagte ihm, dass Janet vielleicht Hilfe brauchte. Sie würde seine Hilfe vermutlich ablehnen, doch er musste ihr das Angebot machen. Er fragte sich, ob Cumberland wohl dort sein würde. Neil verabscheute diesen Mann zwar, doch er war von seinem Wohlwollen abhängig, vor allem wegen Rory. Und dieser kleine Vorteil konnte vielleicht auch für Janet von Nutzen sein.

Neils Lippen verzogen sich zu einem seltenen Lächeln, wann immer er an die Ironie der ganzen Sache dachte. Rory hatte Cumberland so gut und gründlich ausgetrickst, dass der Bruder des Königs niemals begriffen hatte, wie er gefangen genommen worden wurde und dass der Mann, den er belohnt hatte, der gleiche Mann war, der ihm mehr als ein Jahr lang ein Stachel im Fleisch gewesen war.

Und nun befand sich Rory wahrscheinlich irgendwo in den Kolonien und trickste dort jemand anderen aus. Sein Cousin hatte es gut getroffen. Neil hingegen war auf seinem eigenen Besitz zum Maulwurf geworden.

Es wurde Zeit, zum Vorschein zu kommen.

Die große Halle füllte sich am Tag der Beerdigung. Janet ertrug den Gedanken an die Zeremonie und Totenfeier mit der stoischen Gelassenheit, die sie in den vergangenen Jahren gelernt hatte. Wie es Brauch war, nahm sie nicht an der Beisetzung teil. Frauen taten das nicht. Stattdessen blieben sie im Herrenhaus und bereiteten das Essen und die Getränke für die Totenfeier, die der Beisetzung folgte.

Doch sie trauerte. Sie trauerte um das, was hätte sein können und nicht gewesen war. Sie trauerte um ihre Hoffnungen und Träume.

Sie trauerte sogar darum, dass Alasdairs Leben so vergeudet gewesen war.

Und sie trauerte für die Mädchen, für die kommende Trauerzeit, die ihr Leben noch weiter verdunkeln würde. Sie selbst besaß ein schwarzes Trauerkleid, das sie sich genäht hatte, als ihr Vater gestorben war, und einfache schwarze Kleider wurden eilig für die drei kleinen Mädchen hergestellt. Sie hasste es, sie in den dunklen Kleidern zu sehen, weil sie darin so traurig, verloren und unsicher aussahen.

Gott sei Dank würden all die Besucher bald wieder fort sein.

Sie ging hinaus, um ein wenig frische Luft zu schnappen. Die große Halle roch nach schalem Bier und Schweiß und ungewaschenen Körpern. Die Mädchen waren wieder in ihren Kinderzimmern. Eine ihrer ersten Amtshandlungen würde es sein, Molly zu entlassen.

Trauernde – oder Neugierige – kamen noch stets an. Sie sah eine kleine Gruppe herankommen, hieß sie willkommen und lud sie zum Essen und Trinken ein. Ein einsamer Reiter folgte ihnen.

Sie lächelte automatisch und erstarrte. Die Erinnerung traf sie tief. Ihr Herz begann zu hämmern.

Es konnte nicht sein.

Sein Kopf war unbedeckt, und sein Haar war selbst in der Spätnachmittagssonne so dunkel wie eine Rabenschwinge. Sein Sitz war locker, seine Haltung wirkte bequem und sein langer und sehniger Körper vertraut. Er war oft genug Teil ihrer Träume gewesen.

Sie wollte wieder hineinrennen. Sie wollte nicht, dass er von den Gerüchten hörte. Sie wollte auch nicht, dass er die Blässe ihres Gesichts sah und ihren viel zu dünnen Körper.

Er ritt jedoch direkt auf sie zu und saß vom Pferd ab. Ein Junge, der gerade die anderen Pferde in den Stall zum Füttern und Tränken gebracht hatte, erschien, um die Zügel zu nehmen.

»Ich mache es selbst«, sagte er mit der tiefen klangvollen Stimme, an die Janet sich so gut erinnerte.

Sie knickste. »Willkommen auf Lochaene, Mylord.«

»Gräfin«, erwiderte er ihren Gruß und sagte dann leiser: »Janet. Geht es dir gut?«

Er war so kräftig und groß. Überwältigend. Doch es war die Sanftheit seiner Stimme, die sie entwaffnete. Zum ersten Mal seit Tagen spürte sie, dass sich Tränen hinter ihren Augen sammelten.

Er behielt sein Hände bei sich und doch spürte sie eine Wärme, die sie nicht mehr gefühlt hatte, seit sie das Haus ihres Vaters verlassen hatte.

Sie schaute zu ihm auf. »Wir haben Euch nicht erwartet«, sagte sie und hoffte dabei, dass ihre Stimme kühl und reserviert klang.

Er zögerte und sagte dann verlegen: »Ich dachte, dass ich meine Aufwartung machen sollte.«

Sie wollte sich umdrehen, doch sie war wie erstarrt, als ob sie angewurzelt wäre. Sie erinnerte sich an das letzte Mal, dass sie ihn gesehen hatte. Er hatte sich herabgebeugt, um sie zu küssen und hatte dann versprochen, sich mir ihr am nächsten Nachmittag zu treffen. Er war nicht gekommen.

Er sah jetzt nach der Reise angestrengt aus. Das Haar fiel ihm in die Stirn, und sein Gesicht war vor Bartstoppeln ganz dunkel geworden. Seine dunklen Augen wirkten müde, und sein Mund sah so ernst aus, wie er immer gewesen war. Es war schwierig, in ihm einen grausamen Menschen zu sehen, das Ende ihrer Treffen war grausam gewesen. Grausamer, als es erträglich war.

Sie sah an ihm vorbei. Zur Linken. Zur Rechten. Überallhin, nur nicht in seine Augen.

»Ihr seid willkommen«, sagte sie. »Einige Gäste sind in der großen Halle. Dort gibt es auch Essen und Getränke.« Die Gastfreundschaft erforderte diese Worte, doch ihr Herzschlag spielte verrückt.

»Ich danke Euch«, sagte er leise.

Ihre Finger ballten sich zu Fäusten. Sie konnte keine Worte finden, und bewegen konnte sie sich auch nicht. Warum hatte er nach so vielen Jahren noch solch eine Wirkung auf sie?

»Es tut mir Leid wegen Eures Ehemanns«, sagte er.

Ihr Blick fand sein Gesicht wieder. Es war wie versteinert. Doch es war schon immer schwierig gewesen, darin zu lesen. Es hatte sich nur entspannt, wenn sie es mit ihren Fingern berührt hatte. Ihr Körper bebte bei dieser Erinnerung. Sie war damals so keck gewesen. So unbekümmert. Sie glaubte nicht, dass sie jemals wieder unbekümmert sein würde.

»Ich bin jetzt Mutter«, sagte sie. Sie musste etwas sagen, um die Intensität seines Blickes zu durchbrechen.

»Ich habe davon gehört.«

»Dann müsst Ihr auch von den Gerüchten gehört haben.«

»Ja, ich habe einige gehört. Aber ich gebe nichts auf sie.«

»Das kann man von den wenigsten behaupten.«

»Vielleicht sind es mehr, als Ihr glaubt.«

Sie zögerte. Sie hatte noch immer Schwierigkeiten, Worte zu finden. Das Kältegefühl war vergangen. Sie spürte nur Hitze. Hitze des Bedauerns. Hitze der Verlegenheit. Hitze, Gott möge ihr beistehen, durch ein Verlangen, das sich offenbar im Laufe der Jahre nicht verringert hatte.

Und das am Tag der Beerdigung ihres Mannes. Sie war mit Sicherheit verdammt.

Als sie plötzlich blind von den ersten Tränen war, die ihr seit dem Tod ihres Vaters in die Augen traten, wandte sie sich ab. Es kümmerte sie nicht, dass er es bemerkte, und auch nicht, dass er sie für unzivilisiert halten konnte. Sie musste einfach von ihm loskommen.

Sie ging nach drinnen, an der Halle vorbei, wo sie den Trubel hören konnte, die Steintreppe hinauf in den ersten Stock, in dem sich ihre Kammer befand, und dann hinauf in den zweiten, wo die Kinderzimmer waren.

Alasdairs Bruder Reginald und seine Frau hatten auch Räume im ersten Stock, und ebenso Archibald, der dritte Bruder. Marjorie bewohnte ein kleines Landhaus in der Nähe des Turms.

Sie ging hinauf, um nach den Kindern zu sehen. Der Kinderbereich bestand aus einem kleinen Raum, in dem sich ihr Sohn aufhielt, wenn sie ihn nicht zu sich in ihre Kammer mitnahm, aus einem Wohnraum, der gleichzeitig als Spielzimmer genutzt wurde, einer Schlafkammer, die sich die Mädchen teilten, und einem winzigen Vorraum, in dem Molly schlief.

Grace, das ruhige Mädchen, las ein Buch, das Janet sich beim Vikar geliehen hatte. Ihr Ehemann hatte es nicht gebilligt, dass Mädchen eine Ausbildung bekamen. In Wahrheit hatte er selbst wenig Ausbildung erfahren, und auf Lochaene gab es keine Bücher. Janet unterrichtete ihre Töchter im Lesen mit allen Büchern, die sie sich leihen konnte.

Rachel schaute aus dem Fenster und beobachtete das seltene Treiben im Burghof, Annabella spielte mit einer Puppe. Sie alle sahen auf, als sie den Raum betrat, und Annabella sprang auf und kam zu ihr gehüpft.

»Wo ist Molly?«, fragte Janet. Sie hatte dem Mädchen gesagt, es solle bei den Kindern bleiben. Sie hätte es besser wissen müssen. Ein weiterer Grund, sie zu entlassen.

»Sie hat uns allein gelassen«, sagte Annabella unglücklich. »Ich glaube nicht, dass sie uns mag.«

»Habt ihr etwas zu essen bekommen?«

Annabella schüttelte den Kopf.

»Möchtet ihr etwas Fleischpastete haben?«

»Ja«, sagte Rachel.

»Und ein paar Kekse?«, fragte Annabella hoffnungsvoll und machte dann ein langes Gesicht. »Vater würde das nicht wollen.«

»Euer Vater ist jetzt im Himmel«, erklärte Janet zum sechsten oder siebten Mal in den vergangenen vier Tagen. Sie bezweifelte das aufrichtig, doch sie hatte die Kinder nicht verschrecken wollen mit Vorstellungen von einem anderen Ort. Eine kleine Lüge. Eine liebevolle Lüge.

Nach ihrer viel größeren Sünde, ihrem Ehemann den Tod zu wünschen, glaubte sie nicht, dass Gott allzu zornig sein würde über diese kleine Verfehlung.

»Werden wir auch dorthin kommen?«, fragte Rachel, die Neugierige.

»Das dauert noch eine sehr lange Zeit, Liebling.« Janet sah zu Grace hinüber. »Möchtest du auf deinen kleinen Bruder aufpassen?«

Ein Lächeln ließ Graces Gesicht erstrahlen. Für Sie war es das Größte, wenn sie um Hilfe gebeten wurde. »Ja, gern«, sagte sie.

Janet kniete nieder und streckte die Arme aus. Die drei Mädchen drängten sich mit ihren kleinen warmen Körpern hinein und schmiegten sich an sie. Sie waren alle ausgehungert nach Liebe gewesen, als sie nach Lochaene kam. Sie hatte nicht die Möglichkeit gehabt, sie zu verwöhnen, während ihr Vater lebte. Er war gegen jedes kleine Geschenk oder jede liebevolle Geste gewesen. Sie würde das nun wettmachen.

Denn jetzt brauchten sie Umarmungen, menschliche Wärme. Und sie selbst auch.

Neil hatte mit seinem Erscheinen eine Wunde aufgerissen, die tief und groß war.

Alles, was sie tun konnte, war, ihre Tränen zu unterdrücken und den Schmerz zurückzuhalten, den sie als besiegt angesehen hatte.

Ein paar Worte hatten all die Barrieren heruntergerissen, die sie so sorgsam aufgerichtet hatte Sie wusste nicht, warum er gekommen war, doch sie wusste, dass sie vorsichtig sein musste.

Sie war sich auch bewusst, dass Neil Forbes jetzt ein Graf war und damit höheren Ranges als ihr Ehemann, doch er wirkte nicht so. Aber das war schon immer seine Art gewesen, und seine gleichgültige Haltung seines Auftritts gegenüber war eines der Dinge gewesen, die sie angezogen hatten. Er hatte ein safrangelbes Hemd mit offenem Kragen getragen und ein großes Schottenplaid, das jetzt verboten war. Er hatte ruppig ausgesehen und stattlich.

Und jetzt? Obwohl seine Kleidung von der Reise beschmutzt war, hatte sie doch die gute Qualität bemerkt. Er trug eine dunkelblaue Weste über einem Leinenhemd und eine blaue Hose, die in staubigen Stiefeln steckte. Im Gegensatz zu anderen Lords trug er keine Perücke.

Stattdessen wirkte sein eigenes Haar leicht struppig, als ob er sich nicht bemühte, es zu pflegen.

Auch sein Gesicht hatte nichts Weiches an sich gehabt, trotz seiner freundlichen Worte.

Sie stählte sich innerlich gegen die Versuchung, ihn wiederzusehen. Sie würde versuchen müssen, sich von ihm fern zu halten.

Sicherlich würde er nicht lange bleiben, vor allem, da er offenbar nur wenig bei sich hatte.

Janet löste sich langsam von den Kindern. »Ich komme gleich wieder«, versprach sie.

Sie ging die Treppe hinunter. Die gesamte Dienerschaft war dazu abgestellt worden, mit dem Essen und den Getränken für die vielen Gäste zu helfen. Molly, dachte sie, bediente wahrscheinlich gerade einen von ihnen oder einen der Diener in der Scheune. Noch ein Problem, das gelöst werden musste.

In der großen Halle war es lauter denn je. Sie zögerte. Sie musste nicht hindurch, um in die Küche zu gelangen, doch sie wurde von ihr angezogen. Nicht von ihr, das wusste sie, sondern von einem der neu angekommenen Gäste.

Der Marquis von Braemoor sprach mit Marjorie. Er sah zufällig auf, gerade, als hätte er sie erwartet. Sein Blick traf den ihren, und einen Moment lang hatte sie das Gefühl, das ihre Beine unter ihr nachgeben würden. Die Intensität seines Blickes ergriff sie quer durch den Raum. Die Stimmen im Raum schienen leiser zu werden, und sie fragte sich, ob das nur von der Wirkung herrührte, die er auf sie hatte oder ob ihr Erscheinen die Unterhaltungen tatsächlich gedämpft hatte.

Sie drehte sich um und ging hinaus, während sie sich fragte, was Marjorie ihm wohl erzählte und was andere sagen würden. Eine arme Frau. Eine schlechte Ehe. Gift. Sie konnte fast Marjories scharfe Worte hören.

Warum kümmert es sie, was er dachte? Er hatte sie vor Jahren nicht haben wollen, und das hatte ihr das Herz gebrochen. Laut dem, was man so hörte, war er ein sehr reicher Mann, ein Günstling von Cumberland, der wenig Interesse für die meisten der Schotten hatte. Diese Tatsache sollte jedoch jede warme Erinnerung dämpfen. Sie verabscheute Cumberland. Warum reagierte sie denn dann nur so?

War es die unerwartete Freundlichkeit? Gott allein wusste, dass es lange her war, dass man sie ihr entgegengebracht hatte.

Die Küchen waren voller Hilfskräfte, von denen die meisten nur für diesen einen Tag eingestellt worden waren. Die Kosten für die Verpflegung allein waren so hoch, dass sie im restlichen Jahr vorsichtig würde wirtschaften müssen. Sie hatte sich die Bücher noch nicht angesehen, doch sie vermutete, dass ihr Ehemann mehr Geld ausgegeben hatte, als eingenommen worden war.

Pasteten wurden aus den Öfen gezogen. Sie nahm eine davon für die Kinder, außerdem drei Fleischküchlein und einen Krug Milch. Sie hatte den ganzen Tag über noch nichts gegessen, und sie glaubte auch nicht, dass sie jetzt würde essen können.

Zu ihrer Überraschung stand der Marquis von Braemoor an der Steintreppe und sah aus, als hätte er dort auf sie gewartet.

»Kann ich Euch tragen helfen?«, fragte er.

Nein. »Ja«, sagte sie und vergaß ihren Stolz für einen Moment. Ihr war nicht klar gewesen, wie sehr sie ein freundliches Wort gebraucht hatte und jemanden, der ihren Vater kannte. »Vielleicht könnt Ihr den Milchkrug nehmen.«

Sie ging voraus. Die Wandleuchten waren angezündet worden und warfen Schatten auf die Steine. Sie stolperte, als ihr Fuß an einem unebenen Stein hängen blieb, und sie spürte, wie sein starker Arm sie stützte.

Heute wurde dein Ehemann beerdigt, erinnerte sie sich wieder.

Sie erreichten den Treppenabsatz der zweiten Treppe, und

sie ging in Richtung der Kinderzimmer voraus. Er hatte eine Hand frei und öffnete die Tür …

»Ma…«

Der Ausruf riss plötzlich ab, als drei Paar hellblaue Augen den Marquis von Braemoor erblickten. Er war größer als Janets Ehemann und von kräftigem Körperbau. Annabella verschwand hinter einer Kommode, Rachel huschte ins Nebenzimmer davon, und Grace wurde bleich. Nur Colin blieb ungestört, und dass auch nur, weil er schlief.

Janet schaute zu Neil auf. Auch sein Gesicht hatte einen panischen Ausdruck.

Janet stellte das mit Essen beladene Tablett auf einen Tisch und streckte Grace die Hand entgegen.

»Grace, das ist der Marquis von Braemoor.«

Grace machte ein paar zögernde Schritte und blieb so weit zurück wie möglich.

»Er tut dir nichts, Liebling.«

Grace sah nicht überzeugt aus.

Dann kniete er sich hin und streckte die Hand aus. »Ich bin Neil.«

Grace knickste, doch sie blieb auf Abstand. Neil erhob sich und sah so unbehaglich aus, wie ein Mann nur konnte. »Ich sollte wohl lieber gehen.«

»Danke für Eure Hilfe«, sagte Janet.

Er nickte und verschwand durch die Tür.

»Er ist sehr groß«, sagte Grace.

»Ich weiß, Liebling«, erwiderte Janet, »aber …« Sie wollte gerade sagen: Er ist nicht wie euer Vater.

Doch das wusste sie nicht. Er hatte sie schon einmal verraten. Und ihr Ehemann war auch nicht so gewesen, wie sie gedacht hatte. Wie hatte sie noch einmal so dumm sein können. Es war nur einfach sein plötzliches Auftauchen gewesen …

Und die einzige Freundlichkeit, die sie in so langer Zeit

erfahren hatte. Doch er war auch damals schon freundlich gewesen. Es bedeutete nichts.

Gar nichts.

Neil kam sich vor wie ein Ungeheuer. Seit seiner Kindheit hatte er keinen Kontakt zu Kindern mehr gehabt. Wenn er überhaupt je selber ein Kind gewesen war. Aber er hatte nie gedacht, dass er Angst einflößend sei oder dass Kinder sich vor ihm verstecken könnten.

Als er ihre Furcht spürte, hatte er versucht, so schnell wie möglich den Raum zu verlassen. Doch zuvor hatte er noch kurz einen mitfühlenden Ausdruck auf Janets Gesicht gesehen.

Zum Teufel noch mal, er hätte niemals hierher kommen sollen. Er hatte es auf dem ganzen Weg hierher gewusst, und doch hatte es ihn hergezogen, als hinge er an den Fäden eines Puppenspielers. Er hatte es vor allem dann gewusst, als er sie an der grauen Mauer von Lochaene hatte lehnen sehen.

Sie hatte angespannt und müde ausgesehen. Sie hatte dunkle Ringe unter den Augen. Und dennoch hatte sie sich mit der gleichen Grazie und Würde bewegt, an die er sich erinnerte. Ein Funke war in ihren dunkelblauen Augen aufgeblitzt, doch sofort wieder verlöscht und hatte dunkle undurchdringliche Augen zurückgelassen. Von dem Lachen, an das er sich erinnerte, war keine Spur zu sehen und auch nichts von ihrer Zärtlichkeit. Doch ihr Gesicht sah wunderschön aus. Die hohen Wangenknochen und die feinen Linien machten es zu einem jener Gesichter, die mit den Jahren immer erstaunlicher wurden statt hässlicher.

Wut flackerte in ihren Augen, als sie ihn erkannte. Er war sich sicher, dass sie ihn gebeten haben würde, wieder fortzugehen, wenn es nicht gegen die Gesetze der Gastfreundschaft gewesen wäre. Stattdessen hatte sie den Rücken gestrafft und ihr Gesicht hinter Trotz und Stolz geschützt. Die ungeweinten Tränen brachten ihn fast um den Verstand.

Er hatte gehofft, dass sie glücklich sein und eine gute Ehe führen würde. In der Nacht, als er von ihrer Hochzeit erfahren hatte, hatte er sich sinnlos betrunken, und doch hatte er ihr alles Gute gewünscht. Dann hatte er Geschichten über ihren Ehemann gehört, und das waren wahrlich keine schönen Geschichten gewesen.

Dennoch hatte er gehofft. Doch in dem Augenblick, als er ihr Gesicht sah, verließen ihn alle Illusionen, und er erkannte sofort, dass er sich an eine falsche Hoffnung geklammert hatte. Sein … Verzicht war umsonst gewesen.

Alles, was er jetzt tun konnte, war, sie nicht zu umarmen. Denn nichts hatte sich wirklich geändert. Oh, er war jetzt ein reicher Mann, und er hatte einen Titel, doch der Wahnsinn lastete noch immer auf seiner Vergangenheit, und daran würde sich auch nie etwas ändern.

Daher hatte er maßvoll gesprochen und seine Arme festgehalten. In der großen Halle hatte er sich all die Gerüchte und die Anklagen angehört. Marjorie Campbell, die Mutter des verstorbenen Grafen, hatte sich auf ihn gestürzt, sobald sie erfahren hatte, wer er war.

»Wir sind geehrt von Eurer Anwesenheit.«

»Mein Beileid zu dem Verlust Eures Sohnes«, sagte Neil. Er überlegte sich, ob er ihr sagen sollte, dass er ein Freund der Gräfin sei, doch dann würde er vermutlich nichts erfahren. Und in Wahrheit wurde er von Janet Campbell nicht als Freund angesehen, nicht, wenn er ihre kontrollierte Begrüßung bedachte.

Er ließ die verwitwete Gräfin in dem Glauben, dass ihre Familie wichtig genug war, um einen Marquis zur Beerdigung des Sohnes zu veranlassen, und er hörte ihr zu, als sie sich ihm gegenüber über alle Fehler ihrer Schwiegertochter ausließ.

»Sie könnte sogar die Kinder töten«, hatte die Frau gemurmelt und sich dabei nicht darum gekümmert, ob es jemand mit anhörte. Er war entsetzt über die Tiefe der Feindseligkeit in der Halle und auch darüber, wie die verwitwete Gräfin von einem Besucher zum nächsten gegangen war und auf ihrem Weg ihr Gift verspritzte.

Dann war sie näher an ihn herangerückt. »Ich höre, dass Ihr bei Seiner Gnaden, Lord Cumberland, Gehör findet. Ihr solltet ihn bitten, sich die Angelegenheit mal näher anzusehen.«

»Was ist denn mit den Amtsträgern hier?«

Sie wedelte angewidert mit der Hand. »Sie haben Angst, etwas zu tun, aber Seine Gnaden könnte anordnen, dass Lochaene meinem ältesten Sohn Reginald zugesprochen wird. Das wäre nur gerecht.«

Er versuchte, den Ärger hinunterzuschlucken, der ihm die Kehle hinaufstieg wegen der Intrigen, die sie am Beerdigungstag ihres Sohnes spann.

»Ich werde ihm berichten, was geschehen ist«, versprach er und versuchte dann, sich davonzuschleichen.

Sie folgte ihm. »Sie ist eine Jakobiterin, wisst Ihr. Sagt Seiner Gnaden das. Ich bin sicher, er würde es vorziehen, dass dieses Land in den Händen einer Familie bleibt, die ihm und seinem Bruder, dem König George, treu ergeben ist.«

»Ich bin sicher, das er diese Treue zu schätzen weiß«, stimmte Neil zu, und er wusste sehr genau, dass Cumberland nichts anderes zu schätzen wusste als seine eigene Macht. Er würde diese Leute in einer Sekunde von ihrem Land verjagen, wenn er glaubte, er würde einen Nutzen davon haben.

Er trank ein Glas nicht sehr gutes Bier und brauchte dann dringend frische Luft. Und genau in diesem Augenblick bemerkte er, dass Janet ein schwer beladenes Tablett zu balancieren versuchte.

Ohne nachzudenken, eilte er ihr zu Hilfe und war überrascht darüber, dass sie sein Angebot annahm.

Doch auf der Treppe und in das Kinderzimmer hinein bestand er nur aus Armen und Beinen und Unbehagen. Er wusste, dass seine Größe Kinder einschüchterte, oder taten das alle Männer? Er kannte den Blick in ihren Augen, die Angst davor, geschlagen zu werden. Zur Hölle noch mal, er kannte das nur zu gut.

Er hatte fortgehen wollen, doch er konnte es nicht. Er sah ihr Gesicht, als sie die Kinder beruhigte. Ihr zu blasses und zu schmales Gesicht war entspannt, und die dunkelblauen Augen füllten sich mit Liebe. Und mit Zärtlichkeit. Mit der Zärtlichkeit, die er von jenen kurzen Tagen kannte, als sie zusammen gewesen waren. Die Jahre zwischen jenen Tagen und dem heutigen verschwammen, und er wurde von einem so gewaltigen Verlangen gepackt, dass seine Beine unter seinem Gewicht fast nachgaben.

Er ging hinaus. Er musste es tun, ehe er sich zum Narren machte. Er wusste, dass er fortgehen musste. In dieser Nacht. Oder er würde den Schwur brechen, den er geleistet hatte. Doch zuerst musste er sie wissen lassen, dass er ihr Freund war.

Das war das Mindeste, was er tun konnte.

Er dachte an Rory, der immer wieder sein Leben riskiert hatte, um andere zu retten, Menschen, die er nicht kannte, Menschen, gegen die er einst gekämpft hatte. Er wünschte, er wäre nur ein bisschen so wie Rory. Und wie viele Jahre lang hatte er seinen Cousin als Taugenichts und Dummkopf heruntergemacht? Sogar als Feigling. Er hätte hinter die Fassade schauen und sich die Zeit nehmen sollen, Rorys wahren Wert herauszufinden.

Er bemühte sich, anderen zu helfen, jedoch auf seine eigene holprige Art und Weise. Er hatte versucht, das Leben seiner Pächter zu verbessern und die Gutsbesitzer in seiner Nachbarschaft zu bewegen, ihre Pächter nicht zu verjagen. Doch das war so wenig im Vergleich zu dem, was sein Cousin geleistet hatte.

Was würde er tun, wenn jemand ihn um Hilfe bitten würde? Würde er die Menschen auf Braemoor für fremde Menschen in Gefahr bringen? Das war eine Frage, auf die er keine Antwort wusste.

Wenige Augenblicke später hörte er, dass sich die Tür öffnete.

Ein Ausruf entfuhr Janet, als sie sah, dass er noch da war und auf sie wartete.

Schnell ging sie davon. Weniges an diesem Tag hatte sie so sehr geschmerzt.

»Ich werde Euch nicht anfassen, Janet«, sagte er. »Ich wollte Euch nur sagen, dass ich Lochaene heute Nacht verlassen werde.«

Ihr Mund formte ein überraschtes »Oh«, doch sie erwidert nichts.

»Ich wollte die kleinen Mädchen nicht erschrecken«, sagte er. »Ich wusste nicht, dass ich so erschreckend aussehe.«

Ihr Gesicht wurde nicht weicher. »Sie haben keinen Grund, Männern zu trauen«, sagte sie. »Und ich auch nicht.«

Ein weiterer Schlag. Er wusste, dass er ihr Unrecht angetan hatte, und erst jetzt war ihm klar, dass er ihr wohl doch den wahren Grund hätte nennen sollen für das, was er vor Jahren getan hatte. Er hatte damals wirklich geglaubt, dass es das Beste für sie sei. Und jetzt … gab es keinen Grund mehr, etwas zu erklären. Nichts hatte sich geändert. Und es würde wenig wieder gutmachen. Er wollte sie nicht wieder verletzen, und er brauchte den Abstand, den ihre Wut zwischen ihnen sicherte.

Dennoch musste er sie wissen lassen, dass er ihr helfen konnte. »Janet, wenn Ihr irgendetwas braucht, wenn Ihr … einen Freund braucht oder wenn Ihr jemals Hilfe braucht, kommt zu mir.« Das klang selbst für ihn steif.

»Ich brauche keine Hilfe. Nicht von Euch. Von Niemandem.« Ihr Körper strahlte Stolz aus, während ein Schimmer ihre Augen umnebelte.

»Ich ... möchte nur, dass Ihr wisst, dass ich da bin, wenn Ihr mich ruft. Ich *kann* Euch helfen.«

»Ja. Ich habe gehört, dass Ihr ein Freund des Schlächters seid.«

Er legte einen Finger auf ihre Lippen. »Lasst das niemanden hören.«

»Ich habe nichts anderes von einem seiner Lackeien erwartet«, sagte sie. Wenn Ihr mich jetzt entschuldigen würdet.«

»Janet«, begann er.

»Lady Lochaene«, korrigierte sie.

»Lady Lochaene«, sagte er gehorsam. Er machte alles falsch. Es war ein Fehler gewesen, hierher zu kommen. Doch er hatte sich nie leicht getan mit dem angemessenen gesellschaftlichen Verhalten.

Sie hob das Kinn an. » Wenn Ihr nichts dagegen habt, möchte ich meine Zeit jetzt mit meinem Sohn verbringen.«

»Erst wenn Ihr mich ganz angehört habt«, sagte er.

»Ich habe Euch angehört. Ich brauche Eure Hilfe nicht. Mein Sohn ist der neue Graf.«

Er zögerte und sagte dann: »Man hat mich gebeten, Cumberland darum zu bitten, ihm das Land fortzunehmen.«

Sie erstarrte. »Das kann er nicht tun.«

»Nicht, wenn ich meine Meinung dazu äußere. Doch Ihr müsst wissen, dass die Familie Eures Ehemanns gegen Euch Intrigen spinnt. Ich habe es wirklich so gemeint, wie ich es sagte: Ihr habt einen Freund.«

Ihr Blick bohrte sich in seinen. »Einen, auf den ich mich verlassen kann? Nein, ich denke nicht, Mylord.«

Er verdiente jedes ihrer Worte und noch viele weitere. Egal, wie nobel seine Absichten vor Jahren gewesen waren, er hatte sie wohl weit mehr verletzt, als er geglaubt hatte. Bitterkeit hatte ihre Worte begleitet, als sie sagte, dass weder sie noch ihre Kinder Grund hatten, Männern zu trauen. Sie machte deutlich, dass er nichts dazu beigetragen hatte, anders zu denken.

Was, in Gottes Namen, hatte Campbell ihr angetan? Schlimmeres als er?

Er konnte sich nicht zurückhalten. Er hob die Hand und strich mit einem Finger über ihre Wange, spürte ihre weiche Haut.

Sie zuckte zusammen.

Innerlicher Schmerz zerriss ihn. Er trat zurück, nickte und ging dann die Treppe hinunter und auf dem direkten Weg zu den Ställen.

Er hatte seine Botschaft überbracht.

Es war Zeit, nach Hause zurückzukehren.

Kapitel 3

Janet vergaß Braemoors Worte nicht. Ebenso wenig vergaß sie seinen Gesichtsausdruck, der so eindringlich war, als ob er sie dazu zwingen wollte, ihm zu glauben.

Doch sie wusste, dass sie das nicht konnte. Sie konnte sich nicht vorstellen, dass sie jemals wieder einem Mann vertrauen würde. Und ganz bestimmt würde sie sich nie mehr auf einen verlassen.

Ihre ersten Gedanken galten ihren Kindern. Sie entließ Molly und beförderte ein Mädchen, das in der Küche gearbeitet hatte, zur Kinderfrau. Es war immer freundlich gewesen, und ihr kam es vor allem auf eben diese Freundlichkeit an.

Sie trug auch einen Streit mit Reginald aus, der hinunter in die Kammer ihres Mannes ziehen wollte. Sie war dagegen und wollte stattdessen, dass die Kinder dorthin umzogen. Sie wollte sie dicht bei sich haben. Das Bett des kleinen Colin richtete sie fest in ihrer eigenen Kammer ein. Sie fand einen Welpen für die Mädchen – einen Hütehund – bei einem der Treiber und ein Kätzchen vom Wurf der Scheunenkatze.

Graces Gesicht strahlte wie tausend Kerzen in der Nacht.

Sie schmuste sofort mit dem Welpen, während Annabella das Kätzchen nahm.

Mit leuchtenden Augen schaute Grace zu ihr auf. »Wie sollen wir ihn nennen?«

»Das ist eure Sache. Ihr alle drei müsst euch auf beide Namen einigen.«

»Ich möchte auch ein Tier haben«, sagte Rachel und sah ungewöhnlich verärgert aus.

Janet hatte nicht an drei Tiere gedacht. Nun wusste sie, dass sie das hätte tun sollen.

»Sie gehören euch allen«, sagte sie. »Ihr könnt abwechselnd mit ihnen spielen. Dann sehen wir weiter.«

Rachel sah nur ein wenig beschwichtigt aus. Sie ging zu Grace hinüber und begann den Welpen zu streicheln. »Er ist ein so kleines Dingelchen.«

»Er wird bald groß genug sein, um Probleme zu machen«, meinte Janet trocken.

»Oh, er wird niemals Probleme machen«, sagte Grace. »Er wird sehr, sehr gut sein.«

»Wir können das Kätzchen Princess nennen«, bot Rachel an. Annabella widersprach. »Das ist gewöhnlich. Und dieses Kätzchen ist nicht gewöhnlich.«

»Warum wartet ihr nicht ein paar Tage ab«, warf Janet ein. »Dann entscheidet ihr euch für zwei sehr schöne Namen. Bis dahin könnt ihr Listen machen.«

Die Mädchen sahen sich gegenseitig an. Erst nickte Grace und dann Rachel. Annabella hingegen schob ihr Kinn streitsüchtig vor. »*Ich* möchte dem Kätzchen einen Namen geben.«

Janet sah die beiden älteren Mädchen an. Sie nickten.

»Also gut«, sagte Janet mit scheinbarem Ernst. »Ihr könnt mir eure Entscheidungen in der nächsten Woche mitteilen.«

Als sie den Raum verließ, hörte sie, wie die drei ihren neuen Schützlingen etwas vorsangen und kicherten, wie sie noch nie zuvor gekichert hatten. Sie lehnte sich draußen einen Moment lang gegen die Tür und lauschte, wobei sie vor allem auf Grace achtete. Von den dreien war sie diejenige, die unfähig schien, sich wie ein Kind zu verhalten. Sie betrachtete jeden Menschen mit einer Wachsamkeit, die Janet störte.

Als sie die Treppe hinunterging, um etwas zu essen für die Tiere zu holen, hörte sie die Köchin mit einem Händler über die Rechnung streiten, und trat dazu.

Er starrte sie wütend an. »Ich werde keine Waren mehr hierher liefern!«

Nachdem er gegangen war, befragte Janet die Köchin.

»Seit Monaten scheint niemand mehr bezahlt worden zu sein«, sagte sie. »Ich würde fortgehen, wenn da nicht die Schafherde meines Mannes wäre und unser kleiner Hof. Wenn ich fortgehe, werden wir beide von dem Land vertrieben.«

Janet ging sofort zu Reginalds Raum. Ohne sie zu fragen, hatte er die Leitung und die Bücher übernommen. Sie hatte es zugelassen, weil sie die Zeit mit den Kindern verbringen wollte. Nun fühlte sie, dass es an der Zeit war, zu streiten.

Er war nicht da. Seine Frau Louisa sagte, dass er auf der Jagd sei. Sie stillte gerade ihr Baby, das bald sechs Monate alt sein würde.

Janet lächelte auf das Kind herab. Kinder entzückten sie. Ihre Unschuld erfreute sie. Sie würde gern noch viel mehr Kinder haben, trotz der Geburtsschmerzen. Louisa hatte gesagt, dass sie kein weiteres haben wolle. Doch das Gefühl verging normalerweise.

»Ein hübscher Junge«, sagte sie.

»Ja«, sagte Louisa knapp.

»Bitte richte Reginald aus, dass er mich aufsuchen soll, wenn er zurückkommt.«

»Warum?«

»Ich möchte mit ihm die Bücher durchgehen.«

Ihre Augen zogen sich zusammen. »Warum möchtest du das machen? Das geht nur meinen Mann etwas an.«

»Es geht meinen Sohn etwas an. Es geht um sein Erbe.«

Louisa starrte sie nur stumm an, und Janet ging davon.

Sie hätte sich früher um die Dinge kümmern müssen. Sie lief hinunter zu den Ställen. Ein Junge versorgte die Pferde mit Futter. Die Scheune musste dringend gesäubert werden; die Boxen waren alle verdreckt.

Sie ging den Mittelgang entlang. Die Pferde sahen dünn aus.

»Hast du ihnen Hafer gegeben?«

»Wir haben keinen«, sagte der Junge.

Sie erinnerte sich an seinen Namen. Kevin. Kevin McDougal.

Sie trat zu einer der Boxen. Das Tier schob seinen Kopf heraus, und sie fuhr ihm mit der Hand über den Hals, als es leise wieherte. Früher war sie häufig geritten, doch Alasdair hatte das missbilligt, wie er so vieles andere auch missbilligt hatte, das ihr Freude gemacht hatte. Sie hätte sich genauso gut auch in ihrer Kammer einschließen lassen können. Warum hatte sie nicht aufbegehrt?

Weil sie Angst gehabt hatte, dass Alasdair seine Wut an den Kindern auslassen würde. Sie waren immer die Waffe gewesen, die er gegen sie einsetzte, um sie unter Kontrolle zu halten.

»Warum sind die Boxen nicht sauber gemacht worden?«, fragte sie.

Kevin sah sie aufmüpfig an. »Ich bin hier allein. Ich kann nicht alles machen.«

»Dann werde ich dir helfen.«

»Ihr, Mylady?«

»Ja. Ich werde sie nicht in diesem Dreck stehen lassen. Und ich werde sehen, ob ich dir nicht eine Hilfe beschaffen kann.«

Kevin sah nicht sehr optimistisch aus bei dieser Aussicht. »Lord Reginald sagte, dass niemand gebraucht würde.«

Reginald war kein Lord. Er war der ehrenwerte Reginald Campbell. Janet fragte sich, wer den Jungen angewiesen hatte, ihn Lord zu nennen. War das Dünkel? Oder Hoffnung?

Sie begann langsam das Ausmaß der Probleme zu sehen, vor denen sie stand. Sie hatte sich in den letzten paar Tagen in einem Chaos widersprüchlicher Gefühle verloren. Sie war darauf bedacht gewesen, die Angst von Alasdairs Töchtern zu beschwichtigen und die Zeit mit Colin zu genießen. Ihr Drang nach Freiheit hatte sich in ihr mit dam Schuldgefühl gestritten, dass sie nicht mehr aus ihrer Ehe gemacht hatte.

Doch sie hatte nicht die Absicht, die Besitztümer ihres Sohnes den Campbells zum Fraß vorzuwerfen. Reginald war ein ehrgeiziger und kaltherziger Mann, und seine Frau Louisa tat es ihm gleich. Ihre einzige Hoffnung war ihr Kind David.

Sie seufzte und wünschte sich einen Verbündeten. Irgendeinen Verbündeten.

Wenn du einen Freund brauchst …

Sie brauchte so vieles, am allermeisten einen Freund. Einen *vertrauenswürdigen* Freund.

Neil Forbes war das nicht. Er konnte es niemals sein. Der Teufel sollte ihn holen, dass er aus dem Nichts hier aufgetaucht war. Im Laufe der Jahre hatte sie versucht, ihn aus ihren Gedanken zu verbannen, doch das war umsonst gewesen. Sie sah noch immer genau vor sich, wie sie neben ihm in den Ställen auf Braemoor gestanden hatte. Er hatte jedes Pferd gekannt. Und er hätte nie zugelassen, dass sie vernachlässigt würden.

Janet wünschte, sie hätte mehr über das erfahren, was um sie herum vor sich gegangen war. Doch ihr Ehemann hatte sie fast wie ein Gefangene gehalten. Die Köchin hatte ihre Anordnungen missachtet, sondern nur auf die Befehle der verwitweten Gräfin gehört. Das Einzige, was sie hätte tun können, war, die Kinder zu unterrichten, mit ihnen zu spielen und für sie zu sorgen. Und das auch nur deshalb, weil ihr Ehemann sich so wenig um sie scherte. Solange sie die Kinder von ihm fern hielt, hatte er sich kaum eingemischt, außer dass er angeordnet hatte, dass sie nicht bei ihr schlafen durften. Er hatte oft genug gesagt, dass er keine klammernden Kinder um sich haben wollte.

Anfangs hatte sie protestiert. Dann hatte sie entdeckt, dass er seine Launen umso mehr an den Kindern ausließ, je mehr sie sich ihm widersetzte. Trotzdem, sagte sie sich, hätte sie es vielleicht noch stärker versuchen sollen.

Aber ihr Herz war verwundet gewesen, erst durch Neil, dann durch den Tod ihres Vaters und Bruders und schließlich auch noch durch ihren Ehemann. Wie oft hatte er ihr gesagt, wie unzureichend sie war? Die Kinder waren ihre Welt geworden.

Das ging nun nicht mehr. Um das Leben der Kinder zu sichern, musste sie ihr eigenes absichern.

Bisher hatte sie nicht erkannt, wie riesig diese Aufgabe sein würde.

Sie kannte sich überhaupt nicht mit der Führung eines Guts aus, und sie traute niemandem in der Familie, das für sie zu übernehmen.

Und nun hatte sie gerade angeboten, die Pferdeboxen auszumisten. Als ob das in irgendeiner Weise eine wirkliche Hilfe sein würde. Aber vielleicht ein kleiner Anfang. Ein kleiner Versuch in Richtung Kontrolle und Unabhängigkeit.

Ein bedauernswerter Versuch.

Dennoch spürte sie zum ersten Mal seit Jahren eine Art Erregung in sich.

Vielleicht würde ihr das Ausmisten der Ställe dabei helfen, auch ihren Kopf zu entrümpeln.

Nach seiner Rückkehr nach Braemoor verbrachte Neil mehrere Stunden mit Jock, einem der vier Pächter von Braemoor. Die Männer pachteten Land vom Marquis und vermieteten es an die Lehnsmänner weiter. Drei von ihnen hatte Neil im Verdacht, dass sie ihre Lehnsmänner betrogen. Jock war der einzig Ehrliche, der für die Leute sorgte, die auf seinem Land lebten.

Als neuer Marquis hatte Neil das Recht, die Verträge mit den Pächtern zu annullieren. Es gab verschiedene Arten von

Verträgen in den Highlands. Ihre hatten so lange Gültigkeit, wie der Marquis lebte. Sobald der Marquis starb, waren die Verträge null und nichtig.

Jock konnte seine Lebensgrundlage verlieren, und er wusste das auch. Er stand nervös herum, bis Neil sagte: »Setz dich, Jock.«

Jock nahm sich einen Stuhl und sah aus, als ob er vor seinem Henker saß. »Habe ich irgendetwas falsch gemacht, Mylord?«

Neil musterte ihn einen Moment lang. Er war ein gut aussehender Mann, groß und stabil gebaut, mit einem Schopf roter Haare und ehrlichen blauen Augen. Neil wusste, dass er Mitte dreißig war und ein entfernter Clan-Angehöriger; er hatte die Stellung als Pächter von seinem Vater geerbt, der vor fünf Jahren gestorben war. Wie Neil hatte auch er keine Frau; doch im Gegensatz zu Neil gab es keinen wirklichen Grund dafür. Zumindest, soweit Neil wusste.

»Nein«, sagte er schließlich. »Ich wollte dir dafür danken, dass du dich während meiner Abwesenheit um Braemoor gekümmert hast.« Er zögerte und bot dann an: »Möchtest du einen Brandy?«

Jock sah aus, als ob Neil ihn vergiften wollte. Er hatte Angst, das Angebot anzunehmen, und Angst, es abzulehnen.

Neil seufzte. Rory hatte einen solch unbekümmerten Umgang mit den Menschen auf dem Gut gehabt. Freunde zu finden musste wohl eine Gabe sein. Eine Gabe, die er nicht hatte. Er war zu sehr damit beschäftigt gewesen, auf des Messers Schneide zu gehen. Er goss einen Schuss Brandy in einen Becher und reichte ihn Jock.

»Ich wollte deine Meinung hören«, sagte er.

»Meine Meinung?«, erwiderte Jock fast entsetzt.

Neil wurde sich erst in diesem Moment bewusst, dass er den Mann kein einziges Mal um seine Meinung gebeten hatte, seit er die Leitung von Braemoor übernommen hatte. Bevor Rory fortgegangen war, war sich Neil nie ganz sicher gewesen, wie viel Macht oder Verantwortung er wirklich hatte, und er war verbittert darüber gewesen, dass Rory und nicht er geerbt hatte.

Er hatte immer geglaubt, dass er für das Land und die Landwirtschaft eine Liebe empfand, die seine Vorfahren nicht gekannt hatten. Sie hatten sich nur um das Geld gekümmert, das die Güter abwarfen. Rory hatte das Land geliebt, doch das hatte Neil erst erfahren, als es zu spät war. Neil hatte jedenfalls das getan, von dem er glaubte, dass man es von ihm erwartete: so viel Ertrag wie möglich aus Erde herauszuholen und zu versuchen, so wenig Schäden wie möglich dabei anzurichten.

Dann wurde Rorys Leichnam – oder was man für Rorys Leichnam gehalten hatte – an der Küste gefunden, dass letzte Opfer des Schwarzen Buben, und plötzlich war Braemoor Neil zu gefallen. Der arme Verwandte, der verwaiste Bastard, war plötzlich der Lord. Er hatte alle Bauernhöfe besucht, doch er hatte nicht gewusst, wie er den Pächtern Sicherheit vermitteln sollte. Er hatte ihnen nicht klar machen können, dass er sich um sie kümmern würde. Er hatte ihnen seine Hoffnungen nicht nahe bringen können.

Er fühlte sich wie ein Betrüger, und wusste, dass sie ihn auch so sehen mussten.

Doch nun hatte er im Laufe der Monate einen Plan entwickelt, von dem er hoffte, dass er allen, die auf Braemoor lebten, helfen würde.

Der arme Jock sah aus, als wäre er kurz davor, von einem Drachen gefressen zu werden. Er umklammerte das Glas so fest mit den Händen, dass diese ganz weiß geworden waren.

»Ihr werdet doch nicht das Land räumen lassen, oder?«, wagte Jock schließlich zu fragen, offensichtlich davon überzeugt, dass das der Grund für dieses Gespräch war.

»Nein«, sagte Neil. »Niemand wird vertrieben werden.«

Jocks gerunzelte Stirn glättete sich, doch seine Brauen blieben zusammengezogen. Neil konnte es ihm nicht verdenken. Sein Onkel, der alte Marquis, hatte herzlich wenig Gedanken an das Land und die Pächter verschwendet. Und Rory hatte sich während seiner kurzen Zeit als Marquis wie ein Dummkopf verhalten und überhaupt kein Interesse an Braemoor gezeigt. In Wahrheit hatte Rory keinen Grund gehabt, sich dafür zu interessieren. Neil war die volle Verantwortung übertragen worden, und er hatte damals gedacht, dass das nur deshalb der Fall war, weil Rory nicht belästigt werden wollte. Erst später hatte er entdeckt, dass Rory ihn tatsächlich als einen guten Verwalter für das Land angesehen hatte.

In diesen Monaten hatte er versucht, so viel für die Pächter zu tun, wie er nur konnte, doch er hatte sich nicht in der Lage gesehen, echte Veränderungen herbeizuführen, die ihr Leben verbesserten. In den vergangenen sechs Monaten aber hatte er einen Plan entworfen. Jetzt endlich waren alle Vorbereitungen getroffen. Sechs Monate voller Arbeit und Planung lagen hinter ihm.

Rorys Eheschließung hatte Braemoor zusätzliches Land eingebracht, Land, auf dem keine Pächter mehr lebten, und das vor allem durch das Gemetzel von Cumberland.

Neil plante, einige seiner derzeitigen Pächter dazu zu bewegen, auf dieses Land umzusiedeln und dort Rinder und Schafe zu halten. Braemoors Land sollte weiterhin bebaut werden. Er wusste, dass es auf Braemoor zu viele Familien gab, die von Ackerbau leben mussten, doch wenn einige von ihnen freiwillig umziehen würden, konnte Neil das gesamte Land, das jetzt den Forbes gehörte, bestmöglich nutzen.

Er musste das Angebot einfach nur attraktiv genug machen, um einige der jungen Männer dazu zu verlocken, meilenweit fortzuziehen. Er hatte schon beschlossen, jedem, der umzugswillig war, Häuser, eine Kuh und andere Tiere zur Verfügung zu stellen. Er würde ihnen auch einen Teil der Gewinne aus den Verkäufen der Tiere überlassen, die sie versorgten.

Das würde bedeuten, dass diejenigen, die blieben, mehr von ihren Erträgen würden behalten können.

Letzten Endes hatte er noch vor, den Kleinbauern den Ankauf des Landes anzubieten, das sie bearbeiteten. Er hatte das schon mit einem Anwalt geprüft. Es war legal, aber noch nie praktiziert worden. Er wusste, dass er sich bei den Landbesitzern nicht beliebt machen würde – und auch nicht bei Cumberland – und daher hoffte er, dass er seine Pläne fürs Erste noch geheim halten konnte.

Ihm war bewusst, dass sein Vorschlag revolutionär war. Das Land würde nicht so viel Ertrag bringen, als wenn er Pächter vertreiben würde. Doch er würde wohl genug Geld erwirtschaften, um die Steuern bezahlen zu können, und das war ihm das Wichtigste. Er brauchte kein Geld, keine Kleidung, keine Juwelen oder Reichtümer. Obwohl sein Titel und das Land Menschen nach Braemoor zogen und er endlose Heiratsangebote bekam, wusste er doch, dass sie nicht wirklich *ihn* meinten. Er war weder geistreich noch charmant, noch verfügte er über eine feine Lebensart, doch das kümmerte ihn kein bisschen. Er wollte sich leidenschaftlich für die geplanten Änderungen einsetzen.

Als er Jock seinen Plan erläuterte, zogen sich dessen Augenbrauen immer mehr zusammen.

»Einen Teil der Erträge, Mylord?«

»Ja«, sagte er einfach.

»Ein Haus und Vieh?«

» Ja.«

»Warum wollt Ihr das tun?«

»Weil die Aussicht auf einen Anteil an der eigenen Arbeit unsere Leute produktiver machen wird.«

»Die Aussicht, alles zu verlieren, was sie besitzen, würde doch den gleichen Effekt haben.«

»Drohung statt Belohnung?«, fragte Neil. »Das glaube ich nicht.«

»Ich habe von so etwas noch nie gehört«, sagte Jock misstrauisch.

»Ich auch nicht«, gab Neil zu und erlaubte sich ein kleines Lächeln. Er hoffte, dass es auch so rüberkam.

Schließlich erschreckte er gewöhnlich alle zu Tode, selbst kleine Mädchen. Diese negative Erfahrung schmerzte ihn noch immer.

Der Mann, der ihm gegenübersaß, wirkte argwöhnisch. Die Pächter hatten in all den Jahren wenig mehr von den Forbes erhalten als Forderungen nach mehr und mehr Pachtzinsen. »Was ist mit den anderen Pächtern?«

Neil hatte sie im vergangenen Jahr alle sorgsam beobachtet. Er wollte sie nicht auf Braemoor haben. »Ich werde ihre Verträge nicht erneuern«, sagte er. »Die restliche Laufzeit werde ich ihnen vergüten.«

»Sie werden wenig begeistert sein.«

»Sie haben die Kleinbauern übervorteilt.«

Jock sah überrascht drein, und Neil erkannte, dass der Mann nicht geglaubt hatte, dass er wusste, was auf Braemoor vor sich ging. In Wahrheit wusste er alles, was sich ereignete.

»Ich möchte, dass du ihre Pachtverträge übernimmst«, sagte Neil. »Du bist ein gerechter Mann. Ich kann dir trauen, und noch wichtiger ist, dass die Bauern dir trauen.«

»Aber Ihr möchtet doch, dass einige fortgehen.«

»Das Land ist übervölkert. Es gibt auf Braemoor nicht genügend Land für all die Söhne, die hier geboren werden. Ich biete ihnen eine neue Möglichkeit an, eigene Hausstände zu gründen auf ihrem eigenen freien Land. Ich hoffe, dass du einige von ihnen davon überzeugen kannst.«

»Für ein Haus, eine Kuh und Platz für einen Garten werdet ihr sicher einige Freiwillige finden.«

»Wir werden Rinder und Schafe auf dem neuen Land halten und auf Braemoor hauptsächlich Getreide anbauen und eine eigene Mühle bauen. Die Bauern können eigene Gärten bestellen und alles bis auf zehn Prozent behalten, die an mich abzuliefern sind.« Er zögerte und fügte dann hinzu: »Letztlich möchte ich es ihnen ermöglichen, ihr Land zu einem fairen Preis kaufen zu können.«

Jocks Augen weiteten sich. Er ließ seine Vorsicht fahren. »Wollt Ihr mich aus der Fassung bringen?«

»Nein, Jock. Ich besitze mehr Land, als ein einziger Mann braucht. Ich habe keine Kinder, denen ich es hinterlassen könnte. Ich möchte es in den Händen derjenigen wissen, die es in all diesen Jahren bearbeitet haben.«

Jock starrte ihn schockiert an.

»Das Letzte soll erst einmal noch unter uns bleiben«, sagte Neil. »Meine Stellung auf Braemoor könnte geschwächt werden. Ich möchte nicht, dass Cumberland davon erfährt, sodass er meine Loyalität seinen Wünschen gegenüber anzweifeln könnte.«

Jock nickte. Er war noch immer verwirrt und konnte es noch nicht völlig begreifen.

»Wirst du mit den anderen Pächtern sprechen – über alles außer über den Landverkauf?«

»Wie kann ich wissen, ob Ihr Wort halten werdet?«, fragte Jock.

Das war eine ungewöhnlich mutige Frage für einen Pächter, und Neil respektierte ihn dafür. »Ich werde es schriftlich niederlegen, wenn du es wünschst«, sagte er. »Es wird einen Vertrag geben.«

»Darauf lege ich keinen großen Wert«, erwiderte Jock. »Die Adligen winden sich doch immer raus.«

Neil musste lächeln. Diese Erfahrung hatte er auch gemacht. »Was schlägst du vor?«

»Ich muss darüber nachdenken.«

»Dann mach das, Jock. Und sprich mit den anderen. Wirst du das tun?«

Jock zögerte und sagte dann widerwillig:« »Das kann nicht schaden.«

»Und trinkst du nun mit mir?«, fragte Neil.

Neil ertappte sich dabei, dass er zu dem Häuschen ging, das einst von Mary Forbes bewohnt worden war, die Kräuter für das Herrenhaus und für die nahe gelegene Stadt gezogen hatte. Es sah verlassen und verwaist aus. Er wusste, dass er es jemandem überlassen sollte; so, wie es dastand, war es eine Vergeudung. Doch es enthielt Geheimnisse, die er ungern loslassen wollte.

Das Mobiliar befand sich noch immer unverändert an Ort und Stelle, selbst die Teller und Becher. Man hatte gemunkelt, dass Mary eine Hexe gewesen sei, und niemand hatte die Probe aufs Exempel machen wollen. Der Teufel sorgte für die seinen.

Die Tatsache, dass sie plötzlich verschwunden war, zusammen mit dem Dorfschmied und Neils Cousin, hatte endlose Spekulationen hervorgerufen. Hatten der Schmied und die Kräuterfrau etwas mit dem Schwarzen Buben zu tun gehabt? Waren sie mitverantwortlich für Rorys Tod, dem Marquis von Braemoor? Nur Neil wusste, dass Rory und der Schwarze Bube ein und derselbe Mann gewesen waren. Das war ein Geheimnis, das er mit ins Grab nehmen würde.

Der Schlüssel zu dem Geheimnis waren die Kleider, die unter dem Lehmboden des Häuschens in einem Geheimfach versteckt waren. Neil hatte schon oft überlegt, sie zu vernichten. Wenn Cumberland jemals herausfand, dass er von den Forbes überlistet worden war, hatte Neil vermutlich sein Leben und alle Besitztümer verwirkt. Und doch … doch …

Er wischte den Staub beiseite und fand die Bretter, die das Versteck bedeckten. Er hob sie hoch und schaute hinein. Ein schwarzer Umhang, eine schwarze Hose und ein Hemd befanden sich darin – zusammen mit einer britischen Uniform. Und ein Kartenspiel.

Neil hatte noch weitere Kartenspiele in Rorys Kammer gefunden. Er hatte sie vernichtet. Nun nahm er dieses Kartenspiel in die Hand. Neu. Seine Finger glitten durch die Karten und hielten bei der Herzdame inne. Er schloss die Augen.

Wie sehr er Rory beneidete, der *seine* Herzdame hatte, die wundervolle Bethia.

Neil betrachtete die Kleider, ließ sie aber liegen. Nur das Kartenspiel schob er in seinen Gürtel.

Dann bedeckte er das Versteck wieder und ging zur Tür. Dort hielt er einen Augenblick lang inne, ehe er die Tür hinter seiner Trauer schloss.

Jeder Muskel in Janets Körper schmerzte.

Wie versprochen hatte sie sich ihr ältestes Kleid angezogen und hatte dem Jungen den ganzen Tag lang geholfen, die Ställe auszumisten. Für eine Weile zumindest würden es die Tiere etwas angenehmer haben. Sie hatte auch eine Truhe mit Münzen gefunden und Hafer bestellt.

Dann kehrte sie ins Haus zurück. Sie sprach ein stummes Dankgebet dafür, dass sie weder Marjorie noch Reginalds Frau Louisa über den Weg lief. Sie hätten sie mit Sicherheit völlig entsetzt angesehen. Das würden sie ohnehin tun, wenn sie davon erfuhren, dass sie in den Ställen gearbeitet hatte. Doch sie spürte eine Welle von Zufriedenheit in sich. Sie hatte etwas in sich wachgerüttelt .

Einen Moment lang erinnerte sie sich an frühere Tage, Tage, in denen sie als junges Mädchen mit ihrem Vater oder Bruder ausgeritten war, und später, als sie – mit Hilfe eines Stallburschen – davon geschlüpft und allein über die Moore und Hügel geritten war. Sie hatte Hunde gehabt, eine eigene Stute, und eine Familie, die sie liebte.

Dann war alles fort gewesen. Und ein Teil von ihr war verloren gegangen; und während der Jahre als Alasdairs Ehefrau sogar noch mehr. Nur die kleinen Kinder hatten sie weitermachen lassen. Doch sie hatten nicht das unabhängige, abenteuerlustige und neugierige Mädchen am Leben halten können, das sie gewesen war. Dank der Mädchen und dann ihres Sohnes hatte sie überlebt und konnte sogar lieben. Doch sie hatte um einen großen Teil von sich selbst eine Mauer gebaut.

Aber nun fühlte sie einen Aufruhr in sich, und sie würde nicht zulassen, dass ihr das irgendjemand verdarb. Morgen würde sie verlangen, die Bücher einzusehen. Sie hatte schon andere Schritte unternommen. Sie hatte Lucy, eines der Hausmädchen, zu ihrem persönlichen Mädchen gemacht. Clara, die Kindermädchen geworden war, machte ihre Sache gut. Die Kinder mochten sie, und das war Janets wichtigstes Kriterium.

Jetzt aber verlangte es sie nur noch nach einem Bad, und danach würde sie den Mädchen eine Geschichte erzählen. Sie beschloss, ihnen ein paar Bücher zu kaufen. Ihr Vater hatte ihr eine Ausbildung ermöglicht, und sie würde dafür sorgen, dass ihre Mädchen auch eine bekamen. Ihr wurde ganz leicht zumute, als Lucy Eimer voller Wasser heraufbrachte. Das Wasser machte *tch, tch, tch*, während sie es in der Sitzbadewanne ausleerte.

»Ich danke dir«, sagte Janet und war überrascht, dass das Mädchen noch immer vor Freude errötete, wenn sie das sagte. »Kannst du Clara bitten, Colin zu mir zu bringen?«

»Ja, Mylady«, sagte Lucy. »Ich kann ihn auch selber bringen«, fügte sie scheu hinzu.

»Das wäre schön«, sagte Janet. Weil sie so schmutzig gewesen war, war sie nicht im Kinderzimmer vorbeigegangen, wo Colin sich aufhielt, während sie in den Ställen gearbeitet hatte. Nun sehnte sie sich nach ihm. Ja, eigentlich vermisste sie ihn in jeder Minute, die sie nicht mit ihm zusammen verbringen konnte. Er war jetzt im neugierigen Alter, krabbelte herum und steckte alles in den Mund. Sie liebte seinen vertrauensvollen Blick, wenn sie ihn hochnahm. So hatte er seinen Vater nie angesehen, und sie bedauerte das.

Sie wusch sich schnell den Schmutz und Mist ab und war froh, dass sie ihr Haar bei der Arbeit unter eine Kappe geschoben hatte. Das heiße Wasser beruhigte die schmerzenden Muskeln.

Dann öffnete sich die Tür und Lucy legte einen schlafenden Colin in die Wiege, die Janet neben ihr Bett gestellt hatte. Sie stand auf, trocknete sich ab und blieb einen Moment lang vor dem Kaminfeuer stehen.

Sie zog sich ein Nachthemd an, schlich zu Colin hinüber und schaute zu ihm herunter, als Lucy den Raum verließ. Sie nahm ihn hoch und merkte, wie viel schwerer er Tag für Tag wurde. Es würde nicht mehr lange dauern, bis er durch ganz Lochaene watscheln würde. Eines Tages würde er der Lord sein. Und sie schwor, dass er ein guter werden würde.

Seine Augen öffneten sich schläfrig und er verzog das Gesicht zu einem langsamen, trägen Lächeln. Muttergefühle wallten in ihr auf.

Nichts würde ihn jemals verletzen. Nicht, solange sie ihren letzten Atemzug noch nicht ausgehaucht hatte. Egal, was sie dafür tun musste. Sie sang ein leises Schlaflied, bis sich seine Augen wieder schlossen und sie ihn sanft zurück in die Wiege legte. Er würde bald zu groß dafür sein.

Trotz ihrer Müdigkeit war sie rastlos. Sie schaute noch einmal zu Colin und ging dann aus der Tür und hinauf auf den Balkon. Die Nacht war klar. Die Sterne waren schon herausgekommen und der Vollmond auch.

Schnell ging sie die Steintreppe hinauf.

Einhundertzwanzig Stufen. Sie hatte sie viele Male gezählt. Sie erreichte den höchsten Punkt des Turms.

Der Himmel war ein dunkelblauer Teppich, der großzügig

mit Sternen bestreut war. Ein paar spitzenartige Wolken zogen hin und her, wie Kinder, die Verstecken spielten. Der Wind war scharf und erfrischend. Irgendwo hörte sie einen Stein klappern. Sie fuhr herum. Schatten bewegten sich ruckartig und verwoben sich ineinander, doch sie sah nichts. Sie hörte den Wind. Nur den Wind.

Aber sie merkte, dass sie zitterte, und das kam nicht von der kühlen Nachtluft.

Sie warf einen letzten Blick auf den Vollmond, der hoch am Himmel stand. Er war ganz in seinem Element, ein riesiger unerschrockener Ball, der den Himmel schmückte. Die kalte Luft tat ihr weh, doch sie sorgte auch dafür, dass sie sich lebendig fühlte. Sie begann sich von der Kante zu lösen, als sie eine Schattengestalt entdeckte und auf sich zukommen sah.

Das Fehlen von Worten, von einer Begrüßung oder einer Entschuldigung alarmierte sie. Sie rannte in Richtung Treppe und erreichte sie Sekunden vor dem Schatten. Dann floh sie die Stufen hinunter. Nachdem sie den dritten Treppenabsatz erreicht hatte, wurde sie langsamer und lauschte.

Nichts. Kein Laut war hinter ihr zu hören.

Ihr Atem ging schnell und in harten Stößen. Ihr Herz hämmerte. Ihre Knie waren weich. Sie hätte schwören können, dass die Gestalt ihr Böses antun und sie über das Geländer werfen wollte. Sie blieb stehen und horchte noch immer.

Dann stieg sie weiter die Stufen hinunter. Sie würde unten einen Bediensteten finden und ihn bitten, mit ihr nach oben zu gehen.

Im zweiten Stock, wo sich ihre und Reginalds Räume befanden, war niemand. Sie beschloss, es an seiner Tür zu versuchen.

Sie klopfte. Louisa öffnete.

»Reginald«, sagte Janet, »ist er hier?«

»Nein«, sagte Louisa. Sie kniff die Augen zusammen. »Stimmt etwas nicht? Du siehst blass aus.«

Janet hatte keine Lust, Louisa gegenüber eine Erklärung abzugeben. Sie schüttelte nur den Kopf, schloss die Tür und ging weiter hinunter zur Haupthalle. Dort traf sie auf Mac Knight, der der Diener ihres Ehemannes gewesen war.

Sie kannte seinen Vornamen nicht, weil sie ihn nie gehört hatte.

»Würdest du wohl eben den Balkon überprüfen?«, fragte sie.

Er sah sie neugierig an, doch er bewegte den Kopf auf und ab. »Ja, Mylady.« Er nahm eine Fackel aus einer der Wandleuchten und ging nach oben. Sie folgte ihm die steile Steintreppe hinauf.

Sie war nicht überrascht, dass sie leer war. Sie nahm MacKnights Fackel und sah sich auf dem Balkon um. Es gab keine Anzeichen dafür, dass jemand hier gewesen war.

Ihr Fuß stieß gegen einen Kieselstein, und der schlitterte über den Steinboden.

»Mylady?«

Ihr war kalt. Und sie fühlte sich allein.

»Ich danke dir«, sagte sie.

Sie ging auf dem Weg zurück zu ihrer Kammer vor und übergab ihm dann die Fackel. Eine flackernde Öllampe erleuchtete den Raum.

»Möchtet Ihr mehr Holz haben?«, fragte MacKnight.

Sie merkte erst jetzt, dass sie zitterte. Sie schaute in ihre Kammer. Colin schlief, den Daumen im Mund. Die Holzstücke im Kamin brannten lichterloh. Mehrere weitere Holzstücke lagen längsseits.

»Nein«, sagte sie. »Ich habe genug.«

»Wenn Ihr etwas braucht ...«

»Dann werde ich Euch rufen«, sagte sie mit einem kleinen Lächeln.

Unsicher blieb er einen Moment lang stehen, dann schüttelte er den Kopf und ging zur Tür hinaus.

Janet trat zu ihrem, Sohn. Er hatte die Bettdecke weggestrampelt. Sie deckte ihn zu, beugte sich herab und küsste ihn. Es würde schwer sein, nicht immer um ihn herum zu sein.

Sie schaute auf ihre Hände herab. Sie waren eiskalt. Dann ging sie zum Fenster und blickte hinaus. *Ruhe.* Alle war ruhig. Die wenigen Bediensteten waren im Bett. Keine Fremden lauerten draußen.

Hatte sie sich oben geirrt? Und wenn nicht, wer war dort oben gewesen?

Kapitel 4

Janet trat Reginald entgegen. Er war irgendwann am Morgen nach Hause gekommen und kam jetzt aus seiner Kammer.

»Ich möchte die Haushaltsbücher sehen«, sagte sie.

Er bedachte sie mit einem Lächeln, das vermutlich beruhigend wirken sollte. »Also Janet, du willst dich doch nicht damit belasten. Ich werde mich um alles kümmern.«

»Das ist sehr nett von dir«, sagte sie und blieb ganz ruhig. »Aber Lochaene gehört meinem Sohn, und ich fühle mich verantwortlich. Ich denke, ich sollte wissen, was hier vor sich geht.«

»Das ist Männersache«, sagte Reginald. »Die Dienerschaft und die Pächter würden sich einer Frau gar nicht unterordnen.«

»Kann sein«, sagte sie, »doch das soll nicht deine Sorge sein. Wir haben Außenstände und die Pferde sind nicht gefüttert worden. Ich möchte wissen, welche Pachtgebühren bezahlt worden sind und welche noch ausstehen.«

Reginalds Gesicht nahm die Farbe eines reifen Apfels an. »Du bist eine Frau«, sagte er.

»Ich habe in den vergangenen siebenundzwanzig Jahren nicht der Illusion angehangen, etwas anderes zu sein«, entgegnete sie. »Aber mein Sohn ist ein Graf, und ich bin die Gräfin Lochaene.«

»Mein Bruder ist gestorben, bevor es Zeit für ihn war, bevor ...«, dann fügte er mit Nachdruck hinzu »er ein Testament gemacht hat.«

»Der Besitz ist das Erbe meines Sohnes«, sagte sie ruhig, obwohl es in ihrem Magen rumorte.

»Aber ein Vormund könnte bestellt werden«, sagte er. »Ein *kompetenter* Vormund.«

Sie hatte das Gefühl, als hätte er ihr einen Schlag in den Magen versetzt. Sie fragte sich, wo er während der vergangenen Tage gewesen war. Hatte er versucht, sich selbst als Vormund ihres Sohnes eingesetzt zu werden?

Dann, das wusste sie genau, konnte sie Colin verlieren. Sie würde niemals zulassen, dass ihr Sohn in die Fänge von Reginald und ihrer Schwiegermutter geriet.

Sie sah den Ausdruck in seinen Augen. Er hatte nicht vorgehabt, ihr das zu sagen. Also hatte er noch keinen Erfolg gehabt. Aber dies war sein Plan. Er stand ihm auf seinem gesamten geröteten Gesicht geschrieben. Oder war es nur einer von mehreren Plänen? Konnte ihrem Erlebnis vom Vorabend ein weiterer zu Grunde gelegen haben?

Kälte kroch Janet über den Rücken. Wenn Marjorie und Reginald die Macht über ihren Sohn besaßen, würden sie Lochaene und seine Pachteinnahmen an sich reißen. Und sie würden ihren Sohn zu einem wütenden, gierigen und egoistischen Menschen erziehen, ganz nach ihrem eigenen Bild. Sie würde eher sterben, als das geschehen zu lassen.

Doch mit einer Sache hatte Reginald Recht. Reginald hatte als Mann und als Mitglied einer Familie, die König George treu ergeben war, weit mehr Einfluss auf Cumberland und den englischen König als eine jakobitische Witwe. Das Gesetz hatte in den heutigen Highlands keinerlei Bedeutung mehr.

Reginald wandte sich ab. Sie hatte keinen Zweifel darüber, dass er und Marjorie das zusammen ausgeheckt und vorgehabt hatten, es ihr erst zu sagen, wenn sie gewonnen hatten.

»Die Bücher«, beharrte sie. Sie wollte ihn mit seiner Arroganz nicht davonkommen lassen, nicht solange sie Gräfin war.

»Nein«, sagte er kategorisch.

»Es ist mein Recht.«

»Nicht mehr lange.« Er drehte sich unverschämt um, als wollte er zurück in seine Kammer gehen.

»Ich werde den Anwalt aufsuchen.«

»Er war Alasdairs Anwalt, und er stimmt mit mir darin überein, dass eine Frau nicht das Zeug hat, ein Gut zu leiten.« Er ging in seine Kammer zurück und schloss die Tür hinter sich.

Janet war so wütend, dass sie sich nicht rühren konnte. Sie blieb einen Moment stehen und fragte sich, ob sie an die Tür hämmern und die Einsicht in die Bücher verlangen sollte.

Und wenn er ihr dies weiter verweigerte?

Was konnte sie anderes tun, als sich zum Narren zu machen? Sie war nicht groß oder stark genug, um ihm die Bücher wegzunehmen. Auch konnte sie kaum einen Bediensteten darum bitten, seine Stellung zu riskieren oder sogar schlimmeres, indem er das für sie tat.

Hatte er über den Anwalt gelogen?

Angst und Zorn wüteten gleichermaßen in ihr. Lochaene war ihr persönlich nicht wichtig. Es war nur wichtig wegen Colin und ihrer drei Stieftöchter. Und sie bedeuteten ihr alles. Wenn Reginald zu ihrem Vormund bestellt wurde, konnte er sie fortschicken. Er konnte den Umgang mit ihrem Sohn einschränken. Lieber Gott. Sie hatte geglaubt, dass sie frei sein würde, wenn die Behörden sie nicht anklagten. Allein. Sie war so allein. Und sie konnte die Kinder verlieren.

Wenn du einen Freund brauchst …

Wie könnte sie sich an Neil wenden? Er hatte schon früher Versprechungen gemacht und sie dann im Stich gelassen. Wie konnte sie jemandem trauen, der so etwas getan hatte?

Oder konnte er sogar Teil eines teuflischen Plans sein? Er war so unerwartet aufgetaucht.

Aber als sie ihre möglichen Alternativen überprüfte, kam sie in Gedanken immer wieder auf sein Angebot zurück. Doch sie hasste diese Vorstellung. Sie konnte es kaum ertragen. Wie konnte sie ihn um Hilfe bitten? Der bloße Gedanke schon verletzte ihren Stolz.

Denk an Colin, Grace, Rachel und Annabella. Denke daran, was mit ihnen geschehen würde, wenn ihr Onkel die Macht über sie bekommt. In den letzten paar Tagen lächelten sie immer leichter. Und die Wachsamkeit verschwand langsam aus ihren Augen.

Ihr Stolz war nichts gegen das Wohlergehen der Kinder. Es war zumindest eine Chance.

Oder sollte sie sich erst mit dem Anwalt in Verbindung setzen? Vielleicht bluffte Reginald ja nur.

Doch je öfter sie die Lage überdachte, desto weniger Hoffnung sah sie. Hatte sie noch Zeit?

Sie ging hinauf in den Raum, den die Mädchen bewohnten. Sie hatte ihnen angeboten, das große Bett ihres Mannes durch schmalere Betten zu ersetzen, doch ihre Töchter hatten heftig verlangt, zusammen zu schlafen. Sie fühlten sich auf diese Weise sicherer. Sie waren aufgestanden und saßen beim Frühstück. Colin gurgelte glücklich, als er Janet sah, und sie nahm ihn auf den Arm.

Die drei Mädchen schauten mit hoffnungsvollen Blicken zu ihr auf. »Dürfen wir bitte auf den Jahrmarkt gehen?«, fragte Rachel.

Janet schaute Clara an, deren Gesicht sich rötete.

»Im Dorf gibt es einen Jahrmarkt. Kevin sagte, er würde uns dorthin bringen, wenn Eure Ladyschaft das erlauben.«

Janet zog eine Augenbraue hoch. »Kevin?«

»Ja, Mylady«, sagte Clara und wurde noch röter.

Janet lächelte. Sie erinnerte sich daran, wie sie sich mit Neil gefühlt hatte, wie ihr Herz geklopft und ihre Seele sich erhoben hatte. Er war so anders als andere Männer gewesen. Ruhig und dennoch voller Tiefe. Jedenfalls hatte sie das gedacht. Sie schob den Gedanken beiseite.

»Wann?«

»Morgen, nachdem er seine Arbeiten erledigt hat.« Clara blickte sie voller Hoffnung an.

»Dürfen wir gehen?«, fragte nun auch Annabella. Sie hatte die Arme voller Kätzchen. »Bitte.«

»Ja, Mama, bitte«, fiel auch Rachel ein.

Janet zögerte.

Clara machte ein langes Gesicht, und Janet verstand, dass sie mit Kevin zusammen sein wollte. Janet versuchte zu entscheiden, ob das gut oder schlecht war. Wie viel Schutz sollte sie Clara geben? Wie klug verhielt sie sich im Umgang mit jungen Männern? Wie klug war überhaupt irgendeine Frau?

Janet schaute die Mädchen an. »Ich werde darüber nachdenken. Vielleicht wollt ihr euch bis dahin beim Vikar ein Buch ausleihen?«

»Oh ja«, sagte Rachel glücklich. Sie war die begierigste Schülerin von allen.

»Wir werden den Ponywagen nehmen«, sagte Janet.

»Darf ich fahren?«, fragte Grace.

»Ich habe gehofft, dass du dich um Colin kümmerst«, sagte Janet, die wusste, wie gern Grace Mutter spielte.

»Können wir den Welpen auch mitnehmen?«, fragte Rachel.

»Ich denke, die Tiere brauchen etwas Ruhe«, erwiderte Janet freundlich.

»Aber der Vikar wird sie beide mögen.«

»Ein andermal«, sagte Janet und dachte entsetzt an eine Fahrt im Ponywagen mit einem Baby, einem Kätzchen und einem Welpen.

Die Aussicht auf einen Ausflug ließ die Augen der Kinder strahlen. Sie alle mochten den Vikar Timothy McQueen, der es schaffte, niemanden zu verärgern, nicht zuletzt, weil er in seinen Büchern lebte und wenig von seinen Gemeindemitgliedern forderte. Er hatte Janet auf kleine Weise geholfen, indem er ihr heimlich Bücher lieh, die sie vor ihrem Ehemann versteckt hatte.

Das war das Äußerste, was er an Mut zu geben hatte. Er war in mittleren Jahren, musste seine Mutter unterstützen und war völlig abhängig von Lochaene, was seinen Lebensunterhalt anging. Das einzige Mal, dass er sich gegen Alasdair gestellt hatte, war bei der Sache mit den Büchern, und auch nur, nachdem Janet ihm versprochen hatte, es ihrem Mann niemals wissen zu lassen.

Trotz seiner Ängstlichkeit war er ein guter Mann, und Janet mochte ihn gern. Sie wusste, dass er mutiger sein und für seine Gemeinde kämpfen wollte, doch irgendwann in seinem Leben hatte er seinen Kampfgeist verloren. Genauso wie sie selber.

Er war in seinem Garten, als sie vorfuhren. Sein Gesicht verzog sich zu einem Lächeln, als er sie sah, und er kam zum Ponywagen herüber, nahm Annabella und hob sie schwungvoll herunter. Das Gleiche machte er mit Rachel. Grace reichte ihm Colin und stieg dann allein hinab.

»Und was verschafft mir die Freude Eures Besuchs?«, fragte er und strahlte Janet an.

»Ich habe gehofft, dass ich mir noch ein paar Bücher ausleihen kann«, sagte sie, denn sie wusste, dass er zusätzlich zur Leitung seiner Gemeinde die Dorfkinder unterrichtete. »Rachel braust nur so durch sie hindurch.«

Seine leicht feuchten grauen Augen betrachteten sie ernst. »Probleme?«

»Ja, ich glaube schon.«

»Meine Mutter hat drinnen ein paar Kekse«, sagte er zu den Mädchen. »Sie wird sehr glücklich sein, wenn jemand sie essen möchte.«

Die drei zögerten. »Na, geht schon«, drängte sie sie und nahm Colin auf den Arm. Sie brauchten keine weitere Aufforderung.

Sobald sie in dem kleinen Haus verschwunden waren, führte Timothy Janet in die Kirche, und sie setzten sich in eine Bank. »Um was geht es, Mylady?«

»Ich glaube, dass Reginald gerade versucht, sich selbst zum Vormund der Kinder bestellen zu lassen«, sagte sie.

Der Vikar sah beunruhigt aus. Seine Loyalität würde einmal mehr auf die Probe gestellt werden. Sie hatte Schuldgefühle, ihn danach zu fragen, aber sie musste es wissen. »Ich habe Gerüchte gehört«, gab er zu.

Sie schluckte krampfhaft. Gegen besseres Wissen hatte sie gehofft, dass er etwas anderes sagen würde. »Kann das Gericht so etwas tun?«

»Sie werden tun, was der Herzog von Cumberland von ihnen verlangt«, sagte Timothy traurig.

»Ich kann nicht zulassen, dass Reginald und seine Mutter die Macht über meinen Sohn bekommen.«

Er zuckte hilflos mit den Schultern. »Der Herr wird Euch beschützen.«

»Der Herr hat Schottland schon vor Jahren verlassen«, erwiderte Janet bitter.

»Ihr müsst vertrauen, Mylady.«

»Ich werde als Erstes meinen Sohn wegbringen.«

»Und die Mädchen? Sie brauchen Euch auch.«

»Und wenn ich tot bin?«

Seine Augen weiteten sich. »Was meint Ihr damit?«

»Ich glaube, das jemand gestern Nacht versucht hat, mich zu töten.« Schnell erzählte sie ihm von der Gestalt auf dem Balkon.

»Könntet Ihr nicht einen Schatten gesehen haben?«

»Nein.«

Ein sorgenvoller Ausdruck glitt über sein Gesicht. »Ich weiß nicht, was ich Euch raten soll, Mylady. Gibt es denn niemanden, an den Ihr Euch wenden könntet?«

Sie wollte das schon verneinen. Sie hatte über diesen Punkt seit ihrer Begegnung mit Reginald nachgedacht. »Es gäbe wohl jemanden«, sagte sie dann vorsichtig, »doch ich weiß nicht, wie ich ihn verständigen könnte.«

Sein Gesicht hellte sich auf. »Darum kann ich mich kümmern«, sagte er.

»Ich möchte Euch nicht in Schwierigkeiten bringen«, sagte sie. »Doch ich weiß nicht, wem ich auf Lochaene trauen kann.«

»Ich kenne ein paar Menschen, denen ich vertraue«, sagte Timothy, »und es ist wenig genug, was ich tun kann. Es tut mir Leid ...«

»Nein, nein, lasst das«, sagte sie. »Ich weiß, dass mein Ehemann gedroht hat, Euch abzusetzen und dass Ihr für Eure Mutter sorgt. Ich weiß, wie ... überzeugend er sein konnte.«

Er legte eine Hand auf ihre Schulter. »Die Mädchen haben es gut bei Euch gehabt«, sagte er. »Ich möchte nicht, dass das Licht in ihren Augen wieder erlischt.«

Janet biss sich auf die Lippe. »Wenn ich ein Briefchen schreiben kann ...«

»Ja. Und Ihr solltet auch etwas Süßes bekommen.«

Sie schluckte mühsam. »Ich danke Euch.«

»Könnt Ihr Euch auf diesen Menschen verlassen?«

»Ich weiß es nicht«, sagte sie. »Aber ich habe keine andere Wahl.«

»Wer ist es?«

Sie zögerte, doch er würde es ohnehin erfahren, wenn er das Briefchen bekam. »Der Marquis von Braemoor.«

Er riss die Augen auf. »Ein mächtiger Freund.«

»In Wahrheit weiß ich nicht, ob er ein Freund ist oder nicht, doch ich habe niemanden anders. Alle Freunde meines Vaters sind bei Culloden ums Leben gekommen.«

Er nickte. »Er wird Euren Brief innerhalb von drei Tagen bekommen.«

Neil ritt zu den neuen Ländereien hinüber. Sie waren nach dem Kampf bei Culloden von einem Jakobiter beschlagnahmt worden und als Mitgift von Rorys Ehefrau an Braemoor gefallen. Halb hatte Neil erwartet, dass Cumberland es nach Rorys

Tod und der Flucht seiner Frau zurückfordern würde, doch der Schwarze Bube war nach Rorys Verschwinden nicht mehr gesichtet worden, und der Herzog hatte das irgendwie Rory zugeschrieben. Es war zwar tragisch gewesen, dass der Marquis für die Krone gestorben war, doch Neil war erlaubt worden, die Ländereien zu behalten.

Es gab niemanden mehr, der die neu erworbenen Ländereien bearbeitete. Alle waren getötet oder vom Land vertrieben worden. Neil war mit den Ereignissen auf Braemoor zu beschäftigt gewesen, um etwas dagegen zu unternehmen, doch nun, da Jock langsam seine Begeisterung zu teilen begann, glaubte er, dass er jetzt mit dem Ankauf von Schafen und Rindern beginnen konnte. Als Erstes musste er das gesamte Land durchkämmen und entscheiden, wo Häuser gebaut und welches Land bestellt werden sollte.

Das Gutshaus war angezündet worden. Übrig geblieben war lediglich ein Haufen Steine. Ein großer Teil des Landes war felsig und zum Anbau nicht geeignet. Er sah mehrere Bauernhäuser, doch sie waren kaum mehr als Bruchbuden. Er wollte etwas Besseres für seine Pächter.

Zufriedenheit durchdrang ihn. Er hatte Jocks Erregung gespürt, als er zu ihm zurückgekommen war, nachdem er mit den Kleinbauern gesprochen hatte. Zehn junge Männer, alles Junggesellen, hatten einem Umzug zugestimmt. Zwei von ihnen wollten heiraten, doch hatten bisher nicht die Mittel dafür gehabt. Sie hatten in schon überfüllten Bauerngehöften gelebt.

Nachdem er mit jedem gesprochen hatte, hatte er ihre Vorfreude auf Chancen gespürt, die sie nie für möglich gehalten hatten. Die meisten hatten geglaubt, dass man sie vom Land vertreiben würde. Und wenn nicht, dann hatten die jüngeren Söhne wenig Hoffnung darauf, von dem Land leben zu können. Sie hatten damit gerechnet, Schottland verlassen zu müssen, wie es so viele andere vor ihnen schon getan hatten.

Das Land war bergig und wenig brauchbar, außer als Weideland. Dafür aber war es sehr gut. Flüsschen schlängelten sich durch das Land und Steinwälle waren bereits errichtet. Felsige Berge rahmten den Horizont ein, und die Hügel waren purpurfarben vor Heidekraut. Neil verbrachte eine Nacht auf dem Land. Er wachte im Morgengrauen auf und sah die Sonne über den Bergen aufgehen. Er wünschte, Janet wäre bei ihm und würde mit ihm zusammen beobachten, wie sich die pinkfarbenen Ränder zu Gold verwandelten. Während er sein Pferd sattelte, fragte er sich, ob sie für immer Teil seiner Gedanken bleiben würde.

Er fragte sich, wie es ihr wohl gehen möge. Als junge Witwe würde sie unter etlichen Freiern wählen können.

Er verbannte sie gewaltsam aus seinen Gedanken, wohl wissend, dass sie nicht lange verbannt bleiben würde und sattelte sein Pferd. In einem Tag würde er zurück auf Braemoor sein. Es war natürlich nicht sein Zuhause. Und er glaubte auch nicht, dass es das jemals werden würde. Es gab zu viele schlechte Erinnerungen dort.

Als er sein Pferd in den Stall von Braemoor ritt, bemerkte er dort ein unbekanntes Pferd. Er sattelte seinen Hengst ab, ehe Jamie, einer der Stallburschen, kam, um ihn abzurubbeln. Er hielt einen Moment inne und beobachtete den Jungen. Er dachte dabei, wie sehr er im vergangenen Jahr gereift war. Rory hatte ihn gebeten, sich um den Jungen zu kümmern, der von seinem Vater misshandelt worden war. Eine von Neils ersten Amtshandlungen als Marquis war gewesen, den Jungen mit einem Lehrvertrag vom Vater freizukaufen und den Mann von Braemoor zu verweisen.

»Hier steht ein fremdes Pferd.«

»Ja, Mylord«, sagte Jamie. »Ein Bote ist vor zwei Tagen zu Euch gekommen. Er wartet in der großen Halle auf Euch.

»Warum hat er keine Nachricht hinterlassen?«

»Er sagte, er soll auf eine Antwort warten. Er hat hier mit mir gearbeitet. Er kommt aus Concarnie.«

Concarnie lag in der Nähe von Lochaene.

Ohne weitere Worte ging er mit langen Schritten zum Herrenhaus hinüber. Dort kam ihm Torquil entgegen. Er war sein Butler und Kammerdiener, obwohl Neil für Letzteres eigentlich keinen Bedarf hatte. Er kümmerte sich lieber selbst um sich, einschließlich der Rasur. Doch Torquil hatte eine Stellung gebraucht und sich geweigert, Almosen anzunehmen.

Er war ein dürrer Mann, der die Welt mit düsterem Blick betrachtete. Er lächelte selten. Und er murmelte stets vor sich hin, wenn er seinen Pflichten nachging. Jetzt traf er mit Neil an der Tür zusammen, die Nase vor Empörung gerümpft. »Da ist ein Junge, der Euch sprechen will. Er sagt, er hat einen Brief für Euch, doch er will ihn mir nicht geben.«

Neil nickte. »Jamie hat es mir schon gesagt.«

Torquil schnaubte und zu jeder anderen Zeit hätte Neil gelächelt. Er wusste, wie sehr Torquil bemüht war, seine Stellung im Haushalt zu schützen. Und Neil auch. In Wahrheit hatte Torquil ein gutes Herz und zweigte Esswaren ab, um sie denjenigen zu geben, die sie brauchten. Dann machte er ein Getöse darüber, dass Nahrungsmittel fehlten. Alle taten so, als wüssten sie nichts von Torquils kleinen Gefälligkeiten. Es war ein freundliches Spiel, Torquil glauben zu lassen, dass er wirklich gefürchtet war und als schrulliger Wächter der Interessen seines Herrn angesehen wurde.

»Das geht in Ordnung«, sagte Neil. »Wo ist er?«

Torquils Gesicht verdüsterte sich. »Er hat in der großen Halle geschlafen. Er kam, nicht lange, nachdem Ihr fort wart. Ich wusste nicht, was ich mit dem Rüpel anfangen sollte«, sagte Torquil.

»Du hast alles richtig gemacht«, sagte Neil. »Ist er jetzt noch dort?«

»Ja. Er hat heute Morgen ein bisschen im Stall geholfen«, sagte Torquil grollend. »Er meinte, dass er für seine Verpflegung arbeiten wolle.«

Neil unterdrückte ein Lächeln. Ein anerkennendes Leuchten war in Torquils Augen getreten, trotz seines verächtlich klingenden »Rüpels«.

Neil nickte nur und betrat die große Halle. Ein Junge saß an dem großen Tisch und aß einen Teller Suppe. Bei dem Klang von Stiefeln hob er den Kopf und sprang auf. »Seid Ihr der Marquis von Braemoor?«

»Ja. Du hast eine Nachricht für mich?«

Der Junge, der kaum mehr als sechzehn Jahre alt war, griff in ein zerrissenes und abgewetztes Wollhemd und zog einen versiegelten Brief hervor. »Vom Vikar in Concarnie«, sagte er ernst.

Wieder kam Neil der Gedanke, dass Concarnie in Janets Nähe war. Er nahm den Umschlag, brach das Siegel und schaute auf das Ende des Briefes. *Janet Campbell.* Nicht »Gräfin von Lochaene«.

»Iss ruhig weiter«, sagte er zu dem Jungen.

Er ging zur Tür hinaus, an Torquils neugierigem Gesicht vorbei und die Treppe hinauf in seine Kammer. Er wollte den Brief ungestört lesen, auch wenn er sich fragte, warum Janet ihn auf diese Weise zu ihm geschickt hatte. Warum nicht durch einen Boten direkt von Lochaene?

Er erinnerte sich an ihr blasses, schmales Gesicht. Ihre Augen, die er als weich und voller Staunen in Erinnerung hatte, waren vorsichtig und argwöhnisch gewesen. Das Weiche war nur aufgetaucht, wenn sie über die Kinder gesprochen hatte.

Er betrat seine Kammer, goss sich einen Schluck Brandy aus der Flasche ein, die er immer dort aufbewahrte, und setzte sich dann an den Tisch. Er befühlte das Pergament einen Moment lang, ehe er zu lesen begann. Er konnte ihr Zögern im ersten Satz fast körperlich spüren, und schmerzliche Blitze durchzuckten sein Herz.

Ihr sagtet, wenn ich jemals einen Freund brauchte ... Ich fürchte, dass ich Hilfe brauche. Ich bitte nicht für mich selbst darum, sondern für vier unschuldige Kinder. Ich werde es verstehen, wenn Ihr der Ansicht seid, dass Euch das nichts angeht. Doch vielleicht könnte ein einfaches Wort von Euch bei Lord Cumberland helfen, die Zukunft meines Sohnes und seiner Schwestern zu sichern.

Sein Magen zog sich zusammen, als er weiterlas. Er fühlte körperlich, wie verzweifelt sie gewesen sein musste, ehe sie diesen Brief schickte. Verdammte Campbells von Lochaene! Mochten ihre Seelen in der Hölle schmoren.

»Torquil!«, brüllte er.

Torquil, der offenbar in der Nähe geblieben war, erschien an der Tür.

»Ich muss fort. Ich werde erst bei Jock Halt machen, und danach werde ich mindestens vier Tage fort sein, vielleicht sogar noch länger.«

»Zuerst werdet ihr essen«, sagte Torquil. »Ich habe schon für Euch gedeckt.«

Im Speisesaal, zweifelsohne. Neil hatte dort schon immer ungern gegessen. Genauer gesagt hatte man ihn nie zu Tisch gebeten, als der alte Marquis noch regierte. Er nahm seine Mahlzeiten immer mit den Angehörigen des Clans in der großen Halle ein. Das war für ihn ausreichend.

Doch nun – vor allem, um Torquil zu beruhigen – nahm er seine Mahlzeiten in der einsamen Pracht des Familien-Speisesaals zu sich. Eine Bezeichnung, die nicht falscher hätte sein können, dachte er. Der alte Marquis, der jetzt schon fast zwei Jahre lang tot war, hatte seine zweite Ehefrau – Rorys Mutter – fast so sehr gehasst, wie sie ihn gehasst hatte. Sie hatte ihren Mann in Wahrheit genug gehasst, um ihm zu sagen, dass Rory nicht sein Sohn war.

Selbst jetzt kamen Neil das Gebrüll und Geschrei, die Brutalität in den Sinn. Gott, wie er das gehasst hatte. Manchmal hatte er das Gefühl, dass der Raum noch immer von diesen bitteren Stimmen und den grausamen Anschuldigungen widerhallte.

»Mylord?«, fragte Torquil wieder. »Euer Essen?«

»Ja«, sagte Neil, weil er wusste, dass der Mann so lange darauf beharren würde, bis er einwilligte. Er ging in den Speisesaal, wo am Ende eines sehr langen Tisches ein Platz gedeckt war.

Torquil warf ihm etwas zu, was er für ein Lächeln hielt, und eilte aus dem Raum. Neil seufzte und schenkte sich ein Glas Wein ein. Diese Verzögerung gefiel ihm gar nicht, doch Torquil hatte Recht damit, dass er essen musste. Torquil hatte leider immer Recht.

Er hatte Torquil gefunden, als er sich vor Monaten aus einer Laune heraus zu dem Familiensitz seiner Mutter aufgemacht hatte, der ungefähr siebzig Meilen entfernt war. Schon als Junge hatte er viel an das trostlose zerfallene Haus am Rand des Meeres gedacht. Seine Mutter war ein Einzelkind gewesen und umnachtet gestorben. Als ihr Vater starb, war nicht mehr genug von dem Besitz übrig geblieben, als dass es sich zu retten lohnte. Das Land fiel an die Krone zurück als Abgeltung ausstehender Steuern. Doch niemand hatte es haben wollen. Die Burg war ein zugiges, schäbiges Gebäude, und das Land war zu armselig, um darauf etwas anzubauen oder Tiere grasen zu lassen. Die Ortsansässigen behaupteten sogar, dass es dort spukte, und hielten sich davon fern.

Wahrscheinlich war es die Burg, die seine Mutter verrückt gemacht hatte, hatte er gedacht, als er früher dort zu Besuch gewesen war. Er war die Stufen zu dem Turm hinaufgeklettert, in dem sie gelebt hatte, bis sie sich eines Tages aus einem Fenster stürzte, wie es hieß. Das war mehr als zwanzig Jahre her. Ihr Vater starb sechs Monate später ohne jegliche Erben. Und da das Gerücht umging, dass es in der Burg spukte, hatte seither kein Mensch mehr dort gelebt.

Er war zwischen den Trümmern umhergelaufen und hatte versucht, sich zu erinnern. Doch alles, was ihm ins Gedächtnis kam, war, dass seine stille Mutter in einem Schaukelstuhl gesessen hatte. Er erinnerte sich auch noch daran, dass man ihm gesagt hatte, wie glücklich er sich schätzen könne, dass ein Angehöriger seines Clans ihn als Gefährte seines eigenen Sohnes zu sich nehmen wolle.

Er wusste noch, wie er fortgeritten war. Er hatte sich umgedreht und das Gesicht seiner Mutter am Fenster gesehen. Das war alles, was er von diesem Ort im Gedächtnis behalten hatte.

Als er beim nächsten Mal wieder von dort fortreiten wollte, war Torquil plötzlich scheinbar aus dem Nichts aufgetaucht. Er habe der Familie einst als Pferdepfleger gedient, sagte er. Er war fast sechzig und so dünn, dass es an Auszehrung grenzte, und er trug Kleider, die kaum mehr als Lumpen waren. Doch die Kleidung war sauber gewesen und sein faltiges Gesicht ordentlich rasiert. Er sagte, er sei der Verwalter, und man habe ihm erlaubt, in den Ställen zu wohnen, als Ausgleich dafür, dass er sich um den Besitz kümmerte. Er habe das nämlich schon in den vergangenen beiden Jahrzehnten gemacht. Wahrscheinlich, fügte er ehrlich hinzu, hätten alle das Gut vergessen. Und ihn auch.

Neil mochte den Mann sofort, der aussah, als hätte er keine anständige Mahlzeit mehr bekommen, seit er sich um den Besitz zu kümmern begonnen hatte. Es war ungewöhnlich für Neil, dass er jemanden so ohne Wenn und Aber annahm, doch er ertappte sich selbst dabei, dass er Torquil fragte, ob er nach Braemoor kommen wolle.

Und so war Torquil mit ihm nach Braemoor gegangen. Er hielt sich völlig für sich, doch er war so verlässlich wie die Sonne, die jeden Morgen am Himmel auftauchte. Er hatte als Kutscher angefangen, doch war dann bald ins Haus gezogen, als der vorherige Butler erkrankte. Er wurde bald unentbehrlich. Nie aber erzählte er etwas über sein vergangenes Leben oder über die letzte Familie, der er gedient hatte. Als Neil ihn nach der Vergangenheit fragte, murmelte er, es seien zu viele Jahre vergangen und dass die Zeit seinen Geist verwirrt habe …

Torquil erschien mit dem Essen. »Ich werde ein paar Kleider für Euch herrichten«, sagte Torquil. »Was werdet Ihr brauchen?«

Neil schwieg. Er würde als Erstes nach Edinburgh reiten. Seine Gnaden, der Herzog von Cumberland, befand sich dort und residierte gegenwärtig im Holyroodhouse. Er würde ihm deutlich erklären, dass die Gräfin unter seinem Schutz stehe, und danach würde er Lochaene einen Besuch abstatten.

»Ich werde versuchen, Cumberland zu treffen«, sagte er.

»Also Eure beste Kleidung?«

Neil nickte. Nachdem er Braemoor geerbt hatte, hatte er ein paar Kleidungsstücke erstanden, denn er wusste, dass er sie gelegentlich benötigen würde. Doch er fühlte sich noch immer nicht wohl in den Seiden- und Satinstoffen. Ihm war der nunmehr verbotene Kilt viel angenehmer. Dennoch besaß er eine dunkelblaue Satinhose, ein hellblaues Wams und eine dunkle Jacke. Das war fein genug für Cumberlands Audienz.

Sobald er seine schnelle Mahlzeit beendet hatte, rasierte er sich, während Torquil seine gute Kleidung für die Reise bereitlegte. Dann zog sich Neil seine Reitkleidung an: eine einfache Lederhose, ein schlichtes Wollhemd und eine Wolljacke. Das waren derbe Kleider, vor allem zusammen mit den Stiefeln, die er bevorzugte, doch sie entsprachen seinem Geschmack.

Binnen einer Stunde ging er in den Stall, wo Jamie schon zwei Pferde gesattelt hatte, eins für den jungen Burschen und das andere für ihn. Sie saßen auf und trabten aus dem Burghof hinaus.

Er hasste es, sich die Zeit zu nehmen, um bei Jock vorbeizugehen, doch der Mann wusste, dass er die neuen Ländereien inspiziert hatte. Das aufkeimende Vertrauen zwischen ihnen war noch zerbrechlich, und er konnte nicht tagelang oder vielleicht sogar für eine ganze Woche ohne jede Erklärung einfach verschwinden.

Jock war nicht zu Hause, und Neil brauchte zwei weitere Stunden, um ihn zu finden. Als er ihn aufgestöbert hatte, warf Neil Jock eine Lederbörse voller Münzen zu und sagte ihm, dass er nehmen sollte, was er brauchte, um die Häuser auf den neuen Ländereien zu bauen. Er zog eine Karte hervor und deutete auf die Stellen, die er für die besten Bauplätze hielt.

»Sollte ich nicht warten, bis Ihr wiederkommt?«

»Nein. Ich weiß nicht, wie lange ich fort sein werde, und wir haben Versprechungen gemacht.«

Jock schaute ihn nur verwirrt an.

»Jemand ..., den ich gut kenne, scheint in Schwierigkeiten zu sein.«

Jocks Mund verzog sich zu einem leichten Lächeln. »Dann solltet Ihr Euch darum kümmern. Ich werde hier die Dinge regeln.«

»Davon bin ich fest überzeugt«, sagte Neil und meinte es auch so.

Cumberland beäugte Neil mit arrogantem Amüsement. »Wie ich sehe, hat der Kleidergeschmack Eures Cousins nicht auf Euch abgefärbt.«

Neil hatte an einem Gasthaus gehalten, um sich umzuziehen, ehe er bei Cumberland um eine Audienz gebeten hatte. Er wand sich innerlich vor Unbehagen. Seine direkten Begegnungen mit Cumberland beschränkten sich auf ein Minimum. Rory hatte ihn manipuliert, doch Neil besaß nicht Rorys listenreiche Talente. Alles, was er konnte, war, sein Anliegen offen darzulegen. Er kam sich in der fürstlichen Umgebung von Holyroodhouse wie ein Rüpel vor. Kein Wunder, dass er sich unwohl fühlte.

»Nein, Mylord«, sagte er schlicht.

»Ihr wolltet mich sprechen?«, fragte Cumberland ungeduldig.

»Ja, Euer Gnaden. Ich stehe im Namen der Gräfin von Lochaene vor Euch.«

»Ah, die junge Witwe«, sagte Cumberland. »Und wie seid Ihr mit ihr verbunden?«

»Mein Onkel und ihr Vater waren Freunde.«

»Ihr Vater war ein Jakobiter«, sagte Cumberland kalt.

»Und mein Onkel und ich haben an einer Seite gekämpft«, erinnerte Neil ihn. Er wusste, dass er sich auf gefährlichem Terrain befand, doch er wappnete sich innerlich gegen alles, was da kommen mochte.

»Ihr habt nie geheiratet«, sagte Cumberland nachdenklich.

Neil verstummte. Er hatte nicht gewusst, was Cumberland sagen oder tun würde, als er um eine Audienz gebeten hatte. Jetzt fragte er sich, was er sagen sollte. Wenn Cumberland von dem Wahnsinn in seiner Familie erfuhr, würde er dann Neils Anspruch auf Braemoor weiter unterstützen?

»Ich war nicht in der Position zu heiraten«, sagte Neil. »Ich hatte nichts zu bieten, bis mein Cousin gestorben ist.« Er zögerte und fügte dann hinzu: »In Euren Diensten.«

»Es gibt Gerüchte, dass sie ihren Gatten ermordet haben soll.«

»Es gibt häufig Gerüchte, doch ich kenne die Gräfin. Es ist eine lächerliche Anschuldigung.«

»Eine Frau kann kein Gut führen.«

»Dann ernennt mich zum Vormund.«

»Ihr seid mit Braemoor ausgelastet«, sagte Cumberland. »Reginald Campbell ist bereit, die Verantwortung zu übernehmen.«

»Verzeiht mir, Euer Gnaden, doch ich denke, dass seine Fähigkeit und Verlässlichkeit einiges zu wünschen übrig lassen.«

An seinem Gesichtsausdruck war abzulesen, dass Cumberland ihn wohl verstanden hatte. Reginald Campbell hatte sich den Diensten für den König entzogen. »Seine Familie war der Krone immer treu ergeben.«

Neil wünschte, er hätte Rorys sprachliche Gewandtheit. Er versuchte, das einzige Argument ins Feld zu führen, von dem er glaubte, dass es Eindruck auf Cumberland machen würde. »Ich glaube, Euer Gnaden, dass ich Euch mehr Steuerabgabe zukommen lassen könnte als der ehrenwerte Reginald Campbell.«

Cumberlands Augen waren eisig. »Wenn Ihr so an ihrem Wohlergehen interessiert seid«, sagte Cumberland, »könntet Ihr auch daran denken, sie zu heiraten.«

»Ihr Ehemann ist erst sein ein paar Wochen tot. Sie ist noch immer in Trauer.«

Cumberlands Augen zogen sich zusammen. »Ich habe Campbell gesagt, dass ich sein Ansuchen in Betracht ziehen werde.«

Neil hatte sich die Mühe gemacht, sich über die Familie von Alasdair Campbell kundig zu machen. Janets Ehemann hatte sich zu König George bekannt, doch Neil konnte sich nicht daran erinnern, ihn bei Culloden gesehen zu haben. Und sein Bruder Reginald war in England gewesen.

Sein Magen verkrampfte sich. Sein Herz schlug schneller. Er wusste, dass Janet fuchsteufelswild sein würde über das, was er vorhatte, doch er musste mehr Zeit für sie schinden. »Ich habe wirklich ein Interesse an der Witwe«, sagte er. »Ich hatte geplant, noch eine angemessene Zeit abzuwarten.«

Cumberland musterte ihn mit stählernen Augen. »Wie geht es auf Braemoor im Augenblick?«

»Sehr gut, Euer Gnaden.«

»Keine Probleme mit den Pächtern?«

»Nein.«

»Ich muss sagen, ich vermisse Euren Cousin, auch wenn er ein Laffe war. Er hat mir immer feinen Brandy gebracht.«

»Ich werde mich bemühen, es ihm gleichzutun.«

Cumberland erlaubte sich ein leichtes Lächeln und kehrte dann zum Thema zurück. »Ich werde Euch zum vorübergehenden Vormund des kleinen Grafen bestellen und werde Euch eine kurze Zeit einräumen, um der neuen Witwe den Hof zu machen, Braemoor. Doch Ihr werdet verantwortlich dafür sein, dass Lochaene seinen Anteil an Steuern bezahlt. Das Militär braucht Geld.«

»Ja, Mylord.«

Unter Verbeugungen zog sich Neil aus Cumberlands Kammer zurück.

Als er draußen war, versuchte er, sich zu entspannen. Er war nicht sicher, was er getan hatte. Er hatte Janet mehr Zeit verschafft, doch er wusste, dass sie über die Bedingungen nicht erfreut sein würde. Sie würde ihn mit Sicherheit nicht sehr freudig als einen möglichen Ehemann begrüßen.

Außerdem durfte er nicht einmal daran denken, sie zu heiraten. Er würde nicht in der Lage sein, sich von ihr fern zu halten. Er wusste das. Und nichts hatte sich seit dem Tag geändert, an dem man ihn über seine Vergangenheit aufgeklärt hatte.

Doch er hatte ihr Zeit erkauft, Zeit, um einen anderen Fürsprecher zu finden.

In der Zwischenzeit würde sie seinen Schutz annehmen müssen. Er glaubte nicht, dass sie das leicht würde schlucken können.

Er hörte ein prustendes Gelächter und stellte überrascht fest, dass es sein eigenes war. Es war jedoch nicht fröhlich. Er hatte gerade ein Netz gesponnen, das ihnen beiden zur Falle werden könnte.

Kapitel 5

Janet schaute aus ihrem Kammerfenster hinaus. Sie hatte nicht mehr Erfolg dabei gehabt, Reginald die Bücher abzunehmen, als bei ihrem letzten Versuch.

Sie war zum Anwalt geritten, doch der hatte ihr keine Hilfe zuteil werden lassen. Auch er beharrte darauf, dass eine Frau keinen Kopf für Geschäftliches oder die Führung eines Unternehmens besaß. Es sei »unglücklich«, dass ihr Ehemann nach der Geburt ihres Sohnes keine Vorkehrungen für eine Vormundschaft getroffen habe. Ihr Schwager wolle diese Rolle übernehmen, und sie solle dankbar dafür sein.

Sie schäumte vor hilfloser Empörung.

Es war mehr als eine Woche her, seit sie ihren Brief an den Marquis of Braemoor geschickt hatte, und sie hatte noch nichts gehört. Sie wusste nicht, ob sie darüber enttäuscht oder erleichtert war. Sicherlich hatte sie ihn richtig eingeschätzt, was sein Interesse betraf.

Doch ihr war noch kein Weg eingefallen, wie sie Reginald davon abbringen konnte, ihre Rechte an Lochaene zu unterbinden. Er hatte sogar schon Pferdepfleger angewiesen, von ihr keine Anweisungen mehr anzunehmen. Wenn sie sich nicht fügte, deutete er an, würde er Mordanklage gegen sie erheben.

Die Kinder – außer Grace, die in der Küche war – verbrachten den Nachmittag unten. Janet wusste, dass sie aus dem Turm herausmusste, fort von seinen kalten grauen Steinwänden und den trostlosen Räumen.

Sie ging zum Stall und wählte eine Stute aus. Kevin war nicht da, stattdessen kam ihr ein ungehobelt aussehender

Mann entgegen. »Der Herr sagte, dass Ihr nicht allein ausreiten dürft.«

»Ich werde tun, was ich möchte.«

»Nein, Mylady. Ich habe meine Anweisungen.«

Sie konnte nur vermuten, dass der Anwalt ihren Besuch bei ihm gemeldet hatte und Reginald keine weitere Einmischung mehr wünschte. »Dann kannst du ja mit mir reiten«, sagte sie.

»Ich habe hier zu arbeiten«, sagte er grob.

»Wo ist Kevin?«

»Ich weiß nicht, wen Ihr meint.«

»Er hat hier gestern gearbeitet.«

Der Mann zuckte die Achseln.

»Ihr Name?«

»Bain.«

»Hast du schon mal Pferde versorgt?«

»Ja.«

»Dann zeig mir, wie du dieses Pferd sattelst«, sagte sie.

Er machte Anstalten, davonzugehen.

»Wenn du noch einen Schritt weitergehst, dann wirst du Lochaene verlassen.«

»Ihr habt keine Befugnisse.«

»Ich weiß nicht, was der *ehrenwerte* Reginald Campbell dir gesagt hat, doch ich bin die Gräfin von Lochaene. Mein Schwager hat nicht die Befugnis, irgendetwas zu verbieten Mein Sohn ist Graf.«

Sie wusste nicht, ob der Ärger in ihrer Stimme den Ausschlag gab oder nicht – jedenfalls zögerte er. Sie sah plötzlich eine Unsicherheit in seinen Augen. »Du brauchst das Pferd nicht zu satteln«, sagte sie, »aber ich möchte dir raten, erst noch einmal mit meinem Schwager Rücksprache zu halten, bevor du mir meinen eigenen Besitz verweigerst.«

Damit schaffte sie es. Er dachte zweifellos, dass sie nicht in der Lage war, ihr eigenes Pferd zu satteln. Er warf ihr einen wütenden Blick zu und trampelte dann zum Turm hinüber.

Sobald er außer Sicht war, griff sie nach dem leichtesten Pferdegeschirr und sattelte schnell eine der beiden Stuten. Sie hatte das als junges Mädchen oft getan. Ihr Vater war der Ansicht gewesen, dass sie alles über den Umgang mit Pferden lernen sollte.

Mit Hilfe eines Aufsitzsteins stieg sie in den Sattel und schwang das Knie über den Sattelbogen. Als sie die Stute durch die Stalltüren führte, sah sie Bain.

Er begann auf sie zuzurennen. Ein Schrei erschreckte die Stute, die zu traben begann und dann in einen wilden Galopp überwechselte.

Janet ließ die Zügel locker. Es passte ihr gut, dass Bain glaubte, dass das Pferd sich erschreckt hatte. Sie würde ihm die ganze Schuld geben.

Sie ließ die Stute laufen, bis sie außer Sicht waren, dann zügelte sie sie langsam aber bestimmt und verlangsamte sie, bis sie nur noch Schritt ging. Danach wandte sie sich den Bergen zu. Ein Nachmittag. Nur einen Nachmittag lang. Sie spürte, dass Tränen hinter ihren Augen hochstiegen. Sie sagte sich selbst, dass das die Enttäuschung war. Sie hatte nie etwas für Selbstmitleid übrig gehabt.

Janet ritt in die Berge, zu einem Wasserfall, der in einen Teich herabstürzte. Nebel senkte sich über die graugrünen Berge herab und nahm etwas von dem Ärger fort. Ihr Haar löste sich aus dem Knoten und fiel feucht über ihr Gesicht. Es war so lange her, dass sie diese Art Freiheit gespürt hatte.

Sie ritt noch eine Stunde weiter, bis sie durch und durch nass war. Die Luft war kalt geworden und drang durch ihre klamme Kleidung. Janet zitterte und machte kehrt. Es war Zeit, ja höchste Zeit, um heimzukehren.

Auf halbem Weg zurück sah sie Rauch aus dem Schornstein eines Bauernhofes aufsteigen. Sorgsam gepflügte Furchen vor dem Haus sahen leer aus, unbepflanzt.

Sie ritt mit der Stute bis vor das Haus, glitt vom Pferd herunter und klopfte an die Tür.

Sie wurde geöffnet, und ein Mann im mittleren Alter starrte sie ausdruckslos an.

»Ich ... bin Janet Campbell«, sagte, sie, weil sie sich unsicher war, wie man sie annehmen würde und auch nicht genau wusste, was sie vorhatte.

»Die Gräfin«, sagte der Mann höhnisch grinsend. »Ich weiß genau, wer Ihr seid«, fügte er kalt hinzu.

Eine Frau drängte sich neben ihn. »Und sie ist völlig durchnässt und zittert, Angus.« Sie schob ihn beiseite. »Kommt herein und wärmt Euch auf.«

Im Haus war es dunkel, und die Wände waren vom Torffeuer geschwärzt. Der Geruch nach Torf durchdrang das ganze Haus. Sie schaute auf den Tisch. Er war voller Schüsseln.

Ihr Blick wanderte zu vier kleinen, dünnen Kindern.

»Möchtet Ihr ein wenig heiße Suppe haben?«, fragte die Frau.

Janet hörte aus einer Ecke ein protestierendes Brummen.

Ein älterer Junge lehnte an der Wand. »Das reicht nicht mal für uns«, sagte er.

»Pscht«, machte die Frau.

»Nein«, sagte Janet. »Ich habe nur Euer Feuer gesehen und die Felder draußen. Sie sind nicht bepflanzt.

»Es gibt kein Saatgut«, sagte der Junge. Der ältere Mann, offenbar der Vater, sagte gar nichts.

Janet schluckte bitter. Es war die Aufgabe des Lords, Saatgut zur Verfügung zu stellen. Sie fragte sich, wie viele andere Bauern ihre Zuteilung auch nicht erhalten hatten. Ohne Saatgut konnten sie ihre Pacht nicht bezahlen Und ohne die Entrichtung der Pacht würden sie vertrieben werden.

Sie hatte von den Säuberungen gehört und wusste, dass viele Grundbesitzer das Land gesäubert hatten, um Rinder und Schafe darauf zu halten. Sie hatte sogar gehört, dass ihr Ehemann von Plänen gesprochen hatte, mehr Vieh zu kaufen. Ihr war jedoch nicht klar gewesen, dass er dabei war, die Pächter auszuhungern.

Und doch hatte die Frau ihr etwas von dem Essen angeboten, das schon für die Familie kaum ausreichen dürfte. Sie alle sahen halb verhungert aus.

»Ich danke Euch«, sagte sie, »aber ich bin nicht hungrig.«

»Und nicht auf das Armselige aus, das wir anzubieten haben«, murmelte der Junge.

Sie wollte ihnen versichern, dass sie sich um ihre Bedürfnisse kümmern und Saatgut schicken würde, doch wie konnte sie irgendetwas versprechen. Wie konnte sie ihnen helfen, wenn sie sich nicht einmal selber helfen konnte, wenn sie ein Pferd stehlen musste, um ausreiten zu können. Wut stieg in ihr auf. Kein Wunder, dass Reginald nicht gewollt hatte, dass sie die Besitztümer begutachtete.

Haben die anderen Bauern ... auch kein Saatgut bekommen?«, fragte sie.

»Wisst Ihr das nicht einmal?«, fragte der Junge voller Verachtung.

»John!«, sagte die Frau tadelnd.

»Warum? Was können Sie uns antun, was Sie uns nicht schon längst angetan haben?« Er kam näher zu ihr. Er war ein großer Junge von achtzehn oder neunzehn Jahren, dem eine Strähne schwarzen Haares in die Stirn fiel. »Und was Eure Frage angeht, viele sind schon weggegangen. Wer das nicht getan hat, verhungert. Meine Mutter und ihre Mutter wollen nicht weggehen. Also bleiben wir und hungern, bis der Sheriff kommt.«

Sie spürte, wie sein Hass sie durchdrang. Janet wollte rückwärts aus der Tür gehen. Doch sie war in den letzten Jahren feige genug gewesen. Sie wusste zwar nicht, ob sie etwas hätte tun können, doch sie hätte es zumindest versuchen können. *Das hätte ihn nur noch wütender gemacht und ihn darin bestärkt, das zu tun, was er vorhatte.* Doch vielleicht hätte sie den Pächtern etwas Essen zukommen lassen können.

Ich werde etwas unternehmen. Ich muss etwas tun. Für Colins Erbe, seine Erbschaft.

Sie straffte den Rücken. »Dank für eure Gastfreundschaft«, sagte sie.

»Aber Ihr seid doch noch immer nass«, protestierte die Frau.

Janet hörte das Schnauben des Jungen. »Sie wird es schon bald warm haben und gut essen wird sie auch.«

Sie drehte sich zu ihm. »Du hast Recht«, sagte sie sanft. »Ich wünschte ... ich könnte das Gleiche tun ...« Sie spürte die nur zu vertrauten Tränen in ihre Augen steigen, ging rückwärts und zur Tür hinaus und rannte fast zu ihrem Pferd. Mit Hilfe eines Baumstumpfes schaffte sie es aufzusitzen und schaute dann zurück. Sechs dünne Gesichter starrten ihr von der Tür aus nach. Dünn und voller Groll. Alle außer der Frau, die nur müder wirkte, als es ihrem Alter entsprach.

Sie wendete die Stute. Irgendwie würde sie die Herrschaft über Lochaene zurückgewinnen. Und dann würde niemals wieder ein Mann über sie oder ihre Handlungen Macht gewinnen.

Sie schwor es.

Neil ritt schnell. Tim, der Botenjunge, saß auf einem der Braemoor-Pferde. Das klapprige Pferd des Jungen war im Stall von Braemoor zurückgeblieben, bis es genügend gefüttert war und sich ausgeruht hatte.

Der Vikar schien Tim eine 20-Shilling-Münze für die Überbringung des Briefes gegeben zu haben. Neil hatte vor, ihm noch ein paar mehr zu geben und ihm vielleicht auch Arbeit zu verschaffen. Der Junge hatte ihm erzählt, dass sein Vater keine Arbeit finden konnte, und dass es noch drei kleine Brüder zu versorgen gab.

Neil musste einfach den Veränderungen ins Auge sehen, die sich seit Culloden in Schottland ergeben hatten. Er wusste natürlich ganz genau, wie schrecklich Cumberland im Land gewütet hatte, indem er jeden Jakobiter, den er aufgespürt hatte, getötet und sowohl Bauerngehöfte als auch Herrenhäuser niedergebrannt hatte. Er erinnerte sich an die Gesellschaftsabende, an denen er als Donalds Berater und Leibwächter teilgenommen hatte. Fast konnte er noch die wehmütigen Klänge der Dudelsäcke hören, die schwungvollen Melodien der Geigen, die Highlander in ihren Plaids und die Frauen in den Farben ihrer Clans vor sich sehen. Sie alle waren jetzt verbannt.

Die Hügel und Berge erschienen wie geisterhafte Mahner, als sich der Nebel um sie schloss. Viele der Highland-Clans – all jene, die Jakobiter waren – waren dezimiert worden. Er schloss die Augen und sah sie vor sich, wie sie vor Culloden gewesen waren. Stolz und tapfer und eigensinnig. Sie waren das Beste von Schottland gewesen. Bis zu seinem Todestag würde er seine Rolle in all dem bereuen. *Er würde versuchen, auf seine Art Buße zu tun, genauso, wie Rory das getan hatte.*

Er erreichte Lochaene am späten Nachmittag und fand sich mitten in einem Aufruhr.

Ein wütender Reginald Campbell beschimpfte jemanden vor dem Haus. Er schaute auf, als der staubige und verschwitzte Neil herangeritten kam.

Neil hatte den Jungen bei seiner Familie in einem kleinen Dorf zurückgelassen, das ein paar Meilen entfernt war. Er wollte nicht, dass jemand davon erfuhr, dass Janet ihm geschrieben hatte. Er kam lediglich mit einer Anweisung von Cumberland.

Campbell sah ihn bösartig an, er erinnerte sich offenbar nicht daran, dass er bei der Beerdigung seines Bruders zugegen gewesen war. Doch Campbell war an jenem Tag betrunken gewesen, erinnerte sich Neil. Neils von der Reise verschmutzte Kleidung trug offenbar nichts dazu bei, dass der Mann seinen Besucher würdigte.

Neil stieg ab. »Campbell«, sagte er und gönnte ihm nicht einmal die Anrede »Ehrenwerter«.

Der Mann wurde zornig, und sein Blick wanderte geringschätzig über Neil. »Es heißt ›Mylord‹.«

»Das glaube ich nicht«, sagte Neil. »Soweit ich weiß, ist der neue Graf noch ein Kleinkind.«

»Das geht Euch nichts an«, sagte Campbell, während er sich abwandte.

»Tja, ich denke, doch«, meinte Neil gelassen. »Ich bin als Vormund für den jungen Grafen bestellt worden. Ich glaube, es war auf Grund Eures Drängens, dass der Herzog von Cumberland entschied, dass eine Frau solch ein Gut nicht sachkundig führen kann. Ich schulde Euch Dank.«

Alle Farbe wich aus Campbells Gesicht. Doch genauso schnell lief es wieder rot an. »Ihr lügt.«

»Das nehmt Ihr zurück, Campbell. Niemand nennt mich ungestraft einen Lügner.«

Campbells Gesicht wurde noch blasser. »*Wer* seid Ihr?«

»Oh, habe ich vergessen, mich vorzustellen? Tut mir Leid. Ich bin der Marquis von Braemoor. Ihr könnt mich ›Mylord‹ nennen. Und ich warte auf eine Entschuldigung von Euch.«

Neil wusste, dass er kein Vergnügen daran finden sollte, den Mann zu quälen, doch das war wenig genug für die Verzweiflung, in die er Janet offenbar gestürzt hatte. Ein Schluck von seiner eigenen Medizin sollte lehrreich für ihn sein.

»*Seine Gnaden würde … würde nicht … Es kann gar nicht sein …*«, wütete Campbell.

»Es ist aber so«, sagte Neil mit einiger Befriedigung. Er glaubte nicht, dass sie lange anhalten würde, und daher genoss er den Augenblick. Er vermutete, dass Janet trotz seiner guten Absicht nicht erfreut sein würde über das, was gerade geschah. Sie hatte ihn um Hilfe gebeten, doch er war sicher, dass sie nicht beabsichtigt hatte, Reginald gegen ihn selbst als Vormund auszutauschen.

Sein Magen verkrampfte sich bei dem bloßen Gedanken. »Wo ist die Gräfin?«

»Wir suchen nach ihr. Sie ist vor Stunden davongeritten.«

»Ist das ungewöhnlich?«

Reginald murmelte etwas vor sich hin.

»Ich habe Euch nicht verstanden«, sagte Neil scharf, weil er spürte, dass da etwas war, das ihm überhaupt nicht gefallen würde. Janet hatte nur gesagt, dass Reginald versucht habe, die Vormundschaft zu bekommen, mehr nicht. Hatte er sie auch noch zur Gefangenen in ihrem eigenen Haus gemacht?

»Manche Pächter könnten ... gefährlich sein«, sagte Reginald. »Sie sind faul und reizbar. Mein Bruder hat einige von ihnen vertrieben.«

Wut erfüllte Neil. Er konnte sie kaum zurückhalten. Doch er wusste, dass er vorsichtig sein sollte. Reginald Campbell gehörte zu einem Clan, der vom Herzog hoch geschätzt wurde. Wenn dieser eine Zweig nicht ganz ins Bild passte, hieß das noch lange nicht, dass sie nicht Unterstützung bekommen würden, wenn er seine Sache übertrieb. Er bewegte sich auf sehr dünnem Eis.

»Ich helfe Euch, sie zu finden«, bot er an.

Reginald runzelte die Stirn, als er ihn endlich erkannte. »Ihr wart zur Beerdigung meines Bruders hier.«

»Ihr seid ein wenig spät dran mit Eurer Erinnerung, aber ja, ich war hier.«

»Ihr kennt die Gräfin?«

»Ja, unsere Väter waren befreundet.«

»Und nun glaubt Ihr, das Euch diese Ländereien zustehen. Meine Ländereien.« Empörung schwang bei diesem Vorwurf mit.

»Ich glaube, dem rechtmäßigen Grafen stehen diese Ländereien zu. Ich bin nur hier, um sicherzustellen, dass er sie auch bekommen wird. Nun brauche ich ein frisches Pferd, damit ich nach der Gräfin suchen kann.«

Neil bemerkte, dass Reginalds Hände zu Fäusten geballt waren.

Ein Ruf lenkte ihn ab. Er drehte sich um und sah eine Gestalt auf einem Pferd sitzen, das auf ihn zugetrottet kam. Ein Pferdepfleger lief ihr entgegen. Sie beugte sich herab und sagte etwas, woraufhin der Bedienstete beiseite trat.

Dann sah sie ihn.

Ihre Augen weiteten sich. Ihr Umhang war durchweicht, und ihr Haar klebte ihr an den Wangen. Er ging zu ihr hinüber und streckte ihr die Hand entgegen.

Sie zögerte einen Moment lang, dann nahm sie sie. Sie zitterte vor Kälte. Ihre blauen Augen wirkten unsicher. Er ließ sie schnell wieder los. »Euch ist kalt, Mylady.«

Sie überging seine Bemerkung, während sie sich das Haar aus dem Gesicht strich. »Mylord, ich habe Euch nicht erwartet.«

»Nein, Mylady?«, fragte er mit so leiser Stimme, dass Campbell nichts hören konnte.

»Nein.«

Diese Bemerkung tat weh. Trotz ihrer Bitte war sie wohl davon ausgegangen, dass er ablehnen würde. Doch warum hätte sie etwas anderes erwarten sollen? Hatte er sie nicht schon einmal im Stich gelassen?

Erneut durchliefen Schauer ihren Körper. »Ihr solltet Euch aufwärmen«, sagte er. »Wir können später reden.«

»Werdet Ihr bleiben?«

»Ja, Mylady.«

»Reginald?«

»Reginald hat in dieser Angelegenheit nichts zu sagen.«

Ihre Augen weiteten sich. Er sah, dass sie zu Reginald hinüberschaute, der finster dreinblickte.

Dann wandte sie sich dem Gutshaus zu.

Er sah ihr nach. Die durchweichten Kleider hatten sich wie ein Burgwall um sie gewickelt, ihr Rücken war steif vor Stolz, ihr Haar nass und unter einer schlaffen Haube verknäult. Und dennoch strahlte sie selbst jetzt noch eine anmutige Würde aus.

Neil betrachtete sie, wie sie durch das Tor schritt und wusste, dass er das wilde, brennende Verlangen in sich nicht gezähmt hatte.

Janet bebte und zitterte. Und das kam nicht von der Kälte.

Ihr Brief war der Verzeiflung entsprungen. Sie hatte die Wahrheit geschrieben, als sie ihm mitteilte, dass sie nicht viel von ihm erwartete. Bestenfalls hatte sie gehofft, dass er beim Herzog von Cumberland für sie sprechen würde. Sie hatte ganz gewiss nicht erwartet, dass er plötzlich auf Lochaene auftauchte.

Was wollte er?

Und was hatte er damit gemeint, dass Reginald in dieser Angelegenheit nichts zu sagen habe?

Sie hörte ein leises Klopfen an der Tür und öffnete sie. Lucy stand dort und sah ganz verängstigt aus. »Alle haben Euch gesucht, Mylady.«

»Das habe ich schon mitgekriegt«, erwiderte sie sarkastisch. »Ist keine andere Mistress jemals ausgeritten?«

»Dieser neue Pferdepfleger … Er sagte, dass Ihr ein Pferd gestohlen habt.«

»Wie kann ich mein eigenes Pferd stehlen?«, fragte sie.

Sie sah Lucy an. Bedienstete wussten immer mehr, als man für möglich hielt. »Und was ist mit Kevin geschehen?«

Lucys Blick glitt ab. »Er ist entlassen worden, Mylady.« Sie zögerte und fügte dann schnell hinzu: »Könnt Ihr nichts dagegen unternehmen, Mylady? Seine Familie braucht diese paar Münzen.«

Als Lucy sie wieder anschaute, sah Janet einen Schimmer von Tränen in ihren Augen.

»Nun, dann werden wir versuchen, etwas dagegen zu unternehmen. Doch zuerst hilf mir, diese Kleider zu wechseln.«

»Ja, Mylady.« Sie half Janet, die Bänder ihres Kleides aufzuknüpfen und reichte ihr dann einen Hausmantel. Dann ging sie zum Kamin und legte noch mehr Holzscheite ins Feuer.

»Wie lange ist der Marquis schon hier?«, fragte Janet.

»Der Marquis?«

»Der Marquis von Braemoor.«

»Ich denke, er muss gerade erst eingetroffen sein.«

Janet ballte eine Faust. Sie konnte sich nicht einmal vorstellen, wie sie ausgesehen hatte, als sie angekommen war. Eine fast ertränkte Ratte war eine gute Beschreibung. Ihr Haar war nass und verfilzt gewesen und hatte um ihr Gesicht herumgedampft. Ihr Kostüm war durchweicht. Sie sagte sich selbst, dass ihre Erscheinung wirklich keine Rolle spielte. Was *wirklich* eine Rolle spielte, war sein Empfang. Sie wünschte, sie wäre kühl, gut gekleidet und frisiert gewesen und wäre hinuntergerauscht, um ihn zu begrüßen.

Er dankte wahrscheinlich Gott dafür, dass er sie nicht geheiratet hatte.

»Mein Haar«, sagte sie und nahm all ihren Mut zusammen. Sie musste erfahren, warum er gekommen war, warum er das über Reginald gesagt hatte. »Kannst du etwas mit meinem Haar machen? Ich muss wieder hinuntergehen.«

»Aber Ihr zittert ja noch.«

»Das ist egal«, sagte sie.

»Ich werde mein Bestes versuchen, Mylady.«

Eine Stunde später reichte Lucy Janet einen Spiegel. Ihr Haar war zu einem Zopf gebändigt worden, den Lucy dann an ihrem Hinterkopf zu einer Schnecke gedreht hatte. Ein paar feuchte Strähnchen umrahmten ihr Gesicht, doch Janet wusste, dass ihr Gesicht dünn und blass aussah und ihre Augen zu groß und verschattet waren. Sie zwickte sich in die Wangen, um ihnen ein wenig Farbe zu geben. Nicht für ihn, sagte sie sich selbst. Für ihren Sohn. Für die Mädchen.

Dann zog sie ein schlichtes dunkles Kleid ohne jeden Zierrat an, das sie, wie sie wusste, noch farbloser wirken ließ. Doch sie war ja noch immer in Trauer.

»Ich danke dir«, sagte sie zu Lucy und eilte hinauf zu den Kinderzimmern. Drei blonde Köpfe schauten zur Tür, als sie hereinkam. Grace hielt Colin im Arm, der ihr ein glückliches Babylächeln schenkte und die Arme nach ihr ausstreckte. Sie ging hinüber, nahm ihn hoch und drückte ihn an sich.

Annabella kam mit vorgeschobener Unterlippe zu ihr gerannt. »Ich habe Angst gehabt«, sagte sie.

»Nun brauchst du keine Angst mehr zu haben, Süße. Ich bin nur ausgeritten.«

»Onkel Reginald war wütend«, sagte Grace in ihrer üblichen vorsichtigen Art. »Er dachte, wir wüssten, wohin du gegangen bist.«

Janet umarmte Colin noch fester. »Er hat euch doch nicht wehgetan?«

Grace schüttelte den Kopf, doch Janet sah die Angst in ihren Augen. Sie hätte nicht fortgehen sollen. Es war eigensüchtig von ihr, doch sie hatte es so nötig gehabt, dem Gefängnis zu entkommen, zu dem das Gutshaus für sie geworden war. Das war es wahrscheinlich auch für die Kinder und vielleicht noch mehr. Ein Ort der Angst.

Sie schloss die Augen. *Lass Braemoor hier bleiben, um zu helfen.*

Aber um welchen Preis? Sie wusste nun, dass niemand etwas umsonst machte. Und er würde auch etwas wollen.

Sie hoffte nur, dass der Preis nicht zu hoch sein würde.

Sie umarmte Colin noch einmal und legte ihn dann zurück auf den Boden zu Grace. Dann umarmte sie nacheinander ihre Stieftöchter. Annabella kam als Letzte dran und gab ihr einen feuchten Kuss auf die Wange.

Mit dieser süßen Berührung konnte sie, würde sie alles tun, was sie schützen würde.

»Bleibt hier«, sagte sie. »Lucy wird euch das Abendessen bringen.»

Grace nickte, und Janets Herz machte einen Sprung. Sie hatten alle gelernt, kleine Schatten zu sein und vor jeder schnellen Bewegung davonzurennen. Ihre Welt war so klein, so grau und so voller Angst. Sie hatte getan, was sie konnte, um sie zu beschützen, doch sie hatte es nicht geschafft, ihnen die Angst zu nehmen, die ihre Augen niemals ganz verließ.

Der Marquis von Braemoor wartete auf sie im Nebenzimmer, hatte MacKnight ihr mitgeteilt, als sie die Treppe heruntergekommen war. Dieser Nebenraum befand sich neben dem Saal und wurde selten benutzt von dieser Familie, die sich nicht gern zusammenfand.

Sie biss sich auf die Lippe und öffnete die Tür.

Neil Forbes saß in einem Sessel vor dem Kaminfeuer und hatte seine langen Beine ausgestreckt. Sein schwarzes Haar sah aus, als hätte er es mit seinen Fingern gekämmt, und obwohl er sich umgezogen hatte, sah er in seiner Kleidung mehr nach einem Kaufmann als nach einem Lord aus. Sein Hemd war aus Leinen, doch es hatte keinerlei Spitze oder anderes schmückendes Beiwerk, und er trug eine schlichte Hose, die sich an seine starken Beine schmiegte. Seine Füße und Unterschenkel steckten in schwarzen Stiefeln.

Sie blieb an der Tür stehen, weil sie wusste, dass er ihre Anwesenheit noch nicht bemerkt hatte. Das gab ihr die Möglichkeit, ihn einen Moment zu betrachten. Er hätte entspannt aussehen müssen, wie er sich da im Sessel räkelte, doch das war er nicht. Sie spürte eine heftige Unruhe in ihm, er schien sich in dieser Umgebung genauso unbehaglich zu fühlen wie damals auf Braemoor.

Damals jedoch hatte sie ihn für zurückhaltend und ruhig gehalten, ja sogar für schüchtern. Genau diese Eigenschaften hatten sie angezogen, genauso wie eine unerwartete Sanftheit, die sie nie zuvor bei einem Mann kennen gelernt hatte. Nach Donalds lüsterner Trunkenheit auf Braemoor war sie ihr sehr reizvoll erschienen.

Und doch eine Lüge.

Er drehte sich um, als spürte er ihre Anwesenheit, streckte seinen langen Körper und stand auf. Er verbeugte sich leicht. »Mylady, ich habe Euch nicht hereinkommen hören.«

»Seid Ihr von Braemoor herübergekommen?«, fragte sie.

»Nein, aus Edinburgh«, sagte er.

Ihr Magen krampfte sich zusammen. Als sie ihn zum letzten Mal gesehen hatte, hatte sie sein Hilfsangebot rüde zurückgewiesen, und sie hatte ihren Stolz überwinden müssen, als sie den Brief geschrieben hatte. Sie hatte nie geglaubt, dass er reagieren und schon gar nicht, dass er persönlich kommen würde. Und nun musste sie noch viel mehr Stolz hinunterschlucken. Sie wusste nicht, was sie sagen sollte. Schließlich riss sie sich zusammen. »Ihr habt meinen Brief erhalten?«

»Ja«, sagte er. »Ich war nicht zu Hause, als der Junge kam. Sonst wäre ich schon früher hergekommen.«

Er entschuldigte sich.

»Ich wusste nicht, an wen … ich mich wenden sollte«, stammelte sie. »Jeder …«

»Ihr braucht nichts zu erklären. Ich weiß, was mit Eurem Vater und Bruder geschehen ist. Ich war sehr betroffen, als ich davon hörte.«

»Warum? Sie waren doch Jakobiter.« Die Bitterkeit sprudelte unbedacht aus ihr heraus. Sie wusste, dass die Braemoor-Forbes bei Culloden an der Seite von Cumberland gekämpft hatten.

»Sie waren gute Männer«, meinte er ruhig.

Sie wollte ihm glauben und auch die Ernsthaftigkeit, die sie aus seinen Worten heraushörte, doch sie hatte das schon einmal getan, und er hatte doch nur ihre Mitgift haben wollen. Wie konnte sie ihm dann jetzt glauben?

Doch er war hier, und ihr Körper reagierte auf seine Anwesenheit, wie er es Jahre zuvor getan hatte. Die Luft vibrierte plötzlich vor Gefühlen. Sie empfand Bedauern und Verlust und Wut und Groll.

Er machte einen Schritt auf sie zu, hob die Hand und streichelte mit dem Handrücken über ihre Wange.

»Ich hatte gehofft, dass Ihr nicht mehr so hübsch sein würdet.«

»Und Ihr, Mylord, seid noch immer ein Lügner.« Das war ein grausamer und törichter Schlag. Doch ihr Körper betrog sie. Und auch ihr Herz. Sie musste etwas tun, um ihn zu zwingen, sich von ihr zu entfernen, denn sonst würde sie sich in seine Arme werfen. Und das wollte sie niemals mehr tun.

Er trat zurück, als ein Muskel an seinem angespannten Kinn zu zucken begann. Sie fragte sich, ob sie gerade den größten Fehler ihres Lebens begangen hatte, indem sie den Menschen verletzt hatte, dessen Hilfe sie so sehr brauchte. Verzweiflung kämpfte in ihr gegen Not und Abwehr gegen Verlangen.

Er musste die plötzliche Vorsicht in ihren Augen gesehen haben, denn er machte noch einen zweiten Schritt rückwärts. »Ich habe Neuigkeiten«, sagte er. »Ich bin mir nicht sicher, ob Ihr darüber erfreut sein werdet.«

Ihr Herz setzte aus und schlug dann um so schneller. »Reginalds Ansinnen wurde erfüllt«, sagte sie matt und hoffte gleichzeitig gegen jede Hoffnung, das dem nicht so wäre.

»Nein, aber Seine Gnaden *hat* einen Vormund bestellt.«

Ihr Herz stockte. Ihr gefiel die Art, wie er das sagte, überhaupt nicht, es klang, als ob ihr etwas Schlimmeres bevorstand.

Sie konnte sich aber nichts Schlimmeres vorstellen, als dass Reginald die Macht bekam. Doch offenbar …

»Wen?«, flüsterte sie.

Er wandte sich ab und starrte ins Feuer. Seine Haltung war beherrscht und gezügelt. Sie hatte noch nie jemanden gekannt, der seine Gefühle und seine Gedanken so unter Kontrolle hielt. Selbst ...

»*Ich* wurde zum Vormund Eures Sohnes bestellt«, sagte er sanft.

Janet war einen Moment lang wie betäubt. Ihr Magen revoltierte. Was hatte sie getan? Sie hatte einen Wärter gegen einen anderen ausgetauscht, einen Dieb gegen einen anderen. Er hatte sie wieder einmal betrogen. Wie konnte sie nur so dumm gewesen sein? »Wie könnt Ihr nur?«, flüsterte sie.

Er wandte sich wieder um, und der Blick aus seinen dunklen Augen traf den Ihren. »Es war die einzige Möglichkeit, Mylady. Ich habe auch gesagt, dass ich ... ein Interesse an Euch habe. Cumberland wird nicht zulassen, dass so viel Land unter der Kontrolle eines Jakobiters verbleibt.«

»Und ich habe Euch mit meinem Brief ein Geschenk gemacht«, sagte sie bitter.

»Ich habe kein Interesse an Lochaene«, sagte er. »Ich will nur dafür sorgen, dass es dem rechtmäßigen Erben erhalten bleibt. Ich habe den Brief Eurer Gnaden gegenüber nicht erwähnt. Ich habe lediglich gesagt, dass mein Onkel mit Eurem Vater befreundet gewesen sei und gewünscht hätte, dass ich helfe.«

»Und hat er das geglaubt?«

»Ich bezweifle es«, sagte er. »Doch er möchte sicherstellen, dass das Land in treuen Händen bleibt.

»*Euren* Händen.«

»Ja«, erwiderte er.

Seine Ruhe versetzte sie in Wut. Sie fragte sich, warum sie je hatte glauben können, dass er ihr helfen würde und sie ihm trauen könnte. *Verzweiflung.* Es war schlicht und einfach Verzweiflung gewesen, und sie hatte sich ihm selbst ausgeliefert. »Eure Familie scheint ungewöhnlich erfolgreich zu sein im Erwerb gestohlener Ländereien«, sagte sie bitter.

»Ich habe nicht die Absicht, Euer Land zu stehlen oder das Erbe Eures Sohnes«, sagte er. »Ihr habt mir genügend vertraut, um meine Hilfe zu erbitten. Dann traut mir auch jetzt.«

»Ich habe Euch nicht vertraut«, sagte sie unerbittlich. »Ich hatte niemand anderen, an den ich mich hätte wenden können. Ich hatte nur gehofft, dass Ihr Cumberland bitten würdet, mich als rechtmäßigen Vormund zu bestellen. Mehr nicht. Sicherlich nicht …« Ihre Stimme brach. Sie brauchte jemanden, dem sie trauen konnte. Doch sie hatte ihm ihr Herz anvertraut, und er hatte es in Stücke gerissen. Wenn er sie schon bei dem Wertvollsten betrogen hatte, was sie besaß, wie konnte sie ihm dann in Bezug auf etwas trauen, was ihrem Sohn zustand.

»Janet?«

Sie zuckte beim Klang ihres Namens von seinen Lippen zusammen. Zu viele Erinnerungen. »Ich werde Euch niemals mehr trauen«, sagte sie. »Ich habe diesen Fehler einmal gemacht. Ich kann ihn nicht noch einmal begehen.«

Seine Lippen pressten sich zusammen, doch er verteidigte sich nicht. »Ich werde mich nach jemandem umschauen, der Euch bei der Führung des Guts helfen kann«, sagte er nach einem Moment der Stille. »Aber ich werde darauf dringen, dass Ihr die Entscheidungen trefft. Es wird unerlässlich sein, dass ich mich hier gelegentlich aufhalte. Cumberland erwartet Berichte von mir, und ich möchte nicht, dass es Probleme mit Eurem Schwager gibt. Ich werde versuchen, Euch nicht im Wege zu sein.«

»Und was erwartet Ihr als Gegenleistung?« Er wich einen Schritt zurück, als hätte sie ihn geschlagen. Dann lächelte er, doch nur eine Seite seiner Lippen zog sich hoch zu einem Ausdruck von Sarkasmus und Verletzlichkeit.

Verwundbar wie eine Schlange. Das konnte sie nicht vergessen.

»Habt Ihr mit Reginald gesprochen?«

»Ja. Er war nicht gerade glücklich.«

»Er hat mir gedroht, mich anzuklagen.«

»Nicht, wenn er nicht möchte, dass er ganz ausgeschlossen wird«, sagte Neil, »und ihm und seiner Familie befohlen wird, das Gut zu verlassen. Das werde ich ihm deutlich klar machen.«

Sie lehnte sich gegen eine Wand. Er konnte unbarmherzig sein. Und sie wusste noch immer nicht, was er wollte und erwartete. Sie erinnerte sich an Neils Worte, daran, dass Cumberland glaubte, er habe ein Interesse an ihr. Die Folgerung war natürlich, dass er sie heiraten sollte.

Nicht noch einmal. Sie würde niemals wieder heiraten. Sie würde sich nicht wieder der Gnade eines Mannes ausliefern. Und er hatte ihr vor Jahren deutlich gezeigt, dass er kein Interesse an ihr hatte.

Es sei denn, sie konnte ihm jetzt etwas bieten, das er haben wollte. Mehr Land? Eine Frau, die Cumberlands Zustimmung hatte? Eine Geliebte?

»Ich habe keine Wahl?«

»Nein«, sagte er.

Sie schloss die Augen. Sie war vom Regen in die Traufe gekommen. Wie hatte sie nur so dumm sein können? Sie hätte selber irgendwann eine Möglichkeit finden sollen, um Reginald zu schlagen. Sie glaubte nicht, dass sie diesem Mann mit den kühlen, vorsichtigen Augen gewachsen sein würde, dem Mann, den sie nicht wiedererkannte.

»Wie lange möchtet Ihr hier bleiben?«

»Bis Reginald seinen Platz kennt und Ihr die Hilfe habt, die Ihr benötigen werdet.«

Sie zog eine Augenbraue hoch. »Meint Ihr jemanden, der Euch Bericht erstatten wird?«

Er zuckte die Achseln. »Als ich hierher geritten bin, konnte ich sehen, dass das Land vernachlässigt worden ist.«

»Wollt Ihr vorschlagen, den Menschen, die hier leben, zu helfen, oder wollt ihr das Land säubern?«, fragte sie.

»Wie schon gesagt, liegt die Entscheidung bei Euch.«

»Und wenn ich nun versuchen möchte, Lochaene allein zu führen?«

Seine Augen taxierten sie. »Glaubt Ihr denn, dass Ihr das könnt?«

»Ja«, sagte sie. »Besser als mein Ehemann.«

»Aus dieser Warte betrachtet, würde das nicht viel Geschick erfordern«, sagte er trocken.

Sie wurde zornig. »Ich kann mich nicht erinnern, dass Braemoor viel besser gewesen ist.«

Er betrachtete sie ruhig. »Ich wusste nicht, dass Ihr das bemerkt habt.«

»Weil meine Aufmerksamkeit anderem galt?«, fragte sie. »Ihr schmeichelt Euch selbst, Mylord.«

Er lehnte sich gegen eine Wand und überkreuzte die Beine. Auf jeden Fall«, sagte er, »habt Ihr Recht. Braemoor brauchte Verbesserungen. Ich bin dabei, Änderungen vorzunehmen.«

»Vertreibt Ihr Eure Pächter?«

»Culloden hat das alte System beerdigt«, sagte er. »Zu viele Ländereien sind beschlagnahmt worden und von Hand zu Hand gegangen. Die alten traditionellen Verpflichtungen der Clans existieren nicht mehr. Nicht auf Braemoor. Hier nicht. Und nirgendwo in Schottland. Für viele Menschen ist es besser, in die neuen Länder Amerikas zu gehen.«

»Und das sagt ein Mann, dem ein gutes Stück von Schottland gehört«, sagte sie. »Ist es Euch egal, wenn sie bis dahin verhungern?«

»Mein Land geht Euch nichts an«, sagte er mit dunkler werdenden Augen. »Ihr solltet Euch den Kopf über Euer Land zerbrechen.«

»Es gehört mir nicht. Es gehört meinem Sohn, und ich möchte, dass er sich um die Menschen kümmert, deren Familien hier seit Jahrhunderten gelebt haben.«

»Ein ehrenwertes Ziel«, sagte er, »wenn auch sicherlich nicht realistisch.«

Am liebsten hätte sie ihn geschlagen. Er klang so überlegen und herablassend. Er war genauso, wie sie vor Jahren seinen Cousin eingeschätzt hatte. Hatte er sich so sehr geändert? Oder machte Reichtum wirklich korrupt?

»Das glaube ich nicht«, sagte sie.

»Und was werdet Ihr als Erstes tun?«

»Den Pächtern Saatgut zur Verfügung stellen. Und ein paar Nahrungsmittel.«

»Wo sind die Bücher des Gutes?«

»Reginald hat sie. Er hat sich geweigert, sie mir auszuhändigen. Er dachte ja, dass er zum Vormund bestellt werden würde.«

Sein Gesicht verhärtete sich. »Nachdem ich mit ihm gesprochen habe, werden wir sie zusammen durchgehen.«

»Ihr habt meine Frage nicht beantwortet.«

»Über die Führung von Lochaene? Es wird nicht leicht sein, Mylady. Männer nehmen Anweisungen von einer Frau nicht bereitwillig entgegen.«

Sie starrte ihn an. »Mein Ehemann hat Lochaene fast zu Grunde gerichtet. Schlimmeres kann ich auch nicht anrichten.«

»Das Ziel ist nicht, die Lage zu verschlimmern, sondern es viel besser zu machen.«

Sie biss sich auf die Unterlippe. Er klang so selbstsicher. Zuversichtlich. Rücksichtslos. Sie wusste noch immer nicht, was er wollte. Da musste noch etwas sein. Ein Stück fehlte in diesem Puzzle.

Sein Blick bohrte sich in ihren. Und fand er sie unzureichend? Spielte das noch eine Rolle?

»Ihr habt nie geheiratet, Mylord?«

Seine Lippen pressten sich zu einer feinen Linie zusammen, und er schwieg einen Moment lang. »Nein. Ich hatte nichts zu bieten, bis mein Cousin ... im letzten Jahr verstarb.« Eine Maske glitt über sein Gesicht, und er wandte sich wieder dem Feuer zu. »Ich werde eine Kammer benötigen, Madam. Und Essen. Es war eine lange Reise. Wir können weiterreden, nachdem ich die Bücher eingesehen habe.«

Janet hob das Kinn. Sie war gerade eben in ihrem eigenen Haus entlassen worden. Damit hatte sie die Antwort darauf erhalten, wer die Führung übernehmen würde.

»Die Kinder bewohnen das Zimmer meines verstorbenen Mannes. Ich wollte sie in meiner Nähe haben«, sagte sie. »Ich möchte nicht, dass sie wieder umziehen müssen.«

»Und ich wünsche auch nicht, dass sie umziehen. Ich bin an ein einfaches Leben gewöhnt, Mylady. Ich benötige nicht viel. Jede Kammer ist mir recht. Ein Bett und ein Tisch. Und etwas zu essen. Wir können die Angelegenheiten des Gutes morgen besprechen.«

»Ich lasse Euch eine Kammer herrichten«, sagte sie kühl, doch sie fühlte sich nicht kühl. Er hatte sich vom Kamin abgewandt und kam auf sie zu, und sie sah die Schatten in seinen Augen. Als er kurz vor ihr stand, stieg Hitze in ihr auf. Eine fast greifbare Spannung breitete sich zwischen ihnen aus, und sie wollte die Hand ausstrecken, die Falten um seine Augen herum glätten. Sie glaubte nicht, dass sie vom Lachen kamen.

Denke daran, was früher geschehen ist. Du hast auch damals gedacht, dass er dich wollte.

Sie bebte. Dann straffte sie den Rücken, wich einen Schritt zurück und griff mit der Hand hinter sich nach der Tür und öffnete sie.

Dann drehte sie sich zu ihrer Schande um und rannte. Sie floh vor ihm und vor ihren eigenen gewaltigen Gefühlen.

Kapitel 6

Neil verbrachte eine höchst unangenehme Stunde mit Reginald, der noch immer gegen die Vormundschaft und die Herausgabe der Bücher protestierte. Der Mann hatte getrunken und war streitlustig. Erst als Neil drohte, Cumberland um ein paar Soldaten zu bitten, rückte Reginald grollend mit den Büchern heraus.

Als Neil aus dem Kontor herauskam, brachte eine Bedienstete – eine junge Frau – ihn zu seiner Kammer.

Die Mistress, sagte sie, sei bei den Kindern.

Die Kammer war zwar nicht luxuriös, jedoch sauber und hatte, wie von ihm verlangt, einen Tisch und einen Sessel und auch ein großes Bett und einen Kleiderschrank. Eine Karaffe und Gläser standen auf dem Tisch, und er goss sich ein Glas ein. Portwein. Kein besonders guter Portwein, doch er genoss seine Wärme, als er sich in den Sessel räkelte und das große Hauptbuch öffnete.

Neil hatte die Bücher für Braemoor geführt, noch ehe er den Titel bekommen hatte. Er war peinlich genau mit ihnen gewesen. Schon bei dem ersten flüchtigen Blick in Lochaenes Bücher stieß er auf Ärgernisse. Mehrere Monate lang waren keine Eintragungen vorgenommen worden. Die Pachtzahlungen, die eingetragen waren, schienen allzu hoch für diesen unfruchtbaren Boden zu sein.

Seit langem überfällige Rechnungen steckten zwischen den Seiten des Buchs.

Er würde Inventur machen und bestimmen müssen, was verkauft werden konnte. So hoffte er genug Bargeld zu beschaffen, von dem Saatgut gekauft werden konnte. Entweder Saatgut oder Schafe. Auf Grund des Zustands der Bücher hatte er keine Ahnung, wie viele Schafe oder Rinder Lochaene besaß.

Es war völlig klar, dass er dem Gut Geldmittel würde leihen müssen, damit es eine Überlebenschance hatte. Er fragte sich, wie er das ohne Janets Wissen bewerkstelligen konnte. Sie würde es zurückweisen. Sie hatte deutlich gesagt, dass sie nichts von ihm erwartet hatte, außer, Cumberland dazu zu bringen, dass dieser ihr die Vormundschaft übertrug. Dass er jetzt diese Verantwortung innehatte, hatte sie ganz schön misstrauisch gemacht.

Er wusste, dass es sie erbittert hatte, ihn um Hilfe zu bitten; das Gefühl musste sich jetzt verdreifacht haben. Ihr Geld anzubieten, würde ihren Stolz nur noch weiter zerstören. Doch er wusste durch die Bücher und auf Grund des Zustands des Besitzes, dass Lochaene nicht überleben konnte ohne einen großen Geldsegen – und diesen bald.

Er war vor Jahren ein Narr gewesen, als er gedacht hatte, sie würde all das, was geschehen war, leichten Herzens vergessen und glücklich heiraten. Teil dieses Irrglaubens war der Mangel an Vertrauen in sich selbst gewesen. Welche Frau hätte wirklich das Risiko des Wahnsinns in Kauf genommen, der sein Blut besudelte oder die Armut geteilt, die seiner damaligen Position entsprang? Er hatte versucht, sie zu schützen, doch heute erst war ihm klar, dass er ihr einen grausamen Schlag versetzt hatte, der nie verheilt war und sie vielleicht sogar in eine lieblose Ehe getrieben hatte.

Er hatte es nicht geschafft, sie zu schützen. Er besaß verdammt wenig Erfahrung darin, edel zu sein, und daher war er auch darin völlig ungeschickt gewesen.

Zur Hölle noch mal, was hatte er bloß angerichtet?

Letzten Endes würde sie seine finanzielle Hilfe in Anspruch nehmen müssen, wenn sie ihrem Sohn irgendein Erbe ermöglichen wollte, doch es würde sie teuer zu stehen kommen. Und er hatte sie schon genug gekostet.

Es klopfte an der Tür, und für einen kurzen Moment war er erwartungsvoll. Janet?

Er stand auf und ging zur Tür. Die gleiche Dienerin, die ihn zu der Kammer geführt hatte, brachte ihm ein Tablett, das mit Essen beladen war.

»Deine Mistress? Isst sie zu Abend?«

»Sie isst mit den Mädchen«, sagte das Mädchen.

»Und wer bist du...?«

Sie knickste artig. »Lucy, Mylord.«

»Dann danke ich dir, Lucy.«

Sie wackelte mit dem Kopf und errötete. »Gern geschehen, Mylord.«

»Könntest du deine Herrin fragen, ob sie morgen mit mir über die Ländereien reiten kann?«

»Ja, Mylord.«

Er nickte, schloss die Tür und stellte das Tablett auf dem Tisch ab. Es gab gebratenes Huhn, Süßkartoffeln, in Butter gegarte Karotten und ein Stück Obstkuchen. Er war überrascht darüber, wie gut alles schmeckte. Doch das Essen hinterließ in seinem Mund einen bitteren Geschmack. Er war es verdammt noch mal leid, allein zu essen und allein zu sein. Vielleicht hatte er sogar gehofft...

Doch das war eine unkluge Hoffnung gewesen. Er musste sich von der Gräfin fern halten. Er hatte sich heute fast zum Narren gemacht. Doch das Feuer in diesen dunkelblauen Augen war für ihn wie das Licht für einen Nachtfalter. Genauso ging es ihm mit ihrer feinen, weichen Haut und den Lippen, die ganz leicht zitterten. Er erinnerte sich lebhaft daran, wie sie sich angefühlt hatten. Die zurückliegenden Jahre waren ausgelöscht, als hätten sie nie existiert.

Er versuchte, das Bild von sich zu schieben und sich auf die Veränderungen zu konzentrieren. Doch auch sie waren gefährlich. Er fühlte sich zu der Frau, die sie heute war, genauso stark hingezogen wie zu dem Mädchen von damals. Er hatte gehofft, dass dem nicht so sei, doch in dem Augenblick, da er sie gesehen hatte, hatte er es gewusst. Sein Herz hatte sich seiner Kontrolle entzogen. Die Vernunft ihn verlassen. Ihm war klar geworden, wie gern er sie an seiner Seite hätte.

Er hatte gehofft, dass er für ein paar Tage kommen und klären könnte, dass er und nicht Reginald der Vormund des kleinen Grafen war. Dass er jemanden finden würde, der ihr weiterhalf, und dass er dann wieder gehen konnte. Doch nun wusste er, dass das nicht möglich war. Reginalds Hass saß zu tief. Die Finanzen des Gutes waren zu verwickelt. Egal, wie intelligent Janet war, sie würde nicht in der Lage sein, alles ohne Hilfe zu entwirren. Er würde nicht bleiben, doch er würde häufig zurückkehren müssen.

Und jede Rückkehr würde ein Besuch in der Hölle sein. Er erinnerte sich an die griechische Legende von Tantalus. Er hatte die Götter beleidigt und wurde dazu verdammt, im Hades bis zum Kinn in einem Wasserbecken und unter Früchte tragenden Ästen zu stehen, und sowohl Wasser als auch Früchte zogen sich bei jedem Versuch, zu trinken oder zu essen, von ihm zurück.

Vielleicht war dies ja seine Strafe für Culloden, und dafür, dass er einen Tyrannen geschützt und die Augen vor dem Elend geschlossen hatte.

Er beendete seine Mahlzeit und trank noch einen Schluck Portwein. Dann ging er auf und ab. Als er über das Land von Lochaene geritten war, hatte er ungepflügte Felder, leere Weiden und verlassene Bauerngehöfte gesehen. Wie schlimm stand es? Der Pferdepfleger war ein grober und unfähiger Mann gewesen. Neil hatte sein Pferd selber versorgt, weil er den Mann nicht an sein Pferd heranlassen wollte.

Er nahm die Öllampe aus seiner Kammer, ging die Treppe hinunter und hinaus zum Stall. Niemand war dort zu sehen. Er stellte die Lampe ab und ging durch die Ställe. Die Boxen mussten gereinigt werden, und die Pferde bewegten sich unruhig, was bedeutete, dass sie wahrscheinlich nicht genug zu fressen hatten. Er sah sich suchend nach Hafer um, fand aber nur Heu.

Er fluchte vor sich hin. Das würde sich am Morgen alles ändern. Er würde den jungen Burschen holen, der ihn nach Lochaene gebracht hatte. Er hatte einen guten Blick und ein gutes Händchen für Pferde.

Als Neil die andere Seite des Stalls erreicht hatte, hörte er ein Geräusch. Noch jemand war eingetreten. Der Pferdepfleger? Ein Stallbursche? Wenn es einer von diesen beiden war, würde er ihm die Meinung sagen. Er drehte den Docht der Lampe herunter und trat in den Schatten, ohne wirklich zu wissen, warum. Instinkt? Neugierde? Oder Vorsicht, die noch aus seiner unsicheren Kindheit stammte? Er konnte sich nicht daran erinnern, wann er nicht gehorcht hatte. Es hatte zu viele Schläge gegeben. Zu viele Beschimpfungen.

Doch dann hörte er *ihre* Stimme, tief und melodisch.

Janet sprach leise, offenbar zu einem der Pferde. »Ich werde dir guten Hafer besorgen«, versprach sie. Er hörte ein Geräusch, als eine Box geöffnet wurde und dann das Rascheln von Stroh. Er trat aus dem Schatten heraus.

Die Gräfin von Lochaene mistete eine Pferdebox aus!

Ganz offensichtlich sah sie ihn nicht, als er sich einen Moment lang gegen die Wand lehnte. Er fragte sich, wie oft sie das schon getan hatte und dachte daran, wie sehr er die Ställe kritisiert hatte. Dass sie diese Arbeit schon von früher kannte, war offensichtlich. Sie war dazu genauso in der Lage wie seine eigenen Stallburschen.

Verdammt noch mal. Er hatte sich gefragt, wie ihr Leben gewesen war in den vergangenen paar Jahren. Er hatte sich gefragt, ob sie ihren Ehemann geliebt hatte. Sie war am Beerdigungstag wirklich blass gewesen. Doch nun fragte er sich, ob ihr Leben nicht schlicht und einfach die Hölle gewesen war.

Seine Brust schmerzte. Er trat ganz aus den Schatten heraus und bewegte sich vorsichtig auf die Box zu. Er wollte sie nicht erschrecken. Darum wartete er so lange, bis sie aufschaute.

Als sie es tat, stieß sie einen erschrockenen Schrei aus. Ihre Augen zogen sich in dem schwachen Licht einer Laterne zusammen. Sie trug ein einfaches, abgetragenes dunkles Kleid, das ihr nicht stand. Doch es konnte nicht die schlanken Kurven ihres Körpers verhüllen und auch nicht die Anmut, mit der sie sich bewegte, selbst mit einer schweren Mistgabel in der Hand.

»Schnüffelt Ihr immer nachts herum, Mylord?«

»Mistet Ihr immer um Mitternacht Pferdeboxen aus?«

»Ja, wenn niemand sonst da ist, der es tut.«

»Was ist mit den Pferdepflegern und den Stallburschen geschehen?«

»Da sie keine Bezahlung bekommen haben, sind sie fortgegangen. Einer, Kevin, wurde entlassen, weil er mir erlaubt hatte, ein Pferd zu nehmen, doch auch er war seit Monaten nicht bezahlt worden. Der Letzte« – sie zuckte die Achseln – »hat seine Stellung wahrscheinlich aus den gleichen Gründen verloren, doch er war kein Verlust.«

»Bitte«, sagte er und streckte die Hand nach der Mistgabel aus, die sie benutzte.

»Ihr, Mylord?«

»Lieber ich als Ihr, Mylady«, erwiderte er. »Und ich habe wahrscheinlich auch mehr Übung darin. Wolltet Ihr heute Nacht alle Boxen säubern?«

»Nur die der Stute. Ich habe sie heute schnell und lang geritten. Sie verdient einen angenehmen Stall. Ich wollte sie auch mit Futter versorgen. Aber ich kann keines finden«, fügte sie verzweifelt hinzu. »Ich habe welches bestellt.«

»Heu reicht für heute Nacht. Morgen früh werde ich jemanden zum Futterholen schicken, und dann werde ich es wegschließen«, sagte er. »Ich kenne einen jungen Burschen, der ein guter Pfleger sein könnte.«

»Das ist Kevin auch«, sagte sie. »Und er braucht das Geld für seine Familie.«

»Dann werden wir beide einstellen«, sagte er. »Zur Hölle, was war denn Euer Ehemann für ein Gutsherr?«, fragte er.

Sie schob das Kinn eigensinnig vor und antwortete nicht, während er schnell das alte Stroh entfernte, locker einen Ballen hochhob und das frische Stroh verteilte. »Fertig«, sagte er, als er die Box verließ.

»Es gibt noch zwölf andere«, meinte sie.

»Ich habe meinen Anteil am Ausmisten von Pferdeboxen geleistet, Mylady. Ich werde den Rest anderen Händen überlassen. Das wird morgen geschehen. Ich werde Tim hierher holen und zusehen, dass wir Euren Kevin finden können. Jetzt ist es Zeit für uns, zu Bett zu gehen, denke ich.«

Ihr Blick traf den seinen. Er wünschte sich, dass sie sagte, wie erfreut sie über sein Kommen sei. Er sollte sich das nicht wünschen. Doch er machte es trotzdem. Er wollte spüren, dass er gebraucht wurde. Gewollt. Das Verlangen war stark. Intensiv.

»Aber sie schaute fort, und ihre dunkelblauen Augen waren so tief wie der mitternächtliche Himmel. Und genauso verräterisch.

»Hat Lucy Euch gesagt, dass ich heute Morgen mit Euch ausreiten möchte?«

»Ja«, erwiderte sie vorsichtig.

»Und Eure Antwort?«

»Habe ich eine Wahl?«

»Seid Ihr es nicht gewöhnt, zu entscheiden?«

»Nein«, sagte sie.

Er sah, dass sie krampfhaft schluckte, und ihm wurde plötzlich klar, warum es so wichtig für sie war, ein wenig Macht zu haben. Sie hatte offenbar gar keine gehabt. Gott allein wusste, was sie in den vergangenen paar Jahren durchgestanden hatte. Offenbar hatte ihr Mann sich wenig aus seinen Besitztümern gemacht und noch weniger aus seinen Pächtern. Und aus seiner Frau …?

Ihr Blicke zeigten Narben. Alles an ihr, selbst ihr steifer Stolz, erschien wie eine schützende Rüstung.

Er dachte daran, wie frei sie vor Jahren gewesen war, wie sehr sie sich an einem Sonnenuntergang erfreut hatte oder an den Sonnenstrahlen, die über den See fielen. Sie hatte ein Strahlen in den Augen gehabt, als sie zu ihm aufschaute, das aus ihm einen Riesen machte, obwohl er doch nur wenig größer gewesen war als der Diener seines Cousins. Wie gern er das Strahlen sehen wollte …

Er glaubte nicht, dass diese Augen jemals wieder für ihn leuchten würden. Und es durfte auch nicht sein. Doch er wollte, dass das Strahlen trotzdem wiederkam. Für alles.

»Dann also nach dem Frühstück«, sagte er und überging die Tatsache, dass sie noch überhaupt nicht zugestimmt hatte.

»Ja«, sagte sie ohne jede Begeisterung.

»Ich wünsche Euch eine gute Nacht«, sagte er und nahm ihr die Laterne ab.

Sie ging neben ihm her zum Gutshaus, doch er spürte bei jedem Schritt ihr Widerstreben.

An der Tür hielt er inne. Er wollte ihr gern von den Büchern berichten, doch sie schien müde zu sein. Er würde diese unangenehme Aufgabe auf morgen verschieben.

Aber sie sah zu ihm auf. »Habt Ihr mit Reginald gesprochen?«

Er nickte.

»Habt Ihr also die Bücher?«

Sie wartete auf seine Antwort.

»Ja«, sagte er endlich. »Ich habe sie mir bereits angesehen.«

Ihre Augen sahen plötzlich hoffnungsvoll aus. »Kann ich dann … Saatgut besorgen? Es wird bald zu spät sein für die Pächter.«

»Es ist spät zum Säen«, sagte er unbestimmt.

»Doch ohne das Saatgut haben sie überhaupt keine Chance«, sagte sie.

»Wir werden morgen darüber sprechen.«

Ihre Augen flehten ihn an, und er hasste das, weil er wusste, wie sehr sie ihn verabscheute. Endlich nickte sie. »Ist Eure Schlafkammer angemessen?«

»Sie ist wunderbar, und das Essen war es auch.«

Sie versuchte ein kleines Lächeln, das ihm sofort ans Herz ging. Dann schien sie ihre Würde an sich zu raffen, und er hatte das Gefühl, dass sie sich tausend Meilen von ihm entfernte.

Sie ging hinauf zu ihrer Kammer. Colin schlief dort mit leichten Atemzügen; sein Atem roch süß, als sie sich herabbeugte und mit ihren Lippen über seine Wangen strich. Babys hatten etwas an sich, eine Unschuld, die so rein war, das es ihr Herz schmerzen ließ.

Sie hatte Braemoor fast geglaubt. Sie versuchte, so an ihn zu denken. An Braemoor. An den Marquis von Braemoor. Aber nicht an Neil. Nicht an den jungen Mann, den sie so verzweifelt geliebt hatte. Sie konnte es noch immer nicht ganz glauben, dass er aus dem Nichts aufgetaucht war, und nicht nur das, er hatte sogar plötzlich einen enormen Platz in ihrem Leben eingenommen. Sie wünschte nur, sie wüsste, was er wollte. Oder steckte er irgendwie mit Reginald unter einer Decke?

Sie hatte ihm nichts über den Vorfall auf dem Balkon erzählt. Erstens würde er sie für hysterisch halten. Und zweitens wüsste sie noch immer nicht, wem gegenüber er wirklich loyal war. War er Cumberland ganz ergeben? Reginalds Komplize? Oder – höchst unwahrscheinlich – ihr Freund? Und wenn Letzteres zutraf, wollte sie sich wirklich noch einmal auf ihn verlassen? Er war ein Mann ohne Ehrgefühl. Daran musste sie immer denken.

Colin öffnete die Augen. Sie waren genauso dunkelblau wie ihre und nicht hellblau wie die Augen seines Vaters. Sie betete darum, dass er keine Charakterzüge von seinem Vater geerbt hatte. Oder war es Alasdairs eigenes Erbe, das ihn zu dem gemacht hatte, was er gewesen war? Liebe, dachte sie, gebärt Liebe. Hass gebärt Hass. Alasdair war in einem Haushalt voller Gier und Eifersucht aufgewachsen. Und Reginald auch. Keiner von ihnen hatte etwas anderes kennen gelernt.

Doch Colin würde ein anderes Leben kennen lernen. Und auch die Mädchen. Sie zog sich bis auf ihr Unterkleid aus. Sie hatte vorher schon mit den Mädchen gegessen und hatte ihnen eine Ausfahrt am nächsten Tag versprochen. Das war, ehe sie von dem neuen Vormund ihres Sohnes die Aufforderung für einen Ausritt bekommen hatte. Sie hatte keine andere Wahl, als das zu tun, was er forderte, vor allem, wenn sie den Pächtern helfen wollte.

Wie lange wollte er bleiben? Wie viel Kontrolle würde er ausüben? Wie viel würde er von dem mitnehmen, was ihrem Sohn und ihren Stieftöchtern gehörte?

Und angesichts all dieser Fragen noch die Frage: Warum reagierte etwas in ihr auf ihn?

Wenn sie mit ihm zusammen war, klopfte ihr Herz stärker. Ihre Sinne schärften sich. Ihr Atem kam in ruckartigen Stößen. Und sie spürte eine Wärme an Stellen, die zuvor immer so kalt gewesen waren.

Ein Ausritt morgen. Er hatte ihr kaum eine Wahl gelassen. Janet ging zum Fenster und schaute hinaus. Unten war alles still. Lochaene war für sie nie ein Zuhause gewesen. Innerhalb weniger Monate nach ihrer Ankunft hier war ihr klar geworden, dass sie einen Fehler begangen hatte. Und doch … vielleicht war es kein Fehler gewesen. Grace, Rachel und Annabella hatten ihr Leben bereichert. Sie hatten sie so sehr gebraucht, wie es ihr ein Bedürfnis gewesen war, gebraucht zu werden. Und Colin. Sie wusste, dass sie ihn und auch die Mädchen für nichts in der Welt eintauschen würde.

Und sie wusste auch, dass sie mit dem Marquis von Braemoor am Morgen nicht allein sein wollte.

Vielleicht würde die Anwesenheit der drei Mädchen das unerwartete Verlangen in ihr mildern.

Und ihn vielleicht sogar dazu bringen, die Dauer seines Aufenthalts auf Lochaene zu überdenken.

Grace' unverwandtes Starren, Rachels viele Fragen und Annabellas kaum zu bändigender Überschwang könnten ihn vielleicht aus der Fassung bringen. Und sie *wollte* ihn aus der Fassung bringen. Sie wollte ihm den unverwandten Blick und seine kontrollierte Maske vom Gesicht reißen. Sie wollte wissen, ob er irgendwelche Gefühle in sich hatte.

Oder ob er wirklich so leer war, wie sie es in den vergangenen acht Jahren gedacht hatte.

Neil wusste, dass sie ihn an diesem Morgen nicht hatte begleiten wollen. Er versuchte sich einzureden, dass das ein notwendiger Teil seiner neuen Pflichten sei, doch in letzter Zeit war er von einer Ehrlichkeit erfüllt, die solchen Selbstbetrug nicht mehr erlaubte. Er wollte mit ihr zusammen sein, ob sie mit ihm zusammen sein wollte oder nicht.

Das war ein höllisches Eingeständnis.

Und es hielt ihn während der restlichen Nacht wach. Er musste sein Verlangen nach ihr zügeln. Sie war noch so frisch verwitwet. Und auch wenn sie das nicht wäre, hätte er dennoch kein Recht. Seit dem entsetzlichen Gespräch mit seinem Onkel vor Jahren war er mit keiner Frau zusammen gewesen. Gott wusste, dass er kein Kind mit seinem eigenen Schicksal konfrontieren wollte und auch nicht mit der Möglichkeit von ererbtem Wahnsinn. Es war das Beste, diese Linie der Familie aussterben zu lassen.

Die Abstinenz war für ihn keine Bürde gewesen. Bis er

Janet kennen lernte, war er wie alle jungen Männer gewesen und hatte jede willige Frau ins Bett gezerrt, doch er war jedes Mal mit einem beunruhigenden Gefühl von Leere davongegangen. Und nachdem er Janet kennen gelernt hatte, verblasste jede andere Frau im Vergleich mit ihr. Er hatte gewusst, dass eine Heirat nur zu einer Selbstbeschuldigung führen würde und zu einem noch tieferen Gefühl von Einsamkeit.

Stattdessen hatte er sich in die Verwaltung der Ländereien hineingekniet, erst für den alten Marquis, dann für Rory und schließlich für sich selbst. Er hatte einen Wert darin gefunden und auch eine Art Befreiung. Er hatte niemand anderer als er selbst zu sein. Er bedauerte die Tatsache, dass er es nicht gelernt hatte, mit anderen Menschen ungezwungen umzugehen, wenn das überhaupt etwas war, was erlernbar war.

Nur Janet hatte ihn herausgelockt. Nur Janet hatte in ihm Dinge gesehen, von deren Existenz er bis dahin keine Ahnung gehabt hatte. Nur Janet hatte ihn für das, was in ihm steckte, akzeptiert und geliebt.

Doch das war acht Jahre her.

Das Fenster war offen, und er atmete die frische Luft tief ein. Er wusste, dass er mit dem Feuer spielte. Er wusste, dass sich für ihn in all diesen Jahren nichts geändert hatte. Es war, als wäre er einfach zurück in die Zeit gereist.

Er lief direkt auf eine Katastrophe zu, doch er konnte sich nicht selbst retten. Er machte sich vor, dass er ihr helfen und dass er sich selbst reinwaschen wollte. Das war ihm bewusst. Doch es war nicht die Wahrheit. Er tat das alles für sich selbst.

Endlich legte er sich nieder, doch er wusste, dass er nicht schlafen würde. Er konnte nur daran denken, dass er Janet in ein paar Stunden wieder sehen würde. Daran, dass er einige Stunde mit ihr verbringen würde. Wahrscheinlich war das alles, was er je haben würde.

Grace war zögerlich, als Janet fragte, ob sie alle gern einen Ausflug mit dem Marquis machen würden. Sie hatten ein beständiges Misstrauen Männern gegenüber. »Ich möchte hier bleiben«, sagte sie zögernd.

Sich hinter den Kindern verstecken. Sie sollte sich schämen.

»Können wir Delila und Samson mitnehmen?«, fragte Annabella.

Sie hatten sich schließlich auf die Namen für ihre Haustiere geeinigt. Rachel, die kleine Schülerin, hatte entrüstet die Namen Princess, Baron und Ginger zurückgewiesen. Wie Annabella hielt auch sie den neuen Zuwachs für die Familie für außergewöhnlich und daher sollten auch ihre Namen außergewöhnlich sein.

Da die Kinder gerade die Geschichte von Samson und Delila gehört hatten, entschied Rachel, dass der neue Welpe Samson heißen sollte, obwohl er nur aus unbeholfenen Beinen zu bestehen schien. Und dann bestimmte Grace Delila als Namen für das Kätzchen, das wohl zu den reizlosesten orangefarbenen Kätzchen gehörte, die je existiert hatten.

Froh, dass sie sich endlich auf etwas geeinigt hatten, hatte Janet versucht, das Zucken ihrer Mundwinkel zu verbergen. Doch wann immer sie hörte, wie Delila gerufen wurde, lächelte sie innerlich. Die Mädchen liebten die Tiere so sehr, und selbst Colin, der überall herumkrabbelte, bewegte sich ständig in ihre Richtung, sich nicht bewusst, dass es da eine glatte feuchte und eine raue Zunge gab.

Doch sie konnte ihr Glück in Gefahr bringen, wenn sie die beiden heute auch noch mitnehmen würde. Der Marquis konnte sich weigern, sie alle mitzunehmen, doch sie wollte sich auch nicht von den Mädchen begleiten lassen, wenn sie es nicht wollten.

Rachels Blick ging von Grace zu Annabella und dann zu Janet. Janet konnte fast spüren, wie in ihr der Wunsch mit der

Angst stritt. Sie waren in den letzten Monaten auch nicht viel mehr als kleine Gefangene gewesen. »Er ist sehr groß«, sagte Rachel. Das schien ihr einziger Eindruck vom Marquis zu sein.

»Ja«, stimmte Janet zu, »aber er wird euch nichts tun.«

»Möchte er, dass wir mitkommen?«, fragte Grace und traf damit genau den wunden Punkt.

»Ich habe ihn noch nicht gefragt. Ich wollte erst wissen, ob ihr mitkommen *wollt*.«

»Wie?«, fragte Grace wieder.

»Wir würden den Ponywagen nehmen«, sagte sie. Sie plante, dass der Marquis mit dem Pferd neben ihnen herreiten würde. Auf diese Weise würde sie ihn nicht an ihrer Seite haben und nicht von unberechenbaren Gefühlen versucht werden.

»Möchtest du, dass wir mitkommen?«, fragte Grace.

Sie würde es Grace überlassen, ob sie ihre Absichten herausfinden würde. Und sie würde sie nicht belügen. Sie war schon viel zu oft selber belogen worden. »Nur, wenn ihr mitkommen wollt.«

Rachel stand auf. »Ich werde mitkommen.«

»Delila?«, beharrte Annabella.

»Wir werden sehen«, sagte sie und fragte sich, wie tolerant der Marquis war.

Annabella zog einen Moment lang eine Schnute, dann warf sie Janet ihr engelsgleiches Lächeln zu, das jedes Herz, außer das ihres Vaters, zum Schmelzen bringen konnte. »In Ordnung.«

Grace nickte ernst.

Janet überließ die Kinder ihrem Frühstück. Nun musste sie noch den Marquis überzeugen.

Sie fragte sich, ob er schon aufgestanden war. Es war eine Stunde nach Tagesanbruch, doch ihr Ehemann und selbst Reginald standen selten so früh auf. Als sie nun aber in die

Küche kam, fand sie ihn zusammen mit einem Jungen, den sie nicht kannte, am Dienstbotentisch vor, wo sie, sehr zum offensichtlichen Verdruss der Köchin und ihren Helfern, gemeinsam aßen.

Der Marquis erhob sich und auch der Junge rappelte sich auf. »Das ist Tim«, sagte er. »Er und ich sind zusammen von Braemoor hierher geritten. Ich habe ihn als Pferdepfleger angestellt und den anderen Pfleger entlassen. Und auch einen Mann namens MacKnight.

»Wann ...«

»Heute Morgen. Ich bin zu Tims Dorf geritten. Wir haben etwas Hafer für die Pferde mitgebracht.«

Er musste bereits in den frühesten Morgenstunden fortgeritten sein. »Habt Ihr den Kaufmann aufgeweckt?«

»*Wir beide* haben den Kaufmann aus dem Bett geholt«, sagte Braemoor, und ein kleines Lächeln verzog eine Seite seines Mundes. »Er hat nicht wirklich protestiert, als wir die Rechnung bezahlten.«

Sie musste ihn einfach anstarren. Sein Haar war verwuschelt, seine Kleidung noch feucht von dem Nebel am frühen Morgen. Er hatte sich noch nicht rasiert, und die dunklen Stoppeln lagen wie Schatten auf seinem Gesicht. Er erinnerte heute Morgen an nichts weniger als an einen Marquis, außer vielleicht durch das Leuchten in seinen Augen.

Janet vermutete, dass er auf Protest wartete, weil er selbstherrlich jemanden ohne ihre Zustimmung eingestellt hatte, doch im Augenblick war sie einfach nur froh, dass zumindest die Pferde heute gut gefüttert und die Boxen sauber gemacht wurden. Das war kein Kampf, den sie ausfechten wollte. Sie vermutete, dass es zu weiteren und wichtigeren kommen würde. *Konzentrier dich auf die bedeutenden,* warnte sie sich selber. *Lass dich nicht von seiner Anziehungskraft dazu verleiten, unklug zu werden.*

Also nickte sie nur und empfand eine perverse Befriedigung

über die plötzliche Verwirrung in seinen Augen. »Was diesen Morgen angeht, Mylord …«

»Ja?«, fragte er vorsichtig.

»Ich hatte gehofft, dass wir meine Töchter mitnehmen könnten. Sie waren bisher so wenig draußen, und das würde ein großes Abenteuer für sie sein.«

Sie sah, wie seine Augen anders zu schimmern begannen. Sie leuchteten jetzt wie ein polierter Onyx.

»Und wie, Madame, sollen wir mit den kleinen Mädchen über das Gut reiten?«

»Wir könnten den Ponywagen nehmen. Und Ihr könntet längsseits reiten.«

Er hob eine dunkle Augenbraue. »So hatte ich mir das eigentlich nicht vorgestellt, Mylady. Es gibt viel anzusehen, und eine Kutsche wird uns erheblich bremsen.«

»Es gibt eine Familie … nicht sehr weit entfernt, die Euch wahrscheinlich mehr erzählen kann, als Ihr bei einem Ritt über das gesamte Gut sehen könnt.«

Er musterte ihr Gesicht einen Moment lang, doch wenn er enttäuscht war, konnte sie das in seinen Augen nicht sehen.

»Na gut«, sagte er. »Wenn es nicht zufrieden stellend ist, kann ich meine Heimkehr verschieben, und wir können morgen oder übermorgen noch ausreiten.«

Matt und schachmatt.

Er setzte sich wieder. »Möchtet Ihr mit uns frühstücken?«, fragte er herausfordernd.

Sie schaute sich in der Küche um. Die Köchin wirkte wie gelähmt; die Familien aßen einfach nicht zusammen mit ihren Dienstboten. Doch Janet hatte die Wärme in der Küche immer viel mehr gemocht als die kalte Förmlichkeit des langen Tisches im Speisesaal.

Reginald und Louisa würde der Schlag treffen.

Sie setzte sich und wich seinen Blicken aus, weil sie wusste, dass sie in ihnen Triumph sehen würde.

Sie tröstete sich selbst mit dem Wissen, dass sie zumindest einen ihrer Kämpfe gewonnen hatte. Sie würde nicht mit ihm allein sein. Zumindest heute nicht.

Und aus irgendeinem Grund wollte sie ihm ein Lächeln abschmeicheln.

Doch um zu lächeln, muss man ein Herz haben.

Und sie hatte vor Jahren festgestellt, dass er keines besaß.

Kapitel 7

Neil erkannte, was sie vorhatte, erkannte, dass sie kein Interesse daran hatte, mit ihm allein zu sein, ja, dass sie sich im Gegenteil sogar sehr bemühte, um das zu verhindern.

Er hätte nichts anderes erwarten sollen. Sie glaubte, dass er sie vor Jahren betrogen hatte und nun wieder. Er wünschte sich nur, dass es nicht einen solch durchdringenden Schmerz in ihm hinterlassen würde.

Er versuchte, den Schmerz zu ignorieren, als er und Tim den zweirädrigen Wagen gefunden hatten und eine Stute in die Zugriemen anschirrten. Er fuhr mit der Hand über ihren langen rauen Hals. »Tim wird dich striegeln, wenn wir zurückkommen«, versprach er, »und du wirst feinen Hafer zum Mittagessen bekommen.« Die Stute wieherte, als hätte sie ihn verstanden. Tiere verstanden wirklich oft etwas, dachte er, und weit besser als Menschen.

Er hatte sich in Gesellschaft von Tieren immer wohl gefühlt, doch er hatte sich nie erlaubt, eines zu lieben. Erst seit kurzem gönnte er sich den Luxus, liebevoll zu sein. Doch noch immer hielt etwas in seinem Inneren ihn zurück.

Wenn dir etwas wichtig ist, wird es dir *weggenommen werden.*

Wie seine Mutter. Wie sein Hund, der aus dem Haus seiner Mutter verschwunden war, als er ein kleiner Junge war. Wie ein Pferd, das ihm gehört hatte, doch das Donald bewundert und ihm fortgenommen hatte. Und dann, als er geglaubt hatte, er könnte die Chance haben, jemanden zu heiraten, den er liebte, war ihm das auch genommen worden.

Selbst jetzt noch weigerte er sich aus diesem Grund, ein Lieblingspferd zu haben oder sich einen Hund anzuschaffen. Wie oft hatte er sich wohl selbst gesagt, dass er niemanden und nichts brauchte.

Es reichte, dass er daran glaubte, selbst wenn es eine schmerzende Leere in ihm hinterließ.

Er verschloss sich auch seinen eigenen Handlungen, jenen, von denen er einst dachte, er beginge sie aus dem edlen Grund der Treue. Es war nichts Edles an diesen wenigen Stunden bei Culloden. Nichts Edles auch daran, Befehle auszuführen, jeden Jakobiter zu töten, ob verwundet oder nicht. Er erinnerte sich noch genau, wie er Rory verachtet hatte, als dieser sein Schwert hingeworfen hatte und davongegangen war. Er hatte seinen Cousin für einen Feigling gehalten, obwohl er selber dieser Feigling gewesen war.

Er hatte viel zu lange gebraucht, um herauszufinden, dass Mut nicht bedeutete, Macht zu haben, sondern sich gegen die Macht zu wenden.

Er hatte sich noch lange Zeit nach Culloden, nach dem Abschlachten dort, in Selbsthass gesonnt. Nachdem Rory fort war, hatte er seinen eigenen Weg der Wiedergutmachung gefunden. Doch Wiedergutmachung war wie der echte Mut eine stille und unbemerkte Sache. Er hatte auch viel Zeit gebraucht, um das zu verstehen.

Als die Kutsche bereit war, brachte er sein Pferd, das er zuvor geritten hatte, in den Stall und wandte sich an Tim. »Pass auf die Pferde auf, und dann versuche einen Jungen namens Kevin zu finden. Bringe ihn hierher, damit er dir hilft. Dieser Stall braucht mehr als einen Pfleger.«

»Ja, Mylord«, sagte Tim.«

»Und schau mal, ob du etwas über diese Familie herausfindest«, sagte er.

»Möchtet ihr, dass ich herumspioniere?«

»Nicht, wenn du dich dabei nicht wohl fühlst«, sagte Neil.

»Doch wenn du etwas entdecken solltest, das ich wissen sollte und das beim Wiederaufbau von Lochaene hilft, würde ich das zu schätzen wissen.«

Das Gesicht des Jungen glättete sich. »Ja, dann ist es in Ordnung.«

Neil musterte ihn einen Moment lang. »Bewahre dir deine Prinzipien, Junge. Sie werden dir noch sehr dienlich sein.

Das Gesicht des Jungen durchlief mehrere Schattierungen von Rot, dann schlurfte er zu den Ställen zurück, wo es viel zu viel Arbeit gab.

Neil wartete geduldig und fragte sich dabei, ob wohl alle Kinder mit ihnen kommen würden. Er hatte gehofft, den größten Teil des Gutes sehen zu können. Das würde mit der zweirädrigen Kutsche unmöglich sein, die nur auf festem Untergrund fahren konnte. Die Fahrt mit der Kutsche würde bedeuten, dass er mindestens noch einen weiteren Tag würde bleiben müssen. Er beabsichtigte, so lange zu bleiben, bis er sicher war, dass Janet die Leute hatte, die sie zur Führung des Gutes benötigte.

Was er wirklich wollte, war jedoch, sie schnellstens nach Braemoor zu bringen, wo sie in Sicherheit und gut versorgt sein würde. Doch das wäre unfair ihr und ihrem Sohn gegenüber. Er wollte sie nie wieder verletzen.

Er hörte ein schrilles Welpengebell und blickte zur Tür hinüber. Er fuhr zusammen, als er den Aufmarsch sah. Janet trug noch immer ein dunkles Kleid mit einem hohen Kragen und langen Ärmeln. Ein graues Umhängetuch vervollständigte ihren düsteren Aufzug. Sie hatte Colin auf dem Arm, und die drei kleinen Mädchen liefen ihr wie Orgelpfeifen hinterher. Ein schlaksiger schwarzweißer Welpe sauste zur Kutsche und bellte das Pony an, das mit dem linken Huf aufstampfte, als ob es durchgehen wollte. Ein orangefarbenes Kätzchen kuschelte sich in die Arme des jüngsten Mädchens. Hinter ihnen ging eine junge Frau, offensichtlich eine Dienstmagd, die einen großen Korb trug.

Er seufzte. Er hatte keine Ahnung, wie man mit Kindern sprach, und der Hund kläffte das Pony an. Das Kätzchen wand sich aus den Armen des Mädchens, fiel zu Boden und jagte hinter dem Hund her.

»Samson«, sagte Janet, stampfte mit einem schwarzen Stiefel auf den Boden und wirbelte damit Staub auf, der sie alle einhüllte.

Neil beugte sich herab und fing das Kätzchen ein. »Samson«, sagte er unsicher.

Das kleinste Mädchen schüttelte entsetzt den Kopf. »Nein … Delila.«

Neil sah zu Janet, die ihn ernst anschaute und offenbar wartete, ob er nach dem Welpen treten oder das Kätzchen ersäufen würde.

»Ich hätte es wissen müssen«, sagte er trocken und drückte das Kätzchen wieder in die verlangenden Arme des kleinsten Mädchens. »Miss Annabella, nehme ich an?«

Sie blickte einen Moment lang unsicher zu ihm, dann grinste sie ihn mit einem Mund an, dem die beiden Vorderzähne fehlten.

Er musste einfach zurücklächeln. Er hob sie und das Kätzchen hoch und setzte beide in den Kutschwagen. Er kehrte zurück, um den anderen zu helfen, doch das älteste Mädchen war schon hinaufgekrabbelt, und das mittlere schrak ängstlich vor ihm zurück und ging zu Janet. Stattdessen nahm er den Welpen, der seine Zunge herausstreckte und versuchte, ihm über das Gesicht zu lecken.

Neil hielt ihn von sich weg. »Soll er auch mitkommen?«, erkundigte er sich.

»Ja«, sagte sie. »Die Kinder wollten ihn nicht zurücklassen. Und das ist Clara, das Kindermädchen.«

Sein Blick traf den Korb.

»Das ist nicht für uns«, sagte Janet. »Das ist für die Familie, die ich erwähnt habe. Sie brauchen dringend etwas zu essen.«

Das war wieder eine Herausforderung. Es war, als wollte sie ihn davor warnen, abzulehnen, einer hungrigen Familie etwas zu essen zu bringen. Verdammt noch mal, aber ihre Meinung von ihm war offenbar noch geringer, als er dachte.

Er nahm Clara den Korb ab und stellte ihn vorne in den Ponywagen. Dann streckte er die Hände nach Colin aus. Einen Moment lang drückte Janet das Bündel fester an sich.

»Ich tue Kindern nichts«, sagte er so leise, dass die anderen es nicht hören konnten.

Ihr Blick suchte seinen und dann nickte sie. Sie gab ihm Colin und stieg in den Ponywagen. Als sie nach ihrem Sohn greifen wollte, berührten sich ihre Finger kurz, und sie zuckte zurück, als ob sie sich verbrannt hätte.

Neil senkte die Arme und half dann Clara beim Einsteigen. Sie sah ihn überrascht an, als er ihr seine Hand reichte. Sie errötete tief, doch sie nahm sie, stieg ein und setzte sich.

Neil betrachtete den vollen Ponywagen. Janet hatte die Zügel und Clara hielt die Kinder fest. Eines der Mädchen hatte das Kätzchen in einen Korb gesetzt. Ein anderes – das mittlere, das vor ihm zurückgescheut war – drückte den Welpen an sich, als hinge ihr Leben davon ab. Keine von ihnen schaute ihn freundlich an.

Er seufzte. Es würde ein langer Tag werden.

Wenn Braemoor ungehalten gewesen war über Janets Verhalten, dann zeigte er es jedenfalls nicht. Sie erinnerte sich daran, wie wütend ihr Ehemann immer gewesen war, wenn sie etwas getan hatte, das seine Pläne durchkreuzte, egal, ob sie gewusst hatte, dass sie das tat, oder nicht. Besonders verärgert hatte es ihn, wenn sie sich zwischen ihn und die Kinder gestellt hatte, indem sie die Mädchen auf einen überflüssigen Botengang geschickt oder sonst wie aus dem Verkehr gezogen hatte.

Nun stellte sie die Kinder zwischen sich und Braemoor. Und außer einer gewissen deutlichen Unbeholfenheit gegenüber den Mädchen konnte er mit der Situation ganz gut umgehen.

Braemoor bestieg einen großen grauen Wallach. Für einen kurzen Moment erinnerte sie sich an den Ritt, den sie vor so langen Jahren zusammen unternommen hatten. Neil Forbes war ein unbeschwerter Reiter gewesen, der bequem im Sattel saß und rücksichtsvoll mit dem Tier umging. Sie waren über die niedrigen Hügel geritten, bis sie an einem See angehalten hatten, wo er sie geküsst hatte. Nie zuvor hatte sie sich so frei, so fröhlich und so natürlich gefühlt.

Und dann hatte sie entdeckt, dass alles nur eine Lüge gewesen war.

Eine Lüge. Denke daran, dass du ihm nicht trauen kannst, egal wie nachgiebig oder liebenswürdig oder entgegenkommend er zu sein scheint. Denke daran, wie sanft er damals war. Und es war eine Lüge.

Nein, sie wollte sich nicht an all das erinnern.

Sie zwang sich, den Blick von Neil abzuwenden, als Annabella sich auf den Sitz zwischen Clara und sie zwängte.

»Ich mag ihn«, sagte Annabella.

Annabella sagte selten etwas Gutes über jemanden, vielleicht, weil sie noch nicht viele Menschen getroffen hatte, die sie hätte mögen können. Wen sie mochte, war der Vikar.

Der Vikar und Braemoor. Das klang mehr wie Engel und Teufel.

Warum war er so zuvorkommend?

»Magst du ihn auch?« Annabella zog an ihrem Arm, als sie die Frage stellte.

Janet schaute auf sie herab. Das niedliche kleine Elfengesicht schaute mit so viel Arglosigkeit und Vertrauen zu ihr auf, dass sie »Ja« sagen wollte. Doch das Wort kam ihr einfach nicht über die Lippen. »Wir kennen ihn nicht so gut«, sagte sie vorsichtig.

»Er ist groß«, sagte Rachel, als ob das alles erklärte. Groß war für sie bedrohlich. Ihr Vater war groß gewesen. Ihr Onkel war groß. Und Braemoor war sogar größer als die beiden.

»Das heißt gar nichts«, sagte Grace mit der Weisheit einer großen Schwester.

Grace verblüffte Janet immer wieder. Sie war ein stilles, schlankes Mädchen, das wenig sprach, doch wenn sie etwas sagte, war es immer etwas Unerwartetes. Und meist steckte auch ein Stückchen Weisheit darin.

»Du hast Recht«, sagte Janet. »Es bedeutet gar nichts. Taten sind immer wichtiger als das Aussehen.« Instinktiv zuckte sie über die Förmlichkeit dieser Erklärung zusammen.

»Er hat freundliche Augen«, riskierte Grace.

Janet hatte das einst auch gedacht. Doch sie war verblüfft, dass Grace, die vor Braemoor zurückgeschreckt war, das bemerkt hatte.

Sie hatte ihm überhaupt nicht in die Augen gesehen. In Wahrheit hatte sie versucht, seinem Blick auszuweichen.

Inbrünstig hoffte sie, dass Braemoor, der vor ihnen herritt, von der Unterhaltung nichts mitbekommen hatte, doch er war zu weit weg. Alle Heiligen im Himmel, sie wünschte, ihr Herz würde nicht weiter so sprunghaft klopfen, wenn sie ihn ansah. Wie konnte sie noch immer so fühlen, da sie doch wusste, wie er war. Da sie wusste, wie treulos er war. Und wie sollte sie die Kinder warnen, um ihre Herzen zu schützen? Sie wollte nicht, dass sie jedem misstrauten, dem sie begegneten. Doch sie wollte ebenso wenig, dass sie jeden akzeptierten.

Der Weg zwischen Hoffnung und gebrochenem Herzen war sehr kurz.

Sie hatte ihm erklärt, wo der Bauernhof war, den sie vor ein paar Tagen besucht hatte. Doch wegen des großen Wagens war es schon weit nach Mittag, als sie das Gehöft erreichten. Im Dreck scharten keine Hühner. Kein Schwein suhlte sich in einem Pferch. Das Gehöft schien verlassen zu sein, bis sie nur wenige Schritte von der Eingangstür entfernt anhielten.

Die Tür öffnete sich halb, und ein kleines Gesicht blickte hinaus.

Janet sah zu, wie der Marquis von Braemoor absaß. So leicht. So fließend. Sie schloss die Augen. Sie wollte nichts an ihm bewundern. Doch dann stand er neben dem Wagen, hob Samson herunter und danach Annabella, die die Arme nach ihm ausstreckte.

Die Tür des Bauernhauses öffnete sich weiter, und der ältere Mann, den sie schon beim letzten Besuch kennen gelernt hatte, kam heraus und blieb streitlustig mit den Händen auf den Hüften stehen. »Was wollt Ihr diesmal? Uns noch mehr wegessen?«

Janet spürte die Feindseligkeit des Mannes. Sie verstand sie. Sie hatte sie schon zuvor verstanden.

Diesmal nahm Janet Braemoors angebotene Hand, als sie von dem Wagen herabstieg. Er hatte die Reithandschuhe ausgezogen, und die Hitze seiner Haut drang durch ihre eigenen dünnen Handschuhe. Für den Bruchteil einer Sekunde spürte sie seinen Schutz, ja sogar seine Wärme, und sie wollte sie. Lieber Gott, wie sehr sie sie wollte.

Doch sie konnte sie nicht annehmen. Oder an sie glauben. Oder sich auf sie verlassen. Sie würde sich in Zukunft nur noch auf sich selbst verlassen. Sie raffte ihren Mut zusammen und ging zu dem Pächter hinüber. »Wir haben euch etwas Essen mitgebracht.«

»Wir nehmen keine Almosen von dem Mann an, der uns vernichtet.«

»Der Graf ist tot«, sagte sie. »Wir werden noch in dieser Woche Saatgut für euch haben, wenn ihr weitermachen und mit dem Pflanzen beginnen wollt. Ihr werdet ein Jahr lang keine Pacht zahlen.«

Sie hatte diesen Plan nicht mit Braemoor abgesprochen. Sie hatte ihm keine Möglichkeit geben wollen, ihr zu widersprechen.

»Angus?«, fragte sie. »Du bist doch Angus, nicht wahr?«

»Ja«, sagte er zögernd, offensichtlich ein wenig davon beschwichtigt, dass sie sich seinen Namen gemerkt hatte. Seine Augen zogen sich zusammen, als sein Blick zu Braemoor neben ihr glitt. »Wer ist er?«

»Ein Bekannter«, sagte Braemoor steif. »Ich bin nur als Begleiter mitgekommen.«

Ein Schwall von Dankbarkeit durchfuhr sie plötzlich. Er hätte sagen können, dass er jetzt für das gesamte Land zuständig sei. Doch sie wusste, dass die Pächter bald die ganze Wahrheit erfahren würden. »Er ist der Marquis von Braemoor, der neue Vormund meines Sohnes.«

»Seid Ihr zuständig?«, fragte Angus.

»Nein«, meinte Braemoor leise. »Das war Myladys Plan, und sie wird es auch sein, die Lochaene führt.«

»Eine Dame? Aber ich habe gehört, dass der Onkel des Grafen ...«

»Dann hast du etwas Falsches gehört«, sagte Braemoor. »Er wird mit euren Angelegenheiten nichts zu tun haben. Wenn ihr etwas braucht, wendet euch an die Gräfin.«

Angus runzelte die Stirn. »Eine Frau hat kein ...« Er verstummte.

»Ja?« Braemoor zog eine Augenbraue hoch, als der Mann schwieg und sich offenbar fragte, ob er zu viel redete. »Was wolltest du gerade sagen?«

Janet sah, dass Angus den Blick senkte. Die Tür hinter ihm öffnete sich. Angus' Frau schlängelte sich heraus und stellte sich scheu und ängstlich neben ihren Mann. »Seid Ihr hier, um uns zu sagen, dass wir gehen sollen?«

»Nein«, sagte Janet nach einem Blick auf Braemoor. »Wir sind hier, um euch etwas zu essen zu bringen und euch zu sagen, dass ihr in ein paar Tagen Saatgut bekommen werdet, damit ihr mit dem Pflanzen beginnen könnt. Es ist doch noch nicht zu spät, oder?«

Angus ließ sie nicht aus den Augen. »Nein. Das Land ist gepflügt. Wir brauchen nur Saatgut zum Aussähen. Und die anderen Pächter? Die, die noch da sind?«

»Für die gilt das Gleiche. Wir sollten genügend Saatgut für sie alle haben. Wenn nicht, besorgen wir mehr. Kannst du es an sie verteilen?«

»Ihr würdet mich damit betrauen?«

»Ja«, sagte sie. »Und du kannst ihnen auch sagen, dass sie auf dem Gut jagen und fischen dürfen.«

Misstrauen kroch wieder in seine Augen, als er nach einem Hintergedanken suchte. Der verstorbene Graf hatte den Pächtern beides verboten. Wildern wurde sogar mit dem Strang bestraft. »Ehrlich?«

»Ehrlich«, sagte sie.

Zum ersten Mal umspielte ein Hauch von Lächeln seine Lippen.

Er schaute Braemoor zur Bestätigung an, und Janet wurde klar, dass der Versuch, Lochaene allein zu verwalten, schwieriger sein würde, als sie gedacht hatte. Braemoor jedoch rührte sich überhaupt nicht. Kein Nicken. Kein verneinendes Kopfschütteln. Kein Lächeln. Kein Stirnrunzeln. Er erlaubte ihr, die Situation zu handhaben, wie sie es für richtig hielt, egal, ob sie erfolgreich war oder scheiterte.

Was wollte er?

Sie wünschte, sie wüsste das. Sie wünschte, sie wüsste, warum er Cumberland dazu bewogen hatte, ihm die Vormundschaft zu überlassen. Sie wünschte, sie wüsste, warum er in der vergangenen Nacht fortgeritten war und auf eigene Kosten Futter gekauft hatte. Sie wünschte, sie wüsste, warum sie eine Art Seelenverwandtschaft mit ihm spürte, während sie doch jeder seiner Regungen misstrauen sollte.

Bedauern? Entschuldigung? Männer wie er bedauerten nichts und entschuldigten sich auch nicht. Sie wusste das nur zu gut durch ihr Zusammenleben mit den Campbells. Und selbst ihr Vater, der sie geliebt hatte, hatte sich sein Leben lang nie für irgendetwas entschuldigt.

Doch er musste irgendeinen Grund haben. Irgendein Ziel. Sie würde seiner Anziehungskraft nicht nachgeben, die sie einst hingerissen hatte und die noch immer aus irgendeinem Grund zwischen ihnen bestand. Er interessierte sich nur für das Land, für Geld und Titel. Das zumindest hatte er sie vor Jahren wissen lassen.

Also bekämpfte sie die Dankbarkeit, die sie verspürte, weil er ihr so offensichtlich die Autorität übertrug.

Angus veränderte seine Haltung und machte plötzlich einen unbehaglichen und unsicheren Eindruck. Er war unhöflich gewesen, dann ungläubig. Es war offensichtlich, dass er nicht wusste, wie er sich verhalten sollte.

Doch seine Frau wusste es. Sie knickste. »Wir danken Euch, Mylady.«

»Gern geschehen«, erwiderte Janet. »Ich habe zu danken. Ihr habt das Wenige, das ihr habt, mit mir geteilt.« Sie ging zum Wagen, nahm den Korb mit den Nahrungsmitteln heraus und kam zurück. »Hier sind Mehl, Schinken, Kartoffeln und verschiedenes Geflügel. Wenn ihr mehr Mehl braucht, schickt einfach einen eurer Jungs zum Gutshaus.«

Das Gesicht der Frau verzog sich, als versuchte sie, Tränen zurückzuhalten. Sie nickte nur.

Janet ging zum Wagen zurück, kletterte wieder auf den Sitz zu den Kindern und ließ die Zügel knallen. Sie wusste, dass sie hier störten. Sekunden später ritt Braemoor neben ihr her.

»Wohin jetzt, Mylady?«

Genau in diesem Moment begann Colin, unruhig zu werden. »Nicht weit von hier ist ein Wasserfall«, sagte sie. »Wir können dort Halt machen und uns ein wenig ausruhen.« Und sie konnte Colin stillen. Dort gab es ein paar Felsen, hinter denen sie sich ein wenig absondern konnte. Sie wünschte nur, sie hätte noch einen zweiten Korb mit Essen mitgenommen.

Braemoor hatte ganz deutlich gesagt, dass er erst fortgehen würde, wen er alles gesehen hatte, was er zu sehen wünschte, und sie hatte ihn heute nur aufgehalten.

Sie wollte, dass er so bald wie möglich fortging.

Noch immer wühlte er ihre Gefühle auf, und in den paar Minuten, in denen sie mit Angus gesprochen hatte, hatte sie Kameradschaft zwischen ihnen gespürt, eine Verbindung. Sie hatten sich auf eine Art und Weise aufeinander eingestimmt die sie seit jenen glücklichen Tagen nicht mehr erlebt hatte, die sie aus ihrer Erinnerung zu tilgen versuchte.

Er ritt als stiller Wächter neben ihr her. Sie warf ihm einen verstohlenen Blick zu, doch er schaute unverwandt geradeaus. Diese Momente eben hatten ihm nicht mehr bedeutet als jene Tage damals vor langer Zeit.

Stolz auf sie erfüllte ihn.

Sie hatte die Situation hervorragend gemeistert. Sie verfügte über sehr gute Instinkte. Es hätte ihn viel mehr Zeit gekostet, diese winzige Verbindung zwischen Grundbesitzer und Pächter zu finden. Vielleicht, weil er so lange Jahre nicht der Grundbesitzer gewesen war, sondern nur dessen Stellvertreter. Er hatte nie etwas versprechen können, vor allem nicht in den späteren Jahren, als der alte Marquis entschlossen war, das Land zu säubern.

Er hatte Janet und ihr ernstes Gesicht beobachtet, und sein Herz hatte so laut geschlagen, dass er Angst hatte, sie würde es hören. Das wäre verheerend gewesen. Die Tatsache, dass sie sich so sehr für die Pächter einsetzte, erwärmte ihn. Er hatte dazwischengehen wollen, als der Bauer grob wurde und sogar ein wenig drohend. Er hatte an sich halten müssen, um ruhig zu bleiben.

Doch er wollte ihr Lochaene überlassen. Er wollte, dass sie alles hatte, was sie dafür benötigte. Und sie musste sich dieses Vertrauen selbst erwerben. Das konnte er ihr nicht abnehmen.

Das hatte er unter anderem im vergangenen Jahr gelernt. Wenn alles erledigt war, konnte er nach Braemoor zurückkehren und das beenden, was er dort begonnen hatte. Und was kam dann?

Lieber Himmel, die Aussichten waren lähmend. Die kommenden Jahre würden sich in Einsamkeit dehnen. Er betrachtete den Wagen voller Kinder, die ihre Tiere umklammerten, und der Anblick tat ihm weh. Er sehnte sich danach, die kleine Annabella hochzunehmen und ihre süße Umarmung zu genießen. Er wollte, dass Grace ihn voll Vertrauen anschaute, und Rachel, nun, er wollte ihr die Geschichten erzählen, die ihm niemand erzählt hatte. Das alles wurde ihm in erschreckend kurzer Zeit klar. Er hasste es, dass sie ihn voller Angst anschauten, und er fragte sich, wie ihr bisheriges Leben verlaufen war. Und Janets auch.

Er wusste es, zur Hölle noch mal. Und er war entschlossen, es zu verändern, ohne sie noch mehr zu verletzen. Und das bedeutete, das er ihnen nicht zu nahe kommen durfte. Er konnte sie nicht mit möglichem Wahnsinn konfrontieren.

Er hielt sich genau hinter dem vorderen Teil des Wagens und war bereit, Schutz zu geben, wenn es nötig war. Hungrige und wütende Pächter konnten gefährlich sein. Und auch Cumberlands Soldaten, die noch immer die Highlands durchstreiften.

Er versuchte, nicht in ihre Richtung zu schauen, sondern zum kahlen Boden hinunter. Das Land, das nicht gepflügt war, war öde und zog sich zu den mit Heidekraut und Stechginster bewachsenen Hügeln hinauf. Gutes Weideland. Wahrscheinlich viel besser als das Ackerland. Doch Weideland ernährte die Menschen nicht.

Sie fuhren an einem zweiten Gehöft vorbei, doch es war verwaist. Sie hielten an, und er ging hinein. Die herumhuschenden kleinen Tiere ließen darauf schließen, dass das Haus seit Jahren nicht mehr bewohnt worden war. Er kam heraus. »Sie sind weg.« Er schüttelte den Kopf.

»Die Bücher des Guts sind so dürftig, dass ich nicht einmal feststellen konnte, wie viele Bauern es gibt. Es existiert keine Liste der Pächter.«

»Es gibt eigentlich keine«, sagte sie. »Alasdair hielt sie nicht für nötig. Er hat Menschen fortgeschickt, die seit Jahren hier gelebt hatten. Ich glaube, er wollte alle zum Fortgehen zwingen.«

»Das Land, das aufgegeben worden ist, kann zur Schafshaltung genutzt werden«, sagte er.

Sie schaute mit zusammengekniffenen Augen von ihrem Sitz auf dem Wagen auf.

»Sie sind weg, Mädchen. Ihr könnt sie nicht zurückholen.«

Ihr freudloser Blick traf den seinen. »Ich weiß nicht mal, was mit denjenigen geschehen ist, die auf dem Land meines Vaters gelebt haben. Der Besitz wurde konfisziert. Alasdair hatte gedacht, dass er ihn bekommen würde, doch er wurde irgendeinem Engländer übergeben.«

Er sagte nichts dazu, als sie mit den Zügeln des Wagens knallte und sie wieder losfuhren. Doch er beschloss, einen Abstecher zum alten Land ihres Vaters zu machen und zu sehen, ob er etwas herausfinden konnte. Vielleicht konnte er sogar ein paar Bauern hierher bringen, falls irgendjemand Cumberlands Säuberungsaktion überlebt hatte.

Doch erst einmal würden sie anhalten, um zu essen. Ohne ihr Wissen hatte er etwas zum Essen in einer Ecke des Wagens untergebracht. Er hatte nicht gewusst, wie lange sie unterwegs sein würden.

Er schaute zur Sonne. Seit Mittag war mindestens eine Stunde vergangen. Sie konnten essen, während die Tiere sich ausruhten, und dann wieder zum Gutshaus zurückkehren. Er würde den morgigen Tag damit verbringen, mit Tim zusammen das Saatgut zu verteilen und sich allein über den Zustand der Felder informieren. Er würde auch deutlich sagen, dass sie, falls Janet mitkommen wollte, Pferde nehmen würden und keinen Ponywagen.

Die Sonne schien hell herab, und der blaue Himmel war frei vom Morgennebel. Es war ein selten schöner Tag in den Highlands, und Janet spürte, dass sie sich zu entspannen begann, als sie sich dem Wasserfall näherten, den sie schon am Vortag gesehen hatte. Sie hatte die Zügel schon Clara überlassen und summte ein Wiegenlied für den hungrigen Colin.

Doch als sie sich dem Wasserfall näherte, setzte sie sich gerade auf und betrachtete ihn mit neuer Aufmerksamkeit. Der Wasserfall lief an einem mit Heidekraut bewachsenen Hügel hinab und floss über vom Wasser polierten Steinen dahin. Die Sonnenstrahlen erfassten den Sprühnebel des Wassers und bildeten einen Regenbogen, und der Teich sah aus, als hätte man Diamanten über seine Oberfläche verstreut.

Sie war gestern nicht so beeindruckt gewesen von der rauen Schönheit der Hügel, aber vielleicht lag das nur daran, dass sie teilweise vom dichten Nebel eingehüllt gewesen waren – und von ihren Tränen. Doch nun weckte der Anblick des Wasserfalls, der von lila Heidekraut und goldenem Stechginster umgeben war, ihre Lebensgeister. Sie hatte nun vier Jahre lang in dieser Gegend gelebt, und sie hatte wenig von dem Besitz zu Gesicht bekommen. Sie war mit ihrem Ehemann nie ausgeritten, und er hatte ihr verboten, allein zu reiten. Ihre wenigen Ausflüge waren eine Fahrt nach Edinburgh zu einem Besuch bei Cumberland gewesen und eine Jagdgesellschaft im Haus eines Freundes von Alasdair. Sie hatte jeden Augenblick davon gehasst, und er hatte ihr gesagt, wie peinlich berührt er gewesen sei über ihren Mangel an Herzlichkeit, als sie versucht hatte, sich die Avancen seiner Freunde vom Leib zu halten.

Doch jetzt betrachtete sie Lochaene mit ganz anderen Augen. Vom Balkon des Gutshauses herab betrachtet war Lochaene für sie ein Gefängnis gewesen. Nun konnte es ihre Freiheit bedeuten.

Wenn sie sich von Reginalds Neid befreien konnte – und von Braemoors Einmischung.

Doch sie musste zugeben, dass es eine hilfreiche Einmischung war.

Er war abgesessen und kam zum Wagen herüber. »Wenn Ihr Clara den Jungen gebt«, sagte er, »helfe ich Euch herab.«

»Nehmt Ihr Colin«, sagte sie. Sie streckte ihm ihren Sohn entgegen. Er blieb einen Moment mit unsicherem Blick stehen. Er machte den Eindruck, als wolle sie ihm heiße Kohlen übergeben. Ein Ausdruck von Panik huschte über sein Gesicht. Dann aber streckte er die Hände aus, nahm ihr Colin ab und hielt ihn, als sei er aus Glas. Unbehaglich, unbeholfen, aber – sie würde es schwören – mit Zärtlichkeit.

Colin wimmerte und streckte die Arme nach ihr aus. Doch sie wandte sich ab, stieg allein aus dem Wagen und half dann Annabella und Rachel, während Clara ohne Hilfe und mit dem Katzenkörbchen ausstieg.

Janet drehte sich um, um ihren Sohn wieder zu nehmen.

»In diesen paar Minuten hatten sich ihr Sohn und Braemoor offenbar miteinander vertraut gemacht. Colin gurgelte, und Braemoor sah ihn mit unverhüllter Sehnsucht an.

Doch in dem Moment, als er aufschaute und sein Blick auf sie fiel, fiel ein Vorhang über seine Augen, und wortlos wollte er ihr Colin zurückgeben. Colin wimmerte wieder und hielt jetzt Braemoor mit den Händchen fest. »Verräter«, flüsterte Janet in Colins Ohr und hoffte, dass sie zu leise sprach, als dass Braemoor sie hören konnte. Doch sie ließ ihren Sohn in Braemoors Armen.

Aber Braemoor wurde von Samson abgelenkt, der sein Bein an dessen Stiefel hob.

»Verdammt noch mal«, sagte Braemoor. Er sagte das milde, doch die Reaktion kam prompt. Rachel riss den Hund hoch und drückte ihn an sich. »Bitte ... tut ihm nicht weh«, sagte sie, während sie zurückwich. Angst war ihr ins Gesicht geschrieben.

Ihre schüchterne Rachel war bereit, für den Welpen zu kämpfen. Annabella zitterte, und Grace schob ihren dünnen kleinen Körper zwischen Braemoor und Rachel.

Janet schaute Braemoor an. Ihr Ehemann hätte den Hund getötet, und das wussten die Mädchen.

Sie ging ein paar Schritte, stellte sich neben Grace und blickte Braemoor an. »Er ist nur ein Welpe«, sagte sie.

»Ich weiß«, sagte er mit einer Stimme, die so leise war, dass sie sie kaum hörte. Seine Augen hatten sich zu dieser besonderen Onyx-Farbe verdunkelt.

Grace rührte sich nicht. Sie war das Verhalten ihres Vaters gewöhnt, der einen Schlag oft mit einer ruhigen und fast liebevollen Haltung eingeleitet hatte.

Sie waren so mutig. Alle drei. Nicht für sich selbst, sondern für einen armen Mischlingswelpen.

Janet schluckte, während es die Atemluft kaum schaffte, an dem ziemlich großen Kloß in ihrem Hals vorbeizufließen. »Es ... tut mir Leid«, sagte sie.

»Was tut Euch Leid?«, fragte er. »*Ihr* habt Euch doch nicht an meinem Bein erleichtert.«

Seine Antwort nahm die gemeinsame Angst um den Welpen nicht. »Mir tut es auch Leid«, sagte Annabella.

»Du kannst mich hauen«, bot Rachel mit einer kleinen, zittrigen, aber bestimmten Stimme an.

Sie alle sahen ihn an. Ein Muskel zuckte an seinem angespannten Kiefer. Er sah *wirklich* groß und wütend aus. Einen Moment lang fragte sie sich, ob sie sich vor Jahren so in ihm getäuscht hatte. Sie hatte sich in so vielem geirrt. Sie wusste genau, dass sie nicht zulassen würde, dass er den Hund oder die Kinder verletzte.

»Ich glaube nicht, dass ich irgendjemanden schlagen möchte«, sagte er. »Auch keinen Welpen.«

»Ehrlich?«, fragte Grace mit angespannter Stimme.

»Ehrlich«, sagte er. Doch er lächelte nicht. Genauer gesagt, sah sie, dass sich Wut in seinen Augen aufbaute.

Die Mädchen waren nicht überzeugt. Und sie selber wusste nicht, ob sie es war oder nicht. Sie hatte einst auch geglaubt, dass Alasdair unfähig war, ein Kind zu schlagen. Sie war sehr schnell eines Schlechteren belehrt worden.

Die Angst der Kinder war augenfällig, trotz seiner weichen Stimme und seiner Worte. Auch Clara, die ein paar Schritte entfernt von ihnen stand, schien am Boden festgewachsen zu sein und hielt den Katzenkorb an ihre Brust gepresst.

Der Geist ihres Ehemanns war viel zu real.

Selbst Colin hatte angefangen zu jammern.

Sie sah Braemoor ins Gesicht und in die Augen, die sich vor Ärger verdunkelt hatten. *Und da wusste sie es.* Außer dem Ärger sah sie Verwundbarkeit und Hilflosigkeit in seinen Augen. Ihr wurde dann klar, dass die Wut sich nicht gegen sie oder die Kinder richtete, sondern gegen das, was sie so verängstigte. Und die Verwundbarkeit kam daher, dass er keine Ahnung hatte, wie er mit der ganzen Katastrophe umgehen sollte.

An diesem Tag hatte sie erkannt, dass der junge Mann, dessen unsichere Ernsthaftigkeit sie einst so verlockt hatte, sich in einen kompetenten und überzeugenden Lord verwandelt hatte, in einen Mann, der es gewöhnt war, die Dinge auf seine Weise zu regeln und seine Ziele nicht mit roher Gewalt zu erreichen versuchte.

Doch nun war er mit einer Situation konfrontiert, von der er nicht wusste, wie er sie anpacken sollte. Sein Blick enthielt eine dringende Bitte, ein Muskel zuckte in seinem verspannten Kiefer. Ihr Herz rührte sich und öffnete sich einen kleinen Spalt weit. Zwar würde ihr Herz ihm niemals mehr trauen, doch sie wusste, dass sie seinen Worten hier und jetzt trauen konnte. Sie beugte sich herab, nahm Samson auf und streichelte ihn. Das kleine Tier hatte Rachels Angst gespürt und zitterte.

»Es ist alles in Ordnung«, sagte sie besänftigend. Rachels steifer Rücken, der sich offenbar auf einen Schlag vorbereitet hatte, begann sich langsam zu entspannen. Grace streckte den Arm aus und nahm Annabellas Hand. Clara rührte sich und lockerte den Griff um den Katzenkorb.

Es war, als ob ein Gemälde plötzlich lebendig geworden wäre.

Janet sah, wie Braemoor schluckte. Dann machte er eine kleine Verbeugung. »Ich muss um Verzeihung bitten. Ein Mann von Anstand sollte nie in Gegenwart von Damen fluchen. Ich hoffe, ihr alle werdet meine Entschuldigung annehmen.«

»Aber ... Eure Stiefel«, brachte Grace heraus.

»Mein Stiefel hat schon Schlimmeres erlebt, dass kann ich dir versichern, Kleines«, sagte er. »Ich habe mich nur erschrocken, mehr nicht. Ich bin es nicht gewohnt, von so vielen hübschen Mädchen umgeben zu sein.«

Colin hatte aufgehört zu jammern und schaute nun den Marquis interessiert an. Seinen Hunger hatte er augenscheinlich vorübergehend vergessen.

»Du kannst Samson wieder auf den Boden setzen«, sagte Braemoor. »Ich habe nicht vor, ihm ein Leid anzutun.«

Janets Blick traf den seinen. Noch immer las sie die Bitte darin, und sie sah auch noch etwas anderes. Schmerz? *Und sogar Verwirrung darüber, dass sie und die vier Kinder ihn für fähig hielten, ihnen oder einem Welpen wehzutun.*

Wie tief war die Angst verwurzelt, die Alasdair in ihnen allen aufgebaut hatte. Sie fragte sich, ob die Mädchen für alle Zeit die Fassung verlieren würden, wenn ein Mann sich ihnen näherte oder auch nur den geringsten Anflug von Wut zeigte.

Selbst sie, die ihn kannte, hatte einen Moment lang Angst in sich gespürt. Nicht für sich selbst, sondern für die anderen.

Und er hatte es gesehen.

Kapitel 8

Neil bemühte sich, die Wut unter Kontrolle zu bekommen, die in ihm kochte.

Er hatte selten solch eine starke Angst in so jungen Gesichtern gesehen. Sie in Janets Augen zu sehen, war für ihn wie ein Faustschlag in die Magengrube gewesen. Doch in den Gesichtern der Kinder war sie fast nicht zu ertragen.

Er wünschte, der Graf von Lochaene würde noch leben. Er würde den Mann zermalmen.

Der kleine Junge wand sich in seinen Armen. Er war klein, und Neil hatte Angst, er könnte dem Baby ungewollt wehtun. Und doch fühlte sich der Junge in seinen Armen gut an. Vor allem, wenn er lächelte.

Einiges von seiner Wut verschwand bei diesem Lächeln. Er seufzte. Es war dumm, seine Energie an einen toten Mann zu verschwenden. Campbell hatte letztlich bekommen, was er verdiente. Doch er wünschte dem Mann ein besonders qualvolles Leben nach dem Tod.

Es war schmerzlich, sich klar zu machen, das er die Kinder und sogar Janet in Angst versetzt hatte. Sie war sich unsicher darüber gewesen, ob er den Mädchen oder dem Welpen etwas antun würde. Was, zur Hölle, hatte Lochaene mit ihr gemacht? Und auch mit den Kindern?

Er spürte eine unerwartete Nässe an seinem Arm und schaute herab. Er war gerade schon wieder bewässert worden! Diesmal von dem Baby.

Janet sah es auch und betrachtete entsetzt Neils Hemd.

»Schaut nicht so, Mädchen. Selbst ich weiß, dass Babys noch weniger wissen, wen sie nass machen, als dieses Hundetier.« Eigentlich empfand er weniger Ärger, sondern eher eine seltsame Zärtlichkeit über solche eine völlige Unschuld. Er hatte noch nie ein Baby auf dem Arm gehabt und war auch noch nie der Empfänger einer so arglosen Zufriedenheit gewesen. Er versuchte ein Lächeln, das Janet und die Kinder beruhigen sollte, doch er wusste, dass es nicht mehr als eine armselige Entschuldigung werden würde. Er hatte verdammt wenig Übung mit diesen Dingen, und er wusste sofort, dass er keinen Erfolg hatte. Himmel, die Kinder sahen noch immer halb zu Tode erschreckt aus.

Janet setzte den Welpen auf dem Boden ab, und Samson rannte sofort zurück zu Rachel. Als Janet sich aufrichtete, trafen sich ihrer beider Blicke für einen Moment. Janet warf ihm einen langen, abschätzenden Blick zu, und dann leuchtete plötzlich etwas in ihren Augen auf, in diesen Augen, an die er sich so gut erinnerte. Der Boden schien einen Augenblick lang unter ihnen zu beben, oder vielleicht waren auch seine Beine nicht ganz stabil. Acht Jahre war es nun her, und doch konnte er genauso wenig sagen wie an jenem Tag, als er sie kennen lernte. Er spürte, dass sein Herz den gleichen Sprung tat. Es war das gleiche plötzliche Erkennen.

Dann streckte sie die Hände aus und nahm ihm den Jungen ab, und sofort vermisste er das Gefühl, ihn zu halten.

»Ich muss ihn füttern«, sagte sie. »Clara wird sich währenddessen um die Mädchen kümmern.«

Er zog eine Augenbraue hoch. »Ihr wollt sie mir nicht anvertrauen?«

»Ich nehme an, dass Ihr Kinder nicht gewöhnt seid.«

»Nun ja, damit habt Ihr Recht«, erwiderte er trocken.

»Das dachte ich mir«, sagte sie. »Was habt Ihr in den vergangenen Jahren bloß gemacht?«

»Meinem Cousin gedient«, sagte er. Da er es für nötig hielt, die Intimität zu zerstören, die sich gerade zwischen ihnen aufbaute, und die keiner von ihnen sich leisten konnte, fügte er hinzu: »Und gegen die Jakobiter gekämpft.«

»Für den englischen König.« Das war keine Frage.

»Ja.«

»Mein Bruder ist bei Culloden gefallen. Könnte das durch Euer Schwert geschehen sein?«

Ein Schmerz durchfuhr ihn innerlich. Er hatte ihren Bruder nicht kennen gelernt, nur ihren Vater, den er bewundert und gemocht hatte. »Ich kann es nicht sagen, Mylady. Es wäre möglich.«

»Und nun seid ihr reich und könnt Cumberland um einen Gefallen bitten und Euch nehmen, was Ihr wollt. Wie ist es dazu gekommen?« Sie hatte Gerüchte über den armen Cousin gehört, der zum Marquis von Braemoor geworden war, doch es waren wenige Einzelheiten darunter gewesen.

»Donald starb bei Culloden an seinen Verletzungen. Mein Cousin Rory war der Erbe, doch auch er starb im Dienst des Königs. Cumberland mag diese Art von Treue.« Letzteres war nicht wahr. Cumberland mochte nichts von dem, was die Schotten taten. Doch die Lüge half ihm in diesem Augenblick.

»Wie?«, fragte sie.

»Der Schwarze Bube soll ihn getötet haben.«

Sie fragte sich, wieso ihr diese Information nicht zu Ohren gekommen war. Das musste geschehen sein, als Colin geboren wurde und ihr Sohn zum Zentrum ihrer Welt geworden war. Sie hatte von dem Schwarzen Buben gehört – das hatte jeder –, doch wurde er als der schlimmste Verbrecher überhaupt angesehen. Als Mörder. Als Dieb. Als Verräter.

Dann erst erkannte sie, was genau er gesagt hatte. »Man weiß es nicht sicher?«

Neil zuckte die Achseln. »Es konnte nicht bewiesen werden. Doch mein Cousin hat den Buben gejagt, und sein Leichnam wurde an einem Strand gefunden. Cumberland geht davon aus, dass er dem Buben den Garaus gemacht hat, da man seit der Nacht, in der man den Leichnam meines Cousins gefunden hat, nichts mehr von ihm gehört hat.«

»Und Mord ist ein Grund für Dankbarkeit?«

»Wenn er an einem Verräter der Krone begangen wird, ja.«

Er zuckte vor dem Blick in ihren Augen zurück. Und doch wusste er, dass er die Wahrheit über den Schwarzen Buben niemals offenbaren konnte.

Der Junge auf ihrem Arm wurde unruhig, und sie verlagerte ihr Gewicht. »Ich muss ihn füttern«, wiederholte sie mit kühler Stimme und wandte sich von ihm ab.

Colin wand sich in ihren Armen. Sie wusste, dass er kurz vor einem Wutausbruch war. Sie wandte sich ab und ging in die Abgeschiedenheit des Hügels davon. Sie hatte das Gefühl, dass Neils Blick sie durchbohrte.

Sie spürte auch, dass ihre Brüste vor Milch pochten. Die meisten Frauen in ihrer Position stellten eine Amme ein, die das Kind stillte. Doch sie hatte ihr Kind selbst stillen wollen, und Alasdair hatte keine Einwände erhoben. Er war sogar darüber erfreut gewesen. Während er seinen Töchtern gegenüber oft grausam gewesen war, war er in seinen einzigen Sohn wie vernarrt gewesen. Und er hatte ihm eine neue Drohung gegen sie in die Hände gespielt. Die Drohung, ihr den Sohn wegzunehmen.

Sie hatte erst kürzlich damit begonnen, Colin mit Haferschleim und Honig zu entwöhnen. In ein paar Wochen würde er ihre Milch nicht mehr benötigen. Und trotz der Unannehmlichkeiten würde sie es vermissen. Dieses Gefühl war durch nichts zu ersetzen.

Als sie eine uneinsehbare Stelle erreicht hatte, fand Janet einen Stein, auf den sie sich setzen konnte. Sie drückte Colin an sich und hielt ihn einen Moment lang ganz fest. Sie zitterte. Wie *konnte* sie es wagen, etwas für Braemoor zu empfinden, nachdem er ihr gerade gesagt hatte, dass er bei Culloden Schotten getötet hatte? Vielleicht sogar ihren Bruder.

Sie erinnerte sich an den Tag, an dem ein Bote nach Lochaene kam und sie von seinem Tod unterrichtete. Trotz Cumberlands Befehl war Alasdair nicht nach Culloden gegangen. Er hatte behauptet, dass die Pflichten erforderten, dass er sein Land bewachte, das sich westlich von Cumberland befand. Doch es war nur Feigheit gewesen. Sie erinnerte sich auch an Alasdairs Worte, als sie vom Tod ihres Bruder erfahren hatte: »Ein Jakobiter weniger.«

Janet versuchte, die Erinnerung aus ihrem Herzen zu verdrängen. Sie löste die Bänder ihres Kleides, und Sekunden später saugte Colin mit einer Kraft, die ihr Schmerzen bereitete. Es tat jedes Mal weh, doch es war auch ein intensiver Genuss. Und gab Zufriedenheit. Sie drückte ihn an sich und wünschte sich verzweifelt, dass er sich sicher fühlen möge.

Sie wünschte, sie verstünde Braemoor und wüsste, was er wollte. Er hatte kein besonderes Verlangen für sie gezeigt, obwohl der eine oder andere hungrige Blick in seinen Augen gewesen sein konnte. Doch er war wachsam mit seinen Gefühlen, und sie wusste nicht, was er dachte.

Und schon gar nicht, was er von ihr wollte. Er hatte kein Interesse an ihr als Frau gezeigt. Mit Sicherheit brauchte er aber auch ihren Besitz nicht; er war vermutlich einer der reichsten Schotten in den Highlands. Lochaene war klein im Vergleich zu seinem Grundbesitz. Und arm.

Und sie glaubte nicht mehr an Märchen. Oder Engel.

Colin war fertig und schenkte ihr sein süßes Lächeln. Er war, dachte sie, das schönste Baby von Schottland. »Niemand wird dir wehtun. Nicht, wenn ich es verhindern kann«, versprach sie ihm, als sie ihr Kleid vorne wieder schloss und sich ihr Tuch um die Schultern schlang.

Sie hörte den Wasserfall von hier aus. Die Sonne war noch warm und Colin war schläfrig. Sie hörte Gelächter, kindliches Lachen hinter dem Hügel, und sie erschrak beinahe. Es war lange her, dass sie ihre Töchter so frei hatte lachen hören.

Sie stand auf und trug Colin zurück zu den anderen. Annabella kicherte, Grace hatte ein Lächeln auf dem Gesicht, und Rachel grinste.

Delila war irgendwie aus ihrem Korb geflohen und jagte Samson im Kreis herum. Und die kleine orangefarbene Katze wurde von der großen, unbeholfenen Gestalt des Marquis von Braemoor gejagt. Er hechtete nach dem Kätzchen und musste feststellen, dass er nur in die Luft griff.

Grace, Annabella und Rachel standen wie angewurzelt dabei und halfen überhaupt nicht. Auch Clara schaute zu und hatte einen verblüfften Ausdruck im Gesicht.

Der Marquis erhob sich aus seiner würdelosen Haltung am Boden, wischte den Staub und den Stechginster von sich ab und schaute dann wieder zu dem Kätzchen, das viel zu dicht am Teich war. Dann aber sah Samson Janet mit Colin und rannte zu ihr. Das Kätzchen folgte ihm, und sie griff mit einer Hand nach unten und nahm es auf, während sie Colin im anderen Arm hielt.

»Habt Ihr etwas verloren?«, fragte sie.

Neils Gesicht wechselte die Farbe. »Ich dachte, ich könnte …

Sie versuchte, das Lachen zu unterdrücken, das in ihrer Kehle aufstieg. Er sah ganz geknickt aus. Offensichtlich fühlte er sich von dem Kätzchen überlistet.

»Er hat uns gesagt, das wir uns nicht rühren sollen«, erklärte Grace.

»Ich dachte, dass sie in den Teich fallen würden«, erklärte Braemoor.

»Ich verstehe«, meinte sie und gab das Kätzchen an Grace weiter. »Lass es im Korb«, mahnte sie ihre älteste Tochter.

Grace's Gesicht verzog sich zu einem Lächeln. »Ja«, sagt sie und knickste dann vor Braemoor. »Danke, Sir.«

Einen winzigen Moment lang verzog sich sein Gesicht zu einem kleinen Lächeln. Es verschwand viel zu schnell, fast, als ob es ihn in Verlegenheit brachte.

»Ich glaube, es wird Zeit zum Essen«, sagte er.

Sie schüttelte den Kopf. »Wir haben nichts dabei.«

»Doch, doch, Mylady. Ich dachte mir schon, dass wir länger unterwegs sein würden, als ihr erwartet habt. Hinten im Wagenkasten ist ein Korb.«

Sie gab Colin an Clara weiter und schaute hinter den Sitz. Ein Korb, der mit einer Decke bedeckt war, war unter den Vordersitz geschoben worden. Sie versuchte, ihn herauszuziehen, doch Braemoor war schneller. Grace und Rachel breiteten die Decke auf dem Boden aus, während Annabella das Kätzchen festhielt.

Janet prüfte den Inhalt des Korbes. Er enthielt mehrere gebratene Hühner, Käse, Brot und etwas Gebäck. Es gab auch einige Becher, die sie dazu benutzten, frisches Wasser vom Wasserfall zu schöpfen.

Sie hätte diese Großzügigkeit von dem jungen Neil Forbes erwartet, nicht aber von dem älteren, würdigen und unzugänglichen Marquis von Braemoor.

Doch als das Essen ausgebreitet auf der Decke lag, nahm er nicht daran Teil. Stattdessen ging er davon und verschwand zwischen den Hügeln.

Die Mädchen kicherten so, wie Janet es noch nie zuvor erlebt hatte. Sie wusste nicht, was Braemoor getan hatte, doch durch irgendetwas hatten sie sich entspannt. Was immer es auch gewesen sein mochte, die Angst war verschwunden, so viel war deutlich zu erkennen. Rachel knuddelte Samson und fütterte ihn mit Brot, während sie selbst Hühnerfleisch aß. Annabella setzte Delila in ihren Korb und griff nach einem Stück Gebäck. Grace nahm sich sehr graziös kleine Stückchen Hühnerfleisch. Clara balancierte Colin auf einem Arm und aß selbst einen Hühnerflügel.

Janet merkte, dass auch sie wirklich hungrig war. Doch sie wollte, dass Braemoor mit ihnen zusammen aß. Es war schließlich seine Einladung. Und er musste doch hungrig sein. Und müde, nachdem er so früh am Morgen zum Dorf geritten war. Er ließ sich allerdings nichts anmerken. Er zeigte wenig von seinen Gefühlen und seinem Befinden.

Sie aß ein Stück Huhn, verließ die anderen dann aber und ging in die Richtung davon, in die er verschwunden war. Sie wurde von ihm angezogen wie eine Biene vom Honig, auch wenn sie es besser wissen sollte. Er war kein süßer Honig. Er war jemand, der sie vor Jahren fallen gelassen hatte, weil sie ihm nicht das hatte bieten können, was er erwartete.

Hatte er sich in jenen acht Jahren verändert? Oder spielte er noch immer Spiele, die sie nicht verstand?

Sie ging um den Hügel herum, in die Nähe der Stelle, an der sie Colin gestillt hatte. Sie sah ihn schnell fortgehen, mit leichtem und mühelosem Schritt. Er drehte ihr den Rücken zu, konnte sie nicht sehen und konnte auch nicht wissen, dass sie dort war, und doch hatte sie das Gefühl, dass sie beide mit einem unsichtbaren Band verbunden waren. Er wirkte einsam, so einsam, wie sie sich oft gefühlt hatte und noch immer fühlte. Sie hatte Colin und Grace und Rachel und Annabella, und doch hatte sie sich seit jenem Tag, an dem Neil sich von ihr losgesagt hatte, niemals wieder ganz gefühlt. Und nun war sie schlimmer als Samson, weil sie wie ein verrückter Welpe hinter ihm herlief.

Sie hielt an und sah, wie er im Heidekraut verschwand.

Reginald traf Neil, als er das Gutshaus betrat. Janet, Clara und die Kinder waren vorgegangen, er hatte Tim dabei geholfen, das Pferd auszuspannen und ihm dann noch Anweisungen für die Auslieferung des Saatguts gegeben.

Eigentlich jedoch wollte Neil Janet ausweichen. Er war an diesem Nachmittag weggerannt oder hatte es jedenfalls fast getan.

Allein ihre Anwesenheit berührte sein Herz und auch seine

Zukunftspläne. Und die Kinder auch. Ihr Lachen nahm ihm etwas von seiner inneren Leere. Er wollte mehr. Er wollte die Freude in ihren Gesichtern sehen, jetzt, wo er wusste, dass sie viel zu wenig davon gehabt hatten. Er wollte sehen, wie sich die Fältchen um Janets Augen vor Freude so kräuselten, wie sie es vor Jahren getan hatten.

Aus Selbstschutz war er von ihr und den Kindern fortgegangen. Er hatte allein zwischen den zerklüfteten Felsen, dem Farn und dem wilden Heidekraut gegrübelt. Als er zurückkehrte, war es Zeit, nach Lochaene zurückzukehren. Sie hatten nicht all das gesehen, was er hatte sehen wollen, und er würde einen weiteren Tag bleiben müssen. Vielleicht auch zwei oder sogar drei Tage länger. Er konnte sie jetzt noch nicht verlassen, nicht, solange er nicht das Gefühl hatte, dass genügend Menschen um sie herum waren, die sie beschützten.

Bei ihrer Rückkehr nach Lochaene half er Janet und den kleinen Mädchen beim Aussteigen und dann Tim bei der Versorgung der Pferde. Als sie sein Pferd und das Pferd, das den Wagen gezogen hatte, abgerieben hatten, ging Neil zögernd zum Gutshaus hinüber. Dort traf er auf Reginald, der ihn offenbar schon erwartet hatte.

Zu seinem Erstaunen zeigte der Mann ein lächelndes Gesicht. Sein Verhalten war mehr als herzlich. »Ich habe die Köchin gebeten, für heute Abend ein gutes Essen vorzubereiten«, sagte er. »Wir wollten Euch offiziell willkommen heißen. Mir ist klar, dass ... ich zuvor nicht ... sehr freundlich war. Es war der Schock, versteht Ihr?«

Neil nickte. Er verstand mehr, als Reginald Campbell jemals wissen würde. Mit einer gewissen schmerzlichen Vertrautheit erkannte er einiges von sich selbst in Reginald wieder. Die Überzeugung, dass er einen berechtigten Anspruch hatte, die absolute Überzeugung, dass er dort Erfolg haben würde, wo sein Cousin keinen hatte. Ein Jahr Unterschied im Alter bedeutete den Unterschied zwischen Macht und Abhängigkeit. Sie lebten in einer Welt, in der das Schicksal entschied, nicht Können oder Charakter. Er wusste um den Groll, die Eifersucht, die Hoffnungslosigkeit eines armen Verwandten.

Er nickte. »Ich verstehe. Cumberlands Entscheidung sollte überraschend kommen.«

»Wir sind erfreut darüber, dass mein Neffe einen so ausgezeichneten Vormund hat.«

Also das, dachte Neil, war doch ein wenig zu übertrieben. Er wollte sich nicht einmal vorstellen, wie viel Mühe es Reginald kostete, diese Worte zu äußern. Er selbst wäre nicht in der Lage zu so einem Bekenntnis gewesen. Er wünschte, er wüsste, ob der Mann sich wirklich dem gebeugt hatte, was geschehen war, oder nur abwartete, bis seine Zeit kam.

»Ich werde mich um das Wohlergehen der gesamten Familie bemühen«, erwiderte er.

Reginalds Gesicht entspannte sich ein wenig, und Neil wurde klar, dass Reginald sich Sorgen machte wegen seiner ersten Reaktion und auch darüber, ob er Neil beleidigt hatte und folglich auch Cumberland.

»Ich muss mich umziehen«, sagte er.

»Kannten Sie die Gräfin schon vorher?«

»Ja, aber nur flüchtig. Sie und ihr Vater waren für eine Weile auf Braemoor, als sie ein junges Mädchen war.«

Reginald Campbell nickte. »Wir sind geehrt, Euch bei uns zu haben, und wenn es etwas gibt, was meine Frau oder ich für Euch tun können, lasst es uns wissen. Es würde uns sehr freuen, mit Euch zusammenzuarbeiten. Wir wollen beide das Beste für meinen Neffen.«

»Das ist sehr freundlich von Euch«, sagte Neil trocken.

Das Lächeln auf Reginalds Gesicht verschwand, und einen Moment lang sah er verwirrt aus. »Ich wäre ein guter Vormund gewesen.«

»Dessen bin ich mir sicher«, sagte Neil, und er glaubte, dass Reginald es ernst meinte. Campbell hatte viel verloren: sein

Ansehen, die Kontrolle über das Land. Vielleicht war es noch schlimmer, dass er jetzt auch noch sein Gesicht dadurch verloren hatte, dass ein Außenstehender zum Vormund bestellt worden war. »Ich glaube nicht, dass Cumberland Eure Fähigkeiten angezweifelt hat. Doch er kennt mich. Und Euch kennt er nicht.«

Reginald nickte nur mit einem Lächeln, das auf seinem Gesicht wie festgeklebt war.

Neil fühlte wieder Mitleid aufkommen. Doch da er die Bücher eingesehen hatte, wusste er, dass der Mann unfähig war, wenn nicht sogar korrupt. Trotzdem wollte er ihn nicht demütigen. »Ich muss mich umziehen«, sagte er wieder.

»Wir werden in einer Stunde speisen«, sagte Reginald. »Meine Frau hat das Essen selbst geplant. Und ich glaube, Ihr habt unseren Sohn noch nicht gesehen. Er ist erst ein paar Monate alt.«

Noch ein möglicher Erbe.

Einen Moment lang hatte Neil das Gefühl, in die Vergangenheit zu reisen. Er schüttelte es ab, nickte dann und ging zur Steintreppe hinüber und hinauf in seine Kammer.

Eine Sitzbadewanne war mit heißem Wasser gefüllt. Janets Anweisung, ohne Zweifel. Er fragte sich, ob auch sie den Luxus eines Bades genoss. Der Gedanke löste ein schmerzliches Verlangen in ihm aus.

Das Essen heute Abend würde eine Qual sein, genauso, wie der Tag heute, wie jeder Augenblick auf Lochaene gewesen war und weiterhin sein würde.

Er zog seine Kleidung aus, glitt in die Sitzbadewanne und hoffte, dass das noch immer warme Wasser die Dämonen in ihm zum Schweigen bringen würde, auch wenn er wusste, dass das niemals passieren würde.

⋆ ⋆ ⋆

Janet blieb bei den Mädchen, während sie aßen, und brachte dann Colin zu Bett. Danach verwöhnte sie sich selbst mit einem Bad. Anschließend kämmte Lucy ihr das Haar zurück, band es mit einem dunklen Band zusammen und setzte ihr schließlich noch eine kleine, mit Spitze besetzte Haube auf.

Janet betrachtete sich im Spiegel. Sie trug ein schlichtes dunkles Kleid, da sie noch immer in Trauer war. Ihr Gesicht war dünn und ihr Körper auch, außer ihren Brüsten, die prall waren vor Milch. Sie hielt sich selber für ziemlich unscheinbar, und ihr Ehemann hatte ihr das ständig bestätigt.

Sie seufzte. Sie hatte keine Ahnung, wie sie das kommende Abendessen durchstehen sollte, wie sie Braemoor gegenübersitzen und dabei essen sollte. Erinnerungen zuckten wie Blitze durch ihren Kopf. Gute und schlechte. Sie wollte an den Brief denken, den sie bekommen hatte, nicht an die höfliche Verbeugung, die er heute vor ihren Töchtern gemacht hatte. Sie wollte sich an seine verletzenden Worte erinnern und nicht an die Verletzbarkeit, die sie heute an ihm gesehen hatte.

Sie hatte ihm nichts von der Gestalt im Umhang erzählt, der sie kurz vor seiner Ankunft auf dem Balkon begegnet war. Zum einen gab es keinen Hinweis darauf, dass sie Böses im Sinn gehabt hatte. Zum anderen wollte sie nicht, dass Neil noch länger blieb. Es war zu … verwirrend, zu … riskant, zu … zu schmerzhaft, ihn zu sehen.

Dennoch zwickte sie sich etwas Farbe in ihre Wangen und strich sich das Haar glatt. Sie verwendete kein Puder wie ihre Schwägerin.

Dann straffte sie den Rücken und ging nach unten zu einem Essen, das, wie sie glaubte, das schwierigste ihres Leben werden konnte.

Reginald musste seinen Stolz hart hinunterschlucken. Nichts zuvor hatte ihn so hart getroffen wie Braemoors plötzliches und unerwartetes Auftauchen und die Neuigkeit, dass er und nicht Reginald zum Vormund bestellt worden war. Er kannte den Mann nur flüchtig. Braemoor entfernte sich gewöhnlich nicht weit von seinen Besitztümern. Man wusste nicht viel über ihn, und er hatte in den vergangenen Tagen verzweifelt versucht, mehr über ihn herauszufinden. Er war sogar zehn Meilen geritten, um Informationen von Strathmore, einem Engländer, zu bekommen, dem erst kürzlich jakobitische Besitztümer übereignet worden waren. Es musste irgendeine Schwachstelle geben und er würde sie nutzen.

Doch Strathmore wusste nicht mehr als er selber, und seine zurückweisende Art stieß ihm bitter auf. Am Schluss jedoch hatte er zugestimmt. So viele Informationen über den Marquis von Braemoor zu sammeln, wie er konnte.

Braemoor sah gewiss nicht wie ein Lord aus. Er verfügte über keine feine Lebensart, noch kleidete er sich wie ein Lord. Er wirkte wie ein dahergelaufener, rüpelhafter Schmied. Er war, wie Reginald erfahren hatte, ein Bastard, der aus unbekanntem Grund von dem kürzlich verstorbenen Marquis, ebenfalls einem Emporkömmling, zum Erben gemacht worden war.

Dieser Braemoor hatte Cumberlands Gehör, und Reginald hatte vor, herauszufinden, wie und warum dem so war, und selbst ein wenig von diesem Gehör zu ergattern.

Reginald hatte gehofft, selbst den Titel zu erben. Sein Bruder hatte nur Töchter gezeugt, ehe er das Leslie-Mädchen ihrer Mitgift wegen geheiratet hatte. Zusätzlich zu der beträchtlichen Mitgift hatte es noch die Aussicht auf zusätzliches Land gegeben. Das aber war nach dem Aufstand nichtig gewesen.

Der Teufel sollte die Frau dafür holen, dass sie einen Sohn geboren und das genommen hatte, was ihm zustand. Er hatte gedacht, dass ihm sowieso alles zufallen würde, zumindest, bis der Junge volljährig war, doch Braemoors Einmischung hatte auch diese Hoffnung zerstört.

Louisa war noch wütender gewesen als er. Sie hatte Janet nie leiden können und stets das Gefühl gehabt, dass ihre Schwägerin sich für etwas Besseres hielt als sie selber, da sie nur die Tochter eines Kaufmanns war. Als zweiter Sohn ohne Titel und eigenen Reichtum hatte er wenig Auswahl gehabt. Und Louisa hatte eine große Mitgift mitgebracht. Sie hatte jedoch eine scharfe Zunge und ständig schlechte Laune, die sie oft an ihm ausließ, indem sie sich ihm im Bett verweigerte.

Als Vormund bestellt zu werden, hätte so viele Probleme lösen können.

Doch nun hatte Louisa ihn davon überzeugt, dass die beste Strategie war, Braemoor einzuwickeln. Sobald der Mann zu seinen Besitztümern zurückkehrte, konnte Reginald Gelder abziehen und das Gut leiten. Er musste Braemoor lediglich davon überzeugen, dass er während dessen Abwesenheit ein guter Verwalter sein würde.

Die erste Begegnung war nicht gut verlaufen. Er war nicht gut in Buchführung und Alasdair auch nicht. Genau wie Alasdair hatte er die Absicht gehabt, das Land von den verbliebenen Pächtern zu säubern und es in Weiden zu verwandeln.

Und er wollte als Gutsherr für alle Belange von Lochaene zuständig sein. Louisa hatte gesagt, dass das nur gerecht sei, denn warum sollte eine Jakobiterin das Land der Campbells verwalten? Und sie hatte weiß Gott Recht mit ihrer Ansicht. Er würde den rechten Moment abwarten, bis Braemoor Lochaene verließ und dann seine Hilfe anbieten.

Louisa hatte den überwiegenden Teil des Tages in der Küche verbracht – eine Seltenheit, obwohl eine ihrer Qualitäten die Kochkunst war. Sie hatten ein Festessen für Braemoor vorbereitet, einschließlich der letzten Reste vom Weinbestand seines Bruders. Gutes Essen und feine Getränke, vielleicht würde der Eindringling dann nach Hause gehen und sich um seinen eigenen Kram kümmern.

Braemoors Motive waren noch immer unklar. Wollte er Lochaene an sich reißen oder hatte er ein Interesse an der Witwe? Von Letzterem hatte er bisher nichts merken lassen, und Janet war ja auch nicht sehr anziehend. Sie war viel zu dünn, und ihr Gesicht zu herb. Also war es wohl doch das Land.

Vielleicht, stichelte Louisa, konnte er mehr herausfinden, wenn Braemoor dem Wein reichlich zugesprochen hatte.

Das war die einzige Hoffnung, die Reginald hatte, es sei denn, er wollte den Rest seines Lebens als Bittsteller verbringen und als armer Verwandter ohne eigenes Einkommen. Seine Frau hatte gehofft, eines Tages Gräfin zu werden. Er zweifelte, dass das geschehen würde, aber zumindest konnte er vielleicht etwas Geld lockermachen. Ein paar neue Kleider, eine Kutsche, ein Ausflug nach Edinburgh würden ihre Enttäuschung lindern.

Er ging davon, um die Vorbereitungen zu überwachen.

Selbst Braemoors beste Kleidung war streng, wie Janet bemerkte. Alles, was er trug, war dunkelblau außer des Leinenhemdes und eines schlichten Halstuchs. Neben ihm wirkten die anderen wie Papageien. Sowohl Louisa als auch Reginald trugen ihre schönste Kleidung, was ein rotes Kleid bei Janets Schwägerin bedeutete und ein hellgrünes Wams bei Reginald. Die verwitwete Gräfin, Marjorie, trug noch schwarze Trauerkleidung, doch sie hatte dennoch die Familienjuwelen angelegt, die blendeten und schillerten. Sie alle versuchten ganz offensichtlich, ihren Gast zu beeindrucken.

Doch Janets innerliches Lächeln verschwand schnell. Sie war überrascht gewesen, als sie von dem Festessen am Abend hörte, da sie es nicht angeordnet hatte. Sie hatte durch Clara auch von dem Wutanfall gehört, den Louisa bekommen hatte, nachdem Braemoor verkündet hatte, dass er zum Vormund bestellt worden war.

Doch Louisa war schon immer ein wenig hinterhältig gewesen. Es war offensichtlich, dass sie ihren Zorn unterdrückte, um Braemoor zu beeindrucken. Einen Moment lang hatte ihr der Gedanke Sorgen gemacht, doch dann wurde ihr tief in ihrem Herzen klar, dass Braemoor nicht auf solch einen Trick hereinfallen würde. Wenn er in den vergangenen paar Tagen irgendetwas gezeigt hatte, dann war das eine Zuversicht gewesen, die er vor Jahren nicht gehabt hatte, und die Sicherheit, dass man seinem Wort trauen konnte. Er hatte das in der letzten Nacht deutlich gezeigt, als er zu einem Dorf geritten war, um Hafer für die Pferde zu holen.

Er würde sie *durchschauen,* sagte sie sich immer wieder. Dennoch war sie überrascht über seine Herzlichkeit ihrem Schwager gegenüber und über die offensichtliche Hochachtung, die er Louisa zollte. Vielleicht bemerkte er die Verachtung in ihren Augen ja doch nicht.

Louisa hatte sich mit der Sitzordnung große Mühe gegeben. Sie hatte den Stuhl am Kopf des Tisches entfernt, so dass sie zu zweit auf der einen Seite und zu dritt auf der anderen Seite des Tisches saßen. Sie selbst saß neben Braemoor. Wein wurde sofort ausgeschenkt.

»Ich hoffe, der Wein schmeckt Euch, Mylord«, sagte Louisa. »Er war Alasdairs Bester.«

»Ich bin sicher, dass ich nicht enttäuscht werde«, sagte er, nahm einen Schluck und stellte das Glas zurück auf den Tisch.

Janet brauchte dringend ein Schluck. Sie brauchte sogar einen riesigen Schluck, und doch wusste sie, dass sie das nicht tun sollte. Es war ziemlich deutlich, dass Louisa und Reginald für heute Abend einen Plan hatten. Sie hoffte, dass das Braemoor genauso klar war wie ihr. Doch er kannte die drei natürlich nicht so gut wie sie. Und ebenso wenig, erinnerte sie sich selbst, kannte sie ihn.

Alles, was er getan hatte, verwirrte sie. Sie hatte nichts anderes als Gier erwartet, als er vor ihrer Tür aufgetaucht war.

Warum sonst hätte er solch eine Verantwortung übernehmen sollen? Sie hatte ihn um Hilfe gebeten, weil sie niemanden sonst bitten konnte. Sie hatte gewollt, dass er mit Cumberland sprach. Sie hatte nur um diesen einen winzigen Gefallen gebeten. Sie hatte nicht im Sinn gehabt, dass er ihr Leben in die Hand nehmen sollte oder die Verwaltung des gesamten Lochaene-Gutes.

Hatte sie ein Monster gerufen, das sie und ihre Lieben verschlingen würde?

Er war still und aufmerksam, so wie gewöhnlich. Er war zu ihnen genauso höflich wie ihr gegenüber. Er behielt jede Stimmung, jede Gefühlsregung für sich.

Mochte in die Pest holen.

Alles, was sie wusste, war, dass sie ihre eigenen Gefühle ganz unter Verschluss halten musste. Das hatte sie als Ehefrau von Alasdair Campbell gelernt. Er hatte jede Freude in ihr zerstört. Sie hatte gelernt, jedes Wort und jede Handlung abzuwägen, und dennoch hatte sie sich seinen Zorn zugezogen. Sie schluckte nun und wünschte, sie wäre nicht so schüchtern und hätte nicht so viele Lektionen so gut gelernt.

Doch sie hatte es getan. Und so war alles, was sie tat, dass sie ihn beobachtete. Sie war sich unsicher darüber, ob sein heutiges Verhalten gegenüber ihren Kindern Braemoors wahren Charakter widergespiegelt hatte. Oder ob doch dieser Brief, den er ihr vor Jahren geschrieben hatte, charakteristisch für ihn gewesen war. Er war knapp und herzlos gewesen. Sie erinnerte sich an jedes Wort. Sie hatten sich in ihren Kopf eingebrannt.

Ich ziehe meinen Heiratsantrag zurück. Sowohl Euer Vater als auch mein Onkel sind gegen diese Verbindung. Es würde keine Mitgift oder Erbschaft geben. Ich bin sicher, Ihr werdet das verstehen.

Als sie darum gebeten hatte, ihn zu sehen, hatte sie erfahren, dass er nach London abgereist war, um irgendetwas für seinen Onkel zu erledigen.

Sie hatte es *nicht* verstanden. Sie hatte überhaupt nichts verstanden. Er hatte ihr seine Liebe erklärt, er hatte gesagt, dass es ihm nicht auf die Mitgift ankam. Lügen. Alles Lügen. Er hatte es *sehr wohl* auf die Mitgift abgesehen gehabt. Janet hatte an jenem Tag ihren Glauben verloren. Den Glauben an die Liebe, an die Hoffnung, an ihr eigenes Urteilsvermögen. Ihre Ehe mit Alasdair war nur ein weitere Fehler, ein weiterer blinder Schritt gewesen.

»Und Ihr, Mylady – was glaubt Ihr?«

Janet setzte sich bei Braemoors Frage ruckartig auf. Sie hatte die bisherige Unterhaltung nicht mitbekommen, so sehr hatte sie sich in ihrer kurzen traurigen Reise in die Vergangenheit verloren. »Von was?«

»Dass Schafe vorteilhafter für uns wären«, sagte Reginald mit übertriebener Geduld, als würde eine Wiederholung ihre Unfähigkeit demonstrieren.

»Vorteilhafter für wen?«, erwiderte sie und fragte sich dabei, ob er von Braemoors Versprechen, Saatgut zu besorgen, wusste.

»Für Lochaene natürlich«, sagte Reginald. »All unsere Nachbarn gehen zur Schafs- und Rinderzucht über. Das ist eine kluge und sparsame Entscheidung«, fügte er hinzu und warf einen schnellen Blick auf Braemoor.

»Und unsere Pächter?«

»Sie können in den Städten Arbeit finden«, sagte er, weil er offenbar davon überzeugt war, Braemoor auf seiner Seite zu haben.

»Ich glaube nicht, dass das so einfach ist«, sagte sie. »Außerdem haben sie Kinder.«

Reginald erstarrte. »So wie wir auch, Mylady, und wir müssen sicherstellen, dass auch sie eine Zukunft haben.«

»Nicht auf Kosten anderer«, gab sie zurück.

»Das sind die Worte einer sentimentalen Frau«, sagte Reginald mit sich rötendem Gesicht. Es war deutlich, dass er eigentlich mehr sagen wollte.

Braemoor blieb wie üblich still. Sein Gesicht zeigte keine Regung, gab auch nicht den geringsten Hinweis auf seine Zustimmung oder Ablehnung. Am liebsten hätte sie ihn geschüttelt.

»Das sind die Worte«, sagte sie, »der Gräfin von Lochaene. Ich habe mit einigen der Pächter gesprochen. Sie werden Saatgut für ihre Pflanzungen erhalten.«

Reginalds Gesicht wurde weiß. »Ihr habt mich nicht zu Rate gezogen.« .

»Dazu bestand auch keine Notwendigkeit«, meinte sie.

Reginald wandte sich an Braemoor. »Das werdet Ihr doch sicherlich nicht billigen?«

»Doch, doch«, sagte er ruhig. »Ich habe das erforderliche Geld vorgestreckt. Es sieht ganz so aus, als sei Lochaene in den letzten Jahren vernachlässigt … oder falsch geleitet worden. Die Bücher sind eine Zumutung. Ich glaube kaum, dass die Gräfin es schlimmer machen könnte.«

»Ihr verleumdet meinen Sohn«, sagte Marjorie und erhob sich von ihrem Stuhl. »Und er ist erst kürzlich verstorben. Vielleicht sogar durch äußere Gewalt.« Ihr Blick ruhte auf Janet. »Mit Sicherheit könnt Ihr nicht …«

Braemoor sah sie mit starrem Blick an und schwieg einen Moment lang. Janet verkrampfte sich. Sie wusste nicht, was er gehört hatte und was er vermutete. Die Familie ihres Mannes hatte Gerüchte verbreitet. Es sollte sie nicht kümmern, was er dachte. Doch es kümmerte sie sehr wohl. Sie schaute auf ihre Hände herab. Sie waren wie aus Marmor, steif und reglos.

»Durch äußere Gewalt?«, fragte Braemoor.

»Ja«, sagte Louisa eifrig. »Sein Leiden kam unerwartet und ohne Vorwarnung. Eine Unpässlichkeit des Magens. Der Arzt sagte ...« Sie zögerte und ließ die bedeutungsschwangeren Worte nachklingen.

»Was sagte er?«, fragte Braemoor.

Hatte er wirklich nichts davon gehört? Quälte er sie ganz bewusst?

»Es könnte ... Gift gewesen sein«, sagte Marjorie mit einiger Befriedigung.

Braemoors Augenbrauen zogen sich zusammen. »Wurde das offiziell untersucht?«

Janets Herz klopfte plötzlich schneller. Konnte er wirklich glauben ...?

»Äh ... es gab keinen ... Beweis ...«

»Aber so etwas würde Reginald ... doch niemals tun«, sagte Braemoor ruhig.

Im Raum wurde es sehr still. Janets Herz setzte für einen Moment aus. Bestürzung und Wut zuckten über die Gesichter der anderen im Raum.

Reginald rückte vom Tisch zurück und erhob sich halb vor Empörung. »Ihr wollt mich sicher nicht beschuldigen, Sir.«

»Natürlich nicht«, sagte er höflich. »Das sagte ich doch gerade, nicht wahr? Aber Ihr wäret der Einzige, der etwas davon hätte.«

»Wieso denn das?«, fragte Louisa. »Seine Frau hat ihm gedroht ...

»Wirklich? Warum denn? Er hat sie doch nicht misshandelt? Und Reginald, vermute ich, hat erwartet, dass er zum Vormund bestellt wird. Das ist eine einfache Schlussfolgerung.«

Drei empörte Gesichter starrten ihn an. Braemoor lehnte sich zurück und sein Blick glitt mit einem arglosen Lächeln von einem zum anderen und musterte jeden Einzelnen. Er hatte sie ganz schön überlistet. Wenn sie nicht zugaben, dass Alasdair sie misshandelt hatte, wurden sie tatsächlich zu den

Hauptverdächtigen. Und dennoch hatte er nichts zu Janets Verteidigung gesagt.

Braemoor hatte sich in den Jahren verändert, seit sie ihn kennen gelernt hatte. Was sie als Mädchen anzog, war das, was sie für schonungslose Offenheit gehalten hatte. War sie wirklich so dumm gewesen? Sie fand ihn weit komplizierter, als sie es je für möglich gehalten hätte. Das war kein Gedanke, der sie trösten konnte. Denn eine Frage ließ ihr keine Ruhe: Was wollte er von ihr?

»Lasst uns nicht länger von Gift sprechen«, sagte er. »Der Wein ist zu gut, um uns ihn durch solch unangenehme Geschichten verderben zu lassen.« Er senkte den Blick und begann zu essen, völlig blind für all die verblüfften Reaktionen um ihn herum.

Und sie, wusste Janet, war nicht weniger beunruhigt als die anderen.

Der Marquis von Braemoor spielte sie alle gegeneinander aus.

Die Frage war, warum.

Kapitel 9

Neil schaute von seinem Sattel zum Lochaene-Gutshaus hinüber. Der Vollmond zog am Himmel und hinter dem düsteren Steingebäude dahin, und er konnte das Flackern der Lampen hinter einigen Fenstern sehen. Ein Licht flackerte im Kinderzimmer, und tief in seinem Herzen dachte er daran, dass Janet sich jetzt dort aufhielt.

Vor seinem geistigen Auge sah er, wie sie sich über die Mädchen beugte, sie zudeckte und ihnen einen leichten Kuss gab.

Er schloss die Augen vor diesem Szenario und gegen das bittere Verlangen in ihm, gegen den Schmerz, der mit jedem Augenblick, den er auf Lochaene blieb, heftiger wurde. Er wollte so viel haben und konnte nur so wenig bekommen.

Nachdem das entsetzliche Abendessen beendet war, war Janet schnell davongegangen. Er hatte sich umgezogen, war dann zu den Ställen gegangen und hatte sich ein Pferd gesattelt. Er musste sich von den neugierigen und gierigen Annäherungsversuchen der Campbells entfernen. Er brauchte die frische, beißende Luft, den freien Himmel und die Reinheit der Highlands. Er brauchte das alles, um seine Gedanken zu sortieren und seine Seele zu läutern.

An diesem Abend hatte er für Janet getan, was er konnte. Er hatte den Tag über bewusst geschwiegen, weil er herausfinden wollte, wie viel sie allein bewerkstelligen und ob sie Lochaene allein verwalten konnte. Wie sehr brauchte sie ihn wirklich – oder, genauer gesagt, seine Fähigkeiten? Sie hatte deutlich gemacht, dass sie nichts weiter von ihm wollte, ja, dass sie ihn sogar so schnell wie möglich loswerden wollte.

Und er würde gehen. Er hatte die Campbells heute Abend davon in Kenntnis gesetzt. Er würde Kredite bei den örtlichen Händlern aushandeln, doch nur für Waren, die von der Gräfin Lochaene bestellt wurden. Er würde auch mehrere verlässliche Männer von Braemoor herüberschicken. Mehr brauchte sie nicht. Sie hatte die Stärke, das zu tun, was getan werden musste, und auch die Fähigkeit, so dachte er, mit den Pächtern zusammenzuarbeiten. Das Beste, was er jetzt tun konnte, war, sie zu verlassen, nach Braemoor zurückzukehren und dort seine eigenen Pläne voranzutreiben, sein eigenes Leben weiterzuleben.

Er würde sich an jeden Augenblick hier erinnern – außer vielleicht an das heutige Abendessen. Er hatte es sogar genossen, von Welpen und Babys nass gemacht zu werden. Es war etwas Bedauernswertes daran, dass er persönlichen Kontakt offensichtlich so heftig brauchte, dass er sogar solche Demütigungen in Kauf nahm. Die schlichte Wahrheit war, dass er niemandem etwas bedeutete – nicht einmal als Onkel oder Pate, und für ein paar Augenblicke war er Teil eines Familienausflugs gewesen, auch wenn diese Familie ziemlich verhalten gewesen war.

Auf Braemoor hatte es nur wenig Vertrautheit gegeben. Sein Onkel war ein rauer und intoleranter Mann gewesen, der seine Frau nahezu eingesperrt hatte und der nur einen Menschen abgöttisch liebte: seinen Sohn, der ebenfalls ein brutaler Kerl war. Keiner von beiden hatte eine Ahnung davon, was Liebe war. Sie konnten sich nur gegen andere verschwören.

Genauso, wie sich die Campbells miteinander verschworen.

Alle, außer Janet und die Kinder. Die Mädchen waren nicht blutsverwandt mit ihr, doch er hatte die sanfte Zuneigung – die Liebe – zwischen ihnen wahrgenommen.

Er war ein Lord. Einst hatte er gedacht, dass das ausreichte. Dass Sicherheit und Reichtum genügten. Es war Ironie, dass diese Dinge nicht mehr waren als ein Grashalm im Wind. Ohne Substanz. Ohne Bedeutung.

Neil griff in die Tasche, in der das Kartenspiel steckte, das er aus dem Häuschen bei Braemoor mitgenommen hatte. Er wusste beim besten Willen nicht, warum er das Spiel behielt, oder warum er die Herzdame als oberste Karte liegen hatte und den Pikbuben – den Schwarzen Buben – ganz zuunterst. Er war kein Spieler. Als Junge und auch noch als junger Mann hatte er nicht genügend Mittel dafür gehabt, und er hatte andere Dinge für wichtiger gehalten. Zum Beispiel, der Beste an der Waffe zu sein. Das war der einzige Wert, den er für Braemoor gehabt hatte.

Vielleicht behielt er das Kartenspiel als Erinnerung an seine Vergangenheit, an Rorys Wiedergutmachung und an jene unglaublichen Tage mit Janet, als er geglaubt hatte, dass alles möglich wäre. Doch er war nicht Rory. Er besaß weder die Begeisterung seines Cousins noch seine Talente oder seine Verwegenheit. Er fragte sich, wie viele Menschen Rory wirklich vor dem Galgen oder dem Gefängnis gerettet haben mochte. Die Legende, die ihm zu Ohren gekommen war, sprach von Hunderten. Doch wie es Mythen so an sich hatten, war auch dieser Mythos gewachsen und die Tatsachen waren verzerrt worden. Obwohl der Schwarze Bube seit Monaten nicht mehr gesehen worden war, wurde noch immer gemunkelt, dass er weiterhin heimlich Jakobiter aus dem Land brachte.

Rory hatte seinen eigenen Tod durch die Hand des Schwarzen Buben selber inszeniert. Niemandem war aufgegangen, dass die beiden ein und derselbe Mann gewesen waren. Ein Leichnam, der für Rorys gehalten wurde, war an den Strand gespült worden, und es hieß, dass der Schwarze Bube auch gestorben sein musste. Doch die Gerüchte um den Schwarzen Buben hielten sich hartnäckig, und Cumberland hatte auch weiterhin einen Kopfpreis auf ihn ausgesetzt.

Sein Cousin musste bestimmt jedes Mal lachen, wenn er daran dachte, wie er Cumberland ausgetrickst und den Buben als Hoffnungssymbol am Leben erhalten hatte. Neil hatte erst in den letzten Tagen der Irreführung von der doppelten Identität seines Cousins erfahren, und er war fassungslos und voller Ehrfurcht gewesen über die Unverfrorenheit des Mannes, den er als Dummkopf und Schuft geschmäht hatte.

»Ach, Rory«, sagte er in den rauen Wind, der von den Bergen herunter wehte, »ich hoffe, dass es dir und der schönen Bethia in der Neuen Welt gut geht.«

Aus einer plötzlichen Laune heraus saß er ab, nahm den Buben und die Herzdame aus dem Kartenspiel und schob sich die beiden Karten zurück in die Tasche. Dann hielt er die restlichen Karten des Spiels hoch, und ließ sie sich vom Wind aus den Händen reißen und in die Hügel mitnehmen.

Dann saß er wieder auf. Er würde so lange reiten, bis er oder das Pferd völlig erschöpft waren. Vielleicht konnte er ja dann schlafen.

☆ ☆ ☆

Reginald trank. Er versuchte, zu ignorieren, was seine Frau sagte. Oder seine Mutter.

»Du hättest sofort zu Cumberland gehen sollen«, sagte seine Mutter.

»Wie hätte ich denn darauf kommen sollen, dass Seine Gnaden jemanden von außerhalb der Familie bestellen würde«, verteidigte er sich.

»Zwischen den beiden läuft irgendwas«, sagte Marjorie. Sie hatte sich mit Reginald und Louisa in ihre Räume zurückgezogen, um das Gespräch beim Abendessen zu diskutieren. »Ich kann es an ihren Augen sehen. Und warum sonst würde jemand, der so reich ist wie der Marquis von Braemoor, sich um Lochaene kümmern wollen?«

»Sie ist nie von hier weg gewesen«, erinnerte Reginald sie. »Dafür hat Alasdair gesorgt.«

»Dennoch hat die ganze Sache etwas Merkwürdiges an sich«, beharrte Marjorie.

»Er war an Alasdairs Beerdigung hier«, sagte Louisa. »Ich habe damals mit ihm gesprochen. Er sagte nur, dass er seinen Respekt bekunden wollte.«

Marjorie dachte für einen Moment darüber nach. »Ich wusste nicht, dass Alasdair diesen Mann kannte.«

»Er hat erst vor kurzem geerbt«, sagte Reginald.

Seine Mutter zog eine Augenbraue hoch. »Glaubst du, sie hatten ein Verhältnis?«

»Ich weiß es nicht, aber ich werde es herausfinden.« Ihm kam ein plötzlicher Gedanke: »Vielleicht ist Colin sein Sohn.«

»Das würde keine Rolle spielen«, sagte seine Mutter. »Mein Sohn hat ihn anerkannt.«

»Verdammter Kerl«, sagte Reginald. »Was zur Hölle will er? Er ist alles andere als gesprächig. Und dann seine Kleidung. Die passt eher zu einem Kaufmann als zu einem Lord.«

»Man sagt, dass er ein Bastard sei«, sagte Marjorie verächtlich. »Man merkt, dass es ihm an Erziehung mangelt. Und wir müssen ihm entgegenkommen. Wenn nur Alasdair ...«

»Verdammter Alasdair«, sagte Reginald. »Du hast dich immer nur für ihn interessiert. Er ist der Grund für all das, was jetzt geschieht. Er und seine Verschwendungssucht.«

»Wie kannst du so etwas sagen?«, entgegnete Marjorie. »Er ist gerade erst unter der Erde.«

»Das ändert nichts an den Tatsachen«, sagte Reginald bitter. »Er hat uns nichts hinterlassen.«

»Wie lange wird er hier bleiben?«, fragte Louisa, die offensichtlich bemüht war, die Spannung zu durchbrechen, die sich aufgebaut hatte.

Reginald zuckte die Achseln. »Das hat er nicht gesagt. Er scheint den Besitz übernehmen zu wollen. Offenbar hat er eigenmächtig einen neuen Pferdepfleger eingestellt. Als ob er hier der Herr sei.« Er bemerkte den Groll in seiner Stimme. »Er hat mich nicht einmal um Rat gefragt. Er hat sogar Saatgut gekauft, ohne sich um meine Absicht, das Land zu säubern, zu kümmern. Ich habe es erst heute Abend beim Essen erfahren. Er ist ein Emporkömmling.«

»Sein Cousin – der Mann, dessen Nachfolger er geworden ist – soll ein Spieler und Schurke gewesen sein, doch man glaubt auch, dass er den Schwarzen Buben getötet hat«, sagte Marjorie.

»Dieser Braemoor sieht nicht … besonders beeindruckend aus«, meinte Marjorie geringschätzig. »Er hat keine Ausstrahlung. Er ist ein Langweiler.«

»Unsere Janet findet das nicht«, sagte Louisa mit einem höhnischen Lächeln. »Sie hat ihn die ganze Zeit angesehen.«

»Vielleicht hat er ja seine Belohnung schon erhalten«, fügte Louisa hinterhältig hinzu.

»Mein Sohn ist noch nicht einmal einen Monat lang tot«, sagte Marjorie mit leiser schmerzlicher Stimme.

»Sie waren heute den ganzen Tag miteinander allein«, erinnerte Louisa Reginald.

Reginalds Lippen bebten vor Empörung. »Ganz allein?«

Louisa zuckte mit den Schultern. »Die Kinder waren bei ihnen. Und diese Clara.«

»Hmmm,« machte Reginald. »Ich frage mich, ob Seine Gnaden sich dafür interessieren würde. Es ist entwürdigend. Der arme Alasdair würde sich im Grab herumdrehen. Ich habe immer gesagt, dass er keine Jakobiterin heiraten soll.«

»Er wusste nicht, dass ihre Familie Jakobiter waren«, verteidigte Marjorie ihren verstorbenen Sohn.

»Ich versuche herauszufinden, wie lange er hier bleiben wird«, sagte Reginald. »Wenn er lange bleibt, werden wir einen Ball veranstalten, um ihn vorzustellen. Dann können wir mehr über ihn herausfinden. Er gibt nicht viel von sich preis.«

Die anderen beiden nickten.

»Wenn es bloß nicht diesen Jungen gäbe«, sagte Louisa mit leiser Stimme. »Dann wärst du der Erbe.«

»Ja, aber er ist gesund«, sagte Reginald. »Ich glaube nicht, dass wir in dieser Hinsicht etwas erwarten können.«

»Dann würde trotzdem nichts übrig sein«, sagte Louisa sarkastisch. »Janet genießt sein Vertrauen, und sie scheint alles fortgeben zu wollen.«

»Alles, was uns zustehen würde«, fügte Reginald hinzu. »Und sie ist nichts anderes als eine Mörderin.«

Stille senkte sich über den Tisch herab. Sie hatten versucht, Alasdairs Tod als Mord zu erklären, doch der Arzt hatte gesagt, dass er sich nicht sicher sei. Es sei kein Arsen gewesen, sagte er, da hätte er die Symptome erkannt. Doch was andere Giftstoffe betraf, könnte man nicht sicher sein.

»Wenn sie doch nur unfruchtbar gewesen wäre«, sagte Louisa.

»Colin ist *mein* Enkelsohn«, sagte Marjorie und richtete sich auf. »Alasdairs Sohn.«

Reginald warf Louisa einen warnenden Blick zu. »Wir sagen ja nur, dass es nur rechtens wäre, wenn die Vormundschaft in *unserer* Familie geblieben wäre und sie weder einem Kind noch einem fremden Bastard übertragen worden wäre.«

»Ich kann dem nicht widersprechen«, sagte Marjorie. »Ich habe Freunde. Ich werde ihnen schreiben und abwarten, ob sie bei Seiner Gnaden intervenieren werden.«

»Wir werden dafür beten, dass es noch nicht zu spät ist«, sagte Louisa frömmelnd. »Dieser ... Braemoor könnte Geld leihen und die Schulden dann zurückfordern. Dann würden wir nichts mehr besitzen. Das könnte sein Plan sein.«

Marjorie nickte. »Ich werde nach Edinburghs fahren und selbst mit Seiner Gnaden sprechen. Er weiß vielleicht überhaupt nicht, dass Reginald die Dinge hier gut verwalten könnte, und dass es sowohl seine Pflicht als auch sein Recht ist.«

Reginald spürte, wie ein Teil der Anspannung von ihm wich. Seine Mutter konnte ziemlich furchteinflößend und überzeugend sein, und sie war ein Mitglied der mächtigen Campbell-Familie. Auch wenn sie den mächtigen Campbells recht fern standen, sollte der Name für sich sprechen. »Vielleicht solltest du auch unsere Campbell-Cousins besuchen«, schlug er vor.

Marjorie nickte. »Ich werde morgen aufbrechen.«

Reginald nickte auch. Vielleicht gab es ja doch einen Weg, der aus dieser Katastrophe herausführte. Vielleicht gab es sogar mehrere Möglichkeiten. Er musste eigenes Geld zur Verfügung haben, nicht nur das, was Janet abzugeben bereit war. Wenn er etwas Land verkaufen könnte, dann könnte er vielleicht in irgendein Geschäft investieren, das ihn unabhängig machen würde. Es war eine teuflische Strafe, der zweite Sohn zu sein, der arme Verwandte, der von Geschenken abhängig war. Er wusste einfach nicht, warum er das verdient hatte.

Es war alles gesagt worden. Marjorie würde die Kutsche vom neuen Stallburschen herrichten lassen, mit dem sie zum Witwenhaus am Rand des Besitzes fahren würde.

Nachdem ein Diener zum Stall geschickt worden war, um die Kutsche bereitstellen zu lassen, goss Reginald sich einen Brandy ein und für seine Frau und Marjorie je ein Glas Sherry. Er hob sein Glas und sagte: »Auf die Freiheit.«

»Auf den Erfolg«, fügte seine Mutter hinzu.

Janet erzählte ihren Töchtern eine Geschichte, dann sang sie ein Schlaflied für Colin und hielt ihn nach dem Stillen fest in ihren Armen.

Sie sollte eigentlich zufrieden sein. Sie hatte die Kinder. Sie umarmte ihren eigenen Sohn. Sie besaß jetzt die Unabhängigkeit, nach der sie sich gesehnt hatte.

Es sollte genügen.

Aber sie bekam nicht das Bild aus ihrem Kopf, wie Braemoor ihren Sohn auf dem Arm gehabt hatte, den zärtlichen und verwundbaren Ausdruck auf seinem Gesicht und das heftige Verlangen in seinen Augen. Ein Bild, das sie sehen wollte?

Warum brannte ihr die Haut, warum erbebte sie innerlich, sobald er sie berührte, während ihr Herz sich an den Kuss erinnerte, den sie vor Jahren getauscht hatten, und sich nun nach einem weiteren sehnte? Nichts an seinem Verhalten deutete darauf hin, dass er das Interesse überhaupt erwiderte.

Was war, wenn er heute Nacht wieder herumwanderte? Was, wenn er genauso wenig schlief wie sie, seit er hierher gekommen war?

Colin schlief ein, und sie legte ihn in die Wiege neben ihrem Bett. Sie streckte nachts gern die Hand nach ihm aus, um sich zu vergewissern, dass er da war und es ihm gut ging. Dann ging sie zum Fenster und schaute hinaus. Ein flackerndes Licht schien aus der Scheune heraus. Jemand war dort.

Wie spät war es?

Nach Mitternacht, vermutete sie.

Vielleicht sollte sie nachsehen gehen, was unten im Stall vor sich ging. Doch sie wusste genau, dass das nur eine Ausrede war. Und sie würde nicht gehen. In den letzten Tagen hatte sie sich schon genug zum Narren gemacht.

Geh hinunter.

Nein.

Doch sie ertappte sich dabei, dass sie sich ihr Schultertuch umlegte. Sie schaute prüfend zu Colin hinüber. Er hatte schon seine Decke fortgestrampelt, und sie legte sie wieder über ihn zurecht, beugte sich herab und berührte mit ihrem Gesicht seine weiche Haut. Lieber Gott, wie sehr sie ihn liebte. Und sie liebte auch ihre Töchter, jede einzelne mit all ihren wunderbaren Eigenschaften. Wenn sie schon sonst nichts zustande brächte, würde sie wenigstens dafür sorgen, dass sie Männer heirateten, die sie liebten.

Janet spürte, dass ihre Wangen nass waren. Ihre Augen brannten. Gab es denn wirklich so etwas wie Liebe?

Sie wischte mit dem Schultertuch die ungewollten Tränen weg, verließ den Raum und stieg langsam die Treppe hinunter. An der Tür zögerte sie noch einmal. Wahrscheinlich war der neue Stallbursche im Stall. Tim.

Auf jeden Fall brauchte sie frische Luft. Sie ging ein paar Schritte nach draußen. Die Luft war erfrischend und kalt. Da bemerkte sie, dass das Licht ausging. Eine Sekunde später kam Braemoor aus dem Stall. Er hielt inne, als er sie sah.

Janet hatte das Gefühl, als würde die Welt stehen bleiben. Sie wich zur Tür zurück und wollte davonlaufen, doch ihre Beine gehorchten ihr nicht, als er sich ihr näherte. Warum war sie hier hinausgegangen?

Er trug kein Jackett gegen die Kälte, sein Haar war zerzaust und mehrere eigensinnige Strähnen fielen ihm in die Stirn. Im Mondlicht war sein Gesicht voller Schatten, und vor lauter Bartstoppeln noch dunkler als am Nachmittag. Er sah rücksichtslos und sogar gefährlich aus. Noch nie zuvor hatte er sie so angesehen wie jetzt. Als junger Mann war er verletzlich gewesen und ausgeglichen und sanft. In der vergangenen Woche hatte er ihr viele verschiedene Gesichter gezeigt. Sie hatte sogar geglaubt, dass einige von ihnen hinterhältig seien.

Aber *gefährlich*?

In den vergangenen Tagen hatte er nichts getan, als zu beobachten und zu mustern, und dabei seine eigene Meinung auf eine Art und Weise für sich zu behalten, die sie verrückt machte. Er hatte beim Essen am heutigen Abend nichts preisgegeben. Er war weder für sie eingetreten noch für die anderen. Er hatte nur Beobachtungen angestellt.

»Mylady«, sagte er. »Es ist schon spät.«

»Das könnte ich auch zu Euch sagen«, meinte sie. »Ich sah

ein Licht in den Ställen und dachte, ich sollte nachsehen, ob alles in Ordnung ist.«

»Es scheint so«, sagte er. »Ich habe vorhin mit Tim gesprochen. Er hat Euren Kevin gefunden, und er kommt hierher zurück. Ich werde euch auch noch ein paar Männer schicken.«

»Als Spione?«

»Nein, Mylady. Als Helfer. Ihr könnt sie entlassen, wann immer Ihr wollt. Dass müsste ich schon deutlich gesagt haben. Ihr könnt tun und lassen, was ihr möchtet. Ich bitte euch nur, dass Ihr mir eine Nachricht zukommen lasst, wenn ihr in irgendwelchen Schwierigkeiten steckt.«

»Und Ihr werdet dann wieder herkommen wie diesmal?«

»Ja«, sagte er einfach.

»Warum?«

»Nennt es eine Grille, Mylady. Eure Verwandten interessieren mich nicht.«

»Sie sind Eurem Cumberland treu.«

»Ein guter Grund, ihnen zu misstrauen.«

Sie trat einen Schritt zurück, doch sie wurde von der Wand aufgehalten. »Ich dachte, Ihr seid mit Cumberland eng verbunden.«

»Er hat meinen Cousin verehrt, nicht unbedingt mich. Ich habe das nie verstanden. Mein Cousin war, wie er auch selber sagte, nur an seinem eigenen Wohlergehen interessiert. Er war, wie ihr wahrscheinlich gehört habt, ein lasterhafter Mensch und Schürzenjäger.«

»Und das habt ihr nicht geschätzt?«

»Nein, Madam. Das habe ich nicht geschätzt. Ich dachte, dass Braemoor Besseres verdient hätte.«

Eine seltsame Bemerkung und eine aufschlussreiche dazu. Janet brauchte einen Augenblick, um sie zu verdauen. Braemoor verdiente es. Nicht er. Nicht Neil Forbes, und auch nicht der Marquis von Braemoor. Sie betrachtete ihn wieder, seine einfache Kleidung und seine Gradlinigkeit.

Nichts ergab einen Sinn. Wenn ihm Mitgift, Erbschaft und Titel so wichtig gewesen waren, warum schmückte er sich dann nicht mit ihnen, jetzt, wo er sie besaß?

Stille legte sich zwischen sie. Und auch das Gefühl, das sich früher am Tag schon bei ihr eingestellt hatte. Sie war ihm nicht gleichgültig. Warum tat er dann so, als ob es so wäre? Weil sie erst seit kurzem verwitwet war?

»Seid ihr ausgeritten?«, fragte sie schließlich. Sie musste die Vertrautheit zerstören, die sich zwischen ihnen aufbaute.

»Ja. Nach dem Essen brauchte ich frische Luft.«

Sie musste lächeln. Auch sie hätte Luft gebraucht. Doch sie musste sich um drei kleine Mädchen und ein Baby kümmern.

»Ihr könnt das aber nicht der Familie meines Ehemanns anlasten.«

»Natürlich nicht. Der Raum war nur ein wenig ... stickig.«

»Und die frische Luft hat geholfen?«

»Ja«, sagte er einfach.

»Ich würde gern nachts reiten. Ich habe das nicht mehr getan seit ...« Ihre Stimme verklang. Sie hatte es nicht mehr getan seit der einen Nacht auf Braemoor, in der sie sich mit ihm getroffen hatte.

»Ich habe euch vor Jahren verletzt, Madam«, sagte er überraschend. »Das war nicht meine Absicht.«

»Seid ihr deshalb jetzt hier?«

»Aus Schuldgefühlen? Ich glaube kaum, Mylady.«

»Ihr habt mich immer Janet genannt«, sagte sie.

»Das ist lange her.«

»Jahrhunderte«, stimmte sie zu. »Ich habe in dieser Zeit viel gelernt. Doch Ihr habt mir noch nicht gesagt, warum Ihr Euch so viele Umstände macht.«

»So viele Umstände?«

»Ja.« Sie machte sich damit lustig über ihn, indem sie seine kurze Antwort wiederholte.

»Das sind überhaupt keine Umstände. Ich kann die Campbells nicht leiden.«

»Alle Campbells oder nur diesen Zweig der Familie?«

»Ich denke, vermutlich alle«, meinte er wohlüberlegt.

»Also ist das hier nur ein Spiel?«

Sie sah, wie ein Schatten über seine Augen glitt, doch dann verzog sich sein Mund zu einem sarkastischen Lächeln. »Ja, ich bin vom besten aller Spieler ausgebildet worden.«

Enttäuschung durchfuhr sie. Eine Sekunde lang hatte sie gedacht …

»Ihr habt einen feinen Sohn«, sagte er. »Und hübsche Mädchen.«

»Sie mögen Euch.«

Er sah sie bei dieser Erklärung überrascht an.

»Dass Samson Euch unter Wasser gesetzt hat, hat geholfen«, bot sie an.

Er zog eine Augenbraue hoch, und sie dachte wieder, wie … gut er aussah, wenn er das tat. »Mit Sicherheit nicht mein Charme«, sagte er.

Diesmal hob sie eine Braue. »Charme?«

Seine Lippen öffneten sich ein wenig und die Winkel hoben sich sogar etwas an. Das löste etwas in ihr aus. Wie konnte sie so viel für ihn empfinden, nach allem, was geschehen war und was sie über ihn wusste? Wie sollte sie ihm jemals wieder trauen?

Sie versuchte, sich zu bewegen. »Ich sollte hineingehen.«

Er verstellte ihr den Weg. Selbst als sie sich bewegen konnte. Er war ihr so nahe, zu nahe. Ein deutlicher Moschusgeruch umgab sie. Die Luft wurde knapp. Trotz der nächtlichen Kälte war ihr warm. Sie wollte ihn berühren.

Ihr Blick traf den seinen. Seine Augen waren unergründlich und noch immer undurchdringlich. Sein Gesicht war starr wie das einer Statue. Nichts rührte sich jetzt. Doch dann bewegte sich seine Hand, und er streichelte ihr mit dem Handrücken über die Wange.

»Mylord?« Ihre Stimme war nur ein Flüstern.

Er reagierte, als hätte er einen Schlag ins Gesicht erhalten.

Er trat einen Schritt zurück. »Ich werde heimkehren, nachdem ich noch eine letzte Unterhaltung mit Eurem Schwager geführt habe«, sagte er mit dieser kühlen Stimme, die sie so hasste.

»Ich dachte, Ihr wolltet noch mehr von Lochaene sehen.« Was machte sie denn da? Sie lud ihn ja förmlich ein, noch länger zu bleiben. Unverständlicherweise empfand sie einen viel größeren Verlust als beim Tod ihres Mannes. Sie hatte um Alasdair getrauert wie um jeden x-beliebigen Mann, nicht wie um einen Ehemann. Sie hatte sich dessen kaum schuldig gefühlt, doch sie konnte es auch nicht leugnen.

»Ich habe genug gesehen, und Ihr braucht mich nicht«, sagte er.

Sie brauchte ihn. Sie brauchte Seiten an ihm, von denen er möglicherweise nicht einmal wusste, dass sie in ihm existierten.

Da sie nicht darum betteln würde, nickte sie nur.

»Ich habe auf Braemoor zu tun«, fügte er hinzu. »Wie schon gesagt, werde ich Euch jemanden hierher schicken, der Euch helfen wird.«

»Ich würde es lieber mit Angus versuchen«, sagte sie. »Es wäre besser, wenn ich jemanden vom Gut hätte.«

Er sah sie zweifelnd an.

»Ihr sagtet, dass ich die Entscheidungen selber treffen kann. War das die Wahrheit oder eine weitere Lüge?«

Langsam lernte sie den Muskel an seinem Kinn kennen. Er war das einzige verräterische Kennzeichen dafür, dass ihn etwas bewegte. Er musste sie nicht fragen, welche Lüge sie meinte. Er nickte und sagte dann: »Ich werde in zwei Wochen wiederkommen.«

»Ich möchte Euch nicht gern von Euren eigenen Angelegenheiten abhalten.«

»Lochaene ist jetzt auch meine Angelegenheit«, sagte er. Das war eine unfreundliche Erinnerung. »Doch wenn Ihr mich brauchen solltet ...«

»Das werde ich nicht.«

Sie war dankbar dafür, dass er zu der letzten Prahlerei schwieg. Sie hatte ihn ganz offensichtlich gebraucht. Er hatte zurückgezahlt, was er offenbar als seine Schuld angesehen hatte. Entweder das, oder er hatte irgendeinen schändlichen Plan im Sinn. Sie wusste nicht genau, was sie im Augenblick vorziehen würde. Sie wollte ihn hassen, verachten. Auf diese Weise war es leichter, mit der Erinnerung zu leben.

Noch immer wandte er sich nicht von ihr ab. Sie spürte die Wirkung seiner Nähe in ihrem gesamten Körper. Wieso wurde sie noch immer von ihm angezogen?

Doch die unangenehme Tatsache war, dass es so war und weit mehr noch als vor acht Jahren. Das Alter und vielleicht auch der Krieg hatten ihm Linien ins Gesicht geschrieben. Kleine Fältchen umgaben seine Augen, und seine Kinnpartie war schmaler geworden. Er strahlte jetzt Selbstvertrauen aus, während er damals lediglich eine jugendliche Tapferkeit besaß. Seine Augen bargen noch das gleiche dunkle, tiefe Geheimnis, und sie waren noch die gleichen wie damals, waren höchstens wachsamer geworden. Er erinnerte sie ein wenig an einen Habicht, und die Gefahr, die mit diesem Bild einherging, berührte tief verborgene Orte in ihr.

Die Wahrheit war, dass sie nicht wollte, dass er ging, und das war der schrecklichste Gedanke überhaupt.

»Danke, dass Ihr heute so nett zu den Kindern gewesen seid«, sagte sie und schob damit den Abschied noch ein paar Augenblicke hinaus.

»Das war nicht sehr schwierig, Gräfin.«

»Sie haben von Männern bisher wenig Freundlichkeit erfahren.«

Und Ihr auch nicht. Sie sah die Erkenntnis in seinen Augen. Es tat weh. Sie wollte sein Mitleid nicht haben.

Seine Finger berührten wieder ihre Wange und schoben eine Locke beiseite, die sich aus ihrem Zopf gelöst hatte. Sie verharrten dort einen Moment lang, dann beugte er sich herab und berührte ihre Lippen mit seinen. Strom fuhr durch sie hindurch wie ein Blitz durch eine Eiche. Hitze stieg in ihr auf, als sie instinktiv auf seine Liebkosung reagierte. Sanft und doch zum Verrücktwerden, überzeugend, verführerisch und suchend. Sie versuchte, nicht zu erwidern, doch ihr Körper betrog sie. Ihre Arme schlangen sich um ihn.

Ihr ganzer Körper war erfüllt von Verlangen. Sie sagte sich selbst, dass es daran lag, dass ihr Ehemann nie zärtlich gewesen war. Dass es die Einsamkeit war. Vielleicht war es beides, doch auf jeden Fall hatte sie sich nie zuvor so lebendig gefühlt. Ihre Lippen reagierten auf seine, und ihr Mund öffnete sich, als sein Kuss hungrig und fordernd wurde. Doch noch immer zeigte er eine Zärtlichkeit, die niemals Teil von Alasdairs Annäherungen gewesen war. Ihr Ehemann hatte nur genommen. Er hatte niemals erforscht, eingeladen oder verführt.

Sie schaute zu Braemoor auf. Im Mondlicht erkannte sie einen Schmerz, der so stark war, dass er sie schier zerriss. Ihre Finger umfassten seinen Hinterkopf fester.

Sein Kuss vertiefte sich, und die Zärtlichkeit explodierte derart, dass sie sein Echo in jedem Körperteil spürte. Die Lippen wurden verrückt vor Verlangen, zu berühren, zu fühlen, zu schmecken. Das Verlangen loderte in ihr, und nichts anderes zählte mehr. Kein Betrug, kein Groll, keine Angst. Ihr Körper verschmolz mit seinem, und ihre Lippen öffneten sich und ließen seine Zunge herein, während ihre Hände sich um seinen Hals schlangen und über seinem Rücken hinabglitten. Es war, als wäre sie von einem Sturm der Gefühle ergriffen worden und würde von ihm willenlos herumgewirbelt.

Sie fühlte, wie seine Hände über ihren Körper glitten, und spürte seine erwartungsvolle Spannung und einen Hunger, der neu und unerwartet war. Sie versuchte, ruhig zu atmen und wieder zu Verstand zu kommen, doch seine Zunge verzehrte ihren Mund und seine Hände hinterließen brennende Spuren an den Stellen, an denen er sie berührte. Ihr Körper war ein Teil von seinem geworden, er bog sich und gab nach, und ihre Hände und ihr Mund waren genauso gierig wie seine.

Magie umfing sie, eine Magie, die sie schon vor Jahren mit ihm erlebt hatte, doch dieser Zauber war noch stärker, noch fordernder und noch schmerzlicher. Ein Schluchzen stieg in ihr auf. Wie konnte sie sich so nach ihm verzehren?

Einen Monat nach dem Tod ihres Mannes. Einen Monat nach der Erleichterung, die sie gefühlt hatte, dass kein Mann mehr ihren Körper besitzen würde, ohne sie zu lieben. Sie spürte, dass sie zitterte. Wie konnten ihr Körper, ihr Herz und ihr Geist so uneinig sein?

Sie wollte ihn mit aller Kraft festhalten und ihn bei sich behalten. Doch er war genauso ein Phantom, wie der Mann, den die Highlander den Schwarzen Buben genannt hatten. Ein Mythos.

Mit einem Aufschrei zog sie sich von ihm zurück. Sie blieb mit bebendem, schmerzendem und von Verlangen erfülltem Körper stehen. Sie kämpfte die Tränen nieder, die seit seiner Ankunft viel zu dicht unter der Oberfläche gelauert hatten. Sie hatte geglaubt, dass kein Mann sie jemals wieder anziehen würde. Und nun fühlte sie sich wie eine hirnlose Marionette.

Er trat zurück und schaute sie mit seinen dunklen unergründlichen Augen an. »Ich bitte um Verzeihung, Madam. Ich wollte nicht, dass das geschieht.«

Warum war es dann geschehen? Wenn keiner von ihnen es gewollt hatte ... warum dann?

Liebste Mutter im Himmel, schon wieder bedrohten sie die Tränen.

Braemoor blieb einen Moment lang still stehen. Er schaute sie an, und sie dachte fast, dass sie seinen Herzschlag hören könnte. Sie wünschte, sie könnte in seinen Augen lesen, doch das konnte sie nicht. Sie waren für sie genauso verschlossen wie sein Herz. Sie war nur ein Zeitvertreib gewesen. Ein schneller Kuss, gestohlen von einer liebeshungrigen Witwe. Nachdem er sich damit selbst etwas bewiesen hatte, verlor er das Interesse. Schmerzen durchfuhren sie. Sie straffte sich und hob das Kinn. Er würde nie erfahren, wie sehr dieser Augenblick sie verletzt hatte.

Doch es war Braemoor, der sich schließlich abwandte. »Ich gehe spazieren«, sagte er.

Er lud sie nicht ein mitzugehen. Und sie wollte auch nicht eingeladen werden, sagte sie sich selbst. Es war besser, wenn er fortging, ehe sie eine Dummheit beging. Sie wandte sich zur Tür.

Er nickte. »Vergesst es bitte nicht. Wenn Ihr meine Hilfe braucht …«

Eher wollte sie in der Hölle schmoren, als dass sie sich noch einmal an ihn wandte.

Sie antwortete ihm nicht, sondern glitt zur Tür hinein. Sie schloss sie und lehnte sich von innen dagegen, als ob ihr Körper ihn draußen halten könnte. Warum verlor sie in seiner Gegenwart derart den Verstand? Und warum verdrängten die guten Erinnerungen immer die schlechten? Vor allem, da er ihr deutlich zu verstehen gegeben hatte, das er nur eine Schuld zurückzahlte. Augenscheinlich hatte er auch kein Interesse an ihr als Witwe. Ihre Ländereien waren nicht sehr groß. Genau genommen musste sie zugeben, dass sie sehr klein waren im Vergleich zu seinen.

Hatte er mehr erwartet? Die Campbells verfügten in ganz Schottland über Grundbesitz, von dem das meiste gestohlen war, wie sie wusste. War er mit der Vorstellung hergekommen, dass Lochaene ein Schatz sei, der gehoben werden konnte?

Das musste es sein. Und da er seinen Irrtum jetzt erkannt hatte, entfernte er sich so schnell, wie sein Pferd ihn tragen konnte. Sie würde höchstwahrscheinlich nie wieder etwas von ihm hören.

Gott sei Dank ist er weg, sagte sie sich, als sie schließlich von der Tür weg- und zur Treppe hinüberging. Sie wiederholte diese Worte, auch als ihr die Tränen hinunterliefen.

Kapitel 10

Der Gewehrschuss kam aus dem Nichts. Dann ein zweiter.

Die Schläge stießen Neil von seinem Pferd. Er stolperte ein paar Schritte vorwärts und schlug sich den Kopf an einem Felsen an. Er sah Blut auf seiner Hose und spürte, wie es ihm auch über die Wange lief. Ihm war klar, dass es nur noch eine Sache von Sekunden war, bis ihn der Schmerz überfallen würde. Von den Schlachten wusste er auch, dass es normalerweise erst einen Augenblick der Betäubung gab.

Der Schmerz kam schneller als erwartet.

Er zwang sich dazu, sich fallen zu lassen und absolut still liegen zu bleiben. Würde der Angreifer es wagen, herzukommen, um zu überprüfen, ob er erfolgreich gewesen war? Oder würde er sich ausrechnen, dass dieser Weg so einsam war, dass ihn ohnehin niemand rechtzeitig finden würde, um ihn zu retten? Er betete um das Letztere, auch wenn sein Geist fieberhaft arbeitete. Er hatte sich für diesen Weg durch die Highlands entschieden, weil die Route schneller, allerdings oft auch gefährlich war.

Banditen durchstreiften die Highlands genauso wie Banden von flüchtigen Jakobitern, die es selbst achtzehn Monaten nach Culloden nicht geschafft hatten, aus dem Land zu fliehen. Sie brauchten Geld für ihre Flucht nach Frankreich.

Er war ein tagträumerischer Narr gewesen. Der Morgennebel hatte sich verzogen und die Berge hatten trügerisch friedlich gewirkt, mit ihren Feldern voller Heidekraut und Stechginster und den herabstürzenden Wasserfällen. Er hatte an Janet und den unvorsichtigen Kuss am vergangenen Abend gedacht. Wie hatte er sich jemals erlauben können, etwas so Eigensüchtiges zu tun? Doch sie war so anziehend im Mondlicht gewesen, ihr Gesicht zu ihm gewandt …

Er hatte sofort gewusst, dass es ein Fehler war, doch hatte er sich nicht beherrschen können. Er hatte ihr Gesicht berührt, und dann …

Und dann … hätte er gehen sollen. Aber er war geblieben, und nun würde er sich ewig daran erinnern, wie sie in sein tiefstes Inneres vorgedrungen war, in einen Teil von ihm, den er fest verschlossen zu halten versucht hatte. Er würde nie vergessen, wie sich ihre Lippen anfühlten und wie ihre Körper sich aneinander gedrängt hatten. Sie hatte ihn nicht küssen wollen, doch da war etwas so Instinktives, so Unwiderstehliches gewesen. Er hatte sich sogar erlaubt, für eine Sekunde zu glauben, dass …

Doch was war eine Ehe ohne Intimität, ohne körperliche Liebe?

Er war gerade tief in seiner inneren Hölle versunken, als das Geräusch einer Muskete die Luft zerriss und eine Kugel in ihn drang.

Gedankenverloren, wie er gewesen war, hatte er vergessen, dass diese Highlands genauso feindselig und gesetzlos sein konnten wie jeder andere Ort auf Erden.

Der Schmerz überfiel ihn jetzt mit ganzer Macht. Er hörte Stimmen und bemühte sich heftig, den Atem anzuhalten. Ein Tritt landete in seinen Rippen, und er zwang sich dazu, nicht zu reagieren.

»Er ist noch nicht ganz tot«, hörte er eine Stimme sagen. »Sollen wir ihn fertig machen?«

»Durchsuch ihn erst. Die Frau sagte, dass er Geld hat. Wenn nicht, dann können wir ihn gegen Lösegeld gefangen halten.«

Neil zwang seinen Körper dazu, zu erschlaffen und seine

Augen, geschlossen zu bleiben, während Finger seine Kleidung durchsuchten. Sie fanden seine leere Geldbörse, und er hörte die Enttäuschung in ihren Stimmen. Dann ein Grunzen. »Zwei verdammte Spielkarten. Uns ist weit mehr als das versprochen worden.«

Neil hörte, wie sich Stiefeltritte näherten. Kein fester Gang. Verdammt, wie gern würde er seine Augen öffnen. Einen Moment lang herrschte Stille. »Die Königin und der Bube?« Die Stimme klang verwirrt. Und zu seiner Überraschung auch gebildet.

Der Schmerz pochte jetzt in ihm, und er spürte, wie ihm der Blutverlust zu schaffen machte. Er versuchte, seine Peiniger durch Willenskraft zu verscheuchen.

Ein Fuß traktierte ihn wieder, doch diesmal etwas sanfter. »Wenn du noch lebst, wird es sich für dich auszahlen, wenn du die Augen öffnest.« Wieder die gebildete Stimme. »Sonst werde ich dieses Schwert in deinen Körper rammen.«

Neil glaubte ihm. Er öffnete die Augen.

»Verdammt noch mal, er hat sich tot gestellt«, sagte der andere Mann.

»Wer seid ihr?«, fragte der Mann, der ihn angestoßen hatte. Neil versuchte, sich aufzurichten, um ihn anzusehen. Der Mann trug bäuerliche Kleider aus einfacher Wolle von undefinierbarer Farbe. Sein Gesicht jedoch verblüffte ihn. Eine Narbe ging quer über eine Seite herunter und ließ ihn dauerhaft lächeln. Sein Haar war von einem dunklen Rostbraun und als Zopf im Nacken zusammengebunden. Er war wahrscheinlich Ende dreißig, doch das war wegen der Narbe schwer zu sagen. Seine Augen waren dunkelblau.

Neil versuchte, sich zu bewegen, doch der Schmerz war qualvoll. Die Musketenkugel musste noch in ihm stecken.

Der Mann vor ihm schien sich nicht darum zu kümmern. »Wer seid ihr?«, fragte er wieder. »Und lasst euch gewarnt sein, dass euer Leben von der Antwort abhängt.«

»Neil Forbes«, sagte er und fürchtete, dass es mehr wie ein Stöhnen klang als Worte.

»Seid ihr Braemoor?«

»Ja«, sagte Neil, weil er keinen Vorteil darin erkennen konnte, es zu bestreiten.

»Verdammt, wenn das nicht Teufelswerk ist«, sagte der Mann. Er bückte sich und drehte Neil um, lockerte seinen Umhang und danach sein Jackett mit weit mehr Fürsorge, als der andere gezeigt hatte. *Warum?*

Er nahm ein Messer aus seinem Gürtel und schnitt damit eilig Neils Hosenbein auf. Er murmelte etwas vor sich hin und blickte ihn dann erneut an. »Eine Kugel steckt noch im Bein.«

»Und wenn schon«, meinte der zweite Mann. »Warum machen wir ihn nicht fertig?«

»Ich habe meine Gründe, Burke«, sagte der Mann mit der Narbe. »Komm und hilf mir, ihn vom Weg wegzubringen. Ich bezweifle zwar, dass noch weitere Dummköpfe auf diesem Weg vorbeikommen werden, aber man weiß es nie.«

Wenn Neil sich nicht so verflucht schlecht gefühlt hätte, hätte ihn die Bezeichnung Dummkopf beleidigt. Er hatte keine Ahnung, warum sein Titel diesen Mann dazu veranlasst hatte, von seinen Mordplänen abzulassen, doch er würde sich darüber jetzt keine Gedanken machen. Es gab zu viele Dinge, die er noch tun wollte, und weit mehr Schulden, die er bezahlen wollte, ehe er seinem Schöpfer entgegentrat.

»Könnt ihr stehen?«, fragte der Fremde.

Neil versuchte es, doch ein Schwall Blut schoss aus seiner Wunde, und der Schmerz wurde zu einer brennenden Qual. Er stieß sich jedoch hoch, woraufhin der Rotschopf einen Arm unter seinen schob und ihn hochzerrte. »Gott, ihr seid ja ein ganz schöner Brocken«, sagte er. »Burke, hilf mir.«

Der andere Mann nahm die andere Seite und so trugen und zerrten sie ihn außer Sichtweite vom Weg. Das Feuer in seinem Bein breitete sich inzwischen in seinem Körper aus.

Sein Kopf fühlte sich an, als hämmerte jemand auf ihn ein. Der Schmerz blendete fast die Fragen aus, die er im Kopf hatte. Fast, aber nicht ganz. Einer der Männer hatte gesagt, dass eine Frau sie auf ihn angesetzt hatte. Und warum versuchte der Kerl nun, den Mann zu retten, den er gerade zuvor töten wollte?

»Hol mein Schnapsflasche«, sagte der Fremde zu dem Mann, den er Burke nannte.

Trotz all seiner Bemühungen, aufrecht zu bleiben, fiel Neil zu Boden. »Warum? Du hast doch gerade versucht, mich zu töten?«

»Ich wusste nicht, dass Ihr Braemoor seid«, sagte der andere. »Uns wurde gesagt, dass ein englischer Fatzke mit Taschen voller schottischem Gold auf diesem Weg reiten würde.«

»Ihr habt geschossen, ohne euch zu versichern?«

»Besser, als selbst erschossen zu werden. Oder gehängt«, erwiderte der Räuber mit einem Achselzucken. »Und es hat mich gerade in den Fingern gejuckt.«

»Mein Pferd?«

»Unverletzt. Das Blut auf ihm ist eures. Wenigstens konnte ich in diesem verdammten Schlamassel das Pferd retten.«

Burke kehrte mit einer Flasche und einer Muskete in den Händen zurück.

»Gibt ihm etwas zum Draufbeißen. Ich möchte nicht die gesamte englische Armee auf den Plan rufen.«

»Wer bist du?«, fragte Neil.

»Ein Mann, der zu überleben versucht«, sagte der redegewandte Mann. »Ihr hattet die Königin und den Buben. Seht mich als König an.«

»König der Banditen?«

Der Mann zuckte nur die Achseln und hielt ihm die Flasche hin. »Trinkt ordentlich, Braemoor. Ihr werdet gleich rasend sein vor Schmerzen.«

Neil gehorchte. Er wusste, was auf ihn zukam. Er hat schon einmal einen Schwerthieb abbekommen und ein paar hässliche Schnitte während des Trainings. Zwischen Wellen von stechendem Schmerz merkte er, wie er das Bewusstsein verlor. Er hatte eine Menge Blut verloren. Vielleicht zu viel. Die Stimme seines Angreifers, der sich in einen Wohltäter verwandelt hatte, wurde leiser.

Doch dann wurde ihm die Flasche weggenommen und durch ein Stück Holz ersetzt. Gehorsam biss er darauf, als man ihn dazu aufforderte. Seine Welt explodierte mit einer unbeschreiblichen Qual, und ein roter Nebel blendete ihn. Dann versank er in Dunkelheit.

Braemoor war fort. Janet fragte sich, ob er jemals zurückkehren würde. Er hatte nicht einmal auf Wiedersehen gesagt. Oder vielleicht hatte er es ja am frühen Morgen außerhalb des Gutshauses getan. Er hatte durch seine Taten zu viel gesagt. Und dennoch nicht annähernd genug.

Ein Rätsel.

Wie konnte sie jemandem misstrauen und ihn dennoch so sehr begehren?

Lucy hatte berichtet, dass er sich am frühen Morgen mit Reginald getroffen hatte. Ihr Mädchen hatte Reggies laute Stimme gehört, nicht aber die Worte verstanden. Sie hatte Braemoors Stimme nicht gehört, was bedeutete, dass *er* nicht geschrien hatte. Doch das tat er ohnehin nie. Lag das einfach nur daran, dass sie und Lochaene ihm egal waren?

An diesem Morgen war sie ihm auf jeden Fall nicht wichtig genug gewesen, um noch zu bleiben.

Sie wusste, sie sollte das nehmen, was er ihr angeboten hatte und daraus das Beste machen, solange sie konnte. Er hatte ihr die Freiheit gegeben und das Vertrauen, einige Änderungen auf Lochaene vorzunehmen. Er hatte ihr alles gegeben, worum sie ihn gebeten hatte. Doch nicht das, wonach es sie verlangte.

Janet schalt sich selber aus, dass sie so gierig war. Sie hatte jetzt so viel mehr als noch vor einem Monat. Und vor allem hatte sie die Kinder.

Doch sie hatte auch einen Verlust nach dem anderen erlitten. Ihr Vater. Ihr Bruder Alexander. Freunde. So viele von ihnen waren fort. Manche waren bei Culloden gestorben. Andere waren von den Engländern und ihren eigenen Landsleuten gejagt worden.

Die Abwesenheit eines verräterischen Schotten sollte ihr nichts bedeuten.

Sie war später aufgestanden, als sie gedacht hatte. Nachdem sie Braemoor in der vergangenen Nacht verlassen hatte, hatte sie ihren Sohn gestillt, und daher war Colin nicht wie üblich im Morgengrauen aufgewacht. Als er sie mit hungrigem, forderndem Geschrei weckte, ging sie zum Fenster und schaute hinaus. Der Tag hatte längst begonnen.

Janet frühstückte mit den Mädchen und beantwortete ihre Fragen, so gut sie konnte. Wohin war der Herr gegangen? Wann würde er zurückkommen? Seltsamerweise waren sie enttäuscht darüber, dass er fortgegangen war, ohne sich von ihnen zu verabschieden.

Dann ging sie hinaus, um mit Tim zu sprechen, und sie war erfreut, als sie auch Kevin antraf. Er erwiderte ihren Gruß, indem er seine Kappe lüftete. »Tim hier sagt, dass Ihr nach mir gefragt habt«, sagte er.

»Ja, das stimmt«, antwortete sie. »Und ich bin glücklich, dich wieder hier zu sehen. Niemand außer mir kann dich jetzt mehr entlassen. Vergiss das nicht.«

»Ich habe MacKnight heute im Dorf gesehen«, sagte Kevin. »Er war sturzbetrunken. Er sagte, er würde sich rächen. Er hat Eurer Ladyschaft die Schuld an seiner Entlassung gegeben.«

»Das ist egal. Kannst du mit Tim die Ställe versorgen?«

»Ja, Mylady. Jetzt, wo sie ihren Hafer bekommen, sind die

Tiere glücklich. Tim liefert das Saatgut aus. Das ist eine feine Sache, dass Ihr das tut.«

»Es ist nur das, was den Menschen zusteht.«

Der Junge sah überrascht aus bei dieser Bemerkung, doch er sagte nichts mehr.

»Weiß Lucy, dass du zurück bist?«

Kevin blinzelte schnell und grinste dann. »Ja, ich habe sie heute Morgen getroffen.«

»Ich gehe davon aus, dass deine Absichten ehrenhaft sind«, sagte sie.

»Oh ja, Mylady. Da ich jetzt ja wieder eine Anstellung habe, werde ich sie um ihre Hand bitten.«

»Meinen Segen habt ihr«, sagte sie. »Wann ist der Marquis fortgegangen?«

»Sehr früh heute Morgen. Er hat Euch das hier hinterlassen.« Kevin gab ihr einen Brief, der mit dem Braemoor-Wappen verschlossen war.

Sie nickte.

»Soll ich Euch ein Pferd satteln, Mylady?«, fragte er. »Oder die Kutsche herrichten?«

»Nein«, sagte sie und umklammerte den Brief mit starren Fingern. »Nicht jetzt.«

Sie eilte zurück in ihre Kammer. Sie wollte den Brief ungestört lesen. Was war, wenn er alles, was er ihr angeboten hatte, wieder zurücknahm?

Lucy wiegte Colin.

»Die Mädchen?«

»Clara ist bei ihnen«, sagte Lucy.

»Sie brauchen eine Gouvernante.« Das war ein Gedanke – nein, eine starke Überzeugung –, die sie ihrem Ehemann gegenüber geäußert hatte. Er hatte es zurückgewiesen. »Mädchen brauchen keine Erziehung«, hatte er zu ihr gesagt.

Doch jetzt … jetzt durfte sie entscheiden. Das hoffte sie jedenfalls. Sie öffnete den Brief und las ihn langsam.

Ich werde im Dorf einen Kredit einräumen lassen. Wenn die erste Ernte eingefahren wird, könnt Ihr das Darlehen ohne Zinsen zurückzahlen. Ich habe Eurem Schwager die Lage unmissverständlich klar gemacht. Er hat eingesehen, dass Ihr das letzte Wort auf Lochaene habt. Wenn Ihr mich brauchen solltet, braucht Ihr mir nur eine Nachricht zukommen zu lassen. Braemoor

Am Ende der Seite hatte er seinen Titel hingekritzelt. Nicht Neil. Nichts Persönliches. Nur ein kühler Geschäftsbrief. Sie wollte ihn zusammenknüllen, doch stattdessen sah sie sich in der Kammer nach einem sicheren Platz für ihn um. Ein lockerer Stein in der Wand würde ausreichen. Sie lockerte ihn und legte den Brief hinein, für den Fall, dass sie ihn einmal brauchte.

Lochaene gehörte ihr. Sie war zum ersten Mal in ihrem Leben frei.

Warum fühlte sie sich denn dann innerlich so leer?

☆ ☆ ☆

Der Schmerz schien Neils Körper zu zerreißen. Er wollte sich in den Schlaf flüchten, doch auch hier wurde er verfolgt. Er sah das Schlachtfeld bei Culloden vor sich, hörte die Schreie der Verwundeten, das Stöhnen der Sterbenden, das Geräusch von Schwert gegen Rüstung und das noch schlimmere Geräusch, wenn es ins Fleisch stach.

Sein Schwert.

Dann eine Stimme. *Die Frau sagte, dass er Geld hat.* Wie viele Menschen hatten rechtzeitig gewusst, dass er heute Morgen fortgehen würde, um jemanden zu beauftragen? Es gab drei Frauen auf Lochaene, doch nur Janet hatte gewusst, für wann er seinen Abschied geplant hatte.

Der bloße Gedanke verursachte ihm mehr Schmerzen als seine Verletzung.

»Braemoor.« Er hörte seinen Namen rufen. Wieder und wieder. Er versuchte es zu ignorieren und in die Vergessenheit abzugleiten, die die falschen Wege, die er eingeschlagen hatte, ausblendete.

Die Stimme redete weiter auf ihn ein. Forderte ihn heraus. Warum? Warum kümmerte es einen Räuber, ob er lebte oder starb?

Und was kümmerte es ihn selbst?

Doch dann stachelte ihn eine andere, innere Stimme an. *Du hast auf Braemoor Versprechungen gemacht.*

Sein Mund war trocken, so trocken, dass er kaum ein krächzendes Geräusch von sich geben konnte. Seine Augenlider waren schwer, und es erforderte eine erstaunliche Mühe, sie zu öffnen. Sein Bein brannte, als ob es von allen Mistgabeln der Hölle durchbohrt worden wäre, und sein Kopf fühlte sich kaum besser an. Er glühte ganz und gar, trotz der kalten Luft.

Ein nasses Tuch fuhr über sein Gesicht. Es wurde von einer sanfteren Hand geführt … als jene, die er zuvor gefühlt hatte.

Er versuchte sich zu konzentrieren. Neben ihm auf der einen Seite stand ein junges Mädchen von kaum dreizehn Jahren. Auf der anderen Seite war der Mann, der ihm die Kugel aus dem Bein geschnitten hatte.

»Ach, seid Ihr endlich wach, Braemoor?«

Die Augen in dem narbigen Gesicht waren kühl und fast gleichgültig. Neil fragte sich, warum er noch immer unter den Lebenden weilte.

Er bewegte sich und konnte dabei kaum ein Stöhnen unterdrücken. Er spürte, dass er vor diesem Mann keine Schwäche zeigen konnte, der ihn aus dem Hinterhalt angegriffen und offenbar vorgehabt hatte, ihn ins Jenseits zu befördern. Was hatte ihn davon abgehalten?

Neil versuchte sich zu bewegen. Der Schmerz verstärkte

sich und durchbohrte ihn. »Warum?«, war alles, was er fragen konnte.

»Warum hattet Ihr diese Karten?«

Die Karten. Aus irgendeinem Grund hatten ihm diese Karten das Leben gerettet. Diese Karten und sein Name. Er hatte die anderen Karten aus einer Laune heraus fortgeworfen. Schicksal?

»Jemand möchte Euren Tod, Mylord, denn uns wurde gesagt, dass ein reicher Herr durch diese Gegend reisen würde«, sagte der Mann mit spöttischer Stimme.

»Und wieso ... bin ich nicht tot?«

»Ihr beantwortet zuerst meine Frage. Warum hattet Ihr diese Karten bei Euch?«

»Ich mag sie«, sagte Neil.

»Keine wirklich gute Antwort.«

»Wo bin ich?«

»In einer Höhle, weit entfernt von britischen Soldaten. Oder abtrünnigen Schotten. Erwartet keine Hilfe.«

»Das tue ich ... nicht«, stammelte Neil.

»Ihr habt mit Cumberland gekämpft?«

»Ja«, sagte Neil, weil er wusste, dass ein falsches Wort sein Todesurteil sein konnte. Dieser Mann war zweifellos ein flüchtiger Jakobiter. Und ein Bandit.

»Kluge Antwort, Mylord. Wenn Ihr etwas anderes gesagt hättet, wäret Ihr jetzt tot.«

»Ich verstehe noch immer nicht, warum ich es noch nicht bin.«

»Gebt Euch nicht zu großer Hoffnung hin, Mylord. Es kann immer noch geschehen.«

Neil wusste auf diese schreckliche Prophezeiung nichts zu sagen.

»Ich habe den Namen Braemoor flüstern gehört«, sagte der Räuber. »Und ich weiß, was der Pikbube, der schwarze Bube für manchen bedeutet.«

Neil versuchte, sich wieder zu bewegen. Gott, war er durstig. »Wasser?«

Der Mann nickte dem Mädchen zu, das schnell aufstand und aus seinem Blickfeld verschwand. Sekunden später erschien es mit einem Becher. Der Räuber nahm ihn ihr ab, legte den Arm unter Neils Kopf und hob ihn leicht an. Doch der Becher näherte sich Neils Lippen nicht.

»Ihr habt mir meine Fragen noch nicht beantwortet«, verhöhnte ihn der Mann, der ihn gefangen genommen hatte.

Neil schloss die Augen. Der Mann glaubte offenbar, dass er eine Verbindung zu dem Schwarzen Buben hatte. So viel war klar. Doch er würde sich Rorys Taten nicht selbst zuschreiben. Er hatte sich selber schon genug entehrt.

»Von wo seid ihr gekommen?«, fragte der Räuber.

Die Frage verwirrte Neil. »Lochaene«, sagte er. »In der Nähe von Inverness. Hat Euer Informant Euch das nicht gesagt?«, fragte er bitter.

»Welcher Informant?«

»Ich hörte Euch sagen ... die Frau habe gesagt, dass ich Geld bei mir trüge.«

Der Mann fluchte leise vor sich hin. »Ich wusste nicht, dass die Nachricht von Lochaene kam. Einer meiner ... Landsmänner sagte mir, dass er die Information von einem vornehmen Königstreuen erhalten habe.«

»Landsmann? Oder ebenfalls Bandit?«

»Oh, er ist natürlich ein Räuber. Er hat nur nicht den Mut, die Arbeit selbst zu tun. Er lässt sie von anderen machen. Ich zahle eine kleine Gebühr für die Information.«

»Ihr tötet also aus dem Hinterhalt Schotten?«

»So töte ich aus dem Hinterhalt Verräter«, korrigierte der Mann ihn.

»Mord ist Mord.« Neil wusste, dass er den Mann aufstachelte, doch er konnte es nicht lassen. Der Hinweis auf eine Frau störte ihn noch immer. Und auch die Gleichgültigkeit des Mannes dem Leben gegenüber.

Allerdings hatte auch er sich etliche Jahre lang ziemlich gleichgültig dem Leben gegenüber gezeigt. Alles, was er gewollt hatte, war die Anerkennung des Marquis'. Nun hatte er das Gefühl, als schaute er sich selbst ins Gesicht, und was er sah, gefiel ihm gar nicht. Er verstand einfach nicht, warum er noch nicht tot war.

Doch der Mann zuckte nur die Schultern. »Wart Ihr bei Culloden dabei?«

»Ja.«

»Dann seid auch Ihr ein Mörder.«

»Warum habt Ihr dann eine Musketenkugel aus mir herausgegraben?«

»Ihr habt meine Frage noch nicht beantwortet. Warum die Karten?«

»Viele Menschen haben Karten.«

»Aber nicht nur den schwarzen Buben … den Pikbuben. Dafür könntet ihr eingesperrt werden.«

»Ich hatte auch die Königin«, sagte Neil.

»Möchtet Ihr wirklich sterben?«

»Nein, aber ich bin nicht der Schwarze Bube. Er ist tot.«

»Woher wisst Ihr das?«

»Er ist seit Monaten nicht mehr gesehen worden.«

»Ich brauche seine Hilfe«, sagte der Räuber unerwartet.

»Tut mir Leid, dass ich Euch enttäuschen muss«, sagte Neil. »Ich weiß nichts über ihn.«

Überraschenderweise gab der Mann ihm einen Schluck Wasser und dann noch einen. Neil schluckte gierig. »Vielen Dank.«

Der Mann nickte nur, stand auf und ging mit unsicherem Gang fort.

Das junge Mädchen kam zurück zu ihm und wusch ihm das Gesicht.

»Wie … ist sein Name?«, fragte er.

Sie zuckte die Achseln. »Wir nennen ihn Will, doch niemand kennt seinen wahren Namen.«

»Wir?«

»Wir sind zehn. Will kümmert sich um uns.«

»Mehr Wasser.« Lieber Gott, war er durstig. Und ihm war heiß.

Er schloss die Augen. *Braemoor.* Was war, wenn er keine Chance mehr hatte, das zu vollenden, was er sich für Braemoor gewünscht hatte? Er hatte keine Erben. Wenn er sterben sollte, würde alles an die Krone fallen, und wahrscheinlich einem Engländer gegeben oder verkauft werden, der dann mit größter Wahrscheinlichkeit das Land säubern würde. Alles, was er geplant hatte und aufbauen wollte, würde verschwinden, und es würde sein, als hätte er niemals existiert.

Und Janet? Was würde mit ihr geschehen?

Das junge Mädchen kehrte mit Wasser zurück. Er trank es in kleinen Schlucken, doch er hatte das Gefühl, als würde er innerlich verbrennen. Er konnte nicht genug bekommen, und viel zu bald war der Becher leer. Er schloss die Augen.

Er würde mit Gott handeln. Er brauchte noch ein paar weitere Monate. Ein Jahr.

Oder würde er einen Handel mit dem Teufel machen?

Will wusste nicht, was seine Hand hatte innehalten lassen.

Er hatte das Töten zu seinem Lebenswerk gemacht. Er war dem Tod bei Culloden so nahe gekommen, wie man ihm nur nahe kommen kann. Er hatte dort so schreckliche Wunden erlitten, dass Cumberlands Soldaten, die den verwundeten Jakobitern den Todesstoß gegeben hatten, unbeachtet an ihm vorbeigegangen waren. Eine alte Frau, die nach ihrem Sohn gesucht hatte, hatte das flackernde bisschen Leben in ihm entdeckt, hatte Hilfe geholt und ihn dann versteckt. Er hatte über ein Jahr gebraucht, um zu genesen, und selbst jetzt noch trug er eine Narbe auf der Wange, und er würde niemals wieder normal laufen können. Sein Bein war nicht ordentlich verheilt. Doch schlimmer waren die Erinnerungen an die Schlacht, an die britischen Speere, die seinen besten Freund durchbohrten, und an das Abschlachten der anderen.

Er hasste die Engländer mit jedem Blutstropfen, der in seinem Körper floss. Und ihre schottischen Verbündeten hasste er sogar noch mehr.

Der Mann, der Will einst gewesen war, der Lord, wurde für tot gehalten. Er wusste das. Seine Familie war verschwunden. Sein Gesicht war so vernarbt, dass er stets die Aufmerksamkeit auf sich zog. Sein verkrüppeltes Bein war eine weitere ständige Erinnerung an die Monate der Schmerzen und an den Mann, der er einst gewesen war. Bitterkeit und Hass hatten jedes andere Gefühl in ihm verdrängt.

So hatte er sich selber und anderen Flüchtlingen damit geholfen, dass er jeden verräterischen Schotten und verdammten Engländer, den er finden konnte, getötet und um alles erleichtert hatte, was sie bei sich trugen, um den verzweifelten jungen Versprengten zu helfen, die er in den Highlands aufgespürt hatte.

Er hatte gehofft, dass er sie in Sicherheit bringen könnte, doch er war mit seinen Narben zu auffällig. Aber auch er hatte von dem Schwarzen Buben gehört und hatte gehofft, ihn, wenn nötig auch mit Gewalt, davon zu überzeugen, seine kleine und bedauernswerte Bande in Sicherheit zu bringen. Er wusste nicht, wem er sonst trauen konnte, und er hatte nicht die finanziellen Mittel, um sich Treue zu erkaufen.

Seine übliche Beute war der einsame, reiche Reisende, der sich einfach in Luft auflöste. Das war eine feige Art zu leben, doch er hatte so wenig Achtung vor seinen Opfern, dass es ihm egal war. Und er sagte sich selbst, dass er keine Wahl hatte. Er konnte weder Gefangene machen noch konnte er seine Opfer laufen und von seiner Existenz berichten lassen.

Dieser Mann jetzt war der erste, den er verschont hatte. Nur die Karte und die Hoffnung, dass dieser dunkel gekleidete Schotte etwas über den Schwarzen Buben wusste, hatten ihn gerettet. Will betete, dass das kein Fehler gewesen war.

Er fragte sich auch, warum der Mann auf Lochaene gewesen war. Er kannte das Gut und auch die Campbells, die dort lebten. Einer ihrer Leute gehörte zu seinen Informanten, die ihn auf mögliche Opfer aufmerksam machten. Die Belohnung war gering, doch noch immer begehrt in diesem Teil Schottlands, in dem Menschen vor Hunger starben. Doch er war vorsichtig. Einer hatte es von jemandem gehört, der es von jemandem gehört hatte. In diesem letzten Fall hatte Burke, der mit ihm unterwegs gewesen war, die Nachricht von einem Mann namens Bain bekommen, der wiederum sagte, er habe die Information von einer Dame erhalten. Die Dame habe um die Konsequenzen dieser Information gewusst, hatte er gesagt.

Sie musste von Lochaene kommen – doch von welcher Dame?

Er kannte alle Familien, die rund um *seinen* Wald lebten. Es war nur klug, sie zu kennen.

Braemoor. Warum hatte das Wort ihn aufgehalten? Was in seinem Kopf hatte seine Hand innehalten lassen? *Noch ein Gerücht.* Eine Verbindung zum Schwarzen Buben.

Der Mann selbst war nichts Außergewöhnliches. Er war genauso leichtsinnig gewesen wie die anderen. Seine Kleidung war düster, doch von guter Qualität. Der Mangel an Prahlerei hatte für ihn gesprochen. Kein Betteln oder Flehen oder Versprechungen, die ohnehin nie eingehalten wurden. Das alles hätte einen schnellen Tod zur Folge gehabt.

Dass er sich ganz anders verhalten hatte, hatte Will verwirrt. Und dann waren da natürlich die Karten, und der Blitz, der ihn bei dem Namen Braemoor durchzuckt hatte. Doch all seine Gedanken konnten umsonst sein. Der Mann hatte Fieber, und

Will wusste, dass die Wunde eiterte. Ohne Hilfe würde er vermutlich sterben.

Es war kein Verlust. Er war nur ein weiterer verräterischer Schotte.

Jemand wollte, dass er getötet wurde. Ein Königstreuer. Warum?

Will mochte keine Rätsel. Er mochte auch sein Zögern nicht. Er wollte sich nicht mit dem Leben oder dem Tod eines Feindes beschäftigen. Er hatte sein Gewissen schon vor langer Zeit zu Grabe getragen.

Doch Fragen nagten an ihm. War es die Gräfin von Lochaene, die ihn tot sehen wollte? Oder die alte Gräfin? Für ihn machte das einen Unterschied.

Doch Braemoor war genauso verschwiegen und vorsichtig, wie Will es zu sein gelernt hatte.

Ohne Hilfe wird er sterben.

Die alte Frau, die Will gepflegt hatte, war tot, war von ein paar betrunkenen englischen Soldaten ermordet worden. Er hatte sich oben auf dem Heuboden einer Scheune versteckt gehalten. Er hatte alles mit angehört, doch er war nicht in der Lage gewesen, der Frau beizustehen. Auch das lastete auf ihm.

Er fasste einen Beschluss. Er würde die Entscheidung über Braemoors Leben der Gräfin von Lochaene überlassen. Wenn sie wollte, dass er starb, würde es geschehen. Wenn nicht, dann konnte sie ihn vielleicht retten. Und wenn Braemoor am Leben blieb, würde er tief in Wills Schuld stehen.

Eine Schuld, die Will einfordern würde.

Kapitel 11

Janet kam zurückgeritten, nachdem sie die letzten beiden ihrer Pächter besucht hatte. Zwanzig Familien waren von den ursprünglich mehr als hundert Familien übrig geblieben. Sie hatte sie nicht persönlich gekannt, doch sie kannte diesen Menschenschlag. Stolz. Hart arbeitend. Der Familie und dem Land ergeben.

Sie waren, wie sie wusste, denjenigen ähnlich, die auf dem Land ihres Vaters gelebt hatten, das sich nun in den Händen eines Engländers befand. Ihr Vater hatte jeden Pächter auf ihrem Land gekannt. Sie alle kamen zu den Familienfeiern: zu Geburtstagen, Hochzeiten und Geburten. Sie hatten genauso zusammen getrauert, wie sie miteinander gefeiert hatten. Sie wusste, wie sehr sie ihre harten, aber schönen Berge liebten. Sie wusste, wie sehr sie ihre Plaids schätzten, und die Dudelsäcke und den Tanz. Sie waren Angehörige des Clans gewesen, und ihr Vater war einer der wenigen verbliebenen Oberhäupter gewesen, der ihnen gegenüber eine Verpflichtung empfunden hatte. Schon vor Culloden hatten sich die Traditionen langsam geändert. Die Tragödie bei Culloden – und seine blutigen Folgen – hatten diesen Prozess nur beschleunigt.

Doch während sie jede Familie auf dem Land ihres Vaters gekannt hatte, kannte sie auf Lochaene nur wenige, obwohl sie dort drei Jahre lang gelebt hatte. Ihr Ehemann hatte zu seinen Pächtern nicht das gleiche Verhältnis gehabt wie ihr Vater. Alasdair interessierte sich überhaupt nicht für sie.

Doch nun besaß sie die Macht, Dinge zu verändern. Sie hatte versucht, jede Pächterfamilie auf Lochaene aufzusuchen, um sie davon zu überzeugen, zu bleiben und ihnen mitzuteilen, dass sie ohne Sorge jagen und fischen durften. Sie hatte den Kindern Süßigkeiten gegeben, die diese schon seit sehr langer Zeit nicht mehr bekamen. Sie hatte versucht, das lang verloren gegangene Vertrauen wiederzuerwecken.

Sie hatte sogar einem älteren Pächter – McNann – die Position des Butlers übertragen, als Ersatz für MacKnight. Reginald und Louisa hatten beide protestiert. Er hatte keine Ausbildung und sah aus wie ein Raufbold. Doch sie hatte sich über sie hinweggesetzt. Sie wollte jemanden haben, den *sie* ausgesucht hatte, und er brauchte ein zusätzliches Einkommen für die Familie seines Bruders.

Außer dem Streit wegen McNann herrschte nach Braemoors Weggang vor fast einer Woche so etwas wie Friede auf Lochaene. Reginald und Louisa waren ungewöhnlich freundlich, und sie hatte versucht, sich genauso zu verhalten. Sie betete nur, dass es so bleiben würde – zum Wohle der Kinder, wenn schon nicht für ihr eigenes Wohl.

Da sie es nicht erwarten konnte, zu den Kindern zurückzukehren, drängte Janet die Stute zu einem schnelleren Gang. Colin trank jetzt zusätzlich zu ihrer Milch auch Kuhmilch. Trotzdem schrie er noch immer nach ihrer Milch, und ihre Brüste blieben entzündet und prall. Sie hasste es, dieses Band zwischen Mutter und Kind zu durchtrennen, und doch wusste sie, dass sie, wenn sie Lochaene erfolgreich leiten wollte, mehr Freiheit benötigte.

Janet ritt quer über das Feld. Sie würde über eine niedrige Steinmauer springen müssen, doch das war für sie eine Herausforderung. Es war schon viel zu lange her, dass sie querfeldein mit ihrem Vater und Bruder geritten war. Sie beugte sich über das Pferd nach vorn, gab dem Pferd einen leichten Schlag, und die Stute streckte sich und raste auf die Steinmauer zu. Hoch und darüber. Fliegend.

Plötzlich begann der Sattel zu rutschen. Sie zog die Füße aus den Steigbügeln und versuchte, die Zügel anzuziehen, doch das Pferd war verschreckt. Der Gang der Stute wurde zögerlich, dann begann sie zu rennen, als sowohl der Sattel als auch Janet zu fallen begannen. Janet drehte sich und streckte die Arme vor, um den Sturz abzufangen.

Wie gelähmt blieb sie am Boden liegen, während das Pferd alleine weiter zum Stall lief. Sie versuchte sich zu bewegen. Obwohl ihr einige Körperteile wehtaten, funktionierte alles noch; sie glaubte nicht, das sie sich etwas gebrochen hatte. Sie stand auf, hinkte zum Sattel hinüber und besah sich den Sattelgurt. Er war zerrissen.

Der Riss war ausgefranst. Er könnte einfach verschlissen sein. Nichts auf Lochaene war in den letzten Jahren gepflegt worden. Oder ein Schnitt konnte das Zerreißen des Gurts vorbereitet haben. Wenn er während des Sprungs gerissen wäre, statt bei der Landung, hätte es sie töten können.

Denke nicht darüber nach. Doch sie musste es tun. Wenn ihr etwas passierte, was würde dann aus ihrem Sohn werden?

Janet dachte an die Nacht auf dem Balkon und an die schattenhafte Gestalt. Sie hatte den Vorfall Braemoor gegenüber nicht erwähnt. Vielleicht hätte sie es tun sollen.

Sie zitterte und erschauerte vor Furcht.

Es war ein Unfall.

Sie blieb unsicher stehen, wagte einen Schritt, dann noch einen. Sie war eine halbe Meile von den Ställen entfernt, doch sie vermutete, dass jemand nach ihr suchen würde, wenn das Pferd allein zurückkehrte. Sollte sie warten? Oder losgehen? Plötzlich dachte sie an ihren Sohn.

Was, wenn es kein Unfall gewesen war? Wenn sie jemandem im Weg war, dann war es ihr Sohn auch.

Sie legte sich den zerrissenen Gurt über den Arm. Sie würde den Schmied im Dorf bitten, ihn zu überprüfen. Dann begann sie unter Schmerzen zum Gutshaus zu laufen. Sie wollte Colin nehmen und ihn sicher in ihren Armen spüren.

Neil schrie Janets Namen durch den Nebel aus Hitze und Schmerz. Durst. Er war immer zu durstig. Janet wanderte durch seine Träume und Albträume. Sie waren miteinander verschlungen. Er sah sie auf dem Culloden Moor liegen, mit Blut bedeckt. Jemand ging mit einem Schwert in der Hand auf sie zu, und er versuchte, sich vor sie zu stellen, doch etwas hinderte ihn daran. Sie wurde eingekreist. Überall war Blut. Seines. Ihres.

»Braemoor!«

Er versuchte, die Augen zu öffnen, doch die Lider waren viel zu schwer.

»Ich schicke Euch mit Burke weg«, hörte er eine Stimme sagen. Wills Stimme. Sie schien weit entfernt zu sein. »Ihr braucht mehr Hilfe, als ich Euch geben kann. Braemoor – könnt Ihr mich hören?«

Neil versuchte zu hören und zuzuhören. Die Stimme befahl es. »Wenn Ihr am Leben bleibt, seid Ihr in meiner Schuld«, sagte die Stimme. »Ich werde die Schuld eintreiben.«

Und dann wurde er bewegt, getragen und auf ein Pferd gehoben. Der Schmerz saß wie ein lebendiges brennendes Tier in ihm. Er wollte protestieren, doch da war nicht mehr genug Kraft in ihm, nicht genug Klang oder Stimme oder Wille. Neil nahm vage wahr, dass er an einen Sattel gebunden wurde, doch dann verschwand alles – selbst die Albträume – im Nichts.

Janet drückte Colin so fest an sich, dass er wimmernd protestierte. Ungern legte sie ihn zurück in die Wiege. Sie hatte sich noch nicht von ihm losreißen können seit ihrer Rückkehr ins Gutshaus am gestrigen Nachmittag.

Janet war auf Tim getroffen, als sie sich dem Haus genähert hatte. Er saß zu Pferd, und als er sie erkannte, glitt er herab und rannte zu ihr. »Mylady, seid Ihr verletzt?«

»Nur ein paar blaue Flecke«, sagte sie.

»Das Pferd ist ohne Sattel zum Stall gekommen«, sagte er.

»Der Sattel ist heruntergerutscht.« Sie gab ihm den Sattelgurt. »Ich möchte, dass du den hier zum Schmied bringst und ihn reparieren lässt. Bitte ihn, dass er ihn zuerst untersucht. Ich möchte wissen, wieso er zerrissen ist.«

Die Augen des Jungen weiteten sich, doch er nickte nur. »Möchtet Ihr zum Herrenhaus reiten?«

Janet schüttelte den Kopf. Sie war schon fast da, und es würde genauso schmerzhaft sein, in den Sattel zu gelangen, wie die restliche Strecke zu Fuß zu gehen.

Tim nahm die Zügel des Pferdes und sie gingen gemeinsam zurück. Vor dem Haus trafen sie Louisa, die besorgt auf und ab schritt und schnell zu Janet gerannt kam. »Ich habe mir solche Sorgen gemacht, als das Pferd eintraf.«

»Reginald?«

»Er ist heute Morgen wegen irgendwelchen Geschäften unterwegs«, sagte Louisa.

Und Marjorie war zu Besuch bei Freunden in der Nähe von Edinburgh. Hatte Reginald den Sattelgurt manipuliert, ehe er aufgebrochen war? Louisa bestimmt nicht. Sie hatte Angst vor Pferden. Sie würde sich ihnen nie nähern, und Janet glaubte sogar, dass sie einen Sattelgurt nicht von einem Steigbügel unterscheiden konnte.

Es war nur ein Unfall, sagte sie sich wieder. Trotzdem rannte sie zum Kinderzimmer hinauf. Grace und Rachel lasen, das Kätzchen und der Welpe wälzten sich als unmögliches Knäuel zu ihren Füßen. Die beiden Kinder sahen sie an, und das Entsetzen stand ihnen in die Gesichter geschrieben, als sie ihre verschmutzte Kleidung und das getrocknete Blut am Arm sahen. Annabella und Colin schliefen. Sie kniete sich neben Colins Wiege, horchte auf seinen leisen Atem und küsste ihn leicht, damit er nicht aufwachte.

Clara betrachtete ihre zerrissene Kleidung und stieß einen leisen Schrei aus. »Mylady? Was ist geschehen?«

Die Frage war wie ein Echo von den Gesichtern der Kinder abzulesen.

»Nur ein kleiner Sturz«, sagte Janet. »Ich wollte Euch nur kurz sehen, ehe … ich mich umziehe.«

Rachel kam zu ihr gerannt. »Du bist verletzt.«

»Das sind nur ein paar Kratzer, Liebes.« Sie beugte sich herab und umarmte Rachel. »Wenn man reitet, muss man mit so etwas rechnen. Und wisst ihr was? Ich werde nach einem Pony für euch Ausschau halten, damit ihr das Reiten auch lernen könnt.«

Sie hatte das vorher noch nicht in Betracht gezogen, doch sie wollte nicht, dass die Mädchen sich wegen ihres Sturzes fürchteten. Sie hätte sich umziehen sollen, ehe sie hierher gekommen war, doch sie hatte es nicht erwarten können, sich zu vergewissern, dass bei ihnen alles in Ordnung war. Sie wollte unter gar keinen Umständen, dass sie vor dem Reiten Angst hatten. Es war eine der größten Freuden in ihrem Leben, und sie hatte es bitter vermisst, als Alasdair ihr den Zugang zu den Pferden beschränkt hatte.

Rachels Gesicht strahlte. Grace sah besorgt aus. Das war nicht ungewöhnlich. Grace machte sich ständig Sorgen.

Janet beugte sich herab, hob Graces Kinn mit den Fingern an und streichelte dann die winzig kleinen Sorgenfalten weg. Grace war so unglaublich lieb. »Mir geht es wirklich gut«, sagte sie. »Es war ein Abenteuer.«

Grace sah nicht überzeugt aus.

Janet seufzte. »Ich nehme jetzt ein warmes Bad, und dann werden wir hier zusammen zu Mittag essen. Habt ihr dazu Lust?«

»Oh ja«, sagte Rachel.

Grace nickte melancholisch.

Janet beugte sich herab und nahm Colin trotz eines leisen Protestwimmerns hoch. Sie würde ihn heute Nacht nicht aus den Augen lassen. »Ich werde die Köchin bitten, eine Fleischpastete für uns vorzubereiten«, sagte sie, weil sie wusste, dass das ein Lieblingsgericht der Mädchen war. »Und einen Nachtisch.«

Sie ging zu ihrer Kammer hinunter. Lucy war ihr im Haus begegnet, nachdem sie angekommen war und hatte schon Wasser für ein Bad erwärmt. Die Sitzbadewanne dampfte.

Janet legte Colin auf einen Bettvorleger auf dem Boden, weil sie wusste, dass sie auf ihn Acht geben musste. Er krabbelte jetzt überall hin. Dann nahm sie dankbar Lucys Hilfe beim Entkleiden in Anspruch – beim Ausziehen des Reitkostüms, der Strümpfe, des Unterkleids und der Unterwäsche. Sie stieg ins Bad und sank so tief wie möglich hinein, ließ die Schmerzen der Blutergüsse vom heißen Wasser lindern. Das Wasser biss in den Schrammen, doch das machte ihr nichts aus. Sie lebte. Ihrem Sohn und ihren Töchtern ging es gut. Das war für sie im Moment das Wichtigste.

Janet warf sich ständig herum und streckte oft ihren Arm nach ihrem Sohn aus. Sie wusste nicht, wie spät es war, doch schließlich stand sie auf und ging zum Fenster. Dünne Wolken zogen zwischen den Sternen und dem Mond und warfen Schatten über den Burghof.

Sie setzte sich ans Fenster. War das heutige Missgeschick wirklich ein Unfall gewesen? Vielleicht würde sie mehr wissen, nachdem der Schmied sich den Sattelgurt angeschaut hatte. *Schlaf.* Schlaf noch ein wenig.

Doch sie schaute weiter hinaus. Sie hasste es, zugeben zum müssen, dass sie Braemoor vermisste. Doch so war es. Viel mehr, als ihr lieb war. Sie fühlte sich allein und einsam, und er hatte eine Stärke in sich, die sie an ihm nicht kannte oder die sie vielleicht zu vergessen versucht hatte. Vor ihrem inneren Auge sah sie, wie er voll von Selbstsicherheit über den Burghof schritt oder aus dem Stall herausritt. Und dieser Kuss. Dieser teuflische Kuss. Allein die Erinnerung an das Gefühl seiner

Lippen auf ihren ließ ihren Körper erbeben. Er hatte ihr das Gefühl gegeben, dass sie sicher war. Aber mehr noch hatte er ihr das Gefühl gegeben, dass sie alles schaffen konnte.

Plötzlich bemerkte sie eine Bewegung auf der Straße nach Lochaene. Zwei Pferde, die schnell auf das Haus zu liefen. Sie sah, wie sie vor den Ställen anhielten. Der Reiter des ersten Pferdes beugte sich zu dem anderen Pferd hinüber, das mit einer Art Bündel beladen war. Innerhalb einer Sekunde fiel das Bündel zu Boden, und der Reiter raste mit dem zweiten Pferd im Schlepptau davon.

Das Bündel bewegte sich.

Eine Vorahnung erfüllte Janet, als sie die Treppe hinunterlief und die schweren Türen öffnete. Sie rannte hinüber zu dem Bündel. Ein Körper.

Sie erkannte sofort Braemoors Kleidung, doch das blaue Tuch war braun von getrocknetem Blut. Sein Gesicht war mit schwarzen Bartstoppeln bedeckt. Er murmelte etwas, das keinen Sinn ergab. Sie beugte sich zu ihm hinunter und berührte seine Stirn. Sie war glühend heiß.

Janet rannte in den Stall, in dem Tim und Kevin schliefen, und weckte sie auf. Tim kam mit ihr mit, während Kevin losging, um den neuen Butler zu holen.

Sie setzte sich zusammen mit Tim neben Braemoor. Sie legte den Kopf an sein Herz. Sein Körper brannte vor Fieber. Blut hatte sein Gesicht und das Haar verkrustet, und ein Hosenbein war weggerissen worden. Ein blutiger Verband bedeckte die obere Hälfte seines Beins.

Als McNann kam, stand sie auf. »Du und Tim bringt ihn in den zweiten Stock hinauf. In das blaue Zimmer. Kevin, du reitest zum Arzt. Sag ihm, dass er so schnell wie möglich herkommen muss.«

Kevin ging davon, um ein Pferd zu satteln, während Tim und McNann sich damit abmühten, Braemoor auf die Füße zu bekommen. Sie folgte ihnen, als sie ihn halb trugen und halb ins Haus zerrten, die Treppe hinauf und in ein Bett. Dann traten sie beiseite und schauten hilflos auf den verwundeten Mann.

Wie die meisten schottischen Frauen, kannte sich auch Janet ein wenig mit der Heilkunst und mit Kräutern aus. Als Herrin von Lochaene war sie oft gebeten worden, sich Krankheiten und Wunden anzuschauen. Ein Blick auf Braemoor ließ sie frösteln.

Wer hatte ihn hierher gebracht? Und warum? Und wieso war er so schwer verletzt? Er war erst vor vier Tagen davongeritten. Sie hatte gedacht, dass er längst zurück auf Braemoor wäre. Wo war er in den vergangenen Tagen gewesen?

Sie beugte sich über das Bett. »Mylord«, sagte sie. »Mylord. Könnt Ihr mich hören?«

Seine Augen waren geschlossen, doch er murmelte etwas.

Sie wickelte die blutgetränkten Lumpen von seinem Oberschenkel ab und betrachtete die hässliche Wunde. Sie war ungeschickt genäht worden und war rot und wund. Er hatte auch noch eine Fleischwunde an seiner Schulter, doch die begann schon zu heilen.

»Bitte bleib hier bei ihm«, sagte sie zu McNann und eilte dann in die Kammer, die ihr Ehemann benutzt hatte. Seine Kleider waren noch nicht zum Dachboden gebracht worden. Sie nahm Nachtwäsche und Unterwäsche und eilte zurück.

»Hilf mir, ihn auszuziehen«, sagte sie zu McNann und gab ihm die Kleider. Ein überraschter Blick huschte über sein Gesicht, doch er tat, wie ihm geheißen. Er hielt Braemoor hoch, während sie ihm sein zerfetztes Hemd vom Körper zerrte und das Nachtgewand überzog. Dann überließ sie es McNann, die Reste von Braemoors Hose zu entfernen und ihm eine Unterhose anzuziehen.

Als alles getan war, wandte sie sich ihm zu. »Du kannst jetzt gehen«, sagte sie.

Er trat zurück. »Ja, Mylady«, sagte er.

Lucy erschien mit Schüsseln voll dampfendem Wasser. Clara folgte ihr mit Flaschen voller Kräuter. Sie stellten alles auf den Tisch und zögerten.

Lucy blieb zurück, doch Clara trat näher und gemeinsam wuschen sie dem Marquis das Gesicht. Er stöhnte und versuchte, sie von sich zu stoßen, doch es war offensichtlich, dass er nicht wusste, wo er war. Wie schon zuvor murmelte er etwas, und sie beugte sich herab, um ihn zu verstehen. »Neil«, sagte sie wieder und war sich bewusst, dass sie ihn zum ersten Mal seit acht Jahren mit seinem Vornamen ansprach. »Was ist los, Neil? Was versuchst du zu sagen?«

»Jan ... et.« Sie konnte nur mit Mühe ihren Namen verstehen.

»Ja, ich bin es, Janet«, sagte sie tröstend. Sie ging zum Tisch zurück, tauchte das Tuch wieder ins Wasser und wrang es gründlich aus, ehe sie damit zurück zu ihm ging. Sie reinigte den Bereich um die suppende und faulig riechende Wunde und benässte dann die Wunde selbst.

Er stöhnte, doch er wehrte sich diesmal nicht mehr gegen sie. Sie betete darum, dass sie die sich schnell ausbreitende Entzündung aufhalten konnte. Bitte Gott, lass ihn keinen Wundbrand bekommen. Als sie die Wunde ausreichend gesäubert hatte, wich sie von seiner Seite und stellte einen Umschlag aus Schupflinnen her, das sie in Öl tauchte und auf die Wunde legte.

Clara kehrte mit weiterem Wasser zurück, und Janet goss ein wenig davon in einen Becher, hob Braemors Kopf an und versuchte, ihn zum Trinken zu bewegen. Er brauchte Flüssigkeit. Er schluckte, doch seine Augen blieben geschlossen. Sie gab ihm noch etwas mehr Wasser und hielt dann inne. »Er wird Ruhe brauchen und alle drei Stunden einen Schluck Chinarinde«, sagte sie zu Clara.

»Ich werde bei ihm bleiben«, bot Clara freiwillig an.

»Nein«, erwiderte Janet. »Geh schlafen. Du musst dich morgen um die Kinder kümmern.«

»Seid Ihr sicher, Mylady?«

»Ja, er ist meinetwegen hierher gekommen. Das Mindeste, was ich tun kann, ist, bei ihm zu wachen. Du und Lucy müsst schlafen. Ich hoffe, dass der Doktor noch vor Tagesanbruch eintrifft.« Und in Wirklichkeit wollte sie, dass sie gingen. Sie wollte mit ihm allein sein.

Er war sehr krank. Er würde vielleicht sterben. Sie wusste nicht, wie sie das Fieber senken konnte. Wenn es nötig war, konnte sie eine Wunde nähen und ein paar Kräuterarzneien zubereiten, aber mehr nicht. Was sie konnte, war bei ihm zu bleiben und ihn spüren zu lassen, dass er nicht allein war.

Clara schien dieses Bedürfnis zu spüren. Sie ging mit Lucy zusammen hinaus und schloss die Tür hinter sich.

Janet zog sich einen Stuhl heran und setzte sich. Sie hatte noch immer Schmerzen nach ihrem Sturz heute, doch das spielte keine Rolle. Sie streckte die Hand aus und berührte sein Gesicht. Die Stoppeln des neuen Barts fühlten sich rau an und die Haut darunter heiß.

Er war einst der Inbegriff ihrer Hoffnung gewesen. Dann die Verkörperung ihrer Enttäuschung. Sie hatte ihn erst geliebt und dann gehasst. Sie hatte ihn gebraucht und dann abgelehnt. Sie wusste noch immer nicht, warum er nach Lochaene gekommen war, oder was er wirklich wollte.

Der Bart ließ ihn sowohl verwegen als auch verletzlich aussehen. Diese Verletzlichkeit hatte sie schon früher an ihm festgestellt und sich später gefragt, ob sie sich geirrt hatte. Hatte sie einfach nur etwas sehen wollen, das nicht so sicher, so zuversichtlich und so distanziert war?

»Bleib bei mir«, verlangte sie von ihm. Sie fragte sich, ob sie jemanden nach Braemoor schicken sollte, um die Menschen dort von seiner Verletzung zu unterrichten. Gab es dort jemanden, der sich um ihn sorgte? Sie wusste, dass er keine Familie hatte. Doch sicherlich gab es dort jemanden.

Jeder hat irgendjemanden. Sie bot ihm noch mehr Wasser an, und er trank es diesmal leichter, doch sie wusste, dass das eher Instinkt war und kein Bewusstsein. Würde er jemals erfahren, wo er war? Würde er hier sein wollen?

Was war ihm zugestoßen? Warum hatte ihn jemand einfach vor ihrer Tür abgeladen?

Und wer?

Doch nichts davon war wirklich wichtig. Das Einzige, das zählte, war, Neil gesund zu machen.

Die restliche Nacht über benetzte Janet immer wieder sein Gesicht mit Wasser und erneuerte die kühlen Tücher um seinen Oberkörper. Er murmelte vor sich hin, bewegte sich und kämpfte gegen die Bettdecke an. Doch klar wurde er nicht.

Sie betete. Sie hatte das schon sehr lange nicht mehr getan. Weil sie dachte, dass Gott Schottland verlassen hätte. Doch nun versuchte sie es wieder so, wie sie es getan hatte, als ihr Bruder sich für die jakobitische Sache einsetzte.

»Janet.« Er hatte ihren Namen schon mehrmals gemurmelt. Das war seltsam, da es ihr so erschienen war, als ob er ihn vermieden hatte, als er hier gewesen war. Es war so ein schlichter Name. Doch er klang bedeutungsvoller, als er so qualvoll aus seinem Mund ausgestoßen wurde.

Sie beugte sich herab. Sie hatte ihn bisher meist nur »Mylord« genannt. Vielleicht half es ihm, wenn sie persönlicher wurde. »Neil«, sagte sie sanft und ließ den Klang auf ihren Lippen zergehen.

Seine Augen öffneten sich zitternd. Sie waren geschwollen und gerötet. Sie versuchten, etwas zu erkennen, bis sie an ihr hängen blieben. Er zwinkerte. »Janet ...«, sagte Neil wieder. Diesmal war es eine Frage und die Bestätigung ihre Anwesenheit zugleich. »Wo ...?«

»Ihr seid wieder auf Lochaene. Jemand hat Euch heute

Nacht hier abgeladen. Könnt Ihr mir sagen, was geschehen ist?«

»Dur … stig.«

Sie ging zum Tisch hinüber und goss noch mehr Wasser in den Becher, den sie benutzt hatte. Sie schob den Arm unter seinen Kopf, hob ihn etwas an und drückte den Becher an seine Lippen. Diesmal trank er alles bis auf den letzten Tropfen. Fast zögernd zog sie den Arm zurück. »Ich hole noch mehr Wasser aus der Küche unten.«

»Bleib.« Es war mehr eine Bitte als ein Befehl.

Dann schlossen sich seine Augen, als ob das Trinken und die paar Worte ihm all seine Kraft geraubt hätten.

Sie setzte sich wieder neben ihn. »Ich habe nach dem Doktor geschickt. Er wird hoffentlich bald kommen. Könnt Ihr mir sagen, was geschehen ist?«

»Beschossen … aus dem Hinterhalt.«

»Jemand hat Euch hierher gebracht.«

»Der … Räuber …«

Sie versuchte zu verstehen. »Der Mann, der Euch angeschossen hat, hat Euch hierher gebracht?«

»Einer … von seinen …« Er schwieg einen Moment lang, und ein Schauer durchlief seinen Körper. Sie konnte sehen, wie sich etwas in seiner Brust bewegte. Ein Ansturm von Schmerz? Eine Erinnerung?

Braemoor schien ein Mann zu sein, der vor einer Erinnerung zurückschrecken würde.

Sie beugte sich herab. »Wer war er …?«

»Nannte sich Will«, sagte er. »Sie … haben mich erwartet.«

»Warum hat er Euch hierher gebracht?«

Doch seine Augen schlossen sich wieder und seine Brust hob und senkte sich. Leichter? Sie wusste es nicht. Sie konnte nur hoffen.

Und sich Fragen stellen. Er wurde aus dem Hinterhalt überfallen. Dann hatte, wer auch immer es gewesen war, ihn hierher zurückgebracht. Hatten sie ihn für tot gehalten und wollten ihr irgendetwas mitteilen? Oder war es eine Art spätes Erbarmen gewesen? Erbarmen war in diesen Tagen rar in Schottland.

Doch sie würde nichts mehr erfahren, bis er wieder aufwachte. Er brauchte so viel Ruhe, wie er nur bekommen konnte. Sie stand auf und beschloss, nach unten zu gehen und Wasser zu holen. Ein wenig davon musste erhitzt werden für einen frischen Umschlag. Sie musste so viel Gift herausziehen wie möglich.

Sie eilte mit dem Krug die Treppe hinunter und zögerte einen Augenblick lang an der Tür. Dann öffnete sie sie und schaute nach draußen. Das Morgengrauen brach an. Nebel verhüllte die nahen Hügel, doch das erste Morgenlicht hatte den Himmel aufgehellt. Es war kalt, und sie zitterte in dem schneidenden Wind. Nicht umsonst war Schottland ein feindseliges Land, jetzt empfand sie das mehr denn je.

Sie schloss die Tür und ging zurück in die Küche. Das Feuer im großen Kamin war schon angezündet worden, und die Köchin bereitete zusammen mit einer Küchenhilfe Brotlaibe für die Backröhren vor, die in den Kamin eingebaut waren. »Ich brauche noch etwas Wasser«, sagte Janet.

Die Köchin Bridget eilte davon, um es zu holen. »Ich habe gehört, dass jemand den Marquis zurückgebracht hat.« Die Äußerung steckte voller Fragen.

Doch Janet hatte keine Antworten. »Ja. Es geht ihm schlecht. Ich hatte gehofft, dass der ... Arzt ...«

»Er scheint ein guter Mann zu sein«, sagte Bridget. »Gott wird sich seiner annehmen.«

Janet wünschte, sie würde einen so klaren Glauben haben. Stattdessen nahm sie das Wasser, eine sichtbarere und konkretere Art der Hilfe. »Würdest du bitte etwas Fleischbrühe für ihn kochen? Vielleicht kann ich ihn dazu bringen, sie zu essen.«

»Ich werde die beste Brühe kochen, die es gibt«, versicherte sie. »Wenn Ihr noch etwas anderes braucht ...«

Die Sorge schwang deutlich in Bridgets Stimme mit. Es gab also noch jemanden im Haus, dem der Marquis am Herzen lag.

»Ich danke dir«, sagte Janet und spürte ein seltsames Ziehen in ihrem Herzen. Der Marquis von Braemoor war ihr so einsam vorgekommen, und noch weit mehr, als er wie ein Sack Kartoffeln im Burghof abgeworfen worden war. Sie wollte nicht, dass er jetzt allein war.

Sie beschleunigte ihre Schritte auf der Treppe. Die Tür war geschlossen. Sie war aber sicher, dass sie sie offen gelassen hatte. Vielleicht ein Luftzug ...

Janet schob die Tür auf und sah, wie sich Louisa über den schlafenden Marquis beugte. »Louisa?«

Die Frau sprang auf, als ob Janet ein Geist wäre. Dann schien sie sich zu entspannen. »Oh, du bist es, Janet. Ich bin früh aufgestanden und habe das mit dem Marquis erfahren. Ich bin hergekommen, um nachzusehen, ob er etwas braucht und fand ihn ganz allein vor. Er scheint sehr krank zu sein.«

»Das ist er auch«, sagte Janet, »doch der Arzt müsste in Kürze kommen. Und der Marquis ist ein starker Mann.«

»Das war dein Ehemann auch«, sagte Louisa und zuckte würdevoll mit einer Schulter. »Männern scheint der Umgang mit dir nicht gut zu bekommen.«

»Ich würde vorschlagen, dass du nach unten gehst und auf den Arzt wartest«, sagte Janet kalt. Doch ihr Herz schlug schneller. Louisa hatte Recht. Sie schien eine Art Unglücksbote zu sein. Doch sie würde Louisa nicht spüren lassen, dass ihre Worte auf sie eine Wirkung hatten.

»Schreckliche Sache«, sagte Louisa. »Diese ganze Gesetzlosigkeit heutzutage, und Seine Gnaden scheint nichts dagegen unternehmen zu können.« Ein fast befriedigter Blick trat in ihre Augen. »Ich bin wirklich der Ansicht, dass du nicht mehr allein ausreiten solltest. Vor allem nicht nach deinem gestrigen Sturz.«

»Deine Sorge ist rührend«, sagte Janet trocken. »Ich werde vorsichtig sein. Ich bin sicher, dass der Marquis das auch schätzen würde.«

»Denke an meine Worte«, sagte Louisa und rauschte zur Tür hinaus, als wäre sie eine Königin. Was, wie Janet wusste, genau das war, was Louisa ihrer eigenen Ansicht nach auch sein müsste.

Sie stellte den Krug ab, schloss dann die Tür und machte kehrt, um nach Braemoor zu schauen. Er hatte seine Bettdecke abgeschüttelt. Sie berührte sein Gesicht. War es wärmer als zuvor?

Janet zog an seinem Nachtgewand und zwängte es über seine Schultern. Kein Stöhnen diesmal. Nichts. Angst ergriff sie, und ihre Hände zitterten, als sie ihn berührte. Sein Körper schien lichterloh zu brennen.

Was hatte Louisa hier gewollt? Louisa schien keinen einzigen Funken Mitleid in sich zu haben. Neugierde? Und warum war sie schon bei Tagesanbruch aufgestanden? Sonst kam sie selten vor der Mittagszeit aus ihrer Kammer.

»Nein!«, schrie Braemoor. Sie beugte sich herab und versuchte, ihn ruhig zu halten, damit seine Wunde nicht erneut aufriss. Doch sein Arm schwang aus und erwischte ihre Brust. Sie flog rückwärts und landete auf dem Fußboden. All die Stellen, die sie sich verletzt hatte, schienen zu brennen. Unter Schmerzen schaffte sie es aufzustehen und ihn daran zu hindern, dass er aus dem Bett fiel.

»Neil«, flüsterte sie wie schon einmal. Das hatte ihn zuvor beruhigt, doch nun schien es ihn nur noch mehr aufzuregen. Er schrie wieder, doch die Worte waren gedämpft, und er griff jetzt nach ihrem Handgelenk und drückte es so stark, dass sie aufschrie.

Bei diesem Ton wurde er ruhig. Sein Griff lockerte sich. Sie beugte sich ganz zu ihm hinunter, während er ihr Handgelenk noch immer umfasst hielt. »Neil«, sagte sie wieder leise. »Ich bin hier. Möchtest du irgendetwas haben? Noch ein wenig Wasser?« Ihre freie Hand berührte seine Stirn und glitt dann über die stoppeligen Wangen.

Seine Augen öffneten sich wieder. Sie wirkten verzweifelt, bis sie sie wieder im Blick hatten. »Janet. Bist … du … in Sicherheit?«

»Mir geht es gut«, sagte sie, »doch das kann ich von dir nicht behaupten.«

Sein Blick glitt zu dem Handgelenk, das er noch immer umklammerte. Er lockerte seinen Griff, wobei sein Blick an den blauen Flecken auf ihren Handgelenken hängen blieb. »Ich habe … verletzt …«

»Nein«, sagte sie sanft. »Das ist nichts. Du wusstest nicht, was du tust.«

Sie richtete sich auf, holte den Becher und kehrte an seine Seite zurück. »Kannst du etwas trinken?«

»Ja. Ich glaube, ich könnte den Ozean leer trinken.«

»Du hattest Albträume.«

Seine dunklen Augen glänzten und funkelten vor Fieber. Doch er erwiderte nichts, sondern nahm nur etwas Wasser zu sich, bevor er auf das Bett zurückfiel. Sie zog die Bettdecke zurück, die ihn nur halb bedeckte. Dann nahm sie den Umschlag von seiner Wunde. Er war stark verschmutzt. Schnell bereitete sie einen neuen vor und legte ihn vorsichtig auf die Wunde. Sein Körper zuckte zusammen bei dieser neuen Reizung, doch es kam kein Laut über seine Lippen.

Neils Körper war noch immer warm vor Fieber. Janet hatte mehrere Schlucke Wasser mit Chinarinde vermischt und brachte den Trank zu ihm. »Es schmeckt nicht so gut wie Wasser, aber es wird gegen das Fieber helfen.«

Gehorsam trank er die Mischung aus und senkte dann den Kopf, wobei er nicht aufhörte, sie zu betrachten. »Du ... hast mich ausgezogen?«

»Nein, McNann hat es gemacht.«

»McNann?«

»Unser neuer Butler.«

Sie sah, dass er versuchte, das in sich aufzunehmen.

»Kannst du mir sagen, wie du hierher gekommen bist?«, fragte sie.

Er schüttelte den Kopf.

»Du sagtest, dass ein Räuber dich aus dem Hinterhalt angegriffen hat.«

»Ja.«

»Du sagtest, dass er wusste, dass du kommen würdest.«

Seine Augen schlossen sich wieder, und einen Moment lang wusste sie nicht, ob er wieder das Bewusstsein verloren hatte oder nur einfach nachdachte und sich erinnerte oder sogar abwog, was er sagen wollte. Selbst jetzt noch behielt er so viel für sich.

»Neil?«

»Nicht ›Mylord‹?«, fragte er mit einem winzigen Hauch von Humor.

So schwach es auch war, so sehr munterte es sie auf. Doch genau in diesem Moment hörte sie von unten ein Geräusch.

Sie ging zum Fenster. Der Arzt war eingetroffen. Er war hier gewesen, als Alasdair gestorben war, und sie hatte damals sein Misstrauen gespürt. Und nun ... würde er wahrscheinlich das Schlimmste von ihr denken, weil sie einen verwundeten Mann gepflegt hatte, der nicht ihr Ehemann war.

»My ... lady.« Sie wandte sich bei seinen Worten zum Bett um. »Ich danke Euch ...«

Sie waren wieder bei ihrem Titel angekommen. Ihr hatte »Janet« viel besser gefallen. Dennoch ließ sie ihre Stimme kühl klingen, als sie erwiderte. »Ich hätte Euch ja kaum sterben lassen können.«

Seine Augen verloren etwas von ihrem Glanz. »Jedenfalls ...«

»Jedenfalls ist der einzige Dank, den ich brauche, der, dass Ihr gesund werdet«, sagte sie.

Ihre Blicke trafen sich. Seine Augen waren voller Fragen.

Warum?

Doch sie hatte keine Zeit, dem nachzugehen, da Reginald und der Arzt in der Tür standen. Sie würde warten müssen, bis sie ihre eigenen Fragen stellen konnte.

Kapitel 12

Der Arzt untersuchte Braemoor, dann zog er sie nach draußen. »Er ist sehr krank«, sagte er. »Ich werde ihn zur Ader lassen und das Gift aus ihm herausziehen. Aber ich kann für nichts garantieren.«

»Nein«, sagte Janet. »Er hat bereits eine große Menge Blut verloren.«. Ihm noch mehr Blut zu nehmen, ergab für Janet keinen Sinn.

Erregt fing der Mann an zu schimpfen. »Ich glaube kaum, dass Ihr qualifiziert genug seid, hier die Entscheidungen zu treffen«, sagte er und sah sie mit zusammengekniffenen Augen an. »Eurem Ehemann ist Eure Pflege jedenfalls nicht gut bekommen.«

Ein Kälteschauer rann ihr den Rücken herab. Reginald und Louisa hatten gute Arbeit geleistet. Doch sie würde nicht klein beigeben.

Er drehte sich um, ging in die Kammer zurück und stellte sich seitlich neben das Bett. Braemoor hatte sich wortlos untersuchen lassen, doch nun blickte er ihn wütend an. Er hatte offenbar die Worte des Arztes mitbekommen. Er versuchte, sich aufzusetzen, doch er fiel gleich wieder zurück.

»Ihr werdet das tun, um was die Gräfin euch bittet«, sagte Braemoor.

»Ihr solltet einen Aderlass machen lassen. Wenn nicht, dann werde ich keine ... Verantwortung übernehmen.«

Braemoor blinzelte, als ob er Probleme hätte, seine Augen ruhig zu halten. »Ihr werdet sie nicht tragen müssen«, sagte er.

»... Ich muss protestieren, Mylord.«

»Dann protestiert, aber ... Ihr macht, was sie sagt.«

»Ihr ... Ehemann ...«

»Verdammt noch mal, ich ... werde nicht Ader lassen«, sagte Braemoor.

»Ja, Mylord«, sagte der Arzt und starrte Janet wütend an.

»Dann werde ich Euch etwas Medizin dalassen, die Euch schlafen lässt ...« Er wandte sich an Janet. »Wenn er stirbt, werde ich das den Behörden melden.« Er gab ihr eine Flasche. »Mischt das mit Wasser und gebt ihm alle zwei Stunden ein wenig davon. Und wechselt weiter die Umschläge. Haltet ihn so kühl wie möglich.«

Dann ging er. Janet blieb zitternd zurück. Sie fragte sich, ob sie Neil gerade zum Tode verurteilt hatte.

Seine Augen waren geschlossen, als ob die letzten paar Stunden ihn völlig erschöpft hätten. Für einen Augenblick geriet sie in Panik. Was war, wenn sie sich irrte? Doch der Arzt hatte nichts getan, um ihrem Mann zu helfen, und er hatte nicht einmal herausgefunden, an was er gestorben war. Dennoch hatte sie auf ein Wunder gehofft.

Sie streckte die Hand aus und berührte Neil. Er fühlte sich noch immer warm an.

»Neil?«, fragte sie. Doch er war wieder davongeglitten. Sie saß neben ihm, voller Sorgen darüber, ob sie vielleicht einen schrecklichen Fehler begangen hatte. Und doch ...

Die Zeit verging. Sie wusste nicht, wie schnell. Sie zögerte, den Umschlag wieder zu wechseln, aus Angst, sie könnte ihn wecken, und Ruhe, dachte sie, war das Beste für ihn. Was aber, wenn sie sich auch darin irrte?

Er begann wieder unruhig zu werden. Janet saß neben ihm und besprenkelte seinen Körper, um ihn kühl zu halten, wechselte die faulig riechenden Umschläge und sprach mit ihm, auch wenn sie sich nicht sicher war, ob er sie hören konnte.

Neil schwebte immer wieder in die Dunkelheit und wieder hinaus. Als er endlich erwachte, hatte er keine Ahnung, wie viel Zeit vergangen war. Die Welt war für ihn ein Schleier aus Schmerzen und Hitze. Doch das war ihm noch lieber als die Albträume. Und als die Gesichter, die ihn in seinen Träumen verfolgten.

Er sah Will wieder und wieder vor sich. Er stand mit erhobenem Dolch über ihm. Neil durchlebte noch einmal die Schmerzen, die ihn überfallen hatten, als der Mann nach der Musketenkugel gestochert hatte. Aber am heftigsten pochten Wortfetzen des Mannes in ihm. Er wusste jedoch nicht, wie viel davon in seinem Kopf durcheinander geraten war. Was war die Wahrheit? Und was war gelogen? Und wie viel war durch seine Verwirrung verdreht worden?

Eine Frau. Daran konnte er sich erinnern. Der Räuber hatte gesagt, dass eine Frau ihnen die Information geliefert habe, dass er auf diesem Weg reisen würde.

Janets sanfte und tröstende Worte verwoben sich. Sie hielt ihn immer wieder von der Dunkelheit zurück. Ihre Hände waren so sanft. Er glaubte sogar, Tränen in ihren Augen gesehen zu haben. Warum hatte man ihn ausgerechnet hierher gebracht?

Janets leise Fragen hatten nicht dazu beigetragen, die Verwirrung aufzulösen. Er war sich jedoch sicher, dass sein erster flüchtiger Gedanke, dass sie die Verräterin sein konnte, falsch war. Sie hatte mehr als nur eine Gelegenheit gehabt, ihn sterben zu lassen. Stattdessen saß sie an seiner Seite wann immer er erwachte, und ihre Stimme war ermutigend und drängend und weigerte sich, ihn gehen zu lassen.

Das bedeutete jedoch, das jemand anderer in diesem Haus die Banditen informiert haben musste. Und wenn sie sich seiner entledigt hatten, was wurde dann aus Janet? Würde sie die Nächste sein?

Es war dieser Gedanke, der ihn am Leben hielt, ihn sogar

gegen die Dunkelheit ankämpfen ließ, während er nichts anderes wollte, als wieder in ihr zu versinken.

Er wusste nicht, wie lange er sich auf Lochaene aufgehalten hatte. Die Stunden und Tage waren zu einem geworden. Janet oder eine der Bediensteten war jedes Mal bei ihm gewesen, wenn er erwachte, hatte ihm Wasser oder die grässliche Mixtur aus Chinarinde angeboten. Er erinnerte sich auch an einen Arzt, oder zumindest glaubte er, dass der Mann ein Arzt gewesen war. Ein mürrischer Mensch.

Neil öffnete die Augen. Das Fieber war gesunken. Ihm war noch immer warm, doch sein Körper stand nicht mehr in Flammen wie zuvor. Sein Blick durchsuchte die Kammer. Er erblickte Janet, die in einem Lehnstuhl in seiner Nähe döste, ihren schlafenden Sohn auf dem Schoß.

Eine Haube bedeckte den größten Teil ihres Haares, und sie sah blass und müde aus. Der Junge kuschelte sich in ihre Armbeuge. Neil dachte, dass er niemals so etwas Schönes gesehen hatte.

Er versuchte, kein Geräusch zu machen. Er hatte Durst und Hunger, und er wusste, dass das ein gutes Zeichen war. Doch er hatte nicht die Absicht, sie zu wecken. Er fragte sich, wie lange sie schon hier war, ob sie in ihrem Bett geschlafen hatte. Das Sonnenlicht durchflutete den Raum, der nach Osten lag. Er dachte, dass es vormittags sein musste.

Aber an welchem Tag?

Er bewegte sich leicht und spürte den Schmerz wieder, doch er war jetzt schwächer. Sein Oberschenkel war verbunden, und er trug ein Nachtgewand. Hatte das Reginald gehört? Oder Janets Ehemann? Als er versuchte, sich im Bett aufzusetzen, begann sich der Raum zu drehen. Er war zu schwach.

Seine Hand fuhr über sein Gesicht. Es war kratzig und rau. Wie alt war sein Bart? Wie lange war es her, dass er Braemoor verlassen hatte? War jemand dort darüber informiert worden, was geschehen war? Hundert Fragen kamen ihm in den Sinn, und er mochte keine unbeantworteten Fragen.

Neil bewegte sich wieder, und der Schmerz übermannte seine Seite und seinen Kopf. Doch er unterdrückte jeden Laut. Stattdessen versuchte er lautlos, seine Arme und Beine zu bewegen. Ein Arm war steif, doch der andere schien in Ordnung zu sein. Er spürte ein peinliches Bedürfnis.

Er wusste nicht, wie er sich in einem Krankenbett zu verhalten hatte. Es hatte sich auch noch nie jemand um ihn gekümmert. Er war zwar schon verwundet, doch nur eilig versorgt und genäht worden, und er hatte niemanden gebraucht, der sich um seine intimen Bedürfnisse gekümmert hatte.

Jemand hatte ihn ausgezogen, ihn gewaschen und ihm das Nachtgewand angezogen. Er wusste, dass sie ihm die faulig riechenden Umschläge gewechselt hatte. Er erinnerte sich daran, dass sie ihm das Gesicht gewaschen und dass ihre Hand seine Haut berührt hatte. Oder war das der Kuss Nächte zuvor gewesen? Nächte zuvor? Eine Woche zuvor oder noch länger?

Er musste nach Braemoor zurück. So viele Dinge waren dort liegen geblieben. Es galt so viele Versprechungen einzuhalten, vor allem jetzt, wo ihm seine eigene Sterblichkeit bewusst geworden war. Wenn er starb, würde der gesamte Besitz wieder an die Krone zurückfallen, und er wusste, was das für die Pächter bedeuten würde, denen er Hoffnung gemacht hatte.

Und die Männer, die ihn angeschossen hatten. Neil hatte niemals daran geglaubt, dass es richtig war, die andere Wange hinzuhalten. Sein Onkel hatte ihn gelehrt, dass das nur eine Schwäche war. Und doch hatten sie auch …

Auch was? Und warum? Wieder überfielen ihn die Fragen.

Er konnte nicht hier bleiben. Er stellte ein Bein auf den Boden, dann das andere. Er versuchte leise zu sein, und doch sah er, wie Janet mit verschlafenen Augen ruckartig aufwachte.

Dann schärfte sich ihr Blick und konzentrierte sich auf ihn. Sie stand schnell auf, ihren noch immer schlafenden Sohn auf dem Arm. Sie legte ihn behutsam mitten auf das Bett und ging dann zu Neil hinüber. Ihre Hand berührte seine Stirn, und sie lächelte scheu. Ihr Blick war voller Erleichterung, und Wärme erfüllte ihn. Diese Wärme war ganz etwas anderes als die bittere Hitze, die ihn geplagt hatte.

»Es geht Euch besser«, sagte sie.

»Ja, dank Eurer Hilfe.«

Ihre Wangen verfärbten sich, als hätte man ihr niemals zuvor gedankt.

»Ich habe befürchtet ...« Ihre Stimme verklang.

Ihm wurde wieder schwindelig. Er konnte nur aufrecht sitzen bleiben, wenn seine Füße auf dem Boden standen. Er traute sich nicht aufzustehen. Doch er musste eine Nachricht nach Braemoor schicken.

»Wie lange?«, fragte er.

»Wie lange Ihr hier seid? Drei Tage.«

»Seit ... ich Lochaene ... verlassen habe?«

»Ihr wart vier Tage fort.«

Also war es fast zwei Wochen her, dass er von Braemoor fortgeritten war. »Ich muss eine Nachricht nach ...«

»Ich hätte Tim geschickt«, sagte sie. »Doch ich wusste nicht, wen er benachrichtigen sollte. Könnt Ihr mir jetzt sagen, was geschehen ist? Was Ihr bisher gesagt habt, hat nicht viel Sinn ergeben.«

Für ihn machte die ganze Sache auch nicht viel Sinn. »Ich bin aus dem Hinterhalt angeschossen worden«, sagte er. »Sie kamen näher, offenbar, um ihre Tat zu vollenden. Sie waren zu zweit. Aus irgendeinem Grund hat der Anführer beschlossen, mich nicht zu töten. Anfangs dachte ich, er zögerte, weil ich so gut wie kein Geld und keine Juwelen bei mir trug und sie vorhatten, Lösegeld für mich zu erpressen. Doch dann ...« Seine Stimme verklang.

»Doch dann?«, trieb sie ihn an.

»Ich hatte Fieber, doch ich hörte sie streiten …« Aus irgendeinem Grund scheute er davor zurück, etwas über die anderen Leute in der Höhle zu sagen. Sie waren unschuldig. Oder doch nicht? Jedenfalls wusste er, dass er nicht wollte, dass die Behörden die Hügel nach ihnen durchkämmten.

»Ein Streit über was?«, beharrte sie.

»Ich kann mich … nicht erinnern. Es ist alles … durcheinander.« Warum erzählte er es ihr nicht? Oder warum schickte er keine Nachricht an Cumberland, um die Hügel von den Räubern zu reinigen?

Er hatte die Möglichkeit, doch er hat dich nicht getötet. So einfach und so kompliziert war das. Er glaubte nicht daran, die zweite Wange hinzuhalten, aber er drückte sich auch nicht vor seiner Schuld.

»Hat jemand die Behörden benachrichtigt?«, fragte er.

»Nein«, sagte sie. »Reginald sagte, dass wir warten sollten … bis es Euch besser geht, und dass es auch ein Unfall gewesen sein könnte.«

Er versuchte, das zu begreifen. Vielleicht hatte der Ehrenwerte Reginald gehofft, dass er sterben würde und dann keine Fragen mehr gestellt würden. Dennoch war er froh darüber, dass Reginald nichts unternommen hatte, ungeachtet seiner Motive. Er hatte schon immer seine Kämpfe allein ausgefochten und auch immer seine Schulden selbst bezahlt. Und er hatte die Absicht, auch diesen Kampf auszufechten. Und, wenn nötig, auch die Schuld abzutragen.

Was schulde ich einem Meuchelmörder, der mich am Leben gelassen hat?

Er versuchte aufzustehen. Er konnte sich aufrichten, doch dann drehte sich der Raum wieder um ihn. Er streckte die Hand aus. »Mädchen?«

Janet nahm sie, und er spürte ihre Wärme bis in seine Zehen

hinab. Sie verdrängte den Schmerz, die Verwirrung und alles andere. Er stabilisierte sich.

»Das reicht«, sagte sie.

Doch er ließ sie nicht los. Er machte einen kleinen Schritt, dann noch einen, unterstützt von ihrer Kraft, obwohl sie eine kleine Frau war. Doch sie besaß eine angeborene Stärke. Und ihm gefiel es, dass sie ihm so nahe war. Er mochte es viel zu sehr.

Er machte noch einen Schritt und klammerte sich an sie, um das Gleichgewicht zu halten. Doch dann schienen seine Beine unter ihm nachzugeben, und er schaffte es kaum zum Bett zurück. Er wollte nicht über ihr zusammenbrechen. Dann erinnerte er sich an den Vortag. Vielleicht war es auch mehrere Tage her. Er hatte … sie verletzt. Er schluckte krampfhaft, als er sich schwer niedersetzte, ihre Hand noch immer in seiner. Er drehte sie herum und sah die Flecken dort, wo er sie festgehalten hatte. Dann entdeckte er noch weitere Male. Ein schwacher Fleck und ein Kratzer liefen über eine Hälfte ihres Gesichts.

Die Ärmel ihres Kleides rutschten halb die Arme herunter, und er erkannte weitere Flecke und Schürfwunden.

»Habe ich das getan?«, fragte er leise.

Sie betrachtete die Verletzungen. »Nein, ich bin an dem Tag, als Ihr hierher gebracht worden seid, vom Pferd gefallen.«

»Stimmt das?«

»Ja«, sagte sie. »In Eurem Fieber habt Ihr mein Handgelenk umklammert, das war alles.«

Er seufzte und war zumindest dafür dankbar. »Ihr seid allein ausgeritten?«

»Ja«, sagte sie.

Er wollte etwas erwidern, doch er hatte kein Recht dazu. Sie war nicht seine Frau und auch nicht seine Schutzbefohlene. Aber dennoch hörte er sich selbst sehr vorsichtig sagen: »Vielleicht solltet Ihr Tim oder Kevin … mitnehmen. Jetzt, da Ihr wisst, dass es in der Nähe Banditen gibt …«

Ihr Blick traf den seinen. Bis zu diesem Augenblick hatte er nicht gewusst, was Schwäche bedeutete. Ihre Augen waren so verdammt blau, ihre Lippen so verführerisch, als ihre Zähne sie traktierten. Ihre Hand lag noch immer in seiner, und die Berührung erregte jeden Nerv in ihm. Doch noch schlimmer war, wie sein Herz reagierte. Mit schmerzlicher Klarheit wusste er, dass sich im Grunde nichts geändert hatte. Er konnte noch immer nicht heiraten, mit dem Makel des Wahnsinns in seiner Familie.

Und trotzdem gab sie seinem grauen Leben Farbe wie ein Meisterkünstler einem Regenbogen. Sie erhellte jede dunkle Ecke, sogar mit diesem zweifelnden Gesichtsausdruck. Der Gedanke, dass er sie körperlich verletzt haben könnte, wäre ein viel größerer Schmerz für ihn gewesen als der, den die verdammte Musketenkugel ihm zugefügt hatte.

Trotzdem sie es verneinte, wusste er, dass er wenigstens für einen ihrer blauen Flecken verantwortlich war, und wahrscheinlich für mehrere der größeren. Und doch ruhte ihre Hand vertrauensvoll in seiner.

»Erzählt mir, wie ich hierher gekommen bin«, sagte er und versuchte dabei, die wachsende Vertrautheit zu durchbrechen, die zwischen ihnen aufgekommen war.

»Ein Mann kam hereingeritten und hat Euch einfach abgeworfen. Wie einen Sack Kartoffeln«, fügte sie mit einem winzigen Funkeln in den Augen hinzu. »Dann ist er davongeritten. Niemand hat sein Gesicht gesehen. Er hat Euer Pferd geritten.«

»Woher wisst Ihr das?«, fragte er.

»Ich habe ihn gesehen. Ich habe genau in diesem Moment aus dem Fenster geschaut.«

Neil wünschte, der Mann hätte das Pferd auch zurückgelassen. Es war sein Lieblingshengst. Ein Grund mehr, diesen Will zu finden.

Oder würde Will *ihn* finden?

Plötzlich fühlte er sich wieder sehr müde. All seine Kraft war durch diese paar Schritte aus ihm gewichen.

Janet schien das zu spüren und entzog ihm sanft die Hand. »Könnt Ihr ein wenig Fleischbrühe trinken?«

»Ja«, sagte er. »Und etwas Wasser.«

Sie gab ihm einen Becher voll Wasser. Dabei schaute sie zu dem Jungen hinüber, der noch immer auf dem Bett schlief. »Würdet Ihr auf ihn aufpassen, während ich ein wenig Fleischbrühe aus der Küche hole? Haltet ihn einfach zwischen Euch und der Wand.«

»Ich glaube, dass ich das bewältigen kann«, meinte er trocken.

Sie sah ihn zweifelnd an, doch dann eilte sie zur Tür. Er saß auf der Kante des Bettes und zwang sich, aufrecht zu bleiben. Er beugte sich hinüber und legte eine Hand auf den Jungen. Genau in diesem Moment bewegte Colin sich, gähnte und reckte seinen kleinen Ärmchen. Dann erfreute er ihn mit einem schläfrigen Grinsen.

Neils Herz schmolz dahin. Er streckte einen Finger aus, und der Junge umfasste ihn fest, zog sich mit seiner Hilfe hoch und krabbelte zu ihm.

Colin berührte sein Gesicht mit der Hand und runzelte die Stirn. »Ah, du magst meinen Bart auch nicht«, sagte Neil.

Der Junge strahlte ihn an und brabbelte etwas. All die Einsamkeit, die Neils Welt gewesen war, all die innere Leere, schien zu verblassen, und sein Herz öffnete sich. Ein Lächeln wuchs in Neil, und er bemerkte, dass er zurückgrinste.

Sie saßen dort und grinsten sich an, als Neil plötzlich spürte, dass Janet in der Türöffnung stand. Sie trat zu ihnen und nahm Colin hoch, als ob sie fürchtete, dass er das Baby verletzen könnte. Er schloss die Augen. *Narr.*

Einen Moment lang schwieg sie. Stattdessen spielte sie mit ihrem Sohn, zog an seiner Hand, als ob sie ihre Kräfte messen würden. Dann setzte sie ihn auf den Boden. Er blieb dort sitzen, schaute erst seine Mutter an und dann Neil. Nach einem Moment schien er eine Entscheidung getroffen zu haben und begann zu Neil zu krabbeln.

Neil beugte sich hinunter und bot ihm eine Hand an. Colin nahm sie, kämpfte sich auf seinen wackeligen Beine hoch und stabilisierte sich an Neils Hand.

Janet rührte sich nicht, doch er sah auf und blickte ihr in die Augen. Sie waren mit Tränen gefüllt, und ihr Gesicht war von einer beklemmenden Traurigkeit erfüllt.

Hatte sie das Gefühl, dass er ihr etwas gestohlen hatte?

»Er scheint Euch zu trauen«, sagte sie steif.

Mehr sagte sie nicht, doch ungesagte Worte spiegelten sich in ihren Augen, und er dachte, dass keine andere Stille so grausam sein konnte. *Er war nicht vertrauenswürdig*.

In ihren Augen würde er das nie sein. Das war ein vernichtender Schlag, doch war es nicht das, was er gewollt hatte?

»Nehmt Ihr ihn lieber«, sagte er. »Ich möchte nicht, dass er hinfällt.«

Sie ging auf ihren Sohn zu, als er gerade seine Hand bewegte. Colin ließ los, und seine Mutter nahm ihn und hielt ihn fest, bis der Junge mit einem Schrei protestierte.

»Das war das erste Mal, dass er gestanden hat«, sagte sie und vermied seinen Blick. Sie versuchte, ihre Gefühle zu verbergen, dieses Aufflackern des Schmerzes, das ihr in den Augen gestanden hatte.

Dieser Blick erinnerte ihn daran, wie sehr er sie vor Jahren verletzt hatte. Er hatte nicht geglaubt, dass seine Tat so fatal sein könnte. Weil er so wenig von sich selbst hielt, hatte er vielleicht nicht gedacht, dass ihr Verlust groß sein würde. Er hatte ehrlich geglaubt, dass sie einen Mann finden würde, der besser war als er selbst. Die Tatsache, dass das nicht der Fall war, und dass sein Verhalten in ihr derart starke Zweifel und Vorsicht ausgelöst hatte, verursachte ihm unerträgliche Schmerzen. Er vermutete, dass diese Wunde lange brennen würde.

»Lucy wird ein wenig Fleischbrühe heraufbringen«, sagte sie.

»Ich danke Euch«, sagte er und sah Colin an. »Er ist ein feiner Junge.«

»Ja«, sagte sie. »Er fühlt sich normalerweise nicht so zu ... Männern hingezogen.«

Das sagte ihm sehr viel, da die einzigen Männer im Haushalt ihr Ehemann gewesen war, ihr Schwager und MacKnight. Und vielleicht noch ein paar weitere Gefolgsmänner. Er begann wirklich, den toten Mann zu hassen. Und er wusste nicht, wie er reagieren sollte. Auf Braemoor hatte es keine Kinder gegeben; er hatte sich immer unwohl gefühlt, wenn er mit Kindern zusammengetroffen war. Seine Größe hatte Kinder oft in Panik versetzt, und er war im leichten Umgang nicht geübt. Er erinnerte sich, wie unbeholfen er vor ein paar Tagen den Mädchen gegenüber gewesen war.

Und doch hatte der kleine Colin Campbell ihn mit einem Lächeln erfreut. Das kam ihm wie eine große Leistung vor.

Genau in diesem Augenblick kam ein junges Mädchen – Lucy, wie er sich erinnerte – in die Kammer. Sie knickste leicht und lächelte ihn strahlend an. »Ihr seht gut aus, Mylord.«

»Ich danke dir«, sagte er.

»Wir alle dachten, dass Ihr sterben würdet, doch Mylady sagte, dass Ihr wieder gesund werdet. Und sie hatte Recht.« Sie stellte ihre Last auf dem Tisch ab.

»Clara sagt, dass die Mädchen gefragt haben, ob sie Euch besuchen können«, fuhr sie fort und warf ihm einen verstohlenen Blick zu.

Ein schmerzliches Gefühl durchdrang ihn und ergriff sein Herz, genauso, wie eben gerade, als Colin so vertrauensvoll seine Hand genommen hatte.

Janet zögerte. »Es geht ihm noch immer sehr schlecht«, sagte sie, während sie ihn anschaute. Sie bot ihm eine Ausrede an. Falls er eine brauchte.

Seine Entscheidung. Er wusste, er sollte sagen, dass er zu müde sei. Er sollte sich nicht bei dieser Familie einschmeicheln. Doch die Versuchung war zu groß. Drei kleine Mädchen hatte gebeten, *ihn* zu besuchen. »Wenn die Gräfin zustimmt«, sagte er vorsichtig. Dann rieb er sich über die Wangen. »Und wenn ich ihnen keine Angst einjage.«

»Ich kann Euch rasieren«, bot Janet unerwartet an und schaute dann so überrascht drein, wie er sich fühlte. »Ich habe meinen Ehemann manchmal rasiert«, fügte sie erklärend hinzu, als Clara sie erstaunt ansah. »Ihr seid zu krank, um es selber zu machen. Ihr braucht keinen weiteren Aderlass.«

Er nickte, unsicher, was er sagen sollte.

»Aber zuerst trinkt Ihr die Brühe«, sagte sie. »Ihr müsst wieder zu Kräften kommen. Lucy wird Euch helfen. Ich bringe Colin zu Clara und seinen Schwestern. Sie können später herunterkommen, falls Ihr Euch dann gut genug fühlt.«

Lucy brachte die Schüssel herüber und setzte sich neben ihn, als Janet den Raum verließ. »Braucht Ihr Hilfe, Mylord?«

»Nein danke, Lucy.« Er nahm die Schüssel und den Löffel, balancierte sie auf seinem Schoß und versuchte dann, einen vollen Löffel zum Mund zu führen. Seine Hand zitterte und er verschüttete das meiste. Trotzdem brachte er etwas in seinen Mund. Der nächste Versuch war schon erfolgreicher. Die Brühe war heiß und wohl schmeckend, und er nahm noch einen Schluck und noch einen, bis alles aufgegessen war.

Dann gab er Lucy die Schüssel und sank erschöpft auf das Bett zurück. Verdammt noch mal, er musste wieder gesund werden. Aber er wusste schon, dass er nicht fortgehen wollte. Er wollte nicht Janets Lächeln aufgeben, so flüchtig es auch war, oder Colins kleine Hand, die sich nach ihm ausstreckte, noch die Worte: ‚Die Mädchen haben gefragt, ob sie Euch besuchen können.« Für einen kleinen Moment durfte er die Augen schließen und sich selbst als Teil einer Familie sehen.

Dann fiel ihm etwas ein, das Janet vorhin gesagt hatte. »Lucy, die Gräfin sagte, dass sie vom Pferd gefallen sei. Kannst du mir etwas dazu sagen?«

Ihre Augen verdunkelten sich. »Nur, dass sie nicht sehr schwer verletzt war.« Sie zögerte, und Neil erkannte, dass sie erwog, ob sie fortfahren sollte. Nach einem Augenblick sagte sie mit angespanntem Flüstern: »Mylady bat Kevin, den Sattelgurt zum Schmied zu bringen. Er sagte, dass der Schmied glaubt, dass jemand ihn angeschnitten hat.«

»Angeschnitten?«

»Ja«, sagte sie nach einer kleinen Pause. Er verstand, dass sie sich nicht sicher gewesen war, ob sie überhaupt etwas sagen sollte. Angst überschattete ihr Gesicht. Nur die Treue zu ihrer Herrin, dachte er, hatte sie sprechen lassen.

Wusste Janet schon davon? Hatte der Junge es ihr erzählt? Und wenn ja, warum hatte sie ihm nichts davon gesagt?

Es war ungefähr zur gleichen Zeit geschehen, als er angegriffen wurde.

Ein Zufall?

Er glaubte nicht an Zufälle. Jemand hatte den Mann, der sich Will nannte, auf ihn angesetzt. Jemand hatte offensichtlich Janet etwas antun wollen. Der gleiche Jemand? Das schien wahrscheinlich zu sein.

Und dann gab es diese Gerüchte, dass Janets verstorbener Ehemann ermordet worden sei. Weil die Mutmaßungen sich auf Janet konzentriert hatten, hatte er sie von sich gewiesen. Nun fragte er sich, ob die Mutmaßungen ein Körnchen Wahrheit enthielten. Nur, dass der Täter ein anderer gewesen war.

Er wusste, dass er sie hier nicht allein lassen konnte. Er wusste aber auch, dass er seine Abwesenheit von Braemoor nicht ausdehnen konnte. Zu viele Menschen waren von ihm abhängig. Sein Ziel war zu wichtig.

Doch Lochaene war für Janet und ihren kleinen Sohn ebenso wichtig.

Wie hoch war Lochaenes Wert? Ein Leben? Zwei Leben?

»Mylord?« Lucys Stimme durchbrach seine Gedanken.

»Ich danke dir, dass du es mir gesagt hast«, sagte er sanft.

»Ihr werdet doch niemandem sagen, dass ich geredet habe?«

»Nein. Ihr seid der Gräfin eine gute Freundin.«

Ihre Wangen röteten sich. »Sie ist eine gute Herrin.«

Das würde sie sein. Er hatte ihre Fürsorge um die Pächter gesehen und auch um Kevin. Und Fürsorge war in dieser Zeit viel zu selten.

Da Lucy offensichtlich fürchtete, mehr gesagt zu haben, als sie hätte sollen, verließ sie die Kammer.

Sobald sie fort war, legte er sich im Bett zurück, frustriert darüber, wie schwach er war. Seine Gedanken drehten sich um die Unterhaltung. Er musste Will wiedersehen und herausfinden, was der Bandit über die »Frau« wusste, die ihnen den Tipp gegeben hatte, dass er ein gutes Opfer sein könnte. Es musste entweder die alte Gräfin gewesen sein oder Reginalds Ehefrau. Vielleicht hatte Reginald die Information aber auch über jemand anderen weitergegeben.

Ohne Beweise konnte er keinen aus der Familie Campbell bezichtigen, einer Familie, die in der Gunst Cumberlands stand. Sie würden sich dafür an Janet rächen.

Und Will? Neil würde seine letzte Münze darauf verwetten, dass Will nicht der richtige Name des Mannes war. Während er sein vernebeltes Gedächtnis durchforschte, wurde ihm klar, dass der Mann gebildet gewesen war, möglicherweise ein Lord und höchstwahrscheinlich ein Jakobiter.

Es klopfte leise an der Tür, und Janet kam mit einer Schüssel frischen Wassers und einem Rasiermesser herein. Erst jetzt erinnerte er sich daran, dass sie sich angeboten hatte, ihn zu rasieren. Sowohl Freude als auch Besorgnis durchzuckten ihn.

Sie setzte sich neben ihn und stützte ihn mit mehreren Kissen ab. Dann betrachtete sie ihn einen Moment lang melancholisch. »Ich glaube, ich mag Euch als Bandit«, sagte sie mit einem leichten Lächeln.

»Euer Sohn aber nicht«, meinte er.

»Na, dann müssen wir etwas dagegen tun. Meine Töchter wollen Euch auch besuchen, also müssen wir Euch ein ordentliches Aussehen verschaffen.« Sie benetzte sein Gesicht mit warmem Wasser und seifte ihn dann ein. Ihre Hände waren sanft, doch sie erweckten in ihm alles andere als sanfte Gefühle. Sein Blick traf den ihren und es vibrierte zwischen ihnen. Er spürte, wie sein Körper sich anspannte und fühlte, dass etwas in ihm zu glühen begann. Dann hielten ihre Hände inne, und ihr Gesicht spiegelte seine Gefühle wider. Ihre Zunge fuhr mit einer Bewegung über ihre Lippen, die so unschuldig und doch so sinnlich war, dass es ihm den Atem verschlug.

Sie hantierte gekonnt mit dem Rasiermesser und nach ein paar Minuten war sie fertig und entfernte sich von ihm. Er strich über seine Wangen, die jetzt glatt waren, und er fühlte sich viel besser. Doch das lag, wie er wusste, weit mehr an ihrer Berührung als an der Sauberkeit.

Sie neigte den Kopf schelmisch und betrachtete ihn. »Jetzt werdet Ihr die Mädchen nicht mehr zu Tode erschrecken«, sagte sie. »Geht es Euch so gut, dass sie zu Euch kommen können?«

Gegen alle Vernunft erfreut darüber, dass sie ihn wirklich besuchen wollten, nickte er. Er würde sie später über ihren Sturz befragen. Aber er *würde* sie fragen. Er wollte ganz genau wissen, was geschehen war.

Sie verließ die Kammer, und ein paar Minuten später betraten die drei kleinen Mädchen den Raum. Annabella hatte schlaffe Heidekrautstängel in der Hand, Grace eine Vase, die offensichtlich mit Wasser gefüllt war und das mittlere Mädchen trug den Welpen und das Kätzchen, die nicht sehr glücklich waren, so dicht beieinander zu sein.

»Wir dachten, dass Ihr Euch über ein paar Blumen freuen würdet«, sagte Grace ernsthaft, als sie die Vase vorsichtig auf den Tisch stellte.

»Wir möchten, dass Ihr gesund werdet, damit Ihr uns wieder zu einem Picknick mitnehmen könnt«, sagte Rachel und umklammerte die Tiere. Annabella gab ihm die zerquetschten Blumen. »Es tut mir Leid, dass es Euch schlecht geht.«

»Ich fühle mich schon viel besser«, sagte er und betrachtete die Blumen mit leichtem Lächeln. Annabella krabbelte zu ihm aufs Bett. Er zuckte kurz zusammen, als sie gegen sein Bein stieß. Doch ihr Lächeln brachte etwas in ihm zum Leuchten, was den Schmerz mehr als wettmachte.

»Ich danke euch für die Blumen«, sagte er.

»Wir haben sie extra für Euch gepflückt.«

»Sie sind wunderschön«, sagte er in der Gewissheit, dass eine Lüge in diesem Fall besser war als die Wahrheit. Und außerdem *waren* sie ja auch schön, selbst in ihrem zerquetschten und schlaffen Zustand. Sie waren schön, weil sie so von ganzem Herzen geschenkt worden waren.

»Wir sind froh, dass Ihr wieder hier seid«, sagte Grace. »Mama auch.«

Er bezweifelte das, doch er sagte nichts. Er wusste auch gar nicht, was er sagen und wie er antworten sollte. Doch dann bellte der Welpe und versuchte, aufs Bett zu springen. »Er mag Euch auch«, sagte Annabella. »Hast du auch einen Hund?«

Er schüttelte den Kopf. »Nein.«

»Ein Kätzchen?«, fragte sie hoffnungsvoll.

»Ich fürchte, nein«, erwiderte er.

»Ich glaube, Samson hat noch einen Bruder«, sagte Grace von ihrem sicheren Standort am Bettende aus. »Ich nehme an, dass Ihr ihn haben könnt.«

Drei Gesichter schauten mit solch großer Hoffnung auf ihn herab, dass er nicht wusste, wie er nein sagen sollte. Er konnte nur hoffen, dass der Bruder schon ein anderes Zuhause gefunden hatte. Er wollte keinen Hund.

Oder doch?

☆ ☆ ☆

Janet sagte sich immer wieder, dass sich nichts geändert hatte, als sie sich auskleidete und ein Nachthemd überzog. Sie hatte noch einmal nach Braemoor geschaut, ehe sie sich zurückzog. Er schlief, und sein Atem ging jetzt leicht. Er war zwar schwach und erschöpft, doch er würde am Leben bleiben.

Janet war wie gebannt gewesen von dem zärtlichen und sehnsüchtigen Ausdruck auf Braemoors Gesicht, als sie zurückgekehrt war, nachdem sie die Brühe bestellt und ihn mit ihrem Sohn zusammen gesehen hatte. Sie war einen Moment lang in der Türöffnung stehen geblieben, das Wechselspiel zwischen Braemoor und ihrem Sohn beobachtend, und hatte gedacht, dass ihr das Herz brechen würde.

Colins Vater hatte ihn nie so angeschaut. Oh, er war erfreut gewesen, einen Erben zu haben, doch Colin war für ihn nur eine Art Besitz gewesen. Er hatte seinen Sohn nie hochgenommen oder ein Interesse an ihm gezeigt, sobald er festgestellt hatte, dass Colin ein perfektes Baby war.

Sie hätte niemals von Neil erwartet, dass er eine so spontane Zärtlichkeit zeigte. Doch vielleicht hätte sie es erwarten sollen. Es hatte vor Jahren etwas an ihm gegeben, was sie in seinen Bann gezogen hatte. Sie hatte gedacht, dass sie es sich einbildete, oder dass irgendetwas jene magischen Momente zerstört hatte, die sie einst gemeinsam erlebten. Dieser junge Mann würde mit ihrem Sohn gelacht haben, doch Braemoor ...?

Er hatte sich so sehr verändert. Doch nun sah sie wieder das, was sie damals gesehen hatte. Sie verstand einfach nicht, warum er sie vor acht Jahren mit diesem grausamen Brief zurückließ. Es war seltsam, dass er nie geheiratet hatte. Die meisten Männer in seiner Position nahmen sich eine Frau, wenn auch nur, um einen Erben hervorzubringen. So vieles verwirrte sie.

Doch nichts so sehr, wie die Wirkung, die er auf sie hatte, wenn sie ihn berührte oder sein Blick auf ihr ruhte.

Konnte sie ihn noch immer lieben? Hatte sie damit wirklich nie aufgehört?

Es war jedoch offensichtlich, dass er dieses Gefühl nicht erwiderte. Er hatte sie geküsst, doch das war nicht mehr als eine plötzliche Anwandlung von Lust gewesen. Sie hatte sich das selbst klar gemacht. Und sie wollte nie wieder verletzlich werden. Sie war das zweimal gewesen, einmal mit ihm und dann mit den Hoffnungen, die sie gehegt hatte, als sie Alasdair heiratete.

Sie hatte den Mann und das Baby weiter zusammen beobachtet, auch wenn es schmerzlich war, auch wenn sie sich vorstellte, wie es gewesen wäre, wenn sie ihn geheiratet hätte.

Höchstwahrscheinlich nicht anders. Das sagte ihr Kopf ihr. Sie hatte gelernt, dass sie nur sich selbst brauchte.

Während sie sich das ins Gedächtnis rief, löschte sie die Öllampe und verkroch sich unter ihrer Bettdecke.

Kapitel 13

Neil ging in der Kammer umher. Das Fieber war gesunken. Doch er war noch immer sehr schwach.

Dennoch konnte er dieser Schwäche nicht nachgeben. Er konnte nicht länger hier bleiben.

Und Janet auch nicht. Doch das hatte er ihr noch nicht gesagt. Er glaubte nicht, dass sie diesen Vorschlag gut aufnehmen würde.

Sie war schon früher am Tag bei ihm gewesen. Ihre Augen hatten geleuchtet, als sie sah, dass er im Bett saß. »Wir werden den Arzt gründlich enttäuschen«, sagte sie. »Ich bin sicher, dass er erwartet, dass Ihr mittlerweile verstorben seid.«

»Ein guter Grund, am Leben zu bleiben«, sagte er trocken. Dann wechselte er das Thema. »Ich muss einen Brief nach Braemoor schicken. Ich werde einen Federkiel benötigen und Tinte und Papier.«

»Ist das eine Bitte oder ein Befehl?«

Er merkte jetzt erst, dass er kurz angebunden geklungen hatte. Wie lange hatte er schon diese Art? War er auf Braemoor derart selbstherrlich gewesen? War das der Grund, weshalb es ihm nie gelungen war, die Barriere zwischen sich und den Menschen auf Braemoor einzureißen? Er hatte immer sein jeweiliges Ziel vor Augen gehabt und war ungeduldig bei den Schritten gewesen, die nötig waren, dieses Ziel zu erreichen.

»Eine Bitte«, sagte er. »Und ich brauche Tim, um den Brief zu überbringen.«

»Solange es eine Bitte ist«, sagte sie mit dem Anflug eines Lächelns.

»Ich bin kein sehr guter Gast«, gab er zu.

Sie blickte ihn düster ernst an. Sie hatte noch nichts von ihrem Reitunfall erzählt. Er fragte sich, ob sie überhaupt die Absicht hatte, es zu tun. »Ihr macht Fortschritte«, sagte sie schließlich.

»In welcher Weise?«, fragte er argwöhnisch.

»Eure Wunde.«

»Und nicht als Gast?«

»Ihr seid eigentlich kein Gast«, sagte sie.

»Nein, ich habe mich Euch aufgedrängt.«

»Jemand hat Euch hierher gebracht«, korrigierte sie.

»Ja. Weil sie wussten, dass ich hier gewesen war.«

»Woher?«, fragte sie. »Woher wussten sie, dass sie Euch hierher bringen sollten?«

Das genau war die Frage. Sollte er ihr erzählen, was er gehört hatte – dass eine Frau Will und seine Kumpanen hatte wissen lassen, dass ein Mann von Lochaene aus durch die Berge kommen würde? Wie viel hatte er ihr zuvor schon gesagt? Er konnte sich nicht daran erinnern.

Und wie viel sollte er ihr jetzt von seinen Plänen erzählen? Er wusste, dass sie nicht einverstanden sein würde. Was hatte sie vorhin gesagt: *eine Bitte oder ein Befehl?*

Sie würde seinen Plan als Befehl ansehen. Sie würde sich höchstwahrscheinlich dagegen wehren, zusammen mit den vier Kindern entwurzelt zu werden. Doch er wusste, das sie hier in Gefahr war. Möglicherweise in einer größeren Gefahr, als sie sich vorstellen konnte.

Er wollte ihren Reitunfall als Beispiel anbringen, doch damit würde er Lucys Vertrauen missbrauchen. Also würde er als Erstes mit Kevin und Tim sprechen müssen.

Doch bevor er irgendetwas tun konnte, brauchte er jemanden auf Lochaene, dem er trauen konnte. Leider gab es hier nicht viele Männer, die über diese spezielle Qualifikation verfügten. Sein Pächter Jock kam dem am nächsten, und daher würde er den Mann bitten, sein eigenes Land und seine Leute zu verlassen. Es würde nur für eine kurze Zeit sein, bis er von außerhalb einen Verwalter finden konnte. Doch er wusste, dass Jock nicht erfreut sein würde.

Und Janet auch nicht.

Doch er spürte die Gefahr. Er erahnte sie. Janet würde bleiben wollen und sich ihr stellen, doch sie würde ganz allein sein. Sie hatte Feinde in ihrem Haushalt, und nur wenige Bedienstete würden den Mut haben, ihnen die Stirn zu bieten. Er wusste, dass Jock das tun würde. Jock hatte sich auch mit ihm auseinander gesetzt.

»Mylord?«

Neil schaute erschrocken hoch. Er war so in seine eigenen Gedanken versunken gewesen, dass er Janets Frage vergessen hatte.

»Ja?«

»Woher wussten die Banditen, dass sie Euch hierher bringen sollten?«

Er zögerte und zuckte dann die Achseln. »Der Anführer – sein Name war Will – sagte, dass jemand ihm verraten habe, dass ein reicher ›Pinkel‹ die Hügel durchqueren würde.«

Janet runzelte die Stirn. »Er sagte nicht, wer das war?«

»Nein.«

»Wie hat er ausgesehen? Dieser Will?«

Wieder zuckte er die Schultern. »Groß, dunkelrotes Haar. Er hatte eine Narbe quer über seiner Wange.«

»Es ist seltsam, dass er Euch das Leben gerettet hat.«

»Ich denke nicht, dass er daran geglaubt hat, dass ich überleben würde«, sagte er.

»Dennoch …«

»Ich glaube, er hat einen seltsamen Sinn für Humor«, sagte Neil. »Aber er hat mir mein Pferd gestohlen und alle kleinen Münzen, die ich bei mir hatte, und ich habe vor, beides von ihm zurückzufordern.«

Ihre Augen weiteten sich. Der Gedanke, dass das vielleicht Sorge um ihn war, erfreute und verblüffte ihn gleichermaßen. Er wollte das nicht. Er brauchte das nicht.

Er *musste* für ihre Sicherheit sorgen. Für ihre, für die des kleinen Jungen mit dem breiten Lächeln und für die der drei Mädchen, die ihm Blumen gebracht hatten.

»Könnt Ihr Tim herbeirufen?«, fragte er, und versuchte, seine Gedanken für sich zu behalten. Er wollte wissen, was Tim über den Reitunfall berichten konnte, ehe er mehr tat oder sagte. »Ich würde die Nachricht gern von ihm überbringen lassen. Er kennt den Weg.«

»Die Straße entlang, hoffe ich doch«, sagte sie.

»Natürlich die Straße entlang«, stimmte er zu. »Keine Reise mehr durch die Hügel.«

Ihre Augen musterten ihn einen Moment lang.

»Ich würde ihn gern heute Nachmittag losschicken«, fügte er hinzu.

Es war eine Entlassung, und er bemerkte, wie das alte Misstrauen in ihr Gesicht zurückkehrte. »Ja, Mylord«, sagte sie, drehte sich auf dem Absatz um und ging davon.

Nicht zu ändern, dachte er, auch wenn sich alles in ihm so schmerzhaft verkrampfte, dass es so wehtat wie seine Verletzung. Wenn sie schon jetzt über ihn entsetzt war, dann helfe ihm Gott, wenn sie herausfand, was er vorhatte.

Tim drehte seine Mütze in den Händen. »Mylord? Ihr habt nach mir geschickt?«

Neil hatte es geschafft, sich an den Tisch zu setzen. »Ich habe gehört, dass die Gräfin einen Reitunfall gehabt hat.«

»Ja«, sagte der Junge vorsichtig.

»Und du hast den Sattelgurt gesehen?«

Der Junge nickte.

»Hat sich jemand daran zu schaffen gemacht?«

»Zu schaffen gemacht?«

»Ist er zerschnitten worden?«

Der Junge wirkte jetzt entschieden unbehaglich. Neil verstand nur zu gut, warum. Tim war ein Pferdepfleger, und sein Wort würde wenig gelten gegen das der Adligen.

»Tim?«

»Ich bin froh in meiner Stellung, Mylord.«

»Und du wirst sie auch behalten, Tim. Aber ich muss wissen, ob die Gräfin in Gefahr ist.«

Er nickte. »Er könnte angeschnitten worden sein. Der Schmied sagte, dass er es nicht mit Sicherheit sagen könnte.«

»Hast du ihr das erzählt?«

Tim schüttelte den Kopf. »Sie hat nicht gefragt.«

»Ich werde es ihr sagen«, sagte Neil.

»Was ist, wenn sie mich fragt?«

»Dann sage es ihr«, sagte Neil. »Ich möchte nicht, dass du sie belügst.«

Erleichterung durchzog das Gesicht des Jungen.

»Ich möchte, dass du eine Nachricht nach Braemoor bringst«, fügte Neil hinzu.

»Mylord?«

»Ich möchte, dass du heute aufbrichst. Du kannst dir ein Pferd aussuchen. Ich möchte, dass du meinen Pächter Jock aufsuchst und ihn mit hierher bringt.«

Tims Lippen vorzogen sich missbilligend. Neil spürte, was er dachte. Noch ein Angestellter. Vielleicht für *seine* Stellung.

»Ich möchte dich hier behalten. Du bist einer der wenigen hier, denen ich traue.«

»Ehrlich, Mylord?«

»Ehrlich, Tim.« Er zog seinen Ring mit dem Braemoor-Wappen ab. »Ich kann dir kein Geld geben, doch dieser Ring sollte dir Kredit verschaffen. Jock wird auf dem Rückweg auf dich Acht geben.«

Tim nahm den Ring ehrfurchtsvoll entgegen. »Ihr würdet *mich* mit ihm betrauen?«

»Niemand anderen«, sagte Neil und fragte sich, ob er langsam damit begann, etwas über Vertrauen zu lernen.

Tim grinste ihn schief an. »Ich werde Euch nicht enttäuschen.«

»Komm in einer Stunde wieder, dann gebe ich dir die Nachricht.«

»Gut, ich werde ein Pferd satteln.«

Neil sackte gegen den Stuhl. Verdammt noch mal, aber selbst diese kurze Unterhaltung hatte ihn völlig erschöpft. Er blieb eine ganze Weile sitzen. Sein Fieber war fort, doch der Schmerz pochte weiter. Jedesmal, wenn er sich bewegte, fühlte sich sein Bein an, als ob ein Messer in ihm herumgedreht würde. Er hatte vorgehabt, Janet sofort nach Braemoor zu bringen. Doch er wusste, dass sie erst dann gehen würde, wenn jemand da war, der Angus und die anderen Familien schützen würde. Vielleicht würde sie auch gar nicht mitkommen.

Er musste sie davon überzeugen, dass ihre Kinder und vor allem ihr Sohn gefährdet sein würden, wenn sie selbst in Gefahr war. Der Tod ihres Sohnes würde bedeuten, dass der Titel auf Reginald übergehen würde. Und jemand hier scheute nicht vor einem Mord zurück.

Wenn er nicht so schwach gewesen wäre, hätte sie den Marquis gern geschlagen, als er sie so herumkommandierte. Krank, wie er war, nahm er schon die Leitung von Lochaene in die Hand. Dennoch war es natürlich vernünftig, dass er eine Nachricht nach Braemoor schicken wollte, um ... irgendjemandem mitzuteilen, dass er hier aufgehalten worden sei.

Die Sache mit den Banditen verstand sie überhaupt nicht. Braemoor – sie versuchte, mit seinem Titel an ihn zu denken, als Schutz vor ungewollten Gefühlen – war nicht sehr mitteilsam und auch nicht so wütend, wie er ihrer Ansicht nach sein müsste. Braemoor schien eigentlich nicht der Mann zu sein, der solche Ereignisse mit Gelassenheit hinnahm. Doch das ging sie alles nichts an. Er würde wieder fortgehen, und sie würde so weitermachen, wie sie es wollte. Doch sie würde das nächste Mal den Sattelgurt überprüfen.

Sie konnte nicht glauben, dass jemand ihr wirklich etwas antun wollte. Erschrecken vielleicht. Angst einjagen, um sie davon abzuhalten, das Anwesen allein und zu Pferde zu durchstreifen. Sie würde nun einfach sehr vorsichtig sein. Sie würde der Familie auch mitteilen, das Braemoor ihre Pläne unterstützte und sie weiterführen würde, falls ihr etwas zustoßen sollte. Sie hatte nicht die Absicht, sich einschüchtern zu lassen.

Sie schickte Lucy mit Schreibutensilien zu Braemoor und machte sich dann auf die Suche nach Tim.

»Wir werden dich vermissen«, sagte sie. Er und Kevin hatten sich in den vergangenen Wochen unersetzlich gemacht. Der Stall war sauber und die Pferde endlich gut gefüttert. Beide konnten reiten und die Pferde trainieren. Und Kevin hatte Nahrung und Saatgut zu den Pächtern gebracht und über ihre Fortschritte berichtet. Ihre Erlaubnis zum Jagen, sagte er, hätte sehr geholfen. Janet war klar, dass sie früher wahrscheinlich gewildert hatten, doch nun konnten sie größere Beutetiere erlegen und ihre Familien ernähren, ohne sich Sorgen darüber zu machen, dass sie am Strang enden würden.

»Ich habe einen Bruder. Ich kann ihn bitten, Kevin zu helfen, während ich fort bin«, bot Tim schüchtern an und, wie sie bemerkte, hoffnungsvoll.

»Ich denke, dass wir ihn gut gebrauchen könnten«, sagte Janet. Es gab so viel zu tun und so wenige Leute, um alles zu erledigen. Dennoch freute sie sich auf jeden kommenden Augenblick. Zum ersten Mal in ihrem Leben konnte sie Herrin über ihr eigenes Schicksal sein. Sie konnte die Kinder, ihr Anwesen und ihre Pächter beschützen. Wenn der Preis dafür Einsamkeit war, war sie bereit, ihn zu bezahlen.

»Ja«, sagte Tim.

»Hat … hat der Schmied etwas über den Sattelgurt gesagt.

Tim wand sich. Dann jedoch nickte er.

»Und …?«

»Er sagte, er könnte angeschnitten worden sein.«

»Könnte oder war?«

»Er konnte es nicht mit Sicherheit sagen.«

»Ich danke dir, Tim«, sagte sie. »Sei vorsichtig. Denk daran …«

»Ich weiß«, sagte er. »Der Marquis hat mich schon gewarnt.« Stolz glitzerte in seinen Augen, und sie wusste, dass das Braemoor zu verdanken war.

»Dann geh mit Gott«, sagte sie.

Sie ging in den Stall und in die Sattelkammer. Sie sah sich alle Sättel, Sattelgurte und Verschlüsse an. Manche waren ein wenig ausgefranst. Sie trennte diese von den anderen und legte sie beiseite, damit sie ins Dorf zur Reparatur gebracht wurden.

Als sie die Ställe verließ, wurde es bereits dunkel. Sie ging ins Haus und hinauf zum Kinderzimmer. Ihre Töchter hatten draußen gespielt, und nun aßen sie. Ohne Hilfe von Clara löffelte Colin Haferschleim mit Honig. Allerdings war mehr davon auf seinem Gesicht als in seinem Magen gelandet.

Vier Augenpaare schauten zu ihr auf.

»Wie geht es dem Marquis?«, fragte Grace.

»Er sagt, dass es ihm viel besser geht, seit ihr ihn besucht habt«, sagte sie. »Das war eine viel bessere Medizin als die, die der Arzt ihm gegeben hat.«

Annabella kicherte. Das war ein Klang, der Janet direkt ins Herz ging. Sie kicherte viel zu wenig.

Samson kletterte über ihre Füße und versuchte, an ihrem Bein hochzuklettern. Sie beugte sich herab und nahm ihn hoch. »Du bist unruhig, was?« Er bellte.

Sie hatten Lust auf einen Ausflug. Da sie so sehr mit

Braemoor beschäftigt gewesen war, hatte sie sie vernachlässigt. Vielleicht konnte sie für morgen noch einmal ein Picknick organisieren. Doch bis dahin würde vielleicht eine Geschichte reichen.

Sie musste unbedingt noch immer nach ein paar neuen Büchern suchen, nun, wo sie etwas Kredit hatte. Doch sie würde ihn vorsichtig einsetzen. Ein Buch war allerdings etwas Wertvolles.

»Wie wäre es mit einer Geschichte?«, fragte sie.

»Oh ja«, sagte Rachel.

Janet nahm Clara den schläfrigen Colin ab, setzte sich aufs Bett und war sofort umgeben von den Mädchen, die den Welpen und das Kätzchen festhielten. Sie schaute sie nacheinander an. Wärme durchströmte sie. Zum ersten Mal fühlte sich Lochaene für sie wie ein Zuhause an. »Es war einmal«, begann sie, »eine Prinzessin …«

»Wie ich?«, fragte Annabella.

»Genauso wie du, Liebes«, sagte sie.

»Und wie ich?«, fragte Rachel schüchtern.

»Ja, und auch wie Grace. Ihr alle seid Prinzessinnen.«

Colin wand sich und beklagte sich. Janet beugte sich herab und küsste ihn auf die Stirn. »Und du, mein Liebling, bist ein Graf.«

»Prinzessin sein ist besser«, sagte Rachel.

»Das glaube ich auch«, sagte Janet vertraulich.

»Bist du eine Prinzessin?«

»Nein, ich bin nur eine Gräfin, und das ist sehr wenig.«

»Aber ich habe dich lieb«, sagte Rachel mit dieser Ernsthaftigkeit, die sie so einzigartig machte.

»Das ist das Schönste, was man mir je gesagt hat«, erwiderte Janet.

»Ich hab dich auch lieb«, nuschelte Annabella mit vorgeschobener Unterlippe, offensichtlich verärgert darüber, dass ihr jemand die Schau gestohlen hatte.

Janet hatte plötzlich einen Frosch im Hals.

Mit Colin auf dem Arm, umarmte sie eine nach der anderen. Mehr als alles andere wollte sie, dass die Kinder Liebe und Sicherheit erfuhren.

»Es war einmal«, begann sie erneut, »eine Prinzessin, die in einem hohen Turm lebte …«

Marjorie kam am dritten Tag nach Braemoors Genesung zurück.

Ihre Kutsche – die Lochaene-Kutsche – fuhr klappernd in den Burghof, und sie stieg aus wie eine Königin und wartete dann, während eine große Zahl von Kisten vom Fahrer an den neuen Butler weitergereicht wurde, der an der Tür stand.

Janet sah aus dem Garten seitlich am Haus zu, wo die Mädchen und Colin mit Samson und Delila spielten. Sie schaute weiter zu, als alle Kisten ins Haus gebracht wurden. Höchstwahrscheinlich würde Lochaene die Rechnungen erhalten, und Janet würde sie irgendwie bezahlen müssen oder einen weiteren Riss ihres Kredits riskieren. Auf jeden Fall aber würde sie alle Gläubiger darüber informieren und – wenn nötig – auch eine Anzeige in die Zeitung setzen, dass nur noch die Außenstände, die sie selbst zu verantworten hatte, bezahlt würden. *Satans Werkzeug.* Marjorie wusste doch ganz genau, dass die Pächter hungerten. Wenn Braemoor nicht gewesen wäre …

Doch sie konnten nicht ewig auf seine Kosten leben.

Nicht dass Marjorie das kümmern würde. Nicht dass es irgendeinen Campbells jemals gekümmert hätte. Sie würden das Aas so lange zerpflücken, bis es fort war.

Janet wusste, dass Marjorie sie sah, doch sie wandte den Kopf ab und ging durch die Tür davon. Ein Kichern stieg in Janets Kehle auf. Sie vermutete, dass die alte Gräfin darauf vertraut hatte, das ihr »Gast« fort war. Sie würde wenig erfreut sein, Braemoor hier anzutreffen.

Doch es ging ihm so viel besser, obwohl ihm die Verletzung am Oberschenkel das Laufen erschwerte. Dennoch erwartete sie nicht, dass er noch viel länger bleiben würde.

Sie wandte sich wieder den Kindern zu. Der Tag war hell und die Sonne warm. Selbst Marjorie konnte diesen Tag nicht kaputtmachen.

Doch würde sie das auch empfinden, wenn Braemoor ging?

Ihr war nicht klar gewesen, wie wichtig er für sie war, bis sie ihn gepflegt hatte. Sie hatte sich einzureden versucht, dass das nur die ganz normale Sorge um einen verwundeten Mann sei. Doch ihre Gefühle gingen viel tiefer als das. Zu tief. Sie *liebte* ihn. Leidenschaftlich.

Sei vorsichtig. Erinnere dich daran, was beim letzten Mal geschehen ist.

Die Sonne begann unterzugehen, und sie nahm Colin hoch. Er nahm ihre Hand und versuchte wieder zu stehen, genauso, wie er es bei Braemoor getan hatte. Während er noch ihre eine Hand festhielt, griff er nach ihrer anderen Hand und fiel ihr dann mit einem breiten Grinsen in die Arme.

Ihr Herz hämmerte. Sie drückte ihn an sich. Lieber Gott, wie sie ihn liebte. Nach einem Moment fing er an zu zappeln. Sie lockerte ihren Griff um ihn und hob ihn hoch. Er schien jedes Mal, wenn sie das tat, schwerer geworden zu sein.

Annabella bückte sich und hob Delila hoch, und dann folgten die beiden älteren Schwestern ihnen ins Haus, während Samson hinter ihnen herumsprang. Sie alle glühten von der Sonne, vom Spielen mit ihren Tieren. Janet balancierte Colin auf einem Arm, nahm Rachels eifrige Hand mit der anderen und ging hinein.

Janet versprach den Kindern, eine Geschichte zu erzählen, nachdem sie nach ihrem verletzten Gast geschaut hatte.

Sie ging in die Küche, um einen Teller mit Essen und einen Krug mit frischem Wasser zu holen. Als sie in Richtung Treppe ging, drangen aufgeregte Stimmen aus dem Salon zu ihr. Die Tür war nur angelehnt, und sie hörte, dass Braemoors Name erwähnt wurde, danach ein gedämpftes Geräusch.

»Kannst du nicht mal irgendwas richtig machen?«, hörte sie Marjorie fragen.

»Es gab nichts, was ich tun konnte«, erwiderte Reginald mit einer Stimme, die halb jammernd und halb beschwichtigend war. »Du selber wolltest doch Cumberland umstimmen.«

»Seine Gnaden ist in London. Doch einer seiner Helfer sagte, dass er alles in seiner Macht Stehende tun würde, Seine Gnaden davon zu überzeugen, dich zu benennen ...«

»Na also, da hast du es doch«, unterbrach Reginald sie. »Es ist nichts Schlimmes passiert ...«

Marjorie unterbrach seinen Protest. »Er sagte jedoch auch, dass Seine Gnaden dieses Land kontrollieren wolle. Auf dem Gebiet von Lochaene gibt es einen Weg durch die Highlands und dort lauern noch immer Banditen und versteckte Jakobiter. Er glaubt, dass Braemoor die Highlands säubern kann, und du nicht. Oder dass du es nicht willst.« Reginald war genauso wie Alasdair Cumberlands Ruf zum Kampf nicht gefolgt. Ein langes und vorwurfsvolles Schweigen folgte. Dann erklang Marjories Stimme wieder. »Es heißt, dass er eine Verbindung zwischen Braemoor und ... Alasdairs Witwe gutheißen würde. Er möchte, dass Braemoor das Land bekommt.«

Weiteres Schweigen. Janet hörte Schritte, verließ ihren Posten an der Tür und floh die Treppe hinauf, während ihr Fragen durch den Kopf schossen. Wusste Braemoor von Cumberlands Wunsch?

Und wenn ja – warum hatte er ihn ihr gegenüber nicht erwähnt?

Er möchte, dass Braemoor das Land bekommt. Hatte Braemoor eine Möglichkeit gefunden, es zu bekommen, ohne sie zu heiraten?

Sie erinnerte sich an den Kuss in der Nacht vor seiner Abreise. Er war es, der ihn beendet hatte.

Er wollte sie nicht.

Wollte er das Land ihres Sohnes?

Sie fühlte sich plötzlich wieder sehr allein.

»Nein«, sagte Janet scharf, »ich werde nicht von hier fortgehen.«

»Ich fürchte, Mylady, dass Ihr keine Wahl habt.« Neil hörte seine eigene Stimme. Kühl, maßvoll. Sogar gleichgültig. Wie konnte er so ruhig klingen, während sein Herz zerschnitten wurde von dem Gefühl des Verrats, das sich in ihren Augen widerspiegelte?

Er war sich seiner sicher. Es gab keine andere Möglichkeit. Er hatte es gewusst, als Tim und Jock an diesem Nachmittag hergekommen waren und Jock zögernd zugestimmt hatte, so lange hierzubleiben, bis Neil einen ständigen Verwalter für Lochaene gefunden hatte. Er war sich so lange sicher gewesen, bis sie ihn mit verzweifelten, betrogenen und ungläubigen Augen anschaute.

»Ich habe mit Tim geredet«, sagte er. »Euer Leben könnte hier in Gefahr sein.«

»Es kann auch ein Unfall gewesen sein.«

»Vielleicht«, sagte er ruhig. »Aber auch ich bin angegriffen worden. Ich mag Zufälle nicht.«

»Das hatte nichts mit mir zu tun.«

»Es könnte alles mit der Macht über Lochaene zu tun haben«, sagte er. »Ich werde Euch hier nicht allein lassen.«

Ein Flackern trat in ihre Augen, und er fragte sich, ob sie etwas wusste, das sie ihm nicht erzählt hatte. Doch dann hob sie trotzig ihr Kinn. »Ich kann selber auf mich aufpassen. Ich habe nicht die Absicht, das Erbe meines Sohnes zu verlassen.«

»Es geht um Eure Sicherheit. Und um seine«, sagte Neil

und spielte damit seine Trumpfkarte aus. »Wenn ihr Euch schon nicht um Euch selber sorgt, dann denkt an die Kinder.«

»Es gibt überhaupt keinen Beweis dafür, dass jemand ihnen etwas zuleide tun würde. Oder auch mir«, sagte sie, und er sah den Schimmer eigensinniger Tränen in ihren Augen.

»Ich muss nach Braemoor zurückkehren«, sagte er. »Und ich kann Euch hier nicht allein zurücklassen.«

»*Euer Mann* wird hier sein«, sagte sie verärgert. Sie war nicht glücklich gewesen, als er ihr sagte, das Jock hier Verwalter sein würde.

»Er kann Euch nicht vor der Familie schützen«, sagte Neil. »Und Kevin auch nicht.«

»Also wird Lochaene Euch zufallen und unter Eurer Verwaltung stehen. Das ist genau das, was Ihr die ganze Zeit über gewollt habt«, sagte sie, »Land zu Eurem Besitz hinzuzugewinnen. Doch es gehört Colin. Und ich werde mich weder von Euch abhängig machen noch von irgendeinem anderen Mann.«

Da war es also. Er betrachtete den entschlossenen Zug um ihr Kinn und erkannte, dass er ihre Meinung nicht durch gutes Zureden ändern würde. Er hatte geglaubt, dass sich zumindest eine Art Freundschaft in den Tagen seiner Genesung zwischen ihnen entwickelt hatte. Doch er erkannte jetzt, dass sie nach seinem Verhalten vor Jahren nie wieder an seine Aufrichtigkeit glauben würde. Sie würde nie wieder an *ihn* glauben.

Sie starrte ihn mit einem Blick an, der Hass recht nahe kam.

Doch er konnte nicht hier bleiben. Jock hatte ihm erzählt, das es zu Hause Zweifel gab, und dass die Lehnsmänner und Pächter zögerten, für etwas Unbekanntes das zu verlassen, was sie hatten, vor allem, da der »Lord« verschwunden war. Sie nannten es einen Trick. Alles, was er auf Braemoor geplant hatte, war in Gefahr.

Jock war auch nicht allzu erfreut gewesen. Auch er wollte nach Braemoor zurückkehren, und er hatte nur unter der Bedingung zugestimmt, auf Lochaene zu bleiben, dass er so bald wie möglich abgelöst würde. Doch Lochaene brauchte ihn im Augenblick weit mehr. Das Anwesen war schlecht geführt worden, seine Pächter waren übergangen worden, während auf Braemoor die Pächter zumindest Land, Nahrung und Heizmaterial für den Winter besaßen.

Neil hatte die letzten vier Tage damit verbracht, herumzulaufen und seine Kräfte wieder aufzubauen. Er war gestern sogar ausgeritten, trotz des Schmerzes in seinem Bein, als er aufsaß. Es war noch nicht belastbar. Doch er musste nach Braemoor zurückkehren. Er konnte nicht länger hier bleiben und zulassen, dass Janet glaubte, er würde sie allein lassen. Er würde sie genauso wie ihr Ehemann zwingen, Dinge zu tun, die sie nicht tun wollte. Und nach allem, was sie erlebt hatte, würde sie nie glauben, dass er es für sie tat.

»Ich werde nicht gehen«, sagte Janet wieder.

Er seufzte. Er wünschte, er hätte Rorys Charme, Ronys Gewandtheit. Er wusste nicht, wie er die Wahrheit verpacken sollte. »Es tut mir Leid, Janet. Ich bin Colins Vormund. Er wird mit mir nach Braemoor kommen. Ich kann Euch nicht zwingen, aber ich kann dafür sorgen, dass *er* in Sicherheit ist.«

Sie sah ihn schockiert an und wich einen Schritt zurück. »Das würdet Ihr nicht tun.«

»Ich würde und werde es tun. Wir reisen morgen ab. Jock wird dafür sorgen, dass Eure Anweisungen hier befolgt werden. Er wird mit den Pächtern zusammenarbeiten, damit sie bleiben können. Niemand wird vertrieben werden, und sie werden alles bekommen, was sie brauchen.«

»Hier ist mein Zuhause.«

»Wirklich, Janet? Wart Ihr hier glücklich?« Ein weitere grausame Spitze.

»Glücklicher, als ich auf Braemoor war«, entgegnete sie.

Ein Messer durchfuhr seinen Unterleib. »Ich werde versuchen, alles besser zu machen. Ich werde eine Gouvernante für die Kinder einstellen. Es gibt eine Bibliothek …«

»Und ich werde wieder eine Gefangene sein«, stellte Janet fest.

»Nein«, sagte er.

»Doch«, widersprach sie ihm. »Und es ist mein eigener Fehler. Ich habe mich an Euch gewandt. Ich wusste, dass ich Euch nicht trauen konnte, und doch … habe ich mich an Euch gewandt.«

Janet wich einen Schritt zurück, als könnte sie seine Gegenwart nicht ertragen. Dann machte sie kehrt und floh aus dem Raum.

Janet versuchte, ihre Frustration herunterzuschlucken. Sie hatte nicht wegrennen wollen, und sie hatte schon gar nicht gewollt, dass er ihre Reaktion sah.

Sie brachte sich selbst seine Unbarmherzigkeit ins Gedächtnis. Erinnerte sich daran, dass dieser Mann bei Culloden gekämpft und Männer getötet hatte, die vielleicht seine Freunde gewesen waren, dass er vielleicht ihren Bruder ermordet hatte. Ein paar Tage lang hatte sie sich erlaubt, es zu vergessen und von sich zu schieben. Sie hatte in ihm den alten Neil Forbes gesehen und nicht den arroganten Marquis, der wusste, was für jeden das Beste war, und vor allem für ihn selbst. Sie hatte Recht gehabt, mit dem, was sie als Erstes gedacht hatte. Er wollte das haben, was ihrem Sohn gehörte.

Und einmal mehr war sie hilflos. Genauso, wie sie es bei ihrem Ehemann gewesen war. Er hatte das Recht, ihren Sohn mitzunehmen. Er hatte auch die körperliche Kraft. Und er wusste, das sie mit ihm mitgehen würde. Sie würde ihm ihren Sohn nicht überlassen.

Für wie lange?

Oder konnte er Recht haben? Hatte jemand versucht, ihr etwas anzutun? Und wenn ja, hatten sie es auch auf Colin abgesehen? Sie hatte Neil nichts von der Gestalt auf dem Balkon erzählt. Sie hatte ihr Angst gemacht, sie aber nicht verletzt. Vielleicht war er ja in all das verwickelt. Er konnte den Gurt am Damensattel angeschnitten haben, ehe er fortgegangen war. Er wusste, das sie die Einzige war, die ihn verwendete. Sowohl Louisa als auch Marjorie nahmen die Kutsche.

Als Colins Vormund konnte er Lochaene mit Leichtigkeit in seinen Besitz einverleiben.

Warum war ihr der Gedanke zuvor nicht gekommen? Sie schlang die Arme um sich, als sich plötzlich Kälte in ihr ausbreitete.

Hatte sie einem Verräter die Tür geöffnet?

Kapitel 14

Neil beschloss, mit der Familie zusammen zu Abend zu essen. Er hatte die Kutsche gehört und die alte Gräfin bei ihrem großen Auftritt beobachtet. Ganz offensichtlich glaubte sie, dass er mittlerweile fort war und dass sie ihre Rolle als »große Dame« wieder aufnehmen könnte.

Normalerweise waren ihm Menschen wie die Campbells gleichgültig. Er war ihr Diener gewesen. Sie waren ihm nie wichtig genug gewesen, um sie zu verachten. Er hatte nur versucht, diese Jahre irgendwie zu überleben.

Jetzt wusste er, welchen Schaden, sie bei Janet und ihren Kindern angerichtet hatten. Wie stark sie ihnen die Lebensfreude abgeschnitten hatten! Und auch ihn traf eine Mitschuld. Waren gute Absichten eine bessere Entschuldigung für Betrug als Gleichgültigkeit oder Boshaftigkeit? Sie alle richteten Schäden an.

Zu seiner Überraschung gesellte sich Janet zu ihnen. Ihre Augen flackerten leicht, als sie ihn sah. Offenbar hatte sie ihn genauso wenig erwartet, wie er sie. Er hatte von Lucy gehört, dass sie ihre Mahlzeiten normalerweise mit den Kindern einnahm.

Sie sah entzückend aus. Obwohl sie noch immer in Trauer war, trug sie ein dunkelblaues Kleid, das mit wenig Spitze verziert war. Es war nicht modisch. Er hatte in den vergangenen Jahren einiges darüber gelernt, doch die Farbe ließ ihre Augen blauer erscheinen und der Stoff schmiegte sich anmutig um ihren Körper. Er fragte sich, warum sie heute am Abendessen teilnahm. Er hatte bemerkt, dass sie sich gewöhnlich von der Familie fern hielt.

»Marjorie«, sagte sie mit sanftem Ton, »wie nett, dich wieder hier zu haben. Kann ich etwas tun, damit du dich auf deinem Witwensitz wohler fühlst?«

Marjories Gesicht rötete sich, und Neil lächelte innerlich. Janet hatte ihre Schwiegermutter gerade darüber informiert, dass man nicht davon ausging, dass sie im Herrenhaus blieb. Das hatte die Frau offenbar geplant.

Dann wandte Janet sich an Reginald. »Ich werde eine Anzeige in die Zeitung setzen, aus der zu entnehmen ist, dass Lochaene keine Schulden mehr begleichen wird, die nicht von mir eingegangen worden sind.«

Louisa sprang halb auf. Reginald tobte los: »Das kannst du nicht tun. Das bringt Schande über uns.«

»Die hast du uns bereits dadurch gemacht, dass du gewettet und Dinge gekauft hast, die weder du noch Lochaene sich leisten können«, sagte sie gelassen.

Marjorie starrte sie an. »Ich bin die Gräfinwitwe. Ich habe Ansprüche.«

»Dann hätte dein Sohn sie in seinem Testament nennen sollen.«

»Du weißt, dass es kein Testament gibt«, sagte Marjorie. »Er ist zu plötzlich gestorben«, fügte sie hinzu, die bekannte Anklage in der Stimme.

Fasziniert beobachtete Neil die Szene. Janet machte allen sehr deutlich, wer das Sagen hatte. Er ahnte schon fast, was als Nächstes kommen würde.

»Auf meinen Wunsch hin«, fuhr sie fort, »hat Mylord Braemoor jemanden hierher beordert, der das Gut leiten wird. Sein Name ist Jock Forbes, und er wird die gesamte Verwaltung unseres Besitzes innehaben, bis ich zurückkehre.« Ihre Stimme war selbstsicher und locker. Ihre Augen verrieten nichts.

Er hätte es nicht besser machen können. Sie war eine bessere Schauspielerin, als er gedacht hatte. *Er* glaubte ihr fast.

Sie wusste, dass sie keine andere Wahl hatte, als seinem Willen zu folgen, doch bis sie zurückkehrte, machte sie das Beste daraus. Dass sie zurückkommen wollte, war offensichtlich. Dass sie ihre Angelegenheiten selbst regeln wollte, ebenso. Sie erklärte unausgesprochen den Krieg.

Er hatte sie niemals mehr bewundert.

Lochaene gehörte ihr, das hatte sie gerade allen, einschließlich ihm, klar gemacht. Und niemand würde es ihr wegnehmen. Sie mochte sich zwar im Moment seinen Forderungen beugen müssen, doch machte sie sehr deutlich, dass es eine vorübergehende Sache war.

»Und ich möchte dem Marquis danken«, sagte sie freundlich, »für seinen Schutz.« Sie wartete, bis sich das gesetzt hatte und ging dann zum nächsten Angriff über. »Er muss zu seinem Gut zurückkehren, doch er ist noch immer sehr schwach. Ich werde ihn daher morgen früh begleiten, um sicherzugehen, dass er sich nicht überfordert und einem erneuten Fieberschub zum Opfer fällt.«

Die drei Campbells sahen sie an, als ob ihr gerade Hörner gewachsen wären. Teufelshörner.

»Du gehst fort? Mit einem Herrn? Als dein Schwager muss ich protestieren. Das ist nicht anständig. Was ist mit den Kindern?«

»Es ist überaus freundlich von dir, das zu fragen«, sagte sie. »Sie werden mich begleiten. Genauso wie Clara und Lucy«, sagte sie und schaute Braemoor an.

»Ja«, sagte Neil. »Es wird alles in bester Ordnung sein.« Er wollte ihren Namen nicht noch mehr besudeln, als Reginald bereits getan hatte. Er fürchtete auch, dass Cumberland diese Aktion als möglichen ersten Schritt in Richtung Heirat ansehen würde, die er, wie er deutlich gemacht hatte, befürworten würde. Das war natürlich unmöglich. Selbst wenn er heiraten könnte, würde Janet höchstwahrscheinlich nicht einwilligen.

Er fühlte sich wie in einem Spinnennetz gefangen.

»Ich kann hier alles regeln, während Ihr fort seid«, sagte Reginald in dem augenfälligen Versuch, für sich etwas aus dieser Angelegenheit herauszuholen. »Das ist meine Pflicht als dein Schwager«, fügte er heuchlerisch hinzu.

»Das möchte ich dir nicht aufbürden«, erwiderte sie gelassen. »Vor allem, da der Marquis jemanden an der Hand hat, der hervorragend geeignet ist. Wir alle schulden ihm Dank, denn wenn Lochaene wieder aufzublühen beginnt, werden wir alle davon profitieren. Dann besteht auch keine Notwendigkeit mehr für solch unangenehme Notwendigkeiten wie diese Anzeige in der Zeitung.«

Wenn ein Schock tödlich wäre, hätten alle drei Campbells im Raum ihr Leben ausgehaucht. Marjorie nahm ihre kleine Riechsalzdose und wedelte damit unter ihrer Nase herum. Reginald wurde erst rot, dann purpurfarben. Louisa saß wie betäubt da, Hass in den Augen. »Das kannst du nicht tun«, sagte sie schließlich.

Neil wollte in das Gespräch eingreifen, doch er wusste, dass das nicht erwünscht sein würde. Janet wollte keine Unterstützung, und schon gar nicht von ihm. Sie forderte ihn hingegen fast heraus.

Er lehnte sich zurück und goss sich Wein in sein Glas.

Sie warf ihm einen kurzen Blick zu, dann wandte sie sich wieder ihren angeheirateten Verwandten zu. »Ich weiß noch nicht, wann ich zurückkehren werde, aber ich bin sicher, dass Mr. Forbes alles Nötige tun wird, damit ihr so weitermachen könnt wie bisher.«

»Was wirklich erbärmlich ist«, sagte Louisa. »Dein Ehemann wollte nie, dass wir Bettler in unserem eigenen Haus sind.«

»Das wäre auch nicht nötig gewesen, wenn ihr euch angemessener verhalten hättet«, erwiderte Janet mit stählerner Entschiedenheit. Es war offensichtlich, dass sie den Fehdehandschuh warf.

Reginalds Gesicht hatte mittlerweile mehrere Schattierungen von Rot durchlaufen. Im Augenblick war es rubinrot. »Ich werde nicht zulassen, dass ich von einem Mädchen beleidigt oder gemaßregelt werde, schon gar nicht von einer Jakobiterin.«

Marjorie warf Janet einen vernichtenden Blick zu und wandte sich dann an Neil. »Ihr werdet sicherlich nicht diese Respektlosigkeit der Familie des Ehemanns gegenüber dulden?«

Er zuckte die Achseln. »Respektlosigkeit? Ich würde es gesunden Menschenverstand nennen.«

Louisa hustete, und Wein sprühte aus ihrem Mund heraus.

Marjorie wandte sich Janet zu. »Ich habe ... Freunde. Mein Ehemann war ein Campbell.«

»Dann schlage ich dir vor, sie zu besuchen, wenn es dir hier so unbehaglich ist«, sagte Janet.

Marjorie sah erneut Neil an, auf der Suche nach dem kleinsten Anzeichen von Unterstützung.

Er gähnte.

Marjorie biss sich auf die Lippe. »Mylord ...«

»Ja«, sagte er.

»Ich bitte Euch inständig, gerecht zu sein. Mein Sohn ist gerade erst verstorben und ...«

»Das ist mir klar, Madam. Genau deshalb habe ich Mylady zu einem Besuch eingeladen. In diesem Haus stecken viel zu viele traurige Erinnerungen. Und Lochaene ist weit ärmer, als es sein sollte. Es ist mangelhaft geführt worden. Wenn Ihr und Eure Familie irgendwelche Hoffnungen auf Verbesserung Eurer Lage hegt, solltet Ihr höchst erfreut über die Entscheidungen sein, die sie getroffen hat.«

Wenn er irgendeine Anerkennung von Janet erwartet hatte, so wurde er schnell eines Besseren belehrt. Sie feuerte einen misstrauischen Blick auf ihn ab, der kein bisschen weniger glühend war als diejenigen, mit denen sie gerade auf ihre

Familie gezielt hatte. Es war ein Glück, dachte er, dass sie zu sehr abgelenkt waren, um das zu bemerken.

Marjorie erwog offenbar, ob es vorteilhafter war, hinauszustolzieren oder zu bleiben und zu versuchen, Braemoor umzustimmen. Sie hielt ihn offenkundig für einen Emporkömmling und Eindringling.

Reginald hatte sich noch ein Glas Wein eingeschenkt, saß zusammengesunken auf seinem Stuhl, die Weinkaraffe fest im Blick.

»Sicherlich würdet Ihr den Rat einer Frau nicht über den meines Sohnes stellen?«, versuchte sie es wieder. »Janet hatte noch nie etwas mit den Geschäften zu tun.«

»Aber sie verfügt über wesentliche Eigenschaften: gesunden Menschenverstand und eine Fürsorge für die Pächter, die von Lochaene abhängig sind. Jock kann den verbleibenden Rest bewältigen. Er kennt sich in der Landwirtschaft aus und weiß, wie mit Pächtern umzugehen ist. Das sollte Euch erfreuen.«

»Uns erfreuen?«, fragte Marjorie. »Ihr bringt uns an den Bettelstab, damit Ihr Lochaene Euren Besitztümern einverleiben könnt. Ich hörte, dass Cumberland ...« Sie hielt plötzlich inne.

»Cumberland ... und?«, fragte er nach einem Augenblick der Stille. Janet sah Marjorie an, dann ihn. Ihre Augen zeigten keine Gefühle. Sie verbarg sie tief in sich.

Marjorie zuckte die Achsel. »Nur, dass er in England ist.«

»Dann ist ja alles geregelt«, meinte er. »Lasst uns das gute Abendessen genießen.

Als Janet ihren Kindern erzählte, dass sie eine Reise machen würden, geriet Annabella außer sich vor Aufregung. Rachel stellte eine Million Fragen. Selbst Grace hatte ein seltenes Leuchten in den Augen.

Es quälte Janet, das zuzugeben, doch vielleicht würde eine

kurze Reise gut für die Mädchen sein. Für sie selbst hingegen würde sie mit Sicherheit eine Art Hölle bedeuten.

Sie hatte verzweifelt versucht, ein Stückchen Würde zu bewahren. Sie konnte nicht zulassen, dass ihre angeheirateten Verwandten erkannten, dass sie wie ein Sack Kartoffeln davongezerrt wurde. Wenn sie zurückkehrte, mussten sie zumindest glauben, dass sie Autorität besaß. Und sie plante, schon bald zurückzukehren. Selbst wenn sie sich mitten in der Nacht davonschleichen musste.

Sie wünschte bloß, dass sie nicht hätte lächeln wollen, als Neil bei Reginalds Bitte gegähnt hatte. Sie hatte ihren Schwager sogar ein wenig bemitleidet. Doch vielleicht würde Reginald ja irgendwann erkennen, dass auch er einiges zu verantworten hatte, und, das nicht nur für ihn selbst.

Doch der Gedanke, zwei Tage Seite an Seite von Braemoor zu reisen, war quälend.

»Wie lange werden wir bleiben, Mama?«, fragte Grace.

Janet wünschte, sie wüsste das. »Nicht lange«, sagte sie und hoffte, dass sie Recht behielt.

»Können wir Samson und Delila mitnehmen?«, fragte Annabella mit weit aufgerissenen Augen.

»Ja«, sagte Janet. Sie würden mitkommen, ob Braemoor wollte oder nicht. Alle oder keiner. Wenn er das Ausmaß dieser Expedition sah, würde er vielleicht seine Meinung ändern. Doch er schien sehr tolerant mit den Kindern zu sein. Und sogar mit den Tieren.

Sie würden am Morgen abreisen, wie Braemoor gesagt hatte. Doch sie hatte erklärt, dass sie erst gehen würde, wenn sie mit Jock Forbes gesprochen hatte. Sie würde nicht fortgehen, solange sie nicht mehr über den Mann wusste, der den Besitz ihres Sohnes verwalten sollte.

Sie legte das letzte gefaltete Kinderkleid in die Reisetasche. Sie bedauerte, dass es nicht mehr Spielzeuge und Bücher gab. Sie erinnerte sich an Braemoors Bibliothek. Sie erinnerte sich auch daran, dass sie ihr Ehrfurcht eingeflößt hatte, doch hatte es dort auch Kinderbücher gegeben? Das wusste sie nicht mehr.

Nachdem sie zusammen mit Clara mit dem Packen fertig war, erzählte Janet eine Geschichte, die man ihr selbst in der Kindheit erzählt hatte. Dann beugte sie sich herab und küsste jedes der schläfrigen Gesichter. Danach nahm sie Colin auf den Arm und wünschte Clara eine gute Nacht.

Braemoor stand vor der Tür, und seine Anwesenheit erschreckte sie. »Liegt Ihr immer auf der Lauer?«

»Nur, wenn Geschichten erzählt werden«, sagte er.

Etwas an seinem Gesichtsausdruck sagte ihr, dass er als Kind nicht sehr viele Geschichten gehört hatte. »Das war keine besonders gute«, sagte sie.

»Mir hat sie gefallen.«

»Dann seid Ihr, Mylord, leicht zu erfreuen.«

Er verlagerte seinen Stand, und sein Gesicht verzog sich. Es war offensichtlich, dass sein Bein noch immer schmerzte.

»Seid Ihr sicher, dass wir morgen abreisen sollen?«, fragte sie. »Euer Bein ...«

»Das ist nur noch ein wenig unangenehm«, sagte er. »Wir werden am Morgen losfahren. Doch Jock ist unten im Salon. Er wird im Herrenhaus bleiben, wenn wir fort sind. Gibt es eine Kammer für ihn?«

»Ja«, sagte sie, »Ich werde Lucy bitten, sie für ihn vorzubereiten.«

Er zögerte.

»Die Kinder wollen Samson und Delila mitnehmen.«

»Das habe ich erwartet«, sagte er mit einem zögernden Lächeln, das selten war, doch zu Herzen ging. Zumindest, wenn sie die Unaufrichtigkeit, die dahinter steckte, nicht bedachte. »Wir werden mit der Postkutsche reisen.«

»Wir können aber niemanden als Kutscher entbehren«, sagte sie.

»Oh, ich denke schon«, meinte er. »Tim kann fahren. Sein Bruder scheint sich hier gut zu machen, und er wird bald zurückkehren.«

»Was ist mit Kevin?«, fragte sie. Tim war sein Mann. Kevin ihrer.

Er zuckte die Achseln. »Wenn Euch Kevin lieber ist, nehmen wir ihn mit.«

»Das möchte ich.«

»Keine weiteren Proteste?«

»Würden sie mir dienlich sein?«

Er schaute sie mit diesen dunklen geheimnisvollen Augen an. »Nein.« Dann verzogen sich seine Lippen zu einem halben Lächeln. »Ich glaube, Eure Familie wird sich jetzt zurückhalten.«

»Euretwegen oder meinetwegen?«, fragte sie.

»Euretwegen, Mylady, Ihr wart ziemlich beeindruckend.«

»Doch Ihr haltet mich nicht für kompetent genug, um Lochaene zu führen?«

»Ich glaube, dass Ihr mehr als kompetent seid, vor allem nach diesem Abendessen. Es ist nicht Euer Verstand oder Eure Entschlossenheit, um die ich besorgt bin, sondern Eure Sicherheit.«

Einen Moment lang brachten seine Worte sie innerlich zum Glühen. Niemand hatte jemals auch nur bemerkt, dass sie einen Verstand besaß. Doch nun erkannte sie, wie gut er manipulieren konnte, wie wenig er ihr erzählte und wie viel er zu gewinnen hatte.

Hatte er das wirklich? Verglichen mit seinem Besitz hatte Lochaene wirklich nur einen geringen Wert.

Sie würde ihm nicht die Befriedigung geben, mit ihm zu streiten. Sie hatte schon zuvor erkannt, dass sie seine Meinung nicht ändern konnte. Sie konnte nur das Beste daraus machen. Und das würde sie auch tun. Sie hatte nicht kapituliert, sondern nur den Rückzug angetreten, bis sie in einer besseren Position war. »Ich möchte mit diesem … Jock sprechen.«

Janet folgte ihm, als er durch die Halle zur Treppe hinkte. Sie hörte sein Keuchen und erkannte, wie schwer ihm das fallen musste. Sie drängte die aufkommende Woge des Mitgefühls in sich zurück.

Jock war ein großer Mann mit einem freundlichen, ledernen Gesicht. Er saß, als sie hereinkam, doch er erhob sich schnell und fingerte nervös an seiner Kappe herum. »Mylady«, grüßte er verlegen. Sie wusste, dass er sich nicht besser fühlte als sie. Sie fragte sich, was Braemoor ihm erzählt hatte. War ihm klar, wie unwillkommen er sein würde?

»Ich danke dir für dein Kommen«, sagte sie leise und wurde mit einem Lächeln belohnt.

»Mylord sagte mir, dass Ihr die Pächter behalten wollt«, sagte er. »Nicht viele Grundbesitzer haben diesen Wunsch.«

»Was hältst du davon?«, fragte sie.

»Ich bin heute durch das Land geritten«, sagte er. »Es ist möglich, doch es wird nur einen geringen Gewinn für Euch geben.«

Sie nickte.

»Ich würde gern Schafe für die verlassenen Gebiete kaufen«, sagte er und sah dabei sie an, nicht Braemoor.

Sie wusste, dass sie dafür kein Geld hatten.

»Dann tu es«, sagte Braemoor neben ihr.

»Wir brauchen keine Almosen«, entgegnete sie scharf.

»Das sind keine Almosen, Mylady. Es ist ein Darlehen, das mit Zinsen zurückzuzahlen ist. Ich vertraue darauf, dass Ihr es gut macht.«

»Das Land ist für den Ackerbau nicht besonders geeignet, aber es ist sehr gutes Weideland«, sagte Jock, als hätte es den Wortwechsel nicht gegeben.

Sie hatte ihn nicht mögen wollen. Sie wollte nichts mögen, was mit dem Marquis zu tun hatte, doch instinktiv mochte sie diesen großen Mann, dessen übergroße, von der Arbeit vernarbten Hände an seiner Kappe herumfingerten. Er hatte eine große Ehrlichkeit im Gesicht und eine Offenheit in den Augen, die ihr gefielen. Er war seinem Lord überhaupt nicht ähnlich, dachte sie.

»Hast du Angus besucht?«, fragte sie.

Jock nickte. »Ich werde mit dem Mann zusammenarbeiten. Er kennt sich in der Landwirtschaft aus.«

»Können wir genügend produzieren, um die Steuern zu bezahlen?«

»Ja, mit genügend Schafen und Rindern. Es gibt in diesem Gebiet viel zu wenige. Sie werden einen guten Preis in Inverness und Glasgow einbringen. Es wird vier oder fünf Jahre dauern, um Herden aufzubauen, doch mit guten Hunden braucht ihr nur wenige Hirten. Und die Pächter sollten genug produzieren, dass sie sich selbst ernähren, ein wenig verkaufen und Euch einen Anteil zukommen lassen können.«

»Meine Familie ... könnte versuchen, dich in deiner Arbeit zu behindern.«

»Mylord hat mir das schon gesagt«, erwiderte Jock. »Aber er sagte mir, dass ich die Entscheidungen treffe, und ich werde es so gut machen, wie ich kann.«

Sie war zufrieden. So zufrieden, wie sie unter den Umständen sein konnte. Die Menschen auf Lochaene, so spürte sie, waren bei diesem Mann sicher. Er würde nicht leicht einzuschüchtern sein.

Aber sicher vor wem? Jock Forbes würde Braemoor treu sein und nicht ihr. Wenn Braemoor wollte, dass Lochaene ein Erfolg wurde, hatte sie keine Zweifel daran, dass es dazu kam. Doch würde er es dann ihrem Sohn überlassen, dem wahren Erben von Lochaene?

Sie konnte nur versuchen, so bald wie möglich zurückzukehren. Vielleicht konnte sie ja auch Cumberland davon überzeugen, dass ihr Sohn keinen männlichen Vormund brauchte, dass es eine Last für Braemoor sei. Wenn sie möglichst viel Ärger machte, würde Braemoor sie vielleicht bald loswerden wollen.

Sie wünschte Jock Forbes, der sich im Herrenhaus unwohl zu fühlen schien, eine gute Nacht. Das würde noch schlimmer werden, wenn er die anderen Mitglieder des Haushalts kennen lernte. Doch sie hatte das Gefühl, dass er in der Lage sein würde, sich gegen sie zu behaupten.

Sie hegte jedoch noch immer einen tiefen Groll darüber, dass ihr die Kontrolle genommen worden war und dass sie nicht selbst entscheiden durfte. Sie fürchtete auch, dass sie Braemoors wahre Motive und Absichten noch immer nicht kannte. Mit Sicherheit plante er nicht, wie Marjorie vermutet hatte, eine Ehe mit ihr einzugehen. Er hatte sein mangelndes Interesse an ihr oft genug unter Beweis gestellt. Die Trostlosigkeit, die sie vor acht Jahren überfallen hatte, als er sie zurückgewiesen hatte, wirkte noch immer schmerzlich in ihr fort.

Sie wandte sich ihm zu. »Wann werden wir fahren?«

»Im Morgengrauen«, sagte er. »Wir werden mit der Kutsche mindestens zwei Tage benötigen.«

Sie nickte und ging zur Treppe.

»Mylady?«

Sie hielt inne, drehte sich jedoch nicht um.

Er zögerte so lange, dass sie wusste, dass er das, was er hatte loswerden wollen, erst noch einmal überlegt hatte. »Guten Abend«, sagte er stattdessen.

Sie wollte entgegnen, dass das erzwungene Verlassen ihres Heims nicht unbedingt für eine gute Nacht sorgen würde, doch sie besann sich eines Besseren. Es war klüger, ihn glauben zu lassen, dass sie seine Entscheidung akzeptiert hatte.

Janet, die Gräfin von Lochaene, stieg die Treppe mit so viel Würde hinauf, wie sie nur konnte.

Neil beobachtet, wie Janet die Treppe würdevoll hinaufging. Er war sowohl amüsiert als auch beeindruckt gewesen von Janets Vorstellung beim Abendessen, und nun auch von dem Gespräch mit Jock. Sie war eine willensstarke Frau.

Nachdem sie verschwunden war, ging er zum Stall hinüber. Mit Tim zusammen inspizierte er jeden Zentimeter der Postkutsche, die er am nächsten Tag benutzen wollte. Die Kutsche war verblasst, das Innere zerkratzt und die Kissen leicht verschmutzt, doch sie würde sie nach Braemoor bringen. Dann überprüfte er die Geschirre und Zugriemen. Er wollte keine weiteren Unfälle.

Bevor er ging, bat er Tim, in der Nähe der Kutsche zu schlafen und nicht im Hinterzimmer, das der Junge mit Kevin und seit seiner Rückkehr auch mit seinem Bruder Dicken teilte.

»Ich werde sie nicht aus den Augen lassen«, sagte er.

»Kevin wird die Kutsche fahren«, sagte Braemoor. »Ich möchte, dass du hier bleibst und Jock hilfst. Wenn es irgendwelche Probleme geben sollte, holst du mich.«

Tim machte ein langes Gesicht. Es war offensichtlich, dass er sie hatte begleiten wollen. »Du wirst hier nötiger gebraucht«, sagte Neil sanft. »Und du musst auch Dicken alles beibringen, was er wissen muss.«

Tims Augen leuchteten. »Ja, Mylord.«

»Ich hoffe, dass wir bei Tagesanbruch losfahren werden«, sagte Neil.

Tim nickte, wobei ihm eine rote Locke in die Stirn fiel. Sein Gesicht schien nur aus Sommersprossen und strahlend blauen Augen zu bestehen. Dicken war mit seinen dreizehn Jahren eine jüngere Ausgabe von ihm. Keiner der beiden Jungen hatte je die Schule besucht, wie Braemoor wusste; ihre Arbeitskraft war zu sehr gebraucht worden. Doch beide waren aufgeweckt, und Braemoor hatte die Absicht, einen Lehrer einzustellen, der sie genauso wie die Mädchen unterrichten sollte.

Wenn es wieder sicher genug war.

Wie lange würde er die Folter ertragen müssen, Janet jeden Tag zu sehen, zu beobachten, wie sie sich zärtlich über ihren Sohn beugte, ihren Geschichten zuzuhören, während sie die Kinder zu Bett brachte? Wie lange konnte er widerstehen, sie wieder zu küssen oder nach ihrer Hand zu greifen? Und das in dem Wissen, dass sie sie ihm nur unter Zwang überlassen würde.

Er kehrte ins Herrenhaus zurück. In der Halle flackerten nur ein paar Lampen. Er wünschte, es gäbe hier eine Bibliothek. Er ging in den Salon. Das Feuer war fast erloschen. Er legte ein neues Holzscheit auf und sah zu, wie die kleinen Flammen an ihm zu lecken begannen und dann aufloderten. Es hatte einfach auf Brennmaterial gewartet.

Er fühlte sich wie diese Flamme. Es hatten kaum noch Funken in ihm geglüht, doch nach ein paar Tagen mit Janet und den Kindern waren sie zu einem Inferno an Verlangen geworden.

Neil goss sich aus der Flasche, die dort immer zur Verfügung stand, Brandy in ein Glas ein, und sah dem Feuer beim Brennen zu.

Kapitel 15

Janet hatte den Schoß voller Kinder. Sie saß in der Mitte einer Sitzreihe. Annabella schlief und hatte den Kopf in Janets Röcken vergraben. Rachel hatte sich auf der linken Seite des Sitzes ausgestreckt, und ihr Kopf ruhte neben dem ihrer Schwester.

Grace saß steif auf der gegenüberliegenden Bank und versuchte tapfer, ein Buch zu lesen. Neben ihr saß Clara, die Colin hielt. Lucy, die neben Clara saß, sah elend aus nach der rüttelnden und kalten Tagesfahrt. Ihre Hände klammerten sich an der Kutsche fest, als diese auf einer schlammigen Straße zu schlingern begann. Samson lag zusammengerollt neben Rachel, und Delila befand sich sicher in einem Korb am Boden.

Regen prasselte auf das Kutschendach, und es donnerte gewaltig. Jedes neue Krachen verschärfte das Schlingern der Kutsche, da die Pferde sich ins Geschirr legten und offenbar kurz davor waren, durchzugehen.

Braemoor hatte die Kutsche genau in dem Moment angehalten, als das Unwetter begonnen hatte, und war auf den Kutschbock zu Kevin geklettert. Janet wusste, dass Mann und Junge durchweicht sein mussten, und das konnte nicht gut für Braemoor sein, der noch immer schwach war.

Der Teufel sollte die Männer holen für ihren Eigensinn. Sie hätten nicht an diesem Morgen fahren sollen, mit den schweren, drohenden Wolken am Himmel, dem dumpfen Geruch von Nässe und mit der elektrischen Spannung in der Luft. Doch von einer Frau ließ sich kein Mann etwas sagen.

Sie wünschte, sie könnte aufhören, sich Gedanken um ihn

zu machen, wie er da oben auf dem Bock saß, nur Tage nach einem fast tödlichen Fieber.

Doch sie wusste, dass es noch zehn Meilen lang keine Möglichkeit gab, an dieser Mautstraße anzuhalten. Sie hatten nur eine einzige Menschenseele gesehen, und das war ein finsterer buckliger Mann gewesen, der herumgehumpelt war, um Tau zu sammeln. Es gab kein Gasthaus und keinen Schutz.

Sie wusste, dass es einen viel schnelleren Weg über die Berge gab, doch die Kutsche konnte ihn nicht befahren, selbst wenn nicht Banditen den einzigen Pass kontrollieren würden.

Janet versuchte, sich nicht zu beunruhigen und konzentrierte sich darauf, selbst einen Plan zu entwerfen. Sie musste Cumberland darlegen, dass sie vollkommen in der Lage war, sich um ihre eigenen Angelegenheiten zu kümmern. Doch wie? Sie wusste es nicht. Noch nicht. Aber sie wusste, dass sie lieber zur Hölle fahren würde, als noch einmal zu heiraten.

Sie konnte wenig unternehmen, solange der Herzog von Cumberland in London war. Doch Braemoors seltsames Erlebnis in den Bergen hatte sie zum Grübeln gebracht. Sie zerbrach sich noch immer den Kopf über die Tatsache, dass der Räuber ihn freigelassen hatte, ohne Lösegeld zu fordern. Er musste ein sehr merkwürdiger Räuber sein.

Oder ein flüchtiger Jakobiter, der es seit mehr als einem Jahr geschafft hatte, unentdeckt zu bleiben.

Wenn dem so war, könnte er ihr vielleicht von Nutzen sein, und sie ihm.

Was für eine hervorragende Taktik. Sie könnte sich und die Kinder dabei in Gefahr bringen. Und außerdem schien sie jetzt schon in Gefahr zu sein. Durch ihre Familie? Durch Braemoor? Oder durch beide?

Braemoor war von beiden der wahrscheinlichere Verdächtige. Reginald war zu stümperhaft, seine Frau viel zu sehr mit ihren Kleidern beschäftigt, und seine Mutter …

Wieder grollte der Donner, und Janet spürte, wie die Pferde an den Zugriemen zerrten. Die Kutsche hielt mit einem schlingernden Ruck, und Janet musste Annabella festhalten, damit sie nicht herunterfiel. Samson bellte. Janet öffnete die Holzläden, die die Fenster bedeckten und dadurch den Regen fern gehalten hatten. Der Regen war so dicht, dass sie die in einen Umhang gehüllte Gestalt, die sich näherte, kaum sah.

»Wir können nicht weiterfahren«, sagte Braemoor. »Die Straße ist zu glatt. Kevin und ich werden die Pferde anbinden, bis das Gewitter vorbei ist.« Durch den strömenden Regen hindurch sah Janet die Anspannung auf seinem Gesicht und die Linien, die am Morgen noch nicht dort gewesen waren. Sein verletztes Bein musste ihm schwer zu schaffen machen.

Sanft schob sie die beiden Mädchen auf dem Kutschensitz beiseite, stieg aus der Kutsche und trat sofort in den Matsch und stürzte beinahe zu Boden, als ihre Füße ins Rutschen kamen. Sie schaute nach vorne zu dem Vierergespann. Kevin und Braemoor versuchten beide, die Pferde zu beruhigen, als der Donner krachte und Blitze über den trüben, grauen Hügeln zuckten, die vom Regen eingehüllt waren.

Eine Laterne, die an einem Pfosten hing, warf ein unheimliches Licht durch den starken Regen.

Eines der Pferde keilte aus, und sie versuchte, es zu beruhigen.

»Geht wieder hinein, Janet«, sagte Braemoor. »Wir werden sie ausschirren müssen. Es gibt keine Möglichkeit, sie anzubinden, solange sie mit der Kutsche verbunden sind, und wir können nicht riskieren, dass sie durchgehen.«

Janet zitterte. Sie wusste, wie unmöglich diese Aufgabe war. Doch er hatte Recht. Sie würden die Pferde weit weg von der Straße bringen müssen, und es gab keine Möglichkeit für die Kutsche, über den durchweichten Boden zu fahren.

Doch statt Neils Rat zu befolgen, fuhr sie mit der Hand über den Hals des zitternden Leitpferdes. »Ruhig, mein Lieber«, sagte sie leise zu ihm. »Du hast deine Sache so gut gemacht, und bald wirst du eine schöne warme Box haben und ganz viel Hafer.« Der Wallach erschauderte, doch er beruhigte sich beim Klang der vertrauten Stimme. Sie hatte die Pferde auf Lochaene oft besucht und war ihnen nicht fremd.

Sobald das Leitpferd begann, ruhiger zu werden, machten es ihm die anderen nach. Sie strich weiter mit den Händen über seinen Hals, während Braemoor und Kevin die Pferde von den Geschirren befreiten und unter die Bäume führten, wo sie etwas Schutz hatten. Er spannte ein Seil zwischen ihnen und eilte zur Kutsche zurück.

»Geht hinein«, sagte er.

»Erst wenn Ihr und Kevin mitkommt.«

»Dort ist nicht genügend Platz. Wir können mit der Ölhaut oben auf dem Bock bleiben«, sagte er.

»Doch, es ist Platz genug. Ihr und Kevin müsst nur je eines der Kinder auf den Schoß nehmen. Ihr werdet keinesfalls hier draußen bleiben.«

Er nickte, womit er erklärte, dass er ihre Anweisungen befolgen würde. »Ah, Ihr sorgt Euch um uns, Madam.«

»Nur, weil ich hier nicht ewig stehen bleiben möchte«, sagte sie, weil sich nicht zeigen wollte, dass Sie sich wirklich sorgte.

Schließlich zuckte er die Achseln. Er stieg wieder auf den Kutschbock, nahm die Laterne ab, trug sie in die Kutsche, hängte sie an einen Haken und dämpfte das Licht. Das Lächeln, dass er ihr offensichtlich hatte schenken wollen, war nur eine Grimasse. Er bebte vor Kälte. Dennoch hielt er ihr die Kutschentür auf und streckte ihr die Hand entgegen, um ihr hereinzuhelfen. Sie ignorierte sie, stieg alleine ein und nahm Decken vom Boden auf, als Braemoor und Kevin einstiegen und das Wasser an ihnen herablief und große Pfützen bildete.

Braemoor hatte so früh, nachdem er eine solch böse Verwundung überlebt hatte, nichts auf dem Kutschbock zu suchen. Eigensinniger Esel von einem Mann! Warum glaubten Männer immer, dass sie unbesiegbar seien und überließen es den Frauen, hinter ihnen die Scherben wegzufegen.

Kevin machte sich auch Sorgen. Sein Blick traf sich mit Janets, als sie den Marquis mit den Reservedecken und ihrer eigenen zudeckte. Die Sorge des Jungen war offensichtlich.

Braemoor versuchte zu protestieren, doch niemand hörte auf ihn.

Annabella rührte sich wegen all der Unruhe und versuchte, auf Braemoors Schoß zu krabbeln. Janet wollte sie aufhalten, doch Braemoor schüttelte den Kopf und streckte die Arme aus. Das kleine Mädchen schmiegte sich auf seinem Schoß an ihn.

Menschliche Wärme war das Beste für ihn, wusste Janet, und doch war sie überrascht über Annabellas Beherztheit. Ihre jüngste Tochter hatte sich für Braemoor zu erwärmen begonnen, seit ihr Hund ihn nass gemacht hatte, doch jetzt war es das erste Mal, dass sie ihn berührt hatte. Noch verblüffter aber war sie von dem Blick in Braemoors Augen. Sie waren vor Erschöpfung rot gerändert, doch diese dunklen, normalerweise unergründlichen Augen hatten einen dankbaren und unbeschreiblich zärtlichen Blick, auch wenn sein Körper noch immer zitterte.

Das Zittern ließ langsam nach. Sie wünschte, sie hätte etwas Warmes zu trinken für ihn, aber ihr einziges Essen und Trinken war oben auf der Kutsche festgeschnallt. Gott sei Dank wurde es von Ölhäuten geschützt, doch es gab keine Möglichkeit, etwas zu essen.

Sie beugte sich hinüber und zog eine der Decken fest um ihn. Ihre Finger berührten seinen Arm, und sie spürte, dass er eiskalt war.

Janet wollte ihn ausschimpfen – weit mehr aus Sorge um ihn als um sie und die Kinder –, doch letztendlich hatte keiner von ihnen vorhersehen können, wie heftig und dauerhaft dieser Regen sein würde. Dennoch hätten sie warten können.

Er wollte, dass sie Lochaene verließ. So viel war klar. Sie war sich seiner Gründe noch immer nicht sicher. Geschah es ihretwegen oder seinetwegen? Doch das spielte jetzt keine Rolle. In diesen Minuten und Stunden brauchte er Wärme. Würde das immer so weitergehen? Wann immer sie dachte, dass sie ihre Gefühle für ihn unter Kontrolle hätte, geschah irgendetwas, das ihr Herz zerriss.

War das Liebe? Starb sie wirklich niemals? Selbst wenn sie nicht erwidert wurde?

Doch wie konnte man einen Mann lieben, den man für unehrenhaft hielt? Der sich sogar als unehrenhaft erwiesen hatte?

Als sie ihn jetzt anschaute, zog sich ihr Herz zusammen. Sein Haar klebte ihm am Kopf, sein Gesicht war rot, und sein Mund vor Schmerzen grimmig zusammengepresst. Sie sah, wie er zuckte, als er seine Beine bewegte, und sie kannte den Preis, den er hatte bezahlen müssen, als er die Bremse betätigt hatte. Annabellas Gewicht musste eine Qual für ihn sein. Und doch lagen seine Hände fest um sie, und als Janet die Hände ausstreckte, um ihre Tochter zu sich zu nehmen, schüttelte er den Kopf.

Seine Augen schlossen sich kurz, als Annabella sich noch dichter an ihn schmiegte. Kevin sah äußerst unbehaglich aus, da er zwischen dem Marquis und Lucy eingeklemmt war, die ihn offensichtlich anbetete. Grace hatte sich zwischen Janet und Clara gesetzt, die Colin hielt, während Janet Rachel auf dem Schoß hatte. Samson versuchte, einen Platz zwischen den Füßen zu finden.

Der Regen trommelte auf die Kutsche herab. Es war später Nachmittag, und es würde ein langer Abend und eine noch längere Nacht werden. Kälte war in die Kutsche eingedrungen, und kleine Beine – und auch große – würden bald Krämpfe bekommen.

Das Schlimmste jedoch war die aufgezwungene Intimität.

Sie hatte Braemoors Entscheidung, sein Pferd zu reiten statt in der Kutsche zu fahren, begrüßt. Doch nun berührten sich ihre Beine, und ihre Körper waren nur Zentimeter voneinander entfernt, und als er Annabella in die Arme genommen hatte, hatte ihr Herz angefangen, wie eine Dampfwalze zu schlagen.

Sie versuchte, ihre Gedanken von seiner dominierenden Anwesenheit in der Kutsche abzulenken. Es gab ganz andere Probleme als steife Beine und einen Mangel an Privatsphäre … und das Problem Braemoor selbst. Er war viel zu schwach gewesen, um diese Reise zu machen, und konnte den Regen und den kalten Wind viel zu wenig ertragen.

Genau in dem Augenblick öffnete er die Augen und sah sie an. »Ich hatte nicht vor, auf diese Art und Weise zu reisen«, sagte er trocken.

Ihr Herz machte wieder einen Sprung bei diesem Eingeständnis. Obwohl sie ihn unerträglich arrogant gefunden hatte, als er verlangt hatte, dass sie ihn nach Braemoor begleiten sollte, überraschten sie diese kuriosen kleinen Gelegenheiten der Selbstherabsetzung. Sie berührten etwas tief in ihr, und ließen sie sich fragen, ob sie ihm Unrecht getan hatte. Sie hatte gelernt, dass er viel komplizierter war, als sie jemals vermutet hatte.

Wie kompliziert? Wie raffiniert?

Sie schaute auf sein Bein herab. Blut sickerte durch seine Hose, und dennoch hielt er Annabella noch immer eng an sich gedrückt. Sie hob Rachel von ihrem Schoß und griff nach Annabella. »Ich werde sie für eine Weile nehmen«, sagte sie.

Annabella protestierte ein wenig, doch sie schlief in ihren Armen bald wieder fest ein.

Braemoor versuchte, seine Beine auszustrecken und stieß dabei Samson an, der sich mit einem Bellen beschwerte. Der

Marquis sah mit einem gequälten Lächeln zu ihr und versuchte, die Beine wieder zurückzuziehen. Janet sah, dass der Blutfleck sich ausbreitete.

»Die Wunde ist wieder aufgegangen«, sagte sie anklagend.

Sein Blick traf den ihren und schien eine Frage zu stellen. Doch sie hatte keine Ahnung, um was es ging. Das schwache Licht der Laterne verschattete seine Augen. »Es ist nichts«, sagte er.

»Mag sein, aber es wird den Kutschensitz ruinieren«, schalt sie, das Kissen vorschiebend, um ihre Sorge zu verschleiern. »Kevin, kannst du Annabella nehmen?«

»Ja«, sagte er, nahm das Mädchen zu sich und hielt es vorsichtig fest, als wäre es aus Glas.

Janet beugte sich zu Neil. Das Hosenbein umschloss sein Bein fest. Sie fühlte dort keinen Verband. »Ich hoffe, Ihr habt ein Messer bei Euch, Mylord«, sagte sie.

Er zog fragend eine Augenbraue hoch. Gott im Himmel, sie wünschte, das würde ihn nicht so anziehend machen.

»Ich möchte wissen, wie die Wunde aussieht«, sagte sie, »und wenn Ihr Eure Hose nicht ausziehen wollt …«

Er grinste sie an. Es war ein schalkhaftes Lächeln, das voller Übermut war, obwohl die Linien darum herum sowohl Müdigkeit als auch Schmerz zeigten. Sie hatte dieses Lächeln noch nie zuvor gesehen, und es war für sie so bezaubernd wie ein Sonnenauf- oder -untergang. Ein Schwall von Gefühlen überschwemmte ihre Seele, als die Luft zwischen ihnen knapp wurde und es im Innern der Kutsche so erwartungsvoll knisterte wie der Sturm draußen.

Nein. Sie würde das nicht mehr geschehen lassen.

Sie würde ihn nicht wieder ihre Seele erobern lassen und schon gar nicht ihr Herz.

»Ein Messer«, sagte sie ruhig.

»Das hängt zusammen mit meiner Pistole an meinem Sattel«, sagte er, als ob ihm gerade klar wurde, dass er seine gesamten Waffen draußen im Sturm zurückgelassen hatte. Dieses einfache Eingeständnis zeigte ihr, wie müde er war. Wenn sie schon sonst nichts über ihn wusste, dann, dass Neil Forbes ein Soldat war, einer, der von Cumberland respektiert wurde.

Sie machte Anstalten, die Kutsche zu verlassen.

Doch seine Hand hielt sie auf. Seine Finger umklammerten ihr Handgelenk so stark wie eine Fessel. »Nein«, sagte er.

Kevin rutschte auf seinem Sitz herum. »Ich werde es holen gehen, Mylord.« Unbeholfen setzte er Annabella auf den Sitz und schob sich langsam zur Tür.

»Nimm das hier, Junge«, sagte Braemoor, hob die Laterne vom Haken und reichte sie ihm. »Bring meine Satteltaschen mit.«

Kevin nahm die Laterne und öffnete die Tür. Kalter stürmischer Regen fegte herein, und Janet zitterte. Die Mädchen trugen schwere Umhänge und sie auch, doch im Innern der Kutsche war es sehr kalt.

Das Donnern schien schwächer zu werden. Wenn auch noch die Blitze nachließen, konnten sie ihre Fahrt vielleicht fortsetzen. Die Pferde würden dann nicht mehr ganz so nervös sein.

Doch Braemoor konnte nicht mehr kutschieren. So viel war sicher. Und auch reiten sollte er erst wieder, wenn die Wunde erneut genäht worden war. Und Kevin war trotz allem erst achtzehn.

Minuten vergingen. Janet schaute auf Braemoors Hose herab. Der Blutfleck breitete sich noch immer aus. Wenn die Wunde tatsächlich aufgegangen war, musste sie vielleicht gereinigt werden. Und sie war unruhig. Sie machte sich Sorgen um Kevin in diesem Sturm. Sie machte sich auch Sorgen um alle anderen. Nachdem der Sturm über ihnen zu wüten begonnen hatte, hatte es keine Möglichkeit zum Anhalten mehr gegeben. Sie hatten mittags nur etwas Brot gegessen und sonst nichts.

Sie dachte an den Essenskorb über ihnen. Es war bezeichnend für Braemoors Erschöpfung und Schmerzen, dass er nicht daran gedacht hatte, ihn herunterzuholen, ehe er in die Kutsche gestiegen war. Sie hoffte inständig, dass die Ölhaut ihre Dienste geleistet und das Essen trocken gehalten hatte. Wenn nicht, hatten sie zumindest Alkohol, um Braemoor zu wärmen. Es würde ihm gut tun und Kevin auch, wenn er zurückkam.

Braemoor hatte ihre Hand losgelassen. Sie raffte ihren Umhang um sich und zog die Kapuze über ihren Kopf. Da die Laterne nicht mehr da war, konnte er nicht sehen, was sie machte.

Er war diesmal nicht schnell genug, als sie ihre eigene Tür öffnete und ausstieg. Sie blieb zunächst auf der Leiter stehen und schaute sich um, doch sie konnte das Licht der Laterne nicht ausmachen. Die Nacht war schwarz und der Regen heftig. Doch das Donnern schien sich mehr und mehr zu entfernen.

Ohne eine Laterne oder das Leuchten eines Blitzes konnte sie nicht einmal die Hügel erkennen, die sich auf der einen Seite der Straße erhoben, und auch nicht die Kante, die an der anderen Straßenseite abfiel. Im Innern der Kutsche war es stockdunkel.

Kevin, wo bist du?

Wenigstens befanden sich zusammen mit dem Essen Kerzen im Korb. Wenn sie darankam. Sie stand auf der Treppe der Kutsche und streckte sich nach oben, um das Dach der Kutsche zu erreichen und unter die Ölhaut zu greifen.

Ihre Hände ertasteten die Ölhaut, nicht jedoch den Korb.

Sie überdachte das Problem einen Moment lang, dann stieg sie herab. Sie hielt sich seitlich neben der Kutsche, um zu verhindern, dass ihre Füße auf dem Schlamm wegrutschten. Dann erreichte sie die Treppe, die zum Kutschbock hinaufführte. Sie kletterte hinauf, schaute unter die Ölhaut und fand endlich den Korb.

Sie zog ihn unter der Ölhaut hervor, hob ihn auf den Sitz neben sich und überlegte, wie sie ihn herunterbekommen konnte, ohne den Inhalt zu beschädigen.

Sie schaute sich wieder um und machte endlich durch den Nebel hindurch ein Licht aus, das auf und ab hüpfte. Es war offensichtlich, dass Kevin Schwierigkeiten hatte, den Rückweg zu finden. Sie blieb stehen und schrie so laut sie konnte, dann sah sie, wie das Licht näher kam.

Kevin erklomm die Leiter und sah sie an. Die Laterne zeigte weit aufgerissene Augen in einem bleichen Gesicht.

»Mylady«, sagte er mit zitternder Stimme, »ich habe den Weg nicht mehr gefunden, bis ich Eure Stimme gehört habe. In dem Regen konnte ich überhaupt nichts sehen.«

»Nun sind wir ja alle in Sicherheit«, sagte sie. »Doch ich brauche Hilfe mit dem Korb.«

Er nickte. »Ich bringe nur schnell die Laterne und die Satteltaschen hinein«, sagte er.

Kevin verschwand für einen Moment, bevor er zurückkam und nach dem Korb griff. »Ich bin gleich wieder da und helfe Euch herunter, sagte er. Janet beschloss, nicht auf ihn zu warten. Sie glitt zur Seite und begann herunterzuklettern. Sie hatte sich ihre Handschuhe ausgezogen, um den Korb zu suchen, und nun konnte sie sie nicht mehr finden. Ihre Finger waren eiskalt, als sie dic Kante der Kutsche entlangtasteten. Sie merkte, wie die Kapuze ihres Umhangs herunterfiel und ihre Finger wegrutschten, und dann spürte sie, wie zwei Arme sie umschlossen und wie sie an einen harten Männerkörper gepresst wurde. *Braemoor.*

Trotz des Regens verharrten sie für einen Moment, die Körper eng umschlungen, wobei seine Hitze sie wärmte. Ihr Herz klopfte unruhig und der Atem stockte ihr in der Kehle, während der Regen um sie herum trommelte und ihr das Haar im Gesicht festklebte. Einen flüchtigen Moment lang fühlte sie sich lebendig und wie elektrisiert. Sie schaute zu ihm auf. Trotz der Dunkelheit machte sie seine Gesichtszüge aus. Sie schloss die Augen, als der Regen sich über sie beide ergoss. Er hätte sie zur Vernunft bringen sollen, doch das tat er nicht. Stattdessen schien er sie zu umhüllen, zu umarmen.

Dann ließ Braemoor sie los und trieb sie stark humpelnd zur Tür der Kutsche.

Innen hatten sich alle umgesetzt, um Platz zu machen für den Korb und die Neuankömmlinge. Grace war wie immer misstrauisch und still. Rachel krümmte sich, und Annabella wimmerte, weil sie so oft hin und her geschoben worden war.

Colin versuchte, sich aus Claras Armen zu winden und schrie so laut, dass es in dieser höllischen Nacht Tote hätte wecken können.

Janet war unsicher, welches Bedürfnis zuerst befriedigt werden musste. Ein weiterer Blick auf Braemoors Bein gab jedoch den Ausschlag. Sie sah, wie er versuchte, es wieder auszustrecken und es dann schnell hochzog. Blut hatte sich mit dem Regen vermischt, und nun tropfte rosafarbenes Wasser von seiner Hose herab.

»Grace, du nimmst Annabella, Lucy, gib Colin einen Keks aus dem Korb und den Kindern ein Stück Obstkuchen. Kevin, kannst du das Messer in den Satteltaschen suchen?«

Die Laterne hing wieder innen, und sie sah Braemoors amüsierten Blick, als sie ihre Befehle erteilte. Sie starrte zurück, warnte ihn, ihr zu widersprechen.

»Ich würde es nicht wagen, mich einzumischen«, sagte er.

Der Teufel sollte diesen verdammten Mann holen. Er hatte eine unheimliche Gabe, sie aus der Fassung zu bringen.

Colin ließ sich mit dem Keks nicht abspeisen. Er schrie weiter. Sie hatte noch immer Milch in ihren Brüsten, und da sie keine Kuhmilch dabeihatten, war ihr klar, dass nur ihre eigene Milch ihn beruhigen würde. Ihre Augen trafen sich mit Neils, und er schien zu verstehen.

»Kevin und ich werden draußen warten«, sagte er.

Sie betrachtete seine durchweichten Kleider, sah die Erschöpfung in seinen Augen. Sie schüttelte den Kopf. »Dreht Euch einfach weg«, sagte sie.

Beide Männer machten das, und sie löste ihren Umhang und dann die Schnüre an ihrem Kleid. Gott sei Dank trug sie dieses Kleid. Nach wenigen Minuten saugte Colin gierig.

Die Enge in der Kutsche war beklemmend. Sie wusste, das er jedes Geräusch hörte, und sie spürte, wie ihr gesamter Körper vor Verlegenheit rot wurde. Endlich war ihr Sohn fertig. In Windeseile wickelten sie und Clara ihn, und Clara nahm ihn auf den Arm.

Die Mädchen aßen ihren Obstkuchen auf und löschten ihren Durst mit Wasser, was, wie sie wusste, zu einem anderen unglückseligen Bedürfnis führen würde. Braemoor aß ein Stück Brot und trank Brandy.

Sie fragte sich, ob der Marquis jemals zuvor mit vier Kindern, geschweige denn mit drei Frauen gereist war. Doch als sie ihn ansah, spiegelte das schwache Licht der Laterne ein so sehnsüchtiges Verlangen wider, dass ihr Herz einen Sprung machte. Sofort schaute er weg. Doch sie wusste, dass sie diesen Ausdruck nicht mehr vergessen würde.

Dennoch versuchte sie, ihn von sich zu schieben, als sie sich seinem Bein zuwand. Mit dem Messer schnitt sie seine Hose auf und klappte das Leder zurück, um die Wunde aufzudecken. Am oberen Ende hatte sie sich geöffnet und die Naht war aufgerissen. Sie sah roh und wund aus und blutete ununterbrochen.

Sie wünschte, sie hätte eine Nadel und Garn, doch das würde warten müssen. Jetzt war es zunächst wichtig, die Blutung zu stoppen. Sie beugte sich herab, zog ihren Rock hoch und schnitt einen Streifen von ihrem Unterrock ab. Der Stoff war feucht, und ihr war eiskalt, doch auch das war im Moment nicht wichtig. Sie wickelte den Streifen sorgfältig um die

Wunde und befestigte ihn behutsam. Mehr konnte sie im Moment nicht machen.

Außer Annabella davon abzuhalten, wieder auf seinen Schoß zu krabbeln.

Sie betete darum, dass der Regen aufhörte.

Doch es regnete weiter.

Annabella zappelte wieder herum. Sie musste nicht sagen, was sie wollte.

Janet schaute den Marquis an, wobei sie die herzlichen Gefühle beiseite schob, die sie ein paar Momente zuvor noch gehabt hatte. Sie musste verboten aussehen. Ihr Haar hatte sich aus dem ordentlichen Knoten gelöst, den Lucy ihr so mühevoll geschlungen hatte, und ihr Umhang roch nach nasser Wolle. Der Saum ihres Kleides hatte einen schlammige Kante.

Sie hätte in ihrem warmen Bett auf Lochaene liegen können.

Das Trommeln des Regens auf die Kutsche schien langsam schwächer zu werden. Janet hatte in den letzten paar Minuten keinen Donnerknall mehr gehört. Vielleicht …

Sie versuchte, Braemoor wieder die Decken überzuwerfen, doch er schüttelte sie ab. »Die Mädchen brauchen sie, und Ihr auch.«

»Ich war nicht so dumm, auf dem Bock einer Kutsche durch den strömenden Regen zu fahren«, sagte sie.

Er schloss halb die Augen und sah sie träge an. »Ja, das war eine meiner größten Leistungen.«

»Und habt ihr an vier kleine Kinder gedacht?«

»Ja«, sagte er. »Und an ihre Mutter.«

Sie schaute zu den Kindern. Nur Grace schien zuzuhören.

Braemoors Augen glitzerten. »Ihr wart nicht sicher auf Lochaene.«

»Auf dieser Straße auch nicht.«

»Nein, aber das konnte ich nicht voraussehen.«

»Aber das andere schon?«

»Ja, ich denke doch.«

Sie seufzte. »Die Mädchen müssen nach draußen.«

Er sah sie verblüfft an, als ob er mit solch einem Zwischenfall nicht gerechnet hatte. »Ich ...«

»Nein. Ihr nicht. Und Kevin auch nicht.« Sie wandte sich von ihm ab und rückte ihre Kapuze zurecht. »Clara, möchtest du mitkommen? Ich werde die Laterne tragen und du kannst Rachel und Annabella festhalten. Grace kann meine Hand nehmen. Wir müssen zusammenbleiben.«

Braemoor wirkte verlegen. Sie hatte ihn nie zuvor verlegen gesehen. Zweifellos war er noch niemals mit kleinen Mädchen zusammen gewesen.

Es war schwierig, wütend auf einen verlegenen Mann zu sein.

Sie seufzte, nahm die Laterne wieder herunter und stieg aus. Der Regen hatte nachgelassen, fiel aber noch immer stetig herab. Es blitzte nicht mehr, doch die Nacht war pechschwarz und die Hügel waren in Nebel gehüllt. Clara stieg aus und hob dann schwungvoll jedes Kind herunter.

Clara hatte kein Wort des Protestes während des Tages und der anderen kurzen, nassen Ausflüge geäußert. Janet dankte ihren Engeln jedes Mal, wenn sie Clara anschaute. Lucy war ein feines Mädchen, doch sie war so schüchtern wie eine Feldmaus.

Sie gingen vorsichtig hinter die Kutsche. Abgeschirmt von Clara und Janet, erleichterten sich alle Mädchen. Dann wandten sie sich zum Zurückgehen. Die Tür war offen, und Braemoor streckte die Arme aus. Er nahm die Kinder und deckte sie mit den Decken zu.

Dann schloss er die Augen. Kaum dass Colin in Janets Armen war, schlief er ein. Die Mädchen waren auch bald eingeschlafen, und Lucys Kopf fiel nach vorne.

Janet hätte gern die Laterne gelöscht, doch sie würden sie in dieser Nacht vielleicht noch benötigen. Sie mit einer Zunderbüchse wieder anzuzünden, würde nicht leicht sein. Also schloss sie stattdessen die Augen.

Ihr war bewusst, dass sich ihre Knie beinahe mit Braemoors langen Beinen verhakten – viel zu bewusst, genauso wie der unerwartet attraktive Geruch nach Leder und Pferden und Brandy.

Doch er war sich ihrer nicht bewusst. Oh, wie sehr wünschte sie sich, sie könnte ihn genauso leicht aus ihrem Kopf verbannen, wie es ihm offenbar mit ihr gelang.

Es würde eine sehr lange Nacht werden.

Von fremden Gefühlen und Reaktionen erschüttert, gab Neil nur vor zu schlafen.

Sein Bein schmerzte durch die Belastung des Bremsens. Er hatte nicht geahnt, welche Bedürfnisse eine Familie hatte, oder wie oft sie die Fahrt unterbrechen mussten. Und der Sturm, der sich den ganzen Tag über schon drohend angekündigt hatte, war einer der schlimmsten gewesen, den er je erlebt hatte.

Er hatte da ganz schön etwas angerichtet, doch er hatte sich sein ganzes Leben lang auf sein Gespür verlassen. Und sein Gespür hatte ihm gesagt, dass sie in Gefahr war.

Tatsächlich hatte sie ihn völlig aus dem Gleichgewicht gebracht. Er wusste nicht mehr, was Gefühl war, was sein überwältigender Wunsch, sie zu schützen und was sein Gespür war. Hatten die ersten zwei Letzteres völlig verdreht?

Er hatte in seinem ganzen Leben nichts getan, was er nicht gut durchdacht hatte. Dies hier hatte er offensichtlich nicht durchdacht.

Es war still in der Kutsche. Neil öffnete ein Auge halb. Trotz der Enge und der Kälte im Innern der Kutsche, waren seine Begleiter eingenickt. Selbst Janet schien zu schlafen, und ihr

Sohn wurde sowohl von ihr als auch von der kleinen Grace gewiegt.

Er hatte versucht, nicht hinzusehen, als sie ihren Sohn gestillt hatte – und es auch geschafft, doch als er sie danach angeschaut hatte, hatte er einen Schimmer auf ihr Gesicht erhascht und die Zärtlichkeit erblickt, die darin lag.

Und er verstand es, wie er niemals etwas anderes verstanden hatte. Weil eine Welle der Zärtlichkeit sich in seiner Brust ausgebreitet hatte, als Annabella sich so vertrauensvoll in seine Arme geschmiegt hatte und mit dem Kopf an seinem Herzen eingeschlafen war. Sein Bein hatte höllisch wehgetan, doch das war von geringer Bedeutung angesichts der neuen Gefühle. Er hatte sich gefühlt, als wäre in ihm eine Kerze angezündet worden.

Noch nie zuvor war ihm etwas Ähnliches widerfahren, ehe er nach Lochaene kam. Er war völlig unvorbereitet auf solche Gefühle und darauf, wie verführerisch sie waren. Nicht verführerisch in sinnlicher Weise, sondern auf viele andere Weisen.

Er hatte alles falsch gemacht. Er hätte ihr sagen sollen, warum er damals vor acht Jahren so gehandelt hatte, dass es um ihretwillen gewesen war, nicht um seinetwillen.

Doch wie sagte man so etwas? Und wie sollte er ihr klar machen, dass der Wahnsinn in einem steckte.

Und wie durfte er je Vertrauen erwarten?

Kapitel 16

Janet schaute aus dem Fenster, als sich die Kutsche Braemoor näherte.

Im Gegensatz zu dem großen Gutshaus, in dem sie aufgewachsen war, und dem Haus, in dem sie nach ihrer Heirat gelebt hatte, war Braemoor ein echtes Turmhaus, ein großes rundes Gebäude, das praktisch unzerstörbar war.

Damals vor acht Jahren hatte sie Braemoor als steif empfunden, weil sie es mit dem Heim ihrer Kindheit verglichen hatte. Es war auch schlecht gepflegt gewesen. Sie erinnerte sich an ihr erstes Entsetzen beim Anblick des Anwesens und an das Zusammentreffen mit dem Mann, den ihr Vater ihr als Ehepartner zugedacht hatte. Er war ekelhaft gewesen. Sie hatte sich sogar vor ihm gefürchtet.

Und dann hatte sie Neil Forbes im Hintergrund bemerkt. Er war im gleichen Maße schlicht gekleidet, wie sein Cousin herausgeputzt war. Er hatte ein einfaches Leinenhemd getragen und ein Plaid. Der Blick aus seinen dunklen Augen hatte die ihren getroffen, und ihr Herz hatte wie verrückt zu schlagen begonnen. Bis zu diesem Tag hatte sie häufig den Balladen zugehört und war nicht wirklich überzeugt gewesen, dass es so etwas wie die Liebe auf den ersten Blick gab. Ihre Mutter hatte ihr beigebracht, dass Liebe und Respekt Dinge waren, die zwischen Mann und Frau wuchsen.

Doch in jenem Augenblick auf Braemoor wusste sie, dass ihre Eltern sich geirrt hatten und dass die Balladensänger Recht hatten. Die nächsten paar Tage waren ihr magisch erschienen, so süß und rein, dass die Erinnerung daran noch immer wehtat.

»Ist es das?«, fragte Rachel und unterbrach ihre Gedanken. »Gehen wir dorthin?«

»Ja, Mäuschen«, sagte Janet.

»Glaubst du, dass ich dort ein Pony haben kann?«, fragte Annabella.

Janet erinnerte sich daran, dass sie den Mädchen versprochen hatte, dass sie ein Pony haben könnten, vielleicht sogar zwei. Doch das war, bevor sie erfahren hatte, dass Braemoor über ihr Leben bestimmen würde. »Ich weiß es nicht, Liebes«, sagte sie.

Sie schaute zum Turmhaus hinüber, als die Kutsche zum Stehen kam. Erinnerungen stürmten auf sie ein. Sie hatte gehofft, dass sie dieses Haus nie wieder sehen würde, das Haus, in dem ihre Träume – und Hoffnungen – zerstört worden waren.

Ihre Gedanken wurden dadurch unterbrochen, dass Braemoor die Tür öffnete und sein dunkler, rätselhafter Blick den ihren traf.

Er hatte sich die meiste Zeit des Vortags über von den Insassen der Kutsche fern gehalten. Sie waren beim Morgengrauen erwacht, und trotz der offensichtlichen Schmerzen in seinem Bein hatte Braemoor geholfen, die Pferde anzuschirren und die Kutsche zurück auf die Straße zu ziehen. Er war auf dem Kutschbock geblieben, und sie hatte ihn nur gesehen, wenn sie angehalten hatten, um die Pferde ausruhen zu lassen und den Mädchen ein wenig Bewegung zu gönnen. In der Nacht hatten sie in einem Gasthaus Halt gemacht, doch Braemoor war verschwunden, nachdem er sie zu ihren Zimmern begleitet und ihr Abendessen bestellt hatte.

Als sie am Morgen das Gasthaus verlassen hatten, war er still und verschlossen gewesen. Nur Annabella schien ihn erreichen zu können, als er sie in die Kutsche hob. Ihre Arme hatten sich um ihn geschlungen, und einen Moment lang zögerte er, ehe er sie im Innern der Kutsche absetzte.

In seinen Augen war der nackte Hunger gewesen, doch er war schnell verschwunden. Warum? Wie konnte ein Kind ihn so ... aus der Fassung bringen? Es war mehr, dachte sie, als nur das Ungewohnte. Er kam mit Annabella gut zurecht. Er hatte es offensichtlich genossen, sie in dieser Nacht in der Kutsche zu halten. Doch nun schien er nicht nur ihr auszuweichen, sondern ihnen allen.

Und was würde er nun tun, da sie auf Braemoor waren, dem Ort, an dem er der Herr war?

Zögernd gab sie ihm die Mädchen und drängte dann Clara, als Nächste auszusteigen, damit sie Colin nehmen konnte. Dann Lucy. Braemoor streckte jedem von ihnen galant die Hand hin, um ihnen den Ausstieg zu erleichtern. Dann war nur noch Janet übrig. Er hielt ihr die Hand hin. Einen Moment lang dachte sie daran, sie zurückzuweisen, merkte dann aber, wie kindisch das wäre. Sie nahm die Hand, spürte den vertrauten Schock und zog sie schnell zurück.

Er schwieg einen Moment lang und sah sie mit diesem kleinen Lächeln an, das sie sowohl irritierte als auch faszinierte. »Braemoor ist Euer Heim«, sagte er sanft. »Wenn Ihr etwas benötigt, was immer es auch sei, verlangt es einfach.«

Ihre Hände ballten sich zu Fäusten. Sie wollte nicht das fühlen, was sie fühlte. Sie wollte nicht, dass all ihre Sinne erwachten, wenn er sie berührte oder auch nur anschaute. Sie versuchte, sich die Einsamkeit ins Gedächtnis zu rufen, den Schmerz, den sie vor Jahren empfunden hatte, als er ihr Herz in Stücke gerissen hatte. Sie hatte ihm damals vertraut. Wie konnte sie nur so närrisch sein, ihm wieder zu vertrauen? »Ich glaube nicht, dass ich etwas benötigen werde«, sagte sie scharf.

»Dann werde ich versuchen, Eure Wünsche zu erahnen«, erwiderte er.

»Erahnt dann bitte, dass ich nach Lochaene zurückkehren möchte. Mit meinen Kindern.«

»Das werdet Ihr«, sagte er.

»Wann?«

»Diese Frage kann ich nicht beantworten, Mylady.«

»Oder Ihr wollt es nicht«, ergänzte Janet. Sie wandte sich von ihm ab und nahm Clara Colin ab. Sie wollte ihren Sohn und die Mädchen dicht und sicher bei sich haben.

»Ich werde Euch Gelegenheit geben, Euch mit Braemoor wieder vertraut zu machen«, sagte er. »Ihr wisst von der Bibliothek. Nutzt sie, so viel Ihr wollt.«

Annabella kam zu ihm. »Hast du ein Pony?«

Er kniete sich zu ihr hinab und schaute sie an. »Nein«, sagte er. »Aber du wirst eins bekommen.«

Janet war verblüfft über seine Antwort, über die lässige Art, mit der er das Versprechen gegeben hatte. War ihm bewusst, dass es ein Versprechen war? Für ein Kind würde es eines sein. Und er war, wie sie wusste, nicht besonders gut im Einhalten von Versprechungen.

»Das ist … nicht nötig«, sagte sie.

»Doch. Ich habe sie aus allem herausgerissen, was ihnen vertraut ist.«

Das entsprach nicht ganz der Wahrheit. Sie mochten zwar auf Lochaene gelebt haben, doch die vertrauten Dinge waren Samson und Delila, Clara, Lucy, Colin und sie selbst. Selbst auf dieser höllischen Reise hatte sie das Gefühl gehabt, dass die Kinder sicherer waren als zu der Zeit, als ihr Vater noch lebte. Doch sie war nicht bereit, das Neil zu verraten.

»Wir sind müde«, sagte sie. »Und meine Töchter könnten ein Bad gebrauchen.« Und sie selbst auch. Sie waren in der vergangenen Nacht zu müde gewesen, und die Kinder außerdem zu überdreht.

»Ich werde es vorbereiten lassen.« Er zögerte und sagte dann: »Trilby wird Lucy behilflich sein.«

»Ich brauche niemand anderen«, sagte diese.

»Das … wäre … eine Gefälligkeit«, sagte er. »Sie war die

Zofe von Rorys Frau. Bethia ist gegangen, als … als Rory starb, und Trilby ist seitdem unglücklich. Eine Kammerzofe ist schließlich etwas ganz anderes als eine Salonzofe, und da es keine Lady mehr gegeben hat …«

Janet schaute zu ihm auf. »Und das berührt Euch?«

»Ja«, sagte er mit leiser Stimme.

»Dann werden wir Trilbys Dienste in Anspruch nehmen«, stimmte sie zu.

»Vielen Dank«, sagte er einfach.

Der Teufel sollte diesen Mann holen, er hatte es wieder getan. Sie sah zu ihm auf. Er schaute mild und gleichgültig drein, und doch war das keine gleichgültige Forderung gewesen.

»Wie geht es Eurem Bein?«, fragte sie in dem Versuch, das Thema zu wechseln.

»Nicht besonders«, gab er zu.

»Werdet ihr es ein wenig schonen?«

»Kümmert Euch das wirklich, Madam?«

Sie zerschmolz fast unter der Wärme seines Blickes. Doch dieser hatte sie schon früher getäuscht. »Ja, weil ich mich nicht ewig mit Euch bemühen möchte.«

»Dieser Schlag ist schmerzhafter als der Schuss des Räubers«, erwiderte er trocken.

»Tatsächlich?«, fragte sie skeptisch und wandte sich dem Turm zu.

Er humpelte neben ihr her. Sie bemerkte, dass Kevin zusammen mit einem etwas älteren Mann, der aus dem Stall aufgetaucht war, die Pferde ausschirrte. Sie kannte ihn nicht, doch sie hatte sich damals auch nur eine kurze Zeit auf Braemoor aufgehalten, und in der Zwischenzeit war vieles geschehen – einschließlich eines Krieges.

Und dennoch löste der Anblick von Braemoor einen Sturm von Gefühlen in ihr aus. Sie hatte geglaubt, dass sie niemals zu diesem Ort zurückkehren würde, an dem sie so viel Freude erfahren hatte und später auch solches Elend. Wie lange konnte sie die Schatten der Vergangenheit ertragen?

Beim Eintritt ins Turmhaus bemerkte sie, dass es viel sauberer und ordentlicher war, als sie sich erinnerte.

»Es sieht anders aus«, bemerkte sie.

»Bethia, die Frau meines Cousins«, sagte er, »hat Braemoor verändert.«

»Was ist mit ihr geschehen?«, fragte sie. »Ich habe vom Tod Eures Cousins gehört, dass er den Schwarzen Buben getötet haben soll und dass seine Frau verschwand.«

Neil zuckte die Achseln. »Manche sagen, dass sie mit dem Schwarzen Buben fortgegangen sei. Manche sagen, dass sie mit ihm zusammen gestorben sei. Ich bezweifle, dass man die Wahrheit je erfahren wird.«

»Ihr mochtet sie?«

»Ja. Es war schwer, sie nicht zu mögen«, sagte er. »Doch sie war zur Heirat mit meinem Cousin gezwungen worden, und ich wusste, dass sie nicht glücklich war. Trotzdem hat sie Braemoor zum Besseren verwandelt.«

Janet versuchte sich an all das zu erinnern, was sie gehört hatte. Ihr Ehemann hatte nicht gewusst, dass sie einst jemanden auf Braemoor geliebt hatte, und so hatten er und Marjorie Monate zuvor in Klatsch und Tratsch über die Familie geschwelgt. Die Frau eines Forbes rannte mit einem Kriminellen davon, sein ehrenvoller ererbter Name war von einer jakobitischen Frau entehrt worden.

Dass Janet eine Jakobiterin war, hatte sie in ihren Gesprächen nicht leiser werden lassen, ja, sie schienen es sogar zu genießen, in ihrer Anwesenheit darüber zu sprechen. Das bewies die Treulosigkeit der Jakobiter, hatte Marjorie gesagt.

Janet bebte innerlich. Sie verstand, wie sich die Frau gefühlt hatte. Sie war, wie Janet selbst, an ein System gebunden gewesen, das Frauen nur wenig mehr schätzte als Zuchtstuten oder als ein Mittel, um an Geld und Land heranzukommen. Sie alle waren Schachfiguren. Vielleicht hatte Bethia ja ihre Liebe gefunden. Vielleicht auch einen Ausweg. Sie hoffte es.

Janets Hände ballten sich wieder zu Fäusten. Vielleicht konnte auch sie einen finden.

Will nahm einen Schluck aus dem Bierfässchen, das Burke ihm gereicht hatte.

»Also lebt er?«

»Ja«, sagte Burke.

»Und die Gräfin hat ihn gepflegt.«

Burke nickte.

»Dann liebt sie ihn noch immer.« Er sagte es mit leiser Stimme.

»Sir?«

»Nichts«, sagte er und schalt sich selbst dafür, dass er die Worte laut ausgesprochen hatte. Es war ein Gedanke gewesen. Er hatte nicht vorgehabt, ihn auszusprechen.

»Er hat sie mit nach Braemoor genommen«, sagte Burke.

Will schaute sich in der kalten, nackten Höhle um, in der seine Bande von Flüchtlingen Schutz gesucht hatte. Die Nahrungssuche war ein ständiges Problem. Ihre gelegentlichen Raubüberfälle brachten normalerweise nur kleine Summen ein, die bei weitem nicht dazu ausreichten, diese Leute aus dem Land zu schmuggeln. Ein junger Bursche hatte einen Dauerhusten. Die Kinder waren dürr.

Er wusste auch, dass Cumberland einen Feldzug plante, um diese Berge zu säubern. Das würde bedeuten, dass sie herumziehen müssten.

Er hatte nie vorgehabt, Schutzengel für eine Gruppe von Flüchtlingen zu werden, für Menschen, die wegen ihres Familiennamens in Gefahr waren. Und dabei spielte es keine Rolle, dass sie Kinder waren.

»Ich glaube, es wird Zeit, herauszufinden, ob Braemoor seine Schulden zahlt oder nicht«, sagte er.

»Und wenn er es nicht tut?«

»Dann ist er ein toter Mann«, sagte Will.

»Wir hätten ihn töten sollen, als wir die Möglichkeit dazu hatten«, murmelte Burke.

»Man soll niemals all seine Karten ausspielen«, sagte Will. »Man könnte den Buben benötigen. Oder den König.«

»Er ist einer von Cumberlands Männern«, sagte Burke. »Er wird dich verraten.«

Will lachte bitter. »Da gibt es nichts zu verraten. Cumberland weiß längst, dass es … Rebellen in diesen Hügeln gibt.«

»Er wird uns niemals helfen«, sagte Burke. »Leute wie er tun das nicht.«

»Wenn er es nicht tut«, sagte Will, »dann vielleicht die neue Witwe. Jedenfalls möchte ich, dass du Braemoor eine Nachricht überbringst. Leider kann ich mein Gesicht nirgendwo in der Nähe von Braemoor sehen lassen.«

Burke schaute finster drein.

Will wünschte, er hätte jemand anderen, den er schicken konnte. Im Kampf war Burke so gut wie jeder andere Mann. Er war hervorragend beim Herausfinden von Informationen. Doch er war nicht gut, wenn es um Arglist ging. Sie hatten sich in der Hütte der alten Frau gefunden. Burke war auch verletzt gewesen. Er hatte Robertson von Struan gedient, der bei Culloden verschwunden war. Burke wusste nicht, ob sein Clanchef tot oder entkommen war. Er wusste nur, dass er vom Schlachtfeld gekrabbelt war, als man ihn, wie Will, für tot gehalten hatte. Sein einziger Wunsch war jetzt, nach Frankreich zu kommen, wo er hoffte, England in der neuen Welt zu bekämpfen.

Will wusste, dass Rache Burkes einziges Ziel war. Sein eigenes Ziel war kein sehr großes, doch er würde sich anderer Mittel bedienen. Er wollte Schottland entfliehen und irgendwie zu Geld kommen. Nur mit Vermögen konnte man jemanden aufs Bitterste verletzen. Und er hatte eine ganze Liste von Leuten, denen er die Pest ans Bein wünschte.

Doch erst einmal musste er das Land verlassen, und er würde erst dann gehen, wenn er wusste, dass die anderen es auch schafften. Das hieß, dass er für alle eine Schiffspassage arrangieren musste. Das hieß, dass er an Geld kommen musste, das ihm nur jemand wie Braemoor verschaffen konnte.

Diese Tatsache war es, die ihn vor zwei Wochen zurückgehalten hatte. Sie und die Karten. Gerede über Braemoor. Und der Mann selbst. Er hatte nicht um sein Leben gebettelt.

Will bewunderte Mut. Und ihm war etwas eingefallen, das lange zurücklag. Janet Leslie war einst in Braemoor verliebt gewesen. Er wusste, dass das schlecht geendet hatte, und deshalb hatte er ihn zu ihr gebracht. Wenn der Mann lebte, würde das ein Zeichen sein.

Und eine offene Schuld.

Die er einzulösen gedachte.

»Du wirst morgen gehen«, sagte er, und wünschte, dass er selbst gehen könnte. Doch sein Gesicht war bekannt, und seine Narbe viel zu charakteristisch. Er musste auf Burke vertrauen. Er konnte nur beten, dass der Mann seinen Jähzorn unter Kontrolle halten konnte.

Der Raum, den Janet bewohnen sollte, war viel größer als der, den sie als Mädchen gehabt hatte. Er war, laut Trilby, das Zimmer der Markgräfin gewesen. »Der Marquis sagte, dass Ihr ein Bad wünscht?«, fragte Trilby nervös.

Lucy fuhr hoch. »Ja, das wünscht sie«, sagte sie und machte damit sehr deutlich, wer für Janets Wohlergehen verantwortlich war.

Trilby knickste. »Ich werde mich darum kümmern. Danach komme ich wieder und zeig den anderen ihre Räume.«

Lucy starrte Trilby nach, als diese aus der Tür schlüpfte.

»Ihr braucht nicht noch jemanden, der Euch bedient, Mylady«, meinte sie und presste die Finger vor den Mund, als ihr klar wurde, was sie gesagt hatte.

Janet seufzte. »Das stimmt, ich brauche nur dich, Lucy. Es ist eher eine Gefälligkeit.«

»Das Gutshaus ist sehr schön«, warf Grace ein, als ob sie den Missklang spürte. Sie hasste Zwietracht. »Wo werden *wir* Wohnen?«

»Irgendwo in der Nähe, Liebes«, sagte Janet. Das hatte sie bereits entschieden.

Samson kam zu ihr und begann, an ihren Schuhen herumzuknabbern, die leider durch die regnerischen Ausflüge auf der Fahrt heute vor Schlamm erstarrten. Janet hatte versucht, sie am Abend zuvor im Gasthaus zu reinigen, doch sie waren bereits völlig ruiniert gewesen und sie hatte nicht noch ein weiteres Paar Schuhe zerstören wollen.

Sie hatte heute Morgen ihr Kleid gewechselt, doch auch dieses war von der Reise verschmutzt. Schlamm klebte an den Röcken und es strömte ein strenger Geruch von der Stelle aus, an der sich Colin erbrochen hatte. Sie wusste, dass ihr Haar strähnig war, reizlos und farblos, und dass ihre Augen müde aussahen.

Janet schloss die Augen und setzte sich auf das große Federbett.

Grace berührte ihre Hand. »Soll ich Samson und Delila hinausbringen?«, fragte sie.

»Darf ich die Pferde angucken gehen?«, fügte Rachel hinzu.

»Darf ich wirklich ein Pony haben?«, fiel Annabella ein.

Colin brach in ein lautes Wehklagen aus.

»Ja, ja, das mit dem Pony werden wir sehen, und ja, Colin, ich werde dich stillen«, sagte sie in dem Versuch, allen gleichzeitig gerecht zu werden.

Grace und Rachel rannten zur Tür hinaus. Grace umklammerte Delilas Korb, und Samson zwickte in Rachels Hacken.

»Clara, geh mit ihnen mit«, sagte sie. »Lucy wird mir mit Colin helfen.«

»Ja«, antwortete Clara. Sie zögerte und äußerte dann auf verräterische Weise. »Ich glaube, dass der Marquis nichts Böses im Schild führt.« Das war eine sehr lange und tiefschürfende Bemerkung für sie. Sie war normalerweise so schweigsam wie ihre älteste Schutzbefohlene, Grace.

»Nur der Marquis kennt seine Absichten«, sagte sie, »das sollten wir nicht vergessen.«

Clara nickte.

Trilby kam herein. »Das Wasser wird bereitet«, sagte sie. »Ich kann Euch jetzt den Raum für Eure Töchter zeigen. Er befindet sich weiter unten am Flur. Der Marquis dachte, dass Euch das lieber wäre als das Kinderzimmer oben. Wir haben versucht, es so angenehm wie möglich zu machen.«

Janet starrte sie an. »Du wusstest, das wir kommen würden?«

»Ja. Mylord hat es uns ausrichten lassen, als er nach Jock geschickt hat.«

Wie lange hatte Braemoor das schon geplant?

Lange genug, dachte sie bitter, um ihnen eine angenehmere Reise zu bieten.

Doch ihre Töchter waren begeistert, fort zu sein, fern von Lochaene. Und die Schwierigkeiten auf der Fahrt waren für sie selbst Qualen gewesen, doch für die Kinder ein Abenteuer. Selbst Colin hatte es ganz gut überstanden.

Eigentlich, musste sie sich selbst gegenüber eingestehen, hatte auch sie die Fahrt gut gemeistert. Trotz des Schlamms, des Regens und der Kälte hatte sie eine Stärke in sich festgestellt, von der sie bisher nichts gewusst hatte.

Und nun war sie bereit, es mit Braemoor aufzunehmen. Sie würde sich seinem Willen nicht beugen. Nicht jetzt. Niemals.

Sie würde mit kurzen Ausritten beginnen und sie dann Tag für Tag verlängern. Und nach kurzer Zeit, hoffte sie, dass niemand mehr Notiz davon nehmen würde, wenn sie sechs Stunden oder mehr nicht da war. Und in dieser Zeit konnte sie vielleicht das tun, was sie tun musste.

Neil ruhte sich einen Tag lang aus. Er war ungeduldig, doch er wusste genug über seine Verletzungen, dass ihm die Notwendigkeit klar war. Es gab so viel zu tun. Und da Jock fort war, würde er das meiste selber tun müssen.

Er hatte gehofft, dass Janet sich nach ihm erkundigen und ihm vielleicht einen Besuch abstatten würde, doch der Tag verging, ohne dass eines davon geschah. Er hatte Torquil gefragt, ob er die Gräfin gesehen habe, doch der hatte es verneint.

Es gab keinen Grund, warum das anders sein sollte. Er konnte sich gut vorstellen, dass sie zusammen mit den Mädchen das Haus erforschte. Sie würden unruhig sein nach so vielen Stunden in der engen Kutsche. Er nahm pflichtschuldig Suppe und Brot und Bier zu sich. Torquil hatte sich seinen Oberschenkel angesehen und die Ränder der Wunde genäht, die sich gelockert hatten.

Er hätte Janets sanfte Hand bei weitem bevorzugt, doch er hatte sich geschworen, sie zu nichts zu zwingen, was sie nicht wirklich wollte. Und es war ganz offensichtlich, dass sie sich von ihm fern halten wollte.

Er nickte immer wieder ein. Ihm war warm. Er war müde. Er hatte fast so starke Schmerzen, als wäre er gerade erst angeschossen worden. Oder hatte er nur vergessen, wie stark die Schmerzen gewesen waren? Endlich dämmerte der Morgen, und mit ihm auch neue Kraft und Energie. Er stand auf, rasierte sich und zog sich an. Er fragte sich, ob Janet sich schon eingelebt hatte und ob ihre Töchter schon unten im Stall gewesen waren. Das Pony war das Erste, um das er sich kümmern würde, danach würde er den neuen Ländereien einen Besuch abstatten, auf denen hoffentlich die Pächter mit dem Ackerbau begonnen hatten.

Er ging hinunter in den großen Speisesaal.

Die drei kleinen Mädchen sahen ihm vom Tisch aus entgegen. Clara war bei ihnen. Die Gräfin jedoch nicht.

»Ich habe Angst gehabt, dass du tot bist«, sagte Annabella. »Wie mein Vater.«

»Nein, Kleines. Ich glaube, es braucht mehr als eine Reise, um mich zu töten.«

»Mama hat gesagt, dass du Ruhe brauchst«, sagte Rachel. »Ich wollte dich besuchen.«

»Ich auch«, sagte Annabella.

Grace richtete sich auf ihrem Stuhl auf. »Mama sagte, wir können deine Bücher lesen.«

»Ja.«

»Unser Vater wollte nie, dass wir lasen. Er hat gesagt, Sie würden uns genauso verderben wie ... Mama.«

Er wünschte wie verrückt, dass Campbell noch lebte, damit er ihn umbringen konnte. Es war nicht das erste Mal, dass er das dachte, doch das Gefühl wuchs in ihm genauso wie seine Wut. Stattdessen aber erwiderte er sanft: »Sie ist nicht im geringsten verdorben, und Lesen ist eine feine Sache.«

Zum ersten Mal, seit er sie kennen gelernt hatte, gönnte ihm Grace ein kleines Lächeln. Weil es so selten war, war es etwas ganz Besonderes. Es ließ ein Gesicht aufleuchten, dass normalerweise unscheinbar war. Oder vielleicht nicht wirklich unscheinbar. Nur zu düster, um leuchten zu können.

Sie beugte sich schnell über ihren Teller, als wäre sie verlegen.

»Ich lese auch«, sagte Annabella, der es offensichtlich nicht gefiel, nicht das Zentrum der Aufmerksamkeit zu sein.

»Tut sie nicht«, widersprach Rachel. »Sie ist doch noch ein Baby.«

Grace aß schneller. Jede Missstimmung warf sie offenbar aus der Bahn. Etwas in Neil bewegte sich. Diese Kinder rührten ihn wie nichts anderes zuvor. Er hatte das nicht erwartet. Er hatte Kinder für etwas gehalten, dem man, nun ja, besser ausweichen sollte. Doch er hatte auch gedacht, dass man Menschen allgemein meiden sollte, kleine oder große.

Und vor allem Frauen.

Er schaute sich im Speisesaal um und dachte, wie viel besser es hier aussah, seit sein Cousin so widerstrebend geheiratet hatte. Es hatte nicht lange gedauert, bis sich zwischen Braut und Bräutigam mehr entwickelt hatte, als sie und Cumberland je geahnt hatten. Doch Janet würde niemals erlauben, dass zwischen ihm und ihr irgendetwas wuchs, und er auch nicht.

Reite heute aus. Bleib fort, bis du eine Möglichkeit gefunden hat, sie sicher nach Hause zu schicken.

Doch zuerst ein Pony. Er hatte es versprochen.

Er genoss ein großes Frühstück, während er die Fragen der Mädchen beantwortete. Die verschiedensten Fragen. Hatte er eine Mutter? Hatte er eine Frau? Er hatte ihnen schon erzählt, dass er keine Kinder hatte, doch sie fanden es offenbar seltsam, dass er niemanden hatte.

Nicht einmal einen Freund, fiel ihm dabei ein.

Er hatte das nie zuvor als Mangel angesehen. Jetzt tat er es. Jetzt erfüllte ihn der Gedanke mit einer trostlosen Leere.

Viel zu bald sagte Clara, dass die Mädchen jetzt zu ihrer Mutter gehen sollten, die mit Colin in ihrem Zimmer sei und dort gefrühstückt habe. Zweifellos, um ihm aus dem Weg zu gehen.

Ohne den Klang der Kinderstimmen schien der große Speisesaal ungewöhnlich leer zu sein. Neil ließ den Blick durch den Raum schweifen. Das Turmhaus war mehr als zweihundert Jahre alt. Einige Forbes hatten es in Ehren gehalten; andere jedoch nicht.

Rory hatte ihm wahrscheinlich mehr Ehre zuteil werden lassen als all seine Vorgänger, und das teilweise nur deshalb, weil er es so sehr gehasst hatte. Neil erinnerte sich daran, wie sehr er Rory verachtet hatte, wie er ihn beneidet, wie sehr er sich über ihn aufgeregt hatte. Diese Gefühle waren so stark gewesen, dass er nicht in der Lage gewesen war, das Positive in dem Mann zu sehen. Er hatte sich damals eingeredet, dass er Rory so verachtete, weil er sich nicht um die Pächter scherte.

In Wahrheit hatte auch Neil sich nicht um sie geschert. Oh, er hatte sich darum gekümmert, das alles seine Ordnung hatte. Er hatte sich darum bemüht, das alles lief. Ihm war wichtig gewesen, die Erträge des Landes zu steigern, er damit Bedeutung zu erringen schien, und er hatte ja nichts anderes.

Erst als er herausgefunden hatte, wer Rory wirklich gewesen war, hatte er sich angewöhnt, die Menschen genauer anzusehen, und Dinge entdeckt, die was er nie zuvor wahrgenommen hatte. Selbstlosigkeit bei Rory, Integrität bei Jock; Ehrlichkeit bei Tim, Unschuld bei den Kindern.

Tapferkeit bei Janet.

Er fing sogar an, Menschen zu mögen. Oder sie zumindest zu schätzen. Einige von ihnen.

Sein Onkel hatte ihn dazu gebracht, jedem zu misstrauen. Donald, sein Cousin, hatte das noch verstärkt. Und Rory, Donalds Bruder, war sehr stolz darauf gewesen, dass jeder das Schlimmste von ihm dachte.

Verdammt noch mal, er wurde langsam sentimental. Ein Ritt würde diese Erinnerungen abschütteln. Er musste Braemoor kontrollieren, und morgen würde er zu den neuen Ländereien reiten. Das würde ihn etliche Tage in Anspruch nehmen. Mehrere Tage fort von Braemoor und fort von neugierigen Fragen. Fort von Janets verführerischer Anwesenheit.

Neil ritt durchs Dorf und kam dabei an dem leeren Laden des Hufschmieds vorbei. Er würde einen neuen Hufschmied anstellen müssen. Er fragte sich, was aus Alister Amstrong geworden war, dem früheren Hufschmied. Er war gleichzeitig mit Rory verschwunden, doch man hatte nur einen Leichnam gefunden.

Seitdem musste er jeden Monat einen Hufschmied holen, um seine Pferde beschlagen zu lassen.

Er ritt an den Feldern vorbei, die fast erntebereit waren, und dann weiter auf einem Weg, der zu den Ländereien führte, die an seine angrenzten. Ein Engländer hatte die Liegenschaft übernommen und züchtete dort Pferde. Es war möglich, dass er auch Ponys hatte, oder zumindest wusste, wo Neil eines herbekommen konnte. Wenn nicht, würde er nach Fort William weiterreiten müssen, was ihn mehrere Tage kosten würde.

Er trieb sein Pferd zu einem kurzen Galopp an. Er dachte an Lochaene, als er an den Feldern vorbeiritt, auf denen der Weizen hoch stand. Für Lochaene gab es dieses Jahr kaum mehr eine Chance auf Ernte, es sei denn, der Winter ließ auf sich warten. Die Pächter würden in diesem Winter sehr viel Hilfe benötigen.

Er bemerkte plötzlich einen anderen Reiter hinter sich auf dem Pfad. Er war so versunken in seine Gedanken gewesen, dass er nicht aufgepasst hatte, doch nun fragte er sich, wie lange der Reiter ihm schon gefolgt war. Nach dem Vorfall mit Will sollte er vorsichtiger sein. Deshalb würde er diesmal selber einen Angriff aus dem Hinterhalt planen.

Gott sei Dank hatte er seine Pistole bei sich. Er schwor sich, dass er niemals mehr ohne sie unterwegs sein würde.

Er trieb sein Pferd in einen Galopp. Gleich vor ihm war eine Biegung, an der er den Weg verlassen, hügelaufwärts reiten und auf denjenigen hinunterschauen konnte, der ihm folgte. Wenn es so war.

Er bog an der Biegung ab und dirigierte sein Pferd vom Weg weg. Dann wand er sich um einen niedrigen Hügel herum, stieg ab und nahm die Pistole aus den Satteltaschen. Nachdem er das Pferd an einem Baum festgebunden hatte, erklomm Neil den Hügel, von dem aus er den engen Weg unten überblicken konnte. Der Reiter war weder gut im Reiten noch in der Tarnung. Neil erkannte ihn.

Es wäre unglaublich dumm von ihm, ihn aus dieser Entfernung zum Anhalten zu veranlassen. Pistolen waren aus dieser Distanz nicht genau genug, und er hatte nur einen Schuss.

Der Mann würde auf dem Weg kehrtmachen, wenn er entdeckte, dass er seine Beute verloren hatte. Neil beschloss, seinen Rückzug abzuwarten, genauso, wie Burke und sein Herr auf ihn gewartet hatten. Die ausgleichende Gerechtigkeit reizte ihn.

Er ging zurück, bestieg sein Pferd und wartete dann im Schatten des Hügels.

Es dauerte nicht lange. Innerhalb weniger Minuten kehrte Burke um.

Neil hörte die Hufschläge und lautes Fluchen. Der Mann würde lernen müssen, sich ruhiger zu verhalten, wenn er ein lebendiger Räuber bleiben wollte.

Worauf, verdammt noch mal, war der Mann aus? Wollte er das beenden, was er vor Tagen begonnen hatte?

Neil kam sich ziemlich leichtsinnig vor.

Verdammt, er war nicht einen einzigen Tag in seinem Leben leichtsinnig gewesen. Er hatte sich immer zurückgehalten, sich in nichts eingemischt, und die Vor- und Nachteile einer Situation gegeneinander abgewogen. Das einzige Mal, dass er leichtsinnig gewesen war – damals in den Tagen mit Janet –, hatte in einer Katastrophe geendet. Selbst bei Culloden hatte er versucht, sich abzusondern, und seinen Job gemacht, wie man es ihm beigebracht hatte, selbst, als sich ihm der Magen umdrehte, als er töten musste …

Also, warum sollte er jetzt nicht leichtsinnig sein?

Verdammt noch mal, er war es leid, vorsichtig zu sein!

Mit der Pistole in der Hand lenkte er sein Pferd aus dem Schatten des Hügels und auf den Weg. »Burke!«

Der Mann hielt mit erschrockenem Blick inne. Er machte Anstalten, nach seiner Pistole zu greifen, doch hob dann die rechte Hand. »Ah, Mylord«, sagte er. »Ihr habt mich wirklich erwischt.«

»Was willst du?«

»Ach, wollte nur sehen, wie es Euch geht. Ich war es, der Euch nach Lochaene gebracht hat«, sagte Burke.

»Du willst dich nur nach meinem Befinden erkundigen?«, erwiderte Neil trocken.

»Ja, Mylord.«

»Das ist sehr nett von dir, doch ich glaube nicht, dass das die ganze Wahrheit ist. Dieses Land hier ist gut bewacht. Gib mir einen Grund, warum ich dich nicht den Engländern übergeben sollte.«

»Weil Ihr Will etwas schuldet?«

»Dafür, dass er mich fast getötet hat?«

»Dafür, dass er Euer verdammtes Leben gerettet hat. Ich hätte es Euch genommen.«

»Das reicht mir noch nicht. Das ist kein guter Grund, dich nicht den Behörden zu überstellen.«

Burke rutschte auf seinem Sattel herum, und sein strähniges Haar fiel ihm ins Gesicht. Seine eine Hand war noch immer erhoben, die andere hielt die Zügel. Er zuckte die Achseln. »Wir wussten, dass das passieren konnte, doch Will dachte, dass Ihr ein besserer Mann wärt.«

»Wie nett. Und wie falsch«, sagte Neil. »Jetzt sag mir, warum du mir gefolgt bist, oder wir gehen zusammen zu den Behörden.«

Burke sah unbehaglich aus. »Will fordert seine Schuld ein. Er möchte Euch sehen. Ich habe ihm gesagt, dass Ihr nur ein weiterer Adliger seid, der tut, was der König will.«

»Aber warum bist du gekommen, wenn du das glaubst?«

Burke zuckte wieder die Achseln. »Ich tue, was er mir sagt.«

»Warum?«

Der Räuber schaute beunruhigt drein, erwiderte jedoch nichts.

»Und was verlangt er von mir?«, fragte Neil, obwohl er glaubte, es schon zu wissen. Hier weiter einzusteigen, könnte sich als die schlechteste Entscheidung herausstellen, die er je getroffen hatte. Doch das Bedürfnis nach Leichtsinnigkeit hielt in ihm an. Und er war beeindruckt von diesem Mann, der sein Leben für einen anderen riskierte. Das sagte viel über den rätselhaften Räuber in den Bergen aus. Gott wusste, dass er keine Menschenseele kannte, die das Gleiche für ihn tun würde.

»Er braucht Geld«, sagte Burke nach einer kleinen Pause.

»Wie viel?«

»Genügend, um für zwölf Personen eine Passage nach Frankreich zu bekommen.«

»Für Jakobiter?«

Burke starrte ihn mit starrem Blick an.

»Und er traut mir? Er glaubt, dass ich ihn nicht verraten werde?«

»Nein, aber er hat sonst niemanden«, sagte Burke und fügte düster hinzu: »Wenn Ihr ihn verratet, seid Ihr tot.« Es war offensichtlich, dass er Wills Meinung über den Herrn von Braemoor nicht teilte.

»Du drohst gern, selbst wenn du nicht in einer Lage bist, in der du drohen solltest«, sagte Neil, obwohl er seine Pistole senkte.

Burke zuckte gleichgültig die Achseln. »Es gibt so einige, die bereit zum Töten sind, wenn mir etwas passieren sollte.«

Neil bezweifelte das. Es gab nur Burke und seinen Herrn. Dennoch beobachtete er sich selbst dabei, wie er auf eine absolut irrationale Weise reagierte. »Ich werde dir heute Nacht Geld bringen. Du kannst es selbst mitnehmen. Es ist nicht nötig, dass ich mitkomme.«

Burke sah nicht glücklich aus. »Er möchte, dass Ihr zu ihm kommt.«

Neil musterte den Mann einen Moment lang. Geld in das

Versteck eines Räubers zu bringen, wäre wirklich eine sehr leichtsinnige Angelegenheit. Und dennoch faszinierte ihn irgendetwas an Will. »Ich werde dich um Mitternacht treffen«, sagte Neil. »Ich muss zuvor noch etwas anders erledigen, und außerdem wird es das Beste sein, wenn wir nachts unterwegs sind.«

Burke betrachtete ihn mit finsterer Miene. »Was soll ich bis dahin machen?«

»Herumschleichen. Darin scheinst du recht gut zu sein.« Dann zögerte er. »Es gibt ein Häuschen in der Nähe von Braemoor. Es steht im Moment leer. Du kannst dort auf mich warten. Nimm einfach diesen Weg, der am Dorf vorbeiführt, und biege dann bei der ersten Möglichkeit rechts ein.«

»Was ist, wenn mich jemand sieht?«

»Das, mein Freund, ist nicht mein Problem.«

Burke starrte ihn an.

»Mitternacht«, wiederholte Neil.

»Ja, aber Ihr solltet besser niemanden mitbringen«, sagte Burke mit einer Stimme, die fast wie ein Knurren klang. »Jaja, Vertrauen zwischen Kameraden«, erwiderte Neil.

»Das ist richtig rührend.«

»Will mag Euch trauen. Ich nicht«, sagte Burke. »Denkt an das, was ich über Verrat gesagt habe.« Er wendete sein Pferd um und ritt auf dem Weg davon, der in die Hügel führte.

Neil sah zu, wie er verschwand.

Und fragte sich, was, zur Hölle, er tat.

Er schob den Gedanken beiseite. Fürs Erste war das Pony wichtiger.

Kapitel 17

Janet hörte den aufgeregten Schrei, als sie mit einem Tablett voller warmer Obsttörtchen die Steintreppe hinaufstieg. Sie konnte gerade noch verhindern, umgeworfen zu werden, als zwei kleine Wirbelwinde ihr auf der Treppe entgegenrannten, gefolgt von einem bellenden Welpen und einem blitzschnellen Kätzchen. Grace folgte in einem eher gelassenen Tempo.

»Was …?«

Sie hatte kaum ausgeredet, als Grace stehen blieb. »Der Marquis … kommt. Er hat zwei Ponys bei sich.«

Ein Versprechen gehalten. Wenigstens eines.

Janet drehte sich um, stieg zusammen mit Grace die Stufen wieder hinunter und stellte das Tablett auf den Tisch in der Halle ab. Dann folgte sie Grace durch die Tür, die von den Kindern offen gelassen worden war.

Der Marquis stieg gerade ab, als Annabella und Rachel beim Anblick der beiden Ponys an der Leine vor Entzücken kreischten. Eines war weiß und eines kastanienbraun. Beide Tiere trugen Sättel.

Ohne Angst begann Annabella, auf das Weiße zuzurennen, während Rachel sich etwas vorsichtiger dem Brauen näherte. Sie wusste viel besser als Annabella, dass man ein Tier nicht überrumpeln sollte.

Janet ging auf Annabella zu, doch Braemoor erreichte sie vor ihr und hielt sie auf. Er hob sie hoch und flüsterte ihr etwas ins Ohr. Annabella grinste ihn an, streckte dann langsam die Hand aus und berührte das weiße Pony, das zunächst den Kopf schüttelte und sich dann an ihrer Hand rieb.

»Er mag mich.«

»*Sie* mag dich«, korrigierte Braemoor das Mädchen und stellte es zurück auf den Boden. Er blieb noch einen Moment bei Annabella stehen und wandte sich dann Grace zu. »Ich konnte nur zwei Ponys bekommen, also müsst ihr drei sie miteinander teilen, bis ich ein drittes gefunden habe.« Er sah sie um Entschuldigung bittend an, und Janet spürte, dass ihr Herz wieder zu schmelzen begann. Dieser verfluchte Kerl brachte sie immer wieder in Verwirrung.

»Das geht schon in Ordnung«, sagte Grace mit ihrer Stimme einer Erwachsenen. »Ich möchte sowieso lieber lesen.«

Die kleine Mutter. Sie hatte sich schon immer zuerst um die Bedürfnisse ihrer Schwestern gekümmert und dann um ihre eigenen. Manchmal wünschte sich Janet, dass sie einen Wutanfall bekäme und nur einmal ein richtiges Kind wäre.

Sie ging zu Grace hinüber und schlang die Arme um sie.

Rachel hatte sich langsam dem braunen Pony genähert. Sie drehte sich zu Grace um. »Ich werde sie teilen«, bot sie großzügig an.

»Ihn«, sagte Braemoor. »Er ist ein Wallach.«

Rachel schaute hoch und strahlte ihn an. »Hat er einen Namen?«

»Ich habe nicht gefragt«, sagte er. »Ich schätze also, dass ihr drei sie taufen müsst.«

»Kann ich ihn … sie jetzt reiten?«, fragte Annabella bittend.

Braemoor schaute zu Janet hinüber, um zu wissen, ob sie zustimmte. Es war nett, dachte sie ein wenig bitter, dass er auch einmal für etwas um Zustimmung bat. Bisher hatte er sich für ihre Gefühle nicht sonderlich interessiert.

Sie sah Annabella und Rachel an. Beide blickten sie flehend an.

Braemoor hatte ihre Herzen erobert. Er besaß das Vertrauen, das sie sich monatelang hatte erwerben müssen. Sie hasste den Unmut, den sie spürte. Und die Angst.

Würde er sie genauso fallen lassen, wie er das vor acht Jahren mit ihr gemacht hatte? Wenn der Reiz des Neuen weg war, würde er dann ihre Gefühle abschneiden wie mit einer Stahlklinge? Das wäre grausamer als die Gleichgültigkeit ihres Vaters. Sie konnte das nicht ertragen. Sie trauten nur so wenigen Menschen. Ihr selbst und Kevin vielleicht. Warum hatten sie bloß zugelassen, dass Braemoor ihre Herzen so leicht stehlen konnte?

Sie ging hinüber, hob Annabella hoch und umarmte sie fest. Sie wollte nie, dass eine von ihnen das Gefühl der Verlassenheit spürte und diese völlige Leere, weil sie von jemandem zurückgewiesen wurden, von dem sie dachten, dass er sie liebte.

»Natürlich darfst du reiten, Liebes«, sagte Janet und setzte Annabella in den Sattel. Sie nahm jedoch die Zügel, die über dem Sattel befestigt waren.

Sie vermied es, Braemoor anzuschauen, doch ging mit dem Pony im Hof herum. Sie wusste, das Rachel auf dem anderen Pony folgte.

»Ich möchte, dass Grace mit mir reitet«, sagte Rachel von hinten, und Janet wusste, das ihre zweite Tochter nur versuchte, großzügig zu sein.

Janet schaute Grace an, und sie wich zurück. »Nein«, sagte sie. Janet erkannte dabei, dass Grace' Lächeln nur der Freude ihre Schwestern galt. Das Misstrauen stand ihr genauso lebhaft in den Augen geschrieben wie Janet selbst.

Janet lenkte ihren Blick wieder auf den Weg. Ihre eigene Sorge durfte nicht die Freude zweier kleiner Mädchen zerstören, die so wenig davon hatten. Sie würde einfach versuchen, sich zwischen sie und die Enttäuschung stellen.

Nach ein paar weiteren Runden hielt sie an, um Annabella aus dem Sattel zu heben.

»Ich möchte nicht runter«, protestierte Annabella.

»Auch nicht, wenn ich dir morgen eine Stunde Unterricht gebe, damit du ganz allein reiten kannst?«

Annabella schob störrisch die Unterlippe vor.

»Ich glaube, dass das Pony von dem langen Weg heute sehr müde ist«, fügte Janet hinzu und hoffte, dass Annabellas weiche Herz den Rest erledigen würde.

»Glaubst du?«, fragte Annabella, während sie die Lippe leicht zurückzog.

»Ja«, sagte sie. »Ich denke, sie braucht etwas Hafer. Und du kannst ihr eine Möhre bringen, damit sie sich zu Hause fühlt.«

»Gut«, sagte sie und strecke die Hände aus, um aus dem Sattel gehoben zu werden. Janet hielt sie einen Moment lang fest und setzte sie dann ab. Sie rannte hinüber zum Marquis, der gerade Rachel abgesetzt hatte. Annabella schlang ihm die Arme um den Hals, ehe er sich aufrichten konnte. »Vielen, vielen Dank. Ich hab dich lieb.«

Janet wollte sich abwenden, doch bevor sie das tat, bemerkte sie den unglaublichen Ausdruck auf seinem Gesicht, sah, wie seine strengen Augen weich wurden, wie er die Arme um sie schlang und Annabella einen Moment länger als nötig hielt. Dann ließ er sie los und richtete sich auf. Dabei traf sein Blick Janets.

Sie erwartete, Triumph und Zufriedenheit in ihnen zu erblicken. Stattdessen sah sie einen Schmerz, der so tief und grausam war, dass sie zurückzuckte.

Dann wandte er sich ab.

Sie blieb einen Moment lang stehen. Verzweifelt. Hatte sie wirklich das gesehen, was sie zu sehen geglaubt hatte? Oder war es nur ein Spiel von Sonne und Schatten gewesen?

»Ich werde sie hineinbringen«, sagte er.

»Ich werde Euch die Ponys bezahlen, sobald Lochaene …« Ihr wurde klar, wie bedeutungslos diese Worte waren. Lochaene war abhängig von Braemoor, von seinem Darlehen. Und dennoch …

»Sie sind ein Geschenk, Janet«, sagte er. »Bitte nimm mir nicht diese Freude.«

Die Bitte war unverhüllt. Kein Hauch von Arroganz oder Autorität.

Sie wandte sich von ihm ab. Sie wollte nicht das fühlen, was sie fühlte. Sie würde ihm nicht wieder trauen.

»Janet.«

Sie drehte sich wieder um.

»Ich werde heute Nacht fortgehen. Ich werde einige Tage wegbleiben. Sagt es Torquil, wenn Ihr etwas braucht. Die Stalljungen sind sehr tüchtig.«

»Ich werde nichts benötigen«, sagte sie.

»Versucht nicht, nach Lochaene zurückzukehren«, warnte er sie.

Jeder Zweifel, den sie ihm gegenüber gehabt hatte, verschwand. »Ihr würdet mich wieder zurückzerren?«

»Ja«, sagte er kühl. »Das würde ich tun.«

»Und Ihr möchtet, dass ich verspreche, eine gute Gefangene zu sein?«

»Ein zufriedener Gast.«

»Ihr könnt meine Töchter bestechen«, sagte sie. »Mich nicht.«

»Das war keine Bestechung.«

»Nein, Mylord?«

»Ich möchte, das sie hier glücklich sind. Und sicher.«

»Ich habe mich in meinem eigenen Heim sicherer gefühlt, als hier als Gefangene.«

»Und die Sicherheit Eurer Kinder?«

»Ich kann selbst auf sie aufpassen«, sagte sie. »Zumindest sind sie bei mir vor Versprechen geschützt, die niemals gehalten werden.« Janet spürte, wie sie errötete. Sie hatte das nicht sagen wollen. Sie wollte nicht, dass er erfuhr, wie sehr er sie verletzt hatte, und wie viel Schaden er ihr vor Jahren zugefügt hatte.

Sein Blick traf den ihren. »Das wird nie geschehen«, sagte er sanft.

»Nein? Und warum sollte ich Euch glauben?«

»Das solltet Ihr wahrscheinlich nicht«, sagte er. »Aber bitte glaubt mir, dass Ihr auf Lochaene nicht sicher seid.«

»Ich möchte nicht hier sein.« Weil es tat viel zu sehr wehtat, doch das würde sie ihm nicht sagen.

Ein Muskel zuckte in seiner Wange. »Ich werde versuchen, Euch mit meiner Anwesenheit so wenig wie möglich zu belästigen.«

Sie spürte einen Stich des Bedauerns. Wurde sie ungerecht, nur um sich selbst vor dem Schmerz zu schützen? Neil verwirrte sie so sehr, dass sie es nicht mehr wusste. Sie wusste bloß, dass sie große Angst davor hatte, ihm wieder zu trauen. Sie glaubte nicht, dass sie es überleben würde, wenn ihr noch einmal ein so tiefer Schmerz zugefügt würde. »Geht Ihr deshalb fort?«

»Nein. Es gibt da ein paar unerledigte Dinge, um die ich mich kümmern muss.«

Ihr Blick traf den seinen. »Ihr scheint eine Vielzahl von unerledigten Dingen zu haben.« Sie hoffte, dass es nicht so sehr nach einer Frage klang, wie es gemeint war. Sein Kommen und Gehen war nicht ihre Angelegenheit. Es war auch tatsächlich am besten, wenn er völlig verschwand. Dann würde sie nicht mehr mit all diesen … widersprüchlichen Gefühlen zu kämpfen haben.

Er sah sie für einen langen Moment an, dann senkte er den Blick, nahm die Zügel der Ponys und ging in Richtung Stall davon.

Janet brachte ihre Töchter ins Haus. Sie hatte Karotten für die Ponys versprochen. Doch zuerst würde sie das Temperament der Mädchen mit den Apfeltörtchen zügeln, die sie ihnen hatte bringen wollen, bevor der Marquis mit den Ponys aufgetaucht war.

Ihr Herz schlug unregelmäßig. Ihr Kopf war voller zorniger

Worte, die sie nicht ausgesprochen hatte, und voller Gedanken, die sie verdrängen wollte. Warum löste er immer einen solchen Gefühlssturm in ihr aus? Und wohin ging er mitten in der Nacht?

Sollte er ein paar Geheimnisse haben?

Annabella hüpfte neben ihr her und nahm ihre Hand. »Ich liebe das Pony«, sagte sie.

Janet wollte nicht das zerstören, was einer der wirklich wunderbaren Momente in Annabellas Leben sein musste. »Hast du dir schon überlegt, wie du sie nennen willst?«

»Ich glaube, Schneewittchen wäre gut«, sagte Annabella, und wartete mit besorgtem Blick auf ihre Zustimmung.

»Ich denke, Schneewittchen ist einfach perfekt«, erwiderte Janet.

»Und Rachels Pony könnten wir Prinz Charme nennen«, schlug Annabella vor.

»Ich denke, wir sollten erst einmal Rachel und Grace dazu befragen«, meinte Janet.

»Aber Grace möchte gar kein Pony haben.«

»Ich glaube aber, dass deine Schwester nur großzügig war.«

Annabella überdachte diese Möglichkeit. »Sie kann Schneewittchen reiten, wann immer sie will.«

»Ich bin sicher, dass sie das sehr glücklich machen wird«, sagte Janet.

Sie gingen ins Haus und erstarrten. Samson war offensichtlich hineingeschlichen, als die Tür offen war. Das Tablett, auf dem die Törtchen gestanden hatten, lag am Boden inmitten von Krümeln und Marmelade. Delila war gerade dabei, das Tablett abzulecken. Samson, dessen Gesicht mit Puderzucker und Quark verschmiert war, schaute mit schuldbewusstem Blick unter einem Stuhl hervor, während er schmeichlerisch bettelte.

Grace ging auf Samson zu. »Böser Hund!«, schimpfte sie.

Der Welpe legte sich hin und rollte sich herum, wobei ihm seine Zunge Mitleid erregend aus dem Maul heraushing.

Torquil tauchte auf und war entgeistert, als er die Reste der Törtchen sah, die die Köchin gebacken hatte, daneben das schuldbewusste Tier. Grace packte den Welpen, den sie gerade getadelt hatte, und presste ihn an sich. »Ich habe die Törtchen fallen gelassen«, sagte sie.

Seine ernstes Gesicht verzog sich ein wenig. »Das habe ich bemerkt, Lady Grace.«

Grace richtete sich auf und versuchte, so groß wie möglich auszusehen. »Es tut mir Leid.«

»Es ist ja nichts passiert«, sagte er mit einem winzigen Zucken seiner Lippen. »Die Köchin kann für den Nachmittagstee noch ein paar machen.«

»Tee?«

Janet hatte in den beiden Tagen, die sie hier verbrachten, keinen Tee angeboten bekommen. Aber vielleicht auch nur deshalb nicht, weil es Braemoor nicht gut gegangen war.

»Ja, Mylady. Mylord bat mich, ihn heute Nachmittag zu servieren. Er dachte, dass die kleinen Mädchen daran Freude haben würden.«

Offenbar war es ihm egal, was sie darüber dachte.

»Ich danke dir«, sagte sie.

»Ich werde ihn im Kinderzimmer servieren«, sagte er und meinte den Raum nahe Janets, der zu dieser Verwendung umgeräumt worden war. Die Mädchen waren dort eingezogen, zusammen mit einem Bett für Colin, das er benutzte, wenn er nicht bei Janet war.

Also würde Braemoor sich nicht mit ihnen zusammensetzen. Den war sie los! Und doch spürte sie einen Anflug von Enttäuschung in sich.

Janet redete sich selbst ein, dass sie so empfand, weil sie nur gern mehr über seine Pläne erfahren hätte. Wohin er ging?

Wie lange er fort sein würde? Wenn sie das wusste, und nur dann, konnte sie ihre eigenen Pläne schmieden.

»Ich danke dir«, sagte sie. »Ich hörte, dass der Marquis heute Nacht abreist?«

Überraschung zeigte sich auf seinem Gesicht. Also hatte er das noch nicht gewusst. Das hieß, dass irgendetwas ihn zu dieser plötzlichen Abreise veranlasst haben musste. Doch was? Was konnte am vergangenen Tag geschehen sein?

Und ging es ihm schon gut genug? Sie redete sich weiter ein, dass ihre einzige Sorge darin bestand, sich von ihm zu befreien. Und doch war er bei der Ankunft auf Braemoor so erschöpft gewesen, dass sie sich Gedanken um ihn gemacht hatte. Sollte er wirklich schon so bald wieder eine lange Reise machen? Und warum, zum Teufel, machte sie sich darüber Sorgen?

Zum Teufel mit dem Mann, doch genau das tat sie. Sie verstand nicht, warum, genauso wenig wie sie verstand, warum er sich so viel Mühe gemacht hatte, die Ponys zu holen.

Doch sie würde herausfinden, was er vorhatte. Und wie lange er fortbleiben würde. Und was er mit ihr und Lochaene im Sinn hatte.

Braemoor kam zum Abendessen herunter. Er hatte geplant, heute Abend gut zu essen, da er nicht wusste, wann er wieder etwas bekommen würde. Nach ihrer kurzen Unterhaltung heute erwartete er nicht, dass Janet zu dieser Mahlzeit erscheinen würde.

Doch das tat sie.

Sie hatte offenbar Torquil nach der Zeit gefragt, zu der er zu essen gedachte und ihn zum Stillschweigen verpflichtet. Als Neil zu seiner üblichen Zeit um sieben Uhr hinunterkam, waren zwei Plätze an dem großen Tisch gedeckt.

Er goss sich ein Glas Wein ein und wartete, wobei ihm wieder in den Sinn kam, wie sehr er es hasste, hier allein zu essen.

Neil leerte den Weinkelch gerade in dem Moment, als Janet den Raum betrat. Sie sah entzückend aus, selbst in dem schwarzen Trauerkleid. Ihre Augen hatten die Farbe des Nachthimmels und ihr Haar umrahmte ihr Gesicht, statt dass es zurückgezogen worden war zu strengen Zöpfen oder einem Knoten. Ihre Wagen waren rosig und nicht bleich wie auf Lochaene. Ein Hauch von Puder?

Er erhob sich. »Mylady.«

Ihr Blick traf den seinen und hielt ihm stand. »Mylord«, erwiderte sie.

»Es freut mich, das Ihr Euch zu mir gesellt.«

Er ging zu ihr hinüber, und zog den Stuhl für sie heraus. Sie setzte sich und wartete, bis er zurück zu seinem Platz gegangen war. »Ich wollte Euch danken«, sagte sie. »Ich war vorhin nicht sehr ... freundlich. Meine Töchter lieben die Ponys.«

»Ich möchte, dass Ihr und die Kinder den Aufenthalt hier genießt.«

Ihre Augen betrachteten ihn ruhig. Sie spielte mit ihrem Weinglas herum. »Wann werdet Ihr aufbrechen?«

»Nach dem Abendessen. Wolltet Ihr mir auf Wiedersehen sagen?«, fragte er trocken.

»Nein, ich frage mich nur, welche ... Regeln es gibt.«

»Regeln?«

»Ich bin Eure Gefangene, Mylord. Vielleicht ohne Gitter, aber durch Eure Drohung, mir meinen Sohn fortzunehmen.«

»Keine Drohung, Mylady. Ich wollte nur erreichen, dass Ihr Euch der Gefahr auf Lochaene bewusst werdet.«

»Warum kommt es mir dann wie eine Drohung vor? Weil ich keine Wahl hatte?« Ihr Blick bohrte sich in seinen. »Habt ihr Euch jemals Gedanken darüber gemacht, wie es sein muss, eine Frau zu sein, Mylord? Wenn nicht, könnte das, was jetzt kommt, ganz informativ sein. Alle«, fügte sie ruhig hinzu, »sagen einem, dass sie es besser wissen als man selbst. Alle nehmen an, dass man zu schwach oder zu hirnlos ist, sich um die eigenen Angelegenheiten zu kümmern. Alle vermuten, dass man zufrieden damit ist, eine Schachfigur in irgendeinem Spiel zu sein, und dass man die Angelegenheiten der Männer ohnehin niemals verstehen wird. Meine Töchter«, fuhr sie fort, »werden so nicht aufwachsen.«

Neil hörte den Schmerz aus ihrer Stimme heraus. »Ich wollte nicht, dass es so aussieht«, erklärte er. »Ich weiß, dass ich … nicht gut mit Worten umgehen kann. Ich wollte nur Schutz bieten.«

»Ihr habt nie gefragt, was ich wollte«, sagte sie. »Ich habe Euch geschrieben, weil ich in der Falle saß. Ich glaube nicht, dass ich eine Antwort erwartet habe. Aber ich hatte gehofft, dass Ihr Euch ein wenig an mich erinnert. Ein Brief an Cumberland. Das war schon alles, was ich wollte und worauf ich gehofft hatte.«

»Ich wollte mehr tun«, sagte er leise.

»Indem Ihr mich in einen anderen Käfig steckt, Mylord?«

»Ich möchte nicht, dass Braemoor das für Euch ist. Ich dachte …«

»*Ihr* dachtet. Das ist das Problem, Mylord. Und nun geht ihr fort und lasst mich hier zurück. Ich weiß nicht, was mit meinem Besitz geschieht. Mit dem Erbe meines Sohnes. Ich kenne auch nicht Eure wahren Absichten.«

»Könnt ihr nicht glauben, dass sie ehrenhaft sind?«

»Ehrlich gesagt, Mylord, nein«, sagte sie. »Ihr seid freundlich zu meinen Kindern. Aber das wart ihr vor Jahren zu mir auch. Ich möchte nicht, dass sie so verletzt werden, wie ich es wurde.«

Er hatte sich in all diesen Jahren eingeredet, dass er das Beste für sie getan hatte. Doch nun erkannte er, dass er das Beste für sich selbst getan hatte. Er hatte es nicht geschafft, ihr von dem Wahnsinn in seiner Familie zu erzählen. Er hatte die Angst in ihren Augen nicht sehen wollen. Und auch nicht die Zurückweisung, die er glaubte, sicher zu erwarten.

War es jetzt zu spät, ihr zu erzählen ... ihr *was* zu erzählen? Dass er nicht genug Respekt vor ihr gehabt hatte, ihr die Wahrheit zu sagen?

Hatte er sein Misstrauen den Campbells gegenüber als Entschuldigung benutzt, um ihr nahe zu sein und etwas wieder aufleben zu lassen, das nie eine Chance gehabt hatte und nie haben konnte?

»Wenn ich zurückkehre«, sagte er, »werde ich Euch nach Lochaene zurückbringen.«

»Ohne Wenn und Aber?«

»Ich hoffe, Ihr werdet es akzeptieren, dass ein paar meiner Leute dort sind.«

»Menschen, denen Ihr traut – oder Menschen, denen ich traue?«

»Jemand, dem *Ihr* traut«, sagte er.

»Wie lange werdet Ihr fort sein.«

»Keine Ahnung.«

Er wünschte, er könnte ihre Absichten durchschauen. Er hatte keinen Zweifel daran, dass ihr Geist sich heftig darum bemühte, einen Weg aus dem Käfig heraus zu finden, den sie gerade erwähnt hatte. Er macht sich nicht vor, dass sie seinen Worten Beachtung schenken würde. Sie bedeuteten einfach nichts. Das hatte er vor langen Jahren sichergestellt.

Torquil erschien mit einem winzigen Zwinkern in den Augen. Er goss Wein in ihr Glas und trat beiseite, als ein Diener mit dem Essen hereinkam. Neil wusste, dass er mehr Diener hatte, als er brauchte oder wollte, doch sie brauchten die Anstellung, und so hatte er einen nach dem anderen aufgenommen. Die meisten waren, wie Torquil, nicht sehr fachkundig.

Neil konzentrierte sich ganz und gar auf seinen Gast. Er war fasziniert von Janet und von der Ruhe, mit der sie ihn anschaute. Er konnte ihr Mienenspiel nicht wirklich deuten.

Sie war auf irgendetwas aus. Er stählte sich innerlich gegen das Bedürfnis, ja zu sagen zu allem, was sie wünschte. Er war sich sicher, dass sie etwas wollte, das er ihr nicht geben konnte.

Doch sie nippte nur an ihrem Wein. »Hat Torquil Euch die Sache mit den Törtchen erzählt?«

Er zog eine Augenbraue hoch. »Augenscheinlich nicht«, erwiderte er.

»Samson und Delila haben alle Törtchen, die die Köchin gemacht hat, aufgegessen. Ich hatte sie auf dem Tisch stehengelassen, als Ihr mit den Ponys kamt.«

Es war lange her, dass sie geplaudert hatten. Sie war ganz sicher auf etwas Bestimmtes aus. Er wartete.

»Geht Ihr nach Edinburgh? Wenn ja, hätte ich ein paar Briefe …«

Er bezweifelte sehr, dass das stimmte. Sie wollte wissen, wohin er ging. »Nein«, sagte er. »Ich habe einige Ländereien im Westen, um die ich mich kümmern muss.«

Ihre Augen zogen sich zusammen. »Neue Ländereien?«

»Ja.«

»Jakobitische Ländereien?«

Er sagte nichts.

»Bekommen, weil Ihr dem Schlächter gedient habt?«

»Mein Vorgänger hat sie bekommen, für *seine* Dienste«, sagte er. »Meine eigenen waren nicht annähernd so verdienstvoll.«

»Verdienstvoll genug, um die Vormundschaft für meinen Sohn zu bekommen«, bemerkte sie nüchtern. Dann wandte sie den Blick ab. »Ich dachte, es würde ein netter Abend werden«, sagte sie.

»Ihr habt Euer Ziel erreicht, Mylady. Der Abend ist immer nett, wenn Ihr am Tisch seid.«

»Hübsch gesagt«, sagte sie.

»Und ehrlich noch dazu«, erwiderte er.

Sie sah ihn skeptisch an, sagte jedoch nichts. Sie versuchte es erneut. »Geht Ihr nach Lochaene?«

»Das habe ich nicht vor«, antwortete er.

»Ihr könnt mir doch sicherlich sagen, ob Ihr plant, einige Tage oder eine Woche oder einen Monat fortzubleiben.«

»Einen Monat vermutlich nicht, Mylady«, sagte er. »Aber ehrlich gesagt weiß ich es nicht. Wir beginnen etwas Neues bei Calleigh, einen Besitz ungefähr vierzig Meilen von hier entfernt. Der Besitz war verlassen, als er meinem Cousin übergeben wurde, und Braemoor hat zu viele Pächter. Ich habe einigen der jüngeren Männer Land angeboten, wenn sie dorthin umsiedeln und Schafe halten wollen. Dann können wir den gesamten Braemoor-Besitz für die Landwirtschaft nutzen. Ich möchte sehen, ob alles gut läuft. Das Vertrauen der Männer in mich ist, wie auch das Eure, Mylady, bestenfalls dürftig.« Das war die Wahrheit und doch nur ein Teil von ihr. Er führte sie ungern in die Irre, doch er hatte nicht vor, ihr zu erzählen, dass er sich aus irgendeinem unerklärlichen Grund mit dem Mann treffen wollte, der verantwortlich dafür war, dass er fast getötet worden war, ein Mann, der von der Krone gesucht wurde.

Sie musterte ihn, als ob sie wüsste, dass er etwas zurückhielt. »Wenn Ihr für einen unbestimmten Zeitraum fort seid, würde ich gern nach Edinburgh reisen.«

Er hob eine Augenbraue. »Edinburgh?«

»Ich würde gern Stoff kaufen, um Kleider für meine Töchter zu nähen.«

»Und würdet ihr sie mitnehmen? Und den Jungen?«

»Ja, ich würde sie nicht zurücklassen«, bestätigte Janet.

Er fragte sich, was sie wirklich vorhatte. Er hatte noch keine Frau getroffen, die sich weniger für Kleidung interessierte als sie. Selbst nicht für die Kinder. Außerdem waren sie alle noch immer formell in Trauer. Plante sie, ein Gesuch bei Cumberland einzureichen, um ihm die Vormundschaft zu entziehen?

Das würde zu nichts führen, wie er wusste. Und die Reise

könnte gefährlich sein, vor allem, wenn die Campbell-Sippe davon erfuhr.

Er verfluchte Will. Sein Ansinnen hätte zu keiner schlechteren Zeit kommen können, doch Neil wusste, dass er heute Nacht aufbrechen musste. Denn sonst würde Burke wahrscheinlich auf dem Anwesen herumschleichen und alles in Gefahr bringen, wofür er gearbeitet hatte.

»Ich halte das für keine gute Idee, Gräfin«, sagte er schließlich. »Die Straßen sind gefährlich. Edinburgh selbst ist gefährlich für jene, die als Jakobiter bekannt sind.«

»Und daher muss ich allein hier bleiben.«

»Nicht allein, Madam. Ihr habt die Kinder, Bücher, Bedienstete. Ihr habt Pferde und Ponys, um euren Töchtern das Reiten beizubringen. Ihr braucht nur ins Dorf gehen, um guten Stoff zu finden, wenn Ihr Kleider machen lassen möchtet.« Er schwieg einen Moment lang und fügte dann hinzu: »Ich dachte, Ihr würdet meine Abwesenheit begrüßen.«

»Und im Haus eines anderen zu leben?«

»Besser als in einem Haus mit gefährlichen Feinden.«

»Darf ich ausreiten?«

»Wenn Ihr Kevin mitnehmt. Er wird hier bei Euch bleiben. Nicht, weil ich fürchte, dass Ihr flieht, Janet. Ich glaube nicht, dass Ihr das tun würdet, wenn die Kinder hier sind. Aber es ist noch immer gefährlich in Schottland. Es gibt verzweifelte Männer. Ich würde es nicht gern sehen, wenn Ihr zu Schaden kämt, während Ihr unter meinem Schutz steht.«

»Euer *Schutz*«, sagte sie. »Ich fühle mich eher wie eine Gefangene.« Sie hielt inne und schlug dann blind zu: »Mir hätte klar sein sollen, dass es für alles, was Ihr tut, einen wahren Grund gibt. Ihr habt mir diese Lektion schließlich gut erteilt.«

Es war heute Abend das zweite Mal, dass sie diese entsetzliche Zeit erwähnte. Er wünschte, er könnte ihr sagen, dass er sie damals geliebt hatte, so sehr geliebt, wie ein Mann eine

Frau nur lieben konnte, so sehr, dass er sie hatte gehen lassen. Dass er sie noch immer liebte, und dass es die reinste Seelenqual war, ihr in die Augen zu schauen und dieses Misstrauen zu sehen.

Sag ihr, warum.

Er konnte es nicht. Er wusste nicht, wie er seine tiefsten Ängste hervorzerren und zum Ausdruck bringen sollte.

Und er musste bald aufbrechen, wenn er sich noch umziehen und mit Burke treffen wollte. Einen flüchtigen Moment lang fragte er sich, ob er überhaupt zurückkehren würde. Er wusste, dass er ein Narr war, überhaupt zu erwägen, dorthin zu gehen. Doch Will brauchte offenbar mehr als nur Geld. Etwas, das nur er ihm geben konnte. Und das war der Grund, warum er nicht getötet worden war.

Es hat nichts mit dir zu tun. Wie oft hatte er sich das in den vergangenen paar Stunden gesagt?

Doch er hatte in seinem Leben verdammt wenig Gutes getan, und er dachte an diese Kinder in den Bergen, von denen er wusste, dass sie sterben könnten, wenn sie den Winter dort verbringen mussten.

Rory hatte ihm Braemoor hinterlassen. Er hatte sichergestellt, dass es außer Frage stand, dass Neil erben würde. Er schuldete seinem Cousin einiges. Er wusste, was Rory tun würde. Was der Schwarze Bube tun würde.

Er schuldete es sich selbst, den Unschuldigen zu helfen, für deren Schutz Rory so erbittert gekämpft hatte.

Er stand auf. »Ich muss gehen, Madam. Ich habe vor, heute Nacht aufzubrechen.«

Ihre Augen zogen sich zusammen. »Heute Nacht? Warum nicht am Morgen?«

Er verfluchte sich selbst. Er hätte nichts sagen sollen.

»Ich möchte bei Tagesanbruch dort sein.«

Sie sah ihn an, als ob er plötzlich verrückt geworden sei. Sie konnte nicht wissen, wie nahe sie damit der Wahrheit kam.

Er erhob sich vom Tisch. »Ich möchte, dass Ihr glücklich seid, Janet«, sagte er. »Ich schwöre, dass ich Euch nach Lochaene zurückbringe, sobald es dort sicher ist.«

Doch er sah nur Zweifel auf ihrem Gesicht, als er sich verbeugte. Dann eilte er in seine Kammer, ehe er noch mehr sagte, als klug war.

Kapitel 18

Die Kinder schliefen schon alle, als Janet nach oben ging. Sie beugte sich hinunter, zog die Bettdecken über sie und ließ die Hände einen Moment lang auf Annabella ruhen, ehe sie sich vom Bett abwandte. Sie zögerte an der Wiege, in der Colin schlief, dann beugte sie sich herab und küsste ihn leicht. Sie sagte Clara, dass sie ihn heute Nacht bei ihr lassen würde.

Als sie zu ihrer Kammer zurückkehrte, wartete dort Lucy auf sie. Sie half Janet, ihr Kleid auszuziehen und begann, es auszubürsten, doch es war offensichtlich, dass sie darauf brannte, fortzukommen. Zweifellos war Kevin der Grund dafür.

Das passte gut mit Janets Plänen zusammen. »Ich werde den Rest selber machen«, sagte sie. »Du kannst gehen und dich mit Kevin treffen. Ich werde dich heute Nacht nicht mehr brauchen.«

Lucys unscheinbares Gesicht hellte sich auf. »Ich danke Euch, Mylady.«

Janet wartete, bis sie sicher war, dass das Mädchen fort war, dann schaute sie zur Tür hinaus. Niemand befand sich in den Gängen. Weder Torquil noch Trilby, die sich in der Nähe herumgedrückt hatte, begierig, alles zu tun, was sie konnte. *Was immer Ihr braucht oder wünscht, könnt Ihr einfach verlangen. Seine* Worte. Das wollte sie nun gerne auf eine Probe stellen.

Sie wusste, wo sich seine Kammer am Ende des Flures befand. Die anderen Zimmer waren im nächsten Stockwerk, einschließlich der Kammer, die einst sein Cousin Rory bewohnt hatte, der verstorbene Marquis, von dem Neil den Titel übernommen hatte. Das Kinderzimmer war ursprünglich auch dort gewesen, bevor der jetzige Marquis eine Kammer, die ihrer näher war, für die Kinder hatte umgestalten lassen. Eine unerwartet rücksichtsvolle Maßnahme von einem Junggesellen.

Doch eigentlich war alles an ihm unerwartet ... und verwirrend. Vielleicht konnte sie, während er fort war, ein paar Informationen vom Butler oder anderen sammeln, die sich auf Braemoor aufhielten.

Nun jedoch hatte sie ein anderes Ziel. Sie stieg die Stufen hinauf und schaute auf die Tür zu der Kammer, die einst Rory Forbes bewohnt hatte. Sie kam sich wie ein Dieb vor, selbst als sie sich Neils Worte ins Gedächtnis rief. Sie würde sie gegen ihn verwenden, doch etwas in ihr rebellierte dagegen.

Sie öffnete die Tür und blickte ins Zimmer. Mit Staub bedeckte alte Möbelstücke, zu denen auch ein schmales Bett und ein Schrank gehörten. Sie ging zum Schrank hinüber und öffnete ihn. Kleidung lag ordentlich gefaltet darin, auch wenn sie einen muffigen Geruch ausströmte. Sie ging sie durch. Es war eine merkwürdige Kombination aus Praktischem und Extravagantem: Lederhosen zusammen mit einem Plaid, eine schlichte Jacke neben einem purpurfarbenen Wams.

Sie nahm die Hose heraus. Sie war offensichtlich für einen großen Mann in Neils Größe geschneidert worden. Sie nahm sie und ein Leinenhemd und eine schlichte Jacke und legte dann alles andere ordentlich zurück. Dann schaute sie zur Tür hinaus. Niemand war zu sehen. Sie schlich mit ihrem Fund die Treppe wieder hinunter und eilte in ihre Kammer.

Dort hielt sie sich die Kleidung an. Sie würde selbst ein wenig schneidern müssen, doch das würde sie schaffen. Sie hatte schon Kleider zerschnitten, um daraus etwas für die Mädchen zu nähen.

Sie legte ein Holzscheit in den Kamin und sah zu, wie die

letzten Funken danach schnappten. Dann fand sie eine Nadel und Garn und ein kleines Messer. Sie zerrte einen schweren Sessel zum Fenster hinüber und begann mit dem Schneiden, während sie ein wachsames Auge auf den Stall hatte.

Etwas an seinem Aufbruch heute Nacht war sehr seltsam. Es ergab keinen Sinn. Sie wollte wissen, wohin er ging. Und ob das etwas mit ihr zu tun hatte. Wissen war eine Waffe, und die brauchte sie im Augenblick dringend.

Sie schnitt ein Stück von den Hosenbeinen ab und probierte die Hose an. Sie war riesig in der Taille. Sie brauchte einen Gürtel. Das hatte sie nicht bedacht. Sie würde noch einmal gehen müssen.

Janet zog die Hose aus, legte sie in den Schrank und zog sich ihr Nachthemd und den Schlafrock an. Dann schaute sie wieder aus der Kammer hinaus. Es war fast Mitternacht, und alles war ruhig. Ein paar Fackeln in den Wandhalterungen gaben Licht. Sie schlüpfte aus der Tür, schloss sie leise hinter sich, drehte sich um und stand plötzlich Auge in Auge mit Braemoor.

Er sah sogar noch erschrockener aus, als sie sich fühlte. Er trug dunkle Kleidung und hatte sich einen schwarzen Umhang um die Schultern gehängt.

»Mylord«, sagte sie.

»Mylady«, erwiderte er mit ironischem Lächeln. »Ich hatte nicht erwartet, dass Ihr so spät noch auf seid. Kann Torquil Euch etwas bringen?«

»Ich wollte nur ein wenig Milch haben«, sagte sie, »und die kann ich mir selbst holen.«

Sein Blick glitt an ihrem Körper hinauf und hinunter. Seine Augen waren dunkel, und die Schatten ringsum taten nichts dazu, sie aufzuhellen, doch sie sah, wie so etwas wie Verlangen in seinem Gesicht aufkam. »Ihr seht viel zu schön aus in diesem Schlafrock«, sagte er.

Der Schlafrock war weiß, und ihr Haar war offen, bereit, für die Nacht geflochten zu werden. Sie fühlte sich nackt ohne die übliche Rüstung aus Petticoats und Unterhose, und auch ohne den strengen Knoten und die matronenhafte Haube. Sie verschränkte die Arme über ihren noch immer prallen Brüsten.

Ihr Blick kehrte zu seinem Gesicht zurück. Es war dunkel von neuem Bartwuchs, und eine Strähne seines dichten Haares fiel ihm in die Stirn. Ganz in Schwarz gekleidet, wirkte er gefährlich, sogar geheimnisvoll. Er sah nicht wie der Neil aus, den sie in den vergangenen paar Wochen kennen gelernt hatte. Dieser Neil war praktisch und zurückhaltend und selbstsicher. Ein Mann, der ein Fremder gewesen war und die Absicht hatte, das auch zu bleiben. Dieser Neil hingegen hatte ein gefährliches Funkeln in den Augen. Er sah eher wie ein Bandit aus als wie ein Lord.

Sie konnte den Blick nicht von diesen Augen abwenden.

Nicht einmal, als er den Kopf senkte und seine Lippen ihre eroberte und sie merkte, dass sie ihm antwortete, so wie sie es vor einigen Wochen getan hatte. Ihre Lippen erinnerten sich an den Kuss auf Lochaene in der Nacht, bevor er fortging. In der Nacht, in der er so schrecklich verletzt wurde. Nun ging er wieder in die Nacht hinaus, und Angst stieg in ihr auf.

Sie wollte, dass er ihr egal war. Doch das war er nicht. Sie sorgte sich um ihn. Verzweifelt.

Seine Arme schlangen sich um sie und pressten sie an sich. Sein Kuss vertiefte sich, und seine Zunge drang in ihren Mund ein.

Sie warnte sich selbst. Erinnere dich daran, wie es beim letzten Mal war. Es hatte ihm offensichtlich nichts bedeutet. Und doch …

Ihre Zunge traf seine. Sie schmeckten sich gegenseitig und spürten diese geheimen, sensiblen Stellen auf, die so viele Gefühle auslösten. Sie fühlte sich klein in seiner Umarmung, klein und beschützt, und das war ein gutes Gefühl. Doch sie wollte nicht, dass es sich so gut anfühlte.

Sie versuchte, sich von ihm zu lösen, doch sein Griff um sie lockerte sich nicht. Er schloss den Mund und er verließ ihren, wanderte jedoch zu ihrer Wange. Er küsste mit all der Zartheit, die es in der Welt gab, und seine Lippen glitten so unendlich langsam an ihrem Gesicht hinauf. Jede Berührung war das zarte Flüstern eines Kusses, bis er ihre Stirn erreichte. Dann hielten seine Lippen inne, und seine Arme wiegten sie.

Sie spürte die harten Stellen seines Körper und seine Anspannung, und ihr Körper schien mit ihrem zu verschmelzen. Es fühlte sich ... so richtig an, genauso wie damals vor langer Zeit. Doch damals hatte es den Anklang von Süße und Forscherdrang gehabt, heute waren die Gefühle mutiger, stärker und so voller widerstreitender Emotionen, dass sie einen Sturm von Empfindungen erzeugten.

Sie waren dort gewesen, tief in ihr, unberührt. Und nun flossen sie ungehindert, sprühend und brodelnd heraus und schleuderten sie in eine Welt ohne Grenzen und Barrieren. Sie hungerte so sehr nach seiner Berührung, nach seinem Körper.

Mit der einen Hand berührte sie seinen Nacken und ließ seine Haare durch ihre Finger gleiten. Ihr Körper schmerzte vor innerer Spannung und wildem Verlangen. Sie wusste nicht, wieso sie jetzt so sein konnte; sie wusste nur, dass sie ihn nicht fortgehen lassen durftc, nicht jetzt, nicht ohne diese Wand einzureißen, die er immer zwischen ihnen errichtete.

Janet sah, dass seine ruhigen Augen vor Feuer loderten, spürte, wie seine Hand ihren Nacken streichelte. Sein anderer Arm blieb um sie geschlungen, und er hielt sie, als ob er niemals loslassen wollte.

Neil befahl sich, aufzuhören, doch er hatte niemals in seinem Leben etwas so sehr gewollt, wie sie mit auf seine Kammer zu nehmen und sie zu lieben, langsam und ausgiebig. Er wollte sie so sehr haben, dass sein Unterleib zu schmerzen begann. Er wollte es sogar noch mehr, wenn er an den verdammten Gang dachte, auf den er sich gerade begeben wollte. Er spürte die Leidenschaft in ihr, die Leidenschaft, die er an ihr erlebt hatte, als sie die Mädchen geschützt hatte und in der Art, wie sie ihren Sohn hielt. Sie hatte versucht, sie zu verbergen, vielleicht sogar versucht, sie zu begraben, doch sie war da. Und das war etwas, das ihm nie bewusst gewesen war. Doch er wusste, dass es diese Leidenschaft war, die ihn vor so vielen Jahren angezogen hatte.

Diese dunkelblauen Augen waren wie ein Magnet für jemanden, der sein Leben immer als Beobachter gelebt hatte.

Er schmiegte sein Gesicht an ihres und spürte ihre Weichheit, die Glätte ihrer Haut. Die Berührung war wie Balsam für seine Seele. Seine Arme schlangen sich fester um sie, und er versuchte, das Gefühl in seinem Kopf und seinem Herzen zu bewahren. Einen Moment lang erlaubte er sich, jede Empfindung zu genießen, in der Intimität der Berührung zu baden. Hier gehörte er her. Hier hatte er immer hingehört.

Und er wusste, dass er es haben konnte. Er konnte erklären, warum er damals das Unverzeihliche getan hatte. Er konnte ihr sagen, das er sie liebte, immer geliebt hatte und immer lieben würde. Und in diesem Augenblick wusste er, dass sie es erwidern würde. Ihn annehmen würde.

Lieber Gott, er brauchte das so sehr.

Sie sah zu ihm auf, mit ruhigem und forschendem Blick, aber auch undurchdringlich, fragend, voll der gleichen Gefühle, die auch ihn durchflossen.

Und dann?

Eine Ehe mit einem Mann, der sich vielleicht in ein Ungeheuer verwandeln würde.

Mit einem Stöhnen zog er sich zurück. Warum gibt man jeden Traum auf, den man je gehabt hat? Vor allem, wenn er zum Greifen nahe ist?

Man tut es, wenn man ein Ehrgefühl hat.

Seine Hand umfasste ihr Gesicht, und seine Finger prägten sich jede Kurve, jeden Ausdruck ein. Sie schaute ihn jetzt mit verwirrtem Blick an. »Ich muss gehen«, sagte er, und dennoch konnte er seine Hand nicht bewegen.

Für einen Moment verharrte sie. Ihre Blicke versanken ineinander. Wilde Gefühle durchzuckten sie – Wunsch, Verlangen, Schmerz, Bestürzung. Sie schienen beide nicht in der Lage zu sein, sich zu bewegen, als ob sie von einer unwiderstehlichen Kraft aneinander gekettet waren. »Geh nicht«, flüsterte sie schließlich.

Die Worte ließen sein Herz schneller klopfen. Etwas Großes und Schmerzliches steckte plötzlich in seiner Kehle.

Vertrauen. Sie bot ihm Vertrauen an. Sie bot sich selbst an. Er glaubte nicht, dass er sie noch mehr verletzen könnte. Er beugte sich zu ihr herab, und seine Lippen strichen über ihre. Es war ein Abschiedskuss, und sie wusste es. Sie trat zurück und ließ ihn dabei nicht aus den Augen. Ihr Gesicht war starr, und sie biss sich auf die Unterlippe.

Er wollte ihr die Wahrheit sagen. Und ihr sein Herz schenken.

Doch nichts hatte sich geändert. Er konnte sie niemals bitten, ihn zu heiraten. Und er konnte es nicht ertragen, in ihren Augen Mitleid zu sehen oder – Entsetzen. Würde die Wahrheit helfen? Oder würde sie dic Gegenwart – und die Zukunft – noch schmerzlicher machen?

Seine Hand berührte noch einmal ihr Gesicht, dann ging er zur Treppe. Es war allerhöchste Zeit. Burkes Geduld war bereits auf eine harte Probe gestellt worden.

Vielleicht genug, um ihn das beenden zu lassen, was er vor Tagen begonnen hatte.

Überwältigt von der Stärke ihrer Gefühle und dem, was sie getan hatte, lehnte sich Janet gegen die Tür. Wie oft würde sie sich noch erniedrigen, ehe sie begriff, dass er sie nicht wollte?

Warum in Gottes Namen hatte sie sich ihm mit jenen drei Worten angeboten? *Geh nicht fort.*

Weil sie hätte schwören können, dass sie in seinen Augen Liebe gesehen hatte.

Wann würde sie lernen, nicht das zu sehen, was sie sehen wollte?

Die Tür war zu dick, als dass sie hören konnte, ob er gegangen war oder nicht. Sie wartete einen Moment und fragte sich dabei, ob er anklopfen würde. Doch tief in ihr wusste sie, dass er es nicht tun würde.

Wenigstens hatte er nicht die Kleider auf ihrem Bett gesehen.

Sie atmete tief ein. Wie konnte er noch immer so auf sie wirken? Was war das, was sie in ihm zu sehen glaubte? Ihre Beine schienen unter ihr wegzusacken, als sie zum Bett ging. Sie zitterte am ganzen Körper. Einen Moment lang hielt sie sich am Bettpfosten fest und rief sich dann selbst zur Ordnung. Endlich stand sie aufrecht, nahm die Kleider, ging zum Fenster hinüber und sah hinaus wie die gefangene Prinzessin in dem Märchen, dass sie den Mädchen vor kurzem vorgelesen hatte.

Es dauerte nicht lange, bis sie ihn über den Burghof schreiten sah, als hätte er eine Verabredung mit dem Teufel. Das war an den straffen Schultern und den langen und dennoch zögerlichen Schritten zu erkennen. Er drehte sich um und schaute hinauf, und sie sah herab, sie wollte sich nicht zurückziehen. Er starrte sie einen Augenblick lang an und verschwand dann im Stall.

Minuten später ritt er auf einem großen schwarzen Pferd davon. Zusammen wirkten sie wie ein Schatten. Sie sah zu, wie das Pferd in einen langsamen Trab fiel und nach rechts in Richtung Dorf abbog. Soweit sie wusste, lagen seine neuen Ländereien im Westen, also in der anderen Richtung.

Janet schlüpfte aus ihrem Nachtgewand und ihrem Unterhemd und nahm die Hose zur Hand, die sie gerade geändert hatte. Da sie keine Zeit hatte, nach einem Gürtel zu suchen, schnitt sie einen Streifen vom Betttuch ab und band ihn sich um, um zu verhindern, dass die Hose herunterrutschte. Dann zog sie das Hemd und das Jackett an.

Es war zu spät, ihm zu folgen. Doch sie konnte sich ein paar ihrer Gefühle von der Seele reiten. *Albern. Es wäre dumm, das zu tun.* Er hatte ihr gesagt, dass sie nicht ohne Begleitung reiten sollte. Doch sie brauchte einen Moment der Freiheit. Brauchte das Gefühl, eine Stunde lang Herr über sich selbst zu sein.

Sie wickelte einen Umhang um sich, um ihren Aufzug zu verbergen, auch wenn in dieser Nacht schon alle im Bett sein sollten. Dann rannte sie die Treppe hinunter, quer durch die Halle und durch die Tür zu den Ställen.

Vorsichtig öffnete sie die Tür und ließ sie ein wenig offen, bis sich ihre Augen an die Dunkelheit gewöhnt hatten. Dann ging sie in die Sattelkammer. Die Schlafstätten für die beiden Stallburschen befanden sich auf der anderen Seite der Wand. Daher versuchte sie, leise zu sein. Sie nahm den leichtesten Sattel und fand eine Stute, die schnell aussah. Sie sattelte das Tier rasch und führte es nach draußen. Erst dann stieg sie leichtfüßig in den Sattel und erinnerte sich daran, wie sie vor einer Ewigkeit im Herrensitz mit ihrem Bruder zusammen ausgeritten war.

Sie ließ das Tier im Schritttempo den Weg hinuntergehen, den Braemoor genommen hatte. Es war Vollmond, und die Nacht war von seltener Klarheit.

Das Pferd fühlte sich gut unter ihr an. Wenn sie nicht vorgehabt hätte, herauszufinden, wohin Braemoor zu dieser Nachtzeit ging, hätte sie jeden Augenblick genießen können.

Doch er hatte heute Nacht etwas an sich gehabt. Etwas Merkwürdiges und Geheimnisvolles. Sie redete sich ein, dass das der Grund war, warum sie auch den letzten Rest an Vernunft verloren hatte. Er war anders gewesen.

Sein Pferd war im Trab gelaufen, als er auf die Straße abgebogen war. Vielleicht konnte sie ihn noch einholen. Doch sie würde vorsichtig sein müssen. Sie wollte nicht, dass er sie bemerkte.

Ein paar herrliche Momente lang ließ sie die Stute einfach laufen. Sie beugte sich gegen den Wind nach vorn, und ihr Körper wurde eins mit dem weichen leichten Gang der Stute. Der Weg war gerade, und sie hielt die Augen auf, um alles zu erfassen, was vor ihr lag. Da war nichts.

Sie erreichte das Dorf. Ein alter Mann lief unsicher am Straßenrand entlang, offensichtlich betrunken. Sie hielt das Pferd an. »Habt Ihr jemanden vorbeireiten gesehen?«

»Nein«, sagte er und stapfte weiter.

Konnte er schon so weit vor ihr sein?

Es war sowieso eine verrückte Idee von ihr gewesen. Sie wandte das Pferd um und begann zurückzureiten. Vielleicht konnte sie die Stute wieder in den Stall bringen, ohne dass jemand etwas merkte. Zumindest war es ein kleines Abenteuer gewesen.

Sie ließ das Pferd inzwischen nur noch im Schritt reiten, als sie genau vor sich Pferde hörte. Die Felder hatten Bäumen Platz gemacht, die sich entlang eines Baches dahinzogen. Sie zog die Stute zwischen die Bäume zurück und schaute beobachtend hindurch.

Zwei Reiter tauchten direkt vor ihr zwischen den Bäumen auf und wandten sich zurück in Richtung Braemoor. Sie konnte sie nur von hinten sehen. Einer ritt gut und trug einen schwarzen Umhang; der andere ritt auf eine bestimmte Art unbeholfen, die sie an irgendetwas erinnerte. Braemoor war der eine. Dessen war sie sich sicher. Seine Größe verriet ihn genauso wie sein leichter Sitz.

Und der andere …

Warum würde er jemanden mitten in der Nacht hier draußen treffen? Warum nicht auf Braemoor? Sie hatte keine Vorstellung von dem gehabt, was sie herausfinden würde oder was sie hoffte herauszufinden. Vielleicht hatte sie sogar gehofft, sie würde ihm begegnen, und er würde mit ihr zurückkehren. Das war impulsiv und unklug gewesen.

Sie hatte sich nur ihre Unabhängigkeit beweisen wollen, etwas Macht.

Und nun wusste sie nicht mehr als zuvor.

Sie wartete, bis die beiden außer Sicht waren, und ritt dann dort hin, wo sie aus dem Waldstück herausgetreten waren. Ein Weg. Sie bog ein und ritt ihn hinunter. Zwischendurch konnte sie ihn nicht mehr ausmachen, doch ihr Pferd schien blind gegen das dichte Unterholz zu sein. Schließlich erreichten sie eine Lichtung. Dort stand ein Häuschen an einem Bach.

Obwohl es eine kühle Nacht war, stieg kein Rauch aus dem Schornstein, und Fensterläden verschlossen die Fenster. Nach einem Augenblick der Unentschlossenheit saß sie ab und ging zur Tür. Sie klopfte mehrere Male, doch niemand antwortete ihr. Ein paar Minuten später öffnete sie die Tür und trat ein.

Im Haus roch es modrig, und die Asche im Kamin war kalt. Das Mondlicht, das zur Tür hereinschien, ermöglichte ihr den Blick auf einen Teller und einen Becher auf dem Tisch. Außerdem hing der Geruch eines ungewaschenen Körpers im Raum. Das Häuschen war offensichtlich verlassen, doch jemand war hier gewesen, jemand, der den Kamin nicht benutzt hatte. Das bedeutete, dass derjenige nicht gewollt hatte, dass jemand seine Anwesenheit bemerkte.

Sie setzte sich an den Tisch und schaute sich um. Ihre Augen gewöhnten sich an das schwache Licht. Ein großer Topf stand seitlich neben dem offenen Kamin. Wie lange war das Häuschen schon leer? Und wer hatte hier gewohnt?

Sie war noch nie hier gewesen, und hatte bisher auch nichts von diesem Häuschen gewusst. Sie fragte sich, ob damals vor acht Jahren jemand hier gewohnt hatte, als sie Braemoor besucht hatte. Aber damals war sie so erfüllt von Neil gewesen, dass sie sonst nur wenig mitbekommen hatte.

Die offenen Fragen fesselten sie so sehr, dass sie morgen hierher zurückkehren würde. Sie würde vielleicht Kevin entkommen müssen, doch das konnte sie bewerkstelligen. Vielleicht barg das Häuschen Geheimnisse über Braemoor. Mit wem hatte er sich hier getroffen? Warum waren sie nicht zum Herrenhaus hinaufgekommen?

Hatte das etwas mit ihr zu tun? Oder gab es einen anderen schändlichen Grund?

Braemoor und Burke ritten schnell. Braemoor brauchte die Ablenkung, um sich nicht ständig jede Sekunde seiner Begegnung mit Janet ins Gedächtnis zurückzurufen. Wie hatte er das geschehen lassen können?

Der Schlafrock? Ihr Haar? Seine bevorstehende Reise, die in einer Katastrophe enden konnte?

Was auch immer, es war gut, dass er Burke gesagt hatte, er würde heute Nacht kommen und nicht erst in einigen Tagen. Nun würde er diese Sache erledigen und anschließend seine Ländereien besuchen. Bis dahin hoffte er, seine Gefühle wieder unter Kontrollen haben.

Er gab seinem Pferd die Sporen und ließ den fluchenden Burke wieder hinter sich. Er kannte fast den ganzen Weg und brauchte nur Hilfe auf dem allerletzten Stück, und er wollte nicht mit dem Mann gesehen werden. Burke sah genauso aus wie das, was er vermutlich war: ein Kleinkrimineller.

Er schätzte, dass sie die Berge bei Anbruch des Tages erreichen würden und sich dann in dem feuchten Dunst verlieren konnten, der normalerweise die Berge bedeckte.

Die Stunden vergingen langsam. Sie mieden die Straßen und ritten über die Felder und durch mit Heidekraut bewachsene Hügel. Keiner von ihnen schlug vor, anzuhalten, außer, um die Pferde rasten zu lassen und sie zu tränken.

Neil hatte Hafermehl, Käse und hartes Brot mitgebracht, und das teilten sie sich bei Tagesanbruch, bevor sie in die Berge ritten. Es war ein scharfes Tempo und hart für die Pferde, doch schottische Tiere wurden auf ihre Robustheit hin gezüchtet.

Als sie an einem Bach anhielten, um sie trinken zu lassen, trat Burke an Neil heran. »Ich muss Euch die Augen verbinden.«

»Das glaube ich nicht.«

»Dann werdet Ihr nicht weitergehen.«

Neil dachte kurz nach. »Dann werdet ihr das Geld nicht bekommen.«

Burke hatte mittlerweile seine Pistole gezogen. »Ich denke schon, Braemoor.«

Kein kriecherisches »Mylord« mehr.

»Und was würde dein Lord dazu sagen?«

Es war eine Vermutung, doch als Burke jetzt die Augen aufriss, wusste Neil, dass er Recht hatte. Will kam wirklich aus dem Adel. Und sein Name war offensichtlich nicht Will. Wer war er?

Neils Neugierde flammte noch höher als zuvor auf. Er erkannte an Burkes Augen, dass dieser keinen Schritt weitergehen würde, bis Neil zustimmte, sich die Augen verbinden zu lassen. Darin einzuwilligen war hier in den Bergen fatal, wäre sogar dann leichtsinnig gewesen, wenn er nicht von einem Mann begleitet würde, der zuvor versucht hatte, ihn zu töten. Doch er war so weit geritten, und sein Interesse an Will hatte sich mit jedem Schritt verstärkt. Vielleicht war es Zeit, Risiken einzugehen. Er zuckte die Achseln. »In Ordnung, doch es wird mit einem Stück von meinen Kleidern geschehen und nicht mit einem Stück von deinen.«

Burke zuckte mit den Schultern. Er war offensichtlich bereit, großzügig zu sein, nun, da er dieses Einverständnis gewonnen hatte.

»Wie weit ist es noch?«, fragte Braemoor.

Burke runzelte die Stirn.

»Meine Güte, ich will doch nur wissen, wann ich ankommen werde, ob in einer oder in drei Stunden«, sagte Braemoor, als er seinen Dolch aus dem Gürtel zog, sein Hemd aus der Hose zog und einen Streifen davon abschnitt. »Traust du mir wenigstens, ihn anzulegen?«

Burke schaute erst verblüfft und dann misstrauisch drein. Er hatte augenfällig nicht mit einer solchen Zusammenarbeit gerechnet. Er schnaubte und sagte dann: »Ich werde es machen.«

»Nicht zu fest«, sagte Neil leichthin. »Und denke bitte daran, dass du mich am Leben lassen musst, um an mein Geld zu kommen.«

»Ihr habt es nicht bei Euch?«

»Ich bin nicht solch ein Dummkopf, mein Freund«, sagte er. »Du hattest die Wahl zwischen mir und dem Geld.«

Burke fluchte laut, riss grob das Tuch aus Neils Hand und band es ihm fest um die Augen.

Neil hielt sich an den Zügeln fest und fand mit Leichtigkeit die Steigbügel. Sobald er im Sattel saß, spürte er, dass ihm die Zügel entrissen wurden. Nach einer weiteren Pause begannen sie, sich zu bewegen. Einen Moment lang fragte er sich, ob er wirklich sein Leben auf Burkes Reitkünste verwetten wollte, doch der Mann hatte sich offensichtlich oft in den Bergen bewegt. Er versuchte sich zu entspannen. Er versuchte an etwas anderes zu denken, doch das bedeutete Janet. Er wusste nicht, ob er bereit war, diesen Kuss erneut zu durchleben.

Er versuchte, seine Gedanken auf seine Besitztümer zu lenken, doch sie wanderten wieder zurück zu ihr, zu dem verwaschenen Blick in ihren Augen. Wie sehr er sich wünschte, dass sie immer so schauen würde, zu ihm voller Verwunderung aufsehen würde.

Und dann wagten sich seine Gedanken auf gefährliches Terrain: Vielleicht würde der Wahnsinn seiner Mutter ihn ja nicht ereilen.

Durfte er dieses Risiko eingehen? Und noch wichtiger: Durfte er Janet bitten, das Risiko auf sich zu nehmen?

Die Fragen verfolgten ihn, als sie den Berg hinaufkletterten. Feuchter Dunst benetzte sein Gesicht, dann wurde es wie mit winzigen Eisnadeln von Regen bombardiert. Nach Stunden, wie es schien, hielten sie an. Er griff nach hinten, zog sich die Augenbinde vom Gesicht und fand sich in einem Dickicht von Bäumen wieder. Er glitt vom Sattel herab.

Burke war schon abgesessen und führte sein Pferd sofort in den dichten Wald. Neil folgte ihm, während der Regen weiter auf ihn herabprasselte. Sie liefen auf einem kaum sichtbaren Weg entlang und erreichten eine Öffnung im Berg. Als sie darin waren, erkannte er das Innere einer Höhle. Ein Feuer sorgte für Wärme. Das junge Mädchen, das er schon kannte, neigte sich der Hitze entgegen.

Der Mann, der sich Will nannte, tauchte aus dem hinteren Teil der Höhle auf. Er trug ein gefaltetes Plaid, das auf seiner Schulter lag. Seine Wangen waren von einem neuen Bart bedeckt, der nur teilweise die Narbe verbarg, die auf einer Seite seines Gesicht herablief. Seine Augen sahen müde aus, und er schien dünner zu sein als zuvor. Neil war erstaunt, dass sie fast die gleiche Größe hatten. Er hatte sich nicht mehr daran erinnert, doch damals hatte er die meiste Zeit am Boden gelegen.

Kalte blaue Augen betrachteten ihn vorsichtig, dann schaute er zu Burke hinüber. »Das hat du gut gemacht«, sagte er.

Burke schaute unbehaglich drein. »Er ist von selbst gekommen.«

»Du musstest ihn nicht dazu zwingen?«

»Nein«, sagte Burke und warf einen flehenden Blick zu Neil hinüber. Er wollte offensichtlich nicht, dass sein Anführer erfuhr, dass Neil in Wahrheit *ihn* geschnappt hatte.

Will starrte ihn an. Hart. »Ein Trick, Mylord?«

Neil zuckte mit den Schultern. »Ich wollte den Mann sehen, der mich fast getötet hat und jetzt sagt, ich schulde *ihm* etwas.«

»Ich muss zugeben, ich hätte nicht gedacht, dass Ihr Euch das so zu Herzen nehmen würdet«, sagte der Räuber ironisch.

»Warum habt Ihr dann Euren Mann nach mir geschickt?«

»Aus Hoffnung, vermute ich«, sagte Will. »Kommt, geht mit mir spazieren.«

»In dem Regen?«

»Warum nicht?«

Neil starrte ihn einen Moment lang an und nickte dann »Ich muss nach meinem Pferd sehen. Habt Ihr etwas Hafer?«

»Himmel, wir haben nicht einmal Essen für die Kinder, geschweige denn für ein Tier. Es wird sich mit dem Gras begnügen müssen.«

»Ich werde ihm dann die Vorderbeine fesseln. Falls das sicher ist.«

»Vor den verdammten Engländern? Ja. Sie haben nicht viel übrig für unser schönes schottisches Wetter.«

Er sah zu, als Neil die Fesseln aus seiner Satteltasche nahm und schnell das Pferd sicherte. Burkes Pferd war an einem Baum angebunden. Will bemerkt sein Missfallen. »Ich werde mich nach unserem Spaziergang um ihn kümmern.« Er führte den Weg zu einer Stelle an, die teilweise von einem überhängenden Felsen geschützt wurde.

Will lehnte sich gegen den Felsen und stemmte einen Fuß dagegen. »Warum seid Ihr gekommen?«

»Ehrlich gesagt, habe ich keine Ahnung.«

»Ich habe bei euch einen Pikbuben gefunden. Auch bekannt als der Schwarze Bube.«

»Fragt Ihr mich, ob ich dieser legendäre Mann bin?«

»Ja«, sagte Will leise.

»Das ist ein großer Gedankensprung.«

»Ich habe auch gehört, dass Braemoor einer der Orte sei, wo … man Hilfe finden könne.«

»Hat das Eure Hand aufgehalten?«

»Ja«, sagte Will. »Und noch etwas anderes. Ich hatte gehört, dass der Marquis von Braemoor auf Lochaene gewesen war. Ich hatte das nicht mit jenem englischen Herrn in Verbindung gebracht, der mir angekündigt worden war, bis Ihr gesprochen habt.«

»Und das hat eine Bedeutung?«

»Wenn Ihr am Leben bleiben würdet, ja.«

»Ihr habt gedacht, dass die Gräfin vielleicht Euer Werk vollenden würde?«

»Ich weiß, dass Ihr einander früher schon begegnet seid.«

»Wie das?«

»Gerüchte, Mylord. Ich habe mehrere Spione in den umliegenden Dörfern. Sie liefern uns Informationen und bekommen dafür einen Anteil von allem, was wir rauben.«

»Warum solltet Ihr Euch um Lochaene scheren?«

»Ich war vor langer Zeit mit der Gräfin bekannt.«

Neil gefiel es nicht, dass Eifersucht in ihm aufstieg, noch mochte er die aufmerksame Art und Weise, mit welcher der Mann ihn anschaute.

»Ihr habt meine Frage noch nicht beantwortet, Mylord. Seid Ihr der Schwarze Bube? Oder wisst Ihr, wer er ist?«

»Ich bin ein Mann des Königs«, sagte Neil.

»Das muss der Bube auch gewesen sein, wenn er so lange überlebt hat.«

»Ich habe gehört, dass er vor fast einem Jahr getötet worden ist.«

»Was habt ihr also mit diesen Karten zu schaffen?«

»Ich mag sie zufällig.«

Will schwieg einen Moment lang, dann sagte er langsam und zögernd: »Ich muss die Kinder vor dem Winter hier herausbringen oder sie werden nicht überleben. Eins von ihnen gehört zu einem Clan, der zur Vernichtung freigegeben ist. Cumberland wird das Kind töten, wenn er es findet.«

»Und Ihr glaubt, dass ich Euch helfen kann?«

»Ich denke, dass Euer Hiersein ein gewisses … Interesse zeigt.«

»Es könnte eine Falle sein.«

Wills Augen hatten einen gequälten Ausdruck. »Ich kann weder mit diesem Gesicht irgendwo hingehen noch eine Passage aushandeln, mit Geld, das ich nicht habe.«

»Nicht genug Leute zum Töten und Ausrauben?«

»Es hat sich herumgesprochen«, antwortete Will ohne Entschuldigung. »Die Engländer meiden dieses Gebiet, doch bald …«

»Ihr würdet mir trauen?«

»Ich traue niemandem, aber ich habe eine verdammt kleine Wahl im Moment. Ich kann diese Kinder nicht allein hier lassen, um weit zu reisen, und aus diesen Wäldern sind alle verjagt worden. Ich hatte nur die Hoffnung, dass Ihr irgendeine Verbindung zu dem Schwarzen Buben habt und dass Ihr dann freiwillig kommen würdet.« Sein Blick lag ruhig auf Neil. »Und das habt Ihr getan.«

»Ihr habt keine Freunde?«

»Die meisten starben auf dem Culloden Moor. Die anderen sind gehetzt und zur Strecke gebracht worden.«

»Wie ist Euer Name? Ich weiß, dass er nicht Will ist.«

»Das ist unwichtig. Ich möchte niemanden in Gefahr bringen.«

»Das *ist* wichtig, wenn Ihr meine Hilfe haben wollt.«

»Warum?«

»Wenn ich Landesverrat begehe, würde ich gern wissen, für wen ich das tue.«

»*Wenn?*«

»Es ist noch immer eine große Belohnung auf den Schwarzen Buben ausgesetzt, obwohl die meisten Leute ihn für tot halten. Was sollte Euch davon abhalten, sie zu beanspruchen, sobald Ihr in Sicherheit seid? Ein Wort zu jemandem, und mein Hals steckt in der Schlinge.«

Will sah ihn lange an und fragte dann: »Was habt Ihr auf Lochaene gemacht?«

»Die Gräfin ist verwitwet. Ich wurde zum Vormund ihres Sohnes bestimmt.«

»Warum?«

Wills blaue Augen waren intensiv, forschend. Und vertraut.

Warum hatte er das nicht früher bemerkt? Weil er so verdammt krank gewesen war? Oder weil er es nicht hatte sehen wollen? Oder hatte er es bemerkt und irgendwo tief in seinem Inneren vergraben? War es das, was ihn hierher gebracht hatte?

»Ihr seid ein Leslie«, sagte er. Es war keine Frage.

Ein Muskel zuckte in der Wange des Mannes.

»Vielleicht ein Cousin von Janet Leslie? Oder ein Bruder?«

Weiteres Schweigen.

Neil versuchte es noch einmal. »Alexander Leslie?«

Ein Muskel pochte am Hals des Mannes. »Ja«, sagte er nach einer kurzen Pause.

»Sie hält Euch für tot«, sagte Neil ziemlich ärgerlich.

Leslie ignorierte es. »Ihr habt meine Frage nicht beantwortet. Warum wurdet Ihr zum Vormund bestimmt?«

»Ich habe darum gebeten. Sie hatte mir geschrieben. Die Campbells gaben alles aus, was von dem Erbe ihres Mannes übrig geblieben war und hielten sie praktisch wie eine Gefangene.«

»Warum Ihr?«

»Wir haben uns ... vor Jahren kennen gelernt. Ich war der ... Einzige, an den sie sich wenden konnte. Alle anderen, einschließlich Euch, waren tot. Oder wurden dafür gehalten.«

»Das … wusste ich nicht. Ich wusste, dass ihr Ehemann gestorben war, doch ich dachte …«

»Warum habt Ihr nicht versucht, sie zu erreichen?«

»Ich war schwer verletzt. Es dauerte fast ein halbes Jahr, ehe ich wieder auf den Beinen war, und dann war ich von der Narbe gezeichnet. Ich wusste, dass ich auf einer Fahndungsliste stehen würde. Sowohl Janet als auch ich würden sicherer sein, wenn man mich für tot hielt. Glaubt Ihr, ich wollte, dass sie mich hängen sah? Oder sie mit hineinziehen? Und sie würde es versucht haben, wenn sie gewusst hätte, dass ich lebe. Janet würde alles riskieren für diejenigen, die sie liebt.«

»Sie hat das Recht, es zu wissen. Sie fühlt sich sehr einsam.«

»Sie hat Euch, und dafür bin ich dankbar.«

»Ich fürchte, dass sie die gleiche Dankbarkeit nicht empfindet.«

Alexander richtete sich auf. »Wenn Ihr ihr etwas angetan habt …«

»Das habe ich, aber nur zu ihrem Besten.«

Alexanders Augen starrten ihn an, schätzten ihn ab. »Burke wurde erzählt, dass eine Frau ausgestreut habe, dass ein reicher Engländer diesen Weg kreuzen würde. Ich wusste nicht, ob diese Frau Janet gewesen war. Wenn dem so gewesen wäre, hätte sie einen verdammt guten Grund dafür gehabt, und Ihr hättet es verdammt noch mal verdient.«

»Also daher habt Ihr mich dorthin zurückgeschickt? Wenn sie es gewesen wäre, wäre es ein Leichtes für sie gewesen, mich sterben zu lassen.«

»Ja«, sagte Alexander. »Da Ihr am Leben seid, kann ich nur annehmen, dass Ihr einen anderen Feind habt.«

»Und Eure Schwester auch«, sagte Neil. »Einer der Campbells möchte sie aus dem Weg räumen. Jemand hat ihren Sattelgurt angeschnitten. Sie ist jetzt auf Braemoor.«

Alexander schaute ihn fassungslos an. »Das habe ich nicht gewusst.«

»Ihr solltet Eure Spione besser ausbilden.«

»Ich war in letzter Zeit nicht in der Lage, sie zu bezahlen.«

»Wer sind die, die bei Euch sind?«

»Waisen, die ich unterwegs aufgelesen habe. Wie ich schon sagte, gehört einer einem geächteten Clan an. Sie haben niemanden mehr. Ich hatte gehofft, dass sie in Frankreich ihre Familie oder Freunde finden würden.«

»Wenn nicht?«

Alexander seufzte. »Dann werde ich mich um sie kümmern.«

Neil versuchte, den Mann, der ihn aus dem Hinterhalt angegriffen hatte und ihn ohne jeden Skrupel getötet hätte, mit diesem Beschützer der Kinder in Einklang zu bringen. Und als Bruder der Frau, die er liebte.

Alexander hatte seinen Vater und seine Schwester nicht begleitet, als sie vor Jahren Braemoor besucht hatten. Und offenbar hatte man ihm nie von Neils Heiratsantrag erzählt und auch nicht von den entsetzlichen Folgen. Sie waren sich nie begegnet. Der alte Marquis und sein ältester Sohn Donald hatten Braemoor selten verlassen. Auf ihren wenigen Reisen hatten sie Neil auf Braemoor zurückgelassen.

Janet hatte stolz und liebevoll von ihrem Bruder gesprochen. Nach ihrer Ansicht war er der freundlichste, ehrenhafteste und tapferste Mann. Jetzt war er dazu übergegangen, Reisende zu überfallen.

»Ich werde für eine Passage nach Frankreich sorgen«, sagte Neil abrupt. »Doch ich möchte Janet sagen, dass Ihr lebt.«

»Nein«, sagte Alexander. »Vielleicht, wenn ich in Sicherheit bin. Aber nicht jetzt.«

Noch mehr Lügen. Und, wie bei seiner eigenen vor acht Jahren, aus guten Gründen. Doch er begann sich zu fragen, ob eine Lüge überhaupt gerechtfertigt sein konnte. In dem großen Versuch, jemanden zu beschützen – wie viel Schmerz wurde dabei verursacht?

»Schwört es«, sagte Alexander.

»Ich werde es überdenken«, entgegnete Neil. »Ich mache keine Versprechungen.

»Ihr kennt sie nicht«, bat Alexander. »Sie wird zu mir kommen. Ihr werdet sie nicht aufhalten können. Und es ist viel zu gefährlich.«

Neil sah ihn eisig an. »Zu dumm, das Ihr sie nicht so gut beschützt habt, als sie einen Campbell heiratete.«

»Ich habe es versucht«, sagte Alexander. »Aber sie liebte die Mädchen. Und jemand hatte sie verletzt ...« Seine Stimme brach ab, während seine Augen zu kleinen Schlitzen wurden. »Ihr. Ihr wart derjenige, der ...«

»Es sieht ganz so aus, als hätten wir beide ihr gegenüber versagt«, sagte Neil einfach.

»Hol Euch der Teufel«, sagte Alexander.

Neil konnte sich nicht verteidigen. Nicht gegen diesen Mann. »Ich habe ein wenig Essen mitgebracht, das ich Euch dalassen werde. Und etwas Geld. Genügend, damit Burke weitere Nahrungsmittel kaufen kann und vielleicht auch ein paar Decken. Ich werde zurückkommen, sobald ich eine Passage gebucht habe.«

Er konnte von Alexanders Miene ablesen, dass er das Angebot zurückweisen wollte, doch das er das nicht tun würde. Um der Kinder willen würde er es nicht tun.

Alexander nickte steif.

»Burke«, sagte Neil. »Kann man ihm trauen?«

»Mit meinem Leben«, sagte Alexander, ohne weitere Erklärungen abzugeben.

»Ich breche auf, sobald mein Pferd sich ausgeruht hat.«

Alexander starrte ihn eine Weile an, und ein Stirnrunzeln machte sein Gesicht noch hässlicher, das einst sehr eindrucksvoll gewesen sein musste. Dann drehte er sich um, verließ den

Schutz des überhängenden Felsens und ging in die Höhle zurück.

Neil wartete eine Weile. Wenn er jemals irgendeinen Zweifel an dem Schaden gehabt hatte, den er vor Jahren angerichtet hatte, dann war dieser jetzt ausgeräumt. Es war teilweise seine Schuld, dass Janet einen Campbell geheiratet hatte. Und jetzt, da Alexander Recht damit hatte, dass sie in Gefahr sein würde, würde er sie erneut anlügen.

Und das war eine Lüge, die sie nie vergeben würde.

Kapitel 19

Janet suchte das Häuschen am zweiten Tag nach Braemoors Fortgang auf. So lange brauchte sie, um Kevins wachsamen Augen zu entkommen. Seine Loyalität war offensichtlich zweigeteilt.

Sie wusste, dass Braemoor ihn angewiesen hatte, mit ihr zusammen zu reiten, weil die Straßen gefährlich waren. Doch sie war die Herrin von Lochaene, wo er angestellt war. Sie sah den Konflikt in seinen Augen, und daher hatte sie gewartet, bis Torquil ihn auf einen Botengang geschickt hatte.

Die Wahrheit war, dass sie sich in dem Häuschen allein umsehen wollte.

In der Nacht, in der Braemoor fortgegangen war, war es ihr gelungen, das Pferd zurück in die Ställe zu bringen, ohne von jemandem gesehen zu werden. Sie hatte den darauf folgenden Tag mit ihren Töchtern verbracht. Sie hatte die leeren Räume durchstreift und Kleidung mitgenommen, aus der Kleider genäht werden konnten und dann den Kindern aus einem Buch aus der Bibliothek etwas vorgelesen. Sie spielte mit Colin. Sie liebte sie alle mehr als das Leben selbst, und ihr wurde klar, dass sie alles ertragen konnte, um sie bei sich und in Sicherheit zu halten.

Gleichzeitig machten sie es ihr unmöglich, ihnen Sicherheit zu bieten. Wenn sie allein wäre, würde sie keinen Moment lang zögern, von Braemoor zu fliehen. Doch wie sollte sie vier Kinder mitnehmen, von denen das Jüngste noch kein Jahr alt war?

Daher versuchte sie, ihre Rastlosigkeit zu zähmen und auf eine gute Gelegenheit zu warten. Am zweiten Nachmittag war Kevin fort und Jamie trainierte ein Pferd. Nachdem sie Clara geholfen hatte, die Kinder zu einem Nickerchen hinzulegen, sattelte sie eine Stute.

Sie ritt schnell aus dem Burghof hinaus, bevor jemand sie aufhalten konnte, und den Weg hinunter in Richtung Dorf. Sie hoffte, dass sie den überwucherten Weg finden würde, der zu dem Häuschen führte. Sie hatte weder Torquil noch jemand anderen über das Häuschen befragt, aus Angst davor, zu viel Interesse daran zu zeigen. Sie wollte dorthin gelangen, ehe jemand anderer es tat.

Janet fand den Weg, nachdem sie einmal daran vorbeigeritten war. Sie hoffte, dass sie nicht auf Kevin treffen würde und war dankbar, als sie schließlich die Lichtung erkannte. Sie führte ihr Pferd zwischen zwei alten Bäumen hindurch und ritt dann so lange weiter, bis sie beim Häuschen angekommen war. Es sah verlassen aus und fast so, als wartete es auf jemanden. Ein überwucherter Garten befand sich neben dem Haus. Sie saß ab, band ihr Pferd an einem Ast fest und ging zum Garten hinüber.

Sie bückte sich und erkannte sofort einige der Pflanzen. Kräuter.

Dann ging sie zur Tür des Häuschens. Sie ließ sich leicht öffnen und sie trat ein, die Tür ließ sie offen. Eine Staubschicht bedeckte den Boden. Sie wühlte sie mit jedem Schritt auf, den sie machte. Wie lange stand es schon leer? Und wer hatte hier gewohnt?

Eine Frau. Kleine Anzeichen sprachen dafür. Vorhänge an den Fenstern, eine längst eingegangene Pflanze in einem Blumentopf. Ein Teppich, der auf den schmutzigen Boden geworfen worden war.

Sie fragte sich, warum Trödler es nicht ausgeplündert hatten. Stand das Häuschen unter Braemoors Schutz? Und wenn ja, warum?

Sie ging im Haus umher und hielt Ausschau nach weiteren Spuren des Mannes, der mit Braemoor fortgeritten war. Wer war er? Doch es gab keine Hinweise. Dann sah sie ein Frauenkleid zusammengeknüllt in einer Ecke liegen. Sie hob es hoch. Das schlichte Kleid war aus guter weicher Wolle genäht worden und offenbar für eine große und schlanke Frau gedacht. Außer diesem Kleid entdeckte sie nichts, was auf die Bewohner hindeutete. Sie verließ das Häuschen abrupt und nahm sich vor, bei der Dienerschaft auf Braemoor mehr über die Frau herauszufinden.

Sie ritt langsam zurück und genoss die frische Luft, während sie von Fragen bestürmt wurde. Sie suchte Antworten darauf, warum Braemoor mitten in der Nacht aufgebrochen war und sich heimlich mit jemandem in einem verlassenen Haus getroffen hatte. Sie hatte ihn einst für so ehrenhaft und offen gehalten. Das waren einige der Dinge, die ihr an ihm am besten gefallen hatten.

Kevin kam ihr auf halber Strecke des Rückwegs entgegen. Seine Augen spiegelten Angst wider, und sie versuchte, diese Angst zu beschwichtigen.

»Mylady«, sagte er. »Ihr ...«

»Mach dir keine Sorgen, Kevin«, unterbrach sie ihn. »Ich bin in Sicherheit. Ich wollte nur ausreiten, und ich bin niemandem begegnet.«

»Der Marquis ...«

»Ich weiß, dass der Marquis sich Sorgen macht«, sagte sie. »Doch ich brauchte ein wenig frische Luft, und diese Stute brauchte Bewegung.« Sie machte eine Pause und wechselte dann das Thema. »Hast du vor, Lucy zu heiraten?«

Die Taktik funktionierte. Kevins Gesicht wurde noch rosiger. »Ja«, sagte er. »Wenn sie mich nimmt.«

»Ich glaube nicht, dass es darüber Zweifel gibt«, sagte sie. »Aber es freut mich, dass du nicht leichtfertig mit ihr umgehst.«

»Nein, Mylady, das würde ich nie tun.«

»Wie kommst du mit dem kleinen Jamie zurecht?«

»Er ist ein guter Junge«, sagte Kevin. »Schnell und willig.«

»Lebt er hier schon lange?«

»Sein ganzes Leben lang. Er hat bei seinem Vater gelebt, der hat ihn geschlagen. Der Marquis hat ihm einen Lehrvertrag gegeben und den Vater fortgeschickt. Er hat ihn befreit.« Kevins Worte waren voller Ehrfurcht und Respekt.

Janet wünschte, der Marquis würde *sie* befreien. Doch Kevins Worte brachten sie zum Nachdenken. Sie hörte immer wieder diese kleinen Geschichten. Nur, dass sie überhaupt nicht klein waren. Sie waren sogar sehr groß. Sie hatte etwas Ähnliches von Torquil gehört. Und von der Köchin.

Und außer einem oder zwei Küssen zeigte Braemoor so wenige Gefühle und erzählte so wenig über andere Menschen. Sie hatte bei ihm immer den Eindruck von Einsamkeit. Selbst als er ihr vor Jahren den Hof gemacht hatte, hatte er sich über seine Herkunft und Freunde ausgeschwiegen. Jetzt, da sie darüber nachdachte, erkannte sie, dass sie ihn nie dabei gesehen hatte, wie er sich freundschaftlich mit jemandem unterhielt.

Sie war nie zuvor jemandem begegnet, der so verwirrend war wie Braemoor. Wann immer sie dachte, sie verstünde ihn ein wenig, machte er etwas, das ihre frühere Meinung aufhob. Sie wusste jedoch, dass sie Jamie fragen würde. Und auch Torquil.

Jamie war nicht gerade mitteilsam. Er war schüchtern. Erst als sie Samson und ihre ältere Tochter mit zu ihm brachte, entspannte er sich.

»Du magst Tiere?«

»Ja, die frühere Herrin hatte einen kleinen Hund.«

»Erzähle mir etwas über sie.«

»Sie war eine feine Dame. Wie Ihr, Mylady. Sie war genauso klug wie Ihr.«

Klug?

Janet fand nicht, dass sie in letzter Zeit klug gewesen war. Ihr wurde plötzlich klar, dass sie sich so sehr darüber Sorgen gemacht hatte, dass sie in die Falle geraten könnte, dass es schließlich geschehen war. Und zwar durch ihre eigene Schuld. Nicht durch Braemoors.

»Was ist mit ihr geschehen?« Sie hoffte noch immer, dass *irgendjemand* mehr wusste, als man ihr schon erzählt hatte.

»Das weiß niemand, Mylady. Sie verschwand mit dem Schwarzen Buben. Es heißt, dass der Marquis ihr gefolgt ist und getötet wurde.«

Es heißt: Die Worte wiederholten sich in ihrem Kopf. *Es heißt:* Es war fast so, als ob der Junge das nicht glaubte.

»Und der Schwarze Bube?«

»Er verschwand zur gleichen Zeit, Mylady. Manche sagen, dass der Marquis ihn vielleicht getötet hat, bevor er selber starb. Andere sagen, dass er seiner verdienten Strafe entkommen ist.«

»Und niemand hat seither mehr etwas von der Markgräfin gehört?«

»Nein«, erwiderte er.

»Wer hat in dem kleinen Haus die Straße runter im Wald gewohnt?«

Jamie riß die Augen auf, beschäftigte sich mit Samson und rieb ihm die Ohren, bis der Hund vor Freude knurrte.

»Mary Ferguson. Es heißt, dass sie eine Hexe war.«

»Eine Hexe. Geht deshalb keiner dorthin?«

»Ja. Es wird gesagt, dass sie den früheren Marquis verhext habe.«

»Denjenigen, der seiner Frau gefolgt ist und von dem Schwarzen Buben getötet wurde?«

»Ja.«

»Er muss ein geschäftiger Mann gewesen sein.« Sie versuchte, sich an ihn von ihrem Besuch vor acht Jahren zu erinnern, doch das konnte sie nicht. Er musste damals fort gewesen sein.

»Wie war er denn?«

Jamie schien nichts sagen zu wollen.

»Jamie ...?«

»Er spielte«, sagte Jamie.

»Und weiter?«

Jamie schwieg einen Moment lang, dann sprudelten die Worte nur so aus ihm hinaus. »Es heißt, dass er ein Feigling war, doch das glaube ich nicht. Er hat meinem Vater gesagt, dass er mich nicht schlagen solle. Er war gut zu mir.« Tränen lauerten in seinen Augenwinkeln.

»Und der jetzige Lord?«

»Er ist anders«, sagte Jamie und wischte sich die Tränen aus den Augen. »Er hat meinen Vater entlassen, aber nur, weil Master Rory ihm das befohlen hat.«

Janet saß auf einem Heuballen. Es war deutlich erkennbar, dass der Junge dem ehemaligen Lord die Treue hielt, obwohl es Neil gewesen war, der ihn von seinem brutalen Vater befreit hatte. Weil Neil die Stelle des Beschützers des Jungen eingenommen hatte?

Doch wenn Neils Cousin so wunderbar gewesen war, warum hatte dann seine Frau versucht, vor ihm zu fliehen? Und warum hatte er sie mit Jamies Hexe betrogen?

So viele Rätsel. Genauso wie bei dem gegenwärtigen Marquis. Brachte Braemoor Rätsel hervor?

»Haben sich ... der frühere Marquis und der jetzige gemocht?«

»Es steht mir nicht zu, dazu etwas zu sagen«, sagte Jamie.

Also war die Antwort nein. Sie würde Neil über seinen Vorgänger befragen. Vielleicht konnte sie ja von ihm etwas erfahren.

Der Junge stand auf. »Ich muss meine Arbeit machen, Mylady.«

Es war offensichtlich, dass er sich sehr unbehaglich dabei fühlte, über seinen Herrn zu reden. Sie würde von ihm nichts mehr erfahren. Doch sie hatte zwei andere Quellen: das junge Mädchen, das der Markgräfin gedient hatte und Torquil. Torquil würde der schwierigere von den beiden sein. Daher war es wichtig, so viele Informationen wie möglich zu sammeln, bevor sie sich an ihn wandte.

Trilby zuerst.

Weil Neil es angeregt hatte, hatte sie Trilby gebeten, Clara mit den Kindern zu helfen. Janet wusste, dass Lucy niemals bereit sein würde, ihre Stellung als ihre persönliche Zofe aufzugeben. Sie war so stolz auf ihre Beförderung gewesen.

Sie ging zum Kinderzimmer hinauf. Die Mädchen waren wach und mit Clara und Trilby zusammen. Ebenso Colin, der sich aufrichtete, indem er sich am Sessel festhielt. Er war zehn Monate alt. Er würde bald zu laufen beginnen und dann alles unsicher machen. Sie ging zu ihm hinüber, und er ließ den Sessel los und streckte ihr die Arme entgegen. Es lag so viel Vertrauen in dieser Geste.

Sie hob ihn hoch und drückte ihn an sich. Sie legte den Kopf an seinen und spürte sein weiches Haar. »Mein großer Junge«, sagte sie. »Ich werde dich beschützen, was auch immer kommen mag.« Und egal, welche Konsequenzen das für sie haben würde. Er *war* wahrscheinlich hier sicherer. Ihr verletzter Stolz hatte sie blind gemacht. Und auch ihre Furcht, dass der Marquis irgendwelche versteckten Absichten hegte, Lochaene zu übernehmen. Doch selbst wenn das so war – war es nicht besser für ihren Sohn, in Sicherheit zu sein, als ein über alle Maßen verschuldetes Gut zu besitzen?

Er wand sich in ihren Armen, und sie schaute ihm in die Augen. Dunkelblau, wie ihre. Er blickte sie so ernst an, als verstünde er alles, was sie sagte. Dann setzte er ein blendendes Lächeln auf. Ein Charmeur. Das würde er sein.

»Können wir auf unseren Ponys reiten?«, bat Rachel.

Es waren noch fünf Stunden bis zur Abenddämmerung.

»Ich werde die Köchin bitten, euch Tee zu bringen«, sagte sie, »während ich Colin füttere. Dann werden wir eine Reitstunde abhalten.«

»Wirklich?« Annabella starrte zu ihr auf, und ihr wurde klar, dass sie nicht so achtsam wie üblich gewesen war. Sie hatte zugelassen, dass ihre eigenen Ängste sich ausgebreitet und die Kinder erreicht hatten.

»Wirklich«, bestätigte sie. »Ich komme in einer Stunde zu euch zurück.«

Sie balancierte Colin in ihren Armen, wobei sie sich bewusst machte, wie schnell er wuchs und ging zur Tür. »Trilby, kannst du mich begleiten?«

»Oh ja, Madam«, sagte sie und war offensichtlich erfreut darüber, dass sie um etwas gebeten wurde. Janet hoffte nur, dass sie sich in ein paar Minuten immer noch so freuen würde.

Sie ging zu ihrer Kammer vor. »Kannst du etwas Brei mit Honig für Colin holen?«

»Ja, Eure Ladyschaft.«

Janet trug ihren Sohn zum Fenster hinüber, als Trilby ging. Sie schaute viel zu oft hinaus. Ein Teil in ihr hoffte, dass sie Neil Forbes, den Marquis von Braemoor, heranreiten sah. Ein anderer Teil fürchtete sich davor, was geschehen würde, wenn er es tat. Ein weiterer Kuss? Mehr als das?

Wo war er? Was machte er? Und warum beschäftigte sie das so sehr?

Sie setzte sich in einen Schaukelstuhl und sprach mit Colin, wie sie es oft machte. »Was glaubst du denn?«

Er schaute sie forschend an, als verstünde er sie.

»Traust du dem Marquis?«

Er gluckste.

»Das ist keine gute Antwort.«

Colin grinste.

»Ist das ein Ja?«

Colin zog an ihrem Ohr.

»Ich habe so viele Wünsche für dich«, sagte sie. »Und für deine Schwestern. Sie werden niemals zu einer Heirat gezwungen werden. Doch du, mein Sohn, wirst kein Problem haben, die richtige Braut zu finden.«

Er murmelte etwas.

»Ach, mein Süßer, eines Tages wirst du den Schmerz und die Freuden der Liebe kennen lernen.«

In diesem Moment klopfte es an der Tür.

»Herein.«

Trilby trat mit einem Tablett in den Händen ein. »Möchtet Ihr, dass ich den Jungen nehme, Mylady?«

»Nein, ich werde es selber machen«, sagte sie. »Aber setz dich und unterhalte dich mit mir.«

Trilby wirkte unbehaglich, als sie sich setzte.

Janet fühlte sich schuldbewusst, aber nicht so schuldbewusst, dass sie die Fragen nicht stellen würde, die sie beantwortet haben wollte.

Sie hielt Colin fest, und fütterte ihn mit Brei, von dem sie das meiste abbekam. Selbst während des Fütterns schaute sie zu Trilby hinüber. »Erzähle mir etwas über deine frühere Herrin.«

Ein Lächeln ließ Trilbys Gesicht aufleuchten. Es war sofort ersichtlich, dass sie die Markgräfin gemocht hatte.

»Sie war ein Engel«, sagte Trilby.

»Aber sie ist ihrem Mann davongerannt.«

»Wenn sie das getan hat, hatte sie einen Grund dafür. Aber ich glaube ...« Sie hielt inne.

»Was glaubst du, Trilby?«

»Ich glaube, dass sie und der Marquis sich geliebt haben.«

»Warum aber ...?«

»Ich weiß es nicht Mylady.« Sie presste die Lippen fest zusammen.

Rätsel über Rätsel.

»Und der jetzige Marquis?«

»Was ist mit ihm, Mylady?«

Eine weitere Steinmauer. Niemand schien über den jetzigen Marquis und den vorherigen sprechen zu wollen.

»Ich möchte dir danken, dass du so lieb zu meinen Töchtern bist.«

Sie errötete. »Es ist leicht, sie gern zu haben.«

»Wie lange ist Torquil schon hier?«

»Erst, seit der Marquis Braemoor geerbt hat«, sagte Trilby. »Er war erst Lakai, wurde aber dann Butler.«

Trilby spielte mit ihren Fingern herum. Die Fragen waren ihr offensichtlich unangenehm. »Du kannst gehen, Trilby«, sagte Janet. »Ich danke dir.«

Trilby stand auf und knickste. »Es ist gut, dass wir wieder eine Dame hier haben.«

Janet blieb einen Moment lang sitzen und spielte mit Colin, während sie sich die Unterhaltung noch einmal durch den Kopf gehen ließ. Sie stellte fest, dass sie nun sogar noch weniger wusste als zuvor. Das Rätsel war immer schwieriger zu lösen.

Nichts schien so zu sein, wie es aussah.

Einschließlich des Marquis von Braemoor.

☆ ☆ ☆

Neil fragte sich, auf was zur Hölle er sich da eingelassen hatte. Er war kein Held. Und auch kein Ritter. Er hatte nicht die geringste Ahnung, wie er eine Schiffspassage für jakobitische Flüchtlinge finden sollte.

Tricks waren nie seine Sache gewesen. Er ging Probleme immer geradlinig an.

Und nun war er in etwas verwickelt, das ihn nicht nur an den Galgen bringen, sondern auch alle Menschen um ihn herum vernichten konnte. Einschließlich Janet und alle Menschen auf Braemoor.

Es hatte nicht einmal damit zu tun, dass Will wirklich Janets Bruder war. Er wusste, dass er sich im Prinzip schon verpflichtet hatte, zu versuchen, die Kinder hinauszubringen, noch ehe er von dieser Verwandtschaft gewusst hatte.

Warum hatte er die Tatsache nicht bedacht, dass er womöglich gar nicht in der Lage sein könnte, ihnen zu helfen?

Er besaß nicht die Verbindungen, die sein Cousin offenbar gehabt hatte. Er wusste nicht einmal, wie er welche ausfindig machen konnte. Wer hatte ihm geholfen? Und warum?

Burke hatte ihn den Weg wieder hinuntergeführt. Er hatte ihm wieder die Augen verbunden, und Neil hatte nicht protestiert. Es gefiel ihm, dass Will – Alex – vorsichtig war. Außerdem gab es Neil Zeit, über die ungeheuerliche Aufgabe nachzudenken, die er gerade auf sich genommen hatte.

Zehn Kinder. Und zwei gesuchte Banditen, von denen einer sich nicht leicht tarnen konnte. Selbst ein Bart würde nicht die Narbe verdecken, die sein Gesicht verunstaltete. Den unteren Teil ja. Doch es gab keine Möglichkeit, den oberen Teil der gezackten Narbe zu verstecken. Sie würde die Aufmerksamkeit auf ihn ziehen, als ob sie ein Brandmal wäre.

Also wäre jeder Versuch, von einem schottischen oder englischen Hafen abzufahren, verrückt. Also blieb nur ein Schmugglerschiff, das von einem der einsamen Strände an der Küste abfuhr. Doch wie sollte Neil einen Schmuggler finden, dem er vertrauen konnte?

Er würde nach Braemoor zurückkehren und das gesamte Habe seines Cousins durchsuchen. Und das geheime Versteck im Häuschen. Vielleicht würde er dort einen Hinweis finden. Einen Namen. Eine Rechnung für den Brandy, den er immer griffbereit hatte. Französischen Brandy. Was bedeutete, dass er geschmuggelt worden war. Doch dann würde es keine Rechnung geben.

Verdammt noch mal.

Vielleicht würde er nach Edinburgh gehen. Spelunken aufsuchen. Zuhören. Gab es dort nicht eine Schauspielerin, die eine der Geliebten seines Cousins gewesen sein sollte?

Erst Braemoor. Dann Edinburgh.

Zufrieden damit, dass er zumindest den Anfang eines Plans hatte, setzte er sich im Sattel zurecht und versuchte, sich zu entspannen.

Unmöglich.

Er war auf dem Rückweg nach Braemoor.

Und er würde wieder den einzigen Menschen anlügen, den er je geliebt hatte.

Braemoor war dunkel, als Neil zurückkehrte. Es war nach Mitternacht. Selbst die Ställe waren geschlossen. Er saß ab und öffnete die Türen. Es gab kaum Geräusche. Er fand eine Öllampe und eine Zunderbüchse. Nach mehreren Versuchen zündete er die Lampe an und brachte das Pferd nach drinnen.

Das Tier war erschöpft. Neil nahm sich die Zeit, es abzurubbeln, damit es abkühlte, auch wenn er selber nach seinem Bett hungerte. Er könnte Kevin rufen, doch das wollte er nicht. Der Junge verdiente seinen Schlaf.

Schließlich spürte er, dass sein Pferd kühl genug war, um zu trinken und zu essen. Nachdem das erledigt war, löschte er das Licht und ging hinaus. Er würde morgen beim ersten Tageslicht zum Häuschen reiten, noch ehe der Rest der Hausbewohner aufgestanden war. Wenn er dort nichts fand, würde er sich Rorys altes Zimmer vornehmen.

Er schritt zum Turmhaus und öffnete es. Selbst Torquil schien im Bett zu sein, doch er hatte schließlich keine Ahnung gehabt, dass Neil heute Nacht zurückkehren würde. Er ging in die große Halle, wo ständig ein Feuer loderte. Er entzündete die Lampe und ging dann in seine Schreibstube.

Sie war ein tröstlicher Raum für ihn. Sie enthielt ein Schreibpult, auf dem die Hauptbücher ordentlich aufgestapelt lagen, und in den Regalen standen Nachschlagewerke über Landwirtschaft. Er setzte sich und ging die Hauptbücher für die Monate durch, in denen sein Cousin der Lord gewesen war. Rory hatte Rechnungen immer zur Bezahlung an Neil weitergegeben, bis Rorys Frau diese Aufgabe übernommen hatte. Es gab daher einen Zeitraum, von dem er nicht wusste, welche Zahlungen an wen geleistet wurden.

Er überprüfte den Monat, in dem er nicht für die Rechnungen zuständig gewesen war. Er hatte sie schon durchgesehen, nachdem Rory und Bethia verschwunden waren, und hatte nichts Fehlerhaftes entdecken können. Nun sah er sie sich noch einmal an. Es war nichts Ungewöhnliches für einen Marquis dabei, der bekannt dafür war, dass er spielte und viel Geld für seine Kleidung ausgab.

Ein Wechsel ließ ihn innehalten. Er war nicht in Bethias kleiner Handschrift geschrieben, sondern in Rorys kühner Schrift. Ein Wechsel über hundert Pfund, ausgestellt auf eine Elizabeth Lewis. Neil hatte schon früher bemerkt, dass Rory, trotz seines Rufs als Verschwender und Taugenichts, selten die Braemoor-Konten angegriffen hatte.

Elizabeth Lewis. Konnte das die Schauspielerin in Edinburgh sein, deren Name mit Rorys in Verbindung gebracht worden war? Es war ein Anfang.

Er setzte seine Suche fort, fand aber nichts mehr. Sein Denkvermögen begann ohnehin nachzulassen. Zum Teufel noch mal, aber er war müde. Wie lange war es her, dass er zuletzt in einem Bett geschlafen hatte? Vier Tage? Fünf? Die Tage begannen, ineinander zu verschwimmen.

Neil schloss die Bücher, nahm die Lampe und ging nach oben. Vor Janets Tür hielt er inne. Wie gern hätte er an ihre Tür geklopft und ihr gesagt, dass der Bruder, den sie für tot hielt, am Leben war. Er konnte fast vor sich sehen, wie sich die Freude auf ihrem Gesicht ausbreitete.

Hatte Alexander Recht? Würde sie zu ihm eilen?

Zweifellos.

Dazu kannte er sie nun schon gut genug. Wie offenbar auch Alexander.

Sie würde ihn sehen wollen und alles dafür riskieren.

Er hatte niemals eine Familie gehabt, die ihm etwas bedeutete. Doch er *hatte* geliebt. Er wusste, was es bedeutete, jemanden zu verlieren.

Sag es ihr.

Er hatte ihrem Bruder geschworen, dass er es nicht tun würde. Nicht, bis Alexander in Sicherheit war.

Verdammter Alexander!

Aber er verstand das. Alexander hatte schon alles verloren. Er hatte sich diesen Kindern verschworen, um sie in Sicherheit zu bringen. Er wollte weder ihre Sicherheit in Gefahr bringen noch die seiner Schwester. Und das war ein edler Gedanke.

Oder nicht?

Neil wusste verdammt wenig über Edelmut. Er begann zu begreifen, dass es eine verdammt schmerzliche Sache sein konnte.

Er hatte die Hand gehoben, um an ihre Tür zu klopfen. Nun senkte er sie und wandte sich in Richtung seiner Kammer um.

»Seine Lordschaft ist zurück«, sagte Torquil, als Janet zum Frühstück hinunterkam.

Freude durchfuhr sie, auch wenn ihr klar war, dass sie noch keine Gelegenheit gehabt hatte, Torquil zu befragen.

»Hat er schon gefrühstückt?«

»Ja, Mylady«, sagte Torquil. »Er ist schon wieder ausgeritten.«

Die Freude erstarb so schnell, wie sie gekommen war. Er hatte nicht einmal gewartet, um ihr einen guten Morgen zu wünschen. Sie wünschte einen Moment lang, sie wäre nicht so lange oben bei ihren Töchtern und ihrem Sohn geblieben, als diese heißen Kakao getrunken und Colin sich das Gesicht mit Marmelade beschmiert hatte.

Vielleicht konnte sie ihn ja noch einholen.

Es war ein heller, schöner Tag.

Sie schaute an ihrem Kleid herunter. Es war robust genug für einen Ritt.

Sie nahm sich eine Praline vom Seitentisch. »Ich glaube nicht, dass ich heute Morgen frühstücken werde, Torquil«, sagte sie. »Der Tag ist viel zu schön, um im Haus zu bleiben.« Noch ehe er sein Missfallen ausdrücken konnte, war sie schon zur Tür hinaus und eilte zum Stall.

Sie fühlte sich unerklärlich glücklich. Vielleicht, weil sie etwas von ihrem Misstrauen dem Marquis gegenüber verloren hatte. Ein Rätsel, ja. Ein Ungeheuer, nein. Er konnte nicht den gesamten Haushalt täuschen.

Kevin und der kleine Jamie säuberten die Boxen.

»Ich möchte die Stute haben«, sagte sie.

»Wünscht Ihr, dass ich mitkomme?«, fragte Kevin.

»Nein. Der Marquis ist zurück«, sagte sie, als hätte er sie über seine Rückkehr informiert. »Also brauchst du dich nicht damit zu bemühen, mich zu begleiten.«

Kevin sah nicht wirklich beruhigt aus, doch er nickte. »Ich werde sie satteln.«

Während er den Damensattel holte, ging sie an den Boxen vorbei, um den Wallach aufzusuchen, der in den vergangenen Tagen gefehlt hatte. »Wo bist du gewesen, mein Junge?«

Doch er war keine größere Hilfe als alle anderen auf Braemoor. Sie wartete ungeduldig, bis Kevin das Satteln der Stute beendet hatte. Dann wollte er ihr in den Sattel helfen.

»Ich danke dir«, sagte sie, als sie das Knie um den Sattelbogen hakte. Noch ehe er etwas einwenden konnte, spornte sie die Stute zu einem schnellen Trab an und dann zu einem kurzen Galopp. Sie wusste genau, in welche Richtung sie reiten würde. Sie wusste nicht, warum oder woher sie das wusste. Das Häuschen im Wald hatte etwas an sich, das sie anzog.

Kapitel 20

Neil ritt früh aus und hoffte, dass er damit Janet aus dem Weg ging. Er war noch nicht bereit, ihr ins Gesicht zu sehen, ohne ihr etwas von Alexander zu erzählen. Er war auch noch nicht bereit, sich an den Kuss zu erinnern – und ihn womöglich zu wiederholen –, den Kuss, den sie getauscht hatten, die Leidenschaft, die zwischen ihnen aufgelodert war. Es gab, gestand er sich traurig ein, eine Grenze seiner Selbstdisziplin.

Er musste ein paar Gegenstände aus dem Häuschen holen, ehe er nach Edinburg reiste. Er würde dann mehrere Wochen lang fort sein. Er würde auch auf Lochaene vorbeischauen. Er würde für Janets Sicherheit sorgen, selbst wenn er die derzeitigen Mitglieder des Haushalts gewaltsam vertreiben müsste. Sich so dicht in Janets Nähe aufzuhalten, war ganz offensichtlich keine praktikable Lösung. Vor allem, wenn er ihr Informationen vorenthielt.

Für jemanden, der Stabilität und Normalität liebte, kam es Neil vor, als ob alles in rasantem Tempo außer Kontrolle geriet. Sein Leben schien aus den Fugen zu geraten und jeglichen Halt zu verlieren. Er riskierte alles für einen Vogelfreien. In Janets Gegenwart hatte er sich nicht im Griff. Er war bereit, sich Campbells Wut zuzuziehen, indem er Janets angeheiratete Campbell-Verwandte hinauswarf. Er könnte damit alles opfern, was er hier auf Braemoor hatte aufbauen wollen. Er brachte all diese Menschen oder zumindest ihre Zukunft in Gefahr.

Er ritt zum See und sah zu, wie die Sonne über den zerklüfteten Hügeln aufging. Wartete er auf eine Offenbarung? Er war nie ein religiöser Mensch gewesen. Ja, zur Hölle, er war das Gegenteil gewesen. Jeder war selbst für sein Schicksal verantwortlich, hatte er immer gedacht. Er begann, diese Sicht der Dinge zu überdenken.

Die Fragen wollten nicht aufhören. Tat er das Richtige? Er konnte nur nach seinem Gefühl handeln. Was war, wenn sein Gefühl sich irrte?

Die größte Frage war, ob er Janet von Alexander erzählen sollte. Was war, wenn ihr Bruder Recht hatte? Was, wenn sie zu ihm eilte, ihr Leben riskierte und das der Kinder? Oder noch schlimmer, wenn das für sie die Qual einer geteilten Loyalität bedeutete? Er wusste, was das hieß.

Doch es ihr nicht zu erzählen, ihr keine Wahl zu lassen, nahm ihr ihre Würde. Auch das wusste er.

Er konnte versuchen, Alexander hierher zu holen. Doch das würde all seine Pächter und die Dienerschaft in Gefahr bringen und Janet auch. Sie würde alles verlieren – die Kinder, das Gut und vielleicht ihre Freiheit – wenn Cumberland jemals erfuhr, dass sie einem Geächteten geholfen hatte.

Zum Teufel mit dem Mann. Neil wünschte, Alexander hätte ihn nie um Hilfe gebeten. Er wünschte wie verrückt, dass er nicht Janets Bruder war.

Neil wandte sich vom See ab. Er ritt den Weg entlang, der zum Häuschen führte. Er würde die britische Uniform mitnehmen, den Schnauzbart und die Theaterschminke, die er dort entdeckt hatte. Er wusste nicht, was er gebrauchen konnte, doch Rory hatte sie offenbar für nützlich befunden. Vielleicht würde es ihm auch so ergehen.

Er erreichte das Häuschen und war dankbar, dass niemand jemals hierher gekommen war. Grund dafür war, wie er wusste, nicht zuletzt, dass viele der Pächter Mary, die letzte Besitzerin, für eine Hexe gehalten hatten. Er öffnete die Tür und ging hinein. Ein Becher, den wahrscheinlich Burke benutzt hatte, stand auf dem Tisch.

Ein schwacher Blumenduft schien in der Luft zu liegen. Marys Kräuter, vermutete er.

Er schloss die Tür und ging hinüber zu dem Geheimversteck in der Nähe des Kamins. Er wischte den Schmutz weg und zog dann das Brett hoch, welches das Versteck für Kleidung und Verkleidungen bedeckte. Er nahm die britische Uniform heraus, dann fand er die Schachtel mit der Schminke. Eine Perücke. Einen Schnauzbart. Ein Monokel. Baumwollbäusche.

Er ging in die Hocke, verlagerte sein Gewicht auf die Fußballen und stapelte die Sachen aufeinander. Plötzlich erkannte er, was für ein armseliger Spion er war. Er hatte nichts mitgenommen, worin er die Sachen hätte einwickeln können. Er konnte wohl kaum eine britische Uniform auf sein Pferd schnallen. Verdammt noch mal.

Er schaute sich im Häuschen um, und sein Blick fiel auf ein Kleid. Er meinte sich zu erinnern, dass es irgendwo anders gelegen hatte, als er zuletzt hier gewesen war. Neil beschloss, dass es klug sein könnte, die Tür zu verriegeln, während er in den Sachen herumwühlte. Er ging gerade zur Tür, als sie sich öffnete.

Janet stand dort. Sie sah wunderschön aus in ihrem dunkelgrauen Kleid. Ihre Augen schienen noch klarer zu sein und von einem dunkleren Blau. Ihr Haar war zu einem langen Zopf zurückgekämmt, und ihr Gesicht war gerötet.

»Mylord?«

»Was macht Ihr denn hier?«, fragte er und versuchte, seinen sorgsam arrangierten Stapel mit seinem Körper zu verdecken.

»Das ist keine besonders nette Begrüßung«, erwiderte sie.

»Woher wisst Ihr von dem Häuschen?«

»Ich habe es bei einem Ausritt entdeckt.« Doch sie blinzelte, und er wusste, dass das nicht die ganze Wahrheit war. »Ich habe die Dienerschaft danach gefragt. Sie sagten, dass eine Frau namens Mary hier gelebt hat.«

»Ja«, sagte er nur.

»Ihr wart gar nicht so lange fort, wie ihr gesagt habt.«

»Ich werde heute Nachmittag wieder fortreiten.«

Ihr Gesichtsausdruck veränderte sich leicht. Er hätte schwören können, dass sie enttäuscht war. Diese Erkenntnis erregte und erschreckte ihn gleichermaßen.

»Ich verstehe«, sagte sie.

»Wie geht es den Kindern?«

»Sie lieben die Ponys.«

Er ertappte sich dabei, dass er lächelte. »Gut«, sagte er sanft. »Ich hoffe, dass sie hier nicht unglücklich sind.«

»Sie sind gern hier. Torquil war sehr freundlich zu ihnen.«

»Torquil?«, fragte er ungläubig.

»Er kann sehr ... nett sein.«

»Und Kevin? Wie ich sehe, habt Ihr ihn um Euren sehr hübschen Finger gewickelt. Ihr seid *allein*?«

»Ihr seid zurück, Mylord«, erwiderte sie. »Es gibt keinen Grund, warum ich nicht allein reiten sollte.«

»Und als Ihr das Haus entdeckt habt? Wart Ihr da auch allein?«

Eine gewisse Unentschlossenheit glitt über ihr Gesicht. Er musste fast grinsen. Sie war eine unglaublich schlechte Lügnerin.

»Ja«, sagte sie nach einem Moment.

»Armer Kevin«, sagte er.

»Ich dachte nicht, dass Ihr mich als Gefangene halten wolltet.« Ihr Blick wanderte zurück zu dem Stapel vor dem Kamin und dem Loch, das noch nicht abgedeckt war. »Was ist das?«

»Das geht Euch nichts an«, erwiderte er knapp.

Etwas flackerte in ihren Augen auf, und er wusste, dass er einen Fehler gemacht hatte. Janet war keine zurückhaltende Frau. Sie hatte ein Rückgrat aus Stahl und ließ es nur aus Sorge um ihre Kinder zu, kontrolliert zu werden.

»Das ist eine britische Uniform«, beharrte sie.

Er zuckte die Achseln.

»Was habt Ihr mit einer britischen Uniform vor?«

»Sie gehörte den früheren Bewohnern. Oder vielleicht einem Geliebten.«

Ihre Blick wich nicht von seinem. »Und was wollt Ihr nun damit machen?«

»Ich dachte, ich könnte einem Pächter das Haus überlassen«, sagte er. »Ich habe mich umgesehen und das Loch dort gefunden.«

Sie sah ihm geradewegs in die Augen. Er wusste, dass sie wusste, das er log. Die Luft zwischen ihnen begann zu vibrieren. Erwartung legte sich über sie wie eine stille Umarmung zusammen. Er schwieg, weil er wusste, wie nahe er davor war, sie in die Arme zu nehmen und ihr Dinge ins Ohr zu flüstern, die niemals gesagt werden durften. Er wich einen Schritt zurück und versuchte so, das unsichtbare Band zwischen ihnen zu zerreißen.

Ihre Augen zeigten ihm, dass sie verstand. Sie schaute zur Seite und zurück zu dem Stapel, dann ging sie zu ihm hinüber. Sie bückte sich und musterte die verschiedenen Dinge. Dann sah sie wieder zu ihm auf. »Eine seltsame Sammlung.«

»Das finde ich auch«, sagte er sorglos. »Vielleicht haben die Sachen auch meinem Cousin gehört. Er hat unterschiedliche Stile bevorzugt.«

»Ein ziemlich widersprüchlicher Mann«, sagte sie.

»Ihr habt euch umgehört?«

»Ja.«

»Ich würde denken, dass Ihr mit vier Kindern genug zu tun habt.«

»Das hab ich auch«, gab sie lächelnd zu.

Er stand unbehaglich herum, wollte sie so gern in die Arme nehmen. Wollte sie küssen. Wollte sie an sich ziehen. Wollte sie beruhigen. Wollte dadurch Freude in ihre Augen bringen, dass er ihr sagte, dass Alexander lebte.

Ihr Augen suchten forschend seinen Blick, auch wenn sie

einen Moment lang zu der Uniform hinüberschnellten. »Wolltet Ihr diese Sachen irgendwo hinbringen?«

»Ich bezweifle, dass der Besitzer noch hier in der Gegend ist«, sagte er.

»Hat sich der Schwarze Bube als englischer Offizier verkleidet?«

»Ich habe keine Ahnung, was der Schwarze Bube getan hat«, sagte er.

»Und die Frau, die hier gelebt hat? Habt Ihr sie gemocht?«

»Ja«, sagte er. »Obwohl ich sie nicht gut kannte.«

»Und Euer Cousin? Habt Ihr ihn gemocht?«

»Nein.«

»Warum nicht?«

»Ich hatte nicht das Gefühl, dass er sich für Braemoor und seine Bewohner interessierte.«

»Aber *Ihr* tut es«, sagte sie. »Mehr, als Ihr jemals irgendjemanden wissen lasst.«

»Ich mag Erfolg, Mylady. Und Gewinn.«

Sie duellierten sich jetzt, und trotz der Gefahr fühlte er sich erfrischt bei diesem Austausch. Sie brachte es immer wieder fertig, dass er sich lebendig fühlte.

»Ist es nicht gefährlich, Dinge wie jene dort am Boden zu besitzen?«, fragte sie. »Könnten sie nicht den Erfolg in Gefahr bringen? Und den Gewinn?«

»Sie gehören mir nicht.«

»Sie befinden sich auf Eurem Besitz.«

»Das stimmt. Ich habe vor, etwas dagegen zu tun.«

»Ihr habt nicht vor, sie zu benutzen?«

»Also, Madam, warum sollte ich das tun wollen?«

Sie beäugte ihn nachdenklich. In ihren Augen war ein Leuchten, das er in letzter Zeit nicht bemerkt hatte. Er mochte es. Und er fürchtete es.

»An Eurem Cousin ist ziemlich viel sehr verwirrend.«

»Das sehe ich nicht so.«

»Jamie hat ihn verehrt.«

»Jamie ist ein leicht beeinflussbarer Junge.«

»Trilby glaubt, dass die Markgräfin ihn geliebt hat.«

»Die Eindrücke eines dummen Mädchens.«

»Also sind Mädchen dumm?«

»Nicht alle. Und nicht mehr, als die Männer Narren sind.«

»Mein Eindruck ist, dass Männer so sind.«

»Ich bin sicher, dass Ihr Anwesende ausschließt.«

»Oh, ich denke nicht, dass Ihr ein Narr seid, Mylord. Aber ich versuche noch herauszufinden, was genau Ihr seid.«

»Ein hart arbeitender Landwirt, Gräfin.«

»Wirklich?«, fragte sie mit offenkundigem Unglauben in der Stimme. Der auch offenkundig sein sollte.

Wenn nur ihre Blicke nicht ständig zu der britischen Uniform wandern würden. Wenn der Schwarze Bube wieder auftauchte, würde sie zweifellos zwei und zwei zusammenzählen.

»Ich hoffe, Ihr beabsichtigt, meine Töchter zu sehen, ehe Ihr aufbrecht. Ihre Gefühle werden verletzt sein, wenn Ihr das nicht macht.«

Freude ergriff ihn. Er konnte sich nicht erinnern, dass jemals ihn wirklich jemand hatte sehen wollen – außer natürlich Alexander, und der hatte ganz andere Gründe, als einfach zu denken, dass Neil ein großartiger Mensch war.

»Ich lege großen Wert darauf.«

»Werdet Ihr wieder mitten in der Nacht aufbrechen?«

Das war genau das, was er plante. Doch Janet war jetzt viel zu misstrauisch. »Nein«, sagte er. »Im Morgengrauen.«

»Wie lange werdet Ihr diesmal fortbleiben?«

»Es erfreut mich, wie sehr Ihr Anteil nehmt«, erwiderte er und umging die Frage damit.

»Ihr schmeichelt Euch selbst, Mylord. Ich wollte nur wissen, wann wir nach Hause zurückkehren können.«

»Sobald es sicher ist«, sagte er.

Sie legte den Kopf in den Nacken und schaute ihn an, als ob sie ihm direkt ins Herz sah. »Ich habe Euch für die Ponys gedankt. Ich habe Euch nicht für Euren Schutz gedankt.«

»Ich habe es Euch nicht gut klar gemacht«, sagte er unbehaglich.

»Ich wollte es nicht akzeptieren«, erwiderte Janet.

Neil wünschte, sie würden zu ihrem Duell zurückkehren. Sie war viel zu hübsch und wirkte zu zugänglich. Er wollte, dass sie wieder grob wurde.

Sag es ihr. Zur Hölle mit dieser Stimme.

Er trat näher an sie heran. Sie war ihm so nahe, dass er den Duft von Rosen roch, der sie umgab. Leicht und verführerisch.

»Ach, Janet«, sagte er, »es ist so schwer, dir nahe zu sein, ohne ...«

»Ohne ...?«

»Etwas zu tun, was wir beide bedauern werden.«

»Warum solltet Ihr es bedauern?«

»Weil es niemals etwas zwischen uns geben darf. Ihr werdet nach Hause gehen, Eure Kinder großziehen und wieder heiraten.«

»Ich werde niemals wieder heiraten«, sagte sie.

»Niemals?«, fragte er, während seine Hand ihren Arm berührte.

»Meine Ehe war nicht so, dass ich sie wiederholen möchte.«

»Nicht alle Männer sind wie Alasdair Campbell.«

»Nein?«, fragte sie. »Vielleicht nicht so offensichtlich grausam, aber ich habe nur weniges gesehen, was ich an ihnen bewundern könnte.«

»Und was ist mit Eurem Vater und Eurem Bruder?«

Ihr Gesicht wurde weicher. »Mein Vater wollte nur das Beste für mich. Er war sich mit Alasdair nicht sicher, doch ich ...«

»Ihr?«, sagte er sofort, als sie zögerte.

»Ich wollte … Kinder. Ich habe mich in seine Kinder verliebt. Und ich wollte etwas haben, das ich lieben konnte.«

Ein Kloß setzte sich in seiner Kehle fest. »Und Ihr habt vier bekommen«, sagte er sanft. »Sie sind alle sehr hübsch.«

»Ich möchte, dass sie sicher sind. Allem voran möchte ich«, fügte sie eindringlich hinzu, »dass sie sicher sind. Und sie sollen von Menschen umgeben sein, die sie lieben.«

»Das werden sie. Ich schwöre es.«

Ihre Augen musterten seine einen Moment lang, und Hitze stieg in seinem Inneren auf. Er wollte sie. Er wollte ihre Haut an seiner Hand spüren und wie sich ihre Wärme mit seiner mischte. Wie lange konnte er es noch aushalten, nicht die Hand nach ihr auszustrecken? Wenn er es tat, würden sie beide verloren sein.

Er zwang sich, sich zu den Kleidern umzudrehen. Er ging zu dem Frauenkleid, nahm ein Messer und schnitt den Rock davon ab. Dann wickelte er alles andere in den Stoff. Sie verfolgte jede seiner Bewegungen.

Er spürte ihre bohrenden Blicke selbst dann, als er sich bückte und das Loch wieder schloss und den Schmutz darüber wischte. Sie hatte es längst bemerkt. Es war sinnlos, das zu ignorieren. Das würde es nur noch offensichtlicher machen.

»Warum sind die Sachen im Fußboden?«, fragte sie schließlich.

»Mary war exzentrisch.«

»Wirklich?«, fragte sie ironisch.

»Sie hat niemandem getraut«, fühlte er sich bemüßigt, hinzuzufügen.

Er sah den Zweifel auf ihrem Gesicht. Und er sah auch die Fragen in ihren Augen.

»Erzählt mir etwas über Euren Bruder«, sagte er. Er hatte die Frage nicht stellen wollen, doch er musste mehr über den Mann erfahren, der ihm sein Leben anvertrauen würde.

Ihr Gesicht wurde weich. »Er war stark, mutig und gut aussehend. Ich hielt ihn für einen Gott. Er hat mich gern geneckt, doch er war auch mein Fürsprecher. Er wollte nicht, dass ich Alasdair heirate.«

Ein Zeichen für ein gutes Urteilsvermögen.

«Ich wollte meinen Sohn Alexander nennen, doch Alasdair sagte, keiner seiner Söhne würde den Namen eines Verräters tragen.« Sie biss sich auf die Lippe und wandte sich ab.

Du hast Alexander geschworen, es ihr nicht zu sagen.

Sie wird dir nie verzeihen, wenn du es nicht tust.

«Wir sollten besser gehen, wenn ich zusehen soll, wie die Mädchen auf den Ponys reiten.«

»Ja«, sagte sie.

Sie ging durch die Tür. Sie hatte augenscheinlich beschlossen, keine Fragen mehr über die Kleider zu stellen. Sie wusste, dass er sie hatte. Er hoffte zu Gott, dass er sie nicht würde benutzen müssen.

Er folgte ihr nach draußen, band sein Bündel an seinem Pferd fest, ging dann zu ihr hinüber und streckte die verschränkten Hände aus, um ihr beim Aufstieg zu helfen. Sie trat leicht in seine Hände und schwang sich in den Sattel.

»Es kann unklug sein, hierher zurückzukehren«, sagte er, und noch während er sprach wurde ihm klar, dass diese Worte sie wahrscheinlich sofort dazu bringen würden, genau das zu tun. »Ihr wollt doch nichts tun, das Euren Kindern schadet?«

»Ist das eine Drohung?«

»Nein, Janet, das ist es nicht. Ich würde Euch nie drohen. Es ist ein freundschaftlicher Rat. Cumberlands Männer durchkämmen noch immer das Land nach Flüchtlingen und Banditen. Ich würde es nicht gern sehen, wenn ihr in seine Fänge geratet.«

Sie schaute auf ihn herab. Verdammt noch mal, aber ihre Augen waren groß und dunkel und herrlich, selbst wenn sie wie jetzt umwölkt waren von Unsicherheit, die sie verletzlich aussehen ließ. Und sie *war* verletzlich. Er selber war in seinem Leben wie ein Stück Strandgut herumgestoßen worden. Er wusste genau, wie es war, keinen Anker zu haben. Keinen Ort, zu dem man gehörte. Kein Heim.

Er reichte hinauf und legte seine Hand auf ihre. »Ich werde Euch bald nach Hause bringen. Ich schwöre es.«

Ihr Pferd machte ein paar tänzelnde Schritte, offensichtlich bereit für den Ritt. Die Bewegung schob seine Hand von ihrer herunter.

Er hatte heute Morgen schon zu viel gesagt. Er hatte zu viel gefühlt.

Er ging zu seinem Pferd, saß auf, brachte das Tier in einen Trab, dann in einen Galopp und wandte sich nicht um, um zu sehen, ob sie mit ihm mithielt.

Janet schwieg während des Rückwegs. Sie hatte sich sofort gewünscht, ihre Frage zurücknehmen zu können, ob sein Rat, sich von dem Häuschen fern zu halten, eine Drohung sei. Sie hatte sie in dem Moment bedauert, als sie sah, wie ein Muskel an seinem Kinn zuckte. Sie wollte noch immer das Schlimmste von ihm denken, damit sie sich nicht daran erinnerte, wie sehr sie ihn einst geliebt hatte. Er schien wenig Interesse daran zu haben, dieses Band zu erneuern, trotz eines Kusses hier und dort. Und sie hatte ein Schutzschild gebraucht, damit sie sich nicht völlig lächerlich machte. Sie hatte ihre Wut genutzt. Das tat sie immer.

Nach den vergangenen Tagen, und nachdem sie mit den Bediensteten gesprochen hatte, wusste sie, dass sie von Neil nichts zu befürchten hatte. Er versuchte sie zu schützen. Und auch ihre Kinder. Und die waren ihr wichtiger als ihr eigenes Leben oder ihre Zukunft.

Aber er verschwieg ihr auch etwas. Seine Erklärungen zu den Kleidern in dem Häuschen ergaben keinen Sinn. Woher wusste er, dass sie dort lagen? Und was hatte er mit der britischen Uniform vor? Wenn er die Absicht gehabt hätte, sie zu vernichten, hätte er sie gleich an Ort und Stelle verbrennen können.

Es gab noch viel mehr über Neil Forbes zu wissen, dem Marquis von Braemoor, als sie je gedacht hatte. Es war augenfällig, dass er Geheimnisse hatte, die er für sich behalten wollte.

Doch die Luft war frisch und sauber, und sie beschloss, diese Gedanken nicht weiter zu verfolgen.

Sie beschleunigte ihr Tempo und ritt an seine Seite. Er warf ihr einen Blick aus diesen ernsten Augen zu, die sie schon immer so angezogen hatten, doch dann wandte er sich ab, bis sie den Weg nach Braemoor erreichten. Dann schenkte er ihr eines seiner seltenen Lächeln und drängte sein Pferd in einen Galopp. Sie sausten den Weg hinunter. Der Wind blies ihr ins Gesicht, und die Sonne schien auf sie herab. Die Stute streckte sich unter ihr, und Janet spürte die Stärke, Kraft und das Wunder, sie zu beherrschen.

Sie fühlte sich, als wäre sie wieder siebzehn. Und verliebt. Als ob sie ihn jagen würde, wie sie es schon vor acht Jahren getan hatte.

Alles schien damals möglich zu sein.

Er ritt einen Wallach, sie eine Stute. Doch ihr kleineres Tier hielt locker Schritt mit seinem. Sie beugte sich herab, und das Pferd schien zu spüren, was sie wollte. Sie beschleunigte den Galopp und zog mehrere Meter an Braemoor vorbei.

Sie warf den Kopf zurück und lachte. Wie sehr sie das Reiten liebte. Wie sehr sie es auf Lochaene vermisst hatte. Sie liebte es auch, mit Neil um die Wette zu rasen. Nicht mit Braemoor. Mit *Neil*.

Ihre Pferde waren Kopf an Kopf, als sie die Steinmauer erreichten, die nach Braemoor hinein führte. Neil verlangsamte zum Schritttempo. Sie folgte ihm und wartete, während er absaß und zu ihr herüberkam. Er öffnete die Arme, und sie glitt hinein. Seine Hand fand ihre. »Ihr reitet noch so gut wie eh und je.«

Sie bemerkte, dass sie ihn anlächelte, und dass es ihr gefiel, ihm so nahe zu sein und wie er sie anschaute.

Sie schaffte es nicht, sich von ihm zu lösen, auch nicht, als sie Torquil mit einem Schriftstück in der Hand die Treppe herunterkommen sah.

»Eure Lordschaft. Ein Brief aus Edinburgh.«

Er ließ sie los. Sie sah zu, wie er den Brief nahm, das Siegel einen Moment lang betrachtete und ihn dann öffnete. Sein Mund straffte sich, während er ihn las.

»Neil?«

Er nahm ihren Arm mit einer schützenden Geste und führte sie ins Turmhaus. Da war eine Strenge in seiner Haltung, ein ernster Zug um seine Lippen, der sie ängstigte. Er zeigte so selten Gefühle.

Sobald sie im Haus waren, führte er sie in seine Schreibstube.

»Reginald hat eine neue Klage gegen Euch eingereicht. Er beschuldigt Euch des Mordes an seinem Bruder. Diesmal hat der Arzt gesagt, dass das möglich sei. Ein Hausmädchen hat ausgesagt, dass es gehört habe, wie Ihr ihm gedroht habt, ihn zu töten. Sie verlangen eine Auslieferung.«

Sie spürte, wie alle Freude von ihr wich. »Er muss sie bestochen haben.«

»Ja, das ist möglich. Er fordert wieder die Vormundschaft für die Kinder seines Bruders.«

»Nein!«

»Das wird nicht geschehen«, sagte er. »Aber Cumberland ist wieder in Edinburgh und verlangt eine Antwort. Euer Schwager hat offenbar andere Zweige der Campbells ins Spiel gebracht, und der König schuldet ihnen viel.«

Sie spürte, wie ihr das Blut aus dem Gesicht wich.

»Die Forbes haben genauso viel Macht wie die Campbells«, sagte er. »Doch Cumberland möchte uns beide in Edinburgh sehen. Er weiß, dass Ihr hier seid.«

»Mein lieber Schwager«, sagte Janet bitter. »Er beschuldigt mich wahrscheinlich jetzt auch noch, dass ich Euch verhext habe.«

Ein Funkeln trat in seine Augen. »Damit würde er gar nicht so falsch liegen, Mylady. Doch er unterschätzt mich auch.«

In diesem Augenblick wusste Janet, dass sie nie aufgehört hatte, ihn zu lieben. Sie hatte es versucht. Lieber Gott, sie hatte es wirklich versucht.

Es war ihr nicht gelungen.

Er erwiderte dieses Gefühl nicht, doch selbst mit dem dumpfen Gefühl im Magen wegen Cumberlands Mitteilung, fühlte sie sich zum ersten Mal seit sehr langer Zeit sicher.

»Wann gehen wir?«

»Morgen«, sagte er. »Ich möchte nicht, dass sie noch mehr Zeit haben, Ärger zu verursachen.«

»Was wird aus Braemoor? Aus Euren Plänen ...«

Ein Schatten glitt über sein Gesicht. »Sie werden warten müssen.«

»Und die Kinder?«

»Sie sind hier mit Eurer Clara und unserer Trilby sicher«, sagte er. Er zögerte. »Könntet Ihr Euch ohne Zofe behelfen? Wenn ja, dann können wir zu Pferd reisen. Das ginge viel schneller.«

»Ja«, sagte sie. Er würde viel für sie riskieren. Ihr war das klar. Sie erkannte jetzt auch, dass er das von Anfang an getan hatte. Die Campbells *waren* mächtig und vielleicht sogar die mächtigste Familie in Schottland. Wenn sie sich Reginalds Angelegenheiten annahm ...

Er kannte auch die Risiken. Sie sah es seinem Gesicht an. Sie hatte ihn noch nie gefragt, wo er seine Zukunft sah, doch in den vergangenen paar Wochen hatte sie erfahren, dass sie für ihn in Braemoor sein würde. Wie konnte sie ihn bitten, alles aufs Spiel zu setzen?

Für die Kinder.

«Ich danke Euch«, sagte sie einfach.

»Gern geschehen, Mylady«, sagte er, und seine Mundwinkel gingen nach oben. »Auch wenn es verfrüht sein mag.« Dann ging er zur Tür. »Ich würde jetzt sehr gerne die Mädchen auf ihren Ponys reiten sehen.«

Kapitel 21

Neil wartete, als Janet hinaufging, um ihre Töchter zu holen. Innerhalb weniger Minuten hüpften sie die Treppe hinunter, drei kleine Springinsfeld.

Alle drei machten einen Knicks vor Neil. Er verbeugte sich formvollendet vor ihnen, und Annabella kicherte und sah ihn kokett durch ihre schwarzen Wimpern an. Diese Kleine würde wissen, wie man Männern gefiel, dachte er amüsiert.

»Ich bin höchst erfreut, euch wiederzusehen«, sagte er und meinte es wirklich.

Annabella strahlte ihn an. »Wir freuen uns auch, Euch zu sehen«, sagte sie. »Ich liebe mein Pony«, fügte sie an.

»Kannst du es schon reiten?

»So gut wie Mama«, sagte sie und zog dann die Nase kraus. »Fast so gut.«

»Möchtest du mir das zeigen?«, fragte er.

»Ja. Mama sagte, dass sie uns heute Nachmittag reiten lassen würde.«

»Und das werdet ihr auch«, sagte er und war sich noch immer nicht ganz sicher, wie er mit kleinen Mädchen im Alter von fünf bis sieben sprechen sollte. Doch das schien sie nicht zu stören.

Annabella streckte die Hand aus, und er nahm sie und wunderte sich über ihre winzige Größe und über das Vertrauen, das ihr erlaubte, sie in seine zu legen. Er wusste inzwischen, dass ihr Vater ihnen Angst und Schrecken eingejagt hatte.

Ihr völliges Vertrauen war ein Geschenk, das beste, das er jemals bekommen hatte.

Er fühlte sich unendlich demütig, als er mit ihr zur Pferdekoppel ging. Ihre Finger schienen so klein und zerbrechlich in seiner Hand zu sein wie die Flügel eines Vogels; er hatte Angst, das seine großen rauen Finger sie verletzen könnte. Doch dieser kleine zarte Augenblick war etwas sehr, sehr Besonderes.

Rachel rannte voraus, um Kevin zu sehen. Grace ging ruhig neben Janet, wobei ihre Augen von Annabella zu Rachel schossen. Grace war offenbar noch nicht ganz so vertrauensvoll wie ihre Schwestern. Sie sah Neil noch immer mit vorsichtigen Blicken an. Sie konnte ihn akzeptieren, solange er vor ihr stand und nichts machte, was ihre Schwestern verletzte.

Alle teuflischen Plagen mochten über Campbell kommen. Die Freude hatte Janet verlassen und das Vertrauen die Mädchen. Gott allein wusste, was er bei seinem Sohn ausgelöst hatte.

Er führte Annabella, gefolgt von Samson, in den Stall. Jamie war dort und zusammen sattelten sie die Ponys. »Habt ihr ihnen schon Namen gegeben?«

»Mir gefiel Schneewittchen«, doch Rachel sagte, sie sei süß wie Zucker«, sagte sie, »also habe ich mich für Zucker entschieden. Und Rachels Pony heißt Sirup.«

»Dann werde ich Grace noch ein honigfarbenes Pferd besorgen«, sagte er ernst.

Annabella dachte einen Moment lang darüber nach und grinste dann. »Das ist eine sehr gute Idee«, sagte sie im Ton einer Erwachsenen.

»Ich danke dir«, sagte er und unterdrückte sein eigenes Grinsen. Sie brachte ihn immer zum Lächeln. Innerlich und äußerlich.

Er führte ihr Pony nach draußen, während Jamie Sirup herausließ. Neil sah zu, wie Jamie Rachel hinauf half. Sein drahtiger Körper war stärker, als er aussah.

»Ihr braucht mich nicht zu führen«, sagte Annabella mürrisch.

Sie waren auf einer Pferdekoppel, aber dennoch ... Er schaute zu Janet hinüber, und sie nickte.

Er gab Annabella die Zügel und trat wieder neben Janet. Sie sahen zu, wie die beiden kleinen Mädchen ihre Ponys um die Koppel führten und ihre neu entdeckten Fähigkeiten zur Schau stellten.

»Ihr habt sie unterrichtet?«, fragte er.

»Ja. Sie sind Naturtalente.«

Er musste dem zustimmen, als er die Konzentration auf ihren Gesichtern sah. Freude durchdrang ihn. Der Kauf der Ponys war solch eine kleine Sache gewesen, und doch verschaffte es den Mädchen sowohl Freude als auch Selbstvertrauen. Auch er fühlte einen Stolz, den er nie zuvor gekannt hatte. War das ein winziger Geschmack dessen, was Eltern für ihre Kinder empfanden? Er würde niemals die wahre Freude der Vaterschaft erfahren.

Er schaute auf Grace herab. Ihr Blick folgte jeder Bewegung ihrer Schwestern, als sie die Ponys im Schritt herumgehen ließen. »Ich werde dir ein Pony aus Edinburg mitbringen«, sagte er.

Sie betrachtete ihn ruhig und sagte dann: »Das müsst Ihr nicht tun. Es macht mir wirklich nichts aus, mir eines auszuleihen.«

Sein Herz zog sich zusammen. Die Lüge stand ihr ins Gesicht geschrieben. Sie verzehrte sich nach einem Pony. Sie hätte sogar eines der beiden fordern können, die er mitgebracht hatte, weil sie die Älteste war. Stattdessen hatte sie zugelassen, dass die beiden jüngeren Mädchen sie sich genommen hatten. Er hatte sie noch nie um etwas für sich selbst bitten gehört.

»Ich verspreche dir das perfekteste Pony von ganz Edinburgh«, sagte er.

Sie schaute ihn aus großen, ernsten blauen Augen an. Sie waren mehrere Schattierungen heller als Janets, hatten eher ein Kornblumenblau als das tiefe Dunkelblau des Meeres. Doch sie waren genauso ausdrucksvoll. Es war deutlich, dass sie nicht wusste, ob sie ihm glauben sollte. Sie sah immer so aus, als ob sie einen Schlag erwartete. Er kannte das Gefühl nur zu gut, und es bereitete ihm innerliche Schmerzen. Er wollte ihr eine Hand auf die Schulter legen, doch er fürchtete, das sie das eher erschrecken als beruhigen würde.

Seine Brust zog sich zusammen. Kein Kind sollte diese Art von Furcht kennen. Ein Mädchen schon gar nicht.

Er beugte sich herab und nahm Samson hoch, der sich an seinen Beinen gerieben hatte. Er hielt den Welpen einen Moment lang fest und ertrug ein nasses Lecken seiner Zunge, dann gab er ihn an Grace weiter. »Hier, Grace, du solltest ihn von den Ponys fern halten. Er könnte sie erschrecken.«

Grace presste den Welpen an ihre Brust.

Neil zwang sich dazu, sich von ihr abzuwenden, bevor er sich herabbeugen und sie umarmen würde. Er hatte sie alle vermisst, als er fort gewesen war, und weit mehr, als er zugeben wollte. Er wollte nicht einmal an die Leere auf Braemoor denken, wenn sie und ihre Mutter fortgingen.

Sein Blick wanderte zu Janet, und er bemerkte, dass sie ihn anschaute. Er schaffte es zu lächeln. »Euer Sohn?«

»Schläft noch. Ich wollte ihn nicht aufwecken. Doch nun wird er mich die ganze Nacht wach halten.« Sie sah ihn an. »Ich war noch nie fort von ihm. Können wir ihn nicht mitnehmen?«

»Wir wären nicht so schnell. Zu zweit können wir reiten und innerhalb von vier Tagen zurückkommen. Wenn wir eine Kutsche und Bedienstete mitnehmen, würde uns das sechs bis acht Tage zusätzlich kosten, und es ist eine harte Fahrt.«

Sie schien seine Worte zu überdenken, dann nickte sie. Er bemerkte das Zögern in ihren Augen. Doch sie hatten keine Wahl. Er wollte bei Cumberland sein, ehe Reginald und seine Mutter noch mehr Schaden anrichteten. Und außerdem musste er ja auch noch zu ihrem Bruder zurückkehren.

Er kam sich vor wie ein Akrobat, der versuchte, mit unzähligen Bällen gleichzeitig zu jonglieren.

»Ich werde hier im Turmhaus ein paar Männer einquartieren«, sagte er. »Die Kinder werden sicher sein.«

Sie nickte und schaute zurück zu den kleinen Gestalten auf den Pferden. »Ich weiß«, sagte sie zögernd.

Janet suchte die kleine Kapelle an der Seite des Turms auf. Sie war schon mehrere Male zuvor dort gewesen, doch nun fühlte sie ein zwingendes Bedürfnis. Sie hatte große Angst, ihren Sohn zu verlassen. Und die Mädchen. Es könnte das letzte Mal sein, dass sie sie sah.

Wenn Cumberland Reginald und Marjorie glaubte, könnte er anordnen, sie für das Gerichtsverfahren dort zu behalten. Ihr Magen krampfte sich zusammen. Was würde dann aus den Kindern werden? Konnte sie sich darauf verlassen, dass Braemoor sich um sie kümmerte? Sie konnte den Gedanken, dass sie in die Hände von Reginald und Marjorie gerieten, nicht ertragen.

Doch sie konnte sie nicht mitnehmen. Braemoor hatte Recht: eine Kutschfahrt würde viel länger dauern. Die Reise würde für die Kinder zu schwierig sein. Vor allem nach der letzten Reise. Und Neil hatte Ihr schon so viel Zeit geopfert, einschließlich der diversen Ritte nach Lochaene. Dennoch konnte sie das dumpfe Gefühl tief in ihrem Magen nicht abstellen. Und auch die Angst nicht, die wie ein Bleigewicht auf ihr lastete.

Selbst der Gedanke, für ein paar Tage mit Neil allein zu sein, half ihr nicht. In Wahrheit machte diese Aussicht alles noch beängstigender. Sie hatte seine Augen beobachtet, ehe er sie angeschaute. Sie hatte bemerkt, wie sie weich geworden waren. Sie hatte auch den trostlosen Blick gesehen, als er sich wieder zu ihr umgedreht hatte, als ob etwas Wertvolles von ihm genommen worden wäre.

Warum bemühte er sich ständig so sehr, seine Gefühle zu verstecken, jedes Anzeichen einer Gefühlsregung?

Und warum konnte sie selber sich nicht in den Griff bekommen? Warum sehnte sie sich weiter so sehr nach ihm?

Sie senkte den Kopf und betete. Sie betete für ihre Kinder. Und für sich selbst.

Sie brachen im Morgengrauen auf. Janet hatte die ganze Nacht ihren Sohn bei sich behalten und hatte ein paar Tränen zum Abschied vergossen. Sie sagte ihm, dass sie es für ihn tat und dass sie bald zurückkommen würde. Sie küsste ihn, wiegte ihn und sang ihm Lieder vor. Ihr einziger Trost, ihn zurücklassen zu müssen, war, dass Clara ihn fast so sehr liebte wie sie selbst. Und dann gab es noch Trilby. Lucy. Und Grace. Sie alle würden sich um Colin kümmern.

Sie hatte schon ein zusätzliches Kleid eingepackt, das sie bei ihrer Audienz bei Cumberland tragen wollte. Es war ein besonders schlichtes Kleid. Sie hatte nicht die Absicht, zu versuchen, den Herzog von Cumberland zu beeindrucken. Für den Ritt hatte sie ein dunkelblaues Reitkostüm gewählt und eine schlichte Haube. Sie vermisste die Plaids, doch die waren aus dem Schottland der Gegenwart verschwunden. Ein Teil von ihr wollte ihr Leslie-Erbe zur Schau stellen, doch es hing so viel davon ab, dass sie vorsichtig und unterwürfig war.

Gott im Himmel, wie sehr sie sich wünschte, ein Mann zu sein. Sie würde Möglichkeiten haben, die sie als Frau nicht hatte. Als Mutter. Ihre erste Pflicht – und ihre einzige – war, die Kinder zu schützen.

Sie hörte ein leichtes Klopfen an der Tür und öffnete sie. Braemoor stand dort in Wildlederhosen, einem weißen Hemd und einem feinen Wams aus Tweed, das seine breiten Schultern umspannte.

Sie wünschte, ihr Herz würde nicht so verrücktspielen, wenn sie ihn sah.

»Lucy sagte, dass Ihr schon wach seid«, sagte er.

»Ja«, sagte sie und hielt Colin fest.

Er schaute auf ihren Sohn herab, und sie sah ein Bedauern in seinen Augen. Er streckte seinen Finger aus, und der schlaftrunkene Colin nahm ihn und hielt sich daran fest. »Er ist ein hübscher Junge.«

»Und er wird ein guter Mann sein«, sagte sie.

»Ja.« Er zögerte und sagte dann: »Wir sollten aufbrechen. Lucy ist draußen.«

Janet gab Colin einen letzten Kuss, bevor sie die Augen schloss, als Lucy ihn ins Kinderzimmer trug.

Braemoor half ihr, ihren Umhang anzulegen. »Wir werden bald zurück sein, Janet. Ich habe fünf Männer hier, die sich im Turmhaus aufhalten werden. Sie haben geschworen, dass sie Eure Kinder mit ihrem Leben schützen werden.«

Ein kalter Schauer durchfuhr sie plötzlich. »Ihr glaubt doch nicht ...?«

»Nein. Ich glaube, Reginald ist zuversichtlich, dass die Campbells für ihn arbeiten. Doch ich möchte kein Risiko eingehen.«

Sie nickte. Sie gewöhnte sich langsam an seine ruhige Geschäftigkeit.

Er hob ihr Bündel hoch. Es enthielt ihr Nachthemd und den Morgenmantel, ein zusätzliches Kleid, Bürste und Kamm sowie ein Unterkleid zum Wechseln. Mehr nicht. Er schob seinen Arm um ihren Ellbogen und führte sie zur Tür hinaus. »Ich werde das in ein Öltuch einwickeln«, sagte er.

Sie zwang sich, die Treppe hinunterzugehen. Ein Wagnis stand ihr bevor. Hoffentlich auch die Unabhängigkeit. Doch die Angst lag ihr wie eine schwere Bleikugel im Magen. Cumberland hatte einen Grund dafür, dass er sie sehen wollte.

Der Tag war nicht dazu angetan, die Laune zu heben. Nebel verhüllte die Hügel und der Sprühregen war unangenehm. Sie begann sich nach der schwankenden Kutsche zu sehnen.

Doch Braemoor hatte sie mit seiner eigenen Dringlichkeit angesteckt. Er brachte sie in den Stall. Kevin hielt zwei gesattelte Pferde bereit. Während sie zuschaute, wickelte Braemoor ihre Habe in ein Öltuch und befestigte das Bündel dann an ihrem Sattel. Seine eigenen Satteltaschen waren bauchig.

»Kevin«, sagte sie, »ich finde, dass Rachel und Annabella nicht reiten sollten, während ich fort bin.«

»Ja, Mylady. Aber ich werde dafür sorgen, dass sie den Ponys ein paar Möhren geben können.«

»Ich danke dir.«

»Ich werde auf sie aufpassen«, sagte er.

»Ja«, sagte Jamie, der von hinten her auftauchte, »das werde ich auch tun.«

Sie musste über sein ernstes Gesicht lächeln. »Ich danke euch beiden«, sagte sie.

Braemoor half ihr in den Sattel und schwang sich auf sein Pferd.

Er begann im Schritttempo und ging dann über in einen Galopp. Sie folgte ihm und schaute nur einmal zurück. Dabei wurde ihr klar, dass ihr Braemoor eher wie ein Zuhause vorkam als Lochaene.

Vielleicht, weil dort jetzt ihr Herz war.

Sie brauchten fast zwei Tage bis Edinburgh. Sie hatten die Nacht in einem Gasthaus verbracht. Janet nahm den einzigen Privatraum, der vorhanden war, und Neil blieb im Gemeinschaftsraum. In Wahrheit fühlte sich Neil in der Regel wohler dort als in einem einsamen Bett in einem Einzelzimmer. Er war ausgebildeter Soldat und Gemeinschaftsunterkünfte gewöhnt.

Er war jetzt wie ein Fisch auf dem Trockenen, der vorgab ein Lord zu sein. Ein Marquis. Er hatte sich das immer gewünscht, weil es Macht bedeutete. Doch nun spürte er die volle Last, dass es Menschen gab, die sich auf ihn verließen.

Er machte seine Sache nicht besonders gut. Stattdessen ritt er wie der Dummkopf Don Quichotte durch das Land. Mit ähnlich geringem Erfolg wie dieser.

Er war auf dem Weg schlecht gelaunt und still gewesen, weil er sich fragte, was er eigentlich tat. Er war fast sicher, dass Cumberland ihn über seine Absichten bezüglich Janet befragen würde. Er hatte Janet nicht gesagt, dass Cumberland sich eine Ehe zwischen ihnen wünschte, weil er nicht wollte, dass sie glaubte, er habe das unterstützt oder gewollt. Doch wenn das die einzige Möglichkeit war, sie zu retten – bei Gott, was sollte er tun?

Und wie konnte er Alex und seine Waisenkinder außer Landes bringen?

Er hatte bemerkt, dass sie ihm während der Reise Blicke zugeworfen hatte. Sie hatte offenbar versucht, seine Stimmung einzuschätzen, doch er wusste nicht, wie er all die Geheimnisse erklären sollte, die er hatte. Er hatte Unaufrichtigkeit noch nie gemocht. Nun fühlte er sich aufgezehrt von den Lügen und Nichtwahrheiten, die Teil seines Lebens geworden waren. Er hasste sie. Er hasste es, Janet selbst das kleinste Detail vorzuenthalten. Sie verdiente so viel mehr.

Wenigstens hatte er Alex genügend Geld hinterlassen, damit Burke Decken und Nahrung kaufen konnte. Wenn sie nur im nächsten Monat den Behörden entgehen konnten. Es würde mindestens so lange dauern.

Bedrängt von seinen Sorgen, war er sogar Janet gegenüber kurz angebunden gewesen. Doch das war nötig gewesen. Ein gelöster Augenblick, und er hätte ihr vielleicht alles offenbart.

Sie näherten sich Edinburgh am Nachmittag. Der Anblick der Burg, die sich drohend über der Stadt erhob, war immer ein wenig einschüchternd. Neil drehte sich um und schaute Janet an. Ihre Blicke ruhten auf dem großen Bauwerk. »Ich bin noch nie zuvor in Edinburgh gewesen«, sagte sie.

Das war nicht ungewöhnlich für eine Frau aus den Highlands, wie er wusste. Er hatte ohnehin den Eindruck gewonnen, dass ihr Ehemann sie nicht viel unter Leute gelassen hatte.

»Wir werden hier nicht viel Zeit haben«, sagte er. »Höchstens einen Tag, aber vielleicht können wir morgen Nachmittag ein paar Geschäfte besuchen.«

»Ich hätte gern ein paar Stoffe für Kleider für die Kinder«, sagte sie sehnsüchtig. »Und warme Umhänge für den Winter.«

Nichts für sich selbst, bemerkte er, obwohl er wusste, wie kleine ihre Garderobe war. Er würde sich damit an einem anderen Tag beschäftigen. Er wollte ihr wirklich den Mond vom Himmel holen.

Das konnte er nicht, doch er konnte ihr ihren Bruder zurückbringen oder ihr zumindest die Gewissheit geben, dass er lebte.

Er dirigierte sein Pferd nach Edinburgh hinein. Er sah, dass sie das Gesicht von den britischen Soldaten abwandte, welche die mit Kopfsteinen gepflasterten Straßen zu bevölkern schienen, doch ihre Augen wurden wach und interessiert, als ihr Blick die vielen Geschäfte und Märkte wahrnahm.

»Mein Cousin hat stets in einem Gasthaus Unterkunft bezogen, das sich ›Fuchs und Hase‹ nennt. Er hat immer dort gewohnt, wenn er in Edinburg war«, sagte Neil. Er hatte das anhand der Rechnungen herausgefunden, die der Gasthof ihm ausgestellt hatte. Rory hatte dort offenbar dauerhaft ein Zimmer gemietet gehabt; vielleicht konnte er vom Gasthaus aus einer Spur folgen und herausfinden, wie Rory dabei geholfen hatte, Jakobiter aus Schottland verschwinden zu lassen. Die Chancen dafür waren erschreckend klein, doch er wusste nicht, wo er sonst suchen sollte, außer in Frankreich. Das würde der letzte Ausweg sein.

Er hatte das Gasthaus gesehen, als er das letzte Mal in Edinburgh gewesen war, und er führte sie beide direkt dorthin. Sobald sie sich dort eingerichtet hatten, würde er einen Boten zu Cumberland ins Holyroodhouse schicken, um zu erfahren, wann sie eine Audienz erhalten konnten.

Sie hielten am »Fuchs und Hasen« an und gingen hinein. Der Besitzer sah sie neugierig an.

»Ich bin der Marquis von Braemoor«, sagte Neil, der sich noch immer nicht dabei wohl fühlte, diesen Titel zu tragen oder auch nur zu nennen. »Und das ist die Gräfin von Lochaene. Wir würden gern zwei Räume haben.«

Der Mann runzelte die Stirn, obwohl seine Augen aufleuchteten als er Neils Namen erkannte. »Ich habe kein Zimmer frei, Mylord.«

»Ah, doch, das habt Ihr, Herr Wirt. Ich habe aus den Büchern meines Cousins erfahren, dass er für ein Zimmer hier bezahlt hat. Das galt, glaube ich, für ein Jahr.«

Das Gesicht des Wirts wurde blass. »Aber er ist tot, Mylord. Ich dachte …«

»Ja?«, fragte Neil ruhig, doch seine Stimme klang wie Stahl.

»Ich werde sehen, was ich tun kann«, sagte der Wirt.

Neil wollte den Mann nicht völlig vor den Kopf stoßen. Er könnte Informationen haben. »Wir werden nach dem Abendessen zurückkommen«, sagte er. »Ich erwarte, dass die Räume dann fertig sind.«

»Aber es war nur einer.«

»Ja, das stimmt, doch es sieht ganz so aus, als ob ihr einen Raum vermietet habt, für den schon bezahlt worden war.« Dann beschloss er, einzulenken. »Ich werde großzügig zahlen, um jemanden für die Unannehmlichkeiten zu entschädigen«, sagte Neil. »Ich werde den dreifachen Preis für ein zweites Zimmer für zwei Nächte bezahlen.«

Das Gesicht des Mannes hellte sich auf. »Ich glaube, dass sich da etwas machen lässt.«

Neil musterte ihn. »Das dachte ich mir doch. Die Braemoor-Kundschaft könnte wertvoll für Euch sein. Ich bin sicher, Ihr würdet sie nicht missbrauchen.«

»Nein«, sagte der Mann mit einer Verbeugung. »Wenn ich nur gewusst hätte …«

»Natürlich«, sagte Neil gelassen. »Ich möchte, dass die Räume fertig sind, wenn wir zurückkehren. In der Zwischenzeit wünsche ich, dass eine Nachricht zu Seiner Gnaden, dem Herzog von Cumberland, geschickt wird, und dass unsere Pferde versorgt und unsere persönlichen Sachen in unsere Räume gebracht werden.«

Der Mann verbeugte sich ruckartig. »Ich werde sofort jemanden schicken. Einige seiner Offiziere übernachten hier. Etliche von ihnen waren Freunde des verstorbenen … Ihres … Cousins.«

»Freunde oder Spielgenossen?«

Die Miene des Mannes sagte Neil, das sie Letzteres gewesen waren. Gut. Vielleicht würde er heute Nacht auch ein kleines Spiel machen. Doch zuerst musste er dafür sorgen, dass Janet etwas zu essen bekam.

Janet beobachtete Neil beim Abendessen. Der Wirt hatte ihnen eine Gaststätte in der Nähe empfohlen. Seine eigene, sagte er, sei zum Speisen für eine Dame nicht passend.

Sie wusste, dass es für den Ruf einer allein stehenden Frau auch nicht besonders förderlich war, in seinem Gasthof zu übernachten.

Die Wahrheit war aber, dass sie sich um ihren Ruf nicht scherte. Alles, was sie wollte, war nach Lochaene zurückzukehren und jegliche Freiheit zu haben, es zu einem blühenden Gut zu machen. Zumindest redete sie sich das ein. Sie wollte nicht darüber nachdenken, wie sehr sie Braemoor an ein Zuhause erinnerte oder wie viel ihr … der Lord immer noch bedeutete. Er hatte es auf der Reise von Braemoor nur zu deutlich zur Schau gestellt, dass die ganze Sache für ihn eine Verpflichtung darstellte, die er meinte, ihr schuldig zu sein.

Die Gaststätte war groß und laut. Neil gab dem Wirt ein paar Münzen, woraufhin dieser sie zu einer stillen Nische führte. Braemoor bestellte eine große Mahlzeit, die mit einer Platte aus Obst und mehreren Käsesorten begann. Eine Flasche edlen Weins wurde gebracht. Dankbar trank sie davon und spürte, wie sie sich entspannte. Gang nach Gang wurde serviert. Gegrillter Hammel, Krabben, Austern. Sie beobachtete ihn beim Essen und bemerkte, dass er das aufmerksam tat und jeden Bissen genoss. Er war still, aber das war er ja immer. Das war eins der Dinge, die sie an ihm mochte, das umgängliche Schweigen, doch sie fragte sich, ob sie jemals erfahren würde, was er dachte.

Sie hatte keinen Hunger und stocherte im Essen herum. Sie konnte nichts anderes, als darüber nachgrübeln, was Cumberland von ihr wollte. Und warum.

»Mylady?«

Ihr Blick kehrte zu seinem zurück.

»Ihr esst ja gar nichts.«

»Doch, ein wenig«, sagte sie.

»Aber nicht genug.« Er nahm eine Zuckerwaffel von einem Teller und versuchte damit, sie zu verlocken, den Mund zu öffnen. Janet leckte daran, nahm sie dann in den Mund und spürte, dass kleine Waffel- und Zuckerkrümel an ihren Lippen haften blieben.

Neil beugte sich über den schmalen Tisch hinweg, und plötzlich berührten seine Lippen ihre. Sie konnte den Wein auf seinen Lippen schmecken und den Zucker auf ihren. Sein Atem ging unregelmäßig, und sie spürte, wie ihr Körper sich vor Wärme anspannte. Sie hörte das Knistern eines nahen Kaminfeuers und roch die Düfte guten Essens, die sich mit dem Holzrauch vermischten.

Sie wusste, dass sie … nicht besonders gut aussah. Ihr Kleid war feucht und schlaff. Sie hatte versucht, das Haar ordentlich unter ihrer Haube zu verstecken, doch einige Löckchen waren ihr entwischt. Und doch gab Neil ihr das Gefühl, dass sie die begehrenswerteste Frau auf Erden sei.

Sie fand, dass *er* der begehrenswerteste *Mann* sei. Er verströmte Kraft und Selbstsicherheit. Er brachte ihren Körper dazu, auf alle möglichen verräterischen Arten zu reagieren. Doch vor allem gab er ihr das Gefühl, dass sie etwas Besonderes war. Und es war lange her, dass jemand ihr dieses Gefühl gegeben hatte.

Sie streckte ihre Hand aus und berührte sein Gesicht, wobei ihre Finger forschend über seine Konturen glitten und sogar über das kleine Grübchen in seinem Kinn. Sie waren die einzigen beiden Menschen auf der Welt, und vom Rest des Raums vorübergehend durch einen Vorhang abgetrennt, taub für die lauten Stimmen und blind für das Essen, das noch auf den Tellern lag.

Sie atmete tief ein. Es passierte nur, weil sie so müde war, so unsicher, sogar verängstigt, obwohl sie es hasste, das zuzugeben. Sie ließ die Hand sinken und richtete sich auf.

Er bedachte sie mit einem ironischen Lächeln.

»Ich bin müde, Mylord.«

Er nickte, wobei sie seine Augen durch das flackernde Licht der Kerze nicht sehen konnte. Er erhob sich und half ihr beim Aufstehen. Das Gasthaus war nur eine Straße entfernt, doch sie war sich seiner Gegenwart nur zu bewusst, seiner großen, beschützenden Gestalt neben ihr. Sie schmeckte noch immer seine Lippen auf ihren. Sie wusste, dass sie sie ewig schmecken würde.

Die Zimmer waren fertig. Neil wusste nicht, ob der Wirt andere Gäste aufgefordert hatte, abzureisen, oder ob er die Zimmer für irgendeinen wichtigen Menschen reserviert hatte. Es interessierte ihn auch nicht.

Der Wirt überreichte ihm eine Nachricht, die Cumberlands Siegel trug. Der Herzog würde sie am Morgen empfangen. Neil sah die aufkommende Panik in Janets Gesicht, und streckte eine Hand nach ihr aus, bevor er sich an den Wirt erinnerte. Er wandte sich ab. »Gebt der Gräfin den größeren Raum«, sagte er.

Er wartete, bis sie zu ihrem Zimmer gebracht worden war und der Wirt zurückkam und ihm sein Zimmer zeigte. Es lag auf der andere Seite des Flurs. Neil bat darum, Wasser für ein Bad auf Janets Zimmer zu bringen, und ging dann hinunter in den Schankraum. Er war voll mit britischen Soldaten.

Er hielt sich einen Moment bei dem Wirt auf, stimmte ihn mit Münzen versöhnlich, dankte ihm überschwänglich und versprach, weiterhin sein Kunde zu bleiben.

»Ich versuche, ein paar der Freunde des … verstorbenen Marquis zu finden«, sagte er. »Er hat Spielschulden hinterlassen, und ich habe Forderungen erhalten. Ich dachte, sie könnten mir sagen, welche berechtigt sind und welche betrügerisch sein könnten. Ich möchte nicht, dass der Name Braemoor beschmutzt wird.« Das war eine ziemlich idiotische Erklärung, doch die einzige, auf die er gekommen war.

Der Wirt zuckte die Achseln. »Da war Rittmeister Lehgrens.«

»Ist er hier?«

Der Wirt schüttelte den Kopf. »Der ist schon vor Monaten nach England gegangen. Vielleicht findet Ihr im Schankraum ein paar Männer, die den verstorbenen Lord gekannt haben.«

»Ich habe auch gehört, dass er eine … Verbindung mit einer Schauspielerin gehabt hat. Elizabeth …«

»Elizabeth Lewis«, sagte der Wirt, die Augen auf der Geldbörse, die Neil locker in der Hand hielt. »Sie hat am Edinburgh-Theater gespielt.«

Neil warf ihm eine weitere Krone zu. »Vielen Dank.«

Er ging in den Schankraum, wo ein Spiel im Gange war. Er stellte sich als Braemoor vor. Ein Murmeln ging durch den Raum. Alle waren neugierig auf den neuen Marquis. »Ihr kleidet Euch unauffälliger«, sagte ein Offizier.

»Ja«, erwiderte Neil mit einem ironischen Lächeln.

»Unser Beileid für Rorys Tod«, sagte ein Mann. »Habe gehört, dass der Schwarze Bube ihn getötet hat.«

»Ja«, sagte Neil. »So heißt es.«

»Er muss den Buben noch erwischt haben, ehe er starb. Der Bastard ist verschwunden.«

»Vielleicht ist der Bube mit dem Thronfolger entkommen«, schlug Neil vor. Prinz Charles war vor ungefähr acht Monaten aus Schottland verschwunden, trotz der hohen Belohnung, die auf seinen Kopf ausgesetzt worden war.

Einer der Offiziere schüttelte den Kopf. »Das hätten wir gehört.«

»Die arme Elizabeth. Sie war außer sich über den Tod Eures Cousins«, sagte ein Offizier mit hinterhältigem Ton. »Sie hat geschworen, sich an dem Buben zu rächen. Aber ich schätze, dass Euch sein Tod gut zupass kam.«

Stille senkte sich über dem Tisch herab, als sich alle Augen dem Gesicht des Sprechers zuwandten. Es zeugte von schlechtem Benehmen, solch eine Bemerkung zu machen, selbst wenn sie wahr war.

Neil zuckte die Achseln. »Es war Pech für meinen Cousin, aber wenigstens ist dieser Bube nicht wieder aufgetaucht. Hat alles in Aufruhr gebracht. Ich erwarte noch immer, dass der Schurke plötzlich erscheint.«

»Es ist jetzt acht Monate her, dass jemand von ihm gehört hat«, höhnte einer der Offiziere.

Neil mischte die Karten. »Vielleicht war er verletzt. Oder er wartet bloß, bis Seine Gnaden die Suche nach ihm einstellt.«

Ein Protestgeschrei erhob sich.

Er gab sich selbst eine aufgedeckte Karte. Einen Schwarzen

Buben. »Ihr seht, meine Herren, dass man nie weiß, wann er auftauchen wird.«

Stunden später war seine Geldbörse um zwanzig Kronen leichter, und er kehrte in sein Zimmer zurück. Er hatte erfahren, dass Elizabeth Lewis Edinburgh verlassen hatte. Niemand wusste, wohin sie gegangen war. Sie war seine größte Hoffnung gewesen. Doch er hatte eine Idee. Eine, die sowohl Alexander als auch seiner Schwester helfen könnte. Das würde aber davon abhängen, was am Morgen geschehen würde.

Sobald er in seinem Zimmer war, entkleidete er sich. Er packte das Kartenspiel aus, das er aus dem Schankraum mitgenommen hatte. Niemand hatte etwas dagegen gehabt, da er ja verloren hatte. Er sagte, es würde ihn daran erinnern, nicht noch einmal mit den Briten Karten zu spielen. Sie hatten alle gelacht.

Er legte die Karten auf den Tisch und betrachtete sie einen Moment lang. Vielleicht hatten er und Rory weit mehr gemeinsam gehabt als nur den Namen.

Kapitel 22

Sie warteten zwei Stunden lang auf Cumberland. Neil versuchte, seine Ungeduld zu bändigen. Janet war völlig still, saß ordentlich und formvollendet in einem Sessel im Morgensalon vor dem Vorzimmer des Königs.

Er versuchte zu plaudern, doch darin war er nicht sehr gut, und er wusste das auch. Seine Gedanken kreisten um das, was kommen würde.

Eine Idee nagte an ihm, und er musste sie in seinen Gedanken ausarbeiten. Das Risiko war groß, doch die Idee bot die Möglichkeit, zwei sehr große Probleme auf einmal zu lösen.

Endlich trat ein Oberleutnant ein. »Seine Gnaden möchte Euch jetzt empfangen«, sagte er.

Janet machte Anstalten, sich zu erheben, doch der Oberleutnant schüttelte den Kopf. »Nur der Marquis«, sagte er.

Neil lächelte ihr ermutigend zu, dann folgte er dem Oberleutnant ins Vorzimmer des Königs. Er übertrieb sein Hinken, als er eintrat.

Cumberland saß an einem Schreibpult und kritzelte auf einem Blatt Papier weiter, das vor ihm lag.

»Euer Gnaden«, sagte Neil nach einem Moment.

»Ja, Braemoor. Es scheint, wir haben weitere Beweise gegen die Gräfin Lochaene. Die alte Gräfin fordert ihre Inhaftierung. Sie möchte auch das Sorgerecht für ihren Enkelsohn und die Enkeltöchter erwirken. Da ihr Euch offenbar für die Dame interessiert, wollte ich Euch dazu hören.«

Cumberland war bereit zu handeln. Neil sah das an seinem Blick, wie bei einer Katze, die mit einer Maus spielt. Nun, diese Maus konnte auch zurückbeißen.

»Der Arzt hat seine ursprüngliche Meinung geändert?«, fragte Neil nüchtern. »Ich frage mich, wie ein Gericht das sehen würde.«

»Sie vergessen die Drohung der Gräfin.«

»Wenn Drohungen Beweise für ein Verbrechen wären, wäre der größte Teil Schottlands längst hinter Schloss und Riegel«, sagte er. »Und England auch. Und selbst, wenn – diejenigen, die eine solche Drohung bezeugen, müssen sich etwas davon versprechen.«

»Beschuldigt Ihr die Gräfinwitwe der falschen Zeugenschaft?«

»Ich beschuldige niemanden, Euer Gnaden. Ich stelle lediglich eine Tatsache fest.«

Cumberland erhob sich. »Habt Ihr ein persönliches Interesse an der Lady?«

»Wie ich Euch vor einem Monat sagte, waren unsere Familien befreundet.«

»Und Ihr haltet sie für unschuldig?«

»Ja, Euer Gnaden.«

»Ihr habt nie geheiratet.«

»Nein, Euer Gnaden. Ich war nicht in der Lage dazu.«

»Aber jetzt seid Ihr es.«

Neil schwieg, während Cumberland ihn nachdenklich anschaute. Nach einer Weile sagte er: »Ich möchte keinen Unruhe unter den Familien haben, die England treu sind.«

»Seid Ihr sicher, dass Reginald Campbell ...« Neil beendete den Satz nicht.

Cumberlands Blick wurde schärfer. »Was meint Ihr?«

»Keiner aus seinem Zweig der Familie ist mit Euch in den Kampf gezogen, Mylord, und ich habe gehört ...« Wieder hielt er inne. Dann zuckte er die Achseln. »Im Gegensatz zu anderen Leuten werfe ich ungern mit unbewiesenen Anschuldigungen um mich.«

»Ich befehle Euch, mir zu sagen, wovon Ihr sprecht.«

»Ich wurde überfallen, Euer Gnaden, auf meinem Weg von Lochaene nach Braemoor. Man hat mich liegen gelassen und wollte, dass ich verblute. Es war ein gut geplanter Angriff aus dem Hinterhalt. Ich hörte einen der Banditen sagen, dass der Hinweis vom Herrn von Lochaene gekommen sei, dass ein englischer Gentleman auf diesem Weg reisen würde.«

Cumberland runzelte die Stirn. »Warum habt Ihr mich nicht informiert?«

»Es ging mir sehr schlecht, Euer Gnaden. Die Gräfin hat mich gesund gepflegt und danach nach Braemoor begleitet, weil ich dort Dringendes zu erledigen hatte. Sie fürchtete, ich könnte mich zu sehr übernehmen, sodass das Fieber zurückkehren würde. Ich hatte vor, Euch zu benachrichtigen, sobald meine Wunde gut genug geheilt war, um nach Edinburgh zu reisen«, erfand Neil, so schnell er konnte. Er wünschte wie verrückt, dass er die Schlagfertigkeit seines Cousins hätte. »Und dann wart Ihr in England. Ich dachte, dass diese Nachricht nur für Eure Ohren allein bestimmt sein sollte. Ich kam so schnell wie möglich her, nachdem Ihr eine Nachricht geschickt habt, und ich damit wusste, dass Ihr zurückgekehrt wart.«

Cumberlands Augenbrauen zogen sich zusammen. »Warum, um Himmels willen?«

»Der Mann, der auf mich geschossen hat, ließ eine Karte bei mir zurück. Einen schwarzen Buben.« Neil zog die Karte hervor, die er seit Monaten bei sich trug. An ihr klebte getrocknetes Blut.

»Zum Teufel noch mal!«, explodierte Cumberland. »Wollt Ihr damit sagen, dass der Schwarze Bube noch am Leben und hier in Schottland ist? Und dass Reginald Campbell davon weiß?«

»Ich weiß nur das, was ich gehört habe. Ich habe bemerkt, dass einer der Banditen einen steifen Arm hatte. Er muss irgendwann schwer verletzt worden sein. Ich wollte, dass Ihr das möglichst bald erfahrt.«

»Wie seid Ihr davongekommen?«

»Sie haben mich zum Sterben liegen lassen. Ein Reisender fand mich mehr tot als lebendig und brachte mich nach Lochaene. Ich wäre gestorben, wenn die Gräfin nicht gewesen wäre, Euer Gnaden. Alle auf Lochaene ... können das bestätigen.«

Cumberlands Gesicht hatte sich gerötet. »Und Ihr glaubt, dass Campbell mit diesem ... Banditen unter einer Decke steckt?«

»Wir alle wissen, dass der Schwarze Bube von jemandem Hilfe und Schutz erfahren haben muss«, erinnerte Neil sanft. »Und keiner von den Lochaene-Campbells hat mit Euch gekämpft.« *So wie ich.* Neil sprach diese Worte nicht aus, doch sie hingen in der Luft. »Ich weiß auch, dass Reginald ganz dringend Geld braucht. War der Bube nicht ein Dieb und Verräter?«

Er ließ Cumberland Zeit, die Worte zu überdenken.

»Wo ist ... dieser Angriff passiert?«

»Zehn Meilen von Lochaene entfernt.«

»Wie hat der Kerl ausgesehen?«

»Das kann ich nicht genau sagen, Euer Gnaden. Ich habe ihn nur ganz kurz gesehen. Steifer Arm, mittelgroß, dunkles Haar, kurzer Bart. Der andere Mann war groß und hatte rotes Haar. Ich weiß natürlich nicht, ob einer von ihnen der Schwarze Bube war. Und auch nicht, ob Reginald etwas mit ihnen zu tun hat. Oder ob ...?« Er zuckte die Achseln und überließ es Cumberland, den Gedanken zu beenden.

Cumberland sah nachdenklich aus.

»Vielleicht gibt es einen Grund dafür, dass sie die Gräfin auf Lochaene nicht haben wollen«, sagte Neil nach einem Moment der Stille. Er bedauerte in keinster Weise, was er gerade machte. Reginald versuchte, Janet an den Galgen zu bringen. Er könnte seinen eigenen Bruder Alasdair getötet haben.

Es würde ein ganzes Stück Arbeit bedeuten, jeden glauben zu lassen, dass Reginald genügend Verstand besaß, um der Schwarze Bube zu sein, doch ... mit Alexanders Hilfe, dachte Neil, könnte er das hinkriegen.

Neil gefiel die Idee immer besser. Er war sich auch sicher, dass sein Cousin sie gutheißen würde.

»Wäret Ihr bereit, die Dame zu heiraten?«, fragte Cumberland. »Sie steht ja ganz offensichtlich unter Eurem Schutz. Ihr müsst also sicher sein, dass die Anklagen grundlos sind.«

»Das bin ich, aber sie ist erst kurz verwitwet. Es würde sich nicht ziemen.«

»Alles ziemt sich, wenn es meine Zustimmung hat«, erwiderte Cumberland.

»Doch eine übereilte Heirat würde den Anschein erwecken, dass sie in ihrer Ehe nicht glücklich war«, sagte Neil. »Das könnte Reginald Campbells Verleumdungen glaubwürdig machen. Es wäre wahrscheinlich klüger, so lange zu warten, bis Ihr seine Treue geprüft habt.«

Cumberlands Blick bohrte sich in seinen. »Ihr weicht meiner Frage aus, mein lieber Braemoor. Würdet Ihr eine Verbindung mit der Gräfin in Erwägung ziehen? Eine Frau kann ein so großes Anwesen nicht leiten.«

»Ich habe einen Verwalter auf Lochaene eingesetzt, der mir Bericht erstatten wird. Ich glaube, dass das der Grund ist, warum Reginald diese verschärften Anklagen erhebt. Er kann sich nicht mehr so vom Gut bedienen, wie er es bisher getan hat. Wenn er mich und die Gräfin loswerden kann, wäre er nur noch einen kleinen Schritt entfernt vom Titel und von der Freiheit, zu handeln, wie es ihm auch immer gefällt. Wenn er in der Zwischenzeit seine Spielschulden bezahlen kann, indem er gemeinsame Sache mit dem Buben macht, dann ...«

»Seid Ihr bereit, diese Anklagen selber zu erheben?«, fragte Cumberland.

»Im Gegensatz zu seiner Familie, nein. Doch ich würde

gern die Wahrheit erfahren. Meinem armen Cousin zuliebe und auch für mich selbst und die Gräfin. Es wäre nicht diplomatisch oder klug, einen Campbell ohne Beweis anzuklagen. Vielleicht können wir eine Art Falle stellen. Bis dahin jedoch sollte die Gräfin zu ihrem Schutz weiter auf Braemoor verbleiben.«

Cumberland zögerte. Neil wusste, dass er alle Kugeln verschossen hatte. Seinen eigenen Dienst bei Culloden, so fragwürdig der auch gewesen war. Rorys vermeintlicher Tod durch den Schwarzen Buben. Den nicht geleisteten Dienst durch die Lochaene-Campbells. Und vor allem die mögliche Festnahme des Schwarzen Buben. Cumberland war außer sich vor Wut gewesen, als Prinz Charles entkommen war, nachdem er sich ein halbes Jahr lang versteckt gehalten hatte.

Er wusste auch, wie gefährlich das Spiel war, das er spielte. Er konnte alles verlieren, einschließlich seines Kopfes. Und dann würden die Menschen auf Braemoor und Lochaene ebenfalls alles verlieren.

Cumberland ging zu einer Karte hinüber. »Wo genau wurdet Ihr aus dem Hinterhalt überfallen?«

Neil deutete auf eine Stelle, die zehn Meilen in der entgegengesetzten Richtung von der wahren Stelle entfernt lag.

Cumberland nickte. »Ich werde herausfinden, warum Campbell über diesen Vorfall keinen Bericht erstattet hat.«

»Es wäre besser, wenn Ihr das nicht tätet, Euer Gnaden. Wenn wir eine Falle stellen, darf er nicht glauben, dass er unter Verdacht steht.«

»Was schlagt Ihr vor?«

»Wartet ein paar Wochen ab«, sagte Neil. »Meine Männer können ihn überwachen.«

»Ich werde Suchtruppen ausschicken, die diese Hügel durchkämmen werden«, sagte Cumberland.

»Und die Blockade?«, fragte Neil.

»Die wird aufrechterhalten«, sagte Cumberland.

Neil war sich dessen nur zu bewusst. Trotz der Tatsache, dass Culloden mehr als achtzehn Monate zurücklag und dass die meisten Jakobiter entweder getötet worden waren oder irgendwo im Gefängnis ausharrten, erstickten die Engländer Schottland weiter, indem sie es verhungern ließen. Er hatte jedoch gehört, dass es mehreren Schiffen aus Irland erlaubt war, Hafer nach Schottland zu transportieren.

Er hatte seine Saat ausgelegt. Es war Zeit, sich zu verabschieden, ehe er einen Fehler machte. Er glaubte, dass er Reginalds Anklagen gegen Janet etwas entgegengesetzt hatte. Cumberland würde jetzt nichts unternehmen, und kein Gerede über Landesverrat durch einen Abkömmling einer Familie riskieren, die zu seinen mächtigsten Verbündeten gehörte.

Cumberland sah die Unterredung auch als beendet an. »Ich würde gern die Dame kennen lernen«, sagte er, »und mir ein eigenes Urteil bilden.«

Neil verbeugte sich. »Ich werde sie holen.«

Janet stand schon, als er in den Salon zurückkehrte. Sie starrte unverwandt auf das Porträt einer früheren hohen schottischen Persönlichkeit. Es war mit einem Schwert oder Bajonett zerschnitten und in diesem zerstörten Zustand hängen gelassen worden.

In dem Bewusstsein, dass ein britischer Oberleutnant im Raum war, ging Neil zu ihr hinüber. »Seine Gnaden möchte Euch sehen«, sagte er.

Plötzliche Panik war in ihren Augen zu lesen, und sie erstarrte. Wie so viele jakobitische Highlander hasste sie Cumberland. Ihren Kindern zuliebe musste sie diesen Hass verbergen.

Neil neigte sich zu ihr vor. »Stimmt allem zu, was er sagt.«

Ihre Augen fragten ihn, doch dann nickte sie. Ihre schweigende Zustimmung erreichte auf direktem Weg sein Herz. Sie hatte ihm bisher noch nie vertraut. Jetzt tat sie es. In diesem Augenblick wusste er, dass auch er nichts anderes tun konnte, als ihr zu vertrauen.

Er legte den Arm um ihren und führte sie hinein. Sie knickste anmutig. »Euer Gnaden«, begrüßte sie ihn.

Ein Schimmer trat in seine Augen. »Ich verstehe nun, warum Braemoor Euch unter seinen Schutz genommen hat.«

»Ich danke Euch, Euer Gnaden.«

Neil fand, dass sie selbstsicher und insgesamt entzückend aussah. Doch so hatte sie für ihn schon immer ausgesehen. Kein Groll war in ihren Augen zu sehen, keine Angst, obwohl er gespürt hatte, dass sie zitterte.

»Kümmert sich Braemoor gut um Euch?«

»Sie ist es doch, die sich gut um mich kümmert«, warf Neil ein. Er wandte sich ihr zu. »Ich habe Seiner Gnaden davon berichtet, wie Ihr mir das Leben gerettet habt, nachdem ich in den Hügeln aus dem Hinterhalt überfallen worden war. Und dass Ihr so freundlich wart, mich nach Braemoor zu begleiten, da ich ein anhaltendes Fieber hatte.«

Sie wandte sich an Cumberland. »Er bestand darauf, zu seinem Gut zu reisen. Ich fürchtete, dass das Fieber zurückkehren könnte.«

»Sehr umsichtig von Euch«, sagte Cumberland. »Und nun muss ich mich leider meinen anderen Pflichten widmen.«

Das war eine Entlassung. Janet knickste noch einmal.

»Ach, noch etwas, Braemoor«, sagte Cumberland, als sie sich zum Gehen wandten.

»Ja?«

»Ich vermisse den Cognac, den Euer Cousin mir oft mitgebracht hat. Er war ungewöhnlich gut.«

»Ich werde schauen, ob ich auf Braemoor welchen finden kann, Mylord.«

Cumberland nickte und wandte sich ab.

Keiner von ihnen sagte etwas, bis sie das Holyroodhouse verlassen hatten. Die Kutsche, die sie vorher bestellt hatten, erwartete sie draußen. Braemoor wies den Fahrer an, sie zum Gasthaus zurückzubringen und half Janet dann in die Kutsche.

Er stieg nach ihr ein und setzte sich neben sie, wobei er ihren neugierigen Blick auffing. Als die Kutsche losschlingerte, nahm er ihre Hand.

»Ihr hattet kein Fieber, als wir Lochaene verlassen haben«, sagte sie.

»Ich mag ein kleines bisschen übertrieben haben«, erwiderte er.

»Warum?«

»Ihr seid sehr schnell, Gräfin. Ihr habt nicht einmal geblinzelt, als ich das behauptet habe.«

»Ihr habt mich gewarnt. Ihr habt mir nicht gesagt, wovor.«

»Skorpione, Mylady. Man hetzt sie aufeinander.«

Ein Lächeln breitete sich von ihren Mundwinkeln her aus. »Cumberland und mein Schwager?«

»Ja. Das ist ein ungleicher Kampf, und wir wissen, wer gewinnen wird, aber eins nach dem anderen.«

»Ihr habt einen Plan«, sagte sie.

»Ja, er ist kaum der Rede wert, aber besser als gar keiner. Ich habe gelernt, Anzeichen zu erkennen. Seine Gnaden war bereit, Euch wegen Mordes anklagen zu lassen. Ein Gefallen für die Campbells.«

»Wie aber …«

»Der Schwarze Bube«, sagte er.

Sie starrte ihn an. »Ihr?«

»Nein, dazu braucht es einen viel besseren Mann als mich.«

»Diese Sachen in dem Häuschen …«

Er schwieg einen Moment lang. Es war noch immer schwierig für ihn, zu vertrauen, schwierig für ihn, jemandem seine Gedanken anzuvertrauen oder sich selbst zu erklären. Es war, in Wahrheit, fast unmöglich. Er hatte eine Kunst aus dem Alleinsein gemacht. Er hatte sich als Junge in sich selbst zurückgezogen, wenn seine Mutter ihn anstarrte, als ob er nicht vorhanden sei, als er fortgebracht und bei einer Familie gelassen wurde, die nur seine Arbeitskraft haben wollte. Diese Vorsicht hatte sich noch gesteigert, als er zum Gefährten und Leibwächter eines Tyrannen gemacht wurde. Das einzige Mal, dass er die Mauern um sich abgesenkt hatte, war vor acht Jahren mit Janet gewesen, und dann kam diese vernichtende Erklärung des alten Marquis. Danach hatte er die Mauern doppelt so hoch um sich errichtet und war selbst fast in den Mauern erstickt.

Ihre Hand schob sich in seine, und ihre Finger verschränkten sich.

Er wusste, dass er sie loslassen sollte. Nichts hatte sich geändert. Er war, wer er war. Er war ein Mann, der kein Kind zeugen durfte. Und das bedeutete Abstinenz. Er war seit jenem Nachmittag vor acht Jahren abstinent gewesen. Er spürte jetzt jeden Augenblick dieser Jahre. Sie hatten die Bedürfnisse in ihm nicht zur Ruhe gebracht. Und auch nicht das Verlangen.

»Neil?«

Er bemerkte jetzt erst, dass seine Hand die ihre fester umfasst hatte. »Ich wollte Euch nicht wehtun …«

»Ich weiß«, sagte sie. »Ihr habt mir nicht wehgetan. Ich habe nur … Ihr habt nicht geantwortet.«

Vertraue ihr, sagte er sich selbst.

Andere sind in Gefahr.

Es war eine Ausrede. Es war eine Ausrede *gewesen.* Er hatte sein Leben mit Ausreden verbracht. Und Rory konnte keinen Schaden mehr erleiden. Er war fort, und bei seinem Geschick würde niemand ihn je finden können.

»Rory war der Bube«, sagte er.

»Aber Euer … der verstorbene Marquis … wurde doch getötet.«

»Nein. Das war jemand anderer, der seine Kleider trug. Er ist zusammen mit seiner Frau entkommen.

Ihr Lächeln erhellte die Kutsche. »Trilby hat mir gesagt, dass sie glaubt, dass die beiden sich geliebt haben.«

»Dann war mein Cousin doch nicht so unredlich, wie er selber glaubte«, sagte Neil. »Ich selber habe das nicht gemerkt, denn ich war so damit beschäftigt, mich über ihn zu ärgern. Ich habe gedacht, dass er ein verschwenderischer Spieler war, der Braemoor zu Grunde richten würde.« Er zögerte und fügte dann hinzu: »Stattdessen war er sehr bemüht, das Gut zu schützen, trotz der Tatsache, dass er jeden Zentimeter davon hasste.«

»Ich hätte ihn gern kennen gelernt.«

»Ihr hättet ihn wahrscheinlich verachtet. Er trug ein pfauengrünes Wams zu karierten Hosen.«

Sie lachte. »Ihr glaubt nicht, dass ich hindurchgeschaut hätte?«, fragte sie.

»Es ist oft schwierig, das Herz zu sehen, wenn jemand das nicht möchte«, sagte er zu seiner eigenen Überraschung. Er hatte nicht vorgehabt, das zu sagen, und wollte das auch nicht. Die Sehnsucht in ihm hatte die Worte hervorgebracht.

Ihre Hand in seiner hielt inne. »Trifft das nicht auch auf Euch zu, Mylord?«

»Wir sprechen über meinen Cousin.«

»Wirklich?«

Für einen Moment zögerte er. Er könnte ihr jetzt erzählen, warum er sie vor Jahren nicht hatte heiraten können und niemals würde heiraten können, egal, wie sehr er das wollte. Egal, wie sehr er sich danach sehnte. Nach ihr. Er konnte diese Worte jedoch nicht aussprechen und vor allem ihr Mitleid nicht ertragen. Das würde einer ohnehin schwierigen Situation nur weitere Komplikationen hinzufügen.

Es war Janet, die das Thema wechselte. »Wie wollt Ihr denn die Skorpione aufeinander loslassen?«

»Ich habe die Saat schon ausgelegt«, sagte er. »Cumberland wird bald glauben, dass Euer Schwager entweder der Schwarze Bube ist oder mit ihm in Verbindung steht.«

»Reginald?«, sagte sie zweifelnd. »Er ist nicht intelligent genug. Niemand würde es glauben.«

»Es hätte auch niemand gedacht, dass mein Cousin intelligent genug war, die gesamte britische Armee auszutricksen«, sagte er gleichmütig. »Alle glaubten, dass er ein Dummkopf, ein Spieler und ein Frauenheld war.«

Ihre Augen weiteten sich. »Aber wie ...?«

»Der Schwarze Bube muss wieder auferstehen. Er wird Ziele auf und um Lochaene herum auswählen.«

Sie starrte ihn an. »Doch nicht ... Ihr?«

Er war sich nicht sicher, ob ihre Frage daraus resultierte, dass sie an seinen heroischen Fähigkeiten zweifelte oder daraus, dass sie Angst um ihn hatte. »Nein«, sagte er. »Ich habe kein Talent zum Herumschleichen.«

»Dann ...«

»Die Männer, die mich beschossen haben«, sagte er und versuchte, seine Worte sorgsam zu wählen. »Sie sind Jakobiter und haben wenig Verwendung für die Engländer. Ein oder zwei Diebstähle, bei denen eine Karte ausgeworfen wird, werden Cumberland glauben lassen, dass der Bube wieder aktiv ist. Es kann nichts schaden, Cumberlands Blick in diese Richtung zu lenken. Er wird Zweifel an ihren Anklagen Euch gegenüber bekommen.«

»Aber ... wenn sie nichts damit zu tun haben?«

»Womit, Mylady?« Er hielt inne und fügte dann hinzu: »Ich habe Euch erzählt, dass die Banditen wussten, dass ein Engländer auf diesem Weg reisen würde. Es war eine Frau aus Lochaene, die die Information weitergegeben hat. Die Familie Eures Mannes wollte mich töten.«

»Eine Frau? Das habt Ihr mir nicht gesagt.«

»Nein«, sagte er einfach.

Ihre Augen füllten sich mit Schmerz. »Ihr dachtet ...«

»Ich dachte, dass es Louisa oder Marjorie gewesen sind«, sagte er und ließ den einen Augenblick des Zweifels, den er gehabt hatte, außer Acht. »Gegenüber Cumberland habe ich behauptet, dass die Banditen gesagt haben, dass es Reginald war. Ich habe auch den Gedanken ins Spiel gebracht, dass einer der Männer der Bube war oder mit ihm in Verbindung stand.«

Sie riss die Augen auf. »Wie?«

»Ich hatte einen Pikbuben dabei. Er war mit Blut beschmiert.«

»Dann lebt der Bube also wieder«, sagte sie. »Aber wird Cumberland die Banditen nicht zur Strecke bringen und die Wahrheit herausbekommen?«

»Nicht, wenn ich sie aus Schottland hinausbringen kann. Dann wäre niemand mehr übrig, den Cumberland beschuldigen könnte – außer ... Eurem Schwager.«

Sie blinzelte, und er wusste, dass sie das fehlende Teil in dem Puzzle suchte. »Als ich vor ein paar Tagen fortging«, erklärte er, »bin ich nicht zu meinen Ländereien geritten. Ich habe mich in den Bergen mit den Banditen getroffen.«

»Aber sie haben versucht, Euch zu töten.«

»Ja. Und wenn ich ihre Situation betrachte und die Tatsache, dass sie gedacht haben, dass sie einen reichen Engländer hinterrücks überfallen können, kann ich ihnen das nicht verübeln. Und schließlich haben Sie mich ja zu Euch zurückgebracht.«

»Warum? Ihr seid ein reicher Mann, und wenn Ihr auch kein Engländer seid, so werdet Ihr doch den Engländern gegenüber als treu angesehen.«

Er zögerte und versuchte zu entscheiden, was er sagen sollte. Und wie viel er ihr erzählten durfte. »Ich hatte den Pikbuben bei mir. Das ließ sie glauben, ich könnte eine Verbindung zu dem Schwarzen Buben haben, und sie brauchten Hilfe.«

Ihre Augen sahen ihn unverwandt an. »Und warum solltet ausgerechnet Ihr ihnen helfen?«

»Sie haben Kinder bei sich«, sagte er einfach.

»Kinder?«

»Ja. Waisenkinder. Einige stammen aus Familien, die von Cumberland für vogelfrei erklärt worden waren. Sie könnten eingesperrt oder auch deportiert werden, wenn man sie schnappt.«

»Ihr würdet alles für sie riskieren?« Ihre Augen glühten.

Ein Kloß in seinem Hals ließ ihn nur schwer zu Atem kommen. Er war kein Held. Kein Drachentöter. Er war in diese Sache hineingerutscht. Und wenn sie beendet war, würde sie wissen, dass er sie durch Verschweigen belogen hatte, dass er ihr etwas vorenthalten hatte, das sie zu Recht wissen sollte. »Es dient meinen Zwecken recht gut im Moment«, sagte er kurz und schaute aus der Kutsche hinaus auf die geschwärzten Steine der Stadt. Geschwärzt von jahrelangen Kohlefeuern. Gestank waberte über der Stadt, und er sehnte sich nach den grünen Hügeln und der sauberen Luft auf Braemoor.

»Was kann ich tun?«, fragte sie.

»Ihr könnt Euch um Eure Kinder kümmern«, erwiderte er knapp.

»Wie wollt Ihr … diesen Mann und die Kinder aus Schottland herausbringen?«

»Wenn ich das bloß wüsste«, sagte er. »Ich hatte gehofft, hier in Edinburgh einen Weg zu finden, jemanden, der meinen Cousin gekannt und ihm geholfen hat, doch dabei hatte ich wenig Glück.«

»Ihr seid als Verbündeter von Cumberland bekannt«, sagte sie. »Meine Familie waren Jakobiter. Ich könnte jemanden ausfindig machen, der helfen würde. Es gibt ein paar Clan-Mitglieder in der Nähe der Küste. Sie haben sich an dem Aufstand nicht beteiligt, aber ich weiß, dass ihre Sympathie den Jakobitern gilt.«

Er wandte sich ihr wieder zu. »Ich kann nicht zulassen, dass Ihr das tut. Es ist gefährlich.«

Sie versuchte zu lächeln. »Gefährlicher, als eine Mörderin genannt zu werden? Verräterischer als Reginald und seine Familie? Wenn einer von ihnen versucht hat, Euch zu töten … und mich auch, dann werden sie auch versuchen, meinen Sohn zu töten. Es wird niemanden geben, der sie aufhalten kann, wenn Ihr gefasst werdet. Ich würde lieber in Gefahr geraten, weil ich etwas *tue*, als das Leben meiner Kinder zu riskieren, weil ich nichts getan habe.«

Eine riesige Furcht erfüllte ihn. Wenn er sich irrte, wenn er einen falschen Schritt machte, würde sie dafür bezahlen. Sie und die Kinder.

»Ich glaube, Cumberland hat mir eine Möglichkeit aufgezeigt, einen Schmuggler zu finden. Ich muss nur die Quelle des guten französischen Cognacs finden, und das tue ich auf sein eigenes Geheiß. Wenn ein Mann Cognac schmuggelt, denke ich, dass er nichts dagegen haben würde, Kinder zu schmuggeln. Wenn das nicht funktioniert, können wir über andere Pläne sprechen.«

Sie sah ihn einen Moment lang an und nickte dann zögernd. Dann stellte sie die Frage, die er befürchtet hatte. »Wer ist der Mann in den Bergen?«

Er hatte gewusst, dass diese Frage kommen würde. Und er wusste auch, dass er sie nicht belügen konnte. Nicht jetzt. Er hatte die beiden Sünden gegeneinander abgewogen: Den Schwur Alexander gegenüber brechen oder Janet anlügen. Er konnte Letzteres nicht tun. Nicht jetzt.

»Euer Bruder.«

Ihr Gesicht wurde bleich. Ihre Hand in seiner erstarrte. Ihre Augen fanden seine. »Das … kann nicht sein. Er wurde getötet. Uns wurde gesagt …«

»Alexander ist am Leben«, sagte er.

»Wie …?«

»Er wurde nach Culloden schwer verletzt«, sagte Neil. »Und zum Sterben liegen gelassen. Er hat sich in den vergangenen

Monaten in den Bergen versteckt, zusammen mit einem Mann namens Burke.«

Ihre Augen wurden riesig, suchend, und ihre Hände verknoteten sich ineinander. »Seid Ihr ... sicher?«

»Ja.«

»Ihr sagtet ... dass er verwundet wurde?«

Neil nickte.

»Wie ... schwer?«

»Sein Gesicht hat eine Narbe. Er hinkt. Doch es geht ihm so gut, dass er für die Kinder sorgt und arme Reisende terrorisiert.« Das Letzte sagte er mit einem ironischen Lächeln.

»Ich kann nicht glauben, dass Ihr terrorisiert worden seid«, sagte sie.

»Alle, die auf der falschen Seite einer Pistole stehen, werden terrorisiert, vor allem, wenn sie schon eine Kugel im Körper haben«, sagte er. »Ich bin nur dankbar, dass er und sein Komplize armselige Schützen sind.«

»Ihr sagtet, dort seien Kinder.«

»Ja. Zehn. Er hat sie gefunden oder, wie er behauptet, sie fanden ihn.«

Sie wurde still, ihr Gesicht glich einer Marmorstatue. Nur der Ausdruck in ihren Augen wechselte. Von Unglauben über Hoffnung und Freude bis zur Verwirrung. Sie versuchte ihm zu glauben, doch es war deutlich, dass sie es nicht ganz schaffte.

Er verdammte sich selbst dafür, dass er solch ein tollpatschiger Narr war. Sicherlich hätte er es ihr auf bessere Weise beibringen können.

»Wie ... lange wisst Ihr das schon?« Ihre Stimme brach, doch ihr Blick blieb auf ihn gerichtet.

Das war die Frage, die er am meisten gefürchtet hatte.

»Seit einer Woche«, sagte er. »Ich wusste es nicht, als ich angeschossen wurde und nach Lochaene zurückkehrte. Sein Komplize tauchte hier vor zwei Wochen auf und bat mich um … Hilfe. Er wollte Geld haben.« Neil zögerte und fuhr dann fort: »Ich dachte, ich wüsste, warum. Ich wollte auch herausfinden, warum … sie mich nicht getötet hatten. Ich ging mit ihm mit. Sobald ich seine Augen sah, wusste ich …«

»Warum habt Ihr es mir nicht gesagt?« Die Finger in ihrer Faust waren verschränkt und so fest geballt, dass das Blut aus ihnen gewichen war.

»Ich fand, dass ihr es wissen solltet. Alexander nicht. Er fürchtete, Ihr würdet versuchen, ihn zu sehen und Euch damit in Gefahr bringen. Und Eure Kinder. Er wollte das nicht riskieren.« Er streckte die Hand aus und legte sie auf ihre. Sie riss sie fort.

»Ich habe ihm mein Wort gegeben, Janet.«

»Ihr habt es gebrochen«, bemerkte sie entschieden.

»Ja«, erwiderte er. »Ihr habt ein Recht, es zu wissen.

»Er wollte mich nicht sehen?«

»Ich glaube, dass er das sehr gern möchte«, sagte er und versuchte, sich voranzutasten. »Er möchte Euch schützen.«

»Er hätte eine Nachricht schicken können.«

»Ich denke, das hat er getan«, sagte Neil sanft. »Er scheint gespürt zu haben, dass es eine Verbindung zwischen uns gibt. Das ist ein weiter Grund dafür, weshalb ich am Leben bleiben durfte.«

»Nein«, sagte sie, »es gibt keine Verbindung.«

Der leblose und hoffnungslose Ton in ihrer Stimme bereitete ihm Schmerzen. Nur Augenblicke zuvor war sie von Erregung und Hoffnung erfüllt gewesen. Nun hatten die beiden einzigen Menschen, die ihr geblieben waren, sie bewusst aus ihrem Leben ausgeschlossen. Er wollte sie berühren, doch er wusste, dass sie das jetzt nicht begrüßen würde. Ihr Schmerz war zu tief für eine Plattitüde oder eine Zärtlichkeit.

Er hatte gewusst, dass er es bereuen würde, Alex sein Wort zu geben. Genau genommen hatte er es in jedem wachen Moment bereut, seit er ihn verlassen hatte. Er wusste, wie sie von ihrem Ehemann benutzt worden war, und dann von ihrem Schwager. Noch schlimmer war, dass er wusste, dass sie sich auch von ihm vor Jahren benutzt und fallen gelassen gefühlt hatte.

Und nun von ihrem Bruder.

Die Stille war wie ein Schrei.

Die schaukelnde Kutsche hielt an.

»Janet?«

Sie schaute fort. Sie drehte sich auch nicht um, als der Kutscher die Tür öffnete. Dann stieg sie aus. Nachdem Neil den Fahrer bezahlt hatte, wollte er ihren Arm nehmen, doch sie wies ihn zurück. Alles an ihr war gegen ihn gerichtet. Alle vorherige Nähe war verschwunden.

Er folgte ihr bis zu ihrem Zimmer hinauf. Sie sah so spröde aus, dass er dachte, eine einzige Berührung würde sie in hundert Stücke zerspringen lassen.

Janet zögerte an der Tür. Sie sollte einfach reine Freude darüber empfinden, dass ihr Bruder lebte. Und das tat sie auch. Doch ... gleichzeitig spürte sie eine unermessliche Trauer. Sie hatte gerade begonnen, Neil zu vertrauen. Und doch hatte er ihr nicht das Wichtigste gesagt, das es für sie zu wissen gab. Er hatte *gewusst*, dass ihr Bruder am Leben war. Er hatte es *gewusst* und es ihr nicht gesagt.

Sie sagte sich, dass er Alexander half. Und anderen. Sie wusste, dass sie schrecklich undankbar war, und dafür schalt sie sich auch. Und doch ... das Vertrauen war solch eine zerbrechliche Sache, und es war einmal mehr missbraucht worden. Sie fühlte sich wie eine Sache, die viel zu lange verschachert, gehandelt und benutzt worden war.

Sie akzeptierte, dass er das tat, was er wohl für das Beste für sie hielt, so wie er es von Anfang an getan hatte. Aber er war nicht auf die Idee gekommen, sie an Entscheidungen teilhaben zu lassen, die sie betrafen. Ihre Kehle zog sich zusammen vor widerstreitenden Gefühlen.

Sie öffnete die Tür und drehte sich nach ihm um. Ein Muskel zuckte in seiner Wange. Seine dunklen Augen waren voller Fragen.

»Ich hätte es Euch früher erzählen sollen«, sagte er.

»Ja«, sagte sie. »Aber vielen Dank dafür, dass Ihr ihm helft.«

Er zog eine Augenbraue hoch. »Alexander sagte, ich schulde es ihm.«

»Er hat schon immer alles so hingedreht, wie er es brauchte«, sagte sie. *Er lebt.* Sie versuchte noch immer, das gedanklich zu verarbeiten. *Er lebt.* Die Erkenntnis drang endlich in ihren Geist vor und durchbrach die seltsame Benommenheit und den Zweifel, die sie gelähmt hatten. Alex war wirklich am Leben.

Plötzlich spielte es keine Rolle mehr, dass Neil es ihr nicht früher gesagt hatte. Er hatte es ihr jetzt gesagt. *Alex lebt.* Die Worte wurden zu einem Refrain in ihrem Geist und in ihrem Herzen.

Janet schloss die Augen und lehnte sich gegen die Tür.

Sein Arm griff nach ihr. »Janet?«

Sie atmete tief ein und versuchte, all die heftigen Gefühle unter Kontrolle zu bringen. Sie hielt ihm die Hand hin, und er nahm sie und schloss seine Finger um ihre. Sie spürte ihre Wärme, doch dann ließ er ihre Hand los und legte die Arme um sie. Er zog sie dicht an sich und hielt sie fest.

Ihre Beine trugen sie kaum. Ihr Körper bebte und fand dann Kraft in seinem.

Er lebte. Ihr Bruder lebte.

Sie schaute auf und sah den Schmerz auf seinem Gesicht. Sie hatte nicht gedacht, wie viele Schmerzen ihm das Geheimnis zugefügt haben musste. Ihre Hand hob sich, und ihre Finger berührten sein Gesicht und glitten über die Lippen, die so selten lächelten.

»Ich wollte es Euch erzählen. Es hat mich in jeder wachen Stunde verfolgt.«

Sie nickte. Sie akzeptierte es. »Ich würde niemals etwas tun, das Alex oder meine Kinder in Gefahr bringen könnte«, sagte sie. »Alexander hat mich seit Jahren nicht gesehen. Ich bin erwachsen geworden.«

»Ja, das seid Ihr«, bestätigte er.

Das Geräusch von Schritten auf der Treppe erschreckte sie beide, und sie trennten sich. Neil lehnte sich gemächlich an die Tür.

Ein Mann in einer britischen Uniform torkelte auf sie zu. Er sah Janet anzüglich an und ging dann weiter, nachdem er Neils Blick bemerkt hatte.

»Ihr solltet besser hineingehen«, sagte er.

Sie zögerte.

»Ich habe noch etwas zu erledigen.«

»Weitere Geheimnisse?«

»Nein. Ich werde versuchen, ein wenig französischen Cognac für Seine Gnaden zu finden. Und damit auch einen Schmuggler. Der beste Weg, das zu erreichen, ist, ein paar Soldaten des Königs betrunken zu machen.« Er berührte ihren Arm. »Ich werde Euch morgen früh zum Frühstück abholen.«

Diese kurze Erklärung war ein Geschenk.

Ihre Hand nahm seine. »Ich danke Euch.« Sie meinte es diesmal. Sie meinte es aus vollem Herzen.

Plötzlich grinste er. Das war völlig unerwartet und so selten, und es hatte eine Süße, die sie nie zuvor gesehen hatte. Letztere schien nicht zu einem Mann zu passen, der entschlossen war, heute Nacht den Briten einen Streich zu spielen.

Oder vielleicht doch.

Er öffnete die Tür. Sie lehnte sich dagegen, als er sie schloss. Ihre Hand brannte noch immer von seiner Berührung.

Sie hörte, wie sich seine Schritte entfernten.

Er lebt. In einem Versteck. Mit Kindern. Ihr Bruder hatte nie gut mit Kindern umgehen können. Sie musste bei der

Vorstellung lächeln, dass er nun Hirte einer ganzen Herde war.

Er hatte Recht gehabt. Sie wollte ihn sehen. Sie wollte, dass ihr Bruder ihren Sohn kennen lernte, ehe Alex Schottland für immer verließ.

Es musste eine Möglichkeit geben, ohne die Kinder in Gefahr zu bringen. Es musste einfach.

Kapitel 23

»Billiges Zeug!«, schimpfte Neil und schleuderte den Inhalt seines Kruges auf den Boden. Die vier britischen Soldaten, die er eingeladen hatte, sahen ihn erstaunt an. Einer nickte zustimmend.

»Mein Cousin hatte immer weit Besseres«, fuhr er mit angetrunkenem Tonfall fort. »Weiß denn niemand, wo man hier anständigen Wein bekommt?«

»Ich habe gehört, dass Euer Cousin ihn geschmuggelt hat«, sagte ein Offizier hinter vorgehaltener Hand.

Neil zog eine Augenbraue hoch und grinste. »Mein Cousin? Er hat nie etwas Ungesetzliches getan.«

»Er hat beim Kartenspiel betrogen«, entgegnete ein Mann mit finsterer Miene.

Ein anderer fauchte: »Er meint, dass Braemoor gegen ihn gewonnen hat. Braemoor war ein großzügiger Bursche. Genau wie Ihr, meine Freund.«

»Ich versuche, seinem Beispiel zu folgen«, sagte Neil mit übertriebenem Grinsen. »Unter uns gesagt hat Seine Gnaden erwähnt, dass er höchst dankbar sein würde, wenn ich mehr von diesem Cognac bekommen könnte, den er so schätzt. Doch ich habe keine Ahnung, woher Rory ihn bekommen hatte.«

»Seine Gnaden?«, fragte einer der vorigen Sprecher, offensichtlich beeindruckt.

»Ja, ich hatte heute eine Audienz bei ihm, und er fragte nach dem Cognac. Ich wäre äußerst dankbar, wenn jemand seine Herkunft wüsste.«

»Wie dankbar, Mylord?«

»Höchst dankbar«, sagte Neil. »Ungefähr fünfzig Pfund dankbar.«

Mehrere Offiziere richteten sich auf ihren Stühlen auf. Fünfzig Pfund waren ein Vermögen. Doch sie wussten alle, worum er bat: um den Namen eines Schmugglers.

»Und er *ist* für Seine Gnaden bestimmt.« Neil leckte sich die Lippen. »Obwohl ich zugeben muss, dass auch ich einen guten Cognac vermisse. Und ebenso meine Freunde.« Als es still wurde, rief er nach einem weiteren Krug Bier und lauschte einem obszönen Schottenwitz.

Er verbarg seinen Zorn hinter einem dummen Grinsen. Er war sein Leben lang beleidigt worden, und er war nie jemand gewesen, der sich mit Politik beschäftigte oder sich mit hoffnungslosen Fällen abgab. Doch er hatte sich in diesen Monaten seit Culloden verändert. Vielleicht lag das an seinem Cousin. Vielleicht an Janet. Vielleicht sogar an Alexander. Es könnte sogar an der einseitigen Schlacht selbst gelegen haben. Er wusste es nicht. Er war nur von einem wilden Stolz erfüllt auf jene Schotten, die alles für ihr Land gegeben hatten, und von einer Verachtung für diejenigen, die sich an seinem Schottland gütlich taten.

Doch jetzt war nicht die Zeit, das zu zeigen.

Er trank schließlich seinen Krug leer und erhob sich. »Ich danke Euch für diesen schönen Abend«, sagte er, »doch ich habe nicht die Ausdauer meines Cousins, Gott hab ihn selig. Ich brauche frische Luft, ehe ...«

Er schwankte hinaus und die Straße hinunter, obwohl seine Räume gleich oben über dem Schankraum lagen. Einige Gebäude weiter blieb er stehen und lehnte sich an eine Wand. Er hatte sein Netz ausgeworfen. Er würde sehen, ob sich etwas darin verfing.

Neils Kopf fuhr ruckartig herum, als er eine Stimme sagen hörte: »Habt Ihr das ernst gemeint, was Ihr über die fünfzig Pfund gesagt habt?«

Er schaute hoch. Der Mann, der ihn ansprach, hatte an einem anderen Tisch gesessen. Neil sah, dass er einfach gekleidet war und keine Uniform trug, mehr konnte er nicht erkennen in dem Nebel, der die Stadt verhüllte.

»Über was?«, fragte Neil betrunken. »Ah, der Cognac. Ja. Habe ich ernst gemeint. Wer seid Ihr?«

»Mein Name ist nicht wichtig«, sagte der Mann. »Die Information schon.«

»Dann sagt mir, wie ich an diesen Cognac herankommen kann. Wenn sich das, was ihr sagt, als wahr erweist, werde ich Euch bezahlen.«

»Jetzt«, sagte der Mann. »Ihr werdet mich jetzt bezahlen.«

»Sehe ich wie ein Dummkopf aus?«

»Ja«, sagte der andere.

»Eine ehrliche Antwort. Aber *so* ein großer Narr bin ich nun doch nicht. Ich brauche einen Beweis.«

»Ein kleines Fässchen?«

»Ein kleines Fässchen wird für meine Bedürfnisse nicht ausreichen.«

»Nein, aber Ihr würdet wissen, dass ich Zugang dazu habe.«

»Ich hatte vor, morgen abzureisen.«

Das Kinn des Fremden zuckte. Dann sagte er: »Woher weiß ich, dass Ihr kein Informant seid?«

»Lieber Freund, ich habe es nicht nötig, den Informanten zu spielen. Ich bin ziemlich reich.« Er hielt inne und beschloss dann, eine andere Karte auszuspielen. »Ich weiß, dass mein Cousin sich oft mit einer Schauspielerin getroffen hat. Ich dachte, sie würde eine gute Quelle für den Cognac kennen. Doch offenbar hat sie Edinburgh verlassen.«

Etwas flackerte in den Augen des Fremden auf.

Neil wartete, ob die Gier oder die Vorsicht gewinnen würde.

Es war die Gier. »Ich werde das Fässchen in einer Stunde haben. Wohin soll ich es bringen?«

»Ich habe ein Zimmer im Gasthaus gemietet. Es ist das dritte links im zweiten Stock.

Der Mann drehte sich um und verschwand in der nebligen Nacht. Neil blieb noch einen Moment lang, wo er war, lässig ans Gebäude gelehnt, für den Fall, dass noch jemand anderer seinen Köder geschluckt hatte.

Nach einiger Zeit kehrte er ins Gasthaus zurück, ging am Schankraum vorbei und die Treppe hinauf. Er hielt auf halbem Weg inne und merkte, dass er nicht mehr wie ein Betrunkener torkelte. Er war offensichtlich nicht gut im Tricksen. Neil fragte sich, wie sein Cousin es geschafft hatte, seine Charade so lange aufrechtzuerhalten.

Er zögerte vor Janets Zimmertür. Ihm war klar gewesen, dass es seltsam für sie sein musste, ohne Zofe zu reisen. Doch er hatte nicht gewusst, ob sie nicht eilig hätten aufbrechen müssen. Wenn man sie hätte einsperren wollen, hätte er sie mit ihrem Bruder zusammengeführt, die Kinder geholt und versucht, sie außer Landes zu bringen. Doch nun hatten sie Zeit. Vielleicht konnte sie doch noch nach Lochaene zurückkehren.

Und genau das wollte er.

Das war es, was geschehen musste.

Dennoch klopfte er leise an die Tür. Wenn sie schlief, hoffte er, dass er sie nicht aufwecken würde, doch wenn sie nicht schlafen konnte – was er erwartete –, konnte er ihr einige ihrer Fragen beantworten. Er konnte nicht lange bleiben, da er einen Besucher erwartete, doch er wusste, dass sie über Alexander nachdenken musste. Sie würde mehr wissen wollen. Sie war zuvor zu gelähmt gewesen, um zu reagieren.

Die Tür öffnete sich. Sie war noch vollständig angezogen.

Er schlüpfte hinein und schloss die Tür hinter sich.

Sie sah wunderschön aus. Ihr Haar war offen und fiel auf

ihren Rücken herab, wobei ihr lohfarbener Ton goldene Lichter von dem brennenden Feuer im Kamin auffing. Ihre blauen Augen schienen noch dunkler zu sein als zuvor, und spiegelten eine Vielzahl von Gefühlen wider.

Er öffnete die Arme und sie schlüpfte hinein. Ihr Körper schmiegte sich instinktiv an seinen. Er beugte sich herab und küsste sie auf die Stirn. Das war ein Fehler. Sekunden später glitten seine Lippen mit der Zärtlichkeit über ihr Gesicht, die er seit Jahren in sich eingesperrt hatte.

Ihre Lippen trafen sich. Er hörte ihr leises Stöhnen und unterdrückte seines, das in seiner Kehle aufstieg. Es war, als hätten sie beide ihr Leben lang auf diesen Augenblick gewartet. Er war von einem Verlangen ergriffen, das so stark und mächtig war, dass er an nichts anderes denken konnte. Zwischen ihnen hatte es schon immer geknistert, ein schwelendes Feuer, doch nun war es ein Inferno.

Er musste gehen. Er musste es bei diesem Moment belassen. Doch genau in diesem Augenblick stellte sie sich auf die Zehenspitzen, und ihr Körper schien für seinen gemacht zu sein. Ihre Lippen waren so einladend. Neil vertiefte seinen Kuss, und dieser wuchs sich zu etwas Verzweifeltem und Wildem und Hemmungslosem aus. Sein Mund spielte mit ihren Lippen, und als er spürte, dass sich ihr Mund dem seinen öffnete, drang seine Zunge in ihn ein und erforschte ihn gierig. Ihre Zunge berührte seine, scheu zuerst, dann eifrig, und sie neckten sich gegenseitig, bis all ihre Sinne in einen Wirbel gerieten.

Neil fühlte ein Kribbeln wie nie zuvor, als sein Körper sich anspannte und auf ihren reagierte. Sie drängten sich noch näher aneinander, und ihre Körper pressten sich mit einem Verlangen gegeneinander, das so elementar war wie ein heftiger Highlandsturm und die Hitze der Sommersonne.

Seine Lippen liebkosten ihre so besitzergreifend, dass es ihn erschütterte, und er zog sich zurück. Seine Augen betrachteten suchend ihr Gesicht. Lieber Gott, wie sehr er sie begehrte. Auf so viele Arten. Er wusste, dass er darauf sein ganzes Leben lang gewartet hatte, auf diese explosive Mischung aus Süße und Wildheit, auf diesen gleichzeitigen Wunsch des Gebens und Nehmens.

Er sah das glühende Verlangen in ihren Augen, und sein Herz focht einen Kampf zwischen Sehnsucht und Vorsicht. Ersteres gewann. Er schüttelte abwehrend den Kopf und sah das Erkennen in ihren Augen.

Neil spürte, dass ihre Hand sein Gesicht erforschte, und seine Hand nahm ihre und führte sie zu seinem Mund. Er begann sie zu küssen, erst die Handfläche, dann den Handrücken, und Wellen von Verlangen überkamen ihn, die er nicht mehr unterdrücken konnte.

Janet erkannte die Sekunde, in der es geschah. Es war, als ob ein Vorhang sich vor ihren Augen geöffnet hatte. Sie spürte, dass seine Hände zögerten und dann an den Seiten ihres Körper mit solcher Zärtlichkeit auf und ab fuhren, dass ihr das Herz wehtat. Ihr Ehemann war nie zärtlich gewesen. Er hatte sie immer grob genommen.

Neils Berührung, die so zärtlich und sogar ehrfurchtsvoll war, wischte alle Zweifel fort, die sie hatte.

Sie zwang ihn, fortzufahren, als sie sein vorübergehendes Zögern spürtc. Ihre Hände wanderten, vergruben sich in seinem Haar und berührten und streichelten seinen Nacken. Sie wusste jetzt, dass sie nie aufgehört hatte, ihn zu lieben. Gott wusste, dass sie es versucht hatte. Doch sie waren wie Schießpulver und Feuer. Unterdrücktes Verlangen strömte zwischen ihnen hin und her.

All ihre geballten Gefühle der vergangenen Tage explodierten und rissen jede gefühlsmäßige Barriere ein, die sie so verbissen aufzubauen versucht hatte. Die Wut war weg. Das Misstrauen war verschwunden. Nach ihrem spontanen Zorn war ihr klar geworden, wie viel er getan hatte. Lautlos und ohne um etwas zu bitten, hatte er den Tod riskiert, um ihren Bruder zu retten. Er war gewillt gewesen, seine eigene Zukunft für ihre Sicherheit aufs Spiel zu setzen. Er hatte beharrlich versucht, ihre Kinder glücklich und zufrieden zu machen.

Sie schaute zu den groben Zügen seines Gesichtes hinauf und erkannte, wie sehr sie es liebte. Und wie unwiderstehlich es war. Sie liebte die dunklen Brauen, die ernsten Augen, die harten Flächen seiner Wangen. Ihre Lippen verließen seine Lippen, und sie rieb ihre Nase an seinem Ohr. Sie spürte, wie sein Körper reagierte und wusste, dass sie einen Feuersturm an Verlangen bei ihm auslöste. Ihre Finger knöpften sein Wams auf, und er schüttelte ihn von sich auf den Boden. Sein Halstuch verschwand als Nächstes und ließ nur noch ein einfaches Leinenhemd und seine Hose übrig. Seine Finger waren gleichermaßen beschäftigt. Sie lösten die Bänder an ihrem Kleid. Er war unbeholfen damit, und das gefiel ihr. Aber er schaffte es dennoch, recht schnell damit fertig zu werden, bis das Kleid auf ihre Füße herabfiel und sie nur in ihrem Unterkleid und dem Petticoat dastand.

Sie zitterte, als er dichter an sie herantrat, und sie fühlte ein pochendes Verlangen, als ihre Körper sich berührten und eins zu werden schienen. Das Brennen in ihr wurde stärker. Sie hatte nie gewusst, dass so etwas Mächtiges existierte. Sie war vor Jahren von ihm eingenommen gewesen, und sie hatten Küsse und Umarmungen ausgetauscht. Es hatte sogar auch eine sehnsüchtige Neugierde zwischen ihnen gegeben, doch die war nicht vergleichbar mit diesem rasenden Verlangen, das in ihr tobte.

»Ach, Janet«, flüsterte er ihr ins Ohr. Es schien fast ein Seufzer der Kapitulation zu sein. Doch sie hatte keine Zeit, darüber nachzudenken, weil seine Lippen an ihrem Hals herabglitten und in der Vertiefung ihrer Kehle innehielten. Ungehindert von dem lockeren, tief ausgeschnittenen Unterkleid, wanderten sie zu ihrem Busen herab, leckten erst über die linke und dann über die rechte Brust und hinterließen Spuren von flüssiger Lava. Jede neue Berührung erweckte neue Gefühle, bis sie dachte, sie würde explodieren vor köstlichem Verlangen, das in ihr aufwallte. Er zog ihr den Petticoat aus, und nun stand sie nur noch in ihrem kurzen Leinenunterhemd da. Er betrachtete es sehr lange. Seine dunklen Augen glitzerten vor Leidenschaft und – ja – auch vor Verwegenheit. Sie roch Alkohol, doch das kümmerte sie nicht. Sie wollte nur seine Arme um sich haben.

Am allermeisten jedoch wollte sie seinen Körper mit ihrem auf die intimste Weise verbunden haben. Sie wollte, dass er bis zu ihrem tiefsten inneren Kern mit ihr verschmolz.

Sie hatte es schon immer gewollt. Sie hatte es gewollt, als er zum ersten Mal nach Lochaene gekommen war, doch sie hatte sich nicht erlaubt, wieder zu träumen. So hatte sie ihn von sich geschoben und versucht, ihn zu verachten.

Sie berührte die Schnürbänder an seiner Hose.

Er erstarrte. »Ich kann jetzt nicht mehr bleiben, Janet. Ich erwarte einen Besucher.« Seine Stimme klang in ihren Ohren rau und erfüllt von der Leidenschaft, die sie beide verband. »Das kann die Lösung bedeuten, um deinen Bruder aus Schottland herauszubringen.«

Sie lehnte sich an ihn. Sie wollte ihn jetzt und hier haben. Sie dachte einen Moment lang, dass das für sie wichtiger war als alles andere auf der Welt. Doch das stimmte nicht. Am allermeisten wollte sie, dass er und Alex und Colin und ihre Töchter in Sicherheit waren.

»Ich werde zurückkommen, wenn du es erlaubst«, sagte er, als seine Hand ihre Wange berührte.

»Wirklich?«

»Es wäre nicht klug.«

»Und du handelst immer klug?«

»Nein, denn sonst wäre ich heute Abend nicht zu dir gekommen.« Seine Finger spielten mit ihrem Haar und berührten ihre Schultern.

»Ich werde auf dich warten.«

Er beugte sich herab. »Es kann spät werden«, warnte er.

Ihr gesamter Körper schrie nach ihm. Sie hatte Angst, ihn gehen zu lassen. Vielleicht *würde* es wieder so sein wie vor acht Jahren.

»Nein, Janet«, sagte er, als hätte er ihre Gedanken gelesen. »Ich werde dir das nicht wieder antun. Aber ich muss dir erst etwas erzählen, und ich habe jetzt keine Zeit dazu.«

Bedrohlich. Das war bedrohlich. Doch er band sich die Hose wieder zu, und der Augenblick war vorbei. Aber er würde zurückkommen. Sie kämpfte um das Vertrauen, das sie haben musste.

So nickte sie nur und begleitete ihn, als er sein Wams anzog und sich das Halstuch locker umband. Dann beugte er sich herab und küsste sie. »Wenn du schläfst«, sagte er, »werde ich dich nicht wecken.«

Noch ehe sie etwas erwidern konnte, war er zur Tür hinaus.

☆ ☆ ☆

Janet saß vor dem Feuer und wartete. Sie brauchte die Wärme jedoch nicht. Sie stand selber in Flammen.

Würde er wirklich zurückkommen? Oder würde er sie am Morgen mit einem kühlen, bedauernden Blick begrüßen? Konnte sie das ertragen?

Sie beobachtete die flackernden Flammen im Kamin. Was hatte er ihr denn noch zu erzählen? Es konnte nicht schlimmer sein, als vor ihr die Tatsache zu verheimlichen, dass ihr Bruder am Leben war.

Weil sie zu Pferd gereist waren, hatte sie kein Nachthemd mitgenommen. Sie fühlte sich ziemlich nackt, doch sie wollte auch nicht wieder ihr Kleid anziehen. Sie ging zum Bett, nahm sich eine Decke, wickelte sie um sich und setzte sich wieder hin.

Sie dachte an jene Wochen vor so vielen Jahren, als sie jung und sicher und so glücklich gewesen war. Sie war so überzeugt gewesen, dass sie ihre wahre Liebe gefunden hatte, den einen Mann, der sie glücklich machen konnte. Sie erinnerte sich an die scheue Art, mit der er sie angelächelt, an die Zurückhaltung, mit der er ihr den Hof gemacht hatte. Er hatte eine einsame Würde gehabt, die alles in ihr berührte. Er hatte sie noch immer. Und das war, wie sie wusste, auch der Grund dafür, warum er sie vor Jahren zurückgewiesen hatte. Er war damals nicht wankelmütig erschienen. Und ganz sicher heute nicht. Doch warum war er so abrupt verschwunden?

War es das, was er ihr erklären wollte?

Sie hörte Schritte auf dem Gang und wurde dann schläfrig.

Sie vermisste Colin. Es war das erste Mal, dass sie sich von ihm getrennt hatte. Ihre Arme waren leer, und sie ertappte sich dabei, dass sie auf seine unverständlichen Laute horchte. Sie rollte sich in dem Sessel zusammen. Neil hatte die Tür verschlossen und den Schlüssel mitgenommen. Er hatte auch versprochen, sie nicht zu wecken, wenn sie eingeschlafen war. Sie musste dafür sorgen, dass sie nicht schlief.

Sie döste ein. Doch sie wurde sofort wach, als sie hörte, dass die Tür sich öffnete. Sie drehte sich um und sah Neil hereinkommen. Er hatte sein Wams abgelegt und trug ein kleines Fass und ein Glas. »Trinkst du einen Schluck mit mir?«

Er hatte wieder diesen vertrauten verwegenen Blick an sich. Durch ihn bekam er eine neue, faszinierende Gestalt.

»Ja«, sagte sie. »Was ist geschehen?«

»Ich habe den Namen eines Schmugglers an der Küste genannt bekommen. Ich werde morgen dorthin reiten und herausfinden, ob ich eine Passage für deinen Bruder bekommen kann.«

Er füllte das Glas und bot es ihr an. Sie nahm einen Schluck und spürte, wie die Wärme sich in ihr ausbreitete. Sie hatte schon oft Wein getrunken, aber noch nie Cognac, und sie stellte fest, dass sie den weichen, vollen Geschmack mochte.

»Es ist sehr guter Cognac«, sagte er mit einem schrägen Lächeln.

Sie gab ihm das Glas zurück. Sie hatte die Wärme des Alkohols und des Feuers nicht gebraucht. Sein Lächeln genügte. Wie auch seine Berührung, als er über ihre Finger strich.

»Ich wünschte, ich könnte mit dir kommen«, sagte sie sehnsüchtig.

»Ich weiß«, sagte er. »Aber es bedeutet viel mehr Tapferkeit, zu bleiben, wenn man gehen möchte. Deine Kinder brauchen dich.«

»Ja«, sagte sie. »Und ich vermisse sie. Ich bin zum ersten Mal von ihnen getrennt.« Sie schwieg einen Moment lang. »Ich würde Alex gern sehen.«

Er seufzte. »Ich werde versuchen, etwas zu arrangieren.«

Sie musterte ihn. Sie war nicht mehr müde, und seine Augen waren hellwach, wenn auch zurückhaltend.

Janet stand auf, wobei die Decke von ihr abfiel. Sie griff nach seiner Hand und führte ihn zum Bett. Sie setzte sich, während er noch stand, doch seine Finger umschlossen ihre weiter fest.

Seine Hand war warm. Und diese Hitze übertrug sich auf sie. Sie wartete darauf, dass er sprach.

Einen Augenblick später saß er neben ihr und berührte ihr Gesicht so verlangend und zärtlich, dass sie Angst bekam. Sie erkannte plötzlich, dass ihr das, was er ihr zu sagen hatte, nicht gefallen könnte. Ihre Finger umfassten seine fester.

Sie wusste, sie sollte Scham darüber empfinden, dass sie nur mit ihrem dünnen Unterhemd bekleidet war. Doch selbst als sie so wütend gewesen war, hatte sie sich in seiner Gegenwart nie unbehaglich gefühlt. Ihr wurde klar, dass zwischen ihnen unbewusst eine Nähe, ein Band, eine Verbindung bestand, die nie vergangen waren.

Sie lehnte sich an ihn. »Was ist los?«

Seine Finger umschlossen ihre Hand. »Janet, du bist so wunderschön.« Die Worte schwebten in der Luft, als er zögerte und dann fortfuhr: »Ich habe alles gemeint, was ich dir damals vor acht Jahren gesagt habe.« Jedes Wort, so dachte sie, klang schmerzlich.

»Aber warum ...?«

»Als ich meinem Onkel mitgeteilt habe, dass ich dich heiraten wollte, hat er mir etwas gesagt, was ich nicht wusste«, erzählte er.

Sie stellte keine Fragen. Er würde auf seine eigene Weise fortfahren, und sie fürchtete sich vor den kommenden Worten. Sie spürte die Anspannung seines Körpers und den fester werdenden Griff um ihre Finger.

»Ich wurde meiner Mutter weggenommen, als ich noch ein kleiner Junge war«, sagte er. »Sie war ... still und hat immer in einem Schaukelstuhl gesessen. Ich kann mich nicht daran erinnern, dass sie jemals ein Wort gesagt hat.«

Sie beobachtete ihn. Sie sah einen Muskel in seiner Wange zucken, den versteinerten Ausdruck seines Gesichts, die Qual in seinen Augen.

»Ich habe sie nicht vermisst, weil sie nie ... wirklich da war«, sagte er. »Mein Großvater war ein verbitterter kranker Mann. Eines Tages kam ein für mich Fremder und nahm mich einfach mit. Ich sollte zusammen mit dem Sohn vom Marquis von Braemoor trainiert und ausgebildet werden, und mir wurde gesagt, ich solle sein Gefährte und Leibwächter sein. Es dauerte nicht lange, bis ich erfuhr, dass mein Vater der Bruder des Marquis gewesen war.«

Eine Vorahnung verkrampfte ihren Magen.

Nach einer zeitlosen Sekunde fuhr er fort: »An dem Tag ... als ich um deine Hand anhielt, hat mein Onkel mir erzählt, dass meine Mutter geisteskrank gewesen sei und sich selbst umgebracht habe, nachdem ich fort war. Auch ihre Mutter sei verrückt gewesen. Die … Krankheit hat den gesamten Familienzweig über Jahrzehnte belastet.« Er hielt inne. »Ich wusste das nicht. Das schwöre ich«, sagte er mit einem verwundbaren Ton in der Stimme. »Ich könnte die Krankheit geerbt haben, Janet. Auch ich könnte irgendwann geisteskrank werden. Und ich darf keine Kinder haben. Das konnte ich dir nicht antun.«

Ihre Finger schlangen sich um seine. Seine Worte schnitten ihr ins Herz, weil sie wusste, was sie ihn gekostet hatten. Und doch … hellte sich etwas in ihr auf, als sie plötzlich verstand, was sich vor acht Jahren ereignet hatte.

Sie konnte einen Moment lang nicht sprechen. Sie hatte nicht gewusst, was sie erwarten sollte. Sicher, eine Erklärung, warum er sie vor Jahren so abrupt verlassen hatte. Eine jugendliche Unüberlegtheit. Der Verlust ihrer Mitgift, als ihr Vater ihre Hand verweigerte. So viele Dinge, aber niemals das hier.

Und nun wusste sie auch, warum ihr Vater so sehr gegen die Verbindung gewesen war und sie schnellstens weggebracht hatte.

»Warum hast du es mir nicht gesagt?«

»Dein Vater hat mich davon überzeugt, es besser nicht zu tun. Er sagte, dass du zu treu seist. Er sagte, dass du es nicht akzeptieren würdest und dass du niemals einen anderen heiraten würdest, wenn ich es nicht könnte. Wir … beide wollten, dass du heiratest und eigene Kinder hast.«

»Mein Papa?« Sie spürte, dass ihr Tränen in die Augen stiegen. Er hatte gewusst, wie unglücklich sie gewesen war. Wenn er ihr doch nur erklärt hätte …

»Er dachte, dass es das Beste für dich sei.«

»Niemand weiß, was das Beste für einen anderen ist«, sagte sie schmerzlich.

Er schwieg.

Sie schluckte gegen den Kloß in ihrer Kehle an. Er hatte sie geliebt. Er hatte sie so sehr geliebt, dass er sie dazu gebracht hatte, ihn zu hassen. »Warum hast du es mir nicht erzählt, als du nach Lochaene gekommen bist?«

»Ich wusste nicht, dass das passieren würde«, sagte er. »Ich dachte … ich könnte versuchen zu helfen und wieder verschwinden. Ich habe nicht gedacht …«

»Dass Liebe andauert?«, beendete sie den Satz.

»Ja. Zumindest nicht bei dir, nachdem …«

Sie berührte sein Gesicht. In seiner Stimme lag so viel Schmerz. Und auch in seinen Augen. Sie wusste nun, wie viel Liebe er zu verschenken hatte. Sie hatte versucht, das nicht zu bemerken, doch sie war die ganze Zeit da gewesen. Bei den Mädchen. In der Art und Weise, wie sie ihren Sohn anschaute. In den zurückhaltenden und dennoch zärtlichen Liebkosungen, die er ihr gegeben hatte.

Er hatte so viel Liebe in sich, und er hatte so sehr versucht, sie zu unterdrücken, dass er sich von allen zurückgezogen hatte. Der blanke Schmerz wühlte in ihr, und sie kämpfte gegen eine Welle stiller Verzweiflung an. Er erzählte ihr das jetzt aus einem bestimmten Grund. Er wollte ihr sagen, dass sie nicht zusammen sein durften. Niemals.

Doch sie wollte nicht, dass er ihren Schmerz sah. Er hatte selber viel zu viel davon.

»Ich habe jetzt Kinder«, sagte sie ruhig. »Ich brauche keine mehr.«

Sein Blick wurde schärfer. »Es geht nicht nur um die Kinder. Es ist die Tatsache, dass ich eines Tages auch verrückt werden könnte. Ich könnte dir das … nicht aufbürden. Ich erinnere mich an meine Mutter, an das Entsetzen, wenn ich sie berührt habe …«

In seiner Stimme schwang eine Entschiedenheit mit.

»Jetzt ist die Gegenwart«, sagte sie.

»Ja«, sagte er wehmütig. »Jetzt ist die Gegenwart.«

Sie hob den Kopf, bis ihre Lippen seine Wange berührten. Seine große Hand strich ihr zärtlich eine Locke aus dem Gesicht, und seine Lippen berührten ihre Stirn und ihre Augen, die jetzt in Tränen schwammen. Seine Hände waren noch nie so zart gewesen wie jetzt, da er ihr Gesicht umfasste und es zu sich anhob, als ob er versuchte, sich alles darin einzuprägen.

»Ich habe dich immer geliebt, Janet«, sagte er. »Ich möchte, dass du das weißt.«

Dieser Moment brach ihr fast das Herz.

Ihre Hände zogen ihn zu sich, und weder ihm noch sich selbst zuliebe konnte sie das tiefe, schmerzende Verlangen leugnen, mit ihm zusammen sein zu wollen, sein Herz an ihrem zu spüren und mit ihm vereint zu sein, ungeachtet aller Konsequenzen.

Seine Arme schlangen sich um sie, und er hielt sie fest, seinen Kopf an ihren gelehnt. »Das ist so unklug«, sagte er mit brüchiger Stimme.

»Das ist mir egal«, flüsterte sie. »Wir werden später an das Morgen denken, jetzt will ich diese Nacht.«

»Was noch von ihr übrig ist«, sagte er ironisch, doch in seiner Stimme schwang eine raues Gefühl mit. Seine Lippen fanden die ihren wieder, und ihr Mund öffnete sich. Wirbelnde Strudel von Verlangen umgaben sie beide, und stürzten sie in eine Flut, die jeden und alles außer sie beide fort riss.

Ein Flüstern in ihrem Kopf warnte sie. Doch es war wie das Rascheln einer Weide im Wind, unwesentlich im Vergleich zu der Macht der Gefühle, zu dem Verlangen, das ihre Seele zerschmetterte.

Es war gar nicht so sehr das körperliche Verlangen, vielmehr das Bedürfnis, ein Lächeln auf sein Gesicht zu zaubern und ein Licht in diesen Augen anzuzünden, die von so viel Qual erfüllt waren.

Sie spürte die Spannung in seinem Körper, die kaum bezähmte Leidenschaft seiner Hände, die verführerisch ihren Rücken hinabwanderten. Diese Berührung löste die wildesten Empfindungen in ihr aus.

Janet lehnte sich in seinen Armen zurück und suchte nach einer Atempause von den Gefühlen, die sie erschütterten, Gefühlen, welche die Oberhand über jegliche Vernunft in ihr gewannen. Mehr ... Nähe würde es nur noch schwerer machen, ihn zu verlieren, und sie wusste, das sie ihn verlieren *würde.* Das hatte er sehr deutlich gemacht.

Er schob ihr eine Locke aus dem Gesicht. »Ich werde meinen Samen nicht in dir lassen, Janet.«

Das war ihr egal. Wie viel Willen sie auch haben mochte, er zerstörte ihn mit einer einzigen Berührung. Ihr Herz schlug so heftig, dass sie dachte, er müsste es hören. Sie spürte sein Verlangen, und jeder Zweifel löste sich in eine unermessliche Sehnsucht auf.

Sein Mund verschmolz mit ihrem, und ihre Hände griffen nach seinem Leinenhemd, unter dem sich sein Körper abzeichnete, als er sich ihr entgegenneigte. Dann hörte sie auf zu Denken, als sein Kuss intensiver wurde, seine Zunge herumwanderte, streichelte und verführte, während Schauer über Schauer ihren Körper überflutete.

Seine Hände hoben ihr Unterkleid hoch, und dann liebkoste er ihre Brüste, und sie spürte, wie sie hart wurden und prickelten und schmerzten. Es war ein Buhlen um ihren Körper, und dieser reagierte auf eine magische Weise, die sie nie für möglich gehalten hätte. Ihr Ehemann hatte sich seine Rechte genommen. Er hatte sie nie vorbereitet, nie gestreichelt und nicht einmal liebevoll berührt.

Sie hatte nicht gewusst, dass ein Mann ihren Körper zum Singen bringen konnte. Jede Berührung war wie ein Bogen, der über die Saiten einer Geige fuhr. Sie summte und reagierte auf die geringste Berührung, und jedes Streicheln seiner Finger brachte sie einem Crescendo näher.

Ihre Finger schnürten seine Hose auf. Er lächelte sie kurz an, bückte sich, zog sich die Stiefel aus und schlüpfte aus seiner Hose. Sie sah die noch immer wunde hässliche Narbe von der Schusswunde, und ihre Finger glitten darüber hinweg. Sein Körper zitterte leicht, als sie das tat, und sie zog sie zurück.

»Nein, Janet. Nicht der Schmerz hat mich so reagieren lassen.« Er nahm ihre Finger, hob sie an seinen Mund und knabberte leicht an ihnen. Dann ließ er sie los, und seine Finger berührten zunächst ihr Gesicht und dann ihr Haar. »Davon habe ich ... geträumt«, sagte er mit kaum hörbarer Stimme.

Sie lehnte sich an ihn und fühlte die Stärke unter dem Hemd, die harten Muskeln seiner Brust. Sie konnte sogar das Schlagen seines Herzens hören. Sie war noch nie einem anderen Menschen so nahe gewesen, hatte nicht mal geahnt, dass es diese Art von Intimität gab und niemals eine Vorstellung davon gehabt, wie wundervoll es sein konnte.

Seine Hände leiteten sie aufs Bett, und er streichelte sie, bis sie glaubte, vor Verlangen zu explodieren. Sie sah zu ihm auf, und die gleiche stürmische Erregung glitzerte in seinen Augen. Sein Mund wanderte zu ihren Brüsten, erst zu der einen, dann zu der anderen, und seine Zunge neckte sie und hinterließ heiße Spuren auf ihrem Weg. Dann bewegten sich seine Finger zu ihren intimsten Stellen, liebkosten und erregten sie, bis ihr Körper aus lodernden Flammen zu bestehen schien.

Er presste sich an sie. Dann schob er sich auf sie, und sie spürte, wie seine Männlichkeit vor Verlangen pulsierte und zu ihr drängte. Ihr Körper zitterte vor Erwartung und vor Verlangen.

Als er schließlich in sie eindrang, geschah das mit einem langsamen magischen Zauber. Er bewegte sich mit Bedacht, reizte dabei all ihre Sinne und glitt tiefer, bis die Gefühle so gewaltig wurden, so hitzig, so voller Großartigkeit, dass nichts anderes mehr zählte, als dieser eine Augenblick. Und dann schien das Universum zu explodieren und die Sterne und der Mond durch das All zu fliegen.

Er zog sich dann schnell von ihr zurück und ergoss seinen Samen auf eine Decke. Dann stand er auf und ging mit abgewandtem Blick zum Fenster, doch sie sah seine geballten Fäuste. Lieber Gott, wie gern wollte sie zu ihm gehen. Er sah so einsam aus, wie er dort stand. Und sie fühlte sich allein, jetzt, wo er sie verlassen hatte.

Seine Selbstkontrolle sagte ihr, dass er seine Meinung nicht ändern würde.

Er drehte sich um. Sein Gesicht war wieder versteinert. Er kam zu ihr, setzte sich und nahm ihre Hand. Der Muskel in seiner Wange zuckte.

»Das mit deiner Mutter ist mir egal«, sagte sie.

»Aber mir nicht«, erwiderte er. »Ich weiß, wie es war, als ich ein Kind war. Ich möchte das deinem Sohn nicht antun.«

»Du weißt es doch nicht sicher«, argumentierte sie.

»Ich weiß genug, Janet.«

Ihr Herz schrie auf, als sie die Hoffnungslosigkeit in seinen Augen sah und selbst spürte, wie sich das Gefühl von Verlust in ihr auszubreiten begann.

Er schob eine Strähne aus ihrem Gesicht, wie er es schon zuvor getan hatte, doch nun wirkte er resigniert.

»Ich sollte besser gehen und dich noch etwas schlafen lassen.«

»Bleib heute Nacht bei mir«, bat sie. Stolz und Mitleid zählten für sie jetzt nicht. Sie wollte nur für ein paar Stunden seine Wärme neben sich spüren. Er würde morgen fortgehen, um etwas sehr Gefährliches für sie und ihren Bruder zu tun. Sie konnte ihn so jetzt nicht gehen lassen.

Seine Lippen verzogen sich zu einem schrägen Lächeln. »Ich bin mir nicht sicher, ob ich mich zurückhalten kann.«

»Ich hoffe nicht.«

»Du bist ein schlimmes Mädchen«, scherzte er, während seine Finger sich um ihre schlossen.

»Ja.«

Sein Blick traf den ihren. Dann nickte er.

Er ging zur Kerze hinüber, blies sie aus und legte sich neben sie ins Bett. Sie schmiegte sich in seine Arme, und er hielt sie fest.

Keiner von ihnen bewegte sich für den Rest der Nacht.

Kapitel 24

Neil ritt schnell am nächsten Tag. Weil er viel vorhatte. Aber auch, weil er versuchte, dem Teufel zu entkommen. Neil hatte das Gefühl, dass er ihm im Genick saß und ihn anzüglich angrinste.

Janet befand sich auf dem Rückweg nach Braemoor, wobei sie von zwei Männern begleitet wurde, die er angeheuert hatte, und einem dicken Palomino-Pony, das er am Morgen gefunden hatte, ehe sie Edinburgh verlassen hatten.

Er hatte die Leibwächter sehr sorgsam ausgewählt. Beide waren Schotten, die ihm vom Wirt wärmstens empfohlen worden waren. Er hatte sich auch von anderen Quellen Informationen über sie beschafft und klargestellt, dass sie ihr Geld erst bekommen würden, wenn sie sicher auf Braemoor angekommen waren.

Er war nicht wirklich glücklich mit dieser Lösung, doch er hatte keine Wahl. Wenn er Janet selber zurückgebracht hätte, hätte er mindestens vier Tage verloren. Nach Aussage seines Informanten würde es in dieser Woche eine Lieferung von französischen Waren an der Küste geben. Er musste rechtzeitig dort sein.

Und er konnte Janet nicht mitnehmen. Sie hatte Kinder, die sie weit mehr brauchten als er oder Alex. Es hatte ihm schon fast alle verbliebene Fassung geraubt, sie allein gehen zu lassen. Er hatte den Blick in ihren Augen gesehen und das Wissen, dass die letzte Nacht das Einzige sein würde, was sie hatten. Sie hatte sich gestreckt und ihn langsam und sehnsüchtig und liebevoll geküsst.

Das war eine Erinnerung, die ihm für immer erhalten bleiben würde. Er trug sie jetzt in seinem Herzen.

Er grub dem Pferd seine Absätze in die Flanken.

Er wusste, dass er einen Tag schnellen Reitens vor sich hatte bis zu Alexanders Berghöhle, bis er ihm erklären konnte, wie der Plan aussah. Dann würden zwei Tage zur Küste folgen. Schließlich noch ein Drei-Tage-Ritt zurück nach Braemoor. Er konnte nur hoffen, dass Cumberland jegliches Vorgehen gegen Janet bis dahin verschieben würde. Er war fast sicher, dass die kleine Saat, die er ausgelegt hatte, ihn zögern lassen könnte.

Wenn nur Alex Zeit hatte, seine Aufgabe zu erfüllen.

Er rastete nur so lange, bis sich sein Pferd ausgeruht und getrunken hatte. Dann ritt er weiter, wobei ihm seine Müdigkeit mehr und mehr zu schaffen machte. Er hatte in den vergangenen paar Tagen wenig geschlafen und in der letzten Nacht so gut wie gar nicht. Und er hatte Cumberland genügend Informationen geliefert, dass der Herzog schon Patrouillen ausgeschickt haben könnte. Neil wusste, dass er sich von Straßen fern halten musste und vorsichtig zu sein hatte.

Als er in die Highlands hinaufkletterte, fühlte er sich lebendiger als zu jeder anderen Zeit seines Lebens. Das Gras war grüner, die Sonne heller und die Luft frischer. Auch wenn er Janet nicht haben konnte, sie hatte ihm zumindest etwas geschenkt, was er nie zuvor besessen hatte. Er hatte die Liebe kennen gelernt.

Er hatte den Zustand seiner Besitztümer und die Lebensbedingungen der Menschen, die dort lebten und arbeiteten, verbessern wollen, doch zwischen ihnen und ihm hatte es immer eine Distanz gegeben. Er hatte es als ein intellektuelles Problem angesehen. Es war Teil der Mauer, die er um sich errichtet hatte.

Doch seit er mit Janet zusammen war und sah, wie freundlich sie mit den Kindern und der Dienerschaft umging, und er erkannt hatte, wie alle unter dieser Fürsorge aufblühten, wusste er, dass er den Umgang mit Menschen nie mehr als ein intellektuelles Problem ansehen würde.

Er schlief kurz, als Wolken den Mond verhüllten und das Reiten gefährlich wurde. Doch es war ein ruheloser Schlaf, heimgesucht von Bildern und von all den Dingen, die er tun musste und die nicht schief gehen durften, weil sonst Menschenleben in Gefahr waren. Das war eine Last, die er sich nicht gewünscht hatte, und doch ...

Bei Tagesanbruch saß Neil wieder im Sattel, und gegen Mittag erreichte er Alex' Höhle. Er pfiff, als er näher kam und wartete dann ab. Er pfiff erneut, und Minuten später hörte er eine Antwort. Er saß ab und führte sein müdes Pferd am Zügel.

Alex und einer der Jungen kamen ihm entgegen.

»Braemoor?«, grüßte Alex.

»Ich habe ein paar Neuigkeiten«, sagte Neil.

Alexander wandte sich dem Jungen zu, einen schmächtigen, hoch aufgeschossenen Burschen von ungefähr dreizehn Jahren. »Geh hinein und sag den anderen, dass er ein Freund ist.«

Freund. Das Wort klang für Neil sehr gut. Als er jetzt darüber nachdachte, wurde ihm klar, dass er noch nie einen Freund gehabt hatte.

Als der Junge zwischen den Bäumen verschwand, blickte Alex ihn fragend an.

Neil wusste nicht, wie er die ganze Sache schildern sollte, ohne ihm gleich einen Schlag zu versetzen. »Die Campbell-Familie hat Janet bei Cumberland des Mordes an ihrem Ehemann angeklagt. Seine Gnaden hat nicht gesagt, was er von der Anklage hält, doch ich vermute, das die Campbell-Familie ihn unter Druck setzt.« Er hielt inne und fügte dann hinzu: »Reginald gehört einem wenig bedeutenden Zweig der Familie an, doch er kann sich ihrer bedienen.«

Alex' Lippen pressten sich zu einer grimmigen Linie zusammen. »Ich werde Campbell töten.«

»Das würde Janet nicht helfen. Es würde Cumberland nur davon überzeugen, dass Reginald Recht hat.«

Wut umwölkte Alex' Augen.

»Es gibt aber etwas, was Ihr tun könnt.«

Alex zog fragend eine Braue nach oben.

»Ihr könnt der Schwarze Bube werden.«

»*Ihr* habt gesagt, dass er tot sei.«

»Ich möchte ihn wieder zum Leben erwecken.«

»Warum?«

»Ich habe Cumberland erzählt, dass ich glaube, von dem Schwarzen Buben angeschossen worden zu sein, und dass ich vermute, dass es zwischen ihm und Reginald eine Verbindung gebe. Er wird in die Gegend östlich von hier Patrouillen schicken. Ich habe ihm gesagt, dass ich dort überfallen worden bin.«

»Nur weiter«, drängte Alex mit schärferer Stimme.

»Der Schwarze Bube muss in der Nähe von Lochaene zuschlagen. Er muss stehlen. Er muss Karten zurücklassen. Er muss irgendwie Reginalds Namen ins Spiel bringen.«

»Ich sehe in keinster Weise wie Reginald aus.«

»Das spielt keine Rolle. Der Schwarze Bube hat viele Gesichter. Es hat so viele unterschiedliche Beschreibungen von ihm gegeben, dass Cumberland mit Sicherheit davon ausgeht, dass er Verbündete hat. Das Ziel ist, Reginald so verdächtig zu machen, dass den Anklagen, die er vorbringt, kein Glauben mehr geschenkt wird.«

»Er ist ein Campbell. Niemand würde ihn verdächtigen, der Bube zu sein.«

Neil zögerte. Dieses Geheimnis war nicht sein Eigentum. Rory hatte seinen eigenen Tod inszeniert, um Braemoor zu schützen. Doch Neil erwartete, das Alex ihm vertraute, also würde er im Gegenzug auch Alex vertrauen müssen. Das hatte er nie zuvor getan. Genauso, wie er niemals einen Freund gehabt hatte. Das Wissen darüber fühlte sich an wie eine Verdammung.

»Ebenso wenig hätte jemand einen Forbes verdächtigt, der Bube zu sein«, sagte Neil.

Alex riss die Augen auf. »Ihr habt gesagt …«

»Ich habe nicht gelogen. Ich habe gesagt, dass ich nicht der Bube bin. Mein Cousin war es.«.

Alex' Brauen zogen sich zusammen. »Ich habe von ihm gehört, und habe ihn einmal sogar getroffen. Er war ein Dummkopf.«

»Wirklich?«, fragte Neil. »Das habe ich auch gedacht. Ich habe ihn nur verachtet. Ich dachte, er hätte Culloden verlassen, weil er ein Feigling war. Er war aber der mutigste Mann, den ich je kennen gelernt habe.«

Alex' Blick bohrte sich in seinen. »Wo ist er jetzt?«

»Irgendwo in Sicherheit. Ich weiß nicht, wo. Ich weiß nur, dass er sich sehr angestrengt hat, alle Welt glauben zu lassen, dass er von dem Buben getötet wurde. Er wollte die Menschen auf Braemoor schützen.« Er zögerte und fügte dann hinzu: »Außer mir seid Ihr jetzt der einzige Mann in Schottland, der davon weiß.«

Alex nickte verstehend.

»Ich weiß auch, dass ein französisches Schiff Cognac an die Küste schmuggelt. Es soll im Lauf der Woche anlegen. Ich habe vor, mich mit dem Kapitän zu treffen und zu versuchen, Eure Passage zu arrangieren. Ihr habt nur drei oder vier Wochen lang Zeit, den Buben wieder zum Leben zu erwecken.«

Alex schüttelte den Kopf. »Ihr verschenkt keine Zeit.«

»Dafür habe ich noch nie einen Grund gesehen«, sagte Neil. »Jeder Augenblick, den Ihr länger in Schottland bleibt, stellt eine Gefahr für Janet dar.«

»Warum kümmert Euch das so sehr?«, fragte Alex.

Neil atmete tief ein. »Ich … bewundere sie.«

»Ist das alles?«

»Das ist alles, was jemals sein kann«, sagte er mit so viel Endgültigkeit, wie er in seine Stimme legen konnte.

Alex musterte ihn einen langen Augenblick.

»Es gibt noch etwas«, sagte Neil. »Janet weiß, dass Ihr am Leben seid.«

Dunkelblaue Augen, die Janets so ähnlich waren, starrten ihn an. »Ihr habt mir Euer Wort gegeben.«

Neil nickte. »Ja, das habe ich. Und ich wollte mein Versprechen auch halten. Doch ich sagte ihr, dass ich jemanden kennen würde, der aus Schottland fliehen müsse und vielleicht in der Lage ist, den Buben zu spielen. Sie fragte nach dem Namen. Ich konnte sie nicht über etwas belügen, das so wichtig für sie war.« Er zögerte und fuhr dann fort: »Sie hat Kinder. Sie würde nichts unternehmen, was sie in Gefahr bringen könnte, nicht einmal, Euch zu sehen. Doch sie bat mich, Euch zu sagen, dass sie Euch liebt. Ihr könnt Euch nicht vorstellen, wie glücklich sie diese Nachricht machte.«

Alex' hartes Gesicht wurde weicher. »Ich habe sie vermisst. Es war die Hölle zu wissen, dass sie keine Ahnung hatte. Doch ich war mir sicher, dass es besser für sie ist, nichts zu erfahren, bis ich aus Schottland entkommen bin.«

Neil erwiderte nichts. Alex hatte seine Schwester seit Jahren nicht mehr gesehen, sie nicht erlebt, seit sie Mutter geworden war. Sie besaß den Beschützerinstinkt einer Löwenmutter.

»Ich werde mein Bestes tun, damit Ihr und sie Euch trefft, ehe Ihr fortgeht«, sagte er.

Alex' Lippen verzogen sich zu einem schrägen Lächeln. Wegen der Narbe würde es für immer schräg bleiben. »Ich wusste, dass es einen Grund gab, Burke davon abzuhalten, euch zu töten. Ich hatte dieses seltsame Gefühl, dass ich das nicht zulassen sollte. Wenn ich Ire wäre, würde ich sagen, es waren die Feen.«

»Dann werdet Ihr der Bube sein?«

»Mit Vergnügen, Mylord.«

»Wo ist Burke?«

»Er beschafft Lebensmittel, dank Euch.«

»Ich habe Euch schon einmal gefragt, ob Ihr ihm trauen könnt oder nicht.«

»Ja, und meine Antwort ist immer noch die Gleiche. Aber ich werde ihm nichts von Eurem Cousin erzählen.«

»Schickt ihn nach Braemoor. Es gibt dort ein paar Sachen, die Ihr vielleicht gebrauchen könnt. Janet kann ihm zeigen, wo sie sich befinden. Und Ihr solltet besser eine Maske tragen.«

»Ich würde lieber selber gehen.«

»Das ist zu gefährlich für Euch beide«, erwiderte Neil. »Wenn Ihr irgendwo in der Nähe von Braemoor geschnappt werdet, wird sie dafür bezahlen müssen. Und die Kinder. Reginald würde sie mit Sicherheit vor Gericht zerren.«

Ein deutlich sichtbarer Schauder durchfuhr Alex' Körper. »Dieser Bastard.«

»Er wird bezahlen«, sagte Neil. »Auf eine Weise, die er sich nicht hat träumen lassen.«

Alex starrte ihn einen Moment lang an. »Ihr habt bei Culloden gekämpft?«

»Ja. Mit Cumberland«, sagte Neil kühl.

»Und Ihr habt Euren Irrtum erkannt?«

»Ich geriet an die Leslies«, sagte Neil einfach.

Alex streckte die Hand aus. »Ich danke Euch für alles, was ihr tut.«

Auch Neil streckte die Hand aus, während ihn Unbehagen zu erfüllen begann. Er wollte keinen Dank. Er wollte nicht einmal hier sein. Er war ein Blender. Einer, der herumstolperte und keine Ahnung hatte, ob irgendetwas von dem, was er tat, erfolgreich sein würde. Er könnte auch gleich die Schlinge für alle vorbereiten.

Doch Alex' Griff war fest und er merkte, dass er ihn erwiderte, während sie sich in die Augen sahen.

Neil ließ los. »Habt Ihr für mich und das Pferd irgendetwas zu essen? Und ich brauche auch ein paar Stunden Schlaf. Danach muss ich zur Küste aufbrechen.«

»Ja«, sagte Alex und führte Neil in die Höhle. Sie war dunkel und feucht, doch ein kleines rauchendes Feuer brannte im rückwärtigen Teil. Als Neil bei seinem letzten Besuch kurz in der Höhle gewesen war, hatten sich die Kinder in die Nischen verzogen, und er hatte nur sehr wenig von ihnen gesehen. Jetzt jedoch schienen sie sicher zu sein, dass er wirklich ein Freund war.

Doch noch immer schauten ihn zu große Augen in zu schmalen Gesichtern wachsam an. Nur Gott wusste, was mit ihnen geschehen war in den Jahren seit Culloden. Er erinnerte sich an das kleine Mädchen, das ihm bei seinem ersten Besuch hier das Gesicht gewaschen hatte. Und an den ältesten Jungen. Er musste derjenige sein, hinter dem Cumberland her war. Die anderen waren zwischen acht und dreizehn Jahre alt.

Ihm wurde eine Schüssel mit Hafergrütze gereicht, ein paar harte Kekse und eine Tasse mit billigem Bier.

»Wir haben kein Fleisch«, sagte Alex.

»Das brauche ich auch nicht«, sagte Neil.

Das kleine Mädchen, das ihn vor Wochen versorgt hatte, kam zu ihm. »Alex sagt, dass du uns helfen willst.« Ihre Lippen bebten.

»Ich hoffe«, sagte er. »Wie heißt du denn, Mädchen?«

»Sophie McSparren«, antwortete sie.

Er hätte sie gern gefragt, was mit ihrer Familie geschehen war, doch das war eine Frage, die man in diesen Tagen nicht stellte. Schon gar nicht einem Kind.

Das Mädchen setzte sich neben ihn, doch es sagte nichts mehr. Es beobachtete ihn einfach, als wollte sie ihn beurteilen. Er wollte die Hand ausstrecken und sie umarmen. Doch dazu hatte er kein Recht. Er könnte ihren Vater getötet haben. Zur Hölle mit alldem.

Er aß so schnell wie möglich auf. Alex zeigte ihm eine Ecke im rückwärtigen Teil der Höhle, wo er schlafen konnte, und er führte das Mädchen fort. Neil sah, wie der Bandit sich hinkniete und mit ihr sprach. Diese Geste war voller Zärtlichkeit. Zärtlichkeit bei einem Mann, der kaltblütig vorgehabt hatte, ihn zu töten.

Neil schloss die Augen. Verdammt noch mal, aber er war müde und hatte heute Nacht noch einen langen Ritt vor sich.

Mit gemischten Gefühlen näherte Janet sich Braemoor. Die Begleiter, die Neil in Edinburgh angeheuert hatte, waren respektvoll und höflich gewesen. Sie hatte an dem gleichen Gasthaus angehalten, in dem sie und Neil vor ein paar Tagen genächtigt hatten. Sie erinnerte sich an die Kameradschaft bei diesem Ritt, selbst bei dem Tempo, das Neil angeschlagen hatte.

Sie vermisste ihn mit jedem Schritt, den ihre Stute machte. Sie vermisste es, ihm heimliche Blicke zuzuwerfen. Sie vermisste seine Hände, die sich ihr entgegengestreckt hatten, als sie absaß. Und sein Gesicht, als er ihr von seiner Mutter erzählt hatte, verfolgte sie.

Sie vermisste es auch, mit beinahe unglaublicher Intensität, ihren Sohn im Arm zu halten und den Mädchen Schlaflieder vorzusingen. Sie vermisste ihre Hände in ihren und das Glück auf ihren Gesichtern, wenn sie auf den Ponys ritten.

Und dann sehnte sie sich danach, Alex zu sehen, ehe er Schottland und ihr Leben für immer verließ.

Ihr Herz wurde in drei verschiedene Richtungen gezogen. Die einfache Wahrheit war, dass ihre größte Pflicht denjenigen galt, die sich nicht selbst schützen konnten.

Sie erreichten Braemoor am späten Nachmittag. Sie wartete nicht ab, bis ihre Begleiter ihr beim Absitzen halfen. Sie glitt allein vom Pferd und rannte fast zur Tür, die sie selbst öffnete.

Torquil tauchte scheinbar aus dem Nichts auf. Sein würdevolles Gesicht verzog sich zu einem Anflug von Lächeln, als er sie sah.

»Die Kinder?«, fragte sie.

»Prächtig wie der junge Tag«, sagte er und zögerte dann. »Ein paar Reiter sind hier erschienen und haben gesagt, sie kämen im Auftrag Eures Schwagers. Sie versuchten, den jungen Lord mitzunehmen.« Er straffte sich voller Stolz. »Ich habe meine Muskete auf sie gerichtet, zusammen mit Kevin und den Männern, die der Marquis hier einquartiert hatte.«

Ihr Herz schlug wie wild. Sie hätte damit rechnen müssen. Zumindest Neil hatte es getan. »Ich danke Euch«, sagte sie, streckte die Hand aus und nahm seine. Dann wandte sie sich den beiden Soldaten zu, die hinter ihr standen. »Diese Männer haben mich begleitet. Der Marquis hat ihnen zwanzig Pfund versprochen, guten Wein und eine gute Mahlzeit.«

Torquil nickte. »Die Mädchen werden erfreut sein, Euch zu sehen. Ich werde für mich um diese Gentlemen kümmern.«

Janet wandte sich den beiden Männern zu. »Ich danke Euch, dass Ihr so gut auf mich aufgepasst habt.«

Das Gesicht des einen errötete vor Freude. »Es war uns eine Ehre, Mylady.«

Sie blieb nicht länger stehen, sondern erklomm die Treppe in undamenhafter Eile. Als Erstes ging sie ins Kinderzimmer. Alle vier Kinder waren dort. Colin spielte auf dem Boden mit Samson. Grace hatte offenbar gelesen, und die anderen beiden malten Bilder und hatten mehr Farbe an ihren Fingern als auf der Leinwand. Alle drei sprangen auf, als sie hereinkam.

Colin griff nach dem Tisch, hielt sich an einem Tischlein fest und stand auf, wobei er leicht schwankte. Er ließ los, streckte die Arme nach ihr aus und machte einen unsicheren Schritt auf sie zu. Sie ergriff ihn, ehe er umfiel, hob ihn hoch und drückte ihn an sich. »Ach, mein kleiner Liebling«, sagte sie, und ihr Herz setzte einen Schlag lang aus. Sein erster schwankender Schritt. *Der erste, den sie gesehen hatte.* Hatte er schon einen Schritt ohne sie gemacht? Sie wollte keinen einzigen dieser Meilensteine in seinem Leben verpassen.

Noch während sie ihn hielt, beugte sie sich herab und nahm die Umarmungen ihrer Töchter entgegen. Annabellas Kuss war besonders feucht und begeistert. Als Janet ihre Stiefmutter geworden war, war sie die Erste gewesen, die sie ohne zu zögern umarmt hatte. Grace hatte am längsten dazu gebraucht, doch nun waren selbst ihre Augen voller Freude darüber, ihre Stiefmutter zu sehen.

Janets Herz barst fast vor Gefühlen. Sie war wieder bei ihnen. Dank Neil. Sie legte Grace eine Hand auf die Schulter. »Ich glaube, es gibt draußen etwas ganz Besonderes für dich.«

Grace' Auge weiteten sich. »Ein Pony.«

»Ja. Vom Marquis.«

Grace blieb einen Augenblick lang still stehen, als ob sie es nicht glauben konnte. Janet konnte sich nicht daran erinnern, dass Grace jemals ein Geschenk von ihrem Vater erhalten hatte. Ihre eigenen Weihnachtsgeschenke für Grace waren umgearbeitete Kleider und selbst gemachte Puppen gewesen. Alasdair hatte immer gesagt, dass es kein Geld für Plunder gab.

»Können wir auf unseren Ponys reiten?«, fragte Annabella.

»Ich denke, Grace' neues Pony wird müde sein, aber ihr könnt es euch alle ansehen.«

Clara, die hinter ihnen stand, schüttelte den Kopf. Es war so selten, dass das Kindermädchen den Mädchen etwas verweigerte. Janet zögerte und sagte dann zu Grace: »Könntest du erst Lucy suchen und ihr sagen, dass ich wieder da bin? Dann werde ich mit euch mitgehen.«

Offensichtlich enttäuscht, sah Grace sie einen Moment lang an.

»Ich bin gleich da«, versicherte Janet ihr.

Grace nickte zögert, nahm Annabellas Hand, und Rachel folgte ihnen.

Als die drei gegangen waren, schloss Clara die Tür hinter ihnen. »Jemand kam, um Colin zu holen«, sagte sie. »Er sagte, sein Onkel habe nach ihm geschickt. Torquil wollte das nicht zulassen. Jamie hat die Männer herumlungern gesehen, als er ins Dorf geritten ist. Wir haben die Kinder nicht mehr allein nach draußen gelassen.«

Janet drückte Colin noch fester an sich. Die Mädchen besaßen für Reginald keinen Wert, es sei denn als Druckmittel für Verhandlungen, sie selbst zurück nach Lochaene zu holen. Er wusste, dass sie die Mädchen genauso liebte wie Colin. Oder vielleicht hatten sie noch immer gehofft, die Vormundschaft für Colin zu bekommen.

Sie balancierte Colin auf einem Arm und streckte die andere Hand Clara entgegen. »Ich danke dir.«

»Sie sind für mich wie meine eigenen Kinder«, sagte Clara verlegen.

Janet nickte. »Wir werden sehr vorsichtig sein.«

»Die Mädchen wissen, dass sie das Haus nicht ohne Begleitung verlassen dürfen.«

»Gut«, sagte Janet, unglaublich erleichtert darüber, dass sie nicht versucht hatte, Neil zu begleiten. Sie wünschte, sie könnte ihn erreichen, doch es sah ganz so aus, als hätte er für genügend Hilfe gesorgt. Dennoch konnte sie Colin nicht loslassen. Sie wusste, das sie ihn nicht aus den Augen lassen würde, bis Neil heimkehrte.

Und wenn sie nach Lochaene ... zurückkehrten?

Janet hatte alle Vorfreude auf diese Rückkehr verloren. Sie würde damit Neil verlieren. Doch Lochaene war noch immer das Erbe ihres Sohnes. Sie musste es für ihn schützen, koste es, was es wolle.

Während sie noch immer den sich windenden Colin auf dem Arm trug, ging sie die Treppe zur Küche hinunter, wo die Mädchen mit Lucy, sprachen. Alle drei hatten Möhren in den Händen.

Lucy knickste. »Ich bin froh, Euch wiederzusehen«, sagte sie.

»Auch wenn das mehr Arbeit bedeutet?«, neckte Janet sie.

»Ich wusste kaum, was ich mit mir anfangen sollte«, erwiderte Lucy.

»Trotz Kevin?«

Lucys Gesicht rötete sich. »Ja, Mylady.«

»Ich danke dir, dass du Trilby und Clara geholfen hast, so gut auf die Kinder aufzupassen.«

Lucy knickste wieder.

»Ich habe ein paar Süßigkeiten für sie und auch für dich und Clara und Trilby«, sagte sie.

»Oh, Mylady!«, rief Lucy mit breitem Grinsen aus.

Mit Colin auf dem Arm brachte Janet ihre Töchter nach draußen. Kevin oder Jamie hatten das Pony schon in die Scheune gebracht, und sie gingen zu ihm hinüber. Kevin hatte ihre Stute abgesattelt, und der Sattel hing auf der Tür der Box. Jamie stand vor den Palomino-Pony und betrachtete es. Die beiden Pferde, die ihre Begleiter geritten hatten, waren schon abgesattelt und in Boxen untergebracht worden.

Kevin und Jamie arbeiteten gut zusammen, fast wie Brüder, stellte sie fest. Es war deutlich, dass Jamie zu Kevin aufschaute.

Grace ging behutsam zu dem Pony und fuhr ihm mit den Fingern über den samtigen Hals, während Rachel und Annabella danebenstanden und bewunderten. Das Pony schien sich bewusst zu sein, dass es der Mittelpunkt der Schmeichelei war und stellte sich in Positur.

Mit leuchtenden Augen streckte Grace die andere Hand aus, in der sie das Stückchen Möhre hatte, und das Pony zermalmte es in seinem Maul und stupste dann mit der Schnauze gegen ihre Finger. Sie kicherte, und das ließ Janets Herz hüpfen. Es geschah so selten.

Kevin begrüßte sie mit breitem Grinsen und fragte dann: »Mylord ist noch nicht zurückgekehrt?«

»Nein«, sagte sie, und bemerkte, dass der Junge ein langes Gesicht machte. Neil schien einen Freund gewonnen zu haben.

»Er wird in ein paar Tagen kommen«, sagte sie, während sie den Hals der Stute streichelte. Sie war scharf geritten. »Gib ihr etwas Extrafutter, wenn sie abgekühlt ist. Und den anderen auch.«

»Werden die Begleiter hier bleiben?«

»Nein, sie werden uns morgen wieder verlassen. Die Nacht verbringen sie in der Halle.«

Die Mädchen waren zu den Ponys hinübergegangen. Sie senkte die Stimme. »Clara hat mir erzählt, was geschehen ist. Glaubst du, dass wir noch mehr Schutz benötigen?«

Er schien größer zu werden, weil er so etwas gefragt wurde. »Nein, Mylady. Wir können gut auf Braemoor aufpassen. Aber ich würde nicht allein ausreiten.«

Sie nickte. Sie erinnerte sich nur zu gut an den angeschnittenen Sattelgurt. Und sie hatte jetzt nicht die geringste Absicht, die Kinder allein zu lassen, nicht einmal für einen kurzen Ritt. Neil hatte Recht gehabt. Wie hatte sie seine Warnung nur so leichtfertig von sich weisen können?

Annabella kam mit Samson an den Fersen zu ihr gerannt. »Darf ich auf meinem Pony reiten? Kevin hat gesagt, ich darf das erst tun, wenn du wieder da bist.«

Sie sah Kevin an. Er nickte.

»Ich denke, das ist eine prima Idee«, meinte sie. »Aber wir werden auf der Koppel bleiben. Grace' Pony ist wahrscheinlich müde von der langen Reise.«

Grace schaute hoch. »Ich kann warten«, sagte sie, doch ihren Augen glitzerten vor Enttäuschung.

»Oh, ich glaube nicht, dass eine oder zwei Runden um die Koppel herum zu viel wären«, meinte Janet.

Janet half Annabella auf ihr Pony, während Kevin Grace half. Dann half Kevin Rachel. Die drei ritten auf den Ponys auf die Koppel, wobei Kevin Annabellas Pony führte. Grace strahlte vor Stolz, und Janet preiste Neil, dass er sich erinnert und sich die Zeit genommen hatte, das Pony zu kaufen. Sie wusste, wie eilig er es gehabt hatte. Und doch … hatte er sein Versprechen einem Mädchen gegenüber gehalten, das bisher kaum Träume gehabt hatte.

Er gehörte zu den Männern, die immer ihre Versprechen halten würden.

An ihn zu denken, war schmerzlich. Sie konnte weder die Entschlossenheit noch die Hoffnungslosigkeit in seinen Augen vergessen, als er ihr gesagt hatte, dass er sie liebte, aber niemals würde heiraten können.

Es sei denn, er irrte sich, und seine Familie war gar nicht vom Wahnsinn gezeichnet. Sie hatte schon von der Dienerschaft erfahren, dass der alte Marquis grausam und selbstsüchtig gewesen war. Er hätte wahrscheinlich keinen Moment lang gezögert, seinen Neffen zu vernichten, damit sein Sohn eine gute Mitgift bekam. Er hatte nicht gewusst, dass sie Donald zurückweisen würde und dass ihr Vater ihr die Wahl lassen würde.

Während sie ihren Töchtern zuschaute und sich an ihren Sohn klammerte, stellte ein Teil von ihr die Wahrheit von Neils Geschichte in Frage. Es musste jemanden geben, der die ganze Wahrheit kannte. Sie würde heute Abend mit Torquil beginnen.

Da sie sich durch diese Aussicht plötzlich belebt fühlte, erlaubte sie sich, sich zu entspannen und das Lächeln auf den Gesichtern der Mädchen zu genießen.

☆ ☆ ☆

Neil saß in der Pelikan-Taverne und nippte an seinem sechsten Glas Bier. Oder war es das siebte? Gott wusste, dass er hier lang genug gesessen hatte, um nahezu das gesamte begrenzte Angebot zu kosten. Er hatte nach Cognac gefragt, doch man hatte ihm gesagt, dass es keinen gab. Man deutete an, dass später etwas Cognac erhältlich sein würde.

Das hatte Neil gereicht. Der Mann in Edinburgh hatte Recht gehabt. Aber er hatte ja auch gewusst, dass eine erhebliche Summe auf ihn wartete, wenn sich die Information als richtig erwies.

Neil war klar, dass er Geld zu einem gottlosen Kurs ausgab. So etwas hatte er nie zuvor getan. Selbst als er das Erbe antrat, hatte er den Wert jedes Pence abgewogen. Nur Ausgaben, die den Besitztümern zugute kamen, wurden von ihm befürwortet, und selbst dann hatte er Mittel und Wege gesucht, die Kosten möglichst klein zu halten. Geld war ihm viel zu wertvoll gewesen. Er wäre nie auf die Idee gekommen, es mit vollen Händen auszugeben. Doch nun hatte er riesige Beträge bezahlt für Informationen, hatte drei Ponys gekauft, hatte Leibwächter engagiert, hatte Alex eine erhebliche Geldsumme für seine Waisen gegeben, und nun war er bereit, ein Vermögen für ihre Passage auszugeben.

War er denn völlig verrückt geworden? Oder ergab das Leben zum ersten Mal einen Sinn für ihn?

Er hatte das Kommen und Gehen in der Taverne zwei Tage lang beobachtet. Man hatte ihm nur gesagt, dass die Besitzer der Taverne Lieferanten von Cognac seien. Der Mann in Edinburgh hatte nichts mehr gewusst. Neil hoffte nur, dass es genug war.

Wie sprach man Menschen an und fragte sie, ob sie Schmuggler waren?

Ohne dabei getötet zu werden?

Neil hatte keine blasse Ahnung. Er wartete einfach und beobachtete weiter.

Er hatte in der vergangenen Nacht auch gewartet und beobachtet. Und in der Nacht zuvor ebenso. Er blieb bis zur Sperrstunde, täuschte Betrunkenheit vor, torkelte dann hinaus und tat so, als kippte er um.

Die Taverne war jeden Abend voll, und jeder schien jeden zu kennen. Er wurde übergangen. Gemieden. Seine maßgeschneiderte, wenn auch verschmutzte Kleidung unterschied ihn von den anderen. Er erklärte, dass er an diesem Wochenende jemanden treffen wolle und sich ein Zimmer im nahegelegenen Gasthaus genommen habe.

Ihm entgingen die heimlichen Blicke nicht, und auch nicht das Misstrauen in den Augen der Leute. Außer seiner Frage nach Cognac hatte er nichts über das Schmuggeln geäußert. Es war jedoch deutlich, dass sie alle wussten, was er wollte.

Der Wirt verkündete lauthals die Sperrstunde. Es war eine Stunde eher, als die Taverne in der Nacht zuvor geschlossen hatte. Die Taverne leerte sich auch schneller. Neils Magen verkrampfte sich vor Erwartung. »Nur noch eins«, murmelte er und hielt seinen Krug hoch.

Er war der letzte Gast. Der Wirt warf ihm einen mürrischen Blick zu. »Nein. Ihr müsst gehen.«

Neil wusste nicht genau, was er tun solle. Er hatte keine Verkleidung. Er konnte erkannt werden, wenn er seine Frage ausstieß und sich irrte. »Will nicht geh'n.«

»Es interessiert mich einen Dreck, was Ihr wollt«, erwiderte der Wirt. »Geht jetzt, ehe ein paar meiner Jungs Euch hinaushelfen.«

Neil erhob sich wankend von seinem Stuhl, warf dem Mann einen einfältigen Blick zu und ging zur Tür. Sobald er draußen war, lehnte er sich an die Wand des Gebäudes. Ein Knäuel Männer beobachtete ihn. Er taumelte die Straße hinunter und fiel so hin, dass es bemerkt wurde. Die Männer beobachteten ihn noch immer. Niemand bot ihm Hilfe an. Er mühte sich mit dem Aufstehen ab, aber nicht zu sehr, und wandte sich dann dem Gasthaus zu, in dem er ein Zimmer hatte.

Statt hineinzugehen, ging er jedoch die nächste Straße hinunter und machte durch den Verbindungsgang kehrt. Während er sich im Schatten hielt, fand er schnell heraus, dass er sich in der Nähe der Rückseite der Pelikan-Taverne befand. Ein stämmiger Mann stand dort, offensichtlich als Wache. Neil war sich jetzt ganz sicher. Heute Nacht war die Nacht, und es wäre nicht gescheit, zu versuchen, jemandem aus der Taverne zu folgen. Sie waren offenkundig sehr vorsichtig.

Verdammt. Neil erkannte, dass seine einzige Chance darin bestand, zur Küste zu reiten und zu hoffen, dass er irgendein Signal sah.

Er eilte zurück ins Gasthaus und in sein Zimmer, wo er seine Satteltaschen gelassen hatte. Doch in dem Augenblick, in dem er hineinging, wusste, er, dass er nicht allein war. Seine Satteltaschen waren nicht mehr dort, wo er sie zurückgelassen hatte, und als er die Tür schloss, entdeckte er jemanden dahinter – einen sehr großen Jemand, der seine Pistole auf ihn gerichtet hatte.

»Ist wohl das falsche Zimmer«, sagte Neil.

»Richtiges Zimmer, Knabe.«

Neil schaute sehnsüchtig auf die Satteltaschen, aus denen der Inhalt entfernt worden war.

Der Fremde musterte ihn. »Wer, zum Teufel, seid Ihr denn?«

So viel zu seinen Schnüffeltalenten. »Jemand, der einen Vertrag machen möchte«, erwiderte Neil.

»Was für einen Vertrag?«

»Ich habe Waren, die verschifft werden müssen. Ein Freund in Edinburgh sagte, ich könnte hier ein Schiff finden.«

»Warum habt Ihr dann nicht gefragt?«

»Man geht nicht herum und fragt, ob jemand ein Schmuggler ist, und behält noch seinen Kopf.«

Der Mann erlaubte sich ein kleines Lächeln. »Wer hat euch von uns erzählt?«

»Das tut nichts zur Sache.«

»Groß? Kräftig?«

»Nein.«

»Tim sehr wahrscheinlich«, sagte der Besucher. »Ihr wisst zu viel.«

Darauf hatte Neil keine Antwort. »Es wird sich lohnen, wenn ich diesen Vertrag schließen kann.«

»Seid Ihr allein?«

»Ja«, erwiderte Neil. Er wusste, dass es gefährlich war, so etwas zuzugeben. Es würde viel leichter sein, ihn zu töten. Doch es war genauso gefährlich, zu lügen. Er vermutete, dass er beobachtet worden war, seit er hier angekommen war. Hatte deshalb die Taverne heute früher geschlossen? Nicht weil eine Ladung fällig war?

»Wie lohnend?«

»Fünfhundert Pfund.«

»Für die Passage oder für Informationen?«

»Für beides.« Wie locker er das gesagt hatte.

»Nur ein Engländer oder ein schottischer Verräter hat so viel Kohle.«

Neil hatte dem verdammt wenig entgegenzusetzen. Doch er schöpfte Hoffnung.

Schottischer Verräter. Diese Worte bedeuteten, dass diese Männer womöglich nicht nur Schmuggler, sondern auch Sympathisanten von Jakobitern waren. Er nahm Zuflucht zur Wahrheit. »Es sind jakobitische Kinder, die eine Passage brauchen. Zwei Männer und zehn Waisen. Ich muss ein Schiff für sie finden.«

Der Mann starrte ihn einen Moment lang an und zuckte dann die Achseln. »Ich werde Euch zum Treffpunkt mitnehmen. Aber wenn der Franzose sagt, tötet ihn, werdet Ihr zu Fischfutter.«

Neil nickte.

Der Mann winkte ihn hinaus, und Neil gehorchte, während er sich fragte, ob er diese Nacht überleben würde.

Kapitel 25

Die drei Mädchen aßen im großen Speisesaal auf Braemoor, zusammen mit Colin, der ununterbrochen in einer Art Geheimsprache vor sich hin plapperte. Sie wusste, dass es Zeit für sie alle wurde, Tischmanieren zu erlernen. Ihr Ehemann hatte sie von dem Speisesaal mit all seinen Kristallgegenständen verbannt, und nach seinem Tod hatte sie sie nicht der Freudlosigkeit von Reginald, Louisa und Marjorie aussetzen wollen.

Also war jetzt wohl ein guter Zeitpunkt. Und sie hatte auch noch einen Hintergedanken dabei. Sie wollte länger hierbleiben und mit Torquil über den Marquis von Braemoor sprechen. Er musste etwas über seine Familie wissen. Trilby hatte ihr erzählt, dass der Marquis ihn aus seinem früheren Zuhause mitgebracht hatte.

Sie hätte ihn aushorchen können, doch das wollte sie nicht tun. Sie wollte sich nur ganz normal mit ihm unterhalten. Sie wollte unter keinen Umständen, dass er seinem Herrn berichtete, dass sie sich in seine privaten Angelegenheiten eingemischt hatte.

Auch wenn es genau das war, was sie vorhatte.

Sie wusste, dass er eine Schwäche für die Mädchen und auch für Colin hatte, obwohl er versuchte, immer würdevoll und streng auszusehen.

Das Abendessen verlief nicht wie geplant. Annabella verschüttete ihre Milch und beschloss, das sie nichts auf ihrem Teller haben wollte. Rachel hörte nicht auf, Fragen über den Verbleib des Marquis zu stellen, und Grace schob ihr Essen nur herum.

»Wo ist Neil?«, jammerte Annabella. »Er soll zurückkommen.«

Neil. Sie zog eine Augenbraue hoch. »Das heißt Mylord, Süße«, sagte sie sanft. »Du solltest seinen Titel benutzen.«

»Er hat mir gesagt, ich soll ihn Neil nennen«, behauptete Annabella, und ihre Augen füllten sich mit Tränen.

»Das stimmt«, sagte Grace frei heraus. »Ich habe es gehört.«

Janet wusste nicht so genau, wie sie damit umgehen sollte. Doch genau in diesem Augenblick ließ Rachel ihren Silberlöffel fallen, und Grace beschimpfte sie ob ihrer Nachlässigkeit. Der arme Torquil hetzte umher, hob Löffel auf und wischte Verschüttetes auf, sogar während sie versuchte, die Mädchen dazu zu bringen, das zu essen, was auf ihren Tellern lag. Doch sie wusste, dass sie Braemoor vermissten, dass sie auf ihren Ponys außerhalb der Koppel reiten wollten und dass sie die plötzlichen Einschränkungen ihrer neuen Freiheit nicht verstanden.

Sie und Clara fütterten und hielten Colin abwechselnd. Er hatte eine eigene Schale mit Haferschleim, die er freudig durch den Raum warf, und Torquil beeilte sich, alles wieder zu säubern.

Als sie endlich fertig waren, gab Janet Colin an Clara weiter, um ihn nach oben zu bringen und ihm den Haferschleim vom Gesicht und von der Kleidung zu waschen. Trilby, die sich sehr geschickt im Umgang mit den Mädchen erwiesen hatte, nahm sie mit. Torquil war noch immer am Putzen.

Janet dachte, dass er viel zu alt war, um sich zu bücken und die Böden zu schrubben, und da sie ein Tuch entdeckte, half sie ihm.

»Mylady!«, rief er entsetzt aus.

»Dieses Durcheinander stammt von meinem Sohn«, sagte sie. »Und ich langweilige mich ziemlich, weil ich nichts zu tun habe. Trilby sagte, dass die Markgräfin, die hier gelebt hat, immer die Böden geputzt habe. Trilby sagte, dass es verboten ausgesehen habe.«

»Damals war ich noch nicht auf Braemoor«, sagte Torquil und scheuerte nur noch stärker. Seine Stimme war voller Missfallen.

»Wann seid Ihr hierher gekommen?«

»Vor acht Monaten, nachdem der Marquis den Titel geerbt hat.«

In acht Monaten hatte er Braemoor zu seinem Zuhause gemacht. Er schikanierte die anderen Dienstboten, oder zumindest behaupteten sie das, auch wenn ein Zwinkern in ihren Augen aufblitzte. Alle schienen den barschen und gutherzigen Torquil zu mögen, der seine neuen Verantwortungen sehr ernst nahm.

Sie putzte ein wenig fester.

»Wo hat er Euch gefunden?«

»In seinem alten Haus an der See.«

»Erzählt mir etwas davon.«

»Da gibt es nicht viel zu sagen. Es war ein großer dunkler Kasten. Er ist verkommen.«

»Mylord hat mir gesagt, dass seine gesamte Familie tot ist.«

Seine Brauen zogen sich zusammen. »Ja. Seine Mutter starb, als er noch ein kleiner Junge war. Aber damals war er schon fortgebracht worden. Ihr Vater, der alte Lord, starb kurz danach.«

»Und niemand hat geerbt.«

»Da war nichts zu erben. Die Burg zerfiel und das Land war nichts mehr wert. Der alte Herr war verschuldet. Die Burg wurde von der Krone für die Steuern übernommen, doch niemand wollte sie haben. Sie sei verflucht, hieß es.«

»Warum?« Sie bemühte sich, ruhig zu sprechen.

In Torquils Gesicht arbeitete es, und seine Augen umwölkten sich. »Die Lady hatte sich vom Turm gestürzt.«

Seine Lippen pressten sich zusammen, als hätte er schon zu viel gesagt.

»Mylord hat mir von seiner Mutter erzählt«, sagte sie sanft.

Torquils Augen zogen sich zusammen, und er blickte sie wachsam an.

»Er sagte, sie sei krank gewesen.« Das war sowohl eine Bemerkung als auch eine Frage.

Torquil beugte sich wieder über den Fleck, den er schrubbte. Sie wunderte sich darüber. Er hätte eines der Mädchen rufen können, doch er schien ein persönliches Interesse an ganz Braemoor zu haben. In der Tat hatte er auch Befugnis übertragen bekommen, während Neils Abwesenheit Zahlungen zu leisten. Das Vertrauen war offensichtlich beidseitig.

Janet dachte, er würde nicht antworten. Doch nach einem Augenblick des Schweigens begann er es doch. »Sie war ein hübsches Mädchen. Freundlich und ehrlich. Alle haben sie geliebt.«

Und er auch, verstand sie sofort.

Sein Mund schloss sich plötzlich.

»Was ist geschehen?«, fragte sie und forderte ihn so sanft wie möglich auf, weiterzusprechen.

»Gaston Forbes kam zu Besuch«, erzählte er bitter. »Er sagte ihr, dass er sie liebe, und sie dachte, dass auch sie ihn liebte. Er ... verführte sie und verschwand. Der Mistkerl hatte um die Hand einer anderen Frau angehalten, die eine größere Mitgift hatte, und sein Antrag wurde angenommen. Sie schrieb ihm, als sie feststellte, dass sie ein Kind erwartete, doch er hat ihr nie geantwortet.

Ihr Vater tobte. Obwohl sie nur eine kleine Mitgift hatte und das Land arm war, hatte er auf eine gute Partie vertraut. Seine einzige Hoffnung war, die Sache zu verschweigen. Er wollte nicht, dass jemand von ihrer Schande erfuhr und sagte allen, sie sei bei Verwandten auf Besuch. Doch er hatte keine Erben, und als der kleine Herr geboren wurde, behauptete ihr Vater, das Kind sei verwaist gewesen. Er erzählte der ganzen Welt, dass er ihn ganz legal adoptiert habe. Seine Mutter …«

Er hielt inne. »Ich sollte über all diese Dinge gar nicht sprechen.« Er stand auf, doch er zitterte, und sie hätte schwören können, dass er gegen Tränen ankämpfte.

Sie legte ihm die Hand auf den Ärmel. Sie zögerte. Man vertraute sich Dienstboten nicht an. Doch sie musste es wissen. »Es ist wichtig, Torquil. Dem Marquis wurde von seinem Onkel gesagt, dass seine Mutter wahnsinnig gewesen sei, und auch ihre Mutter. Er glaubt, dass sein Blut erblich belastet ist.«

»Nein«, sagte er, als er sich langsam erhob. »Das kann nicht stimmen. Ich erinnere mich daran, dass ihre Mutter an einer schlimmen Krankheit gestorben ist. Sie starb in dem Jahr, bevor Lady Johana den Mann kennen lernte, der sie verraten hat.« Seine Wut war unübersehbar.

»Sie war nicht geisteskrank?«

»Nein.«

»Kann es sein, dass die Familie die wahre Todesursache geheim gehalten hat?«

»Ich war Pferdepfleger, Mylady, und das Personal redet miteinander. Ich habe ganz sicher nichts von einer Geisteskrankheit gehört.«

»Aber Johana?«

Seine Augen flackerten, und er wandte sich ab. Sie sah einen Schimmer von Tränen in ihnen. Ihr wurde klar, dass er viel mehr für seine Herrin empfunden hatte, als er wohl jemals zugeben würde.

»Als sie sich weigerte, ihren Sohn zu verleugnen, hat ihr Vater sie eingesperrt und wohl gehofft, sie so gefügig machen zu können. Das war dumm. Zu viele Menschen wussten Bescheid, doch der Graf war verzweifelt. Ich … war bereit, ihr bei der Flucht zu helfen. Sie wollte Neil mitnehmen. Ihr Vater erwischte sie auf der Treppe, nachdem ein Hausmädchen sie aus ihrem Zimmer gelassen hatte. Einer der Dienstboten erzählte mir, dass er ihr den Jungen weggenommen hat, der höchstens zwei Jahre alt gewesen war, und sie schlug. Sie fiel die Treppe hinunter und schlug mit dem Kopf auf die Steine auf. Danach war sie nicht mehr wie zuvor.

Sie sprach nie wieder. Sie saß einfach ... nur da. Sie hat mich nicht einmal erkannt. So blieb sie jahrelang. Dann wurde der Junge eines Tages fortgebracht, ohne dass ich wusste, was mit ihm geschah. Einige Tage, nachdem er fort war, fiel Lady Johana vom Turm. Drei Monate später starb der Graf.«

»Und die Burg?«

»Alles Mobiliar wurde verkauft. Die Dienerschaft wurde entlassen.«

»Und Ihr?«

»Ich konnte nicht weg«, sagte er und hob sein Kinn trotzig an. »Jemand musste sich um ihr Grab kümmern.«

»Und jetzt?«

»Mylord hat jemanden beauftragt, sich darum zu kümmern. Er sagte, er brauche mich.« Das Letzte erzählte er voller Stolz. »Er hat mir sogar das Rechnen beigebracht, damit ich eine noch größere Hilfe sein kann.«

Wahrscheinlicher war, dass Braemoor wusste, dass Torquil *ihn* brauchte. Sie lernte gerade, dass Braemoors Freundlichkeiten immer hinter irgendetwas versteckt waren.

»Könnte jemand etwas über Johanas Mutter wissen?«, fragte sie.

»Ihre Familie waren Engländer. Ich glaube ... es könnten die Wadsworth gewesen sein.«

»Und der Marquis hat mit Euch niemals über sie gesprochen?«

»Nein«, sagte er.

Weil er glaubte, alles zu wissen.

Ein Kloß, so groß wie ein Stück Kohle, blieb in ihrer Kehle

stecken. Was war, wenn er sich tatsächlich geirrt hatte? Was, wenn sein Onkel ihn belogen hatte? Dann hätte sie ihn schon vor Jahren heiraten können. Es würde dann keine Rolle gespielt haben, dass sie wenig besaß.

Doch dann hätte sie nicht Colin und die Mädchen bekommen.

Gott nahm. Und er gab.

Doch vielleicht war es gar nicht Gott gewesen. Es war der verstorbene Marquis gewesen. Mochte er in der Hölle schmoren.

»Mylady?«

»Wir müssen mehr herausfinden«, sagte sie. »Vielleicht sollten wir einen Anwalt mit Nachforschungen betrauen.«

Torquil schüttelte den Kopf. »Nicht ohne die Zustimmung meines Lords.« Er begann sich zurückzuziehen. »Ich hätte nicht so viel sagen sollen.«

Sie sah ihn verschwinden. Er ging mit erhobenen Kopf davon.

Sie blieb noch einem Augenblick. Sie wollte ihm folgen, doch sie wusste, dass er nichts mehr sagen würde. Nicht heute Abend. Seine Treue Neil gegenüber war allumfassend. Wie sie auch Neils Mutter gegenüber gewesen war.

Janet ging die Treppe hinauf, während die Geschichte in ihrem Kopf widerhallte. Ihr Herz schmerzte für die Frau, die man versteckt hatte, für die Mutter, der man den Sohn gestohlen hatte. Doch jetzt hatte sie Hoffnung. Neils Mutter war offenbar sehr schwer verletzt worden. Johana war nicht verrückt gewesen, zumindest nicht, bevor sie sich den Kopf angeschlagen hatte, und das hatte eine äußere Ursache und keine vererbte.

Doch würde das für Neil reichen, nachdem er die vergangenen acht Jahre unter dieser dunklen Wolke gelebt hatte?

Sie glaubte es nicht.

Wenn sie doch bloß mehr herausfinden könnte.

Sie hatte die Macht über die Gelder von Lochaene. Sie brauchte nur einen Anwalt zu finden. Sie traute dem, der sich stets um Lochaene gekümmert hatte, nicht, und sie hatte keinen neuen finden können. Im nahe gelegenen Dorf gab es keinen. Wieder erfuhr sie die Hoffnungslosigkeit, die sie schon viel zu oft gefühlt hatte. Im Gegensatz zu Neil kannte sie niemanden, dem sie trauen konnte.

Doch Braemoor musste einen Anwalt haben.

Und Torquil würde wissen, wer er war.

Aber würde Torquil ihr helfen?

☆ ☆ ☆

Alexander Leslie band sich die Maske um den unteren Teil seines Gesichts und ließ nur die Augen frei. Ein Büschel rostbraunes Haar verdeckte den einzig sichtbaren Teil seiner Narbe.

Er hatte einen Pikbuben bei sich, denjenigen, den Braemoor ihm gegeben hatte. Burke, der auf der anderen Seite des Weges stand, war auch maskiert. Er war im Dorf gewesen und hatte mitbekommen, dass eine moderne Kutsche vor dem Gasthaus angehalten hatte. Er hatte bald herausgefunden, dass es sich um einen Engländer handelte, der kürzlich mit schottischem Land belohnt worden war. Für Dienste König George gegenüber, zweifellos.

Das Dorf war drei Meilen von Lochaene entfernt.

Vielleicht würden sie genügend ergattern, um Braemoor wenigstens einen Teil des Geldes zurückzugeben, das er ausgab. Trotz allem, was er zu Braemoor gesagt hatte, fiel es ihm schwer, so viel von einem fremden Mann anzunehmen, noch dazu von einem, der mit Cumberland gekämpft hatte. Die Kinder waren der einzige Grund gewesen.

Sie waren sein einziger Lebensinhalt. Er hatte alles andere verloren. Das Land seiner Familie. Seine Clan-Mitglieder.

Sein Legat. Und sogar das Gesicht, mit dem er aufgewachsen war. Doch die alte Frau, die ihm das Leben gerettet hatte, hatte fünf der Kinder versteckt. Sie hatte ihn gebeten, ihnen dabei behilflich zu sein, einen Weg nach Frankreich zu finden, wo sie hoffte, dass andere schottische Flüchtlinge sich um sie kümmern würden. Die anderen ... nun, sie waren nach und nach dazugekommen.

Er hatte gezögert, sich weit von der Höhle zu entfernen, weil er alles war, was sie hatten. Doch nun hatte er einen Grund. Er musste das tun, um seiner Schwester zu helfen. Das war sehr wichtig für ihn.

Sie hatten schon einen gefällten Baumstamm über den Weg gelegt. Nun warteten sie und hofften, dass keine britischen Patrouillen auftauchten.

Einige Stunden später kam Fergus, einer der Jugendlichen, zu ihnen geritten. Er hatte den Weg von einem Aussichtpunkt aus beobachtet. Gott sei Dank hatten sie noch Braemoors Pferd von ihrem unglücklichen – oder war es ein glückliches? – ersten Zusammentreffen. Der Mann hatte es bei seinen anschließenden Besuchen nicht erwähnt. Alex war sich nicht sicher, ob Braemoor es vergessen hatte oder fand, dass Alex das Pferd dringender brauchte als er selbst. Jetzt vermutete er, dass Letzteres stimmte.

Der Mann verblüffte ihn. Verwirrte ihn. Aber, bei Gott, Alex hoffte, dass er nur eine sehr merkwürdige Art von Engel war.

Er und Burke stiegen auf ihre Pferde. Sie befanden sich gleich hinter einer Kurve, und der Baumstamm würde die Kutsche an der Weiterfahrt hindern. Es würde fast unmöglich sein, sie auf solch einem engen Weg zu wenden.

Sie hörten die Hufe, das Klimpern der Geschirre, das Knirschen der Räder, und dann sahen sie sie, eine große, schwerfällige und prunkvolle Kutsche, die von vier gleichstarken schwarzen Pferden gezogen wurde.

Die Augen des Kutschers waren auf den Weg gerichtet, und er begann, die Fahrt zu verlangsamen, als er den Baumstamm auf dem Weg entdeckte. Dann sah er Alex und Burke und versuchte verzweifelt, die Pferde zurückzuhalten.

Ein Kopf fuhr aus dem Fenster heraus und verschwand wieder. Zeit genug, eine Pistole zu ziehen, wie Alex wusste. Er zielte selbst mit der Pistole auf den Mann. »Bleibt stehen und ergebt euch«, sagte er.

Der Kutscher hob die Hände, und die Pferde blieben nervös stehen. Burke, der auf der anderen Seite war, glitt vom Pferd und ging zu der Tür an der gegenüberliegenden Seite der Kutsche hinüber. Er riss sie auf.

»Absteigen!«, befahl Alex dem Kutscher.

Der Mann stieg herab, und Alex schwang ein Bein über den Sattel und glitt herab. Er durchsuchte den Umhang des Mannes mit seiner Pistole. »Keine Waffen?«

Der Kutscher schüttelte den Kopf, und in seinen Augen stand die blanke Angst.

»Geh hinter die Kutsche und bleib so stehen, dass ich dich sehen kann.«

Der Kutscher tat, was man ihm sagte. Dann näherte Alex sich seiner Seite der Kutsche, wobei er hoffte, dass alle Pistolen in der Kutsche außer Gefecht waren. Ein stämmiger Mann in einem Samtstaat saß darin. Burkes Waffe zielte auf seinen ansehnlichen Bauch. Eine Pistole lag unbenutzt neben ihm. Alex beugte sich herab und nahm sie an sich. »Mylord, ich danke Euch für diese Waffe. Und nun her mit Eurer Geldbörse und dem Schmuck, wenn ich bitten darf.«

»Du Schuft, dafür wirst du bezahlen. Der Herzog von Cumberland …«

»Der Schlächter?«, unterbrach ihn Alex. »Er wird nichts tun können. Hat er nicht schon längst versucht, den Schwarzen Buben unschädlich zu machen? Es ist unmöglich, Mylord. Ich bin wie der schottische Nebel. Ich werde euch zusetzen, bis

Ihr Schottland verlasst. Das könnt Ihr Eurem großartigen Herzog gern ausrichten. Und jetzt verschwendet Ihr meine Zeit. Wenn Ihr dieses Wams ohne ein Loch in der Mitte behalten wollt, werde ich die Börse und diese Ringe mitnehmen. Die Gürtelschnalle auch, denke ich. Gold, Mylord? Bezahlt mit dem Blut guter Schotten?«

Der Mann zitterte jetzt. Er gab Alex eine fette Geldbörse, die an seinem Gürtel hing und nahm dann zögernd den goldenen Gürtel ab. Burke streckte die Hand aus und nahm ihn.

»Jetzt die Ringe, Mylord – und beeilt Euch. Ich werde langsam ungeduldig und es könnte passieren, dass ich Euch die Finger abschneide, um sie zu bekommen.«

Der Engländer zerrte an seinen Ringen. Drei gingen ab. Der letzte nicht. Alex spielte mit seinem Messer herum.

»Gnade«, winselte der Engländer.

»Ich habe es gern, wenn ein Engländer einen Schotten um Gnade bittet«, saget Alex. »Tatsächlich freut mich das so sehr, dass ich Euch den Ring zur Erinnerung dalasse. Zusammen mit dem hier.« Er schnipste ihm eine Karte zu. »Und sagt Eurem Lord Cumberland, dass der Schwarze Bube seine Ferien genossen hat, aber nun die Absicht hat, die Engländer zahlen zu lassen.«

»Ihr werdet nicht davonkommen.«

»Oh, ich habe Freunde, Mylord. Wichtige Freunde. Und nun verlasse ich Euch, damit Ihr in Ruhe über Eure Missetaten gegen meine Landsleute nachdenken könnt.« Er nickte Burke zu, der mit einem Fuß in der Kutsche stand. »Schneide die Zugriemen durch.«

Der Engländer erhob sich halb, ehe Alex ihn zurückstieß. »Ich würde das nicht tun. Mein Freund hat noch weniger für die Engländer übrig als ich.«

»Aber du kannst uns doch nicht hier zurücklassen.«

»Natürlich kann ich das. Ihr könnt laufen, Mylord. Ihr seht aus, als brauchtet Ihr Bewegung.«

Burke schnitt die Zugriemen durch und rannte dann zu seinem Pferd. Alex schloss die Kutschentür und starrte den Kutscher an. »Mach keine Dummheiten.« Dann sprintete er mehrere Schritte zu seinem Pferd, saß auf und grub dem Pferd die Absätze in die Seiten.

Neil stand mit auf dem Rücken gefesselten Händen am Strand, und sechs stämmige und bärbeißige Schmuggler umringten ihn. Er hoffte wie verrückt, dass der Franzose ein vernünftiger Mann war. Er sah zu, wie ein großes Beiboot sich der Küste näherte. Acht Männer legten sich in die Riemen, und Neil erkannte aufgestapelte Fässer in der Mitte. Auch ein zweites Boot tauchte aus dem Nebel auf.

Für eine Weile hatten weder er noch seine Bewacher geglaubt, dass ein Kontakt zustande kommen würde. Der Nebel dämpfte die Lichtblitze. Die Schmuggler hatten Laternen an drei Stellen des Strandes geschwungen, und eine Stunde war vergangen, bevor Neil das unverhüllte Licht vom Meer aus gesehen und die anderen alarmiert hatte.

Und jetzt fragte er sich, ob er so gefällig hätte sein sollen.

Ein Mann in einem dunkelblauen Umhang sprang aus dem großen Beiboot heraus und näherte sich Neil und den Schmugglern. Die Laterne war heruntergedreht worden, doch Neil sah einen gut aussehenden Mann mit einem dunklen Bart.

»*Mon Ami*«, sagte er gut gelaunt. »Und wer ist das hier?«

»Er hat uns nachspioniert. Er sagt, er suche einen Franzosen.«

Der Kapitän schaute zu ihm herüber und hob dann die Laterne, um Neil in die Augen zu sehen. »Monsieur?«

Neil musterte ihn genauso offensichtlich. Der Mann war schlank, doch Neil vermutete, dass er stark war. Die Augen des Mannes waren so kalt wie das Meer, von dem er gerade gekommen war. »Ich habe zwei Erwachsene und zehn Kinder, die eine Überfahrt nach Frankreich brauchen. Ich zahle Euch jeden Betrag, den ihr fordert.«

»Seid Ihr so reich?«

»Eher verzweifelt«, gab Neil zu.

»Und wieso sollte ich Euch vertrauen?«

Neil sah die Männer um sich herum. »Kann ich Euch allein sprechen?«

Noch immer mit der Laterne in der Hand, nickte der Franzose, nahm seinen Arm und führte ihn ein Stück den Strand hinunter, während die Schmuggler damit begannen, die Fässer auszuladen. »Mein Cousin war Rory Forbes«, sagte er.

»Sollte mir das etwas sagen?«

»Das hatte ich gehofft. Soweit ich weiß, hat er Geschäfte mit einem französischen Kapitän gemacht.«

»Es gibt mehr als nur einen Schmuggler, Monsieur.«

»Einen, der Gold mag, hoffte ich.«

»Euer Name, Monsieur?«

Neil wollte ihn nicht nennen. Aber er hatte ohnehin schon seine Verbindung zu Rory zugegeben. Die Behörden würden nicht lange brauchen, um herauszufinden, wer er war. Mitgefangen, mitgehangen, dachte er und überlegte, dass es diese Art von Sprüchen nicht umsonst gab. Sie waren viel zu oft wahr. »Braemoor«, sagte er. »Der Marquis von Braemoor.«

»Ahhhhh!«, rief der Franzose, und sein Gesicht hellte sich auf. »Aber Ihr ähnelt ihm nicht.«

»Nein«, sagte Neil erleichtert, dass er den Mann getroffen hatte, dessen sich Rory bedient hatte.

»Er hat Euch nie erwähnt.«

»Wir waren keine Freunde«, gab Neil ehrlich zu.

Der Franzose zog eine Augenbraue hoch. »Warum seid Ihr denn dann hier?«

»Wie ich schon sagte, habe ich Freunde, die das Land verlassen wollen.«

»Feinde der Krone?«

»Wenn man ein Kind von sechs oder zehn so nennen kann.«

»Und wo liegt Euer Interesse in der Sache?«

»Nur, Sie in Sicherheit zu bringen.«

Der Blick des Franzosen schien ihn zu durchbohren, dann zog er mit der freien Hand ein Messer hervor. »Dreht Euch um«, sagte er.

Neil gehorchte und spürte, wie das Messer die Seile durchschnitt, mit denen er gefesselt war. Dankbar massierte er sich einen Moment lang die Handgelenke.

Dann konzentrierte er seine Aufmerksamkeit wieder auf den Franzosen. »Werdet Ihr es tun?«

»Der Preis ist tausend Pfund.«

»Fünfhundert«, sagte Braemoor.

»Ihr habt gesagt, ihr zahlt jeden Preis«, erinnerte der Franzose ihn.

»Ja«, gab Neil zu. »Aber ich dachte, die Franzosen handeln gern.«

»Weil Ihr Rorys Cousin seid – einverstanden«, sagte der Franzose grinsend.

Neil zögerte und fragte dann: »Geht es ihm gut?«

»Es geht ihm gut und er lebt mit seiner zauberhaften Frau in Freiheit«, sagte der Franzose und streckte ihm die Hand entgegen. »Ich bin Renard.«

Neil schlug ein. »Keine weiteren Fragen?«

»*Mon Ami*, wenn mir irgendetwas zustoßen sollte, ist Euer Leben keinen Pence mehr wert. Ich habe Freunde.«

Das war eine deutliche Warnung, die er nicht infrage stellte.

Sie kehrten zu den Schmugglern zurück, die das erste Boot schon entladen hatten und mit dem zweiten fast fertig waren. Die Fässer stapelten sich am Strand.

»Wann können meine Freunde Euch erwarten?«

»Beim nächsten Neumond«, sagte der Franzose. »Zwanzig Tage von heute an. Ich liebe die Dunkelheit.«

»Sie werden hier sein.«

»Und das Geld?«

»Es wird auch hier sein.« Er griff in seine Geldtasche, die in seinem Umhang steckte. »Hier sind fünfzig Pfund«, sagte er und warf dem Franzosen die Geldbörse zu. Die Hälfte des Inhalts hatte er den Schmugglern bereits gegeben.

»*Bon*«, sagte der Franzose. »Schickt eure *Amis* zu Jack, dem Besitzer des Pelikan. Er kennt die Zeichen. Und er hasst die Engländer. Er wird sie nicht betrügen.«

«Merci«, erwiderte Neil.

Der Kapitän grinste. »Es macht mir Freude, die verdammten Engländer zu überlisten.« Dann drehte er sich um und sprach einen Moment lang mit Jack. Geld wurde gewechselt. Dann sprang der hoch gewachsene Franzose ins Boot, und es fuhr davon.

Janet ging die Geschäftsbücher auf Braemoors Schreibpult in seiner Schreibstube durch. Sie wusste, dass Torquil in der Küche war. Sie hatte nicht viel Zeit.

Sie wusste, dass er sie niemals zu dem ermuntern würde, was sie gerade tat. Er würde sagen, dass das die Angelegenheit des Marquis sei.

Aber nun war es auch ihre. Nach der Nacht in Edinburgh war es ganz bestimmt auch ihre Angelegenheit.

Sie fand, was sie suchte. Den Namen seines Anwalts in Edinburgh. Schnell schrieb sie ihn sich auf, schloss dann das Journal und eilte davon.

Edwin Prentis, Esq.

Sie setzte sich an den Tisch in ihrem Zimmer und behielt dabei ein Auge auf Colin, der sich von einem festen Gegenstand zum nächsten hangelte. Er hatte entdeckt, dass Beine schneller waren als Knie.

»*Sehr geehrter Herr*«, begann sie. »*Ich schreibe Euch im Namen des Marquis von Braemoor. Er versucht, Mitglieder*

der Familie seiner Mutter ausfindig zu machen und bittet Euch, Nachforschungen anzustellen. Der Mädchenname seiner Großmutter war Wadsworth. Bitte nehmt keinen Kontakt zu ihnen auf, sondern richtet Eure Antwort an mich.«

Sie adressierte den Brief. Sie würde in Neils Schreibstube zurückgehen und sein Siegel benutzen müssen.

Sie befühlte ihn ein paar Momente lang und fragte sich, ob sie das Richtige tat. Sie erinnerte sich an den harten Ausdruck auf Neils Gesicht, als er über seine Vergangenheit gesprochen hatte. Er hatte sie akzeptiert, so viel war klar. Sie war sich nicht sicher, ob er bereit sein würde, diese offensichtlich empfindliche Wunde zu öffnen. Aber zumindest würde sie einen Namen für ihn haben.

Und dann würde es ihm überlassen bleiben, ob sie ihm genug bedeutete, um nicht nur ihre Feinde zu bekämpfen, sondern auch seine geheimen eigenen.

Kapitel 26

Zuhause. Seltsam, dass dieses Wort jetzt so viel Bedeutung hatte.

Es war nicht das Steingebäude, sondern die Frau und die Kinder, die sich darin aufhielten.

Sein Herzschlag beschleunigte sich, als er näher kam. Er hatte auf seiner Rückreise von der Küste an kaum etwas anderes gedacht als an Janet. Er hatte einen Umweg gemacht, um Alex auf dem Rückweg zu sehen und hatte einen Mann vorgefunden, der sehr zufrieden mit sich war.

Es hatte zwei Tage von der Küste gedauert, um Alex zu sehen und weitere zwei Tage, um nach Braemoor zurückzukehren, und das auch nur, weil er Tag und Nacht geritten war. Er war mehr als eine Woche von Janet getrennt gewesen, und es kam ihm vor wie ein ganzes Jahrhundert. Er wusste nicht, was er tun würde, wenn sie und die Kinder für immer fortgingen. Eine große Freude würde aus seinem Leben weichen.

Aber das würde noch eine Weile dauern. In der Zwischenzeit würde er sich an ihr erfreuen. Und an den Mädchen und dem kleinen Jungen. Er sehnte sich danach, sie zu beschützen, für sie sorgen, ihr Gesicht und ihr Herz zum Lächeln und Lachen zu bringen.

Und sich selbst auch. Gott wusste, dass er viel zu lange darauf verzichtet hatte. Dass sein Herz einsam und verhärtet war. Was auch immer die Zukunft bringen sollte, es war gut, wieder zu fühlen.

Die Sonne sank hinter Braemoor. Kein Nebel heute und auch kein Dunst oder Regen. Stattdessen beleuchteten Sonnenstrahlen den grauen Stein und schienen ihn lebendig zu machen.

Dann sah er Janet, und das Rot der Sonne reflektierte das Gold in ihrem Haar. Sie war nach vorn gebeugt und hielt Colin im Gleichgewicht, der von ihr fortschwankte und auf seine älteste Schwester zuging. Dann sagte Rachel etwas, und sie schaute in seine Richtung. Neil sah ihr strahlendes Lächeln, und das ließ sein Herz in der Brust jubeln. Er dachte daran, wie es wäre, es jeden Tag zu sehen, wischte diesen Gedanken aber schnell wieder fort.

Janet liebte Kinder. Sie hatte jedes Recht, noch mehr eigene Kinder zu haben. Und sie hatte auch jedes Recht, so geliebt zu werden, wie eine Frau geliebt werden sollte, nicht nur teilweise. Nicht mit Schatten, die drohend lauerten.

Er ritt zu ihr und glitt müde vom Sattel. Annabella warf sich ihm entgegen, und er streckte die Arme aus, nahm sie hoch und wirbelte sie einmal herum, genoss ihr Lachen und ihre Umarmung. Dann ließ er sie hinunter und seine Hand griff nach ihrer, und ihre Wärme ging auf ihn über und füllte jeden Winkel in ihm aus.

Dann stand Grace vor ihm, und ihre normalerweise ernsten Augen leuchteten. »Ich danke Euch für das Pony.«

Er ging vor ihr in die Hocke, wie er es bei Alex gesehen hatte und sah ihr in die blauen Augen. »Gern geschehen, Grace.«

»Ich liebe es.«

»Nun, Gott hat die Ponys gemacht, damit sie geliebt werden.« Die Worte überraschten ihn, doch sie erfreuten sie offenkundig.

Ihr Lächeln wurde breiter. »Ich werde mich sehr gut um ihn kümmern.«

»Du kümmerst dich um alle gut«, bemerkte er. Und das tat sie wirklich, mit ihrem ernsten Gesicht und den zu ernsten Augen. Jetzt jedoch strahlten sie.

»*Ich* sorge auch gut für meines«, protestierte Annabella dagegen, dass sie Neils Aufmerksamkeit verlor.

»Das stimmt nicht«, widersprach Rachel. »Jamie muss dir helfen.«

»Sie ist noch nicht so groß wie du«, warf Neil ein.

Rachel richtete sich auf und bekam einen zufriedenen Gesichtsausdruck.

Colin spürte offensichtlich, dass er nicht im Mittelpunkt stand, und kam schwankend zu ihm, und Neil ließ Annabellas Hand los und fing ihn auf, als er gerade im Begriff war zu fallen. Colin grinste ihn an, und Neil merkte, dass er das Grinsen erwiderte. »Waghalsiger kleiner Junge«, sagte er.

Colin gluckste zustimmend, und seine Hand berührte Neils Gesicht.

Die Berührung war tollpatschig, die kleine Hand weich. Doch es lag ein Vertrauen in dieser Geste, das Neil innerlich schmelzen ließ. Er schluckte. Das hier war all das, von dem er niemals auch nur zu träumen gewagt hatte. Er spürte, dass seine Augen feucht zu werden begannen.

Er übergab Colin seiner Mutter und erkannte das warme Verständnis in ihren Augen.

»Ich brauche ein Bad«, sagte er verlegen, weil er sich nur zu bewusst war, dass er sechs Tage lang fast ununterbrochen geritten war und er nun stärker nach Pferd roch als das Pferd selbst.

»Und etwas zu essen, nehme ich an«, sagte sie.

»Ja, das wäre mir sehr willkommen.«

»Und habt Ihr Neuigkeiten?«

»Ja. Sie sind gut, Janet, aber das muss warten.« Er wollte nicht, dass die Kinder hineingezogen wurden. Sie konnten Geheimnisse, von denen sie nichts wussten, auch nicht ausplaudern.

Dann bemerkte er Kevin, der nicht weit entfernt stand. Eine Muskete lehnte neben ihm am Stall. Er hob fragend eine Augenbraue.

»Später«, sagte Janet, während ihr Blick wieder zu den Kindern ging.

Er nickte. Seine Hand berührte Colins braunen Haarschopf, dann wandte er sich ab und ging ins Haus.

Die Kinder würden heute Abend mit Clara essen. Ihre Manieren hatten sich in den letzten drei Abenden verbessert, doch sie brauchte – und wollte – ein wenig Zeit mit Neil allein.

Er erschien im Speisesaal, und sein Haar war noch feucht und leicht gelockt. Er war gekleidet, wie er es normalerweise vorzog: dunkle Hose, Stulpenstiefel und ein weißes Leinenhemd, das am Hals geschnürt war. Er sah männlich und gut aus in seiner saloppen Haltung. Sie wusste, dass er Verzierungen wie wattierte Hosen und Knieschnallen verabscheute. Doch die strenge Kleidung stand ihm gut.

Er verbeugte sich leicht. »Mylady.«

Sie knickste. »Mylord.«

Die Worte wurden leise und leidenschaftlich gesprochen, und Janet wusste, dass sie mehr wie ein Liebeslied klangen als wie eine Höflichkeitsfloskel. Der Raum knisterte vor Spannung. Sie wollte die Hand ausstrecken und ihn berühren, doch stattdessen stand sie einfach da, ihre Beine so wackelig wie Colins.

»Warum hatte Kevin eine Waffe?«

»Zwei Männer sind hergekommen, als wir in Edinburg waren. Torquil sagte mir, sie hatten die Absicht, Colin zurück nach Lochaene zu holen. Sie sagten, es sei eine Anordnung von Reginald. Er weigerte sich, und die Männer, die Ihr hier gelassen habt und Kevin und Jamie erklärten ihnen, dass sie verschwinden sollten. Kevin hat sie jedoch später ganz in der Nähe wieder gesehen. Ich bin seither nirgendwohin hingegangen und habe die Kinder nicht mehr allein hinausgelassen.«

»Sie müssen darauf gewartet haben, dass wir fortgehen«, sagte Neil. »Ich werde die Umgebung morgen von ein paar Männern durchkämmen lassen. Wenn sie noch immer hier sind, werde ich schon erfahren, was Reginald vorhat.«

»Wenn Colin etwas passiert, wird Reginald erben«, sagte Janet und biss sich auf die Lippe.

»Er muss fest damit gerechnet haben, dass Cumberland dich festnehmen würde. Es passt gut in unseren Plan, dass er diese Runde verloren hat. Er sollte sehr empfänglich sein für ein Angebot des Schwarzen Buben. Wir müssen jetzt unseren großen Maskenball vorbereiten.«

»Einen Ball?«, fragte Janet. Sie kannte nur die groben Züge dessen, was er ausgeheckt hatte; nur, dass er irgendwie einen Verdacht auf Reginald lenken wollte.

Er grinste. »Ja, ich denke, es wird Zeit für den neuen Marquis von Braemoor, sich in die Gesellschaft einzuführen. Alle werden kommen. Die Neugierde wird sie dazu zwingen. Vielleicht beehrt uns ja sogar Seine Gnaden. Oder jemand aus seinem Stab.«

»Und meine Rolle?«

»Gespenstisch«, sagte er. »Euer Bruder und ich haben alle Einzelheiten ausgearbeitet«, sagte er. »Offenbar gibt er einen sehr glaubhaften Schwarzen Buben ab.«

Sie saß da und hörte ihm zu, und ihre Verblüffung über die Unverfrorenheit seines Plans wuchs. Das Einzige, das ihr Sorgen bereitet hatte – dass Reginald vielleicht gar nicht schuld an den Unfällen war –, war gelöst. Wenn er nicht versuchte, ihr oder den Kindern etwas anzutun, würde Neils Plan nicht funktionieren.

»Wann?«

»Der Ball wird in drei Wochen stattfinden. Alexander wird in dreieinhalb Wochen auf einem Schiff sein.«

»Und ich werde ihn nie wieder sehen«, sagte Janet traurig. »Es ist schwer, ihn nur zu finden, um ihn wieder zu verlieren.«

»Es gibt sicher einen Weg«, tröstete er sie.

»Und werden die Kinder bei ihm sein?«

»Er ist ein guter Ersatzvater«, sagte Neil. »Er wird dafür sorgen, dass sie in Sicherheit sein werden.«

»Es ist schwierig für mich, ihn mir auf diese Weise vorzustellen. Er war immer ein Lebemann.«

Ein Schatten glitt über Neils Gesicht.

»Neil?«

»Ich habe dir gesagt, dass er eine Narbe hat. Ich möchte, dass du vorbereitet bist.«

Freude erfüllte sie. »Werde ich ihn sehen können?«

»Ich versuche, ein kurzes Treffen zu arrangieren«, sagte er.

Sie umarmte diesen Gedanken, diese Hoffnung. »Ich danke dir«, flüsterte sie.

Er nickte. »Wir werden morgen die Einladungen schreiben«, sagte er. »Wir werden einige Leute anstellen müssen.«

»Ich glaube nicht, dass wir dabei Probleme haben werden«, sagte sie.

»Nein. Ich habe noch nicht alles getan, was ich vorhatte. Es wird einigen genug einbringen, um leichter durch den Winter zu kommen.«

»Ich habe deine Pläne durcheinander gebracht«, stellte sie traurig fest.

»Nein, Janet«, erwiderte er. »Ihr habt mich gelehrt, das Leben wieder wichtig zu nehmen, und das wird mich zu einem besseren Grundbesitzer machen.«

In seinen Augen war Traurigkeit. Sie fragte sich, ob sie ihm erzählen sollte, was sie von Torquil erfahren hatte oder warten sollte, bis sie mehr von dem Anwalt hörte. Sie wollte nicht Hoffnungen bei ihm wecken, die sie dann wieder zunichte machen musste.

Sie würde warten. Dann würde sie es ihm erzählen, egal, wie die Reaktion ausfallen würde.

Sie aßen, Neil hungriger, als sie ihn jemals hatte essen sehen. Sie fragte sich, wie viel er in der vergangenen Woche wohl zu sich genommen hatte. Sie konnte sich überhaupt nicht vorstellen, wie viel er für sie aufgegeben hatte. Und nun riskierte er sogar noch mehr. Er beging Landesverrat.

Sie war nicht mehr hungrig. Sie erinnerte sich an seinen Blick, als Colin die Hand nach seinem Gesicht ausgestreckt hatte. Das wehmütige Verlangen in seinen Augen. Er war ein Mann, der von Liebe erfüllt war. Er hatte versucht, sie zu verdrängen, weil er dachte, dass er kein Recht auf sie hatte, und das schmerzte sie mehr als alles andere. Sie würde mit Freuden und unter allen Umständen seine Frau werden. Doch sie wusste, dass er dem niemals zustimmen würde.

Also schaute sie ihm stattdessen beim Essen zu. Er machte das so sorgsam und methodisch, wie die meisten Dinge. Doch nun kannte sie auch seine andere Seite: wagemutig und liebevoll. Aber kontrolliert. Selbst seine Verwegenheit war kontrolliert.

Torquil kam zu ihnen, räumte Teller fort und ersetzte sie durch neue. Seine Augen waren besorgter als sonst. Sie fragte sich, wie viel er gehört hatte. Oder ob er Neil von ihren Fragen erzählen würde.

Neil stand auf, kam zu ihrer Tischseite herüber und zog für sie den Stuhl zurück. Sie erhob sich und schaute zu ihm auf. Sie war nur Zentimeter von ihm entfernt, doch seine Miene sagte ihr, dass es auch eine Meile sein könnte. Dennoch berührte seine Hand ihre Wange. »Gute Nacht, Janet.«

Sie nickte und wünschte, er würde sie mitnehmen. Doch er hatte diesen entschlossenen Schimmer in den Augen, die vor Erschöpfung gerötet waren. Sie hatte ihn fragen wollen, ob er den Kindern gute Nacht sagen wollte, doch vielleicht morgen.

Stattdessen wandte sie sich ab, verließ den Raum und stieg die Treppe hinauf, im Bewusstsein, dass er ihr nicht folgte, sondern dass er in seine Schreibstube gegangen war.

Sie vermisste ihn jetzt schon.

☆ ☆ ☆

Die Mädchen weckten sie. Sie sprangen aufs Bett und kicherten so, wie kleine Mädchen das eben machten. Es hatte eine Zeit gegeben, wo Janet gedacht hatte, dass sie das nie hören würde. Sie hatten so viel Angst vor ihrem Vater gehabt.

Colin gluckste in seinem Bett. »Grace, kannst du mir deinen Bruder bringen?«

Grace ging sofort zu Colin hinüber, nahm ihn auf und wiegte ihn, als wäre sie die Mutter. Er lächelte sie an. »Er muss neu gewickelt werden«, sagte sie.

»Ja, das kann ich mir denken«, sagte Janet, reckte sich und scheuchte die Mädchen vom Bett. Sie gab jedem einen Kuss und schickte sie ins Kinderzimmer, um sich anzuziehen. Dann wickelte sie Colin. Das könnte auch Clara tun, doch jede Minute mit ihm erfüllte sie mit Freude, im Gegensatz zu Louisa, die so wenig Mutterpflichten wie möglich erfüllen wollte. Sie mochte es, dass er lächelte, wenn sie ihn berührte, und sie hörte seinem Geplapper so gern zu. Es würde nicht mehr lange dauern, bis er diese extreme Nähe verschmähen würde.

Janet war fertig mit dem Wickeln und setzte Colin auf den Boden, wo er sich sofort daranmachte, alles zu untersuchen, auf seinen unsicheren, aber drallen Beinchen herumzutappen. Sie bürstete ihr Haar so lange, bis es einen feinen Glanz hatte und zog dann ein sauberes Hemd an. Sie überlegte, ob sie ein Korsett tragen sollte, entschied sich jedoch dagegen. Sie war noch schlank, und sie hatte diese Freiheit seit dem Tod ihres Ehemanns genossen. Stattdessen wählte sie ein einfaches Kleid aus, das vorne geschnürt wurde. Sie war fast fertig, als Lucy mit einem Tablett voll heißer Schokolade, einigen süßen Brötchen und einer Schale mit Obst das Zimmer betrat. »Der Herr schickt Euch das herauf, Mylady«, sagte sie. Sie machte ein langes Gesicht, als sie sah, dass ihre Herrin fast fertig angezogen war. »Es tut mir Leid, dass ich zu spät komme.«

»Ich hätte dich gerufen, wenn ich dich gebraucht hätte«, sagte sie. »Der Marquis?«

»Er ist ausgeritten«, erklärte Lucy.

Janet wünschte, er hätte sie gebeten, ihn zu begleiten. Doch sie wusste jetzt, warum er versuchte, ihr aus dem Weg zu gehen. Sie hoffte so sehr, dass sie die Wahrheit über seine Familie herausfinden würde, und dass diese Wahrheit so sein würde, wie sie es sich erträumte.

☆ ☆ ☆

Alex beobachtete, wie Reginald Campbell von Lochaene fortritt. Er war ein armseliger Reiter, und offenbar versuchte er sich seines Verdrusses zu entledigen, indem er ihn an dem Tier ausließ.

Mitleid mit dem Pferd ergriff Alex. Und mit seiner Schwester, die drei Jahre lang in diesem Haushalt gelebt hatte. Er würde Spaß an seiner Aufgabe haben.

Alex hatte nun schon zwei Tage lang auf seine Chance gewartet. Er musste Reginald dazu bringen, ein Angebot zu machen, das der Schwarze Bube nicht ablehnen konnte. Und da der Schwarze Bube seine Anwesenheit mit drei Raubüberfällen kundgetan hatte, sollte er kein Problem mehr haben, den Mann davon zu überzeugen, dass er tatsächlich zurückgekehrt war.

Er schloss hinter Campbell auf. Der Mann war für einen Besuch gekleidet, nicht für einen Ritt, und würde daher sicher die Straße nehmen. Alex wusste genau, wo er ihm den Weg abschneiden wollte. Gott sei Dank, hatte Braemoor die Lochaene-Kutsche genommen, das ließ Campbell kaum eine Wahl unter den Beförderungsmitteln.

Alex wusste auch, dass Braemoor Campbell die Geldquellen abgeschnitten hatte. Er musste also mittlerweile verzweifelt sein.

Er ritt in einem gemächlichen Tempo. Die Straße war einsam, obwohl sie zu der Hauptstraße nach Edinburgh führte. Er fragte sich, ob das Reginalds Ziel war. Nun, so weit würde er nicht kommen. Nicht heute. Zumindest nicht so schnell, wie er glaubte.

Alex wusste, dass er zuschlagen musste, ehe sie die viel benutzte Straße nach Edinburgh erreichten.

Er schwenkte von der Straße ab, umging sie, und zwang sein Pferd in einen Galopp. Er war mit diesem Land hier schon von früher her vertraut. Lochaene und das Land seiner Familie lagen nicht weit voneinander entfernt. Und in den letzten paar Monaten, hatte er es kreuz und quer durchstreift und hatte sich zwischen seinen Hügeln und Mooren versteckt.

Er ritt scharf weiter, bis er an dem Punkt ankam, an dem Reginald vorbeikommen musste. Er wartete, bis er Hufschläge hörte, dann stellte er sich ihm, mit der Pistole in der Hand, entgegen.

Reginalds Pferd hielt an. Das gerötete Gesicht des Mannes wurde bleich, als er die Maske und die Pistole sah.

Alex verbeugte sich und schnipste ihm einen Pikbuben zu. Er landete auf dem Boden, doch Reginald erkannte seine Bedeutung.

»Was wollt Ihr?«, polterte er los.

»Dass Ihr jetzt sofort die Straße verlasst«, sagte Alex. Er deutete mit seiner freien Hand zum Wald zu ihrer Linken hinüber.

»Und wenn ich mich weigere?«

»Dann werdet Ihr den nächsten Moment nicht überleben.«

Reginald dirigierte sein Pferd in die Richtung, in die Alex gezeigt hatte. Sobald sie außer Sicht der Straße waren, befahl Alex ihm, abzusitzen. Reginald rührte sich nicht.

Alex seufzte hörbar. »Ich habe nur sehr wenig Geduld.«

Reginald saß ab.

»Habt Ihr eine Waffe?«

Schweigen.

Alex seufzte wieder und sein Daumen zuckte am Abzug.

»Ja«, sagte Reginald.

»Ah, ein ehrlicher Mann, wenn auch ein widerwilliger.«

Alex schwang sich von seinem Pferd und ging zu Reginalds Satteltaschen. Sie waren prall gefüllt. Er fand die Pistole, steckte sie in seine eigene Satteltasche und verbeugte sich spöttisch. »Ich danke Euch, Mylord. Und nun zu Eurem Lösegeld. Ich werde Eure Börse nehmen und den Schmuck.«

»Ich ... ich habe kein Geld. Nur ein paar Münzen. Ich bin ... ein armer Mann.«

»Das ist unvorteilhaft für Euch.«

»Ich dachte ... Ihr helft Menschen dabei, Schottland zu verlassen.«

»Gegen Bezahlung«, sagte Alex. »Doch ich habe meine Bedürfnisse, und die Engländer, und alle, die ihnen dienen, scheinen allen Reichtum zu besitzen. Ich denke, es Ihnen abzunehmen, ist meine verfluchte Pflicht. Und nun, Mylord, muss ich entscheiden, was ich mit Euch machen werde, da ihr ja nichts besitzt.«

Ein grüblerischer Ausdruck trat in Reginalds Augen, genauso, wie Braemoor es vorhergesagt hatte. »Ich habe jetzt nichts dabei, aber ich kann Euch viel Geld versprechen, wenn ...«

Alex' offensichtliches, wenn auch schweigendes Interesse brachte ihn dazu, fortzufahren.

»Wenn eine bestimmte Dame einen Unfall erleidet«, sagte Reginald und beobachtete seine Augen eindringlich. Es war augenfällig, dass er sich sicher genug fühlte, um einem verzweifelt gesuchten Rechtsbrecher dieses Angebot zu machen.

»Eine Dame?«

»Eine Mörderin. Sie hat meinen Bruder getötet, um die

Macht über seinen Besitz an sich zu reißen. Es wäre nur gerecht«, fügte er wichtigtuerisch hinzu.

»Ah, Gerechtigkeit. Ein nobler Grund, in der Tat. Und wie viel könnte ich erwarten, wenn ich für diese ... Gerechtigkeit sorge?«

»Zuflucht auf meinem Gut«, sagte Reginald. »Und einhundert Pfund.«

»Warum sollte ich Euch glauben? Das könnte eine Falle sein. Die Belohnung, die auf meinen Kopf ausgesetzt worden ist, ist weit höher.«

Alex sah, dass Reginalds Augen nun zu leuchten begannen. Er glaubte offensichtlich, dass er endlich eine Möglichkeit gefunden hatte, dieses Hindernis aus dem Weg zu räumen. Sein Angebot war nicht sofort zurückgewiesen worden. Und er war noch am Leben. Alex konnte seine Gedanken geradezu lesen. Gier. Sie wirkte sich seltsam auf die Vernunft aus. Reginald glaubte, dass er sie beide loswerden würde. Das Interessante an nicht sehr intelligenten Männern war, dass sie glaubten, gerissener zu sein, als sie in Wirklichkeit waren. Und sie gingen oft auch davon aus, dass andere Männer genauso käuflich waren, wie sie selber es sein würden.

»Ich gebe Euch mein Wort«, sagte Reginald.

Alex warf den Kopf zurück und lachte. »Ihr bittet mich, jemanden zu ermorden, und dann gebt Ihr mir Euer Wort. Ihr solltet schon etwas Überzeugenderes bieten.«

Reginalds Zuversicht wuchs. »Was würdet Ihr vorschlagen?«

»Das Lochaene-Siegel«, sagte Alex. »Und eine schriftliche Erklärung, dass Ihr mir hundert Pfund schuldet.«

Der Mann starrte ihn an. »Woher wisst Ihr etwas von Lochaene?«

Alex schaute mit einer sorglosen Geste, die eindeutig Geringschätzung ausdrückte, auf die Fingernägel seiner linken Hand herab. »Ich weiß alles. Ich bin Euch von dort aus gefolgt.«

»Warum ich?«

»Ihr seid der letzte Adlige hier, der Geld hat. Den anderen habe ich längst alle Wertsachen weggenommen.«

Alex wusste, dass Reginald von den Diebstählen des Schwarzen Buben gehört haben musste. Er sollte sich jetzt fragen, von wie vielen anderen er nichts gehört hatte.

»Ich werde nichts niederschreiben.«

»Ihr könnt sagen, dass es Spielschulden sind«, sagte Alex. »Und der Schuldschein ist ausgestellt auf … John Burke. Ich werde das Siegel zurückgeben, wenn ich das Geld erhalten habe.«

»Warum das Siegel?«

Alex zuckte die Achseln. »Wenn es eine Falle ist und ich geschnappt werde, wird es viele Fragen über das Siegel geben. Ich möchte nicht, dass Ihr in Versuchung geführt werdet, mein künftiger Lord.«

Er beobachtete, wie Reginald mit sich selbst kämpfte. Die Männer, die er nach Braemoor geschickt hatte, um seinen Neffen zu holen, waren nicht zurückgekehrt. Braemoors Verwalter hatte ihn von allen Geldern abgeschnitten. Und es war nicht das geschehen, was er nach seinen Anklagen gegen seine Schwägerin erwartet hatte. Genau genommen musste er verzweifelt sein.

»Ich habe das Siegel nicht«, sagte Reginald schließlich.

»Ich bin sicher, dass sich eins auf Lochaene befindet.«

»Ja«, erwiderte Reginald nach einem Moment.

»Ich werde mich morgen wieder hier mit Euch treffen.«

»Ich bin auf dem Weg nach Edinburgh«, sagte Reginald.

»Nicht, wenn Ihr … Gerechtigkeit wollt«, sagte Alex.

Reginald wog das einen Moment lang ab. Er hatte sich auf die Reise nach Edinburgh begeben, um Cumberland zu sprechen und herauszufinden, warum er nichts über Janet gehört hatte. Jetzt hatte er eine Möglichkeit, sein Problem sofort zu lösen.

Er nickte.

»In der Zwischenzeit nehme ich den Ring mit, den Ihr tragt«, sagte Alex, »und Eure Börse. Ihr habt doch sicher ein bisschen Bargeld dabei.«

»Ich möchte ihn zurückhaben«, sagte Reginald.

»Ja, warum nicht, wenn ich meine hundert Pfund bekommen habe.«

Reginald bemühte sich heftig, den Ring vom Finger zu ziehen und reichte ihn Alex zögernd. »Meine Pistole.«

»Ich denke, dass ich sie brauche«, meinte Alex, warf den Ring in die Luft und fing ihn wieder auf. »Ihr habt Glück, dass ich Euch nicht das Pferd wegnehme. Armes Tier. Ihr reitet wie ein Hafersack.« Dann ging er zu seinem Pferd und saß, noch immer mit der Pistole in der Hand, auf. »Ihr dürft jetzt auch aufsteigen«, sagte Alex. »Morgen kommt ihr einfach wieder diese Straße entlang. Allein. Ich werde Euch irgendwo treffen. Verlasst Lochaene gegen Mittag. Bringt das Siegel mit. Und den Schuldschein. Oh, und betrügt mich nicht. Ich kenne mich auf Eurem Gut aus, und ich habe Freunde.«

Dann verschwand er zwischen den Bäumen, bevor Reginald es sich anders überlegen konnte.

Die Tage vergingen in arbeitsamer Betriebsamkeit. Janet hoffte noch immer, dass sie etwas von dem Anwalt hören würde. Bisher konnte er natürlich noch keine Nachforschungen in London gemacht haben, doch vielleicht gab es ja in Edinburgh auch irgendwelche Informationen.

Doch sie hatte keine Zeit, darüber nachzudenken. Kleider mussten genäht, Einladungen geschrieben und weggeschickt und die Speisenfolge geplant werden.

Neil war kaum zu sehen. Das geschah mit Absicht, dachte Janet. Wenn sie früh genug aufstand, was sie oft machte, weil Colin früh wach war, sah sie ihn vielleicht wegreiten. Er hatte ihr gesagt, dass seine Männer das Gebiet durchkämmt und keine Fremden gefunden hätten. Sie waren wahrscheinlich inzwischen fort. Er hatte andere ausgeschickt, um die Einladungen zu verteilen, und sie hatten schon eine Menge Zusagen erhalten. Wie Neil vermutet hatte, trieb sie ihre Neugierde, wenn schon nicht ihre Freundschaft dazu.

Er kam normalerweise so spät zurück, dass sie die Kinder schon zu Bett gebracht hatte. Sie bewachte sie noch immer scharf und passte auf, dass sie sich nicht aus ihrem Blickfeld entfernten. Doch sie vermisste Neil. Vor allem vermisste sie es, seine Augen vor Freude aufleuchten zu sehen, wenn er die Mädchen beobachtete oder Colin auf dem Arm hielt. Er würde ein wunderbarer Vater sein.

Und Ehemann. Rücksichtsvoll. Zärtlich. Beschützend.

Heute morgen war es nicht anders gewesen als sonst. Sie war früh aufgestanden, doch wieder nicht früh genug. Sie schaute hinaus, um den Sonnenaufgang zu betrachten. Sie sah Neil davonreiten. Sie wusste, dass Neil die Pächter besuchte, Streitigkeiten schlichtete, Ratschläge zur Ernte gab und sogar Essen zu denen brachte, die zu wenig hatten. Als ob er fürchtete, dass er bald nicht hier sein würde, um das zu tun.

Sie sehnte sich danach, ihn zu begleiten, an seiner Seite zu reiten, die Frauen zu besuchen und sich ihre Probleme anzuhören. Doch er hatte sie vom ersten Tag nach seiner Rückkehr an ausgeschlossen. Die wenigen Male, die sie ihn gesehen hatte, waren sein Mund grimmig, sein Gesicht starr und seine Augen freudlos gewesen. Nur wenn er die Kinder sah, entspannte er sich.

Sie verließ das Fenster. Colin schlief noch, und sie wollte ihn nicht wecken. Er sah immer so friedlich aus, wenn er schlief, völlig anders als der kleine Wirbelwind, zu dem er später am Tag wurde.

Sie ging zu dem Kleid hinüber, das im Schrank hing. Unerbittliches Schwarz. Sie würde wie ein Leichnam aussehen.

Neil hatte eine Schneiderin angestellt, das Kleid zu entwerfen, hatte sie aus einem kleinen Dorf, das fündundzwanzig Meilen entfernt war, holen lassen. Es war ein strenges schwarzes Kleid mit einem hohen Kragen und langen Ärmeln. Die Schneiderin hatte einen Überwurf aus dunkelgrauer Gaze hinzugefügt, der sie zu einer ätherischen Erscheinung machte. Ein wenig Puder, und ihr Gesicht würde fast weiß sein.

Seufzend setzte sie sich in einen Sessel und beobachtete Colin. Sie dachte an ihren Bruder und kaute auf ihrer Lippe herum. Er war irgendwo dort draußen und konnte sein Leben verlieren, wenn er nur den kleinsten Fehler beging. Und Neil auch. Sie hingegen saß hier, und sah ihrem Kind beim Schlafen zu.

Sie streckte die Hand aus, berührte ihn und wünschte ihm ein Leben in Frieden.

Kapitel 27

Neil klopfte leise an die Tür von Janets Zimmer. Er wusste, dass die Mädchen in ihren Betten schliefen.

Er hatte vor der Kinderzimmertür gewartet und zugehört, wie Janet eine Geschichte erzählte und ein Schlaflied sang. Dann war er gegangen, weil er ihr nicht das Gefühl geben wollte, dass er herum schlich. Und das hatte er auch nicht getan.

Er war nach einem langen Ritt die Treppe zu seiner Kammer hinaufgestiegen. Er war nur stehen geblieben, weil er ihre sanfte Stimme gehört hatte.

Doch nun konnte er ihr nicht mehr ausweichen. Ihr Bruder war in Reitnähe, und er schuldete ihr diese letzte Möglichkeit, ihn zu sehen. Alex war einfach auf der Straße aufgetaucht, ganz überraschend.

Sie öffnete in ihrem Nachthemd die Tür, und ihr lohfarbenes Haar fiel ihr über den Rücken herab.

Sie lächelte unsicher. »Neil?«

»Ich frage mich, ob du Lust hättest, auszureiten?«

»Heute Nacht?«

»Heute Nacht«, bestätigte er.

»Dann muss ich Colin ins Kinderzimmer bringen. Ich möchte ihn nicht allein lassen.«

»Ich nehme ihn, bis du dich umgezogen ... etwas Praktischeres angezogen hast«, sagte er und freute sich, dass sie keine Fragen stellte. Sie vertraute ihm. Das war ganz anders als vor etlichen Wochen.

Er nahm Colin hoch, der sich reckte und ihm ein glückliches Lächeln schenkte. Neil merkte, dass er zurücklächelte. Es war vielleicht ein einfältiges Lächeln, doch das kümmerte ihn nicht. Das Kind fühlte sich so gut in seinen Armen an.

Neil sah Janet an, sah ihr süßes sanftes Lächeln, und sein Herz ging ihm auf. Umso mehr, als er daran dachte, wie glücklich sie in einer Stunde sein würde. Er hatte ein Geschenk für sie. Ein gefährliches Geschenk natürlich, doch ihm war nun klar, dass Sicherheit und Vernunft nicht alles war. Er war aufgeregt und ihm war sogar ein wenig schwindelig. Die Luft vibrierte wieder vor starken Gefühlen. Er hatte Mühe zu schlucken.

War es falsch gewesen, der Liebe zu widersagen? Hatte er seinen Onkel sein Leben vergiften lassen? Janet war offenbar gewillt, zu riskieren, was er nicht gekonnt hatte. Er hatte gedacht, dass er das tat, was die Ehre verlangte, doch hatte er nicht in Wirklichkeit ein Herz geschützt, das Angst hatte zu lieben?

Er hielt Colin mit einem Arm fest, streckte die andere Hand aus und berührte ihr Haar. Ihre Hand nahm seine, umschloss sie mit ihren Fingern, legte sie an seine Wange, und streichelte ihn mit ihrem Handrücken. Die Geste war so liebevoll, dass sein Herz gegen seine Rippen zu schlagen schien.

Wie sehr hatte er sich sein ganzes Leben lang danach gesehnt.

Doch Alex wartete. Und er wollte ihre Augen sehen, wenn sie ihrem Bruder gegenüber stand.

Er zog ihre Hand herunter, beugte sich vor und küsste sie mit der gleichen Zärtlichkeit, die sie ihm geschenkt hatte. Was war er doch für ein Narr gewesen, dass er ihr in den letzten zehn Tagen aus dem Weg gegangen war! Er hatte gedacht, dass sein Willen stark genug war. Und nun erkannte er, was wirklich hinter allem steckte: sein arroganter dummer Stolz.

»Ich komme in ein paar Minuten zurück«, sagte er.

»Ich werde fertig sein«, erwiderte sie sanft.

Janet hatte keine Ahnung, was Neil vorhatte. Ein Ritt um Mitternacht passte überhaupt nicht zu ihm. Oder doch? Sie lächelte bei diesem Gedanken vor sich hin.

Ihr war schnell klar, dass sie auf dem Weg zum See waren. Sie waren dort seit mehr als acht Jahren nicht mehr zusammen gewesen, doch sie kannte jede Kehre und Steigung auf dem kurzen Weg. Sie hatte ihn oft genug in ihren Träumen zurückgelegt.

An einer Stelle beugte er sich zu ihr hinüber und berührte ihre behandschuhten Hände, und es war, als würde er warme Lava durch diese Stelle gießen, die sich langsam in ihrer gesamten Seele ausbreitete. Sie hatte sich niemals zuvor so beschützt, gewollt und … geliebt gefühlt. Er hatte die Worte nicht ausgesprochen, doch er vermittelte sie ihr mit jeder Geste.

Sie erreichten den See, an dem sie sich einst geküsst hatten. Hügel erhoben sich rund um ihn, und im Mondlicht sah sie weiße Punkte aufblitzen – die Schafe – mit denen sie übersäht waren. Der Mond war heute Nacht eine Sichel, doch die Nacht war klar und der mitternächtliche Himmel von Sternen bedeckt.

Er saß ab und half ihr vom Pferd, wobei er sie einen Moment länger festhielt. Dann pfiff er eine Serie von Tönen, die wie der Ruf eines Nachtvogels klangen. Sie sah aufgeregt zu ihm auf und bemerkte dann, dass eine dunkle Gestalt hinter einem Hügel hervortrat.

Als sie näher kam, kam sie ihr vertraut vor. Der schlaksige Körperbau, der arrogante Schritt, die Größe.

Sie rannte zu ihm und in seine Arme, und ihr Körper zitterte vor lauter Freude, Erleichterung und vor Befreiung von dem stillen Kummer, den sie in sich getragen hatte.

Alex schloss sie in die Arme. »Meine hübsche kleine Schwester«, flüsterte er.

Sie vergrub den Kopf an seiner vertrauten Brust, während

sie sich daran erinnerte, wie er sie getröstet hatte, als sie von ihrem ersten Pony gefallen war oder als ein älterer Junge sie gehänselt hatte oder als sie vor Jahren voller Verzweiflung nach Hause zurückgekehrt war. Er hatte keine Fragen gestellt, sondern war einfach da gewesen. Er hatte geschwiegen, als sie Alasdair heiraten wollte, hatte sie nur gefragt, ob sie sich sicher wäre.

Sie hatten die gleichen Eltern, die gleiche Familie und die gleichen Erinnerungen. Sie hatten das gleiche Blut. Und sie waren die Einzigen, die übrig geblieben waren. Nein, jetzt gab es auch noch Colin.

Sie schaute zu seinem Gesicht hoch, das vom Kragen seines Umhangs und einer heruntergezogenen Mütze geschützt war. Sie zog sie hoch, damit sie sein Gesicht im Licht der Mondsichel und der Sterne sehen konnte.

Weil Neil sie gewarnt hatte, traf sie der Schock nicht unerwartet. Ihr gut aussehender Bruder, der hübsche stattliche Kerl, der die Frauen anzog wie die Blumen die Bienen. Eine gezackte Narbe lief auf seiner Wange hinunter, vom Augenwinkel bis unterhalb des Mundes.

Er lächelte wehmütig, doch nur eine Seite seines Mundes bewegte sich. »Es tut mir Leid, Kleines. Ich wollte nicht, dass du mich so siehst, aber, bei Gott, ich konnte nicht fortgehen, ohne dir auf Wiedersehen zu sagen.«

Es war seltsam ergreifend, ihren alten Spitznamen von ihm zu hören.

»Glaubst du, dass mich eine Kleinigkeit wie diese winzige Narbe stören würde?«, fragte sie sanft. »Als Neil mir sagte, dass du am Leben bist ... ich dich aber nicht sehen konnte ...« Ihre Finger berührten liebevoll seine Wange. »Ich dachte, mir bricht das Herz.«

»Und ist es jetzt wieder verheilt?«, fragte er leise.

»Ja. Ich werde dich vermissen. Aber ich kann es jetzt ertragen. Ich glaube nicht, dass ich es gekonnt hätte ...«

»Ich glaube, du kannst alles ertragen. Du bist stärker geworden als wir alle«, sagte er. »Braemoor hat mir von … deinem Ehemann und seiner Familie erzählt. Ich wünschte …«

Janet schüttelte den Kopf und nahm seine Hand in ihre. »Ich möchte nur über dich sprechen. Neil sagte, dass du dich um eine ganze Schar von Kindern kümmerst.«

Wieder tauchte das wehmütige Lächeln auf. »Genauer gesagt, sie kümmern sich um mich.«

»Was hast du mit ihnen vor?«, fragte sie.

»Sie bei Flüchtlingen in Paris unterbringen.«

»Und dann?«

»Ein Vermögen machen, Kleines. Was denn sonst?«

Das klang nach dem Bruder, an den sie sich erinnerte. Unerschrocken, selbstsicher und unverfroren.

»Wer kümmert sich jetzt um die Kinder?«

»Ein Mann namens Burke und einer der älteren Jungs.«

Sie schaute zu Neil hinüber. Er hatte ihnen den Rücken zugedreht und starrte über den See. Alex' Finger umfassten ihre fester.

»Du magst ihn.«

»Ja«, sagte Alex. »Auch wenn er mit Cumberland gekämpft hat.«

Das war ein gewaltiges Eingeständnis ihres Bruders, der immer hitzig und nachtragend gewesen war.

»Und du?«, fragte er sie amüsiert.

»Ja«, sagte sie im gleichen Tonfall wie er. »Aber er hat Vorbehalte.«

»Er liebt dich.«

»Nur so sehr, wie er es sich selbst erlaubt.«

»Ach, Kleines, darauf gehe ich jede Wette mit dir ein.«

»Ich möchte nicht, dass du gehst.«

»Ich bleibe in Kontakt mit dir. Irgendwie. Ich verspreche es.«

Sie lehnte sich in dem Wissen an ihn, dass sie ihn vielleicht nie mehr wiedersehen würde. Doch sie wusste auch, dass er immer bei ihr sein würde, egal, wie groß die Entfernung zwischen ihnen war. Und sie würde schöne und wundervolle Erinnerungen an ihn haben. Keine schrecklichen Gedanken mehr darüber, was ihm wohl geschehen sein mochte. Selbst die Narbe bedeutete im Vergleich zu seinem Leben gar nichts.

Es war ein wunderbarer Augenblick. Neil und ihr Bruder. Zusammen. Verbündete zumindest in diesem Moment. Sie wollte den Moment nicht zerstören, doch sie wusste, dass sie es tun musste. Jede Sekunde hier war gefährlich für ihn.

»Und Reginald? Hat er sich so verhalten, wie Neil sich das vorgestellt hat?« Sie brachte es nicht fertig, es offen zu fragen, ob jemand ihren Tod wollte.

»Ja«, sagte Alex sanft. »Braemoor kann Menschen gut einschätzen. Und auch Feiglinge.« Er zögerte und sagte dann: »Ich brauche deinen Ring, Kleines.«

Janet nickte und versuchte, ihn nicht spüren zu lassen, was in ihr vorging. Sie hatte mit Reginald und seiner Frau zusammengelebt, und obwohl sie nicht in allem einer Meinung gewesen waren, hätte sie ihm nie zugetraut, dass er jemanden dafür bezahlte, sie zu ermorden. Sie zog den Ring ab, den sie von ihrem Ehemann bekommen hatte und gab ihn ihrem Bruder. Die Tatsache, dass er nicht mehr auf ihrem Finger steckte, gab ihr ein seltsames Gefühl von Freiheit.

»Ich muss gehen«, sagte er. »Ich hätte nicht kommen sollen, doch Braemoor ...« Er zögerte. »Pass auf ihn auf«, sagte Alex grinsend. »Er hat eine verwegene Ader, die er, glaube ich, selbst nicht ganz versteht.«

»Ich werde dich nicht wiedersehen?«

»Nein, ich denke nicht. Braemoor hat eine Überfahrt nach Frankreich arrangiert.«

Sie stellte sich auf die Zehenspitzen. Er war größer als Neil, aber nicht viel.

»Sei vorsichtig«, sagte sie.

Er nickte, dann schritt er zu Neil hinüber. Er sagte etwas zu ihm, das sie nicht hören konnte, und dann verschwand er so schnell, wie er aufgetaucht war.

Janet ging zu Neil hinüber.

»Ich danke dir«, sagte sie und kämpfte gegen den Kloß in ihrer Kehle an. »Das war das schönste Geschenk, das man mir machen konnte.«

»Gern geschehen.«

Ihr wurde wieder bewusst, dass er keine Familie hatte, offenbar auch nie eine gehabt hatte, außer einer Mutter, die als verrückt galt und einem Großvater, der ihn weggegeben hatte. Nun, jetzt hatte er eine Familie.

Doch sie nahm nur seine Hand in ihre und verschränkte die Finger mit seinen. Und zusammen gingen sie zu ihren Pferden zurück, und zwischen ihnen lag eine ganz neue, stille Intimität.

Sie versorgten beide ihre Pferde selbst, statt Kevin oder Jamie zu wecken. Neil hatte ihnen gesagt, dass sie nicht aufstehen müssten. Einer von ihnen hatte eine Öllaterne aufgehängt. Sie kamen gleichzeitig aus den Ställen, stießen fast miteinander zusammen. Neil hatte das Gefühl, als ob er einer von zwei Magneten sei, nicht in der Lage, sich in eine andere Richtung als in ihre zu bewegen. Er kam einfach nicht mehr dagegen an. Und er wollte es auch nicht mehr.

Ihre Lippen trafen hitzig aufeinander. Seine Arme schlangen sich um sie, und ihr Körper presste sich gegen seinen. Er spürte ihre weichen Formen und das Verlangen, das sie beherrschte. Das auch seinen Körper beherrschte. Er vertiefte seinen Kuss und genoss die Nähe, warm und zärtlich und genau richtig. Sehr richtig. Ihm wurde klar, dass kein Mensch die Zukunft voraussagen konnte, und wenn sie bereit war, Risiken einzugehen, wie konnte er nicht?

Nach einem Augenblick lösten sich seine Lippen von ihren und ihre Blicke begegneten sich. Fragend.

Eine süße Weichheit trat in ihre Augen. Er legte einen Arm um sie und führte sie zum Turmhaus hinüber. Es kümmerte ihn nicht, wer das sah oder welche Geschichten verbreitet werden könnten. Alles, was er wollte, war sie an seiner Seite zu wissen.

Sobald sie in ihrer Kammer waren, schloss er die Tür, und sein Mund verschmolz wieder mit ihrem, suchend, forschend, verlangend. Ihr Körper glühte vor Verlangen, und sein eigener stand in Flammen. Dann knöpfte er mit einem sehnsuchtsvollen Stöhnen ihr Reitkostüm auf. Und ihre Hände wiederum beschäftigten sich mit den Schnüren seiner Hose.

Sie hielt inne und sah ihn mit Fragen in den Augen an. »Wirst du es nicht bedauern ...«

»Dein Bruder hat mich eines gelehrt«, sagte er, »dass das Leben zerbrechlich ist, und dass niemand vorhersehen kann, was geschehen wird. Du ... und Alex ... heute Nacht ... es war gefährlich, und vor einem Monat hätte ich es für *zu* gefährlich angesehen.« Seine Hand berührte ihr Kinn. »Aber es hat sich gelohnt.«

Sie nahm seine Hand. »Ja, Mylord. Wenn ich jetzt an ihn denke, sehe ich ihn so vor mir, wie er heute Nacht war, muss ihn mir nicht verstümmelt und verlassen auf irgendeinem Schlachtfeld vorstellen. Du hattest mir gesagt, dass er lebt, doch ich habe das Gefühl, dass mein Herz das bis heute Nacht nicht wirklich geglaubt hat.« Sie hielt seine Hand fest. »Niemand kann die Zukunft voraussagen. Man kann nur die Möglichkeiten ergreifen und genießen, die einem gegeben werden.«

Neils Herz hämmerte gegen seine Rippen. Er hatte so lange vorsichtig gelebt. Er hatte so lange mit dem Schatten seiner Mutter gelebt. Nun war er dreißig, und es gab kein Anzeichen von Wahnsinn.

»Ein Kind ...«

»Ein Kind wird geliebt werden«, erklärte sie heftig. Etwas verdunkelte ihre Augen, doch es verschwand schnell, sie füllten sich mit Verlangen und der Angst, zurückgewiesen zu werden.

Sie hatte ihn völlig entkleidet, und er Sie. Ihr Körper war so weich, weicher noch, als er es in Erinnerung hatte. Doch in jener Nacht in Edinburgh waren sie verloren gewesen in dem Kampf von Schuld und Verlangen. Seine Hände glitten über die Kurven ihres Körpers, dann fuhren seine Finger durch ihr Haar. »Für mich bist du die Luft zum Atem«, flüsterte er.

Janet schaute auf, und Überraschung und Freude über seine Worte standen in ihren Augen. Ihm wurde klar, dass er ihr bisher viel zu wenige zärtliche Worte gesagt hatte. »Ja«, sagte er. »Und die Sonne und der Mond und die Sterne.«

Sie stellte sich auf die Zehenspitzen und berührte seine Lippen mit ihren. Er zog sie an sich und spürte, wie ihr Körper sich in seinem verlor. Seine Lippen umwarben sie zuerst, fragend und verführerisch. Dann vertiefte er seinen Kuss, wurde wilder, unternahm fordernde und hungrige Raubzüge in ihrem Mund. Ihre Arme umfassten seine Schultern, und ihre Finger spielten mit seinem Nacken und entzündeten Flammen, die wie Lauffeuer in seine Lenden fuhren.

Er hob sie hoch, trug sie zum Bett und legte sie sanft nieder. Sein eigener harter Körper drängte sich neben sie. Seine Hand glitt mit so leichten und zärtlichen Bewegungen über ihren Körper, dass sie tief aufseufzte. Dann neigte er sich über sie, und seine Zunge leckte über die sich verhärtende Brustwarze. Er fühlte, dass sie vor Erregung zitterte. Sein eigener Körper tobte vor Verlangen.

Die Begierde durchfuhr ihn, als seine Lippen wieder ihre fanden und mit ihnen spielten und zärtlich und aufreizend an ihnen knabberten. Sie tauschten Kuss um Kuss, und ihre Lippen und ihre Münder suchten und empfingen begierig, während ihre Hände ihn genauso erforschten, wie seine sie erforscht hatten.

Er hatte nicht gewusst, dass eine Berührung so zärtlich und doch wie ein Feuer sein konnte. Die Zweiteilung der Gefühle selbst schon war ein Aphrodisiakum – nicht dass er eins gebraucht hätte. Sein Blut fühlte sich bereits wie Feuer in seinen Venen an. Ihr Körper war angespannt, bewegte sich ruckartig und signalisierte ihr Verlangen. Er bewegte sich, glitt über sie hinweg, und neckte sie so lange, bis sie vor Verlangen stöhnte und er langsam in sie eindrang. Er wollte, dass sie das gleiche unglaubliche Gefühl verspürte wie er. Er drang tiefer in sie ein, füllte sie ganz aus und bewegte sich mit einem Rhythmus, der immer ursprünglicher wurde, als ihr Körper sich mit seinem in dem natürlichsten aller Tänze bewegte, der ihnen beiden weder einen Willen noch eine Wahl ließ. Der Rhythmus beschleunigte sich. Stoß folgte auf Stoß. Der Atem blieb ihm weg, als das Vergnügen zur Ekstase wurde, und dann wurden sie eins, in einem herrlichen, glanzvollen Moment.

☆ ☆ ☆

Alex traf Reginald auf der Straße, auf der sie zuvor schon zusammen getroffen waren.

Wie es ihm der Marquis von Braemoor gesagt hatte, hatte Alex Burke mit einem versiegelten Brief für Reginald losgeschickt. Burke, der ein Meister der Heimlichkeit war, sollte ihn an der Vordertür von Lochaene hinterlassen. Alex wollte Reginald glauben lassen, dass der Schwarze Bube auftauchen und verschwinden konnte, wie er wollte.

Die Mitteilung besagte, dass der Schwarze Bube seinen Auftrag erfüllt habe. Reginald sollte ihn an der gleichen Stelle treffen wie zuvor, um den Beweis zu erhalten und ihre Geschäftsvereinbarung zu beenden.

Alex glaubte nicht, dass Reginald Kraft hatte, nicht zu dem

Treffen zu erscheinen. Auch konnte der Mann keine Falle mehr legen, ohne sich selbst darin zu fangen.

Also gab es nur noch ein letztes Puzzleteil zu legen. Alex wusste, dass er Reginald dazu überreden musste, an Braemoors Ball teilzunehmen. Er sollte seine Einladung inzwischen erhalten haben.

Als zusätzliche Vorkehrung traf Alex sich mit Reginald eine Meile näher an Lochaene als bei dem vorherigen Treffen. Und wie zuvor tauchte er aus dem Nichts auf, mit der Maske vor dem Gesicht und der auf Reginald gerichteten Pistole.

»Mein lieber Campbell«, sagte er. »Ihr reitet auf die Bäume dahinten zu, bis wir von der Straße aus nicht mehr gesehen werden können.«

Wortlos dirigierte Reginald sein Pferd in den Wald hinein und hielt in einiger Entfernung von der verlassenen Straße an.

»Steigt ab!«, befahl Alex. Ihm fiel auf, dass Campbell diesmal ein altes Pferd ritt und keinen Schmuck trug. Er amüsierte sich darüber. Der Mann würde sicher auch keine Waffe tragen, dachte er, doch er glitt von seinem Pferd herab und überprüfte Campbells Sattel und ihn selber. Nichts.

»Ihr lernt dazu, Sir«, sagte er gelassen.

»Ihr habt Neuigkeiten für mich?«, fragte Reginald.

Alex zuckte die Achseln. »Sie ist tot.« Er warf ihm Janets Ring zu. Es klebte getrocknetes Blut an ihm.

Reginald betrachtete ihn einen Moment lang. »Wie ist sie gestorben? Ich habe nichts gehört.«

»Das werdet Ihr auch nicht. Braemoor veranstaltet einen Ball in zwei Tagen. Cumberland wird teilnehmen. Ich glaube nicht, dass Braemoor möchte, dass Cumberland vom Tod der Dame erfährt, ehe er Euer Gut in seinen Händen weiß.«

»Woher wisst Ihr das?«

»Woher ich so viel über Euch weiß? Ich habe überall Spione, mein lieber Campbell.« Dann schien er einzulenken.

»Ich kenne jemanden, der in Braemoors Diensten steht. Ich weiß, dass er der Dame verboten hatte, allein auszureiten, doch sie hat sich kaum daran gehalten. Sie hatte einen sehr bedauerlichen Unfall auf der Straße und ist von ihrem Pferd abgeworfen worden.«

Reginald nickte. »Sie ist oft ausgeritten, ohne jemanden davon zu unterrichten. Und ich weiß, dass sie Lochaene nicht verlassen wollte. Er hat sie dazu gezwungen und einen seiner Männer hier zurückgelassen, um seine Interessen zu wahren. Wahrscheinlich, um uns auszunehmen.«

Alex fuhr fort, als hätte Reginald überhaupt nichts gesagt. »Ich habe gewartet, ob jemand ihren Leichnam finden würde. Aus einiger Entfernung natürlich. Er ist ihr gefolgt und hat den Leichnam entdeckt. Ich hab gesehen, dass er ihn in den Wald hineingetragen und dort zurückgelassen hat. Offenbar für die Tiere. Er muss genauso gierig sein wie Ihr. Und wie sein Cousin. Ich hätte lieber *ihn* kaltgestellt aufspießen«, sagte Alex.

Seine eisigen Worte schienen überzeugend zu sein. Oder vielleicht fand Reginald sich selbst in jedem anderen wieder. Seine Miene war zufrieden. »Ich wollte an dem Ball nicht teilnehmen, aber nun werde ich es doch tun. Ich werde verlangen, sie zu sehen.«

»Ich an Eurer Stelle würde nicht zu früh auftauchen«, warnte Alex. »Ihr wollt doch nicht, dass jemand auf die Idee kommt, ihr hättet etwas mit ihrem Verschwinden zu tun.« Er zögerte und fügte dann mit unheilvoller Stimme hinzu: »Ich erwarte meine Bezahlung zur gleichen Zeit in genau einer Woche. Das gibt Euch Zeit genug, die Kinder zu holen und ihre Vormundschaft zu übernehmen«, sagte er, hob die Pistole wieder und strich mit dem Lauf über Reginalds Hals.

»Das … das wird länger dauern.«

»Verkauft etwas Schmuck. Borgt Euch Geld. Mir ist es egal, wie ihr das macht, aber enttäuscht mich nicht.«

Reginald glaubte ihm. Alex konnte seine Angst fühlen. Und er hatte keine Schuldgefühle, sie hervorgerufen zu haben. Oder wegen dem, was er Reginald gerade antat. Der Mann war bereit gewesen, einem Geächteten Geld zu zahlen, um Janet töten zu lassen, und er könnte auch gut und gerne seinen eigenen Bruder getötet haben.

Alex saß auf. Er musterte Reginalds Pferd und wünschte, er könnte es für die Kinder mitnehmen. Von seiner Höhle aus war es eine lange Strecke bis zum Meer. Die älteren Jungs würden laufen müssen.

Zur Hölle, warum eigentlich nicht? »Ihr braucht nicht aufzusitzen, Campbell. Euer Pferd wird Teil der Bezahlung sein, die Ihr mir schuldet.«

»Aber …«, schimpfte Reginald.

»Ihr könnt ja sagen, Ihr seid abgeworfen worden«, sagte Alex lächelnd unter seiner Maske. »Niemand würde das anzweifeln.«

Er beugte sich herab, nahm die Zügel aus Reginalds Händen und galoppierte davon, ohne sich umzudrehen. Er glaubte, dass Reginald den Köder recht gut geschluckt hatte.

Kapitel 28

Die Tage vor dem Ball verliefen fieberhaft. Janet plante das Essen, kümmerte sich um die Einkäufe von Lebensmitteln, stellte zusätzliches Personal ein und überwachte die Reinigung des Turmhauses.

Neil war oft fort. Nachdem sie sich nach dem Treffen mit ihrem Bruder geliebt hatten, waren er zu seinen neuen Ländereien geritten, eine Reise von drei Tagen. Bevor er sich verabschiedete, stellte er sicher, dass sie gut beschützt war.

»Ich muss sicherstellen, dass sie Nahrung und Futter für den Winter haben«, sagte er, und sie wusste, dass er fürchtete, dass etwas schief gehen würde und er später nicht mehr in der Lage sein könnte, sich darum zu kümmern. Es war diese praktische, fürsorgliche Seite an ihm, die sie liebte. Sie wusste auch, wenn er heute Nacht zurückkehrte, würde sie fortgehen und sich mehrere Tage in Marys Häuschen aufhalten müssen. Falls Reginald früh eintraf, durfte sie nicht da sein. Der Dienerschaft würde gesagt werden, dass sie dringende Geschäfte auf Lochaene zu erledigen habe und dass die Reise dorthin zu schwierig für die Kinder sei. Sie wollte nicht einmal daran denken, dass sie so lange von ihrem Sohn getrennt sein würde, doch es war ein kleiner Preis für ihrer aller Sicherheit.

Und Neil würde sie besuchen. Sie wusste jetzt, dass er es tun würde. Er hatte nichts von Hochzeit gesagt, doch sie hatte die Liebe in seinen Augen gesehen. Aber auch Schmerz lag noch immer auf seinem Gesicht, eine Angst, die ihr jedes Mal einen Stich ins Herz versetzte, wenn sie sie wahrnahm. Sie betete jeden Tag um eine Nachricht vom Anwalt, damit sie ihm die Last von der Brust nehmen konnte.

Seit er neulich abends die unsichtbare Wand um ihn eingerissen hatte, hatte er sie berührt, wann immer sie allein gewesen waren. Er hatte es mit einer solchen Zärtlichkeit getan, ihr so sehr das Gefühl gegeben, sie zu beschützen, dass ihr ganz warm ums Herz geworden war.

Colin war den ganzen Tag über aktiv gewesen und hatte jede Ecke und jeden Schlupfwinkel erforscht. Janet und Clara mussten ihn wirklich ständig überwachen, da er nun laufen konnte und von einem Gegenstand zum nächsten stolperte, während er mit strahlend blauen Augen zu ihr aufschaute, die sie aufforderten, stolz auf seine Fortschritte zu sein.

Er schlief jetzt, mit dem Daumen im Mund. Er sah viel zufriedener aus, als sie ihn jemals gesehen hatte. Vielleicht, dachte sie, weil es in diesem Haus keine Spannungen gab. Jeder betrachtete ihn liebevoll, selbst die Dienstboten. Niemand starrte ihn an oder stand ihm mit Hass oder Eifersucht gegenüber. Sie wollte, dass er jetzt diese Sicherheit hatte. Sie wollte, dass er und ihre Töchter nur noch Liebe und Sicherheit erfuhren.

Nach dem Ball …

Sie setzte sich neben Colins Bett, wie sie es so viele Male getan hatte, und dachte über das Wunder nach, das er war und das die Mädchen waren. Dann ging sie zum Fenster hinüber und schaute hinaus. Nebel machte es völlig unmöglich, die Straße zu sehen. Er verhüllte den Mond ganz und gar, der in ein paar Tagen abnehmen würde. Ihr Bruder würde dann davonsegeln.

Doch nun hatte sie ihre Erinnerungen, gute Erinnerungen an sein wehmütiges Lächeln und seine Liebe, und sie hatte Neil. Und die Kinder. Das war so viel mehr als das, was sie jemals erwartet hatte.

Sie wartete, doch niemand kam. Ruhelos nahm sie die Kerzenlampe und ging zur Bibliothek hinunter. Sie würde ein paar Bücher in Marys Häuschen brauchen. Sie sah sich die Bände an und reckte sich hoch, um einen vom Regalbrett zu nehmen. Dann spürte sie ihn eher, als dass sie ihn hörte. Die Luft wurde plötzlich wärmer, elektrischer. All ihre Sinne waren hellwach und kribbelig. Sie drehte sich um, und da war er, und seine Lippen waren zu einem Lächeln verzogen, obwohl seine Augen müde waren. Sein dunkler Umhang war nass und sein Haar feucht und lockig. Für sie sah er großartig aus.

»Ich habe hier Licht gesehen«, sagte er.

»Ich wollte mir ein Buch holen, damit ich im Häuschen etwas zu lesen habe.«

Seine Arme schlangen sich um sie, und sie lehnte sich an ihn. Seine Lippen berührten ihre Stirn. »Es tut mir Leid, dass wir diese Scharade aufführen müssen.«

»Ich weiß«, sagte sie, »doch solange du in der Nähe bist …«

»Ja und Kevin«, sagte er. »Ich möchte, dass er dort draußen bei dir bleibt, wenn ich nicht dort sein kann.«

»Du hast ihm davon erzählt?«

»Ja, und er hat geschworen, mit keiner Menschenseele darüber zu sprechen, nicht einmal mit deiner Lucy«, sagte er.

»Ich werde Colin vermissen.«

»Ja, ich weiß. Ich werde eine Möglichkeit suchen, ihn zu dir zu bringen.«

Sie schaute zu ihm auf, und ihre Blicke trafen sich. »Die Pächter?«

»Es geht ihnen gut. Unter ihnen ist ein junger Bursche, der Führungsqualitäten zu haben scheint. Ich habe ihm etwas Geld dagelassen.«

»Du bist ein guter Mann, Mylord.«

Sein Gesicht rötete sich. »Nein. Ich habe nichts getan, was ein guter Mann getan hätte. Ich habe Verzweiflung nicht erkannt, wenn ich sie vor Augen hatte. Ich wollte sie nicht sehen. Ich war zu sehr mit mir selbst beschäftigt, und habe nur die Ungerechtigkeiten gespürt, die ich zu erdulden hatte, statt jene, die sich gegen andere richteten.«

»Die meisten Menschen sehen sie überhaupt nie«, sagte sie sanft, und ihre Finger berührten sein Gesicht. Ihr Blick ruhte auf seinen Augen. Trotz der Falten der Erschöpfung glitzerten seine Augen, und sie spürte seine geballte und kontrollierte Stärke. Er war angespannt, genauso wie sie angespannt war, und sie beide waren sich unsicher über den nächsten Schritt. Bedauerte er die Nacht, in der sie sich geliebt hatten?

Ein Muskel zuckte an seinem Kinn, dann schlangen sich seine Arme um sie. »Ich habe dich vermisst«, flüsterte er heiser, ehe seine Lippen ihre fanden. »Gott, ich habe dich vermisst.« Seine Lippen berührten ihre mit einem hungrigen Verlangen, das ihr Herz zum Beben brachte. Dann vertiefte er den Kuss, und sein Mund verschmolz leidenschaftlich und wild mit ihrem. Sie reagierte mit ihrem eigenen heftigen Verlangen.

Ihre Hände umspielten seinen Nacken, sein Haar, das vom Highlandnebel feucht war, und sie spürte eine Sehnsucht, die so tief und stark war, das sie es kaum ertragen konnte. Ihre Lippen fanden sich erneut, kämpften miteinander und liebkosten sich. Zärtlichkeit verwandelte sich in Wildheit, hungrig erst, dann wieder zärtlich, wie Nebel nach einem schweren Sturm. Seine Lippen verharrten einen Moment auf ihren, dann ließ er sie los, und seine Finger fuhren ihr durch das Haar. »Ich bin noch niemals so begierig und gleichzeitig so voller Angst nach Hause zurückgekehrt«, stellte er mit einem ironischen Lächeln fest.

»Hab nie wieder Angst«, sagte sie. »Nicht meinetwegen.«

»Ah, aber du bist ein beängstigendes Weibsbild«, sagte er. »Du hast eine Magie an dir, die mich in ihren Bann gezogen hat.«

»Dann hoffe ich, dass der Zauber ewig halten wird.«

Betroffenheit glitt über sein Gesicht, und sie wusste, das er seinen Schwur noch immer nicht vergessen hatte, und auch nicht akzeptieren konnte, dass er ihn gebrochen hatte.

»Du bist müde«, sagte sie, nahm seine Hand und ging in Richtung Tür.

»Die Bücher?«

»Ich werde sie mir morgen holen.«

Seine Finger umfassten ihre fester. Sie nahm die Kerze in die andere Hand und ging an ihrer Kammer vorbei zu seiner. Sie konnte heute Nacht nicht hier bleiben. Colin könnte aufwachen, und sie wollte nicht, dass jemand im Haus erfuhr, was sich zwischen ihnen abspielte.

Sie war noch nie auf seiner Kammer gewesen. Im Vergleich zu den anderen Räumen war sie spartanisch eingerichtet mit einem Schrank, einem Tisch, einem Stuhl und einem schmalen Bett. Sie war die Kammer eines Soldaten, dachte sie, und rief sich selbst ins Gedächtnis, dass er einer gewesen war.

Sie stellte die Kerze ab und wandte sich ihm zu. Er war völlig reglos stehen geblieben, und sie löste seinen Umhang und knöpfte dann den Lederwams auf, den er über seinem Hemd mit den flatternden Ärmeln trug. Dann ging sie zum Tisch, auf dem ein Tablett mit einer Flasche Branntwein und Gläser standen. Sie goss eine ansehnliche Menge in ein Glas und reichte es ihm.

Er nahm einen Schluck und dann noch einen.

Sein Blick traf den ihren. »Ich werde gehen«, sagte sie. »Du brauchst Ruhe.«

»Du gibst mir Ruhe«, sagte er. »Du schenkst meiner Seele Frieden.«

»Nicht immer.«

»Nein, das stimmt. Du bringst mein Blut zum Glühen und bist gleichzeitig ein kühler Ruhepunkt, Janet. Das ist eine berauschende Kombination.«

»Wenn das hier vorüber ist ...«

»Wenn das hier vorüber ist«, beendete er, »werden wir

reden. Cumberland wünscht nichts mehr als eine Ehe zwischen uns. Doch die Risiken sind hoch Janet, und du musst dir sicher sein.« Er legte ihr einen Finger auf die Lippen, als sie etwas erwidern wollte. »Nein, Janet. Nicht jetzt. Und jetzt solltest du besser zu deinem Sohn zurückgehen. Ich werde dich im Häuschen besuchen kommen.«

Sie stellte sich auf die Zehenspitzen und küsste ihn langsam, und jede verführerische Berührung war ein Versprechen.

Dann riss sie sich los, ging zur Tür hinaus und zu ihrer Kammer.

Die Klänge von Saiteninstrumenten erfüllten die große Halle, als eine Kutsche nach der anderen eintraf und fröhlich gekleidete und maskierte Reisenden ausstiegen und das Haus betraten.

Neil versuchte, seine Angst zu verbergen. Wo, zur Hölle, war Reginald Campbell? Alle Planungen und Vorbereitungen waren umsonst, wenn er nicht erschien.

Zumindest eines seiner Gebete war erhört worden. Cumberland war früher am Tag mit mehreren seiner Offiziere eingetroffen. Er hatte nach Janet gefragt, und Neil hatte ihm das erzählt, was er allen Gästen erzählt hatte, dass sie nach Lochaene hatte fahren müssen, doch dass sie jeden Moment zurückerwartet wurde.

Sie hatten zusammen einen Drink genommen, und Neil hatte ihn mit einem Fässchen Cognac beschenkt, dass er bei den Schmugglern gekauft hatte. Cumberland nahm einen Schluck und nickte dann. »Ich sollte Euch genauso einsperren, wie ich Euren Cousin hätte einsperren sollen«, sagte er, als er sich die Lippen leckte. »Doch niemand sonst war je in der Lage, mir in diesem gottverlassenen Land Ähnliches zu bieten.«

»Und ich würde für niemanden als Euch eine Inhaftierung riskieren, Euer Gnaden«, erwiderte Neil. »Ich habe nur Eure Empfehlung befolgt.«

Cumberland kicherte. »Ihr habt den Esprit Eures Cousins.«

Cumberland hatte sich dann bis zum Ball zurückgezogen. Neil bemerkte, dass er den Cognac mitgenommen hatte.

Die Gäste, die über Nacht blieben, trafen im Laufe des Nachmittags ein. Jedes Mal, wenn eine Kutsche – oder ein Reiter – sich näherte, ging Neil hinaus, um sie zu begrüßen, wobei er versuchte, eine heiteres Willkommen vorzutäuschen, das er nicht empfand. Alles was er wollte, war, dass diese Nacht vorüberging.

Zwischen der Begrüßung der Gäste quälte er sich mit der Frage herum, ob Reginald den Köder geschluckt hatte. Er hatte nichts von Alex gehört; sie hatten vereinbart, dass dieser sich zur Küste aufmachen würde. Es war wichtig, dass er und die Kinder rechtzeitig am Treffpunkt waren, und sie würden englischen Patrouillen ausweichen müssen. Doch Neil war sich sicher, dass Alex oder Burke sich mit ihm in Verbindung gesetzt hätten, wenn sie glaubten, dass Reginald nicht kommen würde.

Die Kutschen kamen um neun Uhr in einem steten Strom an, gegen zehn Uhr wurden es weniger. Neil ging in die Halle. Gäste in farbenfrohen Kostümen, einschließlich Narren und Harlekinen, füllten die große Halle und die Flure. Gelächter brandete auf, als Gäste versuchten, die Identität eines anderen zu erraten. Manche von ihnen trugen wie Neil formelle Kleidung mit eleganten Masken. Er war in einem dunkelblauen und mit Silber besetzten Wams gekleidet, einem Mantel aus dem gleichen Material, einem Rüschenhemd, einem steifen Kragen mit Diamant-Solitär, weißen Seidenstrümpfen und Schuhen mit silbernen Schnallen. Auf dem Kopf hatte er eine einfache gepuderte Perücke, die zu einem Zopf zusammengebunden war. Er kam sich wie ein Hochstapler vor in diesem Aufzug, von dem einiges einst seinem Cousin gehört hatte und anderes von ihm in Edinburgh bestellt worden war.

Doch es war wichtig, dass er auf seine Nachbarn wohlhabend und gesetzt wirkte. Er wusste, dass viele ihn für einen unehelichen Emporkömmling hielten, genauso wie schon sein Cousin. Er gab keinen Pfifferling auf ihre Meinung, außer, dass er bei den Plänen für seine Güter, die viele für revolutionär halten würden, keine Einmischung wünschte.

Der Kostümball war für jene, deren Teilnahme er wünschte, eine große Attraktion. Er war mehr ein englisches Vergnügen als ein presbyterianisch-schottisches.

Er stellte seine Ohren auf, hörte der Unterhaltung zu und versuchte, interessiert auszusehen, auch wenn er dabei die Tür nicht aus den Augen ließ. Er wehrte auch Avancen etlicher junger Mädchen ab. Bastard oder nicht, er war jetzt ein reicher und lediger Marquis und damit ein guter Fang.

Er hatte fast schon aufgegeben, als ein Türsteher das große Portal erneut öffnete. »Der Ehrenwerte Reginald Campbell«, verkündete er.

Lucy begutachtete Janets Haar ein letztes Mal. Sie hatte es zu einem französischen Knoten am Hinterkopf zusammengezogen, von dem ein paar lange Locken über ihre rechte Schulter fielen.

Das Mädchen war außer sich vor Aufregung. »Ich bin so froh, dass Ihr noch rechtzeitig zum Ball eingetroffen seid«, sagte sie. »Ihr müsst Tag und Nacht geritten sein.«

»Ja«, sagte Janet, die vor einer Stunde in den Dienstboteneingang geschlüpft und die Dienstbotentreppe hinaufgegangen war und, geschützt von einem langen Umhang und einer Kapuze, zu ihrer Kammer geeilt war. Sie war zunächst im Kinderzimmer vorbeigegangen. Clara und Trilby kümmerten sich um die Kinder, doch beide trugen ihre besten Kleider, und sie wusste, dass sie hofften, sich nach unten schleichen und von der Treppe aus zuschauen zu können.

Grace und Rachel sprangen mit breitem Lächeln auf. Annabella spielte am Boden mit Colin, und sie wartete, bis Janet sich herab beugte und sie umarmte. »Ich habe euch alle vermisst.«

»Gehst du zum Ball, Mama?«, fragte Grace.

»Ja, aber das soll eine Überraschung sein, und ihr dürft das niemandem erzählen. Das ist ein Geheimnis zwischen euch und mir.« Sie umarmte jede ihrer Töchter. »Ich habe euch vermisst«, wiederholte sie, ging dann zu Colin und nahm ihn hoch. Sie war drei Tage lang von ihm getrennt gewesen, abgesehen von der kurzen Zeit, in der Neil ihn zum Häuschen mitgebracht hatte.

Sie wandte sich an Clara. »Ich möchte, dass die Kinder den ganzen Abend beaufsichtigt werden.«

»Ja, Mylady«, sagte Clara. »Können wir uns abwechseln und hinausschauen?«

»Ja«, sagte Janet, »aber ich möchte nicht, dass ihr irgendjemandem außer dem Marquis sagt, dass ich wieder da bin.« Dann lächelte sie die Mädchen verschmitzt an. »Ich bin noch in Trauer, und ich möchte nicht, dass mich jemand erkennt. Wenn jemand fragen sollte, bin ich noch nicht wieder da.«

Clara und Trilby nickten.

Sie hatte Neil kurz gesehen. Alles sei bereit, sagte er. Kevin würde nach Reginald Ausschau halten und alles was in seinen Satteltaschen war, durch ein paar Gegenstände des Schwarzen Buben ersetzen.

Sie wünschte, sie könnte ein wenig Mitleid für Reginald empfinden, doch das konnte sie nicht. Er hatte das Leben ihrer Kinder und auch ihr eigenes in Gefahr gebracht.

Sie hoffte nur, dass sie ihre Rolle gut genug spielen konnte. Sie musste sich vor Cumberland und Reginald demaskieren. Und auf seine Reaktion warten. Schätzte Neil ihn richtig ein? Es hing so viel davon ab. Sie würde sich niemals sicher fühlen, wenn Reginald weiter Komplotte schmieden konnte. Und noch mehr fürchtete sie, dass ihr Sohn niemals sicher sein würde.

Sie zog das schwarze Kleid an, und Lucy half ihr bei dem Überwurf aus Gaze, der die Illusion erweckte, als schwebte sie durch die Luft.

»Lucy?«, fragte sie.

»Ja, Mylady?«

»Du stellst dich auf die oberste Stufe und schaust nach dem Marquis aus. Wenn er sich der Treppe nähert und dir zuzwinkert, kommst du mich holen.«

»Der Marquis? Zwinkern?«

»Ja«, sagte Janet und versuchte, nicht amüsiert zu klingen. Der Marquis zwinkerte in diesen Tagen recht häufig.

Lucy knickste und verschwand dann durch die Tür, während sich Janet setzte und auf ihre Rückkehr wartete.

Neil konnte sich ein innerliches Grinsen nicht verkneifen. Reginald hatte ein rotes Gesicht, sein Seidenwams war zerknittert und an seinen Stiefel klebte Schlamm. Der Ehrenwerte Reginald Campbell musste sich wirklich sehr beeilt haben, um nach Braemoor zu kommen.

Doch sein Gesicht trug einen Ausdruck absoluten Triumphs.

»Reginald«, sagte Neil. »Wie nett von Euch, zu kommen. Seine Gnaden, der Herzog von Cumberland, hat mich auch mit seiner Anwesenheit beehrt.« Er wartete einen Moment, damit das bei Reginald ankommen konnte. Er gehörte zu Cumberlands Verbündeten. »Wo ist Eure entzückende Frau?«

»Sie konnte nicht kommen«, sagte Reginald bitter und mit einem anklagenden Blick. »Wir haben keine Kutsche, und sie kann nicht so weit reiten.«

»Vielleicht hätte ich die Kutsche nach Lochaene zurückschicken sollen«, überlegte Neil.

Reginald versuchte deutlich, seinen Zorn unter Kontrolle zu halten. »Und meine Schwägerin?«, fragte er gehässig. »Geht es ihr gut?«

Neil wartete eine Sekunde länger als nötig. »Ja«, sagte er und begann sich abzuwenden.

»Ich möchte sie gern sehen. Und auch meinen Neffen.«

»Mein lieber Campbell, erst solltet Ihr Euch ein wenig erfrischen.«

»Wo ist meine Schwägerin?«

»Sie ist in Trauer«, sagte Neil unbekümmert.

»Ist sie im Turmhaus?«

»Ich verstehe nicht ganz, was Ihr meint.«

»Das ist doch ganz deutlich. Ist meine Schwägerin hier? Ich möchte sie sehen.« Seine Stimme wurde immer lauter. Neil sah, dass sich ihnen andere Gesichter zuwandten.

»Es tut mir Leid. Das könnt Ihr nicht.«

»Ihr habt kein Recht.«

»Ich habe jedes Recht. Ihr seid in meinem Haus.«

»Und die Gräfin ist meine Schwägerin«, konterte Reginald. »Ihr Wohlergehen ist meine Angelegenheit.« Sein Blick glitt durch den Raum. »Ich werde Cumberland bitten, von Euch zu verlangen, dass Ihr sie herbringt.«

»Nein!«, sagte Neil erschrocken.

Ein stiller triumphierender Blick trat in Reginalds Augen. »Es ist mein Recht als Mann in der Familie.«

»Sie ist in Trauer«, protestierte Neil mit, wie er hoffte, verzweifelter Stimme.

Reginald ignorierte ihn und begann, sich durch die Menge der Feiernden hindurchzuzwängen. Er fand Cumberland in einer Ecke zusammen mit mehreren Männern.

»Euer Gnaden«, sagte Reginald und verbeugte sich.

»Campbell«, grüßte der Herzog mit offenkundigem Missfallen.

»Ich muss Euch sprechen«, fuhr er schwerfällig und eigensinnig fort.

Neil seufzte hörbar und sagte dann: »Lasst uns in die Bibliothek gehen.«

Cumberlands Missfallen verstärkte sich deutlich, doch er nickte knapp.

Neil hielt an der Treppe inne und schaute hinauf. Lucy war da. Gut. Er zwinkerte.

Er führte Cumberland und Reginald in seine Bibliothek. Er ging zu einer Karaffe und füllte ein Glas mit Cognac für Cumberland und dann eines für sich selbst. Ganz bewusst überging er Reginald. Dann ging er zum Fenster, das auf die Gärten hinaus ging und zog die Vorhänge zurück.

Er bot Cumberland einen Sessel neben dem Fenster an. Dann stellte sich Neil vor das Fenster, um Reginalds Blick zum Fenster zu ziehen.

»Was gibt es, Campbell?«, fragte Cumberland ungeduldig.

»Ich möchte meine Schwägerin sehen, und Braemoor weigert sich, sie holen zu lassen.« Reginalds Stimme klang wie ein Winseln. Er schien es selbst zu merken. Er straffte sich. »Ich bin für sie verantwortlich.«

Cumberland wandte sich an Neil.

»Sie ist in Trauer«, sagte Neil.

»Ich glaube, sie ist tot«, sprudelte Reginald heraus.

Cumberland warf Campbell einen verwirrten Blick zu. »Wie kommt Ihr denn auf so was?«

»Weil … weil …«, stotterte Reginald.

Die Verwirrung wurde zur Ungeduld. Cumberland runzelte die Stirn. »Könnt Ihr eine solche Behauptung begründen?«

»Fragt ihn doch einfach, wo meine Schwägerin ist. Sie ist tot, sage ich Euch. Der Beweis ist … dass sie nicht hier ist«, sagte Reginald. »Und es ist meine Pflicht, meinen Neffen zu schützen.«

Neil zog eine Augenbraue hoch und schaute aus dem Fenster. Reginalds Blick folgte ihm. Eine schlanke Gestalt durchquerte den Garten. Das Überkleid aus Gaze wehte im Wind, dann drehte sie sich um und schaute direkt in die Bibliothek.

Reginald wurde bleich. »Das kann nicht sein. Das ist ein Gespenst.«

Neil schaute hinaus. »Ich sehe nichts.«

»Das ist Janet. Aber sie ist tot.« Reginalds Hände zitterten.

»Warum denkt Ihr, dass sie tot ist?«, fragte Neil und seine Brauen zogen sich verwirrt zusammen.

Reginald trat einen Schritt zurück. »Sie ist tot, sage ich Euch. Er sagte …«

»Wer hat was gesagt?«, fragte Neil.

Reginald schaute hoch und erkannte plötzlich, was er gesagt hatte. Sein Blick ging zu Cumberland hinüber, dessen Gesicht erstarrt war.

»Sprecht, Mann«, sagte Cumberland. »Wer hat behauptet, dass die Gräfin tot sei?«

»Ich … Ich … war …« Reginalds machte ein langes Gesicht.

»Ihr habt geglaubt, dass die Gräfin tot ist. Warum?«

Neil schaute hinaus. Sie war fort.

»Es war ein Gespenst, sage ich Euch«, protestierte Reginald. »Bittet darum, sie zu sehen«, flehte er.

Neil erstarrte. »Die Gräfin sagte, dass jemand vor einer Woche oder länger auf sie geschossen habe, doch sie hat nur mir davon erzählt. Niemand sonst wusste davon.«

Cumberland starrte Reginald an. »Niemand sonst konnte davon wissen, es sei denn, Ihr habt auf sie geschossen oder jemand, den Ihr beauftragt habt.«

Reginald war jetzt verzweifelt. »Der Schwarze Bube. Es war der Schwarze Bube. Er hat mich bedroht … er …«

Cumberland sah Neil an. »Holt meine Offiziere. Ich möchte diesen Mann verhaften lassen.«

Neil zögerte. »Glaubt Ihr wirklich …«

Reginald zitterte jetzt. »Ich habe … nichts getan.«

»Ja«, sagte Cumberland als Antwort auf Neils Frage.

Neil verließ den Raum, um die Offiziere zu holen. Er hatte jetzt ein wenig Mitleid mit Reginald und seiner Verwirrung, doch es war das gleiche Mitleid, das er für einen tollwütigen Fuchs empfinden würde.

Die Verhaftung eines Campbells steigerte nur noch den Erfolg des Balles. Die Gäste blieben bis zum Morgengrauen. Neil ließ am Morgen Frühstück servieren, nach dem letzten Ball, den er jemals ausrichten würde, wie er hoffte.

Cumberland brach gegen Mittag auf, und sein Gefangener war auf seinem eigenen Pferd festgebunden. Seine Gnaden hatte die Satteltaschen durchsucht und ein paar interessante Dinge gefunden, einschließlich einer Pistole, eines schwarzen Herrenanzugs, eines Pikbuben und der Herzdame.

Als Reginald die Gegenstände sah, verstand er, was geschehen war, und er begann zu behaupten, dass er reingelegt worden sei.

Doch was er in Braemoors Bibliothek zu Cumberland gesagt hatte, hatte ihn überführt.

Janet war heruntergekommen, um zuzusehen, wie sie davon ritten. Reginald hatte sich umgedreht, sie angesehen, und Verzweiflung hatte sein Gesicht erfüllt.

Der letzte Gast brach gegen Mittag auf.

»Was wird mit ihm geschehen?«, fragte Janet, als sie zu seiner Kammer hinaufgingen.

»Ist dir das wichtig?«

»Ja«, sagte sie. »Irgendwie schon.«

»Ich werde sehen, ob ich Cumberland dazu bewegen kann, ihn deportieren zu lassen«, sagte er. »Cumberland kann den versuchten Mord beweisen, nicht aber, dass er der Schwarze Bube ist.« Er grinste. »Jedenfalls möchte ich, dass der Bube weiterlebt.«

»Und Reginalds Familie. Louisa? Das Baby?«

»Ich werde dafür sorgen, dass sie genügend Geld haben

werden, um gut, aber weit weg, in Edinburgh leben können«, sagte er. »Zusammen mit Marjorie. Ich möchte keinen von ihnen mehr auf Lochaene haben.« Er zögerte und fügte dann hinzu: »Aber das ist deine Entscheidung, nicht meine.«

»Wie kann ich dir jemals danken?«, fragte sie.

»Deine Sicherheit ist Dank genug.«

Sie standen auf dem oberen Treppenabsatz, von dem aus sich ihre Räume in gegensätzlicher Richtung befanden. Dienstboten waren damit beschäftigt, die letzten Reste des Balls zu beseitigen, der wie sie vermutete, noch jahrelang Gesprächsstoff bieten würde.

Sie nahm seine Hand und führte ihn ins Kinderzimmer. Clara wechselte gerade Colins Windel. Sie knickste und lächelte. »Lucy und Kevin sind mit den Mädchen beim Rosenpflücken«, sagte sie. »Ich dachte, Ihr könntet etwas Schlaf gebrauchen.«

»Ja«, sagte Janet. »Aber zuerst muss ich meinen großen Jungen sehen, und vielleicht können wir später am Nachmittag mit den Kindern am See picknicken. Ich war in letzter Zeit wenig mit ihnen unternommen.« Sie sah zu Neil auf. Er nickte mit einem Lächeln.

Janet beugte sich herab, küsste Colin, löste Clara ab, beendete das Wickeln und hob ihn hoch. Er legte seine kleinen Arme um ihren Hals und umarmte sie ganz fest. »Du bist jetzt in Sicherheit, mein Junge«, flüsterte sie ihm ins Ohr.

Er zog sich zurück und sah Neil an. Dann streckte er auch nach ihm die Hände aus.

Janet sah zu, wie er Colin zunächst behutsam nahm, dann wurde sein Griff sicherer. Er grinste den Jungen an, und Colin grinste zurück. Männliche Zwiesprache dachte sie. Sie wusste nicht, was nun geschehen würde. Ob Neil seine Ängste genug überwinden würde, um sie zum Teil seines Lebens zu machen oder ob sie nach Lochaene zurückkehren würde.

Das war doch genau das, was sie gewollt hatte. Oder nicht?

Ihre eigene Herrin zu sein, frei von einem Mann. Sie könnte genau das jetzt haben. Neil hatte es ihr möglich gemacht.

Warum war sie denn dann nicht voller Freude?

Der See sah in der Mittagssonne wunderschön aus. Die Strahlen wurden von seiner Oberfläche zurückgeworfen und zauberten auf der dunkelblauen Oberfläche goldene Pfade.

Annabella ritt mir ihr. Colin ritt mit Neil, und die älteren Mädchen ritten auf ihren eigenen Ponys. Sie hatten täglich geritten und waren gute kleine Reiter, doch Neil hatte trotzdem Leinen an ihren Ponys befestigt.

Es war ihr erster Ausflug auf den Ponys, und ihre Begeisterung war mitreißend. Janet wurde klar, wie sehr sie in der letzten Woche vernachlässigt worden waren, und sie hatte ein besonders schmackhaftes Essen bestellt. Es gab gebratene Hühner und Törtchen und Gebäck. Nachdem Ball war genügend übrig geblieben.

Sie und Neil hatten drei Stunden lang geschlafen – genug, dachte sie, dass die Kraft bis zum Abend reichen würde. Viel wichtiger als alles andere war es ohnehin, den Kindern ein Gefühl von Freiheit und Freude zu geben. Und bei ihnen zu sein. Sie hatte die Zeit mit ihnen vermisst.

Sie hielten an einer Stelle oberhalb des Sees an, an der Stelle, an die er sie letztens gebracht hatte. Es war weit genug vom Wasser entfernt, um für Colin sicher zu sein. Neil hob Colin herunter, saß dann selbst ab, nahm das Mittagessen und die Decke vom Sattel und half den Mädchen beim Absteigen, während Janet Annabella herunterhob. Dann kam Neil zu ihr und hob sie vom Pferd. Sie schwankten ein wenig, und sie wusste, das er die gleiche Erregung spürte wie sie.

Sie musste sich dazu zwingen, einen Schritt zurückzutreten. Sie blieb neben ihm stehen und schaute auf den See hinunter. Das triste Wetter vom Vortag war verschwunden. Die Sonne stand hell am wolkenlosen Himmel, und eine sanfte Brise fuhr durch die Felder mit wildem Heidekraut.

Die Kinder liefen auseinander. Annabella und Rachel spielten Ball, während Grace mit Colin tobte. Janet und Neil breiteten eine Decke aus, setzten sich darauf und beobachteten sie. Hörten ihr Lachen und sahen das Lächeln in ihren Augen.

Sie waren glücklich. Ein paar Schatten würden bleiben, das wusste Janet. Doch Neil hatte ihnen die Angst vor Männern genommen. Sie würden niemals mehr zusammenzucken, nur weil ein Mann das Zimmer betrat.

Er hatte ihnen allen so viel gegeben. Sie streckte die Hand aus, und ihre Finger verschränkten sich miteinander. »Ich liebe dich«, sagte sie einfach.

Seine Augen bewölkten sich, doch seine Finger umfassten ihre fester.

»Es gibt da etwas, das ich dir nicht erzählt habe«, sagte sie. Sie hatte vorgehabt, solange zu warten, bis sie eine Nachricht vom Anwalt erhalten hatte, doch nun wusste sie, dass der Moment gekommen war. Er hatte ihr sein Herz schon geöffnet, doch nun musste sie ihm die gleiche Hoffnung geben, die sie erfüllte.

Er zog fragend eine Braue hoch.

»Ich habe mit Torquil über deine Mutter gesprochen«, sagte sie. »Er kann sich nicht daran erinnern, das alles so gewesen ist, wie dein Onkel es dir geschildert hatte.«

Er erstarrte. Einen Moment lang fühlte sie sich schuldig, weil sie ohne sein Wissen in seiner Vergangenheit herumgeschnüffelt hatte. Doch sie fuhr fort. »Er hat nie etwas gesagt, weil er nicht wusste, was dein Onkel dir erzählt hat.«

Noch immer kein Wort und keine Veränderung in seinem Blick. Seine Finger jedoch umklammerten ihre, als ob sie sein Rettungsanker wären. »Er ... sagte, dass deine Mutter sich am Kopf verletzt hat. Bis dahin ging es ihr gut. Und er wusste auch nichts von dem ... Wahnsinn deiner Mutter. Er ist immer davon ausgegangen, dass sie an Krebs gestorben ist.«

Ein Muskel zuckte seitlich an seinem Kiefer.

»Ich ... ich habe deinem Anwalt geschrieben und ihn gebeten, Nachforschungen anzustellen«, sagte sie. »Ich hätte dich erst fragen sollen, doch ich ... wollte keine ... Hoffnungen in dir wecken.«

»Hast du eine Antwort bekommen?«, fragte er.

Sie schüttelte den Kopf.

Er ließ ihre Hand los und stand auf, und sein Blick ging zum See hinaus. Ihr Herz zog sich zusammen, als sie die nackte Angst auf seinem Gesicht sah. Er glaubte ihr nicht. Oder er nahm es ihr übel, dass sie hinter seinem Rücken gehandelt hatte. Aber sie hatte es ihm sagen müssen. Es hatte viel zu viele Geheimnisse geben, zu viele Missverständnisse und zu viele Lügen.

Sie stand auf, ging zu ihm und stellte sich neben ihn. Still. Abwartend.

Sekunden vergingen. Minuten. Sie hörte die lauten Stimmen der spielenden Kinder, doch sie war wie festgefroren in dieser einen Sekunde.

»Eine Lüge?«, fragte er schließlich.

»Ja, ich glaube schon.«

Seine Augen schlossen sich und öffneten sich wieder zitternd. »So viel Zeit ... vergeudet.«

»Wir können sie aufholen«, sagte sie, und ihre Hand griff heimlich nach seiner und hob sie an ihren Mund. Sie küsste den Handrücken und dachte, wie stark sie war. Und wie zärtlich. Und wie unendlich lieb.

Keine Vorwürfe. Keine Fragen, warum sie es ihm nicht sofort gesagt hatte. Neil Forbes, der Marquis von Braemoor war ein einzigartiger Mann. Sie hatte solch eine Ruhe und Stärke nie zuvor kennen gelernt.

Er löste ihre Hand, und eine Sekunde lang hatte sie das

Gefühl, dass er sich von ihr zurückziehen könnte. Statt dessen aber legte er die Arme um sie und zog sich dicht an sich. »Wenn das wahr ist«, sagte er, »wirst du mich dann heiraten?«

Etwas in ihr rührte sich, und sie sah zu ihm auf, zu dem Gesicht, das stets durch ihre Träume gegeistert war. Zu den Augen, die jetzt feucht glitzerten. »Nur«, sagte sie, »wenn du keine Bedingungen daran knüpfst. Ich werde dich heiraten, ob es wahr ist oder nicht.«

Er machte Anstalten, etwas zu erwidern, doch sie legte ihm einen Finger auf die Lippen und schnitt ihm das Wort ab. »In guten und in schlechten Zeiten, in Gesundheit und Krankheit«, wiederholte sie aus der Erinnerung. »Wenn du nicht bereit bist, diesen Schwur zu leisten, dann …«

Sie beendete den Satz nicht. Seine Lippen eroberten ihre, zärtlich zuerst und dann voller Wärme und Verlangen. Ihre freie Hand berührte sein Gesicht, ein zärtliches warmes Geständnis ihrer Liebe. Sie spürte sein kurzes Zögern, und sie trat zurück, um ihm ins Gesicht zu schauen. Jetzt musste er eine Entscheidung fallen.

Neil verstand nicht, warum sein Blick getrübt war, als Janet vor ihm stand und ihn mit Augen voller Liebe anschaute. Ihre Berührung hatte den winzigen Widerstand zerstört, der ihm geblieben war.

Sie hatte Recht. Er hätte sie genommen, wenn das Risiko bei ihr gelegen hätte. Wie könnte er jetzt anders, selbst wenn … selbst wenn …

Seine Seele erfüllte sich mit Hoffnung, einer Hoffnung, die sie ihm mit ihrer bedingungsloser Liebe geschenkt hatte, mit ihrer Zärtlichkeit, von der er nie gewusst hatte, dass er sie so sehr brauchte.

»Für immer«, sagte er in dem Bewusstsein, dass es wahr war, dass Liebe viel stärker war als die Angst. Er war ein langsamer Schüler gewesen. »Ich liebe dich«, sagte er mit gebrochener

Stimme. »Ich habe dich immer schon geliebt.« Er hielt inne. »Du bist meine Herzdame. Möchtest du meine Frau werden?«

»Ja«, sagte sie, bevor seine Lippen sich auf ihre pressten, und der Kuss war wie Feuer und Sturm und wurde dann weicher wie ein Versprechen.

Sie hörten ein Kichern hinter sich. Dann noch eines. Zögernd lösten sie sich voneinander und sahen vier Augenpaare zu sich aufschauen, die allesamt strahlten.

»Du bekommst eine große Familie«, flüsterte sie.

»Ja«, sagte er, und ihm stockte der Atem, weil er wusste, dass er im Himmel angekommen war, von dem er nie geglaubt hatte, dass er ihn je erreichen würde.

Epilog

Der Brief traf an dem Tag ein, an dem Janet Neil heiraten sollte.

Dass er genau zu diesem Zeitpunkt kam, dachte sie, war wie ein Segen.

Ein Bote brachte ihn bei Tagesanbruch. Er kam über den französischen Schmuggler aus Paris. Drei Monate zuvor hatte sie eine gekritzelte Nachricht erhalten, die ihr versichert hatte, dass Alex und seine Kinder die Küste von Schottland sicher erreicht hatte.

Nun wusste sie, dass das französische Schiff auch die englische Blockade erfolgreich durchbrochen hatte. Alex war sicher in Paris angekommen.

Sie las ihn erneut, während Lucy ihr frisch gewaschenes und duftendes Haar an ihrem Hinterkopf befestigte. Eine Locke fiel ihr über die Schulter herab.

Meine liebste Freundin,

wir sind sicher in Paris angekommen. Ich hoffe, dass ich bald Familien für die Kinder finden werde. Meine eigenen Pläne sind noch unklar. Ein neuer Freund hat von Möglichkeiten im Diamantenhandel gehört, und wir erwägen eine Partnerschaft – sein Geld und meine Gewitztheit. Er glaubt, dass jemand, der den Engländern mehr als ein Jahr lang entwischt ist, allem entgehen kann.

Ich habe mich bei unserem Freund nicht richtig bedankt. Ich hoffe, du wirst das für mich tun, und ich erwarte, dass wir uns eines Tages wiedersehen werden und ich etwas zurückzahlen kann.

Ich wünsche dir Glück bei allem, was du tust.

Es gab keine Unterschrift, doch sie erkannte Alex' kühne Handschrift, wenn auch nicht die neue Vorsicht.

Diamanten. Sie hätte wissen müssen, dass er sich nicht niederlassen und einen gewöhnlichen Handel treiben würde. Plötzlich lächelte sie. Der Schwarze Bube. Neil nannte sie seine Herzdame. Vielleicht würde Alexander der Diamantenkönig werden.

Sie schaute wieder in den Spiegel. Lucy hatte ihr Haar mit einer Perlenschnur verziert, die Neil ihr zur Hochzeit als Geschenk gemacht hatte.

Fünf Monate waren seit dem Tod ihres Ehemanns vergangen, doch weder sie noch Neil waren bereit gewesen, zu warten, vor allem, nachdem sie die Wahrheit über Neils Familie erfahren hatten. Der Anwalt hatte bestätigt, dass Neils Großmutter mütterlicherseits an Krebs verstorben war. Es gab keine Spuren von Wahnsinn in seiner Familie.

Sie hatte Neil auf jeden Fall heiraten wollen. Nein, nicht wollen, sie hatte sich danach verzehrt. Gemeinsam konnten sie alles bezwingen. Sie liebte ihn soweit, wie ihre Flügel aufspannen konnte und noch mehr, seit sie wusste, was er alles auf sich genommen hatte, um sie zu schützen. Doch trotz ihres Schwurs hatte auch er warten wollen, bis der Anwalt, an den sie sich gewandt hatte, die Wahrheit über seine Vorfahren aufgedeckt hatte. Er hatte zu lange damit gelebt, als dass er seine Ängste leicht abschütteln konnte.

Und dann war viel zu tun gewesen. Reginald wurde auf Neils Antrag hin für vierzehn Jahre als Leibeigener nach Amerika deportiert. Janet hatte ihre Hände nicht mit seinem Blut beschmutzen wollen, und sie und Neil wussten, dass die Deportation – die genau genommen Sklaverei bedeutete – sogar eine schlimmere Strafe sein konnte als ein schneller Tod.

Neil hatte eine kleine Rente für Marjorie und Louisa ausgesetzt, vor allem wegen Louisas Kind. Die einzige Bedingung war, dass sie niemals nach Lochaene zurückkehrten.

Jock hatte zugestimmt, als Verwalter auf Lochaene zu bleiben. Janet und die Kinder waren für eine Weile dorthin gefahren und hatten nur festgestellt, dass es ein sehr einsamer Ort war. Die Mädchen wollten bei Neil sein. Und sie auch. Unabhängigkeit war nicht das, was sie sich darunter vorgestellt hatte, nicht jetzt, wo ihr Herz jenseits der Berge geblieben war.

Und Jock, entdeckte sie, hatte eine enge Beziehung zu den Pächtern geknüpft, und er war ein guter Verwalter. Lochaene würde endlich ein glückliches Gut werden. Es brauchte sie nicht.

Dann eines Tages – als sie auf Lochaene in den Gärten arbeitete und versuchte, wieder etwas aus ihnen zu machen – schaute sie hoch und sah Neil auf sich zureiten.

Sie lief ihm entgegen.

Das war die Antwort, die er brauchte.

Er hatte sie in die Arme genommen und so lange geküsst, dass es einer Ewigkeit nahe kam. Dann hatte er sie angeschaut. »Ich kann keinen Tag länger ohne meine Herzdame leben«, sagte er. »Ich habe es versucht und kann es nicht.«

Und heute nun würden sie heiraten. Es sollte eine kleine Hochzeit sein. Nur die Pächter und ein paar Nachbarn waren eingeladen worden. Neil hatte ein Datum ausgesucht, von dem er wusste, dass Cumberland in England sein würde. Er hatte den Herzog nicht dabei haben wollen.

Es klopfte an der Tür. Die Mädchen, alle hübsch ausstaffiert, standen dort mit breitem Lächeln. Clara stand mit Colin hinter ihnen. Er streckte die Arme nach ihr aus. »Mama?«

Sie nahm ihn. »Ja, mein hübscher Junge, und ich werde deinen neuen Papa heiraten.«

Colin grinste breit, als ob er genau verstand, was sie sagte.

Sie mussten einen seltsamen Anblick bieten, dachte sie, als sie die Treppe hinunterging, zur Tür hinaus und zu der kleinen

Kapelle. Sie gab Colin an Grace weiter, und ihre Töchter gingen den Mittelgang hinunter. Ihr Blick wanderte zu Neil, der am Altar stand. Er trug einen dunkelblauen Frack mit einer weißen Weste, dunkler Hose und einem dunkelblauen Halstuch, und er sah großartig aus.

Als sie einen Schritt auf ihn zu machte, flitzte ein Hund unter ihr Kleid, der von einer orangefarbenen Katze verfolgt wurde.

»Sie wollten mitkommen«, erklärte Annabella, als sie unter Janets Kleid aus blauer Seide kroch und die Katze einfing. Samson linste unter der Seide hervor. Rachel griff nach ihm. »Ich werde die beiden wegbringen«, sagte sie.

Janet erinnerte sich an den Tag, an dem Samson Neil nass gemacht hatte. Sie erinnerte sich an sein ironisches Lächeln und daran, wie ihr Herz regiert hatte. »Nein«, sagte sie. »Sie sind auch Teil der Familie.«

Sie schaute zu Neil hinüber, der versuchte, sich das Lachen zu verbeißen. Er zwinkerte ihr zu.

Ihr Herz floss vor Liebe zu ihm für dieses Zwinkern über. Vor Wochen hätte sie niemals geglaubt, dass dies wahr werden könnte. So vieles war ihr unmöglich erschienen.

Jetzt war alles möglich.

Sie folgte den drei kleinen Mädchen mit Armen voller Colin und den Tieren und kam schließlich bei Neil an. Er streckte ihr die Hand entgegen, und seine Finger schlossen sich um ihre, genauso wie ihre Herzen miteinander verbunden waren.

Und zusammen hörten sie die Worte: »Teure Liebende ...«

Der zweite Schottlandroman der preisgekrönten Autorin von DER VERFÜHRER IM KILT

Als Oberhaupt ihres Clans wird Lady Isolde alles tun, um ihre Leute zu beschützen – und wenn sie sich selbst opfern muss. Donall the Bold, ihr Erzfeind, liegt in ihrem Kerker und erwartet seine Hinrichtung. Doch anstatt ihn zu töten, ersinnt Isolde einen kühnen Plan, um ein für alle Mal Frieden zu schaffen: Sie will Donall verführen! Der Ritter in Ketten wehrt sich zunächst gegen seine schöne Eroberin – bis auch er beschließt, sich die Freiheit mithilfe von süßen Freuden zu erkaufen. So wird der Kerker zu einem Gefängnis der Leidenschaften, dass Donall nie mehr verlassen möchte ...

3-404-18670-2

BASTEI
LÜBBE

Für alle Fans von VERZAUBERT FÜR DIE EWIGKEIT und DIE IRISCHE PRINZESSIN

Irland im 12. Jahrhundert. Nie und nimmer wird Sinead den Verräter Connal PenDragon heiraten, der seine irischen Landsleute im Stich lässt, um für England zu kämpfen. Egal was für ein stolzer Krieger er ist – und was er ihr tief im Herzen bedeutet. Doch gegen die leidenschaftlichen Gefühle, die er in ihr hervorruft, kann sie sich nicht lange wehren. Aber da sind auch noch ihre bedrohlichen, dunklen Träume, die Connals Tod vorhersagen. Sinead weiß, dass es ihr vorherbestimmt wurde, Connal zu beschützen. Aber sie wagt nicht, ihm zu nahe zu kommen, aus Angst vor ihren eigenen Gefühlen, ihrer Sehnsucht nach ihm ...

3-404-18669-9

BASTEI LÜBBE